J.

Né en 1892 à Bloe
Ronald Reuel Tolki
En 1937, il publie … ique de la
littérature de jeuness … d'entamer la rédaction du *Seigneur des Anneaux*, qui ne paraît qu'en 1954-1955. Ces deux romans se déroulent dans le monde imaginé par Tolkien depuis les années 1916-1917, lorsqu'il entreprend la rédaction des *Contes perdus*. Il élabore toute une mythologie autour des langues qu'il invente, mais il n'achèvera jamais son *Silmarillion*. À sa mort, en 1973, il revient à son fils Christopher de publier l'essentiel de son œuvre : en quarante ans, Christopher Tolkien a publié des récits pour la jeunesse (*Roverandom*, *Lettres du Père Noël*…), des nouvelles (*Feuille de Niggle*, *Le Fermier Gilles de Ham*…), et surtout, *Le Silmarillion*, puis *Histoire de la Terre du Milieu* (12 volumes) et *Contes et Légendes inachevés* ; des *Lettres* ; des textes sur la littérature (*Les Monstres et les Critiques*), et, récemment, *Les Enfants de Húrin*, *La Légende de Sigurd et Gudrún*, avant *La Chute d'Arthur*. Devenue un classique de la littérature occidentale, l'œuvre de J.R.R. Tolkien a été adaptée avec succès au cinéma par Peter Jackson : *Le Seigneur des Anneaux* (2001 à 2003) et *Le Hobbit* (2012 à 2014). En 2012, les éditions Christian Bourgois, sous la direction de Vincent Ferré, font appel à Daniel Lauzon pour une nouvelle traduction de l'*Histoire de la Terre du Milieu* et du *Hobbit*. S'ensuit celle du *Seigneur des Anneaux*, publiée entre 2014 et 2016. Préfigurant la mythologie du *Seigneur des Anneaux*, le texte inédit *Beren et Lúthien* a paru aux éditions Christian Bourgois en octobre 2017.

LE SEIGNEUR DES ANNEAUX

DU MÊME AUTEUR

CHEZ POCKET

LES AVENTURES DE TOM BOMBADIL

LE SILMARILLION

FAËRIE ET AUTRES TEXTES (nouvelle édition)

LES ENFANTS DE HÚRIN

LA LÉGENDE DE SIGURD ET GUDRÚN

LES MONSTRES ET LES CRITIQUES ET AUTRES ESSAIS

ROVERANDOM

LE SEIGNEUR DES ANNEAUX

(EXISTE AUSSI EN 1 VOLUME)

LA FRATERNITÉ DE L'ANNEAU

LES DEUX TOURS

LE RETOUR DU ROI

CONTES ET LÉGENDES INACHEVÉS

(EXISTE AUSSI EN 1 VOLUME)

LE PREMIER ÂGE

LE SECOND ÂGE

LE TROISIÈME ÂGE

HISTOIRE DE LA TERRE DU MILIEU

LE PREMIER LIVRE DES CONTES PERDUS

LE SECOND LIVRE DES CONTES PERDUS

LES LAIS DU BELERIAND

LA FORMATION DE LA TERRE DU MILIEU

LA ROUTE PERDUE

LETTRES

LETTRES DU PÈRE NOËL

J.R.R. TOLKIEN

LE SEIGNEUR DES ANNEAUX

TOME I

La Fraternité de l'Anneau

Nouvelle traduction de l'anglais
par Daniel Lauzon

CHRISTIAN BOURGOIS ÉDITEUR ◊

Titre original :
THE LORD OF THE RINGS
THE FELLOWSHIP OF THE RING

Initialement publié en anglais par HarperCollins Ltd
sous le titre *The Lord of the Rings* de J.R.R. Tolkien

ISBN 978-2-266-28239-0

Trois Anneaux pour les rois des Elfes sous le ciel,
Sept aux seigneurs des Nains dans leurs salles de pierre,
Neuf aux Hommes mortels voués à trépasser,
Un pour le Seigneur Sombre au trône de ténèbres
Au pays de Mordor où s'étendent les Ombres.
Un Anneau pour les dominer tous, Un Anneau pour les trouver,
Un Anneau pour les amener tous et dans les ténèbres les lier
Au pays de Mordor où s'étendent les Ombres.

Avant-propos à la deuxième édition

Cette histoire a grandi au fil de sa narration, pour devenir une chronique de la Grande Guerre de l'Anneau comprenant de nombreuses allusions à l'Histoire encore plus ancienne qui l'a précédée. Je l'ai entreprise peu après la composition du *Hobbit* (et avant sa publication en 1937) ; mais je n'ai pas persévéré dans l'écriture de cette suite, car je voulais d'abord achever et mettre en ordre la mythologie et les légendes des Jours Anciens, lesquelles prenaient forme depuis un certain nombre d'années déjà. Je souhaitais le faire pour moi-même, ayant peu d'espoir que d'autres puissent s'y intéresser, d'autant que cette œuvre était d'inspiration essentiellement linguistique et avait été entreprise dans le but de fournir un cadre « historique » aux langues elfiques.

Quand ceux dont j'avais sollicité l'avis et les conseils ont corrigé *peu d'espoir* en *aucun espoir,* j'ai renoué avec la suite que j'avais commencée, encouragé par des lecteurs qui demandaient à en savoir plus au sujet des Hobbits et de leurs aventures. Mais l'histoire se trouvait irrésistiblement attirée vers le monde plus ancien, et devint en quelque sorte le compte rendu de sa disparition finale, avant que le commencement et le milieu aient été racontés. Ce processus s'était enclenché pendant l'écriture du *Hobbit*, qui comprenait déjà quelques allusions à la matière plus ancienne : Elrond, Gondolin, les Hauts Elfes et les Orques ; de même qu'un aperçu de choses plus nobles, plus profondes ou plus sombres que le reste, apparues sans crier gare : Durin, la Moria, Gandalf, le Nécromancien, l'Anneau. Le fait de découvrir leur signification et leur rapport aux chroniques anciennes a révélé le Troisième Âge et son point culminant, la Guerre de l'Anneau.

Ceux qui réclamaient d'autres informations à propos des Hobbits finirent par les avoir, mais ils durent attendre longtemps ; car la composition du *Seigneur des Anneaux* a progressé par intervalles entre les années 1936 et 1949, période durant laquelle j'ai été pris par de nombreuses obligations que je n'ai pas négligées, et par bien d'autres intérêts qui, en tant qu'apprenant et enseignant, m'ont souvent absorbé. J'ai aussi été ralenti, forcément, par le déclenchement de la guerre en 1939, année qui s'est achevée sans que je voie encore la fin du Livre Premier. Et malgré la noirceur des cinq années suivantes, je me suis aperçu que je ne pouvais plus mettre cette histoire complètement de côté, et j'ai poursuivi, difficilement, le plus souvent de nuit, jusqu'à me trouver devant la tombe de Balin en Moria. Là, je me suis arrêté un long moment. Il m'a fallu presque un an pour me remettre en route, et ainsi parvenir en Lothlórien et au Grand Fleuve, vers la fin de 1941. Au cours de l'année suivante, j'ai terminé les premiers brouillons de ce qui constitue désormais le Livre Troisième, ainsi que le début des chapitres 1 et 3 du Livre Cinquième ; et là, tandis que les feux d'alarme s'embrasaient en

Anórien et que Théoden arrivait au Val de Hart, j'ai dû m'arrêter. L'intuition faisait défaut et le temps manquait pour réfléchir.

C'est en 1944 que, laissant en plan les détails et les incertitudes d'une guerre qu'il me revenait de conduire, ou à tout le moins de rapporter, je me suis résigné à entreprendre le voyage de Frodo au Mordor. Ces chapitres, qui devaient constituer le Livre Quatrième, ont été écrits et envoyés sous la forme d'un feuilleton à mon fils Christopher, alors en Afrique du Sud avec la Royal Air Force. Il m'a tout de même fallu cinq autres années pour mettre un point final au récit ; entre-temps, j'ai changé de maison, de chaire et de *college* ; mais les jours, quoique moins sombres, n'en étaient pas moins laborieux. Quand j'ai fini par atteindre la « fin », toute l'histoire a dû être révisée et, de fait, largement réécrite à rebours. Et elle a dû être dactylographiée, plus d'une fois, par moi, les services offerts en ce domaine par les professionnels à dix doigts étant alors au-dessus de mes moyens.

Le Seigneur des Anneaux a été lu par de nombreuses personnes depuis sa parution tardive ; et j'aimerais dire ici quelques mots de ce qui a trait aux multiples opinions et conjectures que j'ai pu lire, ou dont on m'a fait part, quant aux motivations et à la signification du récit. Sa motivation première était le désir d'un conteur de s'essayer à une histoire vraiment très longue qui captiverait ses lecteurs, les amuserait, les enchanterait et, par moments, peut-être, les exciterait ou les émouvrait profondément. En cela, je ne pouvais me fier qu'à ma seule idée de ce qui est attrayant ou émouvant ; et pour beaucoup de lecteurs, inévitablement, ce guide a souvent été pris en défaut. Parmi ceux qui ont lu ce livre, ou qui du moins en ont fait la critique, il en est qui l'ont trouvé ennuyeux, absurde ou méprisable ; et je n'ai aucune raison de m'en plaindre, puisque je pense à peu près la même chose de leurs œuvres, ou du genre d'histoires que visiblement ils préfèrent. Mais, même du point de vue de nombreux lecteurs qui ont aimé mon livre, tout ne plaît pas, loin de là. Il est peut-être impossible, dans un long récit, de plaire à tout le monde en tout point, ou de déplaire à tout le monde sur les mêmes points ; car je constate, d'après les lettres que j'ai reçues, que les passages ou les chapitres que d'aucuns considèrent comme des imperfections sont, tous sans exception, spécialement appréciés par d'autres. Le lecteur le plus critique d'entre tous, moi-même, y découvre maintenant de nombreux défauts, mineurs autant que majeurs ; mais n'étant pas tenu, heureusement, de critiquer son œuvre ou de la réécrire, il passera ces défauts sous silence, sauf un, que d'autres ont également relevé : le livre est trop court.

Quant à une quelconque signification cachée, au « message », l'auteur n'en voit pas et n'en a jamais vu. Mon livre n'est pas allégorique, pas plus qu'il n'a trait à l'actualité. Tout en grandissant, l'histoire s'est enracinée (dans le passé) et a produit des rameaux inattendus ; mais son thème principal était fixé depuis le début, étant donné le choix inévitable de l'Anneau comme fil conducteur entre ce livre-ci et *Le Hobbit*. Le chapitre crucial, intitulé « L'Ombre du passé », est l'une des parties les plus anciennes du récit. Elle a été écrite longtemps avant que les présages de 1939 ne signalent la menace d'un désastre inévitable ; et par conséquent, même si ce désastre avait pu être évité, l'histoire se serait développée essentiellement dans la même veine. Elle puise sa source dans des choses longuement méditées ou, dans certains cas, déjà écrites ; et presque rien (ou rien du tout) n'a été modifié par la guerre qui a éclaté en 1939, ou par ses suites.

La vraie guerre ne ressemble en rien à la guerre légendaire, dans sa manière ou dans son dénouement. Si elle avait inspiré ou dicté le développement de la légende, l'Anneau aurait certainement été saisi et utilisé contre Sauron ; celui-ci n'aurait pas été anéanti, mais asservi, et Barad-dûr n'aurait pas été détruite, mais occupée. Saruman, n'ayant pas réussi à s'emparer de l'Anneau, aurait profité de la confusion et de la fourberie ambiantes pour trouver, au Mordor, le chaînon manquant de ses propres recherches dans la confection d'anneaux ; et bientôt il aurait fabriqué son propre Grand Anneau, de manière à défier le Maître autoproclamé de la Terre du Milieu. Dans un tel conflit, les deux camps n'auraient eu que de la haine et du mépris pour les Hobbits, qui n'auraient pas survécu longtemps, même en tant qu'esclaves.

On pourrait imaginer d'autres scénarios en fonction des goûts ou des opinions de ceux qui apprécient l'allégorie ou les références à l'actualité. Mais je déteste cordialement l'allégorie dans toutes ses manifestations, et je l'ai toujours détestée, depuis que j'ai l'âge et la méfiance qu'il faut pour détecter sa présence. Je préfère de beaucoup l'histoire, vraie ou feinte, et son applicabilité variable, suivant la pensée et l'expérience des lecteurs. Je crois que beaucoup confondent *applicabilité* et *allégorie* ; or l'une réside dans la liberté du lecteur, et l'autre dans la domination voulue par l'auteur.

Un auteur ne peut bien sûr rester totalement insensible à sa propre expérience, mais ce que le germe d'une histoire retire du terreau de l'expérience est extrêmement difficile à caractériser, et les tentatives visant à définir ce processus sont au mieux des hypothèses, fondées sur des données insuffisantes et ambiguës. Il est tout aussi fautif (quoique évidemment tentant) de supposer, quand la vie d'un auteur et celle d'un critique se recoupent, que les courants de pensée ou les événements de leur époque ont nécessairement été les influences les plus déterminantes. Certes, il faut avoir vécu dans l'ombre de la guerre pour vraiment saisir ce qu'elle a d'oppressant ; mais avec les années, on semble avoir oublié que le fait d'être happé, tout jeune, par 1914 n'était une expérience moins affreuse que d'être impliqué en 1939 et dans les années qui ont suivi. Quand la guerre a pris fin, en 1918, tous mes amis proches, sauf un, étaient morts. Ou, pour prendre un exemple moins douloureux : certains ont supposé que « Le nettoyage du Comté » reflète la situation en Angleterre au moment où je terminais mon récit. Rien n'est plus faux. C'est un élément essentiel de l'intrigue, prévu depuis le début, bien que transformé par le personnage de Saruman tel qu'il s'est développé dans l'histoire – sans qu'il y ait, faut-il le préciser, aucune intention allégorique ou allusion à la politique contemporaine. L'expérience n'y est pas totalement étrangère, il est vrai, mais le lien est ténu (car la situation économique était très différente) et remonte à bien plus loin. Je n'avais pas encore dix ans que la région où j'avais passé mon enfance était honteusement détruite, à une époque où les automobiles étaient encore des objets rares (je n'en avais jamais vu) et où les hommes construisaient encore des chemins de fer de banlieue. Récemment, j'ai vu dans un journal la photo de la décrépitude finale du moulin naguère prospère qui, il y a toutes ces années, me semblait si important à côté de son étang. Je n'ai jamais aimé l'allure du Jeune Meunier ; mais son père, le Vieux Meunier, portait une barbe noire, et il ne s'appelait pas Sablonnier.

Le Seigneur des Anneaux est maintenant publié dans une nouvelle édition, ce qui a permis d'en réviser le texte. Bon nombre d'erreurs et d'incohérences ayant jusque-là échappé à ma vigilance ont pu être corrigées ; et de plus amples informations ont été fournies, dans la mesure du possible, sur quelques points soulevés par des lecteurs attentifs. J'ai pris connaissance de tous leurs commentaires et questionnements, et s'il en est qui semblent avoir été négligés, c'est peut-être parce que je ne suis pas parvenu à tenir mes notes en bon ordre ; mais bien des questions ne sauraient être éclaircies sans l'élaboration de nouveaux appendices, ou même d'un volume complémentaire qui comprendrait la plupart des textes n'ayant pas été retenus pour l'édition d'origine, notamment sur les détails linguistiques. En attendant, la présente édition comporte cet avant-propos, un ajout au Prologue, quelques notes supplémentaires, de même qu'un index des noms de personnages et de lieux. Cet index comprend la totalité des noms, mais certains renvois ont été volontairement écartés afin de le raccourcir. L'index complet, comprenant toutes les données préparées pour moi par Mme N. Smith, devra être réservé au volume complémentaire.

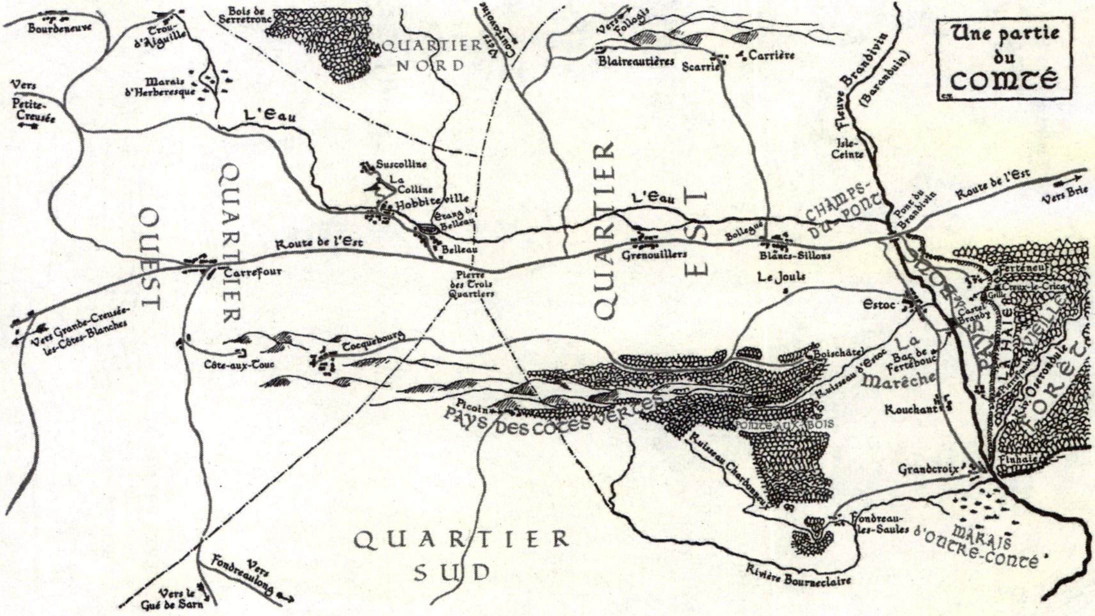

Une partie du Comté

L'OUEST DE LA
TERRE DU MILIEU
À LA FIN DU
TROISIÈME ÂGE
Milles
50
100
150
200
Baie glacée du Forochel
Himling
ERED LUIN
Forlindon
Le Royaume Perdu
EMYN UIAL
(Collines du Crépuscule)
ARNOR
ERIADOR
Nenuial
(Lac du Crépuscule)
Coteaux du Nord
Carn Dûm
Angmar
Montagnes d'Angmar
Ici se trouvait jadis le royaume du Sorcier d'Angmar
Landes d'Etten
Fornost
Collines du Vent
Lhûn (Lune)
Mithlond (Havres Gris)
Golfe du Lhûn
Forlond
Harlond
Collines des Tours
Coteaux Blancs
Coteaux du Lointain
ARTHEDAIN
LE COMTÉ
Hobbiteville
Pont du Brandevin
Vieille Forêt
Brie
Route Est-Ouest
Montauvent (Amon Sûl)
Dernier Pont
RHUDAUR
(Fongrège)
Bosvailles aux Trolls
Coteaux des Tertres
Coteaux du Sud
Chemin Vert
CARDOLAN
Mitheithel
Bruinen (Bruyandeau)
Gué de Sarn
(Brandivin)
(Montagnes Bleues)
Harlindon
Baranduin
MINHIRIATH
Tharbad
Nîn-in-Eilph (Marais aux Cygnes)
Eregion (Houssière)
Porte de la Moria
Glanduin
Gwathló (Grisfleur)
Eryn Vorn
Lond Daer
ENEDWAITH
Dunlande
Route Nord-Sud
Isengard
Gués de l'Isen
Angren (Isen)
Adorn
Ouestfolde
Gorge de Helm
ERED NIMRAIS
(Mont. Blanches)
Drúwaith Iaur
Lefnui
Pinnath Gelin
Anfalas
(Longuestrande)
Andrast
Ras Morthil

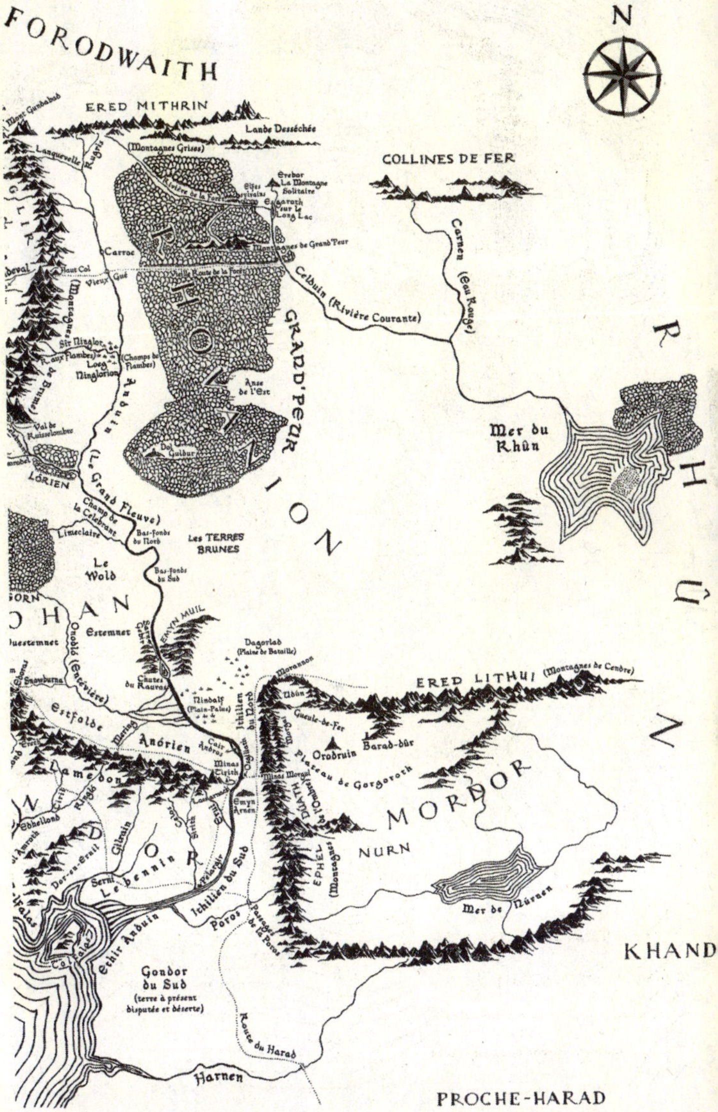

N
FORODWAITH
ERED MITHRIN
Mont Gundabad
Landes Desséchées
(Montagnes Grises)
Languevelle
Rugris
COLLINES DE FER
Erebor
La Montagne Solitaire
Elfes sylvains
Rivière de la Forêt
Esgaroth sur le Long Lac
Montagnes de Grand'Peur
Carnen
(Eau Rouge)
Carroc
Haut Col
Vieux Gué
Vieille Route de la Forêt
Celduin (Rivière Courante)
RHOVANION
GRAND'PEUR
Sir Ninglor
(Champs de Flambes)
Loeg Ninglorion
Anduin
Anse de l'Est
Dol Guldur
Val de Ruisselombre
LÓRIEN
(Le Grand Fleuve)
Champ de la Celebrant
Limeclaire
Bas-fonds du Nord
Les TERRES BRUNES
Le Wold
Bas-fonds du Sud
Mer du Rhûn
RHÛN
ROHAN
EMYN MUIL
Estemnet
Ouestemnet
Onodló (Entevière)
Dagorlad (Plaine de Bataille)
Snowburna
Chutes du Rauros
Nindalf (Plats-Palus)
Ithilien du Nord
Morannon
ERED LITHUI (Montagnes de Cendre)
Udûn
Estfolde
Gueule-de-Fer
Mering
Anórien
Cair Andros
Orodruin
Barad-dûr
Lamedon
Minas Tirith
Minas Morgul
Plateau de Gorgoroth
Emyn Arnen
MORDOR
Ringló
Gilrain
Edhellond
Dor-en-Ernil
Lebennin
Ephel Dúath
(Montagnes de l'Ombre)
NURN
Pelargir
Ithilien du Sud
Poros
Passage de la Poros
Mer de Núrnen
Ethir Anduin
KHAND
Gondor du Sud
(terre à présent disputée et déserte)
Route du Harad
Harnen
PROCHE-HARAD

Prologue

1. À propos des Hobbits

Ce livre est en grande partie consacré aux Hobbits, et le lecteur pourra découvrir dans ses pages une bonne part de leur caractère et un peu de leur histoire. D'autres informations se trouvent également dans l'extrait du *Livre Rouge* de la Marche-de-l'Ouest déjà publié sous le titre *Le Hobbit.* Cette histoire était tirée des premiers chapitres du *Livre Rouge*, composés par Bilbo lui-même, le premier Hobbit à s'être fait connaître dans le monde entier ; histoire qu'il intitula *Un aller et retour*, puisqu'elle racontait son voyage dans l'Est et son retour à la maison – une aventure qui finit par entraîner tous les Hobbits dans les grands événements de cet Âge dont il sera ici question.

Mais de nombreux lecteurs voudront peut-être, d'entrée de jeu, en savoir davantage au sujet de ce peuple remarquable, tandis que d'autres pourraient ne pas posséder le précédent livre. C'est pourquoi nous rassemblons ici quelques notes sur les points les plus importants, tirées de la tradition hobbite ; et nous rappelons brièvement la première aventure.

Les Hobbits sont un peuple longtemps passé inaperçu mais néanmoins très ancien, plus nombreux autrefois qu'il ne l'est aujourd'hui ; car ils aiment la paix, la tranquillité, et une bonne terre aux longs labours : rien ne leur convenait mieux qu'une campagne bien ordonnée et bien cultivée. Ils ne comprennent pas et n'ont jamais compris ni aimé les machines plus compliquées qu'un soufflet de forge, un moulin à eau ou un métier à tisser rudimentaire, bien qu'ils aient su manier les outils avec habileté. Même aux temps anciens, ils étaient généralement très réservés avec « les Grandes Gens », comme ils nous appellent, et de nos jours, ils nous évitent avec effroi et deviennent difficiles à trouver. Ils ont l'ouïe fine et l'œil perçant, et s'ils ont tendance à l'embonpoint et ne se pressent jamais sans nécessité, ils montrent néanmoins beaucoup d'agilité et d'adresse dans leurs mouvements. Ils ont toujours été doués dans l'art de disparaître rapidement et sans bruit, quand de gros pataude qu'ils ne souhaitent pas rencontrer s'aventurent de leur côté ; et cet art, ils l'ont perfectionné à tel point qu'il peut paraître magique aux yeux des Hommes. Mais les Hobbits n'ont, en fait, jamais étudié de magie d'aucune sorte, et leur nature insaisissable n'est due en réalité qu'à une habileté professionnelle que l'hérédité et l'expérience, de même qu'une étroite union avec la terre, ont rendue inimitable pour d'autres races plus gauches et lourdes.

Car les Hobbits sont des gens de petite stature, plus petits que les Nains : moins gros et trapus, s'entend, même quand ils ne sont pas beaucoup moins grands. Car leur taille est variable : entre deux et quatre pieds, selon nos mesures. De nos jours, ils atteignent rarement trois pieds ; mais les Hobbits ont rapetissé, disent-ils, et anciennement ils étaient plus grands. Selon le *Livre Rouge*, Bandobras Touc (Fiertaureau), fils d'Isumbras III, mesurait quatre pieds cinq pouces et pouvait monter à cheval. Dans toutes les chroniques hobbites, il ne fut surpassé que par deux célèbres personnages de jadis ; mais cette étrange histoire sera abordée dans le présent livre.

Quant aux Hobbits du Comté dont il est question dans ces récits, aux jours de leur prospérité et de leur paisible existence, c'étaient de joyeuses gens. Ils s'habillaient de couleurs vives, avec une préférence marquée pour le jaune et le vert ; mais ils portaient rarement des chaussures, leurs pieds ayant la plante dure comme du cuir et étant recouverts d'un épais poil brun et frisé, très semblable à leur chevelure, laquelle était généralement brune. Ainsi, le seul métier qu'ils ne pratiquaient pas couramment était la cordonnerie ; mais ils avaient de longs doigts habiles et pouvaient fabriquer bien d'autres choses utiles et belles. Leur visage était d'ordinaire plus enjoué que joli, large, avec des yeux brillants, des joues rouges et une bouche qui se prêtait volontiers au rire, au manger et au boire. Et pour ce qui était de rire, de manger et de boire, ils le faisaient souvent et avec entrain, ne dédaignant pas une bonne plaisanterie, et six repas par jour (quand ils le pouvaient). Ils étaient accueillants et adoraient les fêtes, ainsi que les cadeaux, qu'ils offraient sans compter et acceptaient sans se faire prier.

Il semble en effet (même s'ils se sont beaucoup éloignés par la suite) que les Hobbits nous sont apparentés : ils sont bien plus proches de nous que les Elfes, ou même les Nains. Jadis, ils parlaient les langues des Hommes, à leur manière, et avaient à peu près les mêmes goûts et les mêmes aversions que les Hommes. Mais il n'est plus désormais possible de découvrir la nature exacte de cette parenté. L'apparition des Hobbits remonte à très loin, aux Jours Anciens qui sont aujourd'hui perdus et oubliés. Seuls les Elfes conservent encore des chroniques de cette époque disparue, et leurs traditions concernent presque entièrement leur propre histoire, dans laquelle les Hommes apparaissent rarement et les Hobbits ne figurent pas du tout. Or, il apparaît que les Hobbits vivaient depuis maintes longues années en Terre du Milieu, longtemps avant que les autres peuples se soient même avisés de leur paisible existence. Et le monde étant, après tout, peuplé de créatures étranges en quantité innombrable, ces gens de petite stature ne semblaient revêtir que peu d'importance. Mais du temps de Bilbo, et de Frodo son héritier, ils acquirent soudainement, sans l'avoir cherché, une importance et une renommée hors du commun, et troublèrent les conseils des Sages et des Grands.

Cette époque, le Troisième Âge de la Terre du Milieu, est révolue depuis longtemps, et la forme des terres est aujourd'hui complètement changée ; mais les régions où vivaient alors les Hobbits étaient sans doute celles où ils subsistent encore de nos jours : le nord-ouest du Vieux Continent, à l'est de la Mer. De leur pays d'origine, les Hobbits du temps de Bilbo ne savaient plus rien. Le goût du savoir (autre que généalogique) était loin d'être répandu chez eux, bien qu'il y eût encore quelques individus des familles plus anciennes pour étudier leurs propres livres d'histoire, et même les relations de pays et d'époques reculés, qu'ils recueillaient auprès des Elfes, des Nains et des Hommes. Leurs propres archives ne commençaient qu'après la colonisation du Comté, et leurs plus anciennes légendes ne remontaient guère plus loin qu'à leurs Jours d'Errance. Il apparaît néanmoins, à la lumière de ces légendes et de ce que nous apprennent leurs vocables particuliers et leurs coutumes distinctives, que dans leur lointain passé, comme bien d'autres peuples, les Hobbits s'étaient déplacés vers l'ouest. Leurs contes les plus anciens semblent laisser entrevoir une époque où ils vivaient dans les vallées supérieures de l'Anduin, entre l'orée de Vertbois-le-Grand et les Montagnes de Brume. On ne sait plus aujourd'hui pourquoi ils ont entrepris la dure et périlleuse traversée des montagnes jusqu'en Eriador. Leurs propres récits faisaient état de la prolifération des Hommes dans le pays, et d'une ombre tombée sur la forêt, de sorte qu'elle s'enténébra et prit le nom de Grand'Peur.

Avant la traversée des montagnes, les Hobbits s'étaient déjà scindés en trois espèces quelque peu différentes : les Piévelus, les Fortauds et les Peaublêmes. Les Piévelus étaient plus bruns de peau, plus petits et plus courts, et ne portaient ni barbe, ni bottes ; leurs pieds et leurs mains étaient agiles et bien faits, et ils préféraient les montagnes et les collines. Les Fortauds étaient plus larges, plus robustes ; leurs pieds et leurs mains étaient plus massifs, et ils préféraient les plaines et le bord des rivières. Les Peaublêmes avaient le teint et les cheveux plus pâles, et ils étaient plus grands et minces que les autres ; ils aimaient les arbres et les terres boisées.

Les Piévelus côtoyaient beaucoup les Nains autrefois, et vécurent longtemps sur les contreforts des montagnes. Ils migrèrent très tôt vers l'ouest et parcoururent l'Eriador jusqu'à Montauvent, pendant que les autres habitaient encore la Contrée Sauvage. Cette variété était, sans aucun doute, la plus ordinaire et la plus représentative du peuple hobbit – et de loin la plus nombreuse. Les Piévelus étaient les plus enclins à s'établir en un lieu précis, et furent ceux qui conservèrent le plus longtemps leur habitude ancestrale d'habiter dans des tunnels et des trous.

Les Fortauds s'attardèrent longtemps sur les rives du Grand Fleuve Anduin, et se cachaient moins des Hommes. Ils passèrent à l'ouest des Montagnes après les Piévelus, suivant le cours de la Bruyandeau vers le sud ; et là, nombre d'entre eux vécurent longtemps entre Tharbad et les frontières de la Dunlande avant de remonter vers le nord.

Les Peaublêmes, les moins nombreux, étaient une branche nordique. Ils étaient en meilleurs termes avec les Elfes que ne l'étaient les autres Hobbits, plus doués pour les langues et les chansons que pour le travail manuel ; et autrefois, ils préféraient la chasse au labour. Traversant les montagnes au nord de Fendeval, ils descendirent la rivière Fongrège. En Eriador, ils se mêlèrent bientôt aux autres groupes qui les avaient précédés, mais comme ils étaient un peu plus hardis et aventureux, il n'était pas rare de les voir assumer un rôle de meneur ou de chef dans les clans de Piévelus ou de Fortauds. Même au temps de Bilbo, une forte ascendance peaublême se remarquait encore dans les grandes familles, notamment chez les Touc et les Maîtres du Pays-de-Bouc.

En Eriador, ces Terres de l'Ouest comprises entre les Montagnes de Brume et les Montagnes de Loune, les Hobbits trouvèrent tant des Hommes que des Elfes. En effet, il s'y trouvait encore quelques descendants des Dúnedain, les rois des Hommes de l'Occidentale ayant jadis traversé la Mer ; mais leur nombre diminuait rapidement, et les terres de leur Royaume du Nord devenaient partout désertes. Il y avait amplement assez de place pour accueillir de nouveaux venus, et les Hobbits ne tardèrent pas à s'établir en communautés ordonnées. Du temps de Bilbo, la plupart de leurs anciens établissements étaient disparus et oubliés depuis longtemps ; mais l'un des premiers à devenir un bourg d'importance subsistait encore, sans toutefois être aussi vaste que par le passé : il se trouvait à Brie et dans le Bois de Chètes tout autour, à quelque quarante milles à l'est du Comté.

Ce fut sans doute à cette époque reculée de leur histoire que les Hobbits apprirent et à lire et à écrire à la manière des Dúnedain, lesquels avaient appris cet art des Elfes longtemps auparavant. À cette même époque, ils oublièrent toutes les langues qu'ils avaient pu parler jusque-là, et employèrent dès lors le parler commun, appelé occidentalien, qui était en usage dans tous les territoires des rois, de l'Arnor au Gondor, et le long de toutes les côtes de la Mer, du Belfalas au golfe du Loune. Ils conservèrent néanmoins quelques mots à eux, ainsi que leurs propres appellations des mois et des jours, et bon nombre de noms et prénoms hérités du passé.

Pour les Hobbits, c'est aux alentours de cette époque

que s'arrête la légende et que commence l'Histoire avec un comput des années. Car ce fut en l'an mille six cent un du Troisième Âge que les frères Marcho et Blanco, des Peaublêmes, partirent de Brie ; et ayant obtenu l'autorisation du grand roi de Fornost[1], ils traversèrent le fleuve Baranduin aux eaux brunes avec une grande suite de Hobbits. Ils franchirent le pont des Arcs-en-pierre, construit au faîte de la puissance du Royaume du Nord, et prirent toutes les terres situées au-delà pour s'y établir, entre le fleuve et les Coteaux du Lointain. On leur demanda simplement d'entretenir le Grand Pont (ainsi que tous les autres ponts et routes), d'accorder libre passage aux messagers du roi, et de reconnaître sa souveraineté.

C'est alors que commença le *Comput du Comté* ; car l'année de la traversée du Brandivin (ainsi qu'on transforma ce nom chez les Hobbits) devint l'An Un du Comté, toutes les autres dates étant comptées à partir de celle-ci[2]. Les Hobbits de l'Ouest tombèrent aussitôt amoureux de leur nouveau pays ; ils y demeurèrent, et bientôt disparurent une fois de plus de l'histoire des Hommes et des Elfes. Tant qu'il y eut un roi, ils restèrent en principe ses sujets, même si en réalité, ils étaient gouvernés par leurs propres chefs et ne prenaient aucune part aux événements du monde extérieur. Lors de la dernière bataille à Fornost contre le Sire-Sorcier de l'Angmar, ils envoyèrent des archers

---

1. Comme l'indiquent les archives du Gondor, il s'agissait d'Argeleb II, le vingtième de la lignée du Nord, laquelle s'éteignit avec Arvedui trois cents ans plus tard.

2. On peut donc, en ajoutant 1600 aux dates du Comput du Comté, obtenir les années du Troisième Âge selon le comput des Elfes et des Dúnedain.

au secours du roi, ou du moins l'ont-ils affirmé, bien qu'aucun récit des Hommes n'en fasse état. Mais au terme de cette guerre, le Royaume du Nord prit fin, après quoi les Hobbits s'approprièrent les terres et se choisirent un Thain parmi leurs chefs pour exercer l'autorité du roi qui n'était plus. Là, pendant un millénaire, ils furent peu inquiétés par les guerres, et ils prospérèrent et se multiplièrent après la Grande Peste (37 C.C.) jusqu'au désastre du Long Hiver, suivi d'une importante famine. Plusieurs milliers d'habitants périrent alors ; mais à l'époque de ce récit, les Jours de Disette (1158-1160) n'était plus qu'un lointain souvenir, et les Hobbits s'étaient de nouveau habitués à l'abondance. Leur terre était hospitalière et prodigue de ses richesses, car bien que désertée depuis longtemps lorsqu'ils y arrivèrent, elle avait été bien cultivée auparavant, du temps où le roi y avait de nombreuses fermes, champs de blé, vignobles et terres boisées.

Elle s'étendait sur quarante lieues, des Coteaux du Lointain jusqu'au Pont du Brandivin, et en faisait cinquante depuis les landes du nord jusqu'aux marécages du sud. Les Hobbits l'appelèrent le Comté, c'est-à-dire la région où s'exerçait l'autorité de leur Thain, un lieu d'affaires bien ordonnées ; et là, dans cette agréable partie du monde, ils s'affairèrent à vivre leurs vies bien ordonnées, et ils firent de moins en moins attention au monde extérieur où de sombres choses évoluaient, si bien qu'ils finirent par croire que la paix et l'abondance étaient la norme en Terre du Milieu, un droit pour tous les gens de bon sens. Ils oublièrent le peu qu'ils avaient jamais su au sujet des Gardiens, ou décidèrent d'en faire fi, négligeant les efforts de ceux qui assuraient la longue paix du Comté. Dans les faits, ils étaient protégés, mais ils avaient cessé de s'en souvenir.

Jamais il n'y eut de Hobbits d'aucune sorte au tempérament guerrier, et jamais les Hobbits ne s'étaient battus entre eux. Au temps jadis, ils avaient bien sûr été forcés de se battre pour survivre dans un monde cruel ; mais du temps de Bilbo, c'était de l'histoire très ancienne. De leur dernière bataille avant le début de ce récit (la seule, d'ailleurs, à s'être déroulée à l'intérieur des frontières du Comté), il ne restait plus aucun témoin vivant : il s'agit de la Bataille des Champs-Verts, 1147 C.C., au cours de laquelle Bandobras Touc mit une invasion d'Orques en déroute. Même les saisons s'étaient adoucies, et les loups chasseurs qui, autrefois, descendaient du Nord lors des rudes hivers blancs n'étaient plus qu'une histoire racontée aux enfants. Ainsi, bien qu'il y eût encore une provision d'armes dans le Comté, elles servaient surtout de trophées, ornant les cheminées et les murs des habitations, ou encore, les salles du musée de Grande-Creusée. On l'appelait la Maison des Mathoms ; car tout ce pour quoi les Hobbits n'avaient pas d'usage immédiat, mais qu'ils ne voulaient pas jeter, était pour eux un *mathom.* Leurs demeures avaient tendance à s'encombrer de mathoms, et nombre des cadeaux qui s'échangeaient de main en main étaient de cette sorte.

Ce peuple, malgré le confort et la paix dont il jouissait, conservait une singulière endurance. Car les Hobbits ne se laissaient pas facilement abattre ou tuer, quand les choses en arrivaient là ; et s'ils étaient inlassablement épris des bonnes choses, c'était peut-être, justement, parce qu'ils parvenaient à s'en passer lorsqu'ils y étaient contraints, et qu'ils pouvaient survivre aux affres du chagrin, de l'ennemi ou du climat, d'une manière qui ne manquait pas de surprendre ceux qui ne les connaissaient pas bien et ne regardaient pas plus loin que leurs ventres ronds et leurs visages joufflus. Lents à la querelle, et ne tuant aucune créature vivante pour le plaisir de la chasse, ils se montraient néanmoins vaillants quand ils étaient acculés, et savaient encore manier les armes en cas de nécessité. Ils tiraient bien à l'arc, car ils avaient la vue perçante et une bonne visée. Non seulement avec l'arc et les flèches. Quand un Hobbit ramassait une pierre, il était conseillé de se mettre rapidement à couvert, comme le savaient fort bien les bêtes qui s'aventuraient sur leurs propriétés.

Tous les Hobbits vivaient à l'origine dans des trous creusés à même le sol, ou du moins le croyaient-ils, et c'était dans ce genre de demeures qu'ils se sentaient encore le plus à l'aise ; mais au fil du temps, ils avaient dû adopter d'autres types d'habitations. En fait, dans le Comté au temps de Bilbo, il n'y avait en règle générale que les Hobbits les plus riches et les plus pauvres pour conserver l'ancienne coutume. Les plus pauvres vivaient encore dans les terriers les plus rudimentaires qui soient, en vérité de simples trous, avec une seule fenêtre ou même aucune ; tandis que les mieux nantis se construisaient de somptueuses résidences inspirées des modestes excavations d'autrefois. Mais les sites capables d'accueillir ces grands tunnels ramifiés (ou *smials,* comme ils les appelaient) ne se trouvaient pas partout ; et dans les plaines et les basses terres, les Hobbits, à mesure qu'ils se multipliaient, avaient commencé à construire au-dessus du sol. En effet, même dans les régions vallonnées et les anciens villages, tels Hobbiteville ou Tocquebourg, ou dans le chef-lieu du Comté, Grande-Creusée-les-Côtes-Blanches, on remarquait à présent de nombreuses maisons en bois, en brique ou en pierre. Celles-ci étaient particulièrement appréciées des meuniers, cordiers, forgerons, charrons et autres artisans du même genre ; car même lorsqu'ils avaient des trous où habiter, les Hobbits avaient coutume de construire des remises et des ateliers.

L'habitude de construire des fermes et des granges avait commencé, disait-on, chez les habitants de la Marêche, près du Brandivin. Les Hobbits de cette région, le Quartier Est, étaient plutôt trapus, avec de fortes jambes, et ils portaient des bottes de Nains par temps boueux. Mais ils étaient reconnus pour avoir beaucoup de sang fortaud, comme en faisait foi le duvet que maints d'entre eux portaient au menton. Aucun Piévelu ou Peaublême n'avait trace de barbe. En fait, les gens de la Marêche (et du Pays-de-Bouc, à l'est du Fleuve, qu'ils occupèrent par la suite) arrivèrent pour la plupart tardivement dans le Comté, étant venus du Sud ; et ils conservaient bon nombre de mots et de noms singuliers qui ne se retrouvaient nulle part ailleurs dans le Comté.

Il est probable que l'art de construire, comme bien d'autres arts, leur venait des Dúnedain. Mais les Hobbits ont pu l'apprendre directement des Elfes, qui instruisirent les Hommes au temps de leur jeunesse. Car les Elfes du Haut Peuple n'avaient toujours pas déserté la Terre du Milieu, et demeuraient encore en ce temps-là aux Havres Gris, quelque peu à l'ouest, et en d'autres endroits non loin du Comté.

Trois antiques tours elfes se voyaient encore sur les Collines des Tours au-delà des marches occidentales. Elles brillaient loin dans le clair de Lune. La plus haute était aussi la plus éloignée, dressée seule sur un monticule vert. Les Hobbits du Quartier Ouest disaient que, du haut de cette tour, on pouvait apercevoir la Mer ; mais nul ne se souvenait qu'aucun Hobbit y fût jamais monté. En fait, bien peu d'entre eux avaient déjà vu la Mer ou navigué sur elle, et encore moins étaient revenus pour en témoigner. La plupart des Hobbits considéraient même les rivières et les petits bateaux avec la plus grande méfiance, et ils n'étaient pas nombreux à savoir nager. Et à mesure que les années passaient dans le Comté, ils parlèrent de moins en moins aux Elfes et se mirent à les craindre, devenant soupçonneux des gens qui les côtoyaient ; et dès lors la Mer fut pour eux un mot d'épouvante et un signe de mort, et ils se détournèrent des collines à l'ouest de leur pays. L'art de construire leur venait peut-être des Elfes ou des Hommes, mais les Hobbits s'en servaient à leur manière. Ils n'étaient pas du tout portés sur les tours. Leurs maisons étaient d'ordinaire longues et basses, en plus d'être confortables. Les plus anciennes n'étaient d'ailleurs que des constructions imitant les *smials,* recouvertes de foin ou de chaume, ou encore de gazon, aux murs légèrement bombés. Ce style d'habitation datait cependant des débuts du Comté, et l'architecture hobbite avait beaucoup évolué depuis, grâce à des procédés qu'ils avaient appris des Nains ou découverts par eux-mêmes. Elle se distinguait encore par cette préférence qu'avaient les Hobbits pour les fenêtres rondes, et même les portes tout en rondeur.

Les maisons et les trous des Hobbits du Comté étaient souvent de vastes demeures où logeaient de grandes familles. (Bilbo et Frodo Bessac, deux célibataires, étaient, à cet égard, très exceptionnels – comme à bien d'autres égards, dont leur amitié avec les Elfes.) Parfois, comme pour les Touc de Grands Smials ou les Brandibouc de Castel Brandy, plusieurs générations de parents vivaient ensemble et en (relative) harmonie dans un manoir ancestral aux multiples tunnels. Quoi qu'il en soit, les Hobbits étaient tous dotés d'un certain esprit de clan et accordaient beaucoup d'importance aux liens de parenté. Ils dressaient de grands arbres généalogiques aux ramifications complexes et innombrables. Quand on a affaire aux Hobbits, il est bien important de se rappeler qui est parent avec qui, et à quel degré. Il serait impossible, dans ce livre, de donner un arbre généalogique qui comprendrait ne serait-ce que les membres les plus éminents des plus importantes familles au temps où se passent ces récits. Les arbres que l'on trouve à la fin du *Livre Rouge de la Marche-de-l'Ouest* forment en eux-mêmes un petit livre, que tous sauf les Hobbits trouveraient extrêmement fastidieux. Les Hobbits adoraient ce genre de choses, quand elles étaient justes : ils aimaient que les livres soient remplis de choses qu'ils savaient déjà, exposées clairement et sans contradictions.

2. À propos de l'herbe à pipe

Il est un autre fait étonnant dont il faut parler concernant les Hobbits de jadis, une habitude surprenante : ils absorbaient ou inhalaient, à l'aide de pipes en terre ou en bois, la fumée produite par la combustion des feuilles d'une plante, qu'ils nommaient *feuille* ou *herbe à pipe*, probablement une variété du genre *Nicotiana.* L'origine de cette étrange coutume, cet « art », comme les Hobbits préféraient l'appeler, est entourée d'un épais mystère. Tout ce qui a pu être découvert à ce sujet dans l'Antiquité a été colligé par Meriadoc Brandibouc (futur Maître du Pays-de-Bouc) ; et comme lui-même et le tabac du Quartier Sud doivent tous deux jouer un rôle dans l'histoire qui va suivre, on peut citer ici les remarques qu'il a consignées dans l'introduction de son *Herbier du Comté.*

« Cet art, écrit-il, est certainement celui que nous pouvons revendiquer comme étant de notre invention. Nul ne sait quand les Hobbits ont commencé à fumer. Toutes les légendes et les histoires familiales le tiennent pour acquis : de tout temps, les gens du Comté ont fumé diverses herbes, certaines plus âcres, d'autres plus douces. Mais toutes les sources s'accordent pour dire que Tobold Sonnecornet, de Fondreaulong, dans le Quartier Sud, fut le premier à cultiver la véritable herbe à pipe dans ses jardins au temps d'Isengrim II, vers l'an 1070 du Comput du Comté. La meilleure du pays provient encore de cette région, en particulier les variétés que l'on nomme aujourd'hui Feuille de Fondreaulong, Vieux Toby et Étoile du Sud.

« Comment le Vieux Toby a découvert cette plante, personne n'en sut jamais rien, car il refusa d'en parler jusqu'à son dernier souffle. Il connaissait parfaitement les herbes, mais ce n'était pas un grand voyageur. On dit que, dans sa jeunesse, il se rendait souvent à Brie :

le plus loin qu'il soit jamais allé en dehors du Comté, à n'en pas douter. Il est donc tout à fait possible qu'il ait eu connaissance de cette plante à Brie, où elle pousse abondamment sur les pentes méridionales de la colline, en tout cas de nos jours. Les Hobbits de Brie prétendent avoir été les tout premiers fumeurs de l'herbe à pipe. Ils prétendent, bien entendu, avoir tout fait avant les gens du Comté, qu'ils qualifient de “colons” ; mais dans ce cas précis, leur prétention a selon moi toutes les chances d'être fondée. Et il ne fait aucun doute que c'est à partir de Brie que l'art de fumer l'herbe authentique s'est répandu au cours des derniers siècles, notamment chez les Nains et les autres gens, Coureurs, Magiciens ou vagabonds, qui empruntaient encore cet ancien carrefour. Le foyer de cet art se trouve donc à la vieille auberge de Brie, *Le Poney Fringant,* tenue depuis toujours par la famille Fleurdebeurre.

« Il reste que, comme j'ai pu le constater au cours de mes nombreux voyages dans le Sud, l'herbe en tant que telle ne semble pas indigène à nos régions, mais elle aurait gagné le Nord depuis l'Anduin inférieur, où elle a selon moi été apportée d'au-delà de la Mer par les Hommes de l'Occidentale. Elle pousse abondamment au Gondor, et elle y est plus grande et plus luxuriante que dans le Nord, où elle ne se trouve pas à l'état sauvage et ne s'épanouit que dans des endroits chauds et abrités comme Fondreaulong. Les Hommes du Gondor l'appellent *galenas douce* et ne l'apprécient que pour le parfum de ses fleurs. De ce pays, elle a dû être disséminée le long du Chemin Vert au cours des nombreux siècles qui se sont écoulés entre la venue d'Elendil et notre ère. Mais même les Dúnedain du Gondor nous accordent ce mérite :

les Hobbits furent les premiers à la mettre dans des pipes. Pas même les Magiciens n'y pensèrent avant nous. Bien que j'en aie connu un qui, ayant adopté cet art il y a longtemps, y devint aussi habile qu'en toutes autres choses auxquelles il s'appliquait. »

3. De l'ordonnancement du Comté

Le Comté était divisé en quatre districts, les Quartiers précédemment mentionnés, Nord, Sud, Est et Ouest ; et eux-mêmes en un certain nombre de domaines ancestraux qui portaient encore les noms d'anciennes familles influentes – même si, au temps de cette histoire, ces noms n'étaient plus désormais confinés à leurs domaines respectifs. Presque tous les Touc vivaient encore dans le Pays-de-Touc, ce qui n'était pas le cas de bien d'autres familles, tels les Bessac ou les Boffine. À l'extérieur des Quartiers se trouvaient les Marches orientales et occidentales : le Pays-de-Bouc (p. 195) et la Marche-de-l'Ouest, rattachée au Comté en 1452 C.C.

Le Comté, à cette époque, n'avait pour ainsi dire aucun « gouvernement ». Le plus souvent, les familles géraient leurs propres affaires. Produire leur nourriture et la consommer occupait le plus clair de leur temps. Pour le reste, ils avaient coutume d'être généreux, et non pas cupides mais mesurés et contents de leur sort, de sorte que les terres, les fermes, les ateliers et les petits métiers avaient tendance à demeurer inchangés pendant des générations.

Ils conservaient, bien entendu, cette tradition ancienne concernant le grand roi de Fornost – ou Norferté, comme ils l'appelaient – loin au nord du Comté. Mais cela faisait plus de mille ans qu'il n'y avait plus de roi, et même les ruines de Norferté-les-Rois étaient couvertes d'herbe. Pourtant, on avait encore coutume de dire des hommes sauvages et des créatures mauvaises (comme les Trolls) qu'ils n'avaient jamais entendu parler du roi. Car les Hobbits attribuaient toutes leurs lois essentielles au roi de jadis ; et d'ordinaire, ils les observaient de plein gré, car c'étaient les Règles (comme ils disaient), aussi anciennes que justes.

Il est vrai que la famille Touc avait longtemps été prééminente ; car la fonction de Thain leur était échue (des Vieilbouc) quelques siècles auparavant, et depuis, le Touc en chef avait toujours porté ce titre. Le Thain était à la tête des Comices du Comté, et capitaine du Rassemblement du Comté et de la Hobbiterie-en-armes ; mais comme le rassemblement et les comices n'étaient tenus qu'en situation d'urgence, ce qui n'arrivait plus jamais, la Thaineté avait cessé d'être autre chose qu'une simple dignité nominale. La famille Touc avait encore droit, cependant, à un respect tout particulier, car elle demeurait à la fois nombreuse et extrêmement riche, et susceptible de produire, génération après génération, des caractères forts aux habitudes singulières et même un tempérament aventureux. Ces qualités, bien qu'encore tolérées (chez les riches), n'étaient guère approuvées du plus grand nombre. Quant au chef de famille, on continuait à l'appeler « le Touc » comme c'était la coutume, tout en ajoutant à son nom un nombre si nécessaire, comme pour Isengrim II, par exemple.

Le seul véritable dignitaire en ce temps-là dans le Comté était le maire de Grande-Creusée (ou du Comté proprement dit), élu tous les sept ans à la Foire Libre qui se tenait sur les Côtes Blanches au temps du Lithe, c'est-à-dire à la Mi-Été. En tant que maire, sa seule responsabilité (ou presque) était de présider les banquets donnés lors des jours fériés, lesquels étaient plutôt fréquents dans le Comté. Mais les fonctions de Maître de Poste et de Premier Connétable se rattachaient au titre de maire, aussi lui revenait-il d'administrer le Service de Messagerie de même que la Garde. C'étaient là les seuls services du Comté, les Messagers étant les plus nombreux et de loin les plus occupés. Les Hobbits n'étaient pas tous des gens lettrés, au contraire, mais ceux qui l'étaient écrivaient continuellement à tous leurs amis (et à certains de leurs parents) qui vivaient à plus d'un après-midi de marche.

« Connétables » était le nom que les Hobbits donnaient à leurs policiers, ou ce qui s'en approchait le plus. Ces agents ne portaient bien sûr aucun uniforme (une telle chose étant parfaitement inconnue), seulement une plume à leur casquette ; et en réalité, il s'agissait davantage de gardes ruraux que de policiers, plus préoccupés des bêtes égarées que des gens. Il n'y en avait que douze dans tout le Comté, trois par quartier, pour s'occuper de l'Intérieur. Un corps nettement plus important, de taille variable, servait à « battre les frontières » afin de s'assurer que les Gens de l'Extérieur, quels qu'ils soient, grands ou petits, ne venaient embêter personne.

Au moment où commence cette histoire, les Gardes-frontières, comme on les appelait, étaient beaucoup plus nombreux que d'ordinaire. Bien des rumeurs et des plaintes faisaient état de personnes et de créatures étranges qui rôdaient le long des frontières ou qui les traversaient : un premier signe que les choses n'étaient pas telles qu'elles auraient dû être – et l'avaient toujours été, hormis dans les contes et les légendes d'il y a fort longtemps. Bien peu de gens en tinrent compte, et pas même Bilbo n'avait encore idée de ce que cela laissait présager. Soixante ans s'étaient écoulés depuis qu'il avait entrepris son remarquable voyage, et il était vieux même pour les Hobbits, qui vivaient facilement jusqu'à cent ans ; mais il lui restait encore une partie des richesses considérables qu'il avait rapportées, de toute évidence. Combien au juste, il ne le confia à personne, pas même à Frodo, son « neveu » préféré. Et il gardait encore secret l'anneau qu'il avait trouvé.

4. De la découverte de l'Anneau

Comme il est raconté dans *Le Hobbit*, il se présenta un jour à la porte de Bilbo le grand Magicien Gandalf le Gris, et treize Nains avec lui : nuls autres, en vérité, que Thorin Lécudechesne, descendant de rois, et ses douze compagnons d'exil. Il prit la route avec eux, à sa grande surprise d'alors, par un matin d'avril de l'année 1341, Comput du Comté, en quête de fabuleux trésors : ceux des Rois sous la Montagne, amassés par les Nains dans les profondeurs de l'Erebor, au Val, loin dans l'Est. La quête fut couronnée de succès, et le Dragon qui gardait le trésor fut anéanti. Et bien qu'on ait dû, avant de triompher, livrer la Bataille des Cinq Armées où mourut Thorin, et où furent accomplis de nombreux faits d'armes, cet épisode n'aurait guère influencé l'Histoire, ou mérité plus de quelques lignes dans les longues annales du Troisième Âge, n'eût été un « accident » qui se produisit en chemin. Leur groupe fut assailli par des Orques dans un haut col des Montagnes de Brume qui devait les conduire dans la Contrée Sauvage, de sorte que Bilbo se perdit quelque temps dans les ténèbres des mines orques, au cœur des montagnes. Et là, tandis qu'il tâtonnait vainement dans le noir, il posa la main sur un anneau qui gisait sur le sol d'un tunnel. Il le mit dans sa poche. On eût dit, à ce moment-là, un simple coup de chance.

Cherchant la sortie, Bilbo descendit aux racines des montagnes jusqu'à ne plus pouvoir avancer. Tout au fond du tunnel s'étendait un lac froid, loin de toute lumière ; et sur un îlot rocheux, au milieu des eaux, vivait Gollum, une hideuse petite créature. Il manœuvrait une petite barque en se servant de ses grands pieds plats, sondant l'obscurité de ses yeux pâles et lumineux, et attrapant des poissons aveugles avec ses longs doigts pour ensuite les manger crus. Il mangeait tout ce qui bougeait, même de l'Orque, s'il pouvait l'attraper et l'étrangler sans avoir à lutter. Il était en possession d'un trésor secret qui lui était parvenu très longtemps auparavant, tandis qu'il vivait encore à la lumière : un anneau d'or qui rendait son porteur invisible. C'était bien la seule chose qu'il aimait, son « Trésor », et il lui parlait, même quand il n'était pas avec lui. Car il le tenait caché et en sécurité dans un trou de son île, sauf quand il partait chasser ou espionner les Orques des mines.

Il eût peut-être attaqué Bilbo sans hésiter, s'il avait eu l'anneau en sa possession quand ils se rencontrèrent ; mais il ne l'avait pas, et le Hobbit tenait dans sa main un poignard elfique qui lui servait d'épée. Pour gagner du temps, Gollum proposa donc à Bilbo de se prêter au Jeu des Énigmes. S'il posait une énigme que Bilbo ne pouvait deviner, lui dit-il, alors il le tuerait et le mangerait ; mais si Bilbo l'emportait sur lui, alors il ferait ce que Bilbo voulait : il le conduirait à travers les tunnels, vers une issue.

Comme il était perdu dans les ténèbres, sans espoir, et ne pouvait ni avancer ni rebrousser chemin, Bilbo accepta le défi de Gollum ; et chacun posa à l'autre de nombreuses énigmes. Bilbo gagna la partie en fin de compte, plutôt par chance (semble-t-il) que par présence d'esprit ; car il finit par ne plus savoir quelle énigme poser, et s'écria, tandis que sa main se refermait sur l'anneau qu'il avait ramassé, puis oublié : *Qu'est-ce qu'il y a dans ma poche ?* À cela, Gollum ne put répondre, même en demandant trois chances.

Les Autorités, il est vrai, diffèrent quant à savoir si cette dernière question était bel et bien une « énigme » selon les Règles strictes, plutôt qu'une simple « question » ; mais tous s'accordent pour dire que, après l'avoir acceptée et tenté de deviner la réponse, Gollum était lié par sa promesse. Et Bilbo le pressa de tenir parole ; car il lui vint à l'esprit que cette créature visqueuse pouvait se révéler fourbe, même si de telles promesses étaient tenues pour sacrées et que tous, hormis les créatures les plus mauvaises, craignaient autrefois de les renier. Mais après avoir baigné si longtemps dans les ténèbres et la solitude, le cœur de Gollum était noir et empreint de traîtrise. Il s'esquiva et retourna sur son île, dont Bilbo ne savait rien, non loin dans l'eau sombre. Là, songeait-il, se trouvait son anneau. La faim le rongeait, à présent, la colère aussi ; et une fois son « Trésor » avec lui, il ne craindrait plus aucune arme du tout.

Mais l'anneau n'était pas sur l'île : il l'avait perdu, son trésor était parti. Bilbo eut froid dans le dos en entendant son cri déchirant, même s'il ne comprenait pas encore ce qui venait de se passer. Gollum avait enfin sauté à la conclusion, mais trop tard. *Qu'est-ce qu'il a dans ses poches ?* s'écria-t-il. Les yeux de Gollum brûlaient d'un feu verdâtre tandis qu'il se hâtait de revenir pour tuer le Hobbit et récupérer son « Trésor ». Bilbo comprit au dernier moment le danger qui le guettait, et s'enfuit à l'aveuglette dans le passage qui l'avait conduit au lac ; et c'est alors que sa chance le sauva une fois de plus. Car au beau milieu de sa course, il mit la main dans sa poche, et l'anneau se glissa discrètement à son doigt. Ainsi Gollum le dépassa sans l'apercevoir, et il s'en fut guetter la sortie de crainte que le « voleur » ne s'échappe. Bilbo le suivit prudemment, tandis qu'il jurait et conversait avec lui-même au sujet de son « Trésor » ; et de cette conversation, Bilbo déduisit à son tour la vérité, et il reprit espoir dans les ténèbres : c'est lui qui était tombé sur le merveilleux anneau, et il tenait là une chance d'échapper aux Orques et à Gollum.

Ils finirent par s'arrêter devant une ouverture invisible qui menait aux portes inférieures des mines, du côté est des montagnes. Là Gollum s'accroupit, aux abois, flairant et écoutant ; et Bilbo fut tenté de le tuer avec son épée. Mais la pitié retint son bras ; et s'il conserva l'anneau dans lequel résidait son seul espoir, il ne voulut pas s'en servir pour poignarder cette misérable créature, alors sans défense. Enfin, rassemblant tout son courage, il sauta dans le noir par-dessus Gollum et s'enfuit par le tunnel, poursuivi par les cris de haine et de désespoir de son ennemi : *Voleur ! voleur ! Bessac ! On le hait à jamais !*

Or, fait curieux, cette histoire n'est pas celle que Bilbo rapporta tout d'abord à ses compagnons. Il leur raconta en effet que Gollum avait promis de lui faire un *cadeau*, s'il gagnait la partie ; mais qu'en allant le chercher sur son île, Gollum s'était aperçu que le précieux objet avait disparu : un anneau magique qui lui avait été donné il y a longtemps, le jour de son anniversaire. Bilbo comprit que c'était précisément l'anneau qu'il avait trouvé ; et puisqu'il avait gagné la partie, l'objet lui revenait déjà de droit. Mais comme il se trouvait en mauvaise posture, il n'en souffla mot à Gollum et exigea, faute de cadeau, que Gollum lui montre la sortie en guise de récompense. Tel fut le récit que Bilbo consigna dans ses mémoires, et il semble ne l'avoir jamais modifié lui-même, pas même après le Conseil d'Elrond. On le trouvait encore, à l'évidence, dans l'original du *Livre Rouge*, tout comme dans plusieurs copies et abrégés. Mais bien d'autres copies présentent la vraie histoire (comme variante), sans doute tirée des notes de Frodo ou de Samsaget, qui apprirent tous deux la vérité, mais semblent n'avoir rien voulu supprimer qui soit de la plume du vieux Hobbit.

Gandalf, pour sa part, douta du récit de Bilbo sitôt qu'il l'entendit ; et il se montra toujours très curieux au sujet de l'anneau. Il finit par apprendre la vérité de la bouche de Bilbo, au terme de longues interrogations qui ébranlèrent leur amitié pendant un certain temps ; mais le magicien semblait attacher beaucoup d'importance à la vérité. Il ne le dit pas à Bilbo, mais il lui paraissait tout aussi troublant de constater que le bon Hobbit n'avait pas dit la vérité dès le début – ce qui était tout à fait contraire à ses habitudes. Reste que l'idée d'un « cadeau » n'était pas qu'une simple fantaisie hobbitesque. Elle lui avait été suggérée, comme Bilbo le reconnut, par la conversation que tenait Gollum et que Bilbo surprit ; car Gollum appela bel et bien l'anneau son « cadeau d'anniversaire », et ce, à plusieurs reprises. Un fait qui, aux yeux de Gandalf, semblait tout aussi étrange et suspect ; mais il ne découvrit pas la vérité à ce sujet avant de nombreuses années encore, comme on le verra dans ce livre.

La suite des aventures de Bilbo ne nous concerne guère ici. Grâce à l'anneau, il échappa aux gardes orques de la porte et rejoignit ses compagnons. Il se servit de l'anneau à maintes reprises au cours de sa quête, surtout pour prêter main-forte à ses amis ; mais il leur cacha son existence aussi longtemps qu'il le put. De retour chez lui, il ne le mentionna plus jamais, sauf à Gandalf et à Frodo ; et personne d'autre dans le Comté n'en savait quoi que ce soit, ou du moins le croyait-il. Seul Frodo eut le privilège de voir le récit de voyage qu'il était en train d'écrire.

Son épée, Dard, Bilbo la suspendit à sa cheminée ; quant à sa merveilleuse cotte de mailles, le cadeau des Nains trouvé à même le trésor du Dragon, il la prêta à un musée, à la Maison des Mathoms de Grande-Creusée, en fait. Mais il gardait chez lui, dans un tiroir, la vieille cape et le capuchon défraîchi qu'il avait portés durant ses voyages ; et l'anneau, bien attaché à une chaînette, demeurait dans sa poche.

Il retrouva Cul-de-Sac, son chez-soi, le 22 juin de sa cinquante-deuxième année (1342 C.C.), et rien de bien remarquable ne se produisit dans le Comté jusqu'à ce que M. Bessac entame les préparatifs de la fête devant célébrer son cent onzième anniversaire (1401 C.C.). C'est alors que s'ouvre cette Histoire.

NOTE SUR LES ARCHIVES DU COMTÉ

À la fin du Troisième Âge, le rôle que jouèrent les Hobbits dans les grands événements ayant mené à l'incorporation du Comté au sein du Royaume Réuni, éveilla chez eux un intérêt plus général pour ce qui touchait leur propre histoire ; et nombre de leurs traditions, restées en grande partie orales, furent recueillies et mises par écrit. Les grandes familles s'intéressèrent également aux affaires du Royaume dans son ensemble, et nombre d'entre eux étudièrent son histoire et ses légendes anciennes. Dès la fin du premier siècle du Quatrième Âge, il existait déjà dans le Comté plusieurs bibliothèques renfermant une multitude de livres d'histoire et d'archives de toutes sortes.

Les plus vastes collections se trouvaient probablement à Sous-les-Tours, à Grands Smials et à Castel Brandy. Le présent compte rendu de la fin du Troisième Âge est tiré en grande partie du *Livre Rouge de la Marche-de-l'Ouest*. Cette source, des plus importantes pour l'histoire de la Guerre de l'Anneau, tient son nom du fait qu'elle fut longtemps préservée à Sous-les-Tours, la demeure des Bellenfant, Gardiens de la

Marche-de-l'Ouest[1]. Il s'agissait à l'origine du journal personnel de Bilbo, qu'il emporta avec lui à Fendeval. Frodo le rapporta dans le Comté avec de nombreuses feuilles de notes éparses ; et en 1420-1421 C.C., il en noircit presque toutes les pages en rédigeant son compte rendu de la Guerre. Mais annexés à ces documents et conservés avec eux, probablement dans un unique étui rouge, se trouvaient les trois grands livres à reliure de cuir rouge que Bilbo lui avait offerts en guise de cadeau d'adieu. À ces quatre volumes, on ajouta en Marche-de-l'Ouest un cinquième livre comprenant des commentaires, des généalogies et divers autres textes au sujet des Hobbits de la Fraternité.

L'original du *Livre Rouge* n'a pas survécu, mais de nombreuses copies, en particulier du premier volume, furent préparées à l'usage des descendants des enfants de maître Samsaget. La copie la plus importante n'est toutefois pas de cette origine. Conservée à Grands Smials, elle fut néanmoins produite au Gondor, probablement à la demande de l'arrière-petit-fils de Peregrin, et terminée en 1592 C.C. (172 Q.A.). Son scribe méridional y ajouta cette note : *Findegil, Écrivain du Roi, acheva cette œuvre en IV 172. Il s'agit d'une copie, exacte en tout point, du* Livre du Thain *conservé à Minas Tirith. Ce livre était lui-même une copie du* Livre Rouge *des Periannath faite à la demande du roi Elessar : il lui fut apporté par le Thain Peregrin lorsque celui-ci se retira au Gondor en IV 64.*

Le *Livre du Thain* fut donc la toute première copie

1. Voir l'Appendice B (années 1451, 1462, 1482) et la dernière note de l'Appendice C. *(Les Appendices dont il sera fait référence sont réunis à la fin du tome III,* Le Retour du Roi *– N.d.É.)*

du *Livre Rouge*, et il contenait bien des choses qui furent plus tard omises ou perdues. À Minas Tirith, il fut abondamment annoté et reçut de nombreuses corrections, notamment en ce qui concerne les noms, les mots et les citations en langues elfiques ; et l'on y ajouta une version abrégée des passages du *Conte d'Aragorn et d'Arwen* qui n'entrent pas dans le compte rendu de la Guerre proprement dit. Le récit complet est attribué à Barahir, petit-fils de l'intendant Faramir, qui l'aurait composé quelque temps après la mort du roi. Mais si la copie de Findegil revêt une importance particulière, c'est surtout parce qu'elle est la seule à donner les « Traductions de l'elfique » par Bilbo dans leur intégralité. Cette œuvre en trois volumes, composée entre 1403 et 1418, fait montre d'un savoir-faire et d'une érudition considérables, mettant à profit toutes les sources, vivantes ou écrites, dont l'auteur disposait à Fendeval. Mais puisque Frodo n'en fit guère usage, vu qu'elle se rapporte presque exclusivement aux Jours Anciens, nous n'en dirons pas davantage ici.

Meriadoc et Peregrin, qui prirent la tête de leurs grandes familles, n'en maintinrent pas moins leurs relations avec le Rohan et le Gondor, aussi les bibliothèques de Fertébouc et de Tocquebourg renfermaient-elles bien des choses qui ne figuraient pas dans le *Livre Rouge*. À Castel Brandy se trouvaient de nombreux ouvrages consacrés à l'Eriador et à l'histoire du Rohan. Certains d'entre eux furent composés par Meriadoc lui-même ou commencés par celui-ci ; même si dans le Comté, on se souvenait surtout de lui pour son *Herbier du Comté*, et pour son *Comput des Années* dans lequel il comparait les calendriers du Comté et de Brie, d'une part, avec ceux de Fendeval, du Gondor et du Rohan, d'autre part. Il fut également l'auteur d'un court traité sur les *Mots et noms anciens du Comté*, s'attachant plus particulièrement à explorer la parenté qu'entretiennent avec la langue des Rohirrim certains « vocables du Comté » (tel le mot *mathom*) et éléments anciens se retrouvant dans les noms de lieux.

Les livres conservés à Grands Smials, moins intéressants pour les habitants du Comté, revêtaient néanmoins une plus grande importance historique. Aucun d'entre eux n'était l'œuvre de Peregrin, mais lui et ses successeurs réunirent de nombreux manuscrits de la main des scribes du Gondor, surtout des copies ou des résumés de chroniques et de légendes se rapportant à Elendil et à ses héritiers. C'était le seul endroit du Comté où se trouvait une documentation substantielle concernant l'histoire de Númenor et la venue de Sauron. C'est probablement à Grands Smials que fut élaboré *Le Compte des Années*[1] à partir de documents recueillis par Meriadoc. Bien que les dates fournies soient souvent hypothétiques, surtout pour le Deuxième Âge, elles n'en méritent pas moins notre attention. Il est probable que Meriadoc obtint de l'aide et des renseignements à Fendeval, où il se rendit plus d'une fois. Là, bien qu'Elrond fût parti, ses fils demeurèrent longtemps, avec quelques-uns de la gent des Hauts Elfes. Il est dit que Celeborn alla y demeurer après le départ de Galadriel, mais il n'est aucun souvenir du jour où il partit en quête des Havres Gris ; et avec lui s'en fut la dernière mémoire vivante des Jours Anciens en Terre du Milieu.

---

1. Présenté dans l'Appendice B sous une forme très abrégée s'arrêtant à la fin du Troisième Âge.

LA FRATERNITÉ DE L'ANNEAU

Première partie
du
Seigneur des Anneaux

LIVRE PREMIER

1

Une fête très attendue

Quand M. Bilbo Bessac, de Cul-de-Sac, annonça qu'il célébrerait bientôt son onzante et unième anniversaire par une fête d'une magnificence exceptionnelle, il y eut force agitation et rumeurs à Hobbiteville.

Bilbo était très riche et très particulier, et il y avait soixante ans que le Comté s'étonnait de lui, depuis sa remarquable disparition et son retour inattendu. Les richesses qu'il avait rapportées de ses voyages étaient désormais une légende locale, et l'on croyait généralement, quoi qu'aient pu dire les aînés, que la Colline de Cul-de-Sac était criblée de tunnels bourrés de trésors. Et si cela ne suffisait pas à assurer sa notoriété, sa vigueur prolongée avait également de quoi surprendre. Le temps passait, mais semblait n'avoir que peu d'effet sur M. Bessac. À quatre-vingt-dix ans, il en paraissait encore cinquante. À quatre-vingt-dix-neuf ans, on commença à le qualifier de *bien conservé,* mais *inchangé* eût été plus exact. Certains secouaient la tête et disaient que c'était trop beau pour être vrai : il semblait injuste que quiconque puisse jouir d'une jeunesse perpétuelle (à ce qu'il semblait) en même temps que d'une fortune inépuisable (à ce qu'on disait).

« Il faudra en payer le prix, disait-on. Ce n'est pas naturel, et les ennuis viendront ! »

Mais jusque-là, les ennuis n'étaient pas venus ; et comme M. Bessac était prodigue de son argent, la plupart des gens lui pardonnaient volontiers ses excentricités et sa bonne fortune. Lui et sa parenté (sauf, bien sûr, les Bessac-Descarcelle) se voyaient encore régulièrement, et il comptait de nombreux et fervents admirateurs parmi les Hobbits de familles pauvres et peu influentes. Mais il n'eut aucun ami proche – jusqu'à ce que certains de ses jeunes cousins parviennent au seuil de l'âge adulte.

L'aîné d'entre eux, et le favori de Bilbo, était le jeune Frodo Bessac. À quatre-vingt-dix-neuf ans, Bilbo adopta Frodo comme héritier, l'amenant vivre avec lui à Cul-de-Sac ; alors les espoirs des Bessac-Descarcelle furent définitivement anéantis. Bilbo et Frodo se trouvaient avoir le même anniversaire, le 22 septembre. « Tu ferais mieux de venir habiter ici, Frodo, mon garçon, dit un jour Bilbo ; comme ça, on pourra célébrer nos anniversaires ensemble et à notre aise. » À cette époque, Frodo était encore dans sa *vingtescence*, comme les Hobbits appelaient l'irresponsable vingtaine entre l'enfance et le début de l'âge adulte à trente-trois ans.

Douze années encore s'écoulèrent. Chaque année à Cul-de-Sac, les Bessac donnaient de doubles fêtes d'anniversaire très animées ; mais cette fois-ci, on avait laissé entendre que quelque chose de tout à fait exceptionnel se préparait pour l'automne. Bilbo allait avoir *onzante et un* ans, 111, un chiffre plutôt curieux, et un âge tout à fait respectable pour un Hobbit (le Vieux Touc lui-même n'avait atteint que cent trente ans) ; Frodo, quant à lui, allait en avoir *trente-trois*, 33, un nombre important : la date de son « passage à l'âge adulte ».

Les langues allèrent bon train à Hobbiteville et à Belleau ; et la rumeur de l'événement à venir se répandit dans tout le Comté. Les antécédents et le caractère de M. Bilbo Bessac redevinrent le sujet de conversation de l'heure ; et les plus âgés virent soudain leurs réminiscences faire l'objet d'une curiosité qu'ils voulurent bien satisfaire.

Personne n'eut d'auditoire plus attentif que le vieux Ham Gamgie, familièrement appelé l'Ancêtre. Il haranguait au *Buisson de Lierre*, une petite auberge sur la route de Belleau ; et il parlait avec une certaine autorité, car il avait entretenu le jardin de Cul-de-Sac pendant quarante ans, après avoir assisté le vieux Holman dans le même rôle. Maintenant que lui-même devenait vieux et s'ankylosait, ce travail revenait surtout à son plus jeune fils, Sam Gamgie. Père et fils étaient tous deux en très bons termes avec Bilbo et Frodo. Ils vivaient sur la Colline même, au numéro 3 de la rue du Jette-Sac, juste en bas de Cul-de-Sac.

« C'est un véritable gentilhobbit que M. Bilbo, un bon monsieur avec une belle instruction, comme je l'ai toujours dit », déclara l'Ancêtre. Ce qui était parfaitement vrai ; car Bilbo était toujours très poli avec lui, l'appelait « maître Hamfast » et ne cessait de faire appel à ses lumières pour la culture des légumes : en matière de « racines », en particulier de pommes de terre, l'Ancêtre était reconnu comme l'autorité première par tous les gens du voisinage (lui-même y compris).

« Et ce Frodo qui vit avec lui ? demanda le Vieux Nouguier de Belleau. Il s'appelle Bessac, mais c'est plus qu'à moitié un Brandibouc, à ce qu'on dit. Je vois pas pourquoi un Bessac de Hobbiteville irait chercher épouse là-bas, dans le Pays-de-Bouc, où les gens sont si bizarres. »

« Pas étonnant qu'ils soient bizarres, fit remarquer Pépère Deuxpied (le voisin immédiat de l'Ancêtre), vu qu'ils vivent du mauvais côté du fleuve Brandivin, et à deux pas de la Vieille Forêt. Cet endroit-là est malsain, si on se fie à la moitié de ce qu'on raconte. »

« T'as raison, Pépé ! dit l'Ancêtre. Non que les Brandibouc du Pays-de-Bouc vivent *dans* la Vieille Forêt ; mais ce sont de drôles de moineaux, à ce qu'il paraît. Ils s'amusent avec des bateaux sur cette grande rivière – et ça n'est pas naturel. Pas surprenant qu'il y ait eu des ennuis, que je dis. Mais n'empêche, M. Frodo est un jeune Hobbit tout ce qu'il y a de plus aimable. Il ressemble beaucoup à M. Bilbo, et pas que d'apparence. Son père était un Bessac, après tout. Un Hobbit très respectable que ce M. Drogo Bessac, très correct ; il a jamais tellement fait parler de lui, jusqu'au jour où il s'est néyé. »

« Néyé ? » firent plusieurs voix. Ce n'était pas la première fois, bien entendu, qu'ils entendaient parler de cette histoire, ni d'autres rumeurs plus sombres encore ; mais les Hobbits sont des passionnés d'histoire familiale, et ils étaient prêts à l'entendre encore.

« Eh bien, c'est ce qu'on raconte, dit l'Ancêtre. Voyez-vous, M. Drogo, il a épousé cette pauvre mam'zelle Primula Brandibouc. C'était la cousine germaine de notre M. Bilbo du côté maternel (sa mère étant la plus jeune des filles du Vieux Touc) ; et M. Drogo était son cousin issu de germain. Donc, M. Frodo est son cousin germain *et* issu de germain, éloigné au premier degré des deux côtés, comme on dit, si vous me suivez. Et M. Drogo séjournait à Castel Brandy en compagnie de son beau-père, le vieux Maître Gorbadoc, comme il en avait pris l'habitude après s'être marié (vu qu'il aimait bien faire ripaille, la table du vieux Gorbadoc étant plutôt bien garnie) ; et il est allé *pagayer* sur le fleuve Brandivin, et lui et sa femme se sont néyés, avec ce pauvre M. Frodo encore enfant et tout. »

« J'ai entendu dire qu'ils sont allés sur l'eau après le dîner, au clair de Lune, dit le Vieux Nouguier, et que le bateau a coulé à cause que Drogo était trop lourd. »

« Et *moi*, j'ai entendu dire qu'elle l'a poussé dans l'eau et qu'il l'a entraînée avec lui », dit Sablonnier, le meunier de Hobbiteville.

« Tu devrais pas écouter tout ce que t'entends, Sablonnier, dit l'Ancêtre, qui n'aimait pas tellement le meunier. Y a pas de raison d'aller raconter des choses pareilles. Ces bateaux-là sont déjà bien assez traîtres pour qui reste assis tranquillement, sans avoir à chercher plus loin la cause des ennuis. Alors bon, il y avait ce M. Frodo qui était orphelin : laissé en rade, si je puis dire, chez ces étranges Boucerons, et ayant grandi à Castel Brandy comme de bien entendu. Une vraie taupinière, à ce qu'on raconte. Le vieux

Maître Gorbadoc avait toujours au moins deux cents de ses parents là-bas avec lui. M. Bilbo s'est jamais montré plus charitable qu'en permettant à ce garçon de venir vivre chez des gens corrects.

« Mais ç'a dû être un sacré choc pour ces Bessac-Descarcelle. Ils pensaient qu'ils allaient hériter de Cul-de-Sac, quand il est parti cette fois-là et qu'on croyait qu'il était mort. Puis il revient et il les renvoie chez eux ; et il continue à vivre indéfiniment, sans jamais prendre une ride, béni soit-il ! Et voilà-t-il pas qu'il se trouve un héritier et fait faire tous les papiers bien comme il faut. Parti comme c'est, les Bessac-Descarcelle verront jamais l'intérieur de Cul-de-Sac. Du moins, c'est à espérer. »

« J'ai ouï dire qu'il y a un joli magot caché là-haut, dit un étranger, un visiteur venu pour affaires de Grande-Creusée, dans le Quartier Ouest. Tout le sommet de votre colline serait criblé de tunnels, avec des coffres remplis d'or, d'argent *et* d'joyaux, à ce que j'ai entendu dire. »

« Vous en avez entendu plus que ce que j'en sais, répondit l'Ancêtre. Jamais qu'on m'a parlé d'*joyaux*. M. Bilbo dépense son argent sans compter et ne semble pas en manquer ; mais j'ai pas connaissance qu'il y ait eu des tunnels de creusés. J'ai vu M. Bilbo quand il est revenu, il y a à peu près soixante ans de ça, dans mon jeune temps. Ça faisait pas longtemps que j'étais l'apprenti du vieux Holman (lui qu'était le cousin de mon père), mais il m'a emmené à Cul-de-Sac pour que je l'aide à empêcher les gens de piétiner le jardin tout partout, pendant qu'il y avait la vente. Et voilà-t-il pas M. Bilbo qui arrive au beau milieu de tout ça, grimpant la Colline avec un poney et des énormes sacs, et un ou deux coffres. Sans doute qu'ils étaient remplis de trésors dénichés à l'étranger, où il y a des montagnes d'or, à ce qu'on dit ; sauf qu'il y en avait pas assez pour remplir des tunnels. Mais mon gars, Sam, pourrait vous en dire plus long à propos de Cul-de-Sac : il arrête pas d'y aller et venir. Il est fou des histoires de l'ancien temps, je vous dis pas ; et il écoute tout ce que M. Bilbo lui raconte. C'est M. Bilbo qui lui a appris ses lettres – sans penser à mal, remarquez, et j'espère qu'aucun mal en sortira.

« *Des Elfes et des Dragons !* que je lui dis. *Des choux et des pommes de terre, voilà ce qui vaut mieux pour toi et moi. Va pas te mêler aux affaires de gens meilleurs que toi, ou tu vas t'attirer des ennuis trop gros pour toi*, que je lui dis. Et je pourrais le dire à d'autres », ajouta-t-il avec un regard à l'étranger et au meunier.

Mais l'Ancêtre ne convainquit pas son auditoire. La légende des richesses de Bilbo était désormais trop solidement ancrée dans l'esprit de la jeune génération de Hobbits.

« Oh, mais il se peut bien qu'il continue d'ajouter à ce qu'il a rapporté la première fois, soutint le meunier, exprimant ainsi l'opinion commune. Il s'absente souvent de chez lui. Et voyez tous ces gens qui lui rendent visite et qui sont pas d'ici : des Nains qui arrivent en plein milieu de la nuit, et ce vieux vagabond d'illusionniste, Gandalf, et tout ça. Tu peux bien dire ce que tu veux, l'Ancêtre, mais Cul-de-Sac est un endroit bizarre, et ses habitants sont encore plus bizarres. »

« Et toi, Sablonnier, tu peux bien parler tant que tu veux, quand même il s'agit de choses à quoi tu connais rien de plus qu'aux bateaux, répliqua l'Ancêtre, que le meunier agaçait encore plus qu'à l'habitude. Si c'est ça être bizarre, alors un peu plus de bizarrerie nous ferait pas de tort, par ici. J'en connais un ou deux qui paieraient pas une bière à un ami, quand même ils vivraient dans des trous aux murs d'or. Mais on fait les choses comme il faut, à Cul-de-Sac. Notre Sam dit que *tout le monde* va être invité à la fête ; et il y aura des cadeaux, remarquez, des cadeaux pour tous – pas plus tard que ce mois-ci. »

Ce mois-là était un mois de septembre, et on n'aurait pas pu en souhaiter de plus beau. Un ou deux jours plus tard se répandit une rumeur (sans doute lancée par ce Sam qui semblait tout savoir) comme quoi il y aurait un feu d'artifice – un feu d'artifice, qui plus est, comme on n'en avait pas vu dans le Comté depuis quasiment un siècle, pas depuis la mort du Vieux Touc, en fait.

Les jours passaient et Le Jour approchait. Un chariot d'aspect étrange, chargé de paquets d'aspect non moins étrange, arriva un soir à Hobbiteville et gravit lentement la Colline jusqu'à Cul-de-Sac. Les Hobbits, stupéfaits, entrebâillèrent leurs portes éclairées de lampes pour y jeter des regards ahuris. Il était conduit par de drôles de gens qui chantaient des chansons étranges : des Nains aux longues barbes et aux grands capuchons. Quelques-uns restèrent à Cul-de-Sac. À la fin de la deuxième semaine de septembre, une charrette arrivée par la route du Pont du Brandivin traversa Belleau en plein jour. Un vieillard la conduisait tout seul. Il portait un grand chapeau bleu et pointu, une longue cape grise et un foulard argent. Il avait une longue barbe blanche et des sourcils broussailleux qui dépassaient en bordure de son chapeau. De jeunes Hobbits se lancèrent à ses trousses, suivant la charrette à travers tout Hobbiteville et jusqu'en haut de la colline. Elle transportait un chargement de feux d'artifice, comme ils le devinèrent. Parvenu à la porte d'entrée de Bilbo, le vieillard commença à décharger sa charrette : il y avait de gros paquets de feux d'artifice de toutes sortes et de formes différentes, tous marqués d'un grand G rouge et de la rune elfique ᚠ.

C'était le signe de Gandalf, bien entendu ; et le vieillard n'était autre que Gandalf le Magicien, dont la renommée dans le Comté tenait surtout à son habile maniement du feu, de la fumée et de la lumière. Ses vraies affaires étaient beaucoup plus délicates et dangereuses, mais les gens du Comté n'en savaient rien. Pour eux, il n'était qu'une des nombreuses « attractions » qui les attendaient à la Fête. D'où l'excitation qu'il suscita chez les jeunes Hobbits. « G comme Géant ! » crièrent-ils, et le vieillard leur sourit. Ils le connaissaient de vue, même s'il ne venait à Hobbiteville qu'à l'occasion et ne restait jamais très longtemps ; mais ni eux, ni aucun de leurs aînés, hormis les plus vieux, n'avaient jamais assisté à l'un de ses feux d'artifice : ils faisaient désormais partie d'un passé légendaire.

Quand le vieillard eut fini de décharger ses affaires, avec l'aide de Bilbo et de quelques Nains, Bilbo distribua des pièces de monnaie ; mais aucun pétard ou diablotin ne devait apparaître, à la grande déception des curieux.

« Sauvez-vous, maintenant ! dit Gandalf. Vous en

verrez de toutes les couleurs le moment venu. » Puis il disparut à l'intérieur avec Bilbo, et la porte se referma. Les jeunes Hobbits restèrent quelque temps fixés dessus, en vain, puis s'enfuirent avec le sentiment que le jour de la fête ne viendrait jamais.

À l'intérieur, Bilbo et Gandalf s'étaient installés à la fenêtre ouverte d'une petite pièce qui avait vue sur le jardin, du côté ouest. L'après-midi, clair et paisible, touchait à sa fin. Les fleurs flamboyaient, rouge et or : gueules-de-loup et tournesols, capucines grimpant aux murs gazonnés et jetant un coup d'œil à travers les fenêtres rondes.

« Votre jardin est si lumineux ! » dit Gandalf.

« Oui, dit Bilbo. J'y suis vraiment très attaché, comme à tout ce cher vieux Comté ; mais je crois que j'ai besoin de vacances. »

« J'en conclus que vous êtes décidé à suivre votre plan ? »

« En effet. Ma décision est prise depuis des mois, et je n'ai pas changé d'idée. »

« Très bien. Inutile d'ajouter quoi que ce soit. Tenez-vous-en à votre plan – dans son intégralité, j'entends – et espérons que tout finira bien, pour vous comme pour nous tous. »

« Je l'espère. En tout cas, j'ai bien l'intention de m'amuser ce jeudi, et de faire ma petite plaisanterie. »

« Qui rira, je me le demande ? » dit Gandalf, secouant la tête.

« On verra », dit Bilbo.

Le lendemain, d'autres charrettes gravirent la Colline, puis d'autres encore. On aurait pu rouspéter qu'il était préférable d'« encourager les commerçants du coin » ; mais les commandes se mirent à affluer cette semaine-là en provenance de Cul-de-Sac, pour toute denrée ou tout produit de base ou de luxe qui pouvait se trouver à Hobbiteville, à Belleau et partout ailleurs dans le voisinage. Les gens commencèrent à s'enthousiasmer ; et ils se mirent à cocher les jours sur le calendrier, guettant l'arrivée du facteur dans l'espoir de recevoir des invitations.

Celles-ci ne tardèrent pas à affluer à leur tour, paralysant la poste de Hobbiteville et submergeant celle de Belleau ; et il fallut faire appel à des bénévoles pour servir de facteurs surnuméraires. Ils gravissaient la Colline en un flot constant, acheminant des centaines de variations polies sur le thème de *Merci, je viendrai certainement.*

Un écriteau fit son apparition au portillon de Cul-de-Sac : Accès interdit sauf pour affaire en lien avec la fête. Même ceux qui avaient ou prétendaient avoir Affaire avec la Fête étaient rarement admis. Bilbo était trop occupé à écrire des invitations, à cocher les présences, à emballer des cadeaux et à faire certains préparatifs personnels. Depuis l'arrivée de Gandalf, on ne l'avait plus revu.

Les Hobbits se réveillèrent un matin pour s'apercevoir que le vaste champ, au sud de l'entrée de Cul-de-Sac, était recouvert de cordes et de mâts destinés aux tentes et aux pavillons. Une entrée spéciale fut excavée dans le talus au bord de la route, et l'on y construisit de larges marches ainsi qu'une grande porte blanche. Les trois familles Hobbites de la rue du

Jette-Sac, adjacente au champ, furent vivement intéressées et universellement enviées. L'Ancêtre Gamgie cessa même de faire semblant de travailler dans son jardin.

Les tentes commencèrent à s'élever. Il y avait un pavillon particulièrement vaste, si énorme que l'arbre au milieu du champ se trouvait entièrement à l'intérieur, dressé fièrement d'un côté, au bout de la table d'honneur. Des lanternes étaient suspendues à chacune de ses branches. Plus prometteur encore (aux yeux des Hobbits) : une immense cuisine extérieure fut installée dans le coin nord du terrain. Une armée de cuistots, issue de tout restaurant ou auberge à des milles à la ronde, vint prêter main-forte aux Nains et aux autres singuliers personnages cantonnés à Cul-de-Sac. L'excitation fut à son comble.

Alors le temps se couvrit. On était mercredi, la veille de la Fête. L'inquiétude était palpable. Puis le jeudi 22 septembre arriva pour de vrai. Le Soleil se leva, les nuages se dissipèrent, les bannières furent déployées et les réjouissances commencèrent.

Bilbo Bessac appelait cela une *fête*, mais il s'agissait en réalité d'un ensemble de distractions réunies en un seul événement. Pratiquement tout le voisinage était invité. Quelques-uns furent oubliés par mégarde, mais comme ils se présentèrent quand même, ce fut sans importance. De nombreux convives venaient aussi d'autres régions du Comté ; quelques-uns vivaient même à l'extérieur des frontières. Bilbo les accueillit tous en personne – les invités et les autres – à la nouvelle porte blanche. Il offrit des cadeaux à tous et chacun (chacun étant mis pour ceux qui ressortaient par-derrière afin de se représenter à la porte). Les

Hobbits offrent des cadeaux aux autres le jour de leur anniversaire. Pas très chers, en règle générale, et jamais aussi généreux que cette fois-là ; mais ce n'était pas une mauvaise méthode. En fait, à Hobbiteville et à Belleau, chaque jour de l'année était l'anniversaire de quelqu'un, aussi les Hobbits de cette région avaient-ils de bonnes chances de recevoir au moins un cadeau par semaine. Mais ils ne s'en lassaient jamais.

Ce jour-là, les présents étaient d'une qualité exceptionnelle. Les enfants Hobbits étaient si excités que, pendant un moment, ils en oublièrent presque la nourriture. Il y avait des jouets tels qu'ils n'en avaient jamais vu auparavant, tous très beaux, et certains assurément magiques. En fait, maints d'entre eux avaient été commandés l'année précédente : ils avaient fait tout le chemin depuis la Montagne et le Val, et c'étaient d'authentiques jouets de fabrication naine.

Quand les invités eurent tous passé la porte une bonne fois pour toutes, il y eut des chansons, de la danse, de la musique, des jeux et, bien sûr, de quoi manger et boire. Trois repas étaient officiellement prévus : le déjeuner, le thé et le dîner (ou souper). Mais le déjeuner et le thé se distinguèrent surtout par le fait que, dans ces moments-là, tous les convives étaient assis à manger ensemble. Le reste du temps, il y avait simplement beaucoup de gens occupés à manger et à boire – continuellement, du morceau de onze heures jusqu'à six heures et demie, quand le feu d'artifice commença.

Les pièces d'artifice étaient de Gandalf : il les avait non seulement apportées, mais aussi conçues et fabriquées lui-même ; et ce fut lui qui les lança, ainsi que les effets spéciaux et les volées de fusées. Mais il y eut également une généreuse distribution de pétards, de diablotins, de claque-doigts, de cierges magiques, de torches, de chandelles naines, de fontaines elfes, d'aboie-gobelins et de coups de tonnerre. Tous étaient superbes. L'art de Gandalf se bonifiait avec l'âge.

Il y eut des fusées comme une volée d'oiseaux scintillants aux voix mélodieuses. Il y eut des arbres verts aux troncs de fumée noire : leurs feuilles s'ouvrirent comme un printemps qui s'épanouit en un battement d'aile, et leurs branches incandescentes firent pleuvoir des fleurs chatoyantes sur les Hobbits éberlués, disparaissant avec un doux parfum au moment de se poser sur leurs visages levés vers le ciel. Il y eut des fontaines de papillons étincelants qui partirent voleter parmi les branches d'arbres ; il y eut des piliers de flammes colorées qui s'élevèrent et se changèrent en aigles, en navires voguant sur les mers, ou en une phalange de cygnes volants ; il y eut un orage pourpre et une averse de pluie jaune ; il y eut une forêt de lances argentées qui se dressèrent soudain avec un hurlement semblable à celui d'une armée assiégée, et qui retombèrent dans l'Eau avec le sifflement de mille serpents ardents. Enfin il y eut une dernière surprise, celle-ci en l'honneur de Bilbo ; et elle saisit les Hobbits à l'extrême, comme Gandalf le souhaitait. Les lumières s'éteignirent. Une grande fumée s'éleva. Elle prit la forme d'une montagne vue de loin, et son sommet se mit à rougeoyer. Il cracha des flammes vertes et écarlates. Un dragon rouge doré en sortit – non pas de grandeur réelle, mais terriblement réaliste : sa gueule vomissait du feu, ses yeux jetaient des regards dévorants ; un rugissement se fit entendre et, par trois fois, il fila comme une flèche au-dessus de leurs têtes. Tous se baissèrent, et plusieurs s'aplatirent face contre terre. Le dragon passa comme un express, fit une culbute, puis éclata au-dessus de Belleau en une explosion assourdissante.

« Voilà qui annonce l'heure du souper ! » dit Bilbo. La douleur et l'affolement s'évanouirent d'un seul coup, et les Hobbits prostrés se relevèrent d'un bond. Tout le monde eut droit à un souper splendide – tout le monde sauf ceux qui étaient conviés au dîner familial, s'entend. Celui-ci se tint dans le grand pavillon, sous l'arbre. Les places se limitaient à douze douzaines (nombre que les Hobbits appelaient également « une grosse », quoique le terme ne fût pas jugé convenable pour référer à des personnes) ; et tous les invités furent sélectionnés parmi les diverses familles dont Bilbo et Frodo faisaient partie, à l'exception de quelques amis sans lien de parenté (comme Gandalf). Bien des jeunes Hobbits avaient été choisis pour y assister, ce qu'ils firent avec l'autorisation parentale ; car les Hobbits étaient indulgents envers leurs enfants quand il s'agissait de veiller tard, surtout quand s'annonçait la possibilité de les nourrir gratuitement. Élever de jeunes Hobbits exigeait une solide quantité de provende.

Il y avait beaucoup de Bessac et de Boffine, et beaucoup de Touc et de Brandibouc ; il y avait divers Fouisseur (apparentés à Bilbo Bessac par sa grand-mère), et divers Fouineur (ceux-ci par son grand-père Touc) ; et un assortiment de Terrier, Bolgeurre, Blairotte, Gaillard, Serreceinture, Sonnecornet et Belpied. Certains d'entre eux n'étaient que de très lointains parents de Bilbo, et quelques-uns n'avaient pratiquement jamais mis les pieds à Hobbiteville, vivant dans des coins reculés du Comté. Les Bessac-Descarcelle ne furent pas oubliés. Otho et sa femme

Lobelia étaient présents. Ils n'aimaient pas Bilbo et détestaient Frodo ; mais le carton d'invitation, écrit à l'encre d'or, était si somptueux qu'ils s'étaient sentis dans l'impossibilité de refuser. Du reste, leur cousin Bilbo se spécialisait dans la gastronomie depuis de très nombreuses années, et sa table était hautement réputée.

Tous les cent quarante-quatre invités s'attendaient à un agréable banquet ; même s'ils redoutaient assez le discours d'après-dîner que leur hôte ne manquerait pas de leur infliger. Il risquait fort d'y glisser quelques morceaux de son cru, qu'il qualifiait de poésie ; et il lui arrivait, après un verre ou deux, de faire allusion aux aventures absurdes qu'il avait vécues lors de son mystérieux voyage. Les invités ne furent pas déçus : ils eurent droit à un *très* agréable banquet, un divertissement des plus absorbants : riche, copieux, varié et prolongé. Les achats de denrées furent presque réduits à néant, partout dans la région au cours des semaines qui suivirent ; mais puisque la réception de Bilbo avait épuisé les stocks de la plupart des magasins, celliers et entrepôts à des milles à la ronde, cela n'avait guère d'importance.

Après le repas (plus ou moins) vint le Discours. Toutefois, la plupart des convives se sentaient à présent d'humeur indulgente, parvenus au stade délicieux qui consistait à « remplir les coins ». Ils sirotaient leur boisson favorite, grignotaient leur petite douceur préférée, et leurs craintes étaient oubliées. Ils étaient prêts à écouter tout ce qu'il faudrait, et à applaudir à chaque phrase.

« *Mes bonnes Gens* », commença Bilbo, se levant de son siège. « Oyez ! Oyez ! Oyez ! » crièrent-ils, et ils continuèrent de le répéter en chœur, peu pressés de suivre leur propre exhortation. Bilbo quitta sa place et se rendit sous l'arbre illuminé, où il se tint debout sur une chaise. La lumière des lampes tombait sur son visage rayonnant ; ses boutons dorés brillaient sur son gilet de soie brodée. Tous pouvaient le voir, agitant une main dans les airs ; l'autre se trouvait dans la poche de son pantalon.

« *Mes chers Bessac et Boffine*, reprit-il, *et mes chers Touc et Brandibouc, et Fouisseur et Fouineur, et Terrier, Sonnecornet, Bolgeurre, Serreceinture, Gaillard, Blairotte et Belpied.* »

« Beauxpieds ! » cria un Hobbit d'âge mûr assis au fond du pavillon. Il s'appelait Belpied, évidemment, et ce nom lui seyait : ses pieds étaient énormes, exceptionnellement poilus, et les deux étaient sur la table.

« *Belpied*, répéta Bilbo. *Et aussi mes bons Bessac-Descarcelle, que j'accueille de nouveau à Cul-de-Sac, enfin. C'est aujourd'hui mon cent onzième anniversaire : j'ai onzante et un ans aujourd'hui !* »

« Hourra ! Hourra ! Joyeux anniversaire ! » crièrent-ils, martelant joyeusement sur les tables. Bilbo s'en tirait à merveille. C'était le genre de discours qu'ils aimaient : court et prévisible.

« *J'espère que vous avez tous autant de plaisir que moi.* » Acclamations assourdissantes. Cris de *Oui* (et de *Non*). Brouhaha de trompettes et de cornets, de pipeaux et de flûtes, et autres instruments de musique. Il y avait, comme on l'a dit, beaucoup de jeunes Hobbits dans l'assistance. Des centaines de diablotins musicaux avaient éclaté. La plupart portaient la marque du VAL, ce qui ne signifiait pas grand-chose pour la majorité des Hobbits ; mais tous s'accordaient à dire que c'étaient de merveilleux diablotins. Ceux-ci contenaient des instruments de taille réduite, mais de facture irréprochable, aux sonorités enchanteresses. Et là, dans un coin, quelques-uns des jeunes Touc et Brandibouc, s'imaginant que l'oncle Bilbo avait terminé (puisque, de toute évidence, il avait dit tout ce qu'il y avait à dire), formèrent un orchestre improvisé et entamèrent un joyeux air de danse. M. Éverard Touc et Mlle Mélilot Brandibouc grimpèrent sur une table et, grelots à la main, se mirent à danser la salteronde : une jolie danse, mais assez vigoureuse.

Or, Bilbo n'avait pas terminé. Saisissant un cornet des mains d'un enfant qui se trouvait là, il sonna trois grands coups. Le tintamarre cessa. « *Je ne vous retiendrai pas longtemps* », cria-t-il. Acclamations de toute l'assemblée. « *Si je vous ai tous réunis ici, c'est pour une Raison.* » Quelque chose dans sa voix fit forte impression. Le silence se fit presque, et un ou deux Touc dressèrent l'oreille.

« *Pour trois Raisons, en fait ! Tout d'abord, pour vous dire l'immense affection que j'ai pour vous tous : onzante et un ans sont trop vite passés en compagnie de Hobbits aussi admirables et excellents.* » Formidable élan d'approbation.

« *Je ne connais pas la moitié d'entre vous à moitié aussi bien que je l'aurais aimé ; et j'aime moins de la moitié d'entre vous, moitié moins que vous ne le méritez.* » C'était inattendu et plutôt délicat. Il y eut quelques applaudissements dispersés, mais la plupart tentaient de démêler le tout pour voir s'il s'agissait d'un compliment.

« *Deuxièmement, pour célébrer mon anniversaire.* » Nouvelles acclamations. « *Je devrais dire :* NOTRE *anniversaire. Car c'est aussi, bien sûr, l'anniversaire de mon neveu et héritier, Frodo. Il entre aujourd'hui dans l'âge adulte et dans son héritage.* » Quelques applaudissements pour la forme de la part des aînés ; et quelques cris énergiques de « Frodo ! Frodo ! Hourra pour Frodo ! » chez les plus jeunes. Les Bessac-Descarcelle se renfrognèrent, se demandant ce que signifiait « entrer dans son héritage ».

« *Ensemble, nous totalisons cent quarante-quatre ans. Vous avez été choisis pour arriver à ce nombre remarquable : une "grosse", si vous me passez l'expression.* » Aucune acclamation. C'était ridicule. Bien des invités, en particulier les Bessac-Descarcelle, se sentirent insultés, convaincus de n'avoir été invités que pour parvenir au nombre requis, comme des marchandises dans un sac. « Une grosse, vraiment ! Quelle expression vulgaire. »

« *C'est également, si je puis me reporter à de l'histoire ancienne, l'anniversaire de mon arrivée par tonneau à Esgaroth sur le Long Lac ; quoique je ne me sois pas souvenu que c'était mon anniversaire cette journée-là. Je n'avais alors que cinquante et un ans, et les anniversaires ne paraissaient pas aussi importants. Le banquet fut néanmoins très somptueux, même si j'étais enrhumé à cette occasion, je m'en souviens : je pouvais seulement dire "berci beaugoup". Je le répète à présent plus correctement : Merci beaucoup d'être venus à ma petite fête.* » Silence obstiné. Tous craignaient l'imminence de quelque poésie ou chanson, et commençaient à s'ennuyer. Pourquoi ne pouvait-il s'arrêter de parler et les laisser boire à sa santé ? Mais Bilbo ne chanta ni ne récita. Il marqua une pause.

« *Troisièmement et pour finir,* dit-il, *j'aimerais faire une* ANNONCE. » Il prononça ce mot si soudainement et avec une telle force que tous se redressèrent qui le pouvaient encore. « *Je regrette de vous annoncer – même si, comme je le disais, onzante et un ans sont bien trop vite passés en votre compagnie – que ceci est la* FIN. *Je m'en vais. Je pars* MAINTENANT. *AU REVOIR !* »

Il descendit de sa chaise et disparut. Il y eut un éclair aveuglant, et tous les invités clignèrent des paupières. Quand ils rouvrirent les yeux, Bilbo ne se voyait plus nulle part. Cent quarante-quatre Hobbits abasourdis se radossèrent à leurs chaises et restèrent sans voix. Le vieux Odo Belpied retira ses pieds de la table et piaffa d'indignation. Puis ce fut le silence complet jusqu'à ce que, soudainement, après plusieurs grandes respirations, tous les Bessac, Boffine, Touc, Brandibouc, Fouisseur, Fouineur, Terrier, Bolgeurre, Blairotte, Gaillard, Serre-ceinture, Sonnecornet et Belpied se mettent à parler en même temps.

Il fut généralement convenu que la plaisanterie était de très mauvais goût, et qu'il fallait plus de nourriture et de boisson pour permettre aux invités de se remettre du choc et du désagrément causés. « Il est fou, je l'ai toujours dit » fut sans doute le commentaire le plus souvent entendu. Même les Touc (à quelques exceptions près) trouvaient que Bilbo s'était comporté de manière absurde. Pour l'heure, la plupart d'entre eux présumaient que sa disparition n'était qu'un mauvais tour des plus ridicules.

Or, le vieux Rory Brandibouc n'en était pas si sûr. Ni la vieillesse ni le plantureux repas n'avaient altéré son jugement, et il dit à sa belle-fille Esméralda : « Il y a du louche dans cette histoire, ma chère ! À mon avis, Bessac le Fou vient encore de nous fausser compagnie. Vieux toqué. Mais à quoi bon se faire du souci ? Il n'a pas emporté la boustifaille. » Il héla Frodo avec bruit pour que l'on fasse de nouveau passer le vin.

Frodo était la seule personne à n'avoir rien dit. Il était resté assis quelque temps à côté de la chaise vide de son oncle, sans s'occuper des questions ou commentaires qui fusaient de toutes parts. La plaisanterie lui avait plu, bien sûr, même s'il avait su ce qui se préparait. Il avait du mal à ne pas pouffer de rire devant la surprise et l'indignation des invités. Mais en même temps, il était profondément troublé : il prenait soudain conscience de toute l'affection qu'il avait pour le vieux Hobbit. La plupart des invités continuèrent à manger et à boire tout en devisant sur les excentricités de Bilbo Bessac, passées et présentes ; mais les Bessac-Descarcelle, courroucés, étaient déjà partis. Frodo ne voulait plus rien savoir de la fête. Il demanda à ce que l'on serve encore du vin ; puis il se leva et, en silence, vida son verre à la santé de Bilbo et se glissa hors du pavillon.

Quant à Bilbo Bessac, il n'avait cessé, tout au long de son discours, de tripoter l'anneau d'or qui se trouvait dans sa poche : son anneau magique qu'il avait tenu secret pendant tant d'années. En descendant de sa chaise, il le glissa à son doigt, et aucun Hobbit ne devait jamais le revoir à Hobbiteville.

Il regagna son trou d'un pas vif et s'arrêta un instant, le sourire aux lèvres, prêtant l'oreille à la clameur du pavillon et aux réjouissances des autres parties du champ. Puis il entra chez lui. Il retira sa tenue de soirée, plia et enveloppa son gilet de soie brodé dans du papier fin, puis le rangea. Il se dépêcha alors d'enfiler de vieux vêtements débraillés, et passa autour de sa taille une ceinture de cuir plutôt usée. Il y suspendit une courte épée tenant dans un fourreau de cuir noir tout cabossé. D'un tiroir fermé à clef et sentant la naphtaline, il retira une vieille cape et son capuchon. Tous deux avaient été gardés sous clef comme s'il s'agissait de très précieux objets ; mais ils étaient en vérité si rapiécés et défraîchis qu'on avait peine à en deviner la couleur d'origine : peut-être vert foncé. Ils étaient un peu trop grands pour lui. Puis, se rendant dans son bureau à un vieux coffre-fort, il en sortit un paquet enveloppé dans de vieux chiffons et un manuscrit à reliure de cuir, de même qu'une grande enveloppe, assez volumineuse. Il fourra le livre et le paquet sur le dessus d'un lourd havresac qui était posé là, déjà presque plein. Il glissa son anneau d'or et la chaînette qui l'accompagnait dans l'enveloppe, puis il la cacheta et l'adressa à Frodo. Il la plaça d'abord sur la cheminée, mais soudain il la reprit et l'enfonça dans sa poche. La porte s'ouvrit à ce moment et Gandalf entra en coup de vent.

« Bonsoir ! dit Bilbo. Je me demandais si vous finiriez par apparaître. »

« Je suis content de vous trouver visible, répondit le magicien en prenant un fauteuil ; je voulais être sûr de vous attraper pour vous dire quelques mots d'adieu. Je suppose que vous êtes d'avis que tout s'est passé à merveille suivant votre plan ? »

« Absolument, dit Bilbo. Mais cet éclair m'a surpris :

j'en suis resté plutôt bouche bée, sans parler des autres. Un petit ajout de votre part, je suppose ? »

« En effet. Vous avez agi sagement en gardant cet anneau secret pendant toutes ces années, et il m'a paru nécessaire de fournir quelque chose d'autre à vos invités pour expliquer une disparition aussi soudaine. »

« Et gâcher ma plaisanterie. Vous êtes un vieil importun, toujours fourré dans les affaires des autres, dit Bilbo avec un rire, mais j'imagine que vous savez mieux que quiconque ce qu'il convient de faire, comme d'habitude. »

« Oui… quand je sais quoi que ce soit. Mais toute cette affaire me laisse perplexe. Elle vient d'atteindre son point culminant. Votre plaisanterie a bien marché : vous avez effrayé ou offensé la plupart de vos proches, et donné au Comté de quoi jaser pendant neuf jours, ou même quatre-vingt-dix-neuf. Êtes-vous décidé à poursuivre ? »

« Oui, je le suis. Je pense que j'ai besoin de vacances, de très longues vacances, comme je vous l'ai déjà dit. Des vacances permanentes, probablement : je ne pense pas revenir. En fait, je n'en ai pas l'intention, et j'ai pris toutes les dispositions.

« Je suis vieux, Gandalf. Je n'en ai pas l'air, mais je commence à le sentir au plus profond de moi-même. *Bien conservé*, mon œil ! fit-il avec un grognement. Je me sens amaigri, *distendu* en quelque sorte, si vous voyez ce que je veux dire : comme du beurre étalé sur trop de pain. Ce n'est pas normal. J'ai besoin de changement ou je ne sais trop. »

Gandalf le considéra d'un œil curieux et attentif. « Non, ça ne paraît pas normal, dit-il pensivement.

Non, tout compte fait, je crois que votre plan est sans doute pour le mieux. »

« Eh bien, mon idée est faite, de toute manière. Je veux voir à nouveau des montagnes, Gandalf – des *montagnes* ; puis, trouver un endroit où je pourrai *me reposer*. La paix et la tranquillité, sans tous ces parents pour venir mettre leur nez dans mes affaires et une ribambelle de fichus visiteurs accrochés à ma sonnette. Je pourrais trouver un endroit où terminer mon livre. J'ai pensé à une fin intéressante : *et il vécut heureux jusqu'à la fin de ses jours.* »

Gandalf rit. « J'espère qu'il le fera. Mais personne ne lira votre livre, peu importe comment il finit. »

« Oh, peut-être le liront-ils, d'ici quelques années. Frodo en a déjà lu une partie, pour ce que j'en ai écrit. Vous garderez un œil sur lui, n'est-ce pas ? »

« Oui, deux yeux, chaque fois qu'ils ne seront pas tournés ailleurs. »

« Il m'accompagnerait, bien sûr, si je le lui demandais. En fait, il me l'a offert une fois, juste avant la fête. Mais il ne le souhaite pas vraiment, pas encore. Moi, je veux revoir les terres sauvages avant de mourir, et les Montagnes ; mais lui est encore amoureux du Comté – ses forêts, ses champs, ses petites rivières. Il devrait être à son aise, ici. Je lui laisse tout, évidemment, sauf quelques babioles. J'espère qu'il sera heureux, quand il se sera habitué à vivre seul. Il est temps qu'il devienne son propre maître. »

« Tout ? demanda Gandalf. L'anneau également ? Vous y avez consenti, rappelez-vous. »

« Oui, euh, oui, je suppose », balbutia Bilbo.

« Où est-il ? »

« Dans une enveloppe, puisque vous tenez à le savoir,

répondit Bilbo avec impatience. Là, sur la cheminée. Enfin, non ! Il est ici dans ma poche ! » Il hésita. « N'est-ce pas étrange ? se dit-il à voix basse. Et puis après tout, pourquoi pas ? Pourquoi n'y resterait-il pas ? »

Gandalf l'observa de nouveau très attentivement, et une lueur parut dans ses yeux. « Je pense, Bilbo, que je le laisserais derrière, dit-il doucement. Ne voulez-vous pas le laisser ? »

« Eh bien, oui... et non. Maintenant que nous y sommes, je n'ai pas du tout envie de m'en séparer, je dois dire. Et je ne vois pas vraiment pour quelle raison je le ferais. Pourquoi voulez-vous que je le fasse ? » demanda-t-il ; et sa voix changea de manière plutôt curieuse, devenant lourde de suspicion et de mécontentement. « Vous êtes toujours à m'asticoter au sujet de mon anneau ; mais vous ne m'avez jamais embêté avec les autres objets que j'ai rapportés de mon voyage. »

« Non, mais j'ai été obligé de vous asticoter, dit Gandalf. Je voulais la vérité. C'était très important. Les anneaux magiques sont... eh bien, magiques ; et ce sont de rares et curieux objets. J'avais un intérêt professionnel pour votre anneau, disons, et je l'ai toujours. J'aimerais savoir où il se trouve, si vous partez de nouveau à l'aventure. Je pense aussi que cela fait bien assez longtemps que *vous* l'avez. Vous n'en aurez plus besoin, Bilbo, si je ne m'abuse. »

Bilbo s'empourpra, et une lueur de colère parut dans ses yeux. Son visage bienveillant se durcit. « Pourquoi pas ? s'écria-t-il. Et en quoi ça vous regarde, hein, de savoir ce que je fais de mes propres affaires ? Il est à moi. Je l'ai trouvé. Il est venu à moi. »

« Oui, oui, dit Gandalf. Mais il n'y a pas lieu de vous mettre en colère. »

« Si je le suis, c'est de votre faute, dit Bilbo. Il est à moi, que je vous dis. À moi. Mon Trésor. Oui, mon Trésor. »

La figure du magicien demeurait grave et attentive ; seule une lueur tremblotante dans ses yeux profonds trahissait sa surprise et même son alarme. « Quelqu'un l'a déjà appelé ainsi, dit-il, mais pas vous. »

« Mais je le dis, maintenant. Et pourquoi pas ? Même si Gollum a déjà dit la même chose. Il n'est plus à lui, mais à moi. Et je vais le garder, je vous dis. »

Gandalf se leva. Il prit un ton sévère. « Vous seriez fou d'agir ainsi, Bilbo, dit-il. Vous en faites la démonstration chaque fois que vous ouvrez la bouche. Son emprise sur vous est beaucoup trop forte. Laissez-le partir ! Alors vous pourrez vous-même partir, et être libre. »

« Je fais ce que je veux et je pars comme je l'entends ! » s'obstina Bilbo.

« Allons, allons, mon cher Hobbit ! dit Gandalf. Toute votre longue existence, nous avons été amis ; et vous me devez quelque chose. Allons donc ! Faites ce que vous avez promis : renoncez-y ! »

« Eh bien, si vous voulez mon anneau pour vous-même, dites-le ! s'écria Bilbo. Mais vous ne l'aurez pas. Je ne renoncerai pas à mon trésor, que je vous dis. » Sa main s'égara sur le manche de sa petite épée.

Les yeux de Gandalf jetèrent des éclairs. « *Ce sera bientôt à moi de me mettre en colère*, dit-il. *Si vous répétez cela, je le serai. Vous verrez alors Gandalf le Gris à visage découvert.* » Il fit un pas en direction du

Hobbit et parut grandir, se dressant de façon menaçante ; son ombre emplit toute la petite pièce.

Bilbo se recula contre le mur, haletant, sa main agrippant la poche de son pantalon. Les deux se tinrent un moment face à face, et un frisson parcourut la pièce. Les yeux de Gandalf restaient braqués sur lui. Lentement, ses mains se détendirent et il se mit à trembler.

« Je ne sais pas ce qu'il vous prend, Gandalf, dit-il. Je ne vous ai jamais vu ainsi. À quoi tout cela rime-t-il ? Il est à moi, n'est-ce pas ? Je l'ai trouvé, et Gollum m'aurait tué si je ne l'avais pas gardé. Je ne suis pas un voleur, quoi qu'il ait pu dire. »

« Je ne vous ai jamais accusé d'en être un, répondit Gandalf. Et je n'en suis pas un non plus. Je n'essaie pas de vous voler, mais de vous aider. Je voudrais que vous me fassiez confiance, comme autrefois. » Il se détourna, et l'ombre passa. Il sembla retrouver sa stature normale : un vieillard gris, courbé et soucieux.

Bilbo se passa la main sur le front. « Je suis désolé, dit-il. Mais je me suis senti si bizarre. Ce serait pourtant un soulagement, en un sens, de ne plus avoir à m'en préoccuper. Il a pris tant de place dans mon esprit, ces derniers temps. Parfois, j'ai eu l'impression que c'était comme un œil qui me regardait. Et je suis toujours à vouloir le mettre pour disparaître, vous savez ; ou à me demander s'il est en sécurité, et à le sortir pour m'en assurer. J'ai essayé de le ranger sous clef, mais je me suis rendu compte que je n'arrivais pas à me calmer s'il ne se trouvait pas dans ma poche. Je ne sais pas pourquoi. Et je semble incapable de me faire une idée. »

« Alors fiez-vous à la mienne, dit Gandalf. Elle est

on ne peut plus faite. Partez et laissez-le derrière. Cessez de le posséder. Donnez-le à Frodo et je veillerai sur lui. »

Bilbo resta un moment tendu et indécis. Enfin il soupira. « D'accord, dit-il avec effort. Je le ferai. » Puis il eut un haussement d'épaules et un sourire plutôt contrit. « Toute cette immense fête n'était après tout qu'une excuse pour offrir plein de cadeaux, et peut-être me permettre de renoncer à l'anneau plus facilement. Ça n'a rien facilité en fin de compte, mais il serait dommage de ruiner tous mes préparatifs. Cela gâcherait toute la plaisanterie. »

« Elle perdrait, à mon sens, sa seule raison d'être », dit Gandalf.

« Très bien, dit Bilbo, il ira à Frodo avec le reste. » Il prit une grande respiration. « Maintenant, il faut vraiment que je m'en aille ou quelqu'un d'autre risque de m'attraper. J'ai fait mes adieux, et je ne pourrais supporter de devoir tout recommencer. » Il ramassa son sac et se dirigea vers la porte.

« Vous avez encore l'anneau en poche », dit le magicien.

« Ma foi, c'est bien vrai ! s'écria Bilbo. Avec mon testament et tous les autres documents. Vous feriez mieux de le prendre et de le lui remettre à ma place. C'est plus sûr. »

« Non, ne me donnez pas l'anneau, dit Gandalf. Mettez-le sur la cheminée. Il sera en sécurité à cet endroit, jusqu'au retour de Frodo. Je vais l'attendre. »

Bilbo sortit l'enveloppe, mais comme il allait la déposer près de la pendule, sa main recula brusquement et le paquet tomba par terre. Avant qu'il ait pu le ramasser, le magicien se pencha pour le saisir et le remettre en place. Un spasme de colère vint de nouveau assombrir la figure du Hobbit. Puis elle prit un air de soulagement, accompagné d'un rire.

« Bon, c'est réglé, dit-il. Maintenant, j'y vais ! »

Ils sortirent dans le hall d'entrée. Bilbo choisit sa canne préférée sur le support, puis il siffla. Trois Nains sortirent de pièces différentes où ils s'affairaient depuis un moment.

« Tout est prêt ? demanda Bilbo. Tous les bagages sont faits et étiquetés ? »

« Tous », répondirent-ils.

« Eh bien, mettons-nous en route, dans ce cas ! » Il passa la porte d'entrée.

La nuit était claire, et le ciel noir parsemé d'étoiles. Il leva la tête, reniflant l'air du dehors. « Quel bonheur ! Quel bonheur de partir de nouveau, de nouveau sur la Route avec des Nains ! Voilà ce dont j'avais réellement envie depuis des années ! Adieu ! dit-il, contemplant son ancienne demeure et s'inclinant devant la porte. Adieu, Gandalf ! »

« Adieu, pour l'instant, Bilbo. Faites bien attention à vous ! Vous êtes assez vieux, et peut-être assez sage. »

« Faire attention ! Je n'y fais pas attention. Ne vous inquiétez pas pour moi. Je n'ai jamais été plus heureux qu'en ce moment, et c'est beaucoup dire. Mais le temps est venu. Me voilà enfin emporté sur la route », ajouta-t-il ; puis, à voix basse, comme pour lui-même, il chanta doucement dans l'obscurité :

La Route se poursuit sans fin
Qui a commencé à ma porte
Et depuis m'a conduit si loin.
Je la suis où qu'elle m'emporte,

Avide comme au premier jour,
Jusqu'à la prochaine croisée
Où se rencontrent maints parcours.
Puis où encore ? Je ne sais.

Il demeura silencieux un moment. Puis, sans un autre mot, il tourna le dos aux lumières et aux voix dans le champ et dans les tentes, et, suivi de ses trois compagnons, contourna le talus jusque dans son jardin et descendit à pas pressés par le long sentier. Parvenu en bas, il sauta par-dessus une échancrure de la haie et prit à travers les prés, passant dans la nuit comme le bruissement du vent sur l'herbe.

Gandalf le regarda un moment s'éloigner dans les ténèbres. « Adieu, mon cher Bilbo… jusqu'à notre prochaine rencontre ! » dit-il doucement, et il retourna à l'intérieur.

Frodo entra peu après et trouva le magicien assis dans l'obscurité, plongé dans ses pensées. « Est-ce qu'il est parti ? » demanda-t-il.

« Oui, répondit Gandalf, le voilà parti enfin. »

« J'aurais voulu… je veux dire, jusqu'à ce soir, j'avais espéré que ce n'était qu'une blague, dit Frodo. Mais en mon for intérieur, je savais qu'il voulait vraiment partir. Il avait coutume de blaguer au sujet de choses sérieuses. J'aurais voulu rentrer avant, juste pour le voir partir. »

« Je crois qu'il préférait s'éclipser sans faire de bruit, tout compte fait, dit Gandalf. Ne vous en faites pas outre mesure. Tout ira bien pour lui, à présent. Il vous a laissé un paquet. Là ! »

Frodo saisit l'enveloppe qui se trouvait sur la cheminée et y jeta un coup d'œil, mais ne l'ouvrit pas.

« Vous y trouverez son testament et tous les autres documents, je crois, dit le magicien. Vous êtes le maître de Cul-de-Sac, maintenant. Et vous y trouverez aussi, je pense bien, un anneau d'or. »

« L'anneau ! s'exclama Frodo. Il me l'a laissé ? Je me demande pourquoi. N'empêche, il me sera peut-être utile. »

« Peut-être, et peut-être pas, dit Gandalf. Je ne m'en servirais pas, si j'étais vous. Mais gardez-le secret et en sécurité ! Maintenant, je vais me coucher. »

En tant que maître de Cul-de-Sac, Frodo sentit que lui revenait la douloureuse tâche de dire au revoir aux invités. Le bruit que d'étranges événements s'étaient produits avait couru partout dans le champ ; mais Frodo se contenta de dire que le mystère serait sans doute éclairci le lendemain matin. Des voitures arrivèrent aux alentours de minuit pour les gens importants. Elles se mirent en branle une à une, remplies de Hobbits rassasiés mais très insatisfaits. Des jardiniers se présentèrent comme convenu, et emportèrent dans des brouettes ceux qui étaient restés là par inadvertance.

La nuit passa lentement. Le Soleil se leva. Les Hobbits se levèrent bien plus tard. La matinée avança. Des gens vinrent (sur ordre exprès) enlever les pavillons, les tables et les chaises, les cuillers, couteaux, bouteilles et assiettes, les lanternes, les caisses de plantes à fleurs, les miettes et les emballages de pétards, les sacs, gants et mouchoirs oubliés sur place, ainsi que les denrées non consommées (une quantité négligeable). Puis, d'autres personnes se mirent à affluer (sans ordre exprès) : des Bessac, des Boffine et des Bolgeurre, de même que des Touc et autres invités qui vivaient ou qui logeaient non loin. À midi, quand même les mieux nourris furent de nouveau en maraude, une foule nombreuse s'était massée devant Cul-de-Sac, inopportune mais non inattendue.

Frodo montait la garde sur le seuil, souriant, mais l'air plutôt fatigué et inquiet. Il accueillit tous les visiteurs, mais n'ajouta pas grand-chose à ce qu'il avait déclaré la veille. Sa réponse à toute question se limitait à ceci : « M. Bilbo Bessac est parti – à ma connaissance, pour de bon. » Certains furent invités à entrer, car Bilbo avait laissé des « messages » pour eux.

En effet, dans le hall d'entrée se trouvait empilé un vaste assortiment de paquets, de colis et de petites pièces de mobilier. Une étiquette était attachée à chaque objet. Il y avait plusieurs messages de ce genre :

Pour ADÉLARD TOUC, pour LUI PERSONNELLEMENT, de Bilbo, sur un parapluie. Adélard avait emporté beaucoup de parapluies non étiquetés.

Pour DORA BESSAC, en souvenir d'une LONGUE correspondance, avec l'affection de Bilbo, sur une grande corbeille à papier. Dora était la sœur de Drogo, et l'aînée des parentes de Bilbo et Frodo qui avaient le bonheur d'être encore en vie ; âgée de quatre-vingt-dix-neuf ans, elle avait noirci des pages et des pages de bons conseils pendant plus d'un demi-siècle.

Pour MILO TERRIER, dans l'espoir que cela puisse servir, de B.B. ; sur une plume et un encrier d'or. Milo ne répondait jamais aux lettres.

*À l'intention d'*Angelica*, de la part d'oncle Bilbo* ; sur un miroir rond et convexe. C'était une jeune Bessac visiblement trop éprise de sa propre figure.

*Pour la collection d'*Hugo Serreceinture*, de la part d'un contributeur* ; sur une bibliothèque (vide). Hugo était un grand emprunteur de livres, mais beaucoup moins doué pour ce qui était de les rendre.

Pour Lobelia Bessac-Descarcelle, *en* cadeau ; sur un coffret de cuillers d'argent. Bilbo la soupçonnait de s'être approprié bon nombre de ses cuillers pendant son absence, lors de son premier voyage. Lobelia le savait fort bien. À son arrivée plus tard dans la journée, elle saisit aussitôt de quoi il retournait ; mais elle saisit aussi les cuillers.

Il ne s'agit là que de quelques exemples parmi tous les cadeaux réunis. La demeure de Bilbo s'était passablement encombrée au cours de sa longue existence. Les trous de Hobbit avaient tendance à le faire ; et l'habitude d'offrir autant de cadeaux en était largement responsable. Il ne s'agissait pas toujours de cadeaux *neufs*, évidemment : il y avait bien un ou deux *mathoms* dont personne ne savait plus très bien à quoi ils servaient, et qui avaient fait le tour du district ; mais Bilbo avait eu l'habitude d'offrir des cadeaux neufs, et de conserver ceux qu'il recevait. L'antique trou s'en trouverait donc quelque peu désengorgé. Chacun des nombreux cadeaux d'adieu portait une étiquette, écrite personnellement par Bilbo ; et plusieurs d'entre eux contenaient quelque sous-entendu ou plaisanterie. Mais naturellement, la plupart des objets furent offerts à qui les apprécierait et en ferait bon usage. Les plus pauvres, en particulier ceux de la rue du Jette-Sac, s'en tirèrent à très bon compte. L'Ancêtre Gamgie reçut deux sacs de pommes de terre, une bêche neuve, un gilet de laine et une fiole d'onguent pour les articulations rouillées. Le vieux Rory Brandibouc, en retour d'une hospitalité de longue date, reçut une douzaine de bouteilles de Vieux Vinoble : un vin rouge du Quartier Sud, plutôt fort et désormais à maturité, puisque c'était le père de Bilbo qui l'avait mis en cave. Rory pardonna tout à Bilbo, et décida que c'était un type immense après la première bouteille.

Il restait amplement de choses pour que Frodo ne manque de rien. Et bien sûr, tous les principaux trésors, de même que les livres, les tableaux et le riche mobilier, demeuraient en sa possession. Il n'y avait cependant aucune trace, ni aucune mention, de bijoux ou d'argent : pas une seule pièce, pas la moindre perle de verre ne fut donnée.

Frodo connut un après-midi très difficile. Une fausse rumeur comme quoi tous les biens de la maison étaient distribués gratuitement se répandit comme une traînée de poudre ; et l'endroit fut vite bondé de gens qui n'avaient rien à y faire, mais qu'on ne put empêcher d'entrer. Des disputes éclatèrent après que des étiquettes eurent été arrachées et mêlées. Certains voulurent négocier des échanges et des marchés dans le hall d'entrée ; d'autres essayèrent de se sauver avec de menus articles qui ne leur étaient pas destinés, ou avec tout ce qui ne semblait pas revendiqué ou surveillé. Le chemin menant au portillon était encombré de brouettes et de charrettes à bras.

Les Bessac-Descarcelle arrivèrent au milieu de tout

ce charivari. Frodo s'était retiré quelques instants, laissant son ami Merry Brandibouc veiller au grain. Quand Otho demanda à voir Frodo, Merry s'inclina poliment.

« Il est indisposé, dit-il. Il se repose. »

« Il se cache, vous voulez dire, répondit Lobelia. En tout cas, nous voulons le voir et nous allons le voir. Contentez-vous de le lui dire ! »

Merry les laissa un long moment dans le hall d'entrée, où ils eurent le temps de découvrir les cuillers laissées en guise de cadeau d'adieu. Elles ne leur rendirent pas la bonne humeur. Ils finirent par être conduits dans le bureau. Frodo était assis à une table où de nombreux papiers étaient étalés. Il semblait indisposé – de voir les Bessac-Descarcelle, à tout le moins ; et il se leva, tripotant quelque chose dans sa poche. Mais il parla très poliment.

Les Bessac-Descarcelle se montrèrent plutôt déplaisants. Ils commencèrent par lui proposer de mauvais marchés (comme entre amis) pour divers objets de valeur non étiquetés. Quand Frodo leur expliqua que seules les choses expressément désignées par Bilbo étaient offertes en cadeau, ils déclarèrent que toute l'affaire était très louche.

« Une seule chose me paraît claire, dit Otho, c'est que vous vous en tirez extrêmement bien dans tout cela. J'exige de voir le testament. » Otho aurait dû être l'héritier de Bilbo, n'eût été l'adoption de Frodo. Il lut le testament et eut un grognement de dédain. Le tout était, hélas, rédigé très clairement et en bonne et due forme (selon les conventions juridiques des Hobbits, qui exigent, entre autres choses, la signature de sept témoins à l'encre rouge).

« Encore déjoués ! dit-il à sa femme. Et après avoir attendu *soixante* ans. Des cuillers ? Bagatelles ! » Il fit claquer ses doigts sous le nez de Frodo et s'en fut à pas lourds. Quant à Lobelia, il n'était pas aussi facile de s'en défaire. Quelque temps plus tard, Frodo, quittant son bureau pour voir où en étaient les choses, la trouva encore sur les lieux, furetant dans les coins et recoins et sondant les planchers à coups répétés. Il l'escorta vivement hors de chez lui, non sans l'avoir préalablement soulagée de plusieurs petits objets de valeur qui s'étaient mystérieusement glissés dans son parapluie. Elle eut l'air de réfléchir de toutes ses forces à une dernière remarque vraiment cinglante ; mais tout ce qu'elle trouva à lui dire, en se retournant sur le seuil, fut :

« Vous vous en mordrez les doigts, jeune homme ! Pourquoi vous n'êtes pas parti, vous aussi ? Vous n'avez rien à faire ici ; vous n'êtes pas un Bessac… vous… vous êtes un Brandibouc ! »

« Tu as entendu ça, Merry ? C'était une insulte, si l'on veut », dit Frodo en lui claquant la porte au nez.

« C'était un compliment, dit Merry Brandibouc, donc forcément un mensonge. »

Ils firent le tour du trou et évincèrent trois jeunes Hobbits (deux Boffine et un Bolgeurre) en train de faire des trous dans les murs d'une cave. Frodo eut également une échauffourée avec le jeune Sancho Belpied (petit-fils du vieux Odo Belpied), lequel avait entrepris de creuser dans le garde-manger principal où il avait cru percevoir un écho. La légende de l'or de Bilbo éveillait non seulement la curiosité mais aussi l'espoir ; car l'or légendaire (mystérieusement obtenu, sinon carrément mal acquis) appartient, comme chacun le sait, à qui en fait la découverte – à moins que les recherches ne soient interrompues.

Quand il eut maîtrisé Sancho et l'eut jeté dehors, Frodo s'écroula dans un fauteuil dans le hall d'entrée. « Il est temps de fermer boutique, Merry, dit-il. Mets donc le verrou, et n'ouvre plus à personne aujourd'hui, même si l'on tente de défoncer avec un bélier. » Puis il partit se requinquer avec une tasse de thé amplement méritée.

À peine venait-il de s'asseoir que l'on frappa doucement à la porte. « Encore Lobelia, je parie, se dit-il. Elle a dû penser à quelque chose de vraiment méchant, et la voilà qui revient pour me le dire. Ça peut attendre. »

Il continua de siroter son thé. On frappa de nouveau, cette fois beaucoup plus fort ; mais le Hobbit n'y fit pas attention. Soudain, la tête du magicien apparut à la fenêtre.

« Si vous ne me laissez pas entrer, Frodo, je vais faire sauter votre porte jusqu'au fond de votre trou et au travers de la colline », dit-il.

« Mon cher Gandalf ! Un petit instant ! s'écria Frodo en se précipitant hors de la pièce pour ouvrir. Entrez ! Entrez ! Je croyais que c'était Lobelia. »

« Dans ce cas, je vous pardonne. Mais je l'ai croisée il y a quelque temps sur la route de Belleau, conduisant une petite voiture à poney avec une mine à faire cailler du lait frais. »

« Elle a manqué de me faire cailler moi-même. Pour être honnête, j'ai failli essayer l'anneau de Bilbo. J'avais envie de disparaître. »

« Ne faites pas ça ! dit Gandalf en s'asseyant. Soyez prudent avec cet anneau, Frodo ! C'est d'ailleurs en partie pour cette raison que je suis revenu vous dire quelques mots. »

« Eh bien, qu'est-ce qu'il a, mon anneau ? »

« Qu'en savez-vous au juste ? »

« Seulement ce que Bilbo m'a raconté. Je connais son histoire, comment il l'a trouvé, et la façon dont il s'en est servi… lors de son voyage, je veux dire. »

« Qu'a-t-il bien pu vous conter, je me le demande », dit Gandalf.

« Oh, pas l'histoire qu'il a racontée aux Nains et mise ensuite dans son livre, dit Frodo. Il m'a confié la vraie histoire peu après mon arrivée ici. Il m'a dit que vous aviez insisté jusqu'à ce qu'il vous dise la vérité, et qu'il valait donc mieux que je la connaisse, moi aussi. "Pas de secrets entre nous, Frodo, m'a-t-il dit ; mais c'est ici qu'ils doivent rester. Il est à moi, de toute façon." »

« Intéressant, dit Gandalf. Et puis, qu'en avez-vous pensé ? »

« Si vous voulez dire cette fable au sujet d'un "cadeau", j'ai trouvé la vraie histoire autrement plus vraisemblable, et je n'ai pas du tout compris ce qui l'a poussé à la changer. D'ailleurs, cela ne ressemblait guère à Bilbo, et j'ai trouvé cela plutôt étrange. »

« Moi aussi. Mais il peut arriver d'étranges choses à ceux qui sont en possession de tels trésors – s'ils en font usage. Que cela vous serve d'avertissement et vous incite à la plus grande prudence. Cet anneau peut avoir d'autres pouvoirs que celui de vous faire disparaître quand vous en sentez le besoin. »

« Je ne comprends pas », dit Frodo.

« Moi non plus, répondit le magicien. Je viens seulement de commencer à m'interroger au sujet de cet anneau, en particulier depuis hier soir. Inutile de vous en inquiéter. Mais si vous m'écoutez, vous ne vous en servirez que très rarement ou même pas du tout. Je vous demande à tout le moins de ne pas l'utiliser de manière à faire parler ou à éveiller les soupçons. Je le répète : gardez-le secret et en sécurité ! »

« Vous faites bien des mystères ! De quoi avez-vous peur ? »

« Je n'en suis pas certain, alors je vais me taire. Il se peut que je sois en mesure de vous en dire plus à mon retour. Je pars à l'instant ; je dois donc vous dire au revoir pour le moment. » Il se leva.

« À l'instant ! s'écria Frodo. Ça alors, je croyais que vous restiez encore au moins une semaine. Je comptais sur votre aide. »

« C'était bien mon intention ; mais j'ai dû changer d'idée. Il se peut que je sois parti un bon moment, mais je reviendrai vous voir aussitôt que possible. Vous me verrez bien quand j'arriverai ! Je serai discret. Mes visites dans le Comté seront dorénavant plus secrètes. Je constate que j'y suis devenu assez impopulaire : on me qualifie d'indésirable, de trublion de l'ordre public. D'aucuns m'accusent même d'avoir fait disparaître Bilbo, ou pire. Au cas où ça vous intéresserait, vous et moi sommes censés avoir ourdi un complot pour faire main basse sur sa fortune. »

« D'aucuns ! s'exclama Frodo. Vous voulez dire Otho et Lobelia. Quelle abomination ! Je leur donnerais Cul-de-Sac et tout le reste de mon héritage, si je pouvais revoir Bilbo et le suivre dans ses pérégrinations. J'adore le Comté. Mais je commence à penser, sans trop savoir pourquoi, que j'aurais préféré partir avec lui. Je me demande si je le reverrai un jour. »

« Moi de même, dit Gandalf. Et je me demande bien d'autres choses. Au revoir, à présent ! Prenez soin de vous ! Surveillez mon retour, surtout dans les moments les plus inattendus ! Au revoir ! »

Frodo le reconduisit à la porte. Le vieux magicien agita la main une dernière fois, puis s'en fut d'un pas étonnamment vif ; mais Frodo trouva qu'il était plus courbé qu'à l'habitude, comme si un lourd fardeau pesait sur ses épaules. Le soir tombait, et l'ombre de sa grande cape se fondit bientôt dans le crépuscule. Frodo ne le revit pas avant longtemps.

2

L'Ombre du passé

Les bavardages ne s'arrêtèrent pas en neuf jours ni même en quatre-vingt-dix-neuf. On parla de la seconde disparition de M. Bilbo Bessac à Hobbiteville, et dans tout le Comté, en fait, pendant un an et un jour ; et on s'en souvint bien plus longtemps encore. On en fit une histoire à raconter aux jeunes Hobbits, le soir, au coin du feu ; et Bessac le Fou, qui avait l'habitude de disparaître avec une explosion et un éclair pour mieux réapparaître avec des sacs d'or et de joyaux, finit par devenir un personnage de légende, si connu et apprécié qu'il survécut longtemps après que les véritables événements eurent été oubliés.

Mais pour l'heure, l'ensemble du voisinage était d'avis que Bilbo, qui avait toujours été un peu fêlé, avait fini par perdre complètement la raison et avait disparu dans la nature. Là, il avait dû tomber dans un étang ou une rivière, trouvant ainsi une fin tragique, mais guère prématurée. On s'accorda généralement à dire que c'était la faute de Gandalf.

« Si ce fichu magicien veut bien laisser notre jeune

Frodo tranquille, peut-être qu'il finira par se fixer et qu'il prendra de la graine de Hobbit », disaient-ils. Et selon toute apparence, le magicien laissa Frodo tranquille, et celui-ci se fixa bel et bien ; mais de la graine de Hobbit, il n'en prit pas de manière évidente. En effet, le jeune Hobbit s'attira immédiatement la même réputation d'excentrique que Bilbo. Il refusa de porter le deuil ; et l'année suivante, il donna une fête en l'honneur des cent douze ans de Bilbo, qu'il baptisa le Festin du Long Quintal, soit cent douze livres de poids. Mais c'était peu dire, car il y eut vingt invités et plusieurs repas où la nourriture neigea et où les boissons plurent, comme disent les Hobbits.

Certains en furent plutôt choqués, mais Frodo continua de célébrer année après année l'anniversaire de Bilbo jusqu'à ce qu'on s'y habitue. Il disait qu'il ne pensait pas que Bilbo était mort. Quand on lui demandait : « Où est-il, alors ? », il haussait les épaules.

Il vivait seul, comme Bilbo avant lui ; mais il avait bon nombre d'amis, en particulier chez les plus jeunes Hobbits (surtout des descendants du Vieux Touc) qui avaient bien connu Bilbo et Cul-de-Sac durant leur enfance. Folco Boffine et Fredegar Bolgeurre en faisaient partie ; mais ses plus proches amis étaient Peregrin Touc (communément appelé Pippin) et Merry Brandibouc (son vrai nom était Meriadoc, mais on s'en souvenait rarement). Frodo faisait des randonnées avec eux dans le Comté, mais il partait le plus souvent seul ; et à la stupéfaction des gens sensés, on l'apercevait parfois en train de marcher loin de chez lui, à travers les bois et les collines, à la lumière des étoiles. Merry et Pippin le soupçonnaient de rendre visite aux Elfes à l'occasion, comme Bilbo avant lui.

À mesure que le temps passait, on commençait à remarquer que Frodo montrait lui aussi des signes de « bonne conservation » : extérieurement, il gardait son allure robuste et énergique, tel un Hobbit à peine sorti de la vingtescence. « C'est toujours les mêmes qui ont de la chance ! » disait-on ; mais il fallut attendre que Frodo soit au seuil de la cinquantaine, âge d'ordinaire moins exubérant, pour qu'on commence à trouver cela bizarre.

Frodo lui-même constata, après le choc initial, que le fait d'être son propre maître et *le* M. Bessac de Cul-de-Sac était plutôt agréable. Il vécut tout à fait heureux pendant plusieurs années sans vraiment s'inquiéter de l'avenir. Mais il regrettait de plus en plus, à moitié à son insu, de ne pas être parti avec Bilbo. Il lui arrivait de songer, en particulier à l'automne, à l'immensité des terres sauvages ; et d'étranges visions de montagnes inconnues peuplaient ses rêves. Il commençait à se dire : « Peut-être traverserai-je un jour le Fleuve, moi aussi. » Ce à quoi l'autre moitié de sa conscience répondait toujours : « Pas tout de suite. »

Il passa le cap de la quarantaine, et les choses continuèrent ainsi jusqu'à l'approche de son cinquantième anniversaire. Le nombre cinquante représentait à ses yeux quelque chose d'important (ou d'inquiétant) ; c'était à cet âge, en tout cas, que l'aventure avait surpris Bilbo. Frodo devenait de plus en plus agité, et les vieux sentiers lui paraissaient trop rebattus. Il consultait des cartes et se demandait ce qu'il y avait au-delà des bords : les cartes dessinées dans le Comté montraient surtout des espaces blancs au-delà de ses frontières. Il se mit à errer de plus en plus loin, le plus souvent seul ; et Merry et ses autres amis se faisaient du souci pour lui. On le voyait souvent marcher et discuter avec les étranges voyageurs qui commençaient alors à apparaître dans le Comté.

Il y avait des rumeurs de choses étranges se produisant dans le monde extérieur ; et comme Gandalf n'avait pas donné signe de vie depuis plusieurs années, Frodo allait aux nouvelles le plus souvent possible. Fait alors rare, on pouvait désormais apercevoir des Elfes dans le Comté, passant vers l'ouest à travers les bois, le soir : ils passaient et ne revenaient pas, mais quittaient la Terre du Milieu pour ne plus jamais se soucier de ses malheurs. Sur les routes, on croisait cependant des Nains en nombre inhabituel. L'ancienne Route Est-Ouest traversait le Comté pour se rendre aux Havres Gris à son extrémité, et des Nains l'avaient toujours empruntée pour regagner leurs mines situées dans les Montagnes Bleues. C'était surtout auprès d'eux que les Hobbits cherchaient des nouvelles de l'extérieur – quand ils en voulaient ; en règle générale, les Nains étaient peu bavards et les Hobbits n'en demandaient pas plus. Mais à présent, Frodo rencontrait souvent des Nains d'allure étrange, venus de pays lointains pour chercher refuge dans l'Ouest. Ils étaient inquiets, et certains chuchotaient des choses au sujet de l'Ennemi et du Pays de Mordor.

Ce nom n'était connu des Hobbits qu'à travers les légendes d'un passé obscur, comme une ombre dans l'arrière-fond de leur mémoire ; mais il avait quelque chose de sinistre et de troublant. Il semblait que le pouvoir maléfique établi à Grand'Peur n'avait été chassé par le Conseil Blanc que pour resurgir, plus puissant encore, au sein des anciennes forteresses du Mordor. La Tour Sombre était désormais reconstruite, disait-on. De là, le pouvoir se répandait dans toutes les directions ; et loin à l'est et au sud, il y avait des guerres, de même qu'une peur grandissante. Les Orques se multipliaient à nouveau dans les montagnes. Des Trolls rôdaient en maints endroits, non plus stupides, mais rusés et munis de redoutables armes. Et l'on évoquait à demi-mot des créatures plus terribles encore mais qui, pour lors, n'avaient aucun nom.

Bien peu de ces choses parvenaient aux oreilles des Hobbits ordinaires, évidemment. Mais même les plus sourds et les plus casaniers commencèrent à entendre d'étranges histoires ; et ceux qui avaient affaire tout près des frontières étaient témoins de choses bizarres. La conversation entendue au *Dragon Vert* de Belleau, un soir de printemps, l'année où Frodo eut cinquante ans, montrait que, même au cœur du tranquille Comté, on avait eu vent de rumeurs, quoique tournées en ridicule par la plupart des Hobbits.

Sam Gamgie était assis dans un coin de l'auberge, près du feu, et face à lui se trouvait Ted Sablonnier, le fils du meunier. Divers autres campagnards prêtaient une oreille attentive à leur discussion.

« Y a de ces choses bizarres qu'on entend ces jours-ci, assurément », dit Sam.

« Entend qui veut bien écouter, dit Ted. Mais des contes pour enfants et des histoires qu'on raconte au coin du feu, je peux en entendre chez moi, si je veux. »

« Ça j'en doute pas, répliqua Sam, et je gage qu'il y en a qui sont plus vrais que tu l'imagines. Mais qui les a inventées, ces histoires ? Prends les dragons, par exemple. »

« Non merci, dit Ted. J'ai entendu bien des choses sur eux quand j'étais gamin, mais y a pas de raison d'y croire maintenant. Y a qu'un seul Dragon à Belleau, et il est Vert ! » dit-il, provoquant l'hilarité générale.

« D'accord, dit Sam, riant avec les autres. Mais qu'est-ce que tu penses de ces Hommes-arbres, ces géants, qu'on pourrait dire ? J'en connais qui disent qu'ils en ont vu un y a pas si longtemps, plus gros qu'un arbre, à l'autre bout des Landes du Nord. »

« Qui ça, *ils* ? »

« Mon cousin Hal, pour commencer. Il travaille pour M. Boffine à Suscolline, et il monte souvent dans le Quartier Nord pour la chasse. Il en a *vu* un. »

« C'est ce qu'il dit. Ton Hal dit tout le temps qu'il a vu des choses ; peut-être qu'il voit des choses qui sont pas vraiment là. »

« Mais ç'ui-là était grand comme un orme, et il marchait – il faisait vingt pieds à chaque pas, si c'était un pouce. »

« Alors je parie que c'était même pas un pouce. Ce qu'il a vu *était* un orme, si ça se trouve. »

« Mais celui-là *marchait*, je te dis ; et y a pas d'ormes sur les Landes du Nord. »

« Alors ton Hal a pas pu en voir un », dit Ted. Il y eut des rires et des applaudissements : l'assistance semblait penser que Ted venait de marquer un point.

« Quand même, dit Sam, notre Halfast est pas le seul à avoir vu des gens bizarres traverser le Comté. J'ai dit *traverser*, remarque : y en a d'autres qui sont refoulés à la frontière. Les Gardes-frontières ont jamais été aussi occupés.

« Et j'ai entendu dire que les Elfes se déplacent vers l'ouest. Y en a qui disent qu'ils s'en vont là-bas aux ports, de l'autre côté des Tours Blanches. » Sam agita le bras d'un geste vague : ni lui ni aucun d'entre eux ne savaient à quelle distance se trouvait la Mer, au-delà des vieilles tours qui bordaient le Comté à l'ouest. Mais c'était là que se trouvaient, selon une vieille tradition, les Havres Gris d'où partaient à l'occasion des navires elfiques, pour ne plus jamais revenir.

« Ils voguent, voguent, voguent sur la Mer, ils s'en vont dans l'Ouest et nous quittent », dit Sam, chantonnant à moitié, secouant la tête avec gravité et tristesse. Mais Ted rit.

« Eh bien, c'est pas nouveau, si l'on en croit les vieux contes. Et je vois pas ce que ça change pour toi ou moi. Qu'ils voguent ! Mais je gage que tu les as jamais vus faire, ni personne d'autre dans le Comté. »

« Eh bien, j'en sais trop rien », dit Sam d'un air songeur. Il croyait avoir aperçu un Elfe une fois, dans les bois, et il espérait un jour en voir d'autres. De toutes les légendes qu'il avait entendues dans son enfance, les bribes de contes et d'histoires sur les Elfes dont les Hobbits pouvaient encore se souvenir l'avaient toujours le plus ému. « Il y en a même ici qui connaissent les Belles Gens et qui en ont des nouvelles, dit-il. Il y a M. Bessac, par exemple, pour qui je travaille. Il m'a dit qu'ils prenaient la mer, et il en connaît un bout sur les Elfes. Et le vieux M. Bilbo en savait encore plus long : eh ! que j'en ai eu des discussions avec lui quand j'étais petit. »

« Ouais, ils sont tous les deux fêlés, dit Ted. Ou plutôt, le vieux Bilbo était fêlé, et Frodo est proche de l'être. Si c'est de là que tu tiens tes nouvelles, tu seras jamais à court de sornettes. Sur ce, mes amis, je rentre chez moi. À votre santé ! » Il vida sa chope et sortit bruyamment.

Sam resta assis en silence et ne dit plus rien. Il avait ample matière à réflexion. Pour commencer, il y avait beaucoup à faire là-haut, dans le jardin de Cul-de-Sac, et une longue journée l'attendait demain si le temps s'éclaircissait. L'herbe poussait rapidement. Mais le jardinage n'était pas sa seule préoccupation. Au bout d'un moment, il se leva en soupirant et sortit.

On était début avril, et le ciel se dégageait après de fortes pluies. Le Soleil s'était couché, et un soir pâle et frais se fondait doucement dans la nuit. Sam rentra chez lui à la lueur des premières étoiles. Il traversa Hobbiteville et gravit la Colline en sifflant doucement et pensivement.

Ce fut précisément à ce moment-là que Gandalf réapparut après une longue absence. Trois années s'étaient écoulées après la fête durant lesquelles on ne l'avait plus revu. Puis il avait brièvement rendu visite à Frodo, et, après l'avoir regardé dans le blanc des yeux, il était reparti. Pendant un an ou deux, il s'était présenté assez souvent, arrivant inopinément après la tombée de la nuit et repartant sans prévenir avant l'aube. Il refusait de parler de ses propres affaires ou de ses voyages, et semblait surtout intéressé à prendre des nouvelles de Frodo, comment il allait et ce qu'il faisait.

Puis, soudain, ses visites avaient cessé. Cela faisait

plus de neuf ans que Frodo ne l'avait vu ou n'avait eu de ses nouvelles ; et il commençait à penser que le magicien ne reviendrait plus et qu'il avait perdu tout intérêt envers les Hobbits. Mais ce soir-là, tandis que Sam rentrait chez lui et que le crépuscule faiblissait, Frodo entendit ces petits coups naguère familiers à la fenêtre de son bureau.

Frodo, surpris, accueillit son vieil ami avec grand plaisir. Les deux s'étudièrent longuement.

« Ça va, hein ? dit Gandalf. Vous ne changez pas, Frodo ! »

« Vous non plus », répondit Frodo ; mais il se dit en lui-même que Gandalf paraissait plus vieux et usé par les soucis. Il lui demanda instamment des nouvelles de lui et du vaste monde ; et ils furent bientôt en grande conversation et veillèrent tard dans la nuit.

Le lendemain matin, après un déjeuner tardif, le magicien était assis avec Frodo devant la fenêtre ouverte du bureau. Un grand feu brûlait dans l'âtre, mais le Soleil était chaud et le vent soufflait du sud. Tout était éclatant de fraîcheur, et le jeune verdoiement du printemps chatoyait dans les prés et au bout des doigts des arbres.

Gandalf rêvassait d'un printemps vieux de près de quatre-vingts ans, quand Bilbo était parti de Cul-de-Sac sans même son mouchoir de poche. Ses cheveux étaient peut-être plus blancs qu'ils ne l'étaient alors, sa barbe et ses sourcils peut-être plus longs, et son visage plus marqué par les soucis et la sagesse ; mais ses yeux étaient tout aussi brillants que jamais, et il fumait et lançait des ronds de fumée avec la même énergie et le même plaisir qu'autrefois.

Il fumait à présent en silence, car Frodo était assis immobile, plongé dans ses pensées. Même à la lumière du matin, il ressentait l'ombre oppressante des nouvelles que Gandalf lui avait apportées. Enfin, il brisa le silence.

« La nuit dernière, vous avez commencé à me raconter d'étranges choses au sujet de mon anneau, Gandalf, dit-il. Puis vous vous êtes arrêté en disant qu'il valait mieux attendre le jour avant d'évoquer de pareilles choses. N'est-il pas temps de finir ce que vous avez commencé ? Vous dites que mon anneau est dangereux, bien plus dangereux que je ne l'imagine. De quelle façon ? »

« De plusieurs façons, répondit le magicien. Il est beaucoup plus puissant que je ne me suis permis de le croire au début, si puissant, en fait, qu'il finirait par subjuguer complètement tout individu de race mortelle venant à le posséder. C'est l'anneau qui, en fin de compte, le posséderait.

« En Eregion, il y a longtemps, on fabriqua de nombreux anneaux elfiques, des anneaux magiques, comme vous les appelez ; et il y en eut évidemment de diverses sortes, certains plus puissants que d'autres. Les anneaux moindres n'étaient que des essais avant que cet art ne parvienne à maturité, et pour les forgerons elfes il ne s'agissait que de colifichets – tout de même dangereux pour les mortels, à mon sens. Mais les Grands Anneaux, les Anneaux de Pouvoir, ceux-là étaient périlleux.

« Un mortel, Frodo, qui conserve l'un des Grands Anneaux, ne meurt pas, mais il ne s'en trouve pas grandi ou vivifié, il ne fait que durer, jusqu'à ce qu'enfin, chaque minute soit un fardeau. Et s'il utilise souvent l'Anneau pour se faire invisible, il *s'évanouit* : il finit par devenir invisible pour toujours, marchant dans le crépuscule sous l'œil du Pouvoir Sombre qui régit les Anneaux. Oui, tôt ou tard – tard, s'il est fort ou bienveillant de nature, mais ni la force ni les bonnes intentions ne peuvent durer – tôt ou tard, le Pouvoir Sombre le dévorera. »

« Comme c'est terrifiant ! » dit Frodo. Il y eut encore un long silence. On pouvait entendre Sam en train de tailler la pelouse dans le jardin.

« Depuis quand savez-vous tout cela ? finit par demander Frodo. Et qu'en savait Bilbo ? »

« Bilbo n'en savait pas plus que ce qu'il vous a dit, j'en suis convaincu, dit Gandalf. Jamais il ne vous aurait transmis quelque chose de nuisible en toute connaissance de cause, même si je lui ai promis de veiller sur vous. Il trouvait l'anneau très beau et par moments très utile ; et si quelque chose n'allait pas ou paraissait bizarre, c'était lui-même. Il disait que l'anneau prenait “beaucoup de place dans son esprit”, et qu'il s'en préoccupait constamment ; mais il ne pensait pas que l'anneau lui-même était en cause. Pourtant, il s'était rendu compte qu'il fallait y faire attention : l'anneau ne semblait pas toujours avoir la même taille ou le même poids ; il rétrécissait ou se dilatait de curieuse façon, et pouvait subitement glisser d'un doigt sur lequel il était parfaitement serré. »

« Oui, il m'en a averti dans sa dernière lettre,

dit Frodo, alors je l'ai toujours gardé au bout de sa chaîne. »

« C'est très sage, dit Gandalf. Mais quant à sa longue existence, Bilbo n'a jamais fait le lien avec son anneau. Il s'en attribuait tout le mérite et en était très fier. Mais il devenait agité et mal dans sa peau. *Amaigri et distendu*, disait-il. Signe que l'anneau consolidait son emprise. »

« Quand avez-vous su tout cela ? » demanda Frodo une nouvelle fois.

« Su ? dit Gandalf. Je sais bien des choses dont seuls les Sages ont connaissance, Frodo. Mais si vous entendez "su pour *cet* anneau", eh bien, je ne le *sais* toujours pas, pourrait-on dire. Il reste une dernière épreuve à faire. Mais je ne doute plus de ma supposition.

« Quand donc ai-je commencé à le supposer ? dit-il rêveusement, fouillant dans sa mémoire. Voyons voir : c'est dans l'année où le Conseil Blanc a chassé le Pouvoir Sombre du bois de Grand'Peur, juste avant la Bataille des Cinq Armées, que Bilbo a trouvé son anneau. Une ombre est tombée sur mon cœur à ce moment-là, même si je ne savais pas encore ce que je craignais. Souvent me suis-je demandé comment Gollum avait pu trouver un Grand Anneau, puisque c'en était visiblement un – voilà au moins une chose que je sus dès le départ. Puis, j'ai entendu l'étrange histoire de Bilbo, comment il l'avait "gagné", et j'ai été incapable d'y croire. Quand je lui ai enfin soutiré la vérité, j'ai tout de suite compris qu'il avait voulu affermir sa prétention à l'anneau. Exactement comme Gollum, avec son "cadeau d'anniversaire". Ces mensonges se ressemblaient trop pour que je sois tranquille. Manifestement, l'anneau avait un pouvoir malsain qui agissait aussitôt sur son détenteur. Ce fut pour moi le premier véritable avertissement que quelque chose n'allait pas. Je disais souvent à Bilbo qu'il valait mieux ne pas utiliser de tels anneaux ; mais cela l'agaçait, et il ne tardait pas à se mettre en colère. De mon point de vue, il n'y avait pas grand-chose d'autre à faire. Je ne pouvais pas le lui prendre sans causer un plus grand tort ; et je n'avais aucun droit de le faire, de toute façon. Je pouvais seulement observer et attendre. J'aurais pu, peut-être, consulter Saruman le Blanc, mais quelque chose m'en a toujours dissuadé. »

« Qui est-ce ? demanda Frodo. Je n'ai jamais entendu parler de lui. »

« Peut-être pas, dit Gandalf. Il ne s'est jamais intéressé aux Hobbits – jusqu'ici du moins. Pourtant, il est grand parmi les Sages. C'est le chef de l'ordre auquel j'appartiens, et c'est lui qui dirige le Conseil. Sa science est profonde, mais son orgueil a grandi avec elle, et il supporte mal l'ingérence des autres. La connaissance des anneaux elfiques, petits et grands, est son domaine. Il les a longtemps étudiés, cherchant à découvrir les secrets perdus de leur fabrication ; mais quand nous avons débattu des Anneaux au Conseil, tout ce qu'il consentit à nous révéler de son savoir contredisait mes craintes. Ainsi, mes doutes sommeillèrent – mais d'un sommeil inquiet. Je continuai d'observer et d'attendre.

« Et tout semblait au mieux chez Bilbo. Et les années passaient. Oui, elles passaient, et elles semblaient ne pas le toucher. Il ne montrait aucun signe de vieillesse. L'ombre m'étreignit de nouveau. Mais je me dis : “Après tout, ses ancêtres jouissaient d’une grande longévité du côté de sa mère. Il y a encore le temps. Attends !”

« Et j’ai attendu. Jusqu’au moment où il a quitté cette maison. Ce soir-là, ses paroles et ses actes éveillèrent en moi une peur qu’aucune parole de Saruman ne pouvait apaiser. J’avais enfin la certitude que quelque chose de sombre et de funeste était à l’œuvre. Et j’ai passé le plus clair de ces dernières années à découvrir la vérité. »

« Il n’y a pas eu de dommage irrémédiable, n’est-ce pas ? demanda Frodo avec affolement. Il s’en sera remis avec le temps, pas vrai ? Pour pouvoir reposer en paix, je veux dire ? »

« Il s’est tout de suite senti mieux, dit Gandalf. Mais il n’y a en ce monde qu’un seul Pouvoir qui sache tout sur les Anneaux et leurs effets ; et à ma connaissance, il n’est même pas un seul Pouvoir qui sache tout des Hobbits. Parmi les Sages, je suis le seul qui s’intéresse à la science des Hobbits : c’est une branche de la connaissance très peu explorée, mais pleine de surprises. Tantôt, ils sont mous comme du beurre, et tantôt coriaces comme de vieilles souches. J’ai idée que certains pourraient résister bien plus longtemps aux Anneaux que la plupart des Sages ne le croiraient. Je ne pense pas qu’il faille vous inquiéter pour Bilbo.

« Bien sûr, il a possédé l’anneau pendant de nombreuses années, et s’en est servi, alors il faudra peut-être du temps pour que son influence disparaisse – pour que Bilbo soit en mesure de le revoir sans que ce soit dangereux pour lui, par exemple. Il peut très bien, par ailleurs, continuer à vivre pendant des années, parfaitement heureux : exactement comme il était quand il s'est départi de l'anneau. Car il y a renoncé de son plein gré : c'est un point important. Non, j'ai cessé de me tracasser pour ce cher Bilbo, après qu'il s'en fut débarrassé. C'est envers *vous* que je me sens une responsabilité.

« Depuis le départ de Bilbo, je n'ai jamais cessé de m'inquiéter pour vous – et pour tous ces charmants Hobbits, insensés, sans défense. Ce serait une perte cruelle pour le monde si le Pouvoir Sombre conquérait le Comté ; si tous ces gentils et stupides Bolgeurre, Sonnecornet, Boffine et autres joyeux Serreceinture, sans oublier les ridicules Bessac, étaient réduits en esclavage. »

Frodo frissonna. « Mais pourquoi le serions-nous ? Et à quoi lui serviraient de pareils esclaves ? »

« À vrai dire, répondit Gandalf, je crois que jusqu'ici – *jusqu'ici*, remarquez –, l'existence des Hobbits lui a complètement échappé. Vous devriez en être reconnaissants. Toutefois, vous n'êtes plus en sécurité. Il n'a pas besoin de vous – il a bien d'autres serviteurs autrement plus utiles –, mais il ne vous oubliera plus, à présent. Et des Hobbits rabaissés au rang de misérables esclaves lui plairaient bien davantage que des Hobbits heureux et libres. La méchanceté et la vengeance sont des choses qui existent. »

« La vengeance ? La vengeance de quoi ? Je ne comprends toujours pas en quoi tout cela concerne Bilbo ou moi, ou notre anneau. »

« Cela vous concerne au plus haut point, dit Gandalf. Vous n'êtes pas encore conscient du véritable danger ; mais vous le serez forcément bientôt. Je n'en étais pas moi-même complètement sûr, la dernière fois que je me suis trouvé ici ; mais il est temps de parler plus clairement. Donnez-moi l'anneau un moment. »

Frodo sortit l'anneau de la poche de sa culotte : il pendait au bout d'une chaîne accrochée à sa ceinture. Frodo le détacha et le tendit lentement au magicien. Il lui parut soudain très lourd, comme si l'anneau, ou Frodo lui-même, hésitait à laisser Gandalf le toucher.

Gandalf le tint en l'air. Il semblait fait d'or pur et massif. « Y voyez-vous quelque inscription ? » demanda-t-il.

« Non, dit Frodo. Il n'y en a aucune. Il est tout à fait uniforme, et on n'y voit jamais une égratignure, ni aucune marque d'usure. »

« Eh bien, regardez ! » À la stupéfaction de Frodo et à son grand désarroi, le magicien jeta soudain l'anneau au milieu des braises. Frodo poussa un cri et se rua vers les pincettes ; mais Gandalf le retint.

« Attendez ! » dit-il d'un ton impérieux, lançant un rapide coup d'œil à Frodo sous des sourcils hérissés.

Aucun changement apparent ne se produisit sur l'anneau. Au bout d'un moment, Gandalf se leva, referma les volets extérieurs et tira les rideaux. La pièce devint sombre et silencieuse, quoique le claquement des cisailles de Sam, qui s'étaient rapprochées des fenêtres, leur parvînt faiblement du jardin. Pendant un instant, le magicien resta à observer le feu ; puis il se pencha, et, à l'aide des pincettes, ramena l'anneau sur le devant de l'âtre et le ramassa sans attendre. Frodo étouffa un cri.

« Il est tout à fait froid, dit Gandalf. Prenez-le ! » Frodo le reçut dans sa main crispée : il semblait plus dense et plus lourd que jamais.

« Élevez-le ! dit Gandalf. Et regardez-y de plus près ! »

Ce faisant, Frodo vit alors des lignes très fines, plus fines qu'aucun trait de plume, courant tout autour de l'anneau, tant à l'extérieur qu'à l'intérieur : des traits flamboyants qui semblaient former les lettres d'une écriture très fluide. Ils brillaient d'un éclat perçant, et pourtant lointain, comme s'ils émanaient d'une grande profondeur.

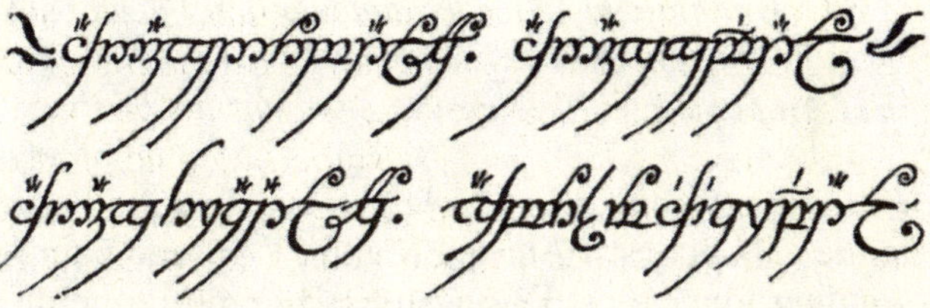

« Je ne peux lire les lettres de feu », dit Frodo d'une voix tremblotante.

« Non, dit Gandalf, mais moi, si. Ces lettres sont de l'elfique, d'un mode ancien, mais la langue est celle du Mordor, que je ne prononcerai pas ici. Voici cependant ce qui est dit, à peu de chose près, dans la langue commune :

Un Anneau pour les dominer tous, Un Anneau pour les trouver,
Un Anneau pour les amener tous et dans les ténèbres les lier.

« Ce sont seulement deux vers d'un poème connu depuis longtemps dans la tradition elfique :

Trois Anneaux pour les rois des Elfes sous le ciel,
Sept aux seigneurs des Nains dans leurs salles de pierre,
Neuf aux Hommes mortels voués à trépasser,
Un pour le Seigneur Sombre au trône de ténèbres
Au pays de Mordor où s'étendent les Ombres.
Un Anneau pour les dominer tous, Un Anneau pour les trouver,
Un Anneau pour les amener tous et dans les ténèbres les lier
Au pays de Mordor où s'étendent les Ombres. »

Il s'interrompit, puis dit lentement d'une voix profonde : « Ceci est l'Anneau Maître, l'Anneau pour les dominer tous. C'est l'Anneau Unique qu'il a perdu il y a fort, fort longtemps, ce qui a grandement affaibli son pouvoir. Il le désire ardemment – mais il ne doit *pas* l'obtenir. »

Frodo demeura assis, silencieux et immobile. La peur semblait étendre un long bras, comme un nuage noir se levant dans l'Est et s'avançant pour l'engloutir. « Cet anneau ! balbutia-t-il. Co… comment donc est-il arrivé jusqu'à moi ? »

« Ah ! dit Gandalf. C'est une très longue histoire. Son commencement remonte aux Années Noires, dont seuls les maîtres en tradition se souviennent à présent. Si je vous en faisais le récit complet, nous serions encore ici quand le printemps aura fait place à l'hiver.

« Mais je vous ai parlé hier soir de Sauron le Grand, le Seigneur Sombre. Les rumeurs qui vous sont parvenues disent vrai : il a bel et bien refait surface, quittant son repaire à Grand'Peur pour regagner son ancienne place forte dans la Tour Sombre du Mordor. Ce nom-là, même vous, les Hobbits, vous l'avez déjà entendu, comme une ombre en marge des vieilles histoires. Chaque fois, après une défaite et un moment de répit, l'Ombre prend une forme nouvelle et se remet à croître. »

« J'aurais voulu que cela n'ait pas à arriver de mon temps », dit Frodo.

« Moi aussi, dit Gandalf, et il en va de même pour tous ceux qui vivent en de pareils temps. Mais il ne leur appartient pas de décider. Tout ce qu'il nous appartient de décider, c'est ce que nous comptons faire du temps qui nous est imparti. Et déjà, Frodo, notre temps s'annonce funeste. L'Ennemi prend rapidement des forces. Ses projets sont loin d'être mûrs, à mon avis, mais ils mûrissent. Nous serons mis à rude épreuve. Nous serions mis à très rude épreuve, même sans ce terrible hasard.

« Il manque encore à l'Ennemi une chose qui lui donnerait la force et la connaissance nécessaires pour écraser toute résistance, abattre les dernières défenses et recouvrir toutes les terres de secondes ténèbres. Il lui manque l'Anneau Unique.

« Les Trois, les plus beaux de tous, les Seigneurs des Elfes les ont soustraits à sa vue, et sa main ne les a jamais touchés ou souillés. Sept étaient en possession des rois des Nains, mais il en a récupéré trois, et les autres, les dragons les ont consumés. Neuf ont été octroyés par lui à des Hommes mortels, fiers et puissants, qui furent alors pris au piège. Ils tombèrent il y a longtemps sous la domination de l'Unique et devinrent des Spectres de l'Anneau, ses plus redoutables serviteurs, comme des ombres sous sa grande Ombre. Il y a bien longtemps. Cela fait maintes années que les Neuf n'ont été vus de par le monde. Mais qui sait ? Tandis que l'Ombre recommence à croître, eux aussi pourraient de nouveau fouler les terres. Mais allons donc ! Nous ne parlerons pas de pareilles choses, même dans le matin du Comté.

« Il en est encore ainsi aujourd'hui : les Neuf, il les a rassemblés à lui, les Sept aussi, ou ils ont été détruits. Les Trois demeurent cachés. Mais il ne s'en préoccupe plus. Il a seulement besoin de l'Unique ; car il a fabriqué lui-même cet Anneau, c'est le sien ; et il y a versé une bonne part de sa puissance d'autrefois, de manière à pouvoir dominer tous les autres. S'il le recouvre, alors il les maîtrisera tous de nouveau, où qu'ils soient, même les Trois : tout ce qui a été façonné avec eux sera mis à nu, et il sera plus fort que jamais.

« Et voici le terrible hasard, Frodo. Il croyait que l'Unique avait péri, que les Elfes l'avaient détruit, comme ç'aurait dû être fait. Mais il sait désormais qu'il n'a *pas* péri, qu'il a été retrouvé. Alors il le cherche, il le cherche, et toute sa pensée est braquée sur lui. C'est son grand espoir et notre grande crainte. »

« Pourquoi, pourquoi n'a-t-il pas été détruit ? s'écria Frodo. Et comment l'Ennemi en est-il venu à le perdre, s'il lui était si précieux, et si lui-même était si puissant ? » Il serra l'Anneau dans sa main, comme s'il voyait déjà des doigts noirs prêts à le saisir.

« Il lui a été dérobé, dit Gandalf. La force que lui opposaient les Elfes était jadis plus grande ; et tous les Hommes et les Elfes n'étaient pas encore aliénés. Ainsi, les Hommes de l'Occidentale vinrent à leur secours. C'est un chapitre de l'Histoire ancienne qu'il serait bon de rappeler ; car il fut lui aussi fait de chagrin et de ténèbres croissantes, mais également de bravoure et de hauts faits qui ne furent pas entièrement vains. Un jour, peut-être, je vous raconterai toute l'histoire, ou bien vous l'entendrez dans son intégralité de la bouche de celui qui la connaît le mieux.

« Mais puisque vous devez avant tout savoir comment cette chose vous est parvenue, ce qui est en soi un récit assez long, voici tout ce que j'en dirai pour le moment. Ce furent Gil-galad, roi des Elfes, et Elendil de l'Occidentale qui renversèrent Sauron, bien que cet exploit ait entraîné leur mort ; et Isildur fils d'Elendil trancha l'Anneau de la main de Sauron et se l'appropria. Sauron fut alors vaincu, et son esprit s'enfuit et resta caché de longues années, jusqu'au jour où son ombre se mit à reprendre forme à Grand'Peur.

« Mais l'Anneau fut perdu. Il tomba dans le Grand Fleuve, l'Anduin, et disparut. Car Isildur faisait mouvement vers le nord sur les berges orientales du fleuve, et non loin des Champs de Flambes il fut assailli par les Orques des Montagnes, et presque tous les siens furent tués. Il plongea dans les eaux, mais l'Anneau glissa de son doigt tandis qu'il nageait, et alors les Orques le virent et le tuèrent à coup de flèches. »

Gandalf marqua une pause. « Et là, dans les sombres étangs au milieu des Champs de Flambes, poursuivit-il, l'Anneau disparut de toute connaissance et de toute légende ; ainsi une bonne partie de son histoire n'est désormais connue que de quelques-uns, et le Conseil des Sages n'a pu en découvrir davantage. Mais je puis enfin compléter l'histoire, je crois.

« Longtemps après, mais c'était tout de même il y a très longtemps, vivait près des rives du Grand Fleuve, à la lisière de la Contrée Sauvage, un groupe de petites gens aux mains habiles et à la démarche silencieuse. Je suppose qu'ils étaient du genre Hobbit : apparentés aux ancêtres des Fortauds, car ils aimaient beaucoup le Fleuve et y nageaient souvent, ou construisaient de petites embarcations de roseaux. Il se trouvait parmi eux une famille très réputée, car nombreuse et plus riche que la plupart ; et elle était sous l'autorité d'une grand-mère de leur tribu, sévère, et versée dans ce qu'ils avaient de traditions anciennes. L'esprit le plus curieux et le plus incisif de toute cette famille se nommait Sméagol. Il s'intéressait aux racines et aux commencements : il plongeait dans de profonds étangs, fouissait sous les arbres et à la base des plantes, creusait des tunnels dans les monticules verts ; bientôt, il ne leva même plus les yeux vers les collines, les feuilles des arbres ou les fleurs en train d'éclore : sa tête et son regard étaient dirigés vers le bas.

« Il avait un ami appelé Déagol, sensiblement du même genre : l'œil plus aiguisé, mais pour le reste, moins agile et moins fort que lui. Ils prirent une fois un bateau et descendirent jusqu'aux Champs de Flambes, où se trouvaient de grands parterres d'iris et de roseaux en fleurs. Là, Sméagol partit fureter le long des rives, mais Déagol demeura dans l'embarcation et mit sa ligne à l'eau. Soudain, un gros poisson mordit à l'hameçon, et avant qu'il ait su ce qui lui arrivait, il fut attiré hors de la barque et entraîné jusqu'au fond de l'eau. Il lâcha alors sa canne, car il crut voir quelque chose scintiller dans le lit du fleuve ; et, retenant son souffle, il tendit la main pour s'en emparer.

« Puis il remonta, crachotant, les cheveux remplis d'algues et la main pleine de boue ; et il nagea jusqu'à la rive. Et une fois la boue lavée, voici que se trouvait dans sa main un bel anneau d'or : celui-ci brillait et chatoyait au Soleil, et son cœur s'en réjouit. Mais Sméagol avait observé la scène, caché derrière un arbre ; et tandis que Déagol jubilait, Sméagol se faufila dans son dos.

« *Donne-nous ça, Déagol, très cher*, dit Sméagol derrière l'épaule de son ami.

« *Pourquoi ?* demanda Déagol.

« *Parce que c'est mon anniversaire, très cher, et je le voulons*, répondit Sméagol.

« *Je m'en fiche*, dit Déagol. *Je t'ai déjà offert un cadeau bien au-dessus de mes moyens. J'ai trouvé ça et je vais le garder.*

« *Ah, tu crois ça, très cher ?* dit Sméagol ; et il saisit Déagol par le cou et l'étrangla, tellement l'or était merveilleux et brillant. Puis il mit l'anneau à son doigt.

« Personne ne sut jamais ce qui était arrivé à Déagol : il avait été tué loin de chez lui et son corps avait été savamment dissimulé. Mais Sméagol revint seul ; et il s'aperçut qu'aucun de ses proches ne pouvait le voir quand il mettait l'anneau. Cette découverte l'enchanta et il n'en souffla mot à personne ; il s'en servit pour découvrir ce qui devait rester secret, utilisant ces renseignements à des fins déloyales et malveillantes. Sa vue et son ouïe devinrent sensibles à tout ce qui pouvait nuire. L'anneau lui conférait un pouvoir à sa mesure. Pas étonnant qu'il soit devenu très impopulaire auprès des siens et que ceux-ci aient voulu l'éviter (quand il était visible). Ils lui donnaient des coups de pied, et lui leur mordait les orteils. Il se mit à chaparder et à se promener un peu partout en grommelant entre ses dents, produisant un glougloutement dans sa gorge. Alors ils l'appelèrent *Gollum* et le maudirent, et ils lui ordonnèrent de s'en aller ; et sa grand-mère, pour que la paix revienne, l'expulsa de la famille et le jeta hors de son trou.

« Il erra dans la solitude, versant quelques larmes sur son sort et sur la cruauté du monde ; et il remonta le Fleuve jusqu'à un ruisseau qui descendait des montagnes, et décida de le suivre. Il y avait là de profondes mares où, de ses doigts invisibles, il attrapait des poissons et les dévorait crus. Un jour qu'il faisait très chaud, il se pencha à la surface d'un étang et sentit une brûlure sur l'arrière de sa tête, tandis que, sur l'eau, un reflet aveuglant blessait ses yeux mouillés. Il s'en étonna, car il avait presque oublié le Soleil. Alors, pour la dernière fois, il leva la tête et brandit le poing en sa direction.

« Mais tandis qu'il baissait les yeux, il vit au loin les cimes des Montagnes de Brume d'où provenait le ruisseau. Et il se dit soudain : "On doit être à l'ombre et au frais sous ces montagnes. Là-bas, le Soleil ne pourrait plus me guetter. Les racines de ces montagnes-là doivent être immenses ; il doit y avoir de grands secrets d'enterrés là qui n'ont pas été découverts depuis le commencement."

« Ainsi il voyagea de nuit jusqu'aux épaulements ; et, arrivant à une petite caverne d'où sortait le sombre ruisseau, il se faufila comme un ver au cœur des montagnes, et plus personne n'eut connaissance de lui.

L'Anneau disparut dans l'ombre avec lui, et même son créateur, quand son pouvoir se mit à croître de nouveau, n'en sut absolument rien. »

« Gollum ! s'écria Frodo. Gollum ? Vous voulez dire que c'est cette même créature que Bilbo a rencontrée ? Comme c'est horrible ! »

« Je trouve cette histoire plutôt triste, dit le magicien ; et elle aurait pu arriver à d'autres, même à certains Hobbits que j'ai connus. »

« Je n'arrive pas à croire qu'il puisse y avoir un lien entre Gollum et les Hobbits, aussi éloigné soit-il, dit Frodo avec une certaine fébrilité. Quelle idée abominable ! »

« Elle n'en est pas moins vraie, répondit Gandalf. Pour ce qui est de leurs origines, à tout le moins, j'en sais plus que ce que les Hobbits savent eux-mêmes. Et même l'histoire de Bilbo tend à confirmer cette parenté. Il y avait bien des similitudes au plus profond de leur conscience et de leurs souvenirs. Ils se comprirent remarquablement bien, beaucoup mieux qu'un Hobbit comprendrait un Nain, disons, ou un Orque, ou même un Elfe. Songez aux énigmes qu'ils connaissaient tous les deux, par exemple. »

« Oui, dit Frodo. Mais les Hobbits ne sont pas les seuls à poser des énigmes du même genre. Et les Hobbits ne trichent pas. Gollum ne pensait qu'à tricher. Il essayait seulement de prendre ce pauvre Bilbo au dépourvu. Je dirais même que cela amusait sa méchanceté de proposer un jeu susceptible de lui procurer une proie facile, mais qui ne lui nuirait en rien. »

« Ce n'est que trop vrai, j'en ai peur, dit Gandalf. Mais il y avait là quelque chose d'autre, je pense, que vous ne voyez pas encore. Même Gollum n'était pas encore complètement perdu. Il s'était révélé plus coriace que ce que même l'un des Sages aurait pu supposer – comme certains Hobbits peuvent l'être. Il y avait encore une parcelle de son esprit qui lui appartenait, où la lumière filtrait, comme une fente dans l'obscurité : la lumière du passé. Je pense qu'il lui fut agréable, en fait, d'entendre de nouveau une voix bienveillante, une voix qui lui rappelait le vent, les arbres, le Soleil sur l'herbe, toutes ces choses qu'il avait oubliées.

« Mais il était évident que cela finirait par irriter encore plus son côté mauvais – sauf s'il y avait moyen de le vaincre. De le guérir. » Gandalf soupira. « Hélas ! il y a peu d'espoir de guérison pour lui. Peu, mais pas aucun espoir. Non, pas même en ayant possédé l'anneau si longtemps, presque aussi loin qu'il se souvienne. Car il y avait longtemps qu'il ne l'avait beaucoup porté : dans les ténèbres noires, il en avait rarement besoin. En tout cas, il ne s'est jamais "évanoui". Il est maigre et toujours aussi coriace. Mais cette chose lui dévorait l'esprit, évidemment, et ce supplice était devenu quasi insoutenable.

« Tous les "grands secrets" au creux des montagnes n'étaient finalement que nuit noire : il n'y avait rien d'autre à découvrir, rien de bon à faire, à part croquer furtivement une pauvre pitance et ressasser ses souvenirs aigris. Il était absolument misérable. Il haïssait l'obscurité, et la lumière plus encore : il haïssait tout, et l'anneau plus que toute autre chose. »

« Que voulez-vous dire ? demanda Frodo. L'Anneau était son "Trésor" et la seule chose qui lui tenait à cœur, non ? Mais s'il le haïssait, pourquoi ne s'en est-il pas débarrassé ? Pourquoi ne pas s'en aller et l'abandonner ? »

« Vous devriez commencer à comprendre, Frodo, après tout ce que vous avez entendu, répondit Gandalf. Il le haïssait et il l'aimait, comme il se haïssait et s'aimait lui-même. Il ne pouvait pas s'en débarrasser. Il ne lui restait plus aucune volonté à cet égard.

« Un Anneau de Pouvoir voit à ses propres intérêts, Frodo. *Lui-même* peut glisser traîtreusement d'un doigt, mais son détenteur ne l'abandonne jamais. Tout au plus caresse-t-il l'idée de le confier à quelqu'un d'autre – et cela seulement au début, quand l'Anneau commence tout juste à exercer son emprise. Or, pour autant que je sache, Bilbo est la seule personne à ce jour à ne pas s'être contentée d'en caresser l'idée, mais à le faire vraiment. Il lui a fallu toute mon aide, d'ailleurs. Et même alors, il ne lui serait jamais venu l'idée de simplement l'abandonner ou de le jeter. Ce n'est pas Gollum, Frodo, mais l'Anneau lui-même qui prenait les décisions. L'Anneau l'a abandonné, *lui*. »

« Quoi, juste à temps pour rencontrer Bilbo ? dit Frodo. Un Orque ne lui aurait-il pas mieux convenu ? »

« Il n'y a pas là matière à rire, dit Gandalf. Pas pour vous. Ce fut l'événement le plus étrange, jusqu'à présent, dans toute l'histoire de l'Anneau : que Bilbo soit arrivé à ce moment précis, sa main se refermant sur lui à l'aveuglette, dans le noir.

« Il n'y avait pas qu'un seul pouvoir à l'œuvre, Frodo. L'Anneau tentait de retourner auprès de son maître. Il avait glissé de la main d'Isildur, le trahissant ; puis, quand l'occasion se présenta, il piégea le pauvre Déagol, qui le paya de sa vie ; et ensuite Gollum, qu'il dévora à la longue. Mais il finit par n'avoir plus rien à en tirer : Gollum était trop misérable et mesquin ; et tant et aussi longtemps qu'il avait l'Anneau en sa possession, il n'allait plus jamais quitter son étang souterrain. Ainsi, quand son maître se fut de nouveau éveillé, sa sombre pensée émanant de Grand'Peur, l'Anneau abandonna Gollum… pour être ramassé par la personne la plus improbable qui soit : Bilbo du Comté !

« Il y avait là quelque chose d'autre à l'œuvre, en dehors de la volonté de l'Anneau et des desseins de son créateur. Je ne puis l'exprimer plus clairement qu'en disant ceci : *on a voulu* que Bilbo trouve l'Anneau, *sans toutefois* que son créateur y soit pour quelque chose. Auquel cas, *on a voulu* aussi que vous l'ayez. Et c'est peut-être là une pensée encourageante. »

« Ça ne l'est pas, dit Frodo. Même si je ne suis pas sûr de vous comprendre. Mais comment avez-vous appris tout cela au sujet de l'Anneau, et de Gollum ? Le savez-vous vraiment, ou vous ne faites toujours que supposer ? »

Gandalf regarda Frodo et un éclair passa dans ses yeux. « Je savais beaucoup de choses et j'en ai appris beaucoup, répondit-il. Mais je ne vais pas rendre compte de tous mes faits et gestes, pas à *vous*. L'histoire d'Elendil, d'Isildur et de l'Anneau est connue de tous les Sages. La présence de l'écriture de feu montre, à elle seule, que votre anneau est bel et bien l'Unique, indépendamment de toute autre preuve. »

« Et quand avez-vous découvert cela ? » demanda Frodo, lui coupant la parole.

« À l'instant, ici même dans cette pièce, bien sûr, répondit le magicien avec brusquerie. Mais je m'y attendais. Je suis revenu d'une longue quête et de sombres chemins pour tenter cette ultime épreuve. C'est l'assurance qu'il me manquait ; tout n'est que trop clair, à présent. Comprendre le rôle de Gollum, et la manière dont il vient combler les lacunes de l'histoire, a nécessité quelque réflexion. J'ai peut-être commencé par des suppositions pour ce qui est de Gollum, mais je ne suppose plus rien. Je le sais avec certitude. Je l'ai vu. »

« Vous avez vu Gollum ? » s'écria Frodo avec stupéfaction.

« Oui. C'était la chose à faire, évidemment, dans la mesure du possible. J'ai essayé il y a longtemps ; mais j'y suis enfin arrivé. »

« Alors que lui est-il arrivé après l'évasion de Bilbo ? Le savez-vous ? »

« Pas très bien, pas avec autant de détails. Je ne vous ai dit que ce que Gollum a bien voulu me raconter – encore qu'il ne l'ait pas raconté tout à fait de cette manière, bien sûr. Gollum est un menteur, et il faut en prendre et en laisser. Il prétendait par exemple que l'Anneau était son “cadeau d'anniversaire” et n'en démordait pas. Il disait le tenir de sa grand-mère, qu'elle avait beaucoup de belles choses comme celles-là. Une histoire ridicule. Je ne doute pas que la grand-mère de Sméagol ait été, à sa manière, une personne importante, une matriarche ; mais prétendre qu'elle possédait de nombreux anneaux elfiques était absurde, et dire qu'elle les distribuait était un mensonge. Un mensonge qui n'en contenait pas moins une pointe de vérité.

« Le meurtre de Déagol hantait Gollum, et il s'était trouvé une justification qu'il répétait sans cesse à son “Trésor” tandis qu'il rongeait des os dans l'obscurité, au point de presque y croire lui-même. *C'était* son anniversaire. Déagol aurait dû lui donner l'anneau. Celui-ci était apparu, de toute évidence, pour être offert en cadeau. *C'était* son cadeau d'anniversaire, et ainsi de suite, à n'en plus finir.

« J'ai enduré son verbiage aussi longtemps que j'en étais capable, mais il importait plus que tout de découvrir la vérité, alors j'ai dû, finalement, être sévère. Éveillant chez lui la peur du feu, je lui arrachai la véritable histoire, morceau par morceau, et de nombreux geignements et grognements. Il se disait incompris et maltraité. Mais quand il m'eut enfin raconté son histoire, jusqu'au Jeu des Énigmes et à l'évasion de Bilbo, il refusa d'en dire plus, sauf par de sombres allusions. Il y avait chez lui une autre peur, plus grande que celle que je lui inspirais. Il marmonnait qu'il allait récupérer ce qui lui appartenait. On verrait bien s'il accepterait d'être roué de coups, chassé au fond d'un trou et enfin *volé.* Gollum avait de bons amis, à présent, de bons amis et très forts. Ils l'aideraient. Bessac le paierait cher. C'était chez lui une idée fixe. Il haïssait Bilbo et maudissait son nom. Qui plus est, il savait d'où il venait. »

« Mais comment a-t-il découvert cela ? » demanda Frodo.

« Eh bien, pour ce qui est de son nom, Bilbo le lui a très sottement donné lui-même ; après cela, il devenait facile pour Gollum de découvrir son pays d'origine, une fois sorti de son trou. Eh oui, il en est sorti. Son désir de retrouver l'Anneau s'est avéré plus fort que sa crainte des Orques, ou même de la lumière. Au bout d'un an ou deux, il a quitté les Montagnes. Car voyez-vous, même s'il était encore lié par le désir de le posséder, l'Anneau ne le dévorait plus : il commençait à revivre un peu. Il se sentait vieux, terriblement vieux, quoique moins timoré, et il avait mortellement faim.

« La lumière, celle du Soleil et de la Lune, il la craignait et la haïssait encore, comme il le fera toujours, je pense ; mais il ne manquait aucunement de ruse. Il s'aperçut qu'il pouvait se cacher de la lumière du jour et du clair de Lune, et avancer furtivement et rapidement à la faveur de la nuit en s'aidant de ses yeux pâles et froids, tout en attrapant de petites créatures apeurées ou imprudentes. Toute cette nourriture et cet air frais lui redonnèrent des forces et du courage. Il finit par aboutir à Grand'Peur, comme on pouvait s'y attendre. »

« C'est là que vous l'avez trouvé ? » demanda Frodo.

« Je l'y ai vu, répondit Gandalf ; mais il avait longuement erré avant de s'y trouver, suivant la trace de Bilbo. Son discours était ponctué de jurons et de menaces, et il était difficile d'en tirer quelque certitude que ce soit. *Qu'est-ce qu'il avait dans ses poches ?* pestait-il. *Il ne voulait pas le dire, non, trésor. Sale petit tricheur. Pas une vraie question. Il a triché en premier, ça oui. Il a enfreint les règles. On aurait dû lui tordre le cou, oui, trésor. Et on le fera, trésor !*

« Voilà un peu comment il parlait. Je ne pense pas que vous ayez envie d'en entendre davantage. J'ai dû endurer cela pendant plusieurs jours. Mais à partir d'indices qu'il laissait tomber dans sa hargne, j'ai fini par comprendre que ses pas feutrés l'avaient enfin conduit à Esgaroth, et même dans les rues du Val, épiant les gens et tendant l'oreille. Or, la rumeur des grands événements avait gagné toute la Contrée Sauvage, et bien des gens connaissaient le nom de Bilbo et savaient d'où il venait. Nous n'avions fait aucun mystère de notre voyage de retour jusqu'à sa demeure dans l'Ouest. Les oreilles affûtées de Gollum ne tardèrent pas à lui apprendre ce qu'il désirait savoir. »

« Alors comment se fait-il qu'il n'ait pas continué à chercher Bilbo ? demanda Frodo. Pourquoi n'est-il pas venu dans le Comté ? »

« Ah, dit Gandalf, nous y voilà. Je pense que Gollum a essayé. Il est reparti vers l'ouest, jusqu'au Grand Fleuve. Mais là, il s'est détourné. La longueur du trajet ne lui faisait pas peur, j'en suis convaincu. Non, quelque chose d'autre l'a détourné. C'est ce que pensent mes amis, ceux qui l'ont pris en chasse pour moi.

« Les Elfes sylvains ont été les premiers à suivre sa piste, qui ne présentait pour eux aucune difficulté, car elle était alors encore fraîche. Elle sillonnait Grand'Peur dans tous les sens, mais ils ne purent jamais l'attraper. Sa rumeur hantait partout les bois : des histoires horribles, même parmi les bêtes et les oiseaux. Les Hommes des Bois disaient qu'une nouvelle terreur rôdait, un fantôme qui s'abreuvait de sang. Il grimpait aux arbres pour trouver des nids, rampait dans des trous pour dérober les petits, se glissait par les fenêtres à la recherche de berceaux.

« Mais à la lisière occidentale de Grand'Peur, la piste bifurquait. Elle partait vers le sud et sortait du domaine des Elfes sylvains, qui perdirent la trace de Gollum. Alors j'ai commis une grave erreur. Oui, Frodo, et pas la première, encore qu'elle puisse s'avérer la pire, je le crains. Je n'ai rien fait. Je l'ai laissé partir ; car j'avais à ce moment-là bien d'autres préoccupations, et je me fiais encore à la science de Saruman.

« Enfin, cela se passait il y a des années. Je l'ai expié depuis par de sombres et périlleuses journées. La piste était depuis longtemps refroidie quand je décidai de la reprendre, après le départ de Bilbo. Et ma quête eût été vaine sans l'aide que je reçus d'un ami : Aragorn, le plus grand voyageur et traqueur de cet âge du monde. Ensemble, nous avons cherché Gollum à travers toute la Contrée Sauvage sans espoir de le trouver, et sans succès, d'ailleurs. Mais quand j'eus abandonné la chasse pour suivre d'autres chemins, Gollum tomba entre nos mains. Mon ami avait affronté de graves dangers pour ramener avec lui cette misérable créature.

« Gollum refusa de nous dire ce qu'il avait fabriqué. Il ne faisait que se lamenter, dénonçant notre cruauté avec plus d'un *gollum* dans la gorge ; et quand nous le pressions, il gémissait et se recroquevillait, frottant ses longues mains et se léchant les doigts comme s'ils lui faisaient mal, comme s'il se rappelait quelque torture qu'il avait endurée. Mais je crains qu'il n'y ait aucun doute possible : il avait cheminé lentement, furtivement, pas à pas, mille après mille, vers le sud… vers le Pays de Mordor. »

Un lourd silence s'abattit sur la pièce. Frodo pouvait entendre son cœur battre. Même à l'extérieur, tout semblait immobile. Les cisailles de Sam s'étaient tues.

« Oui, jusqu'au Mordor, dit Gandalf. Hélas ! Le Mordor attire toutes choses mauvaises ; et le Pouvoir

Sombre exerçait toute sa volonté pour les y rassembler. L'Anneau de l'Ennemi ne pouvait manquer non plus de laisser son empreinte, Gollum restant plus sensible à ces appels. Et tous murmuraient à l'époque qu'une nouvelle Ombre s'était levée dans le Sud, et combien elle haïssait l'Ouest. Voilà donc qui étaient ses nouveaux amis, ceux qui l'aideraient à se venger !

« Le pauvre fou ! En ce pays-là, il apprendrait beaucoup de choses, trop pour être tranquille. Et tôt ou tard, en continuant à rôder près des frontières, il finirait par être pris et emmené – pour interrogatoire. C'est ainsi que les choses se passèrent, j'en ai peur. Quand ils le surprirent, cela faisait déjà longtemps qu'il se trouvait là : il était sur le chemin du retour, cherchant un mauvais coup à faire. Mais cela n'a guère d'importance, à présent. Il avait déjà fait le pire de ses mauvais coups.

« Oui, hélas ! c'est par lui que l'Ennemi a appris que l'Unique avait été retrouvé. L'Ennemi sait où Isildur est tombé. Il sait où Gollum a trouvé son anneau. Il a la certitude qu'il s'agit d'un Grand Anneau, car celui-ci a donné longue vie à son détenteur. Il sait qu'il ne s'agit pas d'un des Trois, car ils n'ont jamais été perdus et ne tolèrent aucun mal. Il sait qu'il ne s'agit pas d'un des Sept, ni des Neuf, car il sait où ils se trouvent. Il sait qu'il s'agit de l'Unique. Et il a, je pense, fini par entendre parler des *Hobbits* et du *Comté.*

« Le Comté… Il est peut-être à sa recherche en ce moment même, s'il n'a pas déjà découvert où il se trouve. Pire, Frodo, je crains même qu'il ne pense que le nom *Bessac*, longtemps passé inaperçu, revêt désormais une grande importance. »

« Mais tout cela est affreux ! s'écria Frodo. Pire

que ce que j'avais imaginé de pire, à la lumière de tous vos sous-entendus et avertissements. Ô Gandalf, meilleur des amis, que vais-je donc faire ? Car maintenant, j'ai vraiment peur. Que vais-je donc faire ? C'est pitié que Bilbo n'ait pas poignardé cette ignoble créature quand il en avait l'occasion ! »

« Pitié ? C'est la Pitié qui a retenu son bras. La Pitié et la Clémence : celle de ne pas frapper sans nécessité. Et il en a été bien récompensé, Frodo. Soyez assuré que si le mal l'a si peu atteint et qu'il a pu en réchapper en fin de compte, c'est parce qu'il a commencé ainsi sa possession de l'Anneau. Avec de la Pitié. »

« Je suis désolé, dit Frodo. Mais j'ai peur ; et je ne ressens aucune pitié pour Gollum. »

« Vous ne l'avez pas vu », l'interrompit Gandalf.

« Non, et je ne veux pas, dit Frodo. Je n'arrive pas à vous comprendre. Êtes-vous en train de dire que vous lui avez laissé la vie sauve, vous et les Elfes, après tous ces horribles méfaits ? Maintenant, en tout cas, le voilà aussi mauvais qu'un Orque ; ce n'est plus qu'un ennemi. Il mérite la mort. »

« Mérite la mort ! Je suppose que oui. Nombreux sont ceux qui vivent et méritent la mort. Et certains meurent qui méritent la vie. Pouvez-vous la leur donner ? Alors ne soyez pas si empressé d'infliger la mort en jugement. Car même les plus sages ne peuvent percevoir toutes les fins. J'ai peu d'espoir que Gollum puisse être guéri avant sa mort, mais cela n'est pas exclu. Et son sort est lié à celui de l'Anneau. Mon cœur me dit qu'il lui reste encore un rôle à jouer, pour le meilleur ou pour le pire, avant la fin ; et quand la fin viendra, la pitié de Bilbo pourrait décider du destin d'un très grand nombre – à commencer par le vôtre. Quoi qu'il en soit, nous ne l'avons pas tué : il est très vieux et très malheureux. Les Elfes sylvains le gardent en prison, mais ils le traitent avec toute la bonté qu'ils peuvent trouver dans leurs sages cœurs. »

« Il n'empêche, dit Frodo, que si Bilbo n'a pas pu tuer Gollum, j'aurais voulu au moins qu'il ne conserve pas l'Anneau. J'aurais voulu qu'il ne l'ait jamais trouvé, et qu'il ne me soit pas parvenu ! Pourquoi m'avez-vous laissé le conserver ? Pourquoi ne pas m'avoir obligé à le jeter, ou à… à le détruire ? »

« Laissé ? Obligé ? dit le magicien. N'avez-vous donc rien entendu de ce que je vous ai dit ? Vous parlez sans réfléchir. Mais pour ce qui est de le jeter, c'eût été de toute évidence une mauvaise idée. Ces Anneaux ont le don d'être retrouvés. En de mauvaises mains, il aurait pu causer grand mal. Pire que tout, il aurait pu tomber entre les mains de l'Ennemi. En fait, cela ne manquerait pas d'arriver ; car il s'agit de l'Unique, et l'Ennemi emploie tout son pouvoir à le retrouver ou à l'attirer jusqu'à lui.

« Évidemment, mon cher Frodo, cela vous exposait à un certain danger et j'en étais profondément troublé. Mais l'enjeu était si grand que je devais courir le risque – bien qu'il ne se soit passé une journée, même quand j'étais absent, sans que le Comté ne soit sous la surveillance de regards vigilants. Tant que vous ne vous en serviez pas, je ne pensais pas que l'Anneau aurait sur vous aucun effet durable, pas en mal, du moins pas avant très longtemps. Et il faut vous rappeler qu'il y a neuf ans, lors de ma dernière visite, je n'avais pas encore autant de certitudes. »

« Mais pourquoi ne pas le détruire, comme cela

aurait dû être fait selon vous ? s'écria encore Frodo. Si vous m'aviez averti, ou même envoyé un message, je l'aurais fait disparaître. »

« Ah bon ? Comment feriez-vous cela ? Avez-vous déjà essayé ? »

« Non. Mais je suppose qu'on pourrait le marteler ou le fondre. »

« Essayez ! dit Gandalf. Essayez maintenant ! »

Frodo tira de nouveau l'Anneau de sa poche et l'examina. Il était à présent lisse et uniforme, sans aucune marque ou devise visible. L'or semblait très clair, très pur, et Frodo s'émerveilla de sa couleur admirable et riche, de sa rondeur parfaite. C'était un objet fabuleux, d'une très grande valeur. En le sortant, son intention était de le lancer dans la partie la plus brûlante de l'âtre. Mais il se rendit compte à présent qu'il n'y parvenait pas, pas sans lutter de toutes ses forces. Il soupesa l'Anneau dans sa main, hésitant, et prit sur lui de se rappeler tout ce que Gandalf lui avait dit ; puis, par un effort de volonté, il fit un mouvement comme pour le jeter – mais il s'aperçut qu'il l'avait remis dans sa poche.

Gandalf eut un rire sinistre. « Vous voyez ? Déjà, vous non plus, Frodo, ne pouvez facilement y renoncer, ni chercher à l'abîmer volontairement. Et je ne pourrais pas vous y "obliger" – sauf par la force, ce qui briserait votre esprit. Mais pour ce qui est de briser l'Anneau, la force est inutile. Même si vous lui asseniez un violent coup de marteau, vous ne lui feriez pas une égratignure. Il ne peut être détruit par vos mains, ni par les miennes.

« Votre petit feu, cela va de soi, ne fondrait même pas de l'or ordinaire. Cet Anneau en est déjà sorti indemne, sans même s'échauffer. Mais il n'existe dans ce Comté aucun fourneau de forgeron qui puisse l'altérer de quelque façon. Pas même les enclumes et les fours des Nains ne le pourraient. On disait autrefois que le feu des dragons pouvait fondre et consumer les Anneaux de Pouvoir, mais il n'est plus désormais aucun dragon sur terre en qui le feu soit encore assez chaud ; et il ne fut jamais aucun dragon, pas même Ancalagon le Noir, capable d'endommager l'Anneau Unique, le Maître Anneau, car c'est l'œuvre de Sauron lui-même.

« Il n'y a qu'un seul moyen : trouver les Failles du Destin dans les profondeurs de l'Orodruin, la Montagne du Feu, et y jeter l'Anneau, si vous souhaitez réellement le détruire, le mettre hors de portée de l'Ennemi pour toujours. »

« Oui, je souhaite réellement le détruire ! s'écria Frodo. Ou, plutôt, le faire détruire. Je ne suis pas fait pour les quêtes dangereuses. J'aimerais ne jamais avoir posé les yeux sur l'Anneau ! Pourquoi est-il venu à moi ? Pourquoi ai-je été choisi ? »

« À de telles questions on ne saurait répondre, dit Gandalf. Soyez assuré que ce n'est pas pour un quelconque mérite que d'autres ne posséderaient pas : ni la puissance, ni la sagesse, à tout le moins. Mais vous avez été choisi : vous devez donc mettre à profit toute la force, le courage et l'intelligence dont vous disposez. »

« Mais j'ai si peu de toutes ces qualités ! Vous êtes sage et puissant. Ne voulez-vous pas prendre l'Anneau ? »

« *Non !* s'écria Gandalf, se levant d'un bond. Cet objet me conférerait un pouvoir terrible, démesuré. Et sur moi, l'emprise de l'Anneau serait encore plus grande et plus mortelle. » Un éclair passa dans ses yeux et son visage s'illumina comme d'un feu intérieur. « Ne me tentez pas ! Car je ne souhaite ressembler au Seigneur Sombre lui-même. Pourtant, les voies de l'Anneau trouvent mon cœur par la pitié, la pitié pour les faibles, et par le désir de pouvoir faire le bien. Ne me tentez pas ! Je n'ose le prendre, pas même pour le garder en sécurité, inutilisé. Le désir de le porter viendrait à bout de mes forces. J'aurai tant besoin de son pouvoir. De grands périls m'attendent. »

Allant à la fenêtre, il ouvrit les rideaux et les volets. La lumière du jour inonda de nouveau la pièce. Dehors, Sam passa le long du chemin en sifflant. « Maintenant, dit le magicien en se retournant vers Frodo, la décision vous revient. Néanmoins, je serai toujours là pour vous aider. » Il posa sa main sur l'épaule du Hobbit. « Je vous aiderai à porter ce fardeau, aussi longtemps qu'il vous appartiendra de le porter. Mais nous devons agir, et sans tarder. L'Ennemi bouge. »

Il y eut un long silence. Gandalf se rassit et tira sur sa pipe, comme perdu dans ses pensées. Ses yeux semblaient clos, mais, sous ses paupières, il observait Frodo avec attention. Frodo regardait fixement les braises rougeoyantes, de telle sorte qu'elles envahirent toute sa vision et qu'il lui semblait regarder dans des abîmes de feu. Il songea aux légendaires Failles du Destin et à l'horreur de la Montagne du Feu.

« Eh bien ! dit enfin Gandalf. À quoi pensez-vous ? Avez-vous décidé de ce que vous comptez faire ? »

« Non ! » répondit Frodo, émergeant des ténèbres pour constater qu'à sa grande surprise il ne faisait pas noir, que le jardin ensoleillé lui souriait à la fenêtre. « Ou peut-être que si. De ce que j'ai pu comprendre de votre discours, je suppose qu'il est de mon devoir de garder l'Anneau et de le protéger, du moins pour l'instant, quoi qu'il puisse me faire à moi. »

« Quoi qu'il puisse faire, il sera lent, lent à faire le mal, si vous le conservez dans cette intention », dit Gandalf.

« Je l'espère, dit Frodo. Mais je voudrais que vous lui trouviez bientôt un meilleur dépositaire. En attendant, il semble que je sois devenu un danger, un danger pour tous ceux qui vivent près de chez moi. Je ne puis conserver l'Anneau et rester ici. Il me faudra laisser Cul-de-Sac, laisser le Comté, tout laisser et partir. » Il soupira.

« J'aimerais sauver le Comté, si je le pouvais – même s'il m'est arrivé de trouver ses habitants ennuyeux et bêtes à pleurer, et de penser qu'un tremblement de terre ou une invasion de dragons leur ferait du bien. Mais je ne le pense pas, à présent. J'ai l'impression que, tant que j'aurai la certitude que le Comté demeure, sûr et confortable, mes errances me paraîtront plus supportables : je saurai qu'il existe quelque part un endroit où me poser, même si je ne peux plus y mettre les pieds.

« Bien sûr, j'ai souvent songé à partir, mais j'envisageais plutôt cela comme des vacances : une suite d'aventures comme celles de Bilbo, ou bien en mieux, avec une fin heureuse. Mais ici, cela signifierait l'exil, une succession de dangers que j'attirerais en essayant de les fuir. Et je suppose qu'il me faudrait partir seul, si je devais partir et sauver le Comté. Mais je me sens tout à fait insignifiant, complètement déraciné, et, ma foi… désespéré. L'Ennemi est si fort, si terrible. »

Il ne le dit pas à Gandalf, mais tandis qu'il parlait, une profonde envie de suivre Bilbo embrasa son cœur – suivre Bilbo, et peut-être même le retrouver. Ce désir était si fort qu'il triompha de sa peur : il aurait presque pu se précipiter dehors et partir à toutes jambes sans son chapeau, comme Bilbo l'avait fait longtemps auparavant, par un matin semblable.

« Mon cher Frodo ! s'écria Gandalf. Les Hobbits sont vraiment des créatures étonnantes, comme je ne me lasse pas de le dire. Vous pouvez apprendre tout ce qui a trait à leurs coutumes en un mois, et après cent ans, ils peuvent encore vous surprendre au moment opportun. Je ne m'attendais guère à une telle réponse, même de votre part. Mais Bilbo ne s'est pas trompé en choisissant son héritier, même s'il n'avait pas idée de l'importance de son choix. Je crains que vous n'ayez raison. L'Anneau ne pourra rester caché dans le Comté encore longtemps ; et par égard pour vous et pour les autres, vous devrez partir, en laissant derrière vous le nom de Bessac. Car il sera risqué de porter un tel nom, en dehors du Comté ou dans la Sauvagerie. Je vais vous donner un nom pour voyager. Quand vous partirez, vous serez M. Souscolline.

« Mais je ne crois pas que vous soyez obligé de partir seul. Pas si vous connaissez quelqu'un de confiance, quelqu'un qui serait prêt à aller à vos côtés – et que vous seriez prêt à exposer à des périls inconnus. Mais si vous cherchez un compagnon, choisissez avec prudence ! Et prudence dans ce que vous dites, même à vos plus proches amis ! L'Ennemi a de nombreux espions et de nombreuses façons d'entendre. »

Il s'arrêta soudain comme pour écouter. Frodo s'aperçut que tout était très silencieux, à l'intérieur comme à l'extérieur. Gandalf s'approcha furtivement d'un côté de la fenêtre. Puis, tout à coup, il s'appuya sur le rebord et tendit un long bras à l'extérieur et vers le bas. Il y eut un cri rauque, et la tête frisée de Sam Gamgie apparut, tirée par une oreille.

« Tiens, tiens, par ma barbe ! dit Gandalf. Sam Gamgie, c'est cela ? Mais que faites-vous donc là ? »

« Bénie soit vot' barbe, monsieur Gandalf, m'sieur ! dit Sam. Rien ! J'étais juste en train de tailler la bordure d'herbe en dessous de la fenêtre, si vous me suivez. » Il ramassa ses cisailles et les exhiba comme preuve.

« Pas tellement, dit Gandalf d'un ton sévère. Cela fait un moment que je n'entends plus le bruit de vos cisailles. Depuis quand êtes-vous aux aguets ? »

« Au guet, m'sieur ? Vous m'excuserez, m'sieur, j'vous suis pas. Y a pas de guet à Cul-de-Sac, et ça, c'est un fait. »

« Ne faites pas l'innocent ! Qu'avez-vous entendu et pourquoi écoutiez-vous ? » Les yeux de Gandalf jetèrent des éclairs et ses sourcils se dressèrent sur son front.

« Monsieur Frodo, m'sieur ! s'écria Sam, tremblant comme une feuille. Le laissez pas me faire du mal, m'sieur ! Le laissez pas me changer en quelque chose de pas naturel ! Ça ferait un tel choc à mon vieux papa. Je pensais pas à mal, m'sieur, sur mon honneur ! »

« Il ne te fera pas de mal, dit Frodo, ayant peine à étouffer un rire, quoiqu'il fût lui-même surpris et plutôt perplexe. Il sait aussi bien que moi que tu ne penses pas à mal. Mais dépêche-toi de répondre à ses questions, et tout de suite ! »

« Eh bien, m'sieur, commença Sam, tergiversant un peu. J'ai entendu pas mal de choses que j'ai pas très bien comprises, rapport à un ennemi, et des anneaux, et M. Bilbo, m'sieur, et des dragons, et puis une montagne de feu, et… les Elfes, m'sieur. J'écoutais parce que j'étais incapable de faire autrement, si vous voyez ce que je veux dire. Qu'on me bénisse, m'sieur, mais j'aime tellement les histoires de ce genre-là. Et qui plus est, j'y crois, qu'importe ce que dit Ted. Les Elfes, m'sieur ! Comme j'aimerais les voir, *eux*. Pourriez pas m'emmener voir des Elfes, m'sieur, quand vous partirez ? »

Soudain, Gandalf se mit à rire. « Entrez donc ! » s'écria-t-il ; et, sortant les deux bras, il hissa le jardinier stupéfait à travers la fenêtre, cisailles et brins d'herbe compris, et le déposa à l'intérieur sur ses deux pieds. « Vous emmener voir les Elfes, hein ? » dit-il en l'observant attentivement ; mais un sourire flottait sur ses lèvres. « Donc, vous avez appris que M. Frodo doit s'en aller ? »

« Oui, m'sieur. Et c'est pour ça que je me suis étouffé, comme vous avez entendu, à ce qu'il semblerait. J'ai essayé de me retenir, m'sieur, mais ça m'a échappé : j'étais si bouleversé. »

« On ne peut rien y faire, Sam », dit Frodo avec tristesse. Il venait de se rendre compte que son départ du Comté entraînerait des séparations plus pénibles que le simple fait de dire adieu au confort familier de Cul-de-Sac. « Je devrai partir. Mais – à ce moment, il regarda Sam dans le blanc des yeux – si tu te soucies vraiment de moi, tu n'en souffleras *pas un traître mot*. Tu comprends ? Sinon, si tu répètes une seule syllabe de ce que tu as entendu ici, alors j'espère que Gandalf te changera en crapaud tacheté et qu'il remplira le jardin de couleuvres. »

Sam tomba à genoux, tremblant de peur. « Debout, Sam ! dit Gandalf. J'ai pensé à quelque chose de mieux. Quelque chose qui vous clouera le bec et qui vous servira de correction pour avoir écouté. Vous allez partir avec M. Frodo ! »

« Moi, m'sieur ! s'écria Sam, bondissant comme un chien invité à faire une promenade. Moi, aller voir les Elfes et tout ? Hourra ! » s'écria-t-il, puis il fondit en larmes.

3

Les trois font la paire

« Vous devriez partir bientôt et sans vous faire remarquer », dit Gandalf. Deux ou trois semaines s'étaient écoulées, et Frodo ne semblait toujours pas décidé à entamer les préparatifs de départ.

« Je sais. Mais c'est difficile de faire les deux à la fois, protesta-t-il. Si je me contente de disparaître comme Bilbo, le bruit se répandra dans tout le Comté en un rien de temps. »

« Évidemment que vous ne devez pas disparaître ! dit Gandalf. Ça n'irait pas du tout. J'ai dit *bientôt*, pas *instantanément*. Si vous pensez qu'il y a moyen de quitter discrètement le Comté sans que tout le monde soit au courant, il vaut la peine d'attendre un peu. Mais vous ne devez pas trop tarder ! »

« Que diriez-vous de cet automne, le jour de Notre Anniversaire, ou après ? demanda Frodo. Je pense être en mesure de faire quelques préparatifs d'ici là. »

À vrai dire, il n'avait plus tellement envie de s'y mettre, maintenant que le temps était venu : sa résidence de Cul-de-Sac lui semblait plus enviable qu'elle ne l'avait été depuis des années, et il voulait profiter le plus possible de son dernier été dans le Comté. Il savait que, l'automne venu, son cœur serait un peu plus enclin au voyage, comme chaque année en cette saison. En fait, il avait résolu en son for intérieur de partir le jour de son cinquantième anniversaire, le cent vingt-huitième de Bilbo. D'une certaine façon, cela semblait la journée idéale pour se mettre en route et suivre enfin ses traces. Suivre Bilbo, voilà ce qui lui importait par-dessus tout ; et c'était bien la seule chose capable de le réconcilier avec l'idée de partir. Il songeait le moins possible à l'Anneau, n'osant imaginer où celui-ci pourrait finir par le conduire. Mais il ne confiait pas chacune de ses pensées à Gandalf. Quant à ce que le magicien en devinait, c'était toujours difficile à dire.

Gandalf regarda Frodo et sourit. « Très bien, dit-il. Je pense que ça ira ; mais il ne faudra pas attendre plus longtemps. Je deviens très inquiet. Entre-temps, faites bien attention et ne donnez aucun indice de votre destination ! Et veillez à ce que Sam Gamgie reste muet. S'il ouvre la bouche, je vais vraiment le changer en crapaud. »

« Pour ce qui est de ma *destination*, dit Frodo, il serait difficile de la révéler, car je ne la connais pas moi-même… pas encore. »

« Ne dites pas de sottises ! répondit Gandalf. Je ne suis pas en train de vous dissuader de laisser une adresse au bureau de poste ! Mais vous quittez le Comté – et cela ne doit pas se savoir avant que vous soyez loin. Et vous devrez voyager (ou du moins partir) dans une direction ou une autre, que ce soit le nord, le sud, l'ouest ou l'est – et cela doit encore moins se savoir. »

« J'ai été tellement tracassé par l'idée de quitter Cul-de-Sac et de faire mes adieux que je n'ai même pas songé à la direction que je prendrai, dit Frodo. Car où puis-je aller ? Où mettre le cap ? Et quelle doit être ma quête ? Bilbo partait à la recherche d'un trésor, aller et retour ; mais moi, c'est pour en perdre un, y renoncer et ne pas revenir, pour autant que je puisse voir. »

« Vous ne pouvez cependant voir très loin, dit Gandalf. Ni moi non plus. Vous aurez peut-être à trouver les Failles du Destin ; mais cette quête peut échoir à d'autres : je l'ignore. En tout cas, vous n'êtes pas encore prêt pour cette longue route. »

« Non, en effet ! dit Frodo. Mais en attendant, quel chemin dois-je prendre ? »

« Celui du danger ; mais pas de manière trop inconsidérée, ni trop directe, répondit le magicien. Si vous voulez mon avis, rendez-vous à Fendeval. Ce voyage ne devrait point s'avérer trop périlleux, bien que la Route soit moins commode qu'avant ; et elle le sera encore moins à mesure que l'année avance. »

« Fendeval ! dit Frodo. Très bien : j'irai vers l'est, et je me dirigerai vers Fendeval. J'emmènerai Sam visiter les Elfes : il sera ravi. » Il parlait d'un ton léger ; mais son cœur éprouva soudain le désir de contempler la maison d'Elrond le Semi-Elfe, de respirer l'air de cette profonde vallée où bon nombre de ceux qu'on appelait les Belles Gens vivaient encore en paix.

Un soir d'été, une étonnante nouvelle parvint au *Buisson de Lierre* et au *Dragon Vert.* Les géants et autres présages des frontières du Comté furent délaissés au profit de choses plus importantes : M. Frodo vendait Cul-de-Sac – en fait, il l'avait déjà vendu... aux Bessac-Descarcelle !

« Et pour une coquette somme », disaient certains. « À prix dérisoire, contraient d'autres : plus probable, quand c'est Mme Lobelia qui paie. » (Otho était mort quelques années auparavant, vénérable mais déçu, à l'âge de cent deux ans.)

Pour quelle raison au juste M. Frodo vendait-il son joli trou ? La question faisait jaser encore plus que le prix de vente. Quelques-uns avançaient la thèse – soutenue par les propres allusions et admissions de M. Bessac – selon laquelle il était à court d'argent : il quitterait donc Hobbiteville et se servirait du produit de la vente pour aller couler des jours tranquilles au Pays-de-Bouc, auprès de ses parents du côté Brandibouc. « Aussi loin que possible des Bessac-Descarcelle », renchérissaient certains. Mais l'idée de l'incommensurable fortune des Bessac était désormais si solidement ancrée que la plupart trouvaient l'histoire invraisemblable, plus encore que tout autre motif (raisonnable ou non) qu'ils pouvaient concevoir : pour la plupart des gens, il s'agissait d'une sombre machination de Gandalf qui n'avait pas encore éclaté au grand jour. Car même s'il se tenait plutôt tranquille, s'abstenant de sortir le jour, on savait pertinemment qu'il était « terré là-haut dans le Cul-de-Sac ». Mais quel que fût le rapport entre ce déménagement et les arcanes de sa magie, une chose était claire : Frodo Bessac s'en retournait au Pays-de-Bouc.

« Oui, je déménage à l'automne, disait-il. Merry Brandibouc doit me dénicher un joli petit trou, ou encore une petite maison. »

En fait, avec l'aide de Merry, il avait déjà choisi

et acheté une petite maison à Creux-le-Cricq, dans la campagne derrière Fertébouc. À tous sauf Sam, il fit croire qu'il s'y installait définitivement. La décision de partir vers l'est lui en avait suggéré l'idée ; car le Pays-de-Bouc se trouvait aux frontières orientales du Comté, et comme il y avait habité dans son enfance, son retour là-bas aurait au moins une certaine crédibilité.

Gandalf demeura dans le Comté pendant au moins deux mois. Puis, un soir de la fin du mois de juin, peu après que le plan de Frodo eut été enfin arrêté, il annonça subitement qu'il repartait le lendemain matin. « Pas pour longtemps, je l'espère, dit-il. Mais je m'en vais au-delà des frontières méridionales pour aller en quête de nouvelles. Je suis resté trop longtemps inactif. »

Il parlait d'un ton léger, mais Frodo lui trouvait un air assez préoccupé. « Est-il arrivé quelque chose ? »

« Eh bien, non ; mais j'ai entendu quelque chose qui m'a inquiété et je dois tirer l'affaire au clair. S'il me paraît après tout nécessaire que vous partiez sur-le-champ, je reviendrai immédiatement, ou j'enverrai à tout le moins un message. Entre-temps, tenez-vous-en à votre plan ; mais faites plus que jamais attention, surtout à l'Anneau. Permettez-moi d'insister une nouvelle fois : *ne vous en servez pas !* »

Il partit à l'aube. « Je peux revenir à tout moment, dit-il, mais je serai de retour pour la fête d'adieu au plus tard. Je pense tout compte fait que ma compagnie pourrait vous être utile sur la Route. »

Frodo fut passablement troublé au début, se demandant

ce que Gandalf avait bien pu entendre ; mais son malaise finit par se dissiper, et le beau temps lui fit oublier tous ses ennuis pendant un moment. Le Comté avait rarement connu un si bel été, de même qu'un automne aussi riche : les arbres étaient chargés de pommes, le miel dégoulinait dans les rayons et les blés étaient hauts et drus.

L'automne était déjà bien installé quand Frodo recommença à s'inquiéter au sujet de Gandalf. Septembre passait et il n'avait toujours aucune nouvelle de lui. L'Anniversaire approchait, ainsi que le déménagement, et ni lui ni aucun message ne venaient. Il y eut soudain beaucoup d'animation à Cul-de-Sac. Quelques amis de Frodo y séjournèrent pour l'aider à empaqueter : il y avait Fredegar Bolgeurre et Folco Boffine, et bien sûr ses grands amis Pippin Touc et Merry Brandibouc. À eux cinq, ils mirent toute la maison sens dessus dessous.

Le 20 septembre, deux charrettes recouvertes de toile partirent pour le Pays-de-Bouc, acheminant les meubles et les autres biens exclus de la vente vers son nouveau chez-lui, en passant par le Pont du Brandivin. Le lendemain, Frodo devint très anxieux, guettant sans cesse l'arrivée de Gandalf. Le jeudi matin, jour de son anniversaire, l'aube fut aussi claire et belle qu'elle l'avait été jadis pour la grande fête de Bilbo. Mais Gandalf ne se montra pas. Le soir, Frodo donna son festin d'adieu, qui fut très modeste, se résumant à un dîner pour lui et ses quatre amis ; mais il demeurait très préoccupé et ne se sentait pas le cœur à la fête. L'idée de devoir bientôt se séparer de ses jeunes amis lui pesait beaucoup. Il se demandait comment il leur annoncerait la nouvelle.

Les quatre jeunes Hobbits se sentaient toutefois de fort bonne humeur, et la fête devint bientôt très joyeuse malgré l'absence de Gandalf. La salle à manger était vide, à l'exception d'une table et de quelques chaises, mais la nourriture était excellente et le vin à l'avenant : le bon vin de Frodo ne faisait pas partie de la vente aux Bessac-Descarcelle.

« Quoi qu'il advienne du reste de mes affaires quand les B.-D. mettront le grappin dessus, j'aurai au moins trouvé une bonne place pour ça ! » dit Frodo en vidant son verre. C'était la dernière goutte de Vieux Vinoble.

Quand ils eurent chanté maintes chansons et se furent rappelé tous ces bons moments passés ensemble, ils levèrent leurs verres afin de célébrer l'anniversaire de Bilbo, buvant à sa santé et à celle de Frodo selon la coutume de ce dernier. Puis ils sortirent prendre un peu d'air et jeter un coup d'œil aux étoiles, avant d'aller se coucher. La fête était terminée, et Gandalf n'était pas venu.

Le lendemain matin, ils s'occupèrent de charger une dernière charrette de bagages. Merry prit la place du conducteur et partit avec Gros-lard (c'est-à-dire Fredegar Bolgeurre). « Quelqu'un doit aller réchauffer la maison avant ton arrivée, dit Merry. On se revoit donc bientôt : après-demain, si tu ne t'endors pas en chemin ! »

Folco rentra chez lui après le déjeuner, mais Pippin demeura à Cul-de-Sac. Frodo était agité et inquiet, guettant une quelconque rumeur de Gandalf. Il décida d'attendre la tombée de la nuit. Après, si Gandalf désirait le voir d'urgence, il se rendrait à Creux-le-Cricq ; il pourrait même y être en premier. Car Frodo partait à pied. Il avait décidé – aussi bien pour le plaisir, et pour voir une dernière fois le Comté, que pour toute autre raison – de marcher de Hobbiteville au Bac de Fertébouc, sans trop se presser.

« Ce sera aussi l'occasion de reprendre un peu la forme », dit-il en se regardant dans une glace qui prenait la poussière dans le hall d'entrée à moitié vide. Cela faisait un moment qu'il n'avait pas fait de promenade un peu éprouvante, et son reflet avait des allures un peu flasques, se dit-il.

Après le déjeuner, les Bessac-Descarcelle, Lobelia et son fils aux cheveux sable, Lotho, débarquèrent à Cul-de-Sac, au grand déplaisir de Frodo. « Enfin à nous ! » dit Lobelia en entrant, ce qui n'était guère poli, ni tout à fait vrai, car la vente de Cul-de-Sac ne prenait pas effet avant minuit. Mais on le lui pardonnera sans doute : pour être chez elle à Cul-de-Sac, Lobelia avait dû attendre environ soixante-dix-sept ans de plus qu'elle ne l'avait escompté autrefois, et elle avait à présent cent ans. Quoi qu'il en soit, elle venait s'assurer que rien de ce qu'elle avait payé de ses deniers n'avait été emporté ; et elle voulait les clefs. Il fallut longtemps pour la satisfaire, car elle arrivait avec un inventaire complet qu'elle vérifia du début à la fin. Elle finit par partir avec Lotho, un double de la clef, et la promesse que l'autre clef serait laissée chez les Gamgie, rue du Jette-Sac. Elle eut un reniflement de dédain, donnant à entendre qu'elle croyait les Gamgie capables de dévaliser le trou pendant la nuit. Frodo ne lui offrit pas le thé.

Il prit le sien avec Pippin et Sam Gamgie dans la

cuisine. Il avait été officiellement annoncé que Sam s'en allait au Pays-de-Bouc pour « assister M. Frodo et entretenir son petit bout de jardin », un arrangement approuvé par l'Ancêtre, mais qui ne fit rien pour consoler celui-ci d'avoir bientôt Lobelia comme voisine.

« Notre dernier repas à Cul-de-Sac ! » dit Frodo, repoussant sa chaise. Ils laissèrent la vaisselle à Lobelia. Pippin et Sam assurèrent leurs trois paquets avec des sangles et les déposèrent en tas à l'entrée. Pippin s'en alla faire une dernière promenade dans le jardin. Sam disparut.

Le Soleil baissa. Cul-de-Sac semblait triste, sombre et en pagaille. Frodo fit le tour de ses différentes pièces, tout aussi familières les unes que les autres ; et il vit la lueur du couchant s'estomper sur les murs et les ombres surgir dans les coins. L'obscurité s'installa lentement à l'intérieur. Il sortit et se rendit jusqu'au portillon, puis continua de descendre un peu, le long du Chemin de la Colline. Il s'attendait à moitié à voir Gandalf monter à grandes enjambées dans le crépuscule.

Le ciel était dégagé et les étoiles sortaient. « La nuit s'annonce belle, dit-il tout haut. C'est un bon début. J'ai envie de marcher. Je n'en peux plus de poireauter. Je vais me mettre en route, et Gandalf devra me suivre. » Il tourna les talons pour remonter, mais s'arrêta, car il entendit des voix juste derrière le tournant, au coin de la rue du Jette-Sac. L'une d'entre elles était assurément celle de l'Ancêtre ; l'autre semblait étrange et avait quelque chose de désagréable. Il ne pouvait distinguer ce qu'elle disait, mais il percevait les réponses de l'Ancêtre, plutôt stridentes. Le vieillard semblait contrarié.

« Non, M. Bessac est parti. Parti ce matin, et mon Sam l'a suivi ; toutes ses affaires sont parties, de toute façon. Oui, il a tout vendu et il est parti, que j'vous dis. Pourquoi ? Ça, c'est pas mes oignons, et les vôtres non plus. Où ça ? C'est pas un secret. Il a déménagé à Fertébouc ou quelque chose dans ce goût-là, loin par là-bas. Oui, un sacré bout de chemin. J'ai jamais été aussi loin moi-même ; les gens sont bizarres, au Pays-de-Bouc. Non, j'peux pas passer de message. Bien le bonsoir ! »

Des pas descendirent la Colline. Frodo se demanda vaguement pourquoi il était à ce point soulagé de ne pas les entendre monter. « Ce doit être que j'en ai assez de toute cette curiosité entourant mes faits et gestes, se dit-il. Quelle bande de fouineurs, vraiment ! » Il eut presque envie d'aller voir l'Ancêtre pour lui demander qui l'avait importuné ; mais il se ravisa (à tort ou à raison) et se dépêcha de rentrer à Cul-de-Sac.

Pippin était assis sur son paquet devant l'entrée. Sam ne s'y trouvait pas. Frodo passa dans l'ombre du vestibule. « Sam ! appela-t-il. Sam ! C'est l'heure ! »

« J'arrive, m'sieur ! » fut la réponse qui monta des profondeurs du trou, bientôt suivie de Sam lui-même, en train de s'essuyer la bouche. Il venait de faire ses adieux au tonneau de bière qui se trouvait dans la cave.

« Fin prêt, Sam ? » dit Frodo.

« Oui, m'sieur. Je vais pouvoir tenir un bout, maintenant, m'sieur. » Frodo referma la porte ronde et donna un tour de clef, puis il confia celle-ci à Sam.

« Cours porter cela chez toi, Sam ! dit-il. Puis, file le long de la rue et rejoins-nous aussi vite que possible à la porte qui donne sur la route, de l'autre côté des prés. Nous ne passerons pas par le village ce soir. Il y a trop d'oreilles tendues et trop d'yeux à l'affût. » Sam détala à toutes jambes.

« Bon ! Enfin, c'est l'heure de partir ! » dit Frodo. Ils hissèrent leurs paquets sur leurs épaules, prirent chacun leur bâton et contournèrent le talus pour descendre du côté ouest de Cul-de-Sac. « Adieu ! » dit Frodo en jetant un dernier regard aux fenêtres vides et sombres. Il fit un signe de la main, puis se détourna et (suivant les traces de Bilbo, sans s'en douter) se dépêcha de rejoindre Peregrin dans le sentier du jardin. Parvenus en bas, ils sautèrent par-dessus l'échancrure de la haie et prirent à travers champs, passant dans l'obscurité comme un bruissement dans l'herbe.

Au bas de la Colline, sur son versant ouest, ils arrivèrent à la porte donnant accès à une route étroite. Ils s'y arrêtèrent et ajustèrent les sangles de leurs paquets. Sam apparut alors, courant d'un petit pas rapide et soufflant comme un bœuf ; son lourd chargement était hissé très haut sur ses épaules, et sa tête était coiffée d'un grand sac de feutre informe, qu'il qualifiait de chapeau. Dans l'obscurité, il ressemblait fort à un Nain.

« Je suis sûr que vous m'avez donné tout ce qu'il y a de plus lourd, dit Frodo. Je plains les escargots, et tous ceux qui portent leur maison sur leur dos. »

« Je pourrais en prendre encore bien plus, m'sieur.

Mon paquet est très léger », dit Sam avec une détermination bien mensongère.

« Pas question, Sam ! dit Pippin. C'est bon pour lui. Il n'a rien d'autre que ce qu'il nous a dit d'emporter. Il s'est relâché ces derniers temps, et il sentira moins le poids de sa charge quand il aura délesté un peu du sien. »

« Ayez pitié d'un pauvre vieux Hobbit ! dit Frodo en riant. Je serai mince comme une tige de saule avant d'arriver au Pays-de-Bouc, j'en suis persuadé ! Mais je disais n'importe quoi. Je te soupçonne d'avoir pris plus que ce qui te revient, Sam, et je vérifierai quand nous referons nos paquets. » Il ramassa son bâton. « Eh bien, nous aimons tous les promenades de nuit, dit-il, alors mettons quelques milles derrière nous avant de nous coucher. »

Ils suivirent la route vers l'ouest sur une courte distance. Puis, s'en écartant vers la gauche, ils prirent de nouveau à travers champs. Ils marchaient en silence et à la file, le long des haies et des taillis, et la nuit tombante les enveloppa de noir. Sous le couvert de leurs sombres capes, ils étaient aussi invisibles que s'ils avaient eu tous trois des anneaux magiques. Puisque c'étaient des Hobbits et qu'ils essayaient d'être silencieux, ils ne faisaient aucun bruit perceptible, même pour des Hobbits. De fait, même les bêtes sauvages des champs et des bois remarquèrent à peine leur passage.

Au bout d'un moment, ils traversèrent l'Eau à l'ouest de Hobbiteville par un étroit pont de planches. Le cours d'eau n'était là qu'un sinueux ruban noir, bordé d'aulnes penchés. À un mille ou deux au sud, ils se hâtèrent de traverser la grand-route conduisant au Pont du Brandivin ; ils étaient désormais en

Pays-de-Touc et, obliquant au sud-est, ils se dirigèrent vers le Pays des Côtes Vertes. Tandis qu'ils en gravissaient les premières pentes, ils se retournèrent pour apercevoir les lampes de Hobbiteville scintillant au loin dans la paisible vallée de l'Eau. Cette vue disparut bientôt derrière les plis des terres obscurcies, remplacée par celle de Belleau à côté de son étang gris. Quand la lueur de la dernière ferme fut loin derrière eux, clignotant entre les arbres, Frodo se retourna et agita la main en signe d'adieu.

« Je me demande s'il me sera donné de revoir un jour cette vallée », dit-il doucement.

Après environ trois heures de marche, ils se reposèrent. La nuit était claire, fraîche et étoilée, mais de minces volutes de brume s'enroulaient comme de la fumée au flanc des collines, montant du creux des ruisseaux et des prés échancrés. Les bouleaux dégarnis, oscillant dans la brise au-dessus de leurs têtes, dessinaient un filet noir sur le ciel pâle. Ils prirent un souper très frugal (pour des Hobbits), puis se remirent en route. Ils croisèrent bientôt une route étroite qui montait et descendait au gré des terres, se fondant, grise, dans l'obscurité : la route vers Boischâtel, Estoc et le Bac de Fertébouc. Elle partait de la route principale, grimpant hors de la vallée de l'Eau pour suivre les méandres des Côtes Vertes en direction de Pointe-aux-Bois, un coin sauvage du Quartier Est.

Après l'avoir suivie un certain temps, ils plongèrent dans un sentier profondément encaissé entre de grands arbres qui secouaient leurs feuilles sèches dans la nuit. Il faisait très noir. Ils parlaient au début, ou fredonnaient un air ensemble, se trouvant désormais très loin des oreilles indiscrètes. Mais bientôt ils marchèrent en silence, et Pippin se mit à traîner. Enfin, au moment où ils entamaient une forte pente, il s'arrêta et bâilla.

« J'ai tellement sommeil, dit-il, que je vais bientôt m'écrouler sur la route. Comptez-vous dormir sur vos jambes ? Il est près de minuit. »

« Je croyais que tu aimais les promenades de nuit, dit Frodo. Mais nous ne sommes pas pressés. Merry nous attend dans la journée d'après-demain, ce qui nous laisse près de deux jours encore. Arrêtons-nous au premier endroit convenable. »

« Le vent vient de l'ouest, dit Sam. Si on se rend de l'autre côté de la colline, on trouvera un petit coin douillet où s'abriter, m'sieur. Il y a un bois de sapins bien au sec juste devant, si ma mémoire est bonne. » Sam connaissait bien les terres à vingt milles autour de Hobbiteville, mais là s'arrêtait sa géographie.

À peine eurent-ils franchi le sommet de la colline qu'ils arrivèrent au petit bois de sapins. Quittant la route, ils passèrent dans les ténèbres odorantes des résineux, et ramassèrent des brindilles et des cônes pour faire du feu. Il y eut bientôt un joyeux crépitement de flammes au pied d'un grand sapin, et ils s'assirent autour pendant un moment, jusqu'à ce qu'ils se mettent à sommeiller. Puis, blottis entre les racines du grand arbre, ils se recroquevillèrent sous leurs manteaux et leurs couvertures et ne tardèrent pas à dormir d'un profond sommeil. Personne ne monta la garde ; même Frodo ne craignait aucun danger pour l'instant, car ils étaient encore en plein cœur du Comté. Quelques bêtes vinrent les observer quand les dernières flammes se furent éteintes. Un renard qui passait par là pour ses propres affaires s'arrêta plusieurs minutes et les renifla.

« Des Hobbits ! pensa-t-il. Et quoi encore ? Il se passe des choses étranges dans ce pays, à ce qu'on dit, mais on a rarement entendu parler d'un Hobbit dormant sous un arbre à la belle étoile. Et là, trois ! Il y a quelque chose de très bizarre derrière tout ça. » Il avait parfaitement raison, mais il n'en découvrit jamais davantage.

L'aube se leva, pâle et moite. Frodo se réveilla en premier, et s'aperçut qu'une racine lui avait creusé le dos et que son cou était plutôt raide. « Marcher pour le plaisir ! J'aurais mieux fait de prendre une voiture ! se dit-il, comme il le faisait souvent au début d'une expédition. Et tous mes beaux lits de plume, vendus au Bessac-Descarcelle ! Ces racines leur feraient du bien. » Il s'étira. « Debout, mes Hobbits ! cria-t-il. C'est une belle matinée. »

« Qu'est-ce qu'elle a de si beau ? dit Pippin, jetant un œil hors de ses couvertures. Sam ! Le petit déjeuner pour neuf heures et demie ! As-tu fait chauffer l'eau du bain ? »

Sam se leva d'un bond, le regard plutôt flou. « Non, m'sieur, pas encore, m'sieur ! » dit-il.

Frodo tira sur les couvertures de Pippin et le fit rouler sur le dos, puis il marcha jusqu'à l'orée du bois. Le Soleil rouge émergeait, loin à l'est, du lit de brouillard qui enveloppait le monde. Couronnés des reflets rouge et or de l'automne, les arbres semblaient flotter sans racines sur une mer indécise. Un peu en contrebas et sur la gauche, la route plongeait brusquement dans un creux et disparaissait.

Lorsqu'il les rejoignit, Sam et Pippin avaient allumé un bon feu. « L'eau ! s'écria Pippin. Où est l'eau ? »

« Je ne garde pas d'eau dans mes poches », répondit Frodo.

« On croyait que tu étais parti en chercher, dit Pippin, affairé à disposer la nourriture et les tasses. Tu ferais mieux d'y aller, à présent. »

« Tu peux venir aussi, dit Frodo, et apporter toutes les gourdes pendant que tu y es. » Il y avait un ruisseau au pied de la colline. Ils remplirent leurs gourdes et leur bouilloire de voyage à une petite chute où l'eau tombait de quelques pieds sur un affleurement de pierre grise. Elle était glaciale. Soufflant et crachotant, ils s'y baignèrent le visage et les mains.

Une fois le petit déjeuner terminé et tous les paquets remballés, il était dix heures passées, et la journée se faisait chaude et belle. Ils descendirent la colline et traversèrent le ruisseau à l'endroit où celui-ci plongeait sous la route, jusqu'à la prochaine grimpée, suivie d'une autre descente ; et voilà que les manteaux, les couvertures, l'eau, la nourriture et le reste de leur équipement leur paraissaient déjà un lourd fardeau.

La marche de la journée s'annonçait chaude et fatigante. Au bout de quelques milles, cependant, la route cessa de monter et descendre : elle grimpa au sommet d'un talus escarpé en une sorte de zigzag fastidieux, se préparant à redescendre une dernière fois. Devant eux s'étendaient des plaines, tachetées de petits bosquets qui se fondaient en des lointains brunâtres et boisés. Leur regard embrassait toute la Pointe-aux-Bois en direction du fleuve Brandivin. La route serpentait devant eux comme un bout de ficelle.

« La route continue indéfiniment, dit Pippin ; mais

il me faut une pause si je veux l'imiter. Il est grand temps de déjeuner. » Il s'assit sur le talus en bordure de la route et scruta le lointain en direction de l'est, là où se devinaient le Fleuve et, plus loin encore, la frontière du Comté où il avait passé toute sa vie. Sam se tenait près de lui. Ses yeux ronds étaient tout grands ouverts, car il contemplait des terres qu'ils n'avaient jamais vues, et un nouvel horizon.

« Est-ce que des Elfes vivent dans ces bois ? » demanda-t-il.

« Pas que je sache », dit Pippin. Frodo était silencieux. Lui aussi laissait planer son regard vers l'est le long de la route, comme s'il ne l'avait jamais vue. Soudain il dit lentement, à voix haute mais comme pour lui-même :

La Route se poursuit sans fin
Qui a commencé à ma porte
Et depuis m'a conduit si loin.
Je la suis où qu'elle m'emporte,
Les pieds las dès le premier jour,
Jusqu'à la prochaine croisée
Où se rencontrent maints parcours.
Puis où encore ? Je ne sais.

« On dirait quelques rimes du vieux Bilbo, dit Pippin. Ou bien est-ce l'une de tes imitations ? Ça ne me paraît pas très encourageant. »

« Je ne sais pas, dit Frodo. Ça m'est venu sur le moment, comme si je l'inventais à mesure ; mais je l'ai peut-être entendu il y a longtemps. En tout cas, cela me rappelle beaucoup Bilbo dans les dernières années, avant son départ. Il disait souvent qu'il n'y a qu'une seule Route, que c'est comme une grande rivière : ses sources jaillissent au seuil de chaque maison, et tous les chemins sont ses affluents. *C'est un jeu dangereux, Frodo, de sortir de chez toi*, disait-il. *Tu fais un pas sur la Route, et, si tu ne surveilles pas tes pieds, qui sait jusqu'où tu pourrais être emporté... Te rends-tu compte que ce chemin est celui-là même qui traverse Grand'Peur, et que si tu le laisses faire, il pourrait t'emmener jusqu'à la Montagne Solitaire, ou plus loin encore, et en de pires endroits ?* Il disait cela quand nous étions dans le chemin devant la porte de Cul-de-Sac, surtout quand il revenait d'une longue promenade. »

« Eh bien, la Route ne m'emportera nulle part avant au moins une heure », dit Pippin, laissant tomber son chargement. Les autres suivirent son exemple, adossant leurs paquets contre le talus et étendant les jambes en travers de la route. Après une pause, ils prirent un bon déjeuner, puis encore une pause.

Le Soleil commençait à décliner et la lumière de l'après-midi inondait la plaine lorsqu'ils descendirent la colline. Jusqu'à présent, ils n'avaient pas rencontré âme qui vive sur la route. Ce chemin était peu fréquenté, car il ne convenait guère aux charrettes, et les allées et venues étaient rares du côté de la Pointe-aux-Bois. Ils cheminaient maintenant depuis une heure ou plus quand Sam s'arrêta un instant comme pour écouter. Ils se trouvaient désormais en terrain plat, et la route, après de nombreux méandres, coupait tout droit à travers la plaine herbeuse parsemée de grands arbres annonciateurs de la forêt.

« J'entends venir un poney ou un cheval derrière nous », dit Sam.

Ils se retournèrent, mais un détour de la route les empêchait de voir bien loin. « Serait-ce Gandalf cherchant à nous rattraper ? » se demanda Frodo ; mais tout en disant cela, il eut le sentiment que ce n'était pas le cas, et un désir soudain de se soustraire à la vue du cavalier s'empara de lui.

« C'est peut-être sans importance, dit-il en manière d'excuse, mais je préférerais ne pas être vu sur la route… par qui que ce soit. J'en ai assez que mes faits et gestes soient scrutés à la loupe. Et si c'est Gandalf, ajouta-t-il après coup, on pourra lui faire une petite surprise : ça lui apprendra d'être à ce point en retard ! Cachons-nous ! »

Les deux autres coururent rapidement jusqu'à une petite dépression du côté gauche de la route, où ils se mirent à plat ventre. Frodo hésita pendant une seconde : la curiosité ou quelque chose d'autre s'opposait à son envie de se cacher. Le claquement de sabots s'approcha. Juste à temps, il s'aplatit dans un bouquet d'herbes hautes, derrière un arbre surplombant la route. Puis il leva la tête et regarda précautionneusement par-dessus l'une des grandes racines.

Un cheval noir apparut dans le tournant, pas un poney de Hobbit mais un cheval de haute stature. Un homme de forte carrure le montait, comme écrasé sur la selle : il était enveloppé d'une grande cape noire et d'un capuchon de même couleur, ce qui ne laissait voir que ses bottes dans les hauts étriers. Son visage restait dans l'ombre, invisible. En arrivant à la hauteur de Frodo caché derrière son arbre, le cheval s'arrêta. La silhouette noire demeura tout à fait immobile, tête baissée, comme pour écouter. Il vint, de l'intérieur du capuchon, comme le bruit de quelqu'un reniflant pour capter une odeur insaisissable ; la tête se tourna de chaque côté de la route.

Une peur soudaine et inexplicable, la peur d'être découvert, s'empara de Frodo, et il songea à son Anneau. Il osait à peine respirer ; pourtant, l'envie de le sortir de sa poche devint si forte qu'il commença à remuer lentement la main. Il sentait qu'il n'avait qu'à le glisser à son doigt : alors, il serait en sécurité. La consigne de Gandalf paraissait absurde. Bilbo s'en était bien servi, lui. « Et je suis encore dans le Comté », se dit-il au moment où sa main effleurait la chaîne où il était attaché. À cet instant, le cavalier se redressa et secoua les rênes de sa monture. Elle se remit en route, d'abord lentement, puis en un trot rapide.

Frodo rampa vers le bord de la route et regarda le cavalier disparaître au loin. Il était sur le point de s'évanouir complètement quand Frodo, sans pouvoir en être sûr, crut voir le cheval quitter brusquement la route et pénétrer sous les arbres à droite.

« Hum, voilà qui est très bizarre et même inquiétant », se dit Frodo en rejoignant ses compagnons. Pippin et Sam étaient restés à plat ventre dans l'herbe, et n'avaient rien vu ; alors Frodo leur décrivit le cavalier et son étrange comportement.

« Je ne saurais dire pourquoi, mais j'étais certain qu'il me cherchait ou me *reniflait* ; et j'étais tout aussi certain de ne pas vouloir être découvert. Je n'avais jamais vu ou ressenti quelque chose de semblable dans le Comté. »

« Mais qu'est-ce qu'un des Grandes Gens peut avoir

à faire avec nous ? dit Pippin. Et que fait-il dans cette partie du monde ? »

« Il y a des Hommes dans les parages, dit Frodo. Dans le Quartier Sud, ils ont eu des ennuis avec les Grandes Gens, je crois bien. Mais jamais je n'ai entendu parler d'une chose semblable à ce cavalier. Je me demande d'où il vient. »

« Si vous permettez, m'sieur, intervint Sam tout soudainement, je sais d'où il vient. C'est de Hobbiteville qu'il vient, ce cavalier noir là, à moins qu'il y en ait plus d'un. Et je sais où il va. »

« Que veux-tu dire ? demanda Frodo avec brusquerie, le regardant d'un air stupéfait. Pourquoi n'as-tu rien dit avant ? »

« Je viens juste de m'en souvenir, m'sieur. Ça s'est passé comme ça : quand je suis rentré cheu nous hier au soir avec la clef, mon père, il m'a dit : *Hé, Sam !* qu'il dit. *Je te croyais parti avec M. Frodo ce matin. Y a un drôle de moineau qui est venu poser des questions sur M. Bessac de Cul-de-Sac, et il vient de s'en aller. Je l'ai envoyé à Fertébouc, quoique j'aimais pas trop sur quel ton il me parlait. Il a eu l'air sacrément fâché quand je lui ai dit que M. Bessac était parti pour de bon. Il a sifflé après moi, oui monsieur. Ça m'a donné une sacrée frousse. Quel genre de type c'était ?* que je dis à l'Ancêtre. *Je sais pas,* qu'il me dit, *mais c'était pas un Hobbit. Il était grand et tout en noir, et il se penchait sur moi. J'ai idée que c'était un des Grandes Gens de l'étranger. Il parlait d'une drôle de façon.*

« Je pouvais pas rester pour en savoir plus, m'sieur, puisque vous m'attendiez ; et j'y ai pas fait tellement attention non plus. L'Ancêtre devient vieux, et plus qu'un peu bigleux, et il devait faire presque noir quand ce type a monté la Colline et l'a vu en train de prendre l'air au coin de notre rue. J'espère qu'il a pas rien fait de mal, m'sieur, ni moi non plus. »

« On ne peut rien reprocher à l'Ancêtre, dit Frodo. En fait, je l'ai entendu parler avec un étranger qui s'emblait s'enquérir de moi, et j'ai failli aller lui demander qui c'était. Je regrette de ne pas l'avoir fait, ou que tu ne m'en aies rien dit plus tôt. J'aurais peut-être été plus prudent sur la route. »

« N'empêche qu'il n'y a peut-être aucun lien entre ce cavalier et l'étranger de l'Ancêtre, dit Pippin. Nous sommes partis de Hobbiteville assez secrètement, et je ne vois pas comment il aurait pu nous suivre. »

« Mais le *reniflage,* m'sieur ? dit Sam. Et l'Ancêtre a dit qu'il était tout en noir. »

« J'aurais dû attendre Gandalf, marmonna Frodo. Mais cela n'aurait peut-être fait qu'empirer les choses. »

« Alors tu sais ou tu devines quelque chose à propos de ce cavalier ? » dit Pippin, qui l'avait entendu marmonner.

« Je n'en sais rien, et j'aime mieux ne pas deviner », dit Frodo.

« Très bien, cher cousin ! Tu peux garder ton secret pour l'instant, si tu cherches à faire des mystères. En attendant, qu'allons-nous faire ? Je prendrais bien un morceau et quelques gorgées, mais quelque chose me dit qu'on ferait mieux de s'en aller d'ici. Vos histoires de cavaliers renifleurs aux nez invisibles m'ont ébranlé. »

« Oui, je crois qu'on va partir tout de suite, dit Frodo ; mais pas par la route… au cas où ce cavalier reviendrait, ou qu'un autre le suive. Il nous reste un bon bout à faire aujourd'hui. Il y a encore de nombreux milles avant le Pays-de-Bouc. »

Lorsqu'ils se remirent en chemin, l'ombre des arbres s'étendait, longue et mince, sur l'herbe. Ils marchaient à un jet de pierre du côté gauche de la route et restaient hors de vue autant qu'ils le pouvaient. Mais cela leur nuisait, car l'herbe était haute et touffue, le sol inégal, et les arbres commençaient à se regrouper en fourrés.

Le Soleil empourpré avait plongé derrière les collines dans leur dos, et le soir tomba avant qu'ils rejoignent la route au bout du long plateau sur lequel elle courait en ligne droite depuis quelques milles. À cet endroit, elle faisait un coude vers la gauche et descendait dans les plaines du Jouls vers Estoc ; mais un chemin bifurquait à droite, serpentant à travers un ancien bois de chênes pour se rendre à Boischâtel. « C'est par là que nous allons », dit Frodo.

Non loin de l'embranchement, ils découvrirent par hasard la carcasse d'un arbre immense. Il était encore en vie, et des feuilles poussaient sur les rameaux apparus autour des vieux chicots qui soutenaient autrefois ses grands bras ; pourtant, il était creux, et l'on pouvait y entrer par une large fente du côté opposé à la route. Les Hobbits s'y glissèrent et trouvèrent à l'intérieur un lit de feuilles mortes et de bois pourri sur lequel s'asseoir. Là, ils se reposèrent et prirent un léger repas, discutant à voix basse et prêtant l'oreille de temps à autre.

Le crépuscule les enveloppait lorsqu'ils regagnèrent

le chemin. Le vent d'ouest soupirait dans les branches. Les feuilles chuchotaient. Bientôt, la route se mit à descendre doucement, mais sans interruption, à travers la nuit tombante. Une étoile apparut au-dessus des arbres, dans les ténèbres grandissantes devant eux à l'est. Ils marchaient côte à côte et au pas pour s'encourager. Au bout d'un certain temps, quand les étoiles se firent moins clairsemées et plus brillantes, le sentiment d'inquiétude les quitta, et ils cessèrent d'être à l'affût des claquements de sabots. Ils se mirent à fredonner doucement, comme les Hobbits ont coutume de le faire en marchant, en particulier la nuit, quand ils approchent de chez eux. Pour la plupart des Hobbits, il s'agit d'une chanson du souper, ou encore du coucher ; mais ces Hobbits-ci fredonnaient une chanson de marche (non sans quelques allusions au souper et au coucher, évidemment). Bilbo Bessac en avait composé les paroles, sur un air qui était vieux comme les chemins, et l'avait apprise à Frodo tandis qu'ils sillonnaient les routes de la vallée de l'Eau et parlaient d'Aventure.

Déjà le feu rougeoie au fond de l'âtre gris,
Tandis que sous le toit nous attend un doux lit ;
Mais tout aussi longtemps que nous portent nos pieds,
Nous pourrions encor voir au détour du sentier
Soudain un arbre vert, une pierre dressée
Que ne verront jamais les voyageurs pressés.
Arbre, feuille, herbe et fleur
Fileront ! Fileront !
Eau, colline et couleurs
Passeront ! Passeront !

Pourrait encor surgir au détour du sentier
Une nouvelle route, une porte cachée ;
Et s'il nous faut ici passer notre chemin,
Nous pourrions revenir pour emprunter demain
Ces sentiers dérobés qui promettent merveilles,
Qui mènent vers la Lune ou encore au Soleil.
Pomme, épine et prunelle,
Passons-les ! Passons-les !
Monts et vaux sous le ciel,
Laissons-les ! Laissons-les !

La maison est derrière et devant nous le monde ;
Les sentiers sont légion où nos pieds vagabondent
Quand d'ombre en crépuscule, au lever de la brume,
Tour à tour dans le ciel, les étoiles s'allument.
Puis le monde derrière et la maison devant,
Nous rentrerons enfin trouver notre lit blanc.
Brume et nuage rond
Dormiront ! Dormiront !
Feu, lampe et pain de mie,
Puis au lit ! Puis au lit !

La chanson prit fin. « *Maintenant* au lit ! *Maintenant* au lit ! » chanta Pippin d'une voix aiguë.

« Chut ! dit Frodo. J'entends encore des sabots. »

Ils s'arrêtèrent brusquement et se tinrent silencieux comme l'ombre des arbres, tendant l'oreille. Il y avait un claquement de sabots sur la route, assez loin derrière, mais toujours plus distinct, porté par le vent. Se glissant rapidement et furtivement hors du chemin, ils coururent dans l'ombre plus dense du bois de chênes.

« N'allons pas trop loin ! dit Frodo. Je ne souhaite

pas être vu, mais je veux voir s'il s'agit d'un autre Cavalier Noir. »

« D'accord ! dit Pippin. Mais n'oublie pas les reniflements ! »

Les sabots s'approchèrent. Ils n'eurent pas le temps de trouver meilleure cachette que les ténèbres ambiantes sous le couvert des arbres ; mais Sam et Pippin se tapirent derrière un grand tronc, tandis que Frodo revenait d'une dizaine de pieds pour se rapprocher de la route. Elle luisait, grise et pâle, tel un faible trait de lumière à travers le bois. Au-dessus d'elle, les étoiles peuplaient densément le ciel sombre, mais il n'y avait pas de Lune.

Le son des sabots cessa. Tandis que Frodo observait, il vit quelque chose de sombre traverser un interstice gris entre deux arbres, puis s'arrêter. On eût dit la forme noire d'un cheval conduit par une plus petite ombre. Celle-ci se tenait près de l'endroit où ils avaient quitté le chemin, se tournant à droite et à gauche. Frodo crut entendre renifler. L'ombre noire se pencha jusqu'à terre, puis se mit à ramper vers lui.

Frodo se sentit submergé une fois de plus par l'envie de mettre l'Anneau ; mais elle était plus forte qu'auparavant. À tel point que, avant même qu'il se soit aperçu de rien, sa main tâtonnait dans sa poche. Mais à cet instant, on entendit ce qui semblait un son de chants et de rires entremêlés. Des voix claires s'élevaient et retombaient dans l'air étoilé. L'ombre noire se redressa et recula. Elle grimpa sur sa monture ténébreuse et sembla disparaître dans l'obscurité, de l'autre côté de la route. Frodo put de nouveau respirer.

« Des Elfes ! s'écria Sam en un souffle rauque. Des Elfes, m'sieur ! » Il aurait foncé hors des arbres et se serait rué en direction des voix, s'ils ne l'avaient pas retenu.

« Oui, ce sont des Elfes, dit Frodo. On en rencontre parfois à la Pointe-aux-Bois. Ils ne vivent pas dans le Comté, mais ils s'y aventurent au printemps et à l'automne, quittant leurs propres terres au-delà des Collines des Tours. Je suis content qu'ils le fassent ! Vous ne le voyiez pas, mais ce Cavalier Noir s'est arrêté juste ici : en fait, il rampait vers nous quand le chant a commencé. Aussitôt qu'il a entendu les voix, il s'est éclipsé. »

« Et les Elfes ? » dit Sam, trop excité pour se préoccuper du cavalier. « On pourrait pas aller les voir ? »

« Écoute ! Ils viennent de ce côté, dit Frodo. Nous n'avons qu'à attendre. »

Le chant s'approcha. Une voix claire s'élevait à présent au-dessus des autres. Elle chantait dans la belle langue elfique dont Frodo ne savait que les rudiments, et les autres, rien. Pourtant, dans leur esprit, les sons qui se mariaient à la mélodie semblaient former des mots qu'ils ne comprenaient qu'en partie. Voici le chant tel que Frodo l'entendit :

Ô Blanche-neige ! Ô dame claire !
Ô Reine par-delà les Mers,
Lumière pour nous qui errons
Ici-bas sous les frondaisons,
Sous les rameaux enchevêtrés !

Gilthoniel ! Ô Elbereth !
Tes yeux sont d'argent clair et ton souffle est lumière !
Nous te chantons cet hymne, Ô Neige immaculée,
D'une contrée lointaine au-delà de la Mer.

Ô étoiles semées en l'Année sans Soleil,
Par sa main lumineuse en des champs éventés,
Nous voyons boutonner vos clartés sans pareilles,
Floraison argentée dans le ciel constellé !

Ô Elbereth ! Gilthoniel !
Il demeure en nous, éternel,
Même en ces contrées éloignées,
Le souvenir de ta lumière,
Clarté étoilée sur les Mers.

Le chant prit fin. « Ce sont des Hauts Elfes ! Ils ont prononcé le nom d'Elbereth ! s'écria Frodo avec stupéfaction. On voit peu de ces bien belles gens dans le Comté. Il n'en reste plus beaucoup en Terre du Milieu, à l'est de la Grande Mer. C'est certainement un curieux hasard ! »

Les Hobbits s'assirent dans l'ombre en bordure du chemin. Bientôt, les Elfes arrivèrent, marchant en direction de la vallée. Ils passèrent lentement, et les Hobbits purent voir la lumière des étoiles miroiter sur leur chevelure et dans leurs yeux. Ils ne portaient pas de lampes, mais tandis qu'ils marchaient, une lueur, semblable à celle que la Lune fait poindre au-dessus des collines avant son lever, paraissait tomber à leurs pieds. Ils étaient à présent silencieux, et tandis que passait le dernier Elfe, celui-ci se tourna vers eux et rit.

« Salut à toi, Frodo ! cria-t-il. Tu es dehors bien tard. Ou peut-être t'es-tu perdu ? » Puis il appela les autres, et toute la compagnie s'arrêta et se réunit autour d'eux.

« Quelle merveille ! dirent-ils. Trois Hobbits dans

un bois la nuit ! Une telle chose n'a pas été vue depuis le départ de Bilbo. Que peut-elle bien signifier ? »

« Elle signifie simplement, ô belles gens, que nous semblons aller dans la même direction que vous, dit Frodo. J'aime marcher sous les étoiles. Mais je m'accommoderais bien de votre compagnie. »

« Mais nous n'avons nul besoin d'autre compagnie, et les Hobbits sont si ennuyeux, dirent-ils en riant. Et comment sais-tu que nous allons dans la même direction que toi, puisque tu ignores par quel chemin nous allons ? »

« Et comment savez-vous mon nom ? » répliqua Frodo.

« Nous savons bien des choses, répondirent-ils. Nous t'avons vu souvent avec Bilbo, mais tu pourrais ne pas nous avoir vus. »

« Qui êtes-vous, et qui est votre seigneur ? » demanda Frodo.

« Je suis Gildor, répondit leur chef, l'Elfe qui les avait salués en premier. Gildor Inglorion de la Maison de Finrod. Nous sommes des Exilés, et la plupart des nôtres sont partis depuis longtemps ; nous-mêmes ne resterons ici encore qu'un moment, avant de retraverser la Grande Mer. Quoique certains de nos parents vivent encore en paix à Fendeval. Mais allons, Frodo, dis-nous donc ce que vous faites ici ! Car nous voyons qu'une ombre de peur vous étreint. »

« Ô Sages Gens ! intervint Pippin avec ardeur. Parlez-nous des Cavaliers Noirs ! »

« Des Cavaliers Noirs ? soufflèrent-ils. Pourquoi parles-tu de Cavaliers Noirs ? »

« Parce que deux Cavaliers Noirs nous ont rattrapés aujourd'hui, ou bien un seul l'a fait deux fois, dit

Pippin ; il s'est éclipsé à votre arrivée, il y a quelques instants à peine. »

Les Elfes ne répondirent pas tout de suite, mais discutèrent à voix basse dans leur propre langue. Enfin, Gildor se tourna vers les Hobbits. « Nous ne discuterons pas de cela ici, dit-il. Nous croyons qu'il vaut mieux maintenant que vous nous suiviez. Ce n'est pas notre coutume, mais pour cette fois, nous vous emmènerons sur notre route, et vous logerez parmi nous cette nuit, si vous le désirez. »

« Ô Belles Gens ! C'est un bonheur qui dépasse toutes mes espérances », dit Pippin. Sam était sans voix. « Merci infiniment, Gildor Inglorion, dit Frodo en s'inclinant. *Elen síla lúmenn' omentielvo,* une étoile brille sur l'heure de notre rencontre », ajouta-t-il dans le haut parler elfique.

« Prenez garde, mes amis ! s'écria Gildor en riant. Ne répétez aucun secret ! Voici un érudit en langue ancienne. Bilbo était bon maître. Je te salue, Ami des Elfes ! dit-il en s'inclinant devant Frodo. Viens maintenant avec tes amis, et rejoignez notre compagnie ! Vous feriez mieux de marcher au centre, ainsi vous ne pourrez vous perdre. Vous pourriez être fatigués avant que nous nous arrêtions. »

« Pourquoi ? Où allez-vous ? » demanda Frodo.

« Ce soir, nous nous rendons au bois sur les collines dominant Boischâtel. Il y a quelques milles d'ici là, mais vous pourrez vous reposer quand nous y serons, et cela raccourcira votre voyage de demain. »

Ils repartirent alors en silence, et passèrent comme des ombres et de faibles lueurs ; car les Elfes (plus encore que les Hobbits) pouvaient, s'ils le désiraient, marcher sans même un bruit de pas. Pippin se mit bientôt à somnoler et trébucha à quelques reprises ;

mais, chaque fois, un grand Elfe à ses côtés tendit le bras pour l'empêcher de tomber. Sam marchait aux côtés de Frodo comme dans un rêve, et sur son visage se lisait un mélange de crainte et de joie ahurie.

Les bois de chaque côté se firent plus denses : les fûts des arbres étaient à présent plus jeunes et plus serrés ; et tandis que la route descendait, s'enfonçant dans un pli des collines, de nombreux et profonds fourrés de noisetiers apparurent sur les pentes de chaque côté. Enfin, les Elfes quittèrent le chemin. Une piste cavalière partait, quasi invisible, à travers les fourrés sur la droite : elle remontait tortueusement les pentes boisées jusqu'au sommet d'un épaulement des collines qui s'avançait dans les basses terres de la vallée fluviale. Soudain, ils sortirent de l'ombre des arbres et se trouvèrent devant une vaste étendue d'herbe, grise sous le couvert de la nuit. Les bois l'enserraient de trois côtés ; mais du côté est, le terrain descendait en pente raide, et les cimes des arbres noirs qui poussaient en bas se trouvaient sous leurs pieds. Au-delà, la plaine s'étendait, sombre et plate, sous les étoiles. Plus près d'eux, quelques lumières scintillaient dans le village de Boischâtel.

Les Elfes s'assirent dans l'herbe et parlèrent doucement entre eux ; ils ne semblaient plus faire attention aux Hobbits. Frodo et ses compagnons s'enveloppèrent de manteaux et de couvertures, et le sommeil les gagna lentement. La nuit s'épaissit, et les lumières dans la vallée s'éteignirent. Pippin s'endormit avec une éminence verte en guise d'oreiller.

Haut dans le ciel de l'est se balançait Remmirath,

le Lacis d'Étoiles ; et Borgil la rouge se leva lentement au-dessus des brumes, rutilant comme un joyau de feu. Puis, par quelque mouvement des airs, toute la brume fut soulevée comme un voile, et l'on vit apparaître, escaladant la lisière du monde, la forme penchée de l'Homme d'Épée du Ciel, Menelvagor et sa brillante ceinture. Les Elfes se mirent à chanter tout à coup. Un feu jaillit subitement sous les arbres, donnant une lueur rouge.

« Venez ! crièrent les Elfes aux Hobbits. Venez ! L'heure est aux conversations et aux réjouissances ! »

Pippin se redressa sur son séant et se frotta les yeux. Il frissonna. « Un feu brûle dans la salle, et des victuailles attendent les hôtes affamés », dit un Elfe qui se tenait devant lui.

À l'extrémité sud de la pelouse, il y avait une ouverture. À cet endroit, le tapis de verdure pénétrait dans les bois et formait un vaste espace semblable à une grande salle qui aurait eu pour toiture un entrelacement de rameaux ; les grands fûts des arbres s'alignaient de chaque côté en une série de colonnes. Un feu de bois flambait au milieu, et des torches suspendues aux colonnes brillaient d'un éclat soutenu, or ou argent. Les Elfes étaient autour du feu, assis dans l'herbe ou sur les anneaux formés par de vieilles souches. Certains allaient de côté et d'autre, portant des coupes ou versant à boire ; d'autres apportaient de la nourriture sur des piles d'assiettes et de plats.

« C'est une chère médiocre, dirent-ils aux Hobbits, car nous logeons au bois vert, loin de nos foyers. Si un jour vous êtes reçus chez nous, vous serez mieux traités. »

« Cela me semble assez bon pour une fête d'anniversaire », dit Frodo.

Pippin ne put guère se souvenir par la suite de ce qu'il avait mangé ou bu ce soir-là, tout captivé qu'il était par la lumière qui paraissait sur les visages des Elfes, et le son de voix si variées et si mélodieuses qu'il se croyait plongé dans un rêve éveillé. Mais il se rappela qu'il y avait eu du pain, un pain dont la saveur surpassait celle d'une miche dorée pour un affamé, et des fruits aussi suaves que des baies sauvages, et plus riches que ceux des vergers ; qu'il avait vidé une coupe remplie d'un breuvage au parfum délectable, frais comme une source claire, doré comme un après-midi d'été.

Sam ne put jamais exprimer en mots, ni se représenter clairement à lui-même ce qu'il ressentit et pensa cette nuit-là, laquelle resta pourtant gravée dans sa mémoire comme l'un des événements marquants de sa vie. Le plus près qu'il s'en approcha fut de dire : « Eh bien, m'sieur, si je pouvais faire pousser des pommes comme celles-là, je me tiendrais pour un jardinier. Mais c'est le chant qui m'est allé droit au cœur, si vous voyez ce que je veux dire. »

Frodo mangea, but et parla avec plaisir ; mais il s'intéressait d'abord aux mots qu'il entendait. Il connaissait un peu du parler elfique et écoutait avidement. De temps à autre, il s'adressait à ceux qui le servaient et les remerciait dans leur propre langue. Ceux-ci lui souriaient et disaient en riant : « Voici un joyau parmi les Hobbits ! »

Au bout d'un moment, Pippin tomba dans un profond sommeil et fut transporté sous une charmille dans l'ombre des arbres ; là, il fut déposé sur un lit moelleux et dormit pour le reste de la nuit. Sam refusa de quitter son maître. Quand Pippin fut parti, il vint se pelotonner aux pieds de Frodo, où il finit par sommeiller et fermer les yeux. Frodo demeura longtemps éveillé, discutant avec Gildor.

Ils parlèrent de nombreuses choses, tant anciennes que nouvelles, et Frodo questionna beaucoup Gildor sur les événements du vaste monde, au-delà des frontières du Comté. Les nouvelles étaient plutôt tristes et de mauvais augure : elles faisaient état de ténèbres qui s'amoncelaient, de guerres parmi les Hommes et de la fuite des Elfes. Enfin, Frodo posa la question qu'il portait au plus près de son cœur :

« Dites-moi, Gildor, avez-vous jamais revu Bilbo depuis qu'il nous a quittés ? »

Gildor sourit. « Oui, répondit-il. Deux fois. Il nous a fait ses adieux ici même. Mais je l'ai revu une autre fois, loin d'ici. » Il ne voulut plus rien dire au sujet de Bilbo, et Frodo se tut.

« Tu ne me demandes ou ne m'apprends pas grand-chose en ce qui te concerne, Frodo, dit Gildor. Mais j'en connais déjà une partie, et j'en lis encore plus sur ton visage et dans les pensées qui amènent tes questions. Tu quittes le Comté ; pourtant, tu doutes de pouvoir trouver ce que tu cherches, ou d'accomplir ce que tu souhaites faire, ou même de revenir un jour. N'est-ce pas la vérité ? »

« Si, dit Frodo ; mais je croyais que mon départ était un secret, qu'il n'était connu que de Gandalf et de mon fidèle Sam. » Il baissa les yeux vers Sam, qui ronflait doucement.

« Ce secret ne parviendra pas à l'Ennemi par notre intermédiaire », dit Gildor.

« L'Ennemi ? dit Frodo. Alors vous savez pourquoi je quitte le Comté ? »

« Je ne sais pour quelle raison l'Ennemi te pourchasse, répondit Gildor ; mais je vois qu'il en est ainsi – aussi étrange que cela me paraisse. Et désormais, je t'en avertis, le danger se trouve à la fois devant et derrière toi, et aussi de chaque côté. »

« Vous voulez dire les Cavaliers ? Je craignais qu'ils ne soient des serviteurs de l'Ennemi. Que *sont* les Cavaliers Noirs ? »

« Gandalf ne t'a donc rien dit ? »

« Rien sur des créatures de ce genre. »

« Je crois dans ce cas qu'il ne m'appartient pas de t'en dire davantage – de crainte que la terreur ne t'empêche de continuer. Car il m'apparaît que tu es parti juste à temps, si même tu es encore à temps. Tu dois maintenant te hâter, ne pas t'arrêter ni faire demi-tour ; car le Comté ne te protège plus en rien. »

« Je ne puis rien imaginer de plus terrifiant que vos sous-entendus et vos avertissements, s'écria Frodo. Je savais que le danger me guettait, bien sûr ; mais je ne m'attendais pas à le rencontrer dans notre Comté à nous. Un Hobbit n'est-il pas libre de se rendre de l'Eau au Fleuve en toute quiétude ? »

« Mais ce n'est pas votre Comté à vous, dit Gildor. D'autres ont habité ici avant que les Hobbits ne soient ; et d'autres y habiteront encore quand les Hobbits ne seront plus. Le vaste monde est tout autour de vous : vous pouvez garder vos distances, mais vous ne pouvez le tenir indéfiniment à distance. »

« Je sais – et pourtant, il nous a toujours paru si

sûr, si familier. Que puis-je faire, à présent ? Mon idée était de quitter secrètement le Comté et de me diriger vers Fendeval ; mais l'on me suit désormais à la trace, et je ne suis même pas encore au Pays-de-Bouc. »

« Je pense que tu devrais suivre cette idée, dit Gildor. Je ne crois pas que la Route se révélera au-dessus de tes forces. Mais si tu souhaites être conseillé plus clairement, demande-le à Gandalf. Je ne connais pas le motif de ta fuite ; je ne sais donc pas de quelle manière tes poursuivants t'assailliront. Gandalf le sait certainement. Je présume que tu le verras avant de quitter le Comté ? »

« Je l'espère. Mais voilà encore une chose qui m'inquiète. J'attends Gandalf depuis plusieurs jours. Il aurait dû me rejoindre à Hobbiteville il y a deux nuits au plus tard ; mais il ne s'est jamais montré. À présent, je me demande ce qui a pu se passer. Devrais-je l'attendre ? »

Gildor demeura silencieux un moment. « Cette nouvelle ne me plaît pas, répondit-il enfin. Un tel retard de Gandalf ne présage rien de bon. Mais on dit : *Ne te mêle pas aux affaires des Magiciens, car ils sont subtils et prompts à la colère.* Le choix te revient : partir ou attendre. »

« On dit aussi : *Ne cherche pas conseil auprès des Elfes, car ils te diront oui et non à la fois.* »

« Vraiment ? dit Gildor en riant. Les Elfes donnent rarement un avis à la légère, car c'est une chose périlleuse à donner, même d'un sage à un autre, et tous les chemins peuvent aller à mal. Mais qu'attends-tu de moi ? Tu ne m'as pas dit tout ce qui te concerne : comment donc pourrais-je décider à ta place ? Toutefois, si tu me demandes mon avis, je te le donnerai, par amitié. Je crois que tu devrais partir tout de suite, sans attendre ; et si Gandalf n'arrive pas avant ton départ, je te conseille également ceci : ne pars pas seul. Entoure-toi d'amis fidèles qui sont disposés à t'aider. Sois reconnaissant, car je ne t'offre pas ce conseil de mon plein gré. Les Elfes ont leurs propres soucis et leurs chagrins à eux, et ils n'ont cure de ce qui anime les Hobbits, ni les autres créatures terrestres. Nos chemins croisent rarement les leurs, par hasard ou à dessein. Cette rencontre n'est peut-être pas simplement le fruit du hasard ; mais le dessein n'est pas clair à mes yeux, et je crains d'en dire trop. »

« Je vous suis très reconnaissant, dit Frodo ; mais j'aimerais que vous me disiez en termes clairs ce que sont les Cavaliers Noirs. Si je suis votre conseil, il se pourrait que je ne voie pas Gandalf pendant encore très longtemps, et il vaudrait mieux que je sache quel est ce danger qui me poursuit. »

« N'est-il pas suffisant de savoir qu'il s'agit de serviteurs de l'Ennemi ? répondit Gildor. Fuis-les ! Ne leur adresse aucune parole ! Ils sont mortels. Je ne saurais t'en dire plus ! Mais mon cœur me dit qu'avant la fin, tu auras, Frodo fils de Drogo, plus grande connaissance de ces êtres effroyables que Gildor Inglorion. Qu'Elbereth te protège ! »

« Mais où trouverai-je le courage ? demanda Frodo. C'est ce dont j'ai le plus besoin. »

« Le courage se trouve parfois en des endroits inattendus, dit Gildor. Aie bon espoir ! Dors, maintenant ! Au matin, nous serons partis ; mais nous enverrons nos messages de par les terres. Les Compagnies Errantes auront connaissance de votre voyage, et ceux qui ont le pouvoir de faire le bien seront aux aguets. Je te nomme Ami des Elfes ; et puissent les étoiles briller sur la fin de ta route ! Rarement la compagnie d'étrangers nous a-t-elle donné autant de plaisir, et il fait bon d'entendre des mots du Parler Ancien de la bouche d'autres voyageurs en ce monde. »

Frodo sentit le sommeil l'envahir au moment même où Gildor achevait de parler. « Je vais dormir, maintenant », dit-il ; et l'Elfe le conduisit sous une charmille à côté de Pippin. Il s'affala sur un lit et fut aussitôt plongé dans un sommeil sans rêve.

4

Raccourci aux champignons

Le lendemain matin, Frodo se réveilla frais et dispos. Il reposait sous une charmille formée par un arbre vivant, aux branches entrelacées qui traînaient jusqu'à terre ; son lit épais et moelleux était composé de fougères et d'herbes, et libérait un étrange parfum. Le Soleil brillait à travers les feuilles frémissantes, encore vertes sur l'arbre. Il se leva d'un bond et sortit.

Sam était assis dans l'herbe à l'orée du bois. Pippin se tenait debout, observant le ciel et le temps qu'il faisait. Il n'y avait aucune trace des Elfes.

« Ils nous ont laissé des fruits et du pain, et des boissons, dit Pippin. Viens donc prendre ton petit déjeuner. Le pain est presque aussi bon qu'hier soir. Je ne voulais pas t'en laisser, mais Sam a insisté. »

Frodo s'assit auprès de Sam et commença à manger.

« Quel est le programme pour aujourd'hui ? » demanda Pippin.

« Nous rendre à Fertébouc le plus vite possible », répondit Frodo, reportant aussitôt son attention sur la nourriture.

« Crois-tu qu'on va revoir ces Cavaliers ? » demanda Pippin avec entrain. Sous le Soleil du matin, la perspective d'en rencontrer toute une armée ne lui semblait pas très effrayante.

« Oui, probablement, dit Frodo, qui aurait préféré ne pas se souvenir. Mais j'espère pouvoir franchir le fleuve sans qu'ils nous aperçoivent. »

« As-tu pu tirer quelque chose de Gildor à leur sujet ? »

« Pas vraiment ; seulement des sous-entendus et des énigmes », dit Frodo de manière évasive.

« Tu lui as demandé, pour les reniflements ? »

« On n'en a pas parlé », répondit Frodo la bouche pleine.

« Vous auriez dû. Je suis bien certain que c'est très important. »

« Si c'était le cas, je suis bien certain que Gildor aurait refusé d'en parler, dit Frodo avec brusquerie. Maintenant, laisse-moi un peu en paix ! Je ne veux pas être assailli d'une série de questions pendant que je mange. Je veux penser un peu ! »

« Juste ciel ! fit Pippin. Au petit déjeuner ? » Il s'éloigna vers le bord de la pelouse.

Dans l'esprit de Frodo, le clair matin – dangereusement clair, se disait-il – n'avait pas chassé la crainte d'être poursuivi. Il méditait les paroles de Gildor, quand la voix enjouée de Pippin lui parvint. Celui-ci courait sur l'herbe en chantant.

« Non ! Je ne pourrais pas ! se dit-il. C'est une chose que d'emmener mes jeunes amis se promener à travers le Comté, jusqu'à ce que nous soyons fatigués et affamés, et que lit et nourriture nous soient doux. Mais les forcer à l'exil, où la fatigue et la faim sont peut-être sans remède, c'est tout autre chose

– même s'ils sont disposés à m'accompagner. Cet héritage n'appartient qu'à moi. Je ne pense pas que je devrais même emmener Sam. » Il tourna la tête vers Sam Gamgie et se rendit compte que Sam l'observait.

« Bon, Sam ! fit-il. Qu'en dis-tu ? Je quitte le Comté aussitôt que je le pourrai – en fait, j'ai décidé de ne même pas attendre un jour à Creux-le-Cricq, si c'est possible. »

« Très bien, m'sieur ! »

« Tu as toujours l'intention de me suivre ? »

« Toujours. »

« Ce sera très dangereux, Sam. Ça l'est déjà. Sans doute qu'aucun de nous deux ne reviendra. »

« Si vous revenez pas, m'sieur, alors moi non plus, c'est certain, dit Sam. *Ne le laissez surtout pas !* qu'ils m'ont dit. *Le laisser !* j'ai dit. *Jamais je ferai ça. Je vais avec lui, quand bien même il grimperait à la Lune ; et si j'en vois de ces Cavaliers Noirs qui essaient de l'arrêter, ils auront affaire à Sam Gamgie,* que j'ai dit. Ils ont ri. »

« Qui ça, *ils*, et de quoi parles-tu ? »

« Les Elfes, m'sieur. On a un peu parlé hier au soir ; et ils avaient l'air de savoir que vous partiez, alors j'ai pas cru bon de le nier. Des gens merveilleux, ces Elfes, m'sieur ! Merveilleux ! »

« En effet, dit Frodo. Les aimes-tu encore, maintenant que tu les as vus de plus près ? »

« Ils semblent un peu au-dessus de ce que je peux aimer ou non, pour ainsi dire, répondit Sam avec hésitation. Ça n'a pas l'air important, ce que je pense d'eux. Ils sont assez différents de ce que j'imaginais : si vieux et si jeunes, si gais et si tristes, en quelque sorte. »

Frodo regarda Sam d'un air plutôt étonné, s'attendant presque à voir apparaître un signe extérieur de l'étrange transformation qu'il paraissait avoir subie. Ce n'était pas la voix du vieux Sam Gamgie qu'il pensait connaître. Mais c'était bien le vieux Sam Gamgie qui était assis là, sinon qu'il avait un air inhabituellement pensif.

« Sens-tu toujours le besoin de quitter le Comté… maintenant que ton désir de les rencontrer s'est déjà réalisé ? » demanda-t-il.

« Oui, m'sieur. Je ne sais pas comment le dire, mais après cette nuit, je me sens différent. On dirait que je vois devant moi, d'une certaine façon. Je sais qu'on va prendre une très longue route, qu'elle va nous conduire dans les ténèbres ; mais je sais que je peux pas faire demi-tour. C'est pas pour voir des Elfes, maintenant, ni des dragons ou des montagnes, que je veux… je sais pas très bien ce que je veux ; mais j'ai quelque chose à faire avant la fin, et c'est en avant, pas dans le Comté. Je dois aller jusqu'au bout, m'sieur, si vous me comprenez. »

« Pas complètement. Mais je comprends que Gandalf m'a choisi un bon compagnon. Je suis content. Nous irons ensemble. »

Frodo termina son petit déjeuner en silence. Puis, se levant, il contempla les terres devant lui, et appela Pippin.

« Prêt au départ ? dit-il tandis que Pippin remontait en courant. Il faut partir à l'instant. Nous avons dormi tard ; et il y a encore de nombreux milles à faire. »

« *Tu* as dormi tard, tu veux dire, observa Pippin. J'étais debout bien avant ; et nous attendions seulement que tu finisses de manger et de penser. »

« J'ai fini les deux, maintenant. Et je vais aller au plus vite vers le Bac de Fertébouc. Je ne vais pas faire un détour pour rejoindre la route que nous avons quittée la nuit dernière : je vais aller tout droit à travers champs en partant d'ici. »

« Alors tu vas devoir voler, dit Pippin. Tu ne trouveras jamais moyen d'aller tout droit à pied dans cette campagne. »

« On pourra toujours aller plus droit que la route, répondit Frodo. Le Bac est à l'est de Boischâtel ; mais le grand chemin décrit une courbe vers la gauche – tu peux en voir une partie là-bas au nord. Il contourne l'extrémité nord de la Marêche, de façon à rejoindre au-dessus d'Estoc la chaussée qui court depuis le Pont. Mais c'est à des milles d'où nous allons. Nous pourrions réduire la distance d'un quart en partant en ligne droite vers le Bac de l'endroit où nous sommes. »

« *Les raccourcis mènent à de longs retards*, soutint Pippin. Le terrain par ici est accidenté ; et il y a des marécages et toutes sortes de difficultés dans la Marêche – je connais les terres dans ce coin-là. Et si tu t'inquiètes au sujet des Cavaliers Noirs, je ne vois pas en quoi ce serait pire de les rencontrer sur la route que dans un bois ou au milieu d'un champ. »

« Les gens sont plus difficiles à trouver dans les bois et au milieu des champs, répondit Frodo. Et si vous êtes censé être sur la route, il y a de fortes chances qu'on vous cherche sur la route et non en dehors ! »

« Ça va ! dit Pippin. Je te suivrai dans tous les bourbiers et les ronciers. Mais c'est dur ! J'espérais que nous passerions par la *Perche Dorée* d'Estoc avant le coucher du Soleil. C'est la meilleure bière dans tout le Quartier Est, ou du moins ça l'était : il y a longtemps que j'y ai goûté. »

« Ça règle la question ! dit Frodo. Les raccourcis mènent à de longs retards, mais les auberges en amènent de plus longs. Il faut à tout prix te tenir loin de la *Perche Dorée.* Nous voulons être à Fertébouc avant la nuit. Qu'en dis-tu, Sam ? »

« J'irai avec vous, monsieur Frodo », dit Sam (malgré quelques doutes, et un profond regret de devoir renoncer à la meilleure bière du Quartier Est).

« Alors, s'il nous faut affronter les bourbiers et les ronces, allons-y tout de suite ! » dit Pippin.

Il faisait déjà presque aussi chaud que le jour précédent ; mais des nuages commençaient à s'amonceler à l'ouest. Le temps semblait à la pluie. Les Hobbits dévalèrent un talus vert à pic, puis ils plongèrent dans les arbres serrés situés en contrebas. L'itinéraire choisi laissait Boischâtel sur leur gauche, coupait de biais à travers les bois entassés sur le versant oriental des collines et débouchait sur les plaines au-delà. Ils pourraient alors continuer tout droit vers le Bac, allant en rase campagne sans rencontrer d'autre obstacle que quelques fossés et clôtures. Frodo estimait qu'ils avaient dix-huit milles à parcourir en ligne droite.

Il s'aperçut bientôt que le fourré était plus touffu et plus enchevêtré qu'il ne l'avait d'abord paru. Aucun sentier ne traversait les broussailles et ils ne progressaient pas bien vite. Arrivés à grand-peine au bas du talus, ils se trouvèrent face à un ruisseau qui descendait des collines derrière eux dans un lit profondément creusé, aux berges escarpées et glissantes, couvertes de ronciers. Ce cours d'eau s'étalait bien malencontreusement en travers du parcours qu'ils avaient choisi. Ils ne pouvaient sauter par-dessus, ni même le franchir sans en ressortir trempés, égratignés et couverts de boue. Ils s'arrêtèrent, se demandant que faire. « Premier contretemps ! » dit Pippin avec un sourire amer.

Sam Gamgie regarda derrière lui. Par un interstice entre les arbres, il aperçut le sommet du talus vert d'où ils étaient descendus.

« Regardez ! » dit-il en saisissant Frodo par le bras. Tous regardèrent, et tout au bord, loin au-dessus de leurs têtes, ils virent la forme d'un cheval se dessiner sur le ciel. Une silhouette noire était penchée à côté.

Ils abandonnèrent aussitôt l'idée de rebrousser chemin. Frodo alla en tête, plongeant rapidement dans les épais buissons aux abords du ruisseau. « Ouf ! dit-il à Pippin. Nous avions tous les deux raison ! Le raccourci a déjà mal tourné ; mais nous nous sommes mis à couvert juste à temps. Toi qui as l'oreille fine, Sam, entends-tu quelque chose venir ? »

Ils se tinrent immobiles, se retenant presque de respirer pour mieux écouter ; mais ils n'entendirent aucun poursuivant. « J'ai pas l'impression qu'il essaierait de faire descendre cette pente-là à son cheval, dit Sam. Mais je suppose qu'il a compris qu'on est arrivés par là. On ferait mieux de continuer. »

Continuer n'était pas tout à fait commode. Ils avaient des paquets à porter, et les buissons de ronces semblaient peu enclins à les laisser passer. La crête derrière eux les coupait du vent, et l'air inerte avait quelque chose d'étouffant. Quand ils eurent enfin réussi à se frayer un chemin en terrain plus découvert, ils étaient en nage, épuisés et tout égratignés ;

qui plus est, ils ne savaient plus très bien dans quelle direction ils allaient. Les berges s'abaissèrent tandis que le cours d'eau arrivait en terrain plat, devenant plus large et moins profond dans sa course sinueuse vers la Marêche et le Fleuve.

« Ma foi, c'est le ruisseau d'Estoc ! dit Pippin. Si nous tenons à revenir sur le bon chemin, il nous faut tout de suite traverser et prendre à droite. »

Ils franchirent le ruisseau à gué et traversèrent vivement un grand espace dénudé, couvert de roseaux et sans arbres, sur l'autre rive. Puis ils parvinrent à une nouvelle ceinture d'arbres : de grands chênes, surtout, avec çà et là un orme ou un frêne. Le terrain était plutôt plat et il y avait peu de broussailles ; mais les arbres trop serrés leur bloquaient la vue. De soudaines bourrasques faisaient voler les feuilles dans les airs, et le ciel chargé laissait échapper quelques gouttes de pluie. Puis le vent tomba et il se mit à tomber des cordes. Ils se frayèrent un chemin aussi vite qu'ils le purent à travers les touffes d'herbe et les grands tas de feuilles mortes, pendant que la pluie tapotait et dégouttait tout autour d'eux. Ils ne parlaient pas, mais ne cessaient de se tourner pour regarder derrière et de chaque côté.

Au bout d'une demi-heure, Pippin dit : « J'espère que nous n'avons pas dévié trop vers le sud pour prendre ce bois dans sa longueur ! Cette ceinture d'arbres n'est pas très profonde – je dirais un mille tout au plus, à son plus large – et nous devrions l'avoir traversée, à présent. »

« Nous ne pouvons pas nous mettre à zigzaguer, dit Frodo. Cela ne va pas arranger les choses. Continuons dans cette direction ! Je ne suis pas sûr de vouloir sortir tout de suite du couvert des arbres. »

Ils parcoururent encore un ou deux milles. Puis un rayon de Soleil perça à travers les nuages déchiquetés et la pluie se mit à faiblir. Il était alors midi passé, et les Hobbits trouvaient qu'il était grand temps de déjeuner. Ils s'arrêtèrent sous un orme : son feuillage passablement jauni était pourtant encore très épais, et le sol à ses pieds était assez abrité et au sec. Lorsqu'ils en vinrent à préparer leur repas, ils s'aperçurent que les Elfes avaient rempli leurs gourdes d'une boisson claire, de couleur or pâle : merveilleusement rafraîchissante, elle avait le parfum d'un miel fait de nombreuses fleurs. Ils ne tardèrent pas à rire aux éclats, faisant fi de la pluie et des Cavaliers Noirs. Les derniers milles, se disaient-ils, seraient bientôt derrière eux.

Frodo appuya son dos contre le tronc de l'arbre et ferma les yeux. Sam et Pippin étaient assis tout près, et ils se mirent à fredonner, puis à chanter doucement :

Ho ! Ho ! Ho ! C'est à boire qu'il me faut
Pour alléger mon cœur et noyer mon malheur.
La pluie peut bien tomber et le vent peut souffler,
Et qu'importent les lieues qu'il me reste à marcher,
Sous un arbre feuillu, j'ai posé mon bagage ;
Ici je resterai à compter les nuages.

Ho ! Ho ! Ho ! reprirent-ils plus fort. Soudain ils s'arrêtèrent. Frodo se releva d'un bond. Un cri traînant leur parvint, porté par le vent, comme le gémissement d'une créature solitaire et mauvaise. Il s'éleva puis retomba, se terminant sur une note perçante et suraiguë. Alors même qu'ils se tenaient là, comme pétrifiés, un autre cri s'éleva en réponse au premier, plus faible et plus lointain, mais tout aussi propre à glacer le sang. Alors il y eut un silence, que seul le vent dans les feuilles venait à rompre.

« Et qu'est-ce que c'était que ça, vous pensez ? demanda enfin Pippin d'un ton qui se voulait léger, mais tremblotant néanmoins. Si c'était un oiseau, c'en est un que je n'ai jamais entendu dans le Comté. »

« Ce n'était ni oiseau ni bête, dit Frodo. C'était un appel, ou un signal : il y avait des mots dans ce cri, des mots que je n'ai pas pu saisir. Mais aucun Hobbit n'a une voix semblable. »

Ils ne firent plus aucune mention de l'incident. Tous pensèrent aux Cavaliers, mais personne n'en souffla mot. Ils n'avaient désormais pas plus envie de rester que de continuer ; mais comme ils devaient tôt ou tard franchir la rase campagne jusqu'au Bac, le plus tôt serait le mieux, pendant qu'il faisait encore clair. En l'espace de quelques instants, ils avaient repris leurs paquets et s'étaient remis en chemin.

Le bois parvint bientôt à une fin abrupte. De vastes prairies s'étendirent devant eux. Ils constatèrent alors qu'ils avaient effectivement dévié trop au sud. Loin au-delà des prairies, ils pouvaient apercevoir Fertébouc sur sa basse colline, de l'autre côté du Fleuve ; mais celle-ci se trouvait à présent sur leur gauche. Se glissant hors des arbres avec précaution, ils se lancèrent aussi vite qu'ils le purent sur la plaine dénudée.

Ils avaient peur au début, à l'écart du couvert des arbres. Loin derrière eux s'élevait la haute terrasse où ils avaient pris leur petit déjeuner. Frodo s'attendait presque à voir la minuscule silhouette noire d'un homme à cheval se profiler sur le ciel au-dessus de la crête ; mais elle ne s'y trouvait pas. Le Soleil, échappant aux nuages rompus dans sa descente vers les collines qu'ils venaient de quitter, brillait à nouveau d'un vif éclat. La peur les quitta, même s'ils demeuraient inquiets ; et les terres se firent progressivement plus hospitalières et plus ordonnées. Bientôt ils furent au milieu de champs et de prés bien cultivés, bordés de haies, de barrières et de fossés d'irrigation. Tout semblait calme et paisible, un coin ordinaire du Comté. Ils reprenaient courage à chaque pas. La ligne du fleuve approchait ; et les Cavaliers Noirs leur paraissaient de plus en plus comme de vagues fantômes des forêts, à présent loin derrière.

Ils longèrent un immense champ de navets et se retrouvèrent devant une imposante barrière. Un chemin défoncé courait derrière celle-ci entre deux haies basses et bien disposées, vers un groupe d'arbres se dressant au loin. Pippin s'arrêta.

« Je connais ces champs et cette barrière ! dit-il. Nous sommes à Faverolle, la terre du vieux fermier Magotte. C'est sa ferme, là-bas, au milieu des arbres. »

« Les ennuis se poursuivent ! » dit Frodo, l'air presque aussi affolé que si Pippin venait d'annoncer que le chemin menait à l'antre d'un dragon. Les autres le regardèrent avec étonnement.

« Qu'est-ce que tu reproches au vieux Magotte ? demanda Pippin. C'est un bon ami de tous les Brandibouc. Bien sûr, il n'est pas tendre envers les intrus, et ses chiens de garde sont féroces ; mais il faut bien se dire que les gens d'ici vivent près des frontières et doivent être plus souvent sur leurs gardes. »

« Je sais, dit Frodo. Mais tout de même, ajouta-t-il

avec un rire embarrassé, lui et ses chiens me terrifient. J'ai évité sa ferme pendant des années et des années. Il m'a souvent pris à voler des champignons sur sa propriété, quand j'étais jeune à Castel Brandy. La dernière fois, il m'a battu, puis il m'a emmené voir ses chiens. "Voyez, mes gaillards, leur a-t-il dit, la prochaine fois que ce jeune vaurien met les pieds sur ma terre, vous pourrez le manger. En attendant, montrez-lui la sortie !" Et ils m'ont pourchassé jusqu'au Bac. Je ne me suis jamais remis de cette frousse – mais je suppose que ces bêtes connaissaient leur affaire et ne m'auraient jamais fait de mal. »

Pippin rit. « Eh bien, il est temps de vous raccommoder. Surtout si tu reviens habiter au Pays-de-Bouc. Le vieux Magotte est vraiment un brave type… si tu laisses ses champignons tranquilles. Entrons dans le chemin, ce qui nous évitera d'empiéter sur ses terres. Si on le rencontre, je m'occuperai de lui parler. C'est un ami de Merry, et il fut un temps où je venais souvent avec lui en visite. »

Ils suivirent le chemin et finirent par apercevoir, entre les arbres, les toits de chaume d'une grande maison et de plusieurs bâtiments de ferme. Les Magotte, ainsi que les Patouillon d'Estoc et la plupart des habitants de la Marêche, vivaient dans des maisons ; et cette ferme en brique, solidement bâtie, était protégée par un mur qui en faisait le tour. Un grand portail de bois s'ouvrait sur le chemin et donnait accès à la cour.

Soudain, tandis qu'ils approchaient, il y eut une terrible explosion d'aboiements et de hurlements, et l'on entendit une voix forte crier : « Serre ! Croc ! Loup ! Allez, mes gaillards ! »

Frodo et Sam s'arrêtèrent net, mais Pippin fit encore quelques pas. Le portail s'ouvrit et trois énormes chiens sortirent en trombe dans le chemin et se ruèrent vers les voyageurs, aboyant sauvagement. Ils ne firent pas attention à Pippin ; mais Sam recula contre le mur tandis que deux chiens semblables à des loups le reniflaient avec suspicion, et grondaient s'il faisait le moindre mouvement. Le plus gros et le plus féroce des trois s'arrêta devant Frodo, grognant et se hérissant.

Apparut alors sur le seuil un Hobbit râblé et large d'épaules, au visage arrondi et rubicond. « Hé, là ! Hé ! Qui êtes-vous donc, fit-il, et que faites-vous ici, dites-moi donc ? »

« Bonjour, monsieur Magotte ! » dit Pippin.

Le fermier l'examina avec attention. « Tiens, mais c'est M. Pippin – M. Peregrin Touc, devrais-je dire ! » s'écria-t-il, tandis que son visage renfrogné s'illuminait d'un large sourire. « Y a longtemps qu'on vous a vu dans les parages. Encore heureux que je vous connaisse : j'étais pour lâcher mes chiens sur tout étranger. Il se passe de drôles de choses, aujourd'hui. Comme de raison, il arrive que de curieuses gens viennent rôder dans le coin. Trop près du Fleuve, dit-il en secouant la tête. Mais ce type-là est le personnage le plus bizarre que j'ai jamais vu de mes yeux. En v'là un qui traversera pas mes terres sans permission une deuxième fois, pas si je peux l'en empêcher. »

« De qui voulez-vous parler ? » demanda Pippin.

« Ah, vous l'avez pas vu ? dit le fermier. Il a pris le chemin de la chaussée y a pas bien longtemps. C'était un drôle de moineau et qui posait de drôles de questions. Mais vous viendriez peut-être vous asseoir un peu : comme ça, on sera plus confortables pour bavarder. J'ai une bonne ale en perce, si vous et vos amis avez le goût d'une bière, monsieur Touc. »

Il semblait évident que le fermier leur en dirait davantage si on lui permettait de le faire quand et comme il lui plairait, alors ils acceptèrent son invitation. « Et les chiens ? » demanda Frodo d'un air anxieux.

Le fermier rit. « Ils vous feront pas de mal – à moins que je leur dise. Ici, Serre ! Croc ! Au pied ! cria-t-il. Au pied, Loup ! » Au grand soulagement de Frodo et Sam, les chiens s'éloignèrent et leur rendirent leur liberté.

Pippin présenta ses deux compagnons au fermier. « M. Frodo Bessac, dit-il. Vous ne vous souvenez peut-être pas de lui, mais il a déjà vécu à Castel Brandy. » Au nom de Bessac, le fermier sursauta et dévisagea Frodo d'un œil incisif. Pendant un instant, Frodo crut que le souvenir des champignons volés avait été ressuscité, et que les chiens allaient recevoir l'ordre de lui montrer la sortie. Mais le fermier Magotte lui prit le bras.

« Eh bien, si c'est pas bizarre, ça ! s'exclama-t-il. Monsieur Bessac, c'est bien cela ? Entrez donc ! Il faut que je vous parle. »

Ils passèrent dans la cuisine du fermier et s'assirent devant le grand foyer. Mme Magotte arriva avec un énorme pichet de bière et remplit quatre bonnes chopes. C'était un bon brassin, et Pippin se trouva amplement dédommagé d'avoir manqué la *Perche Dorée.* Sam but sa bière lentement et avec suspicion. Il était naturellement méfiant des habitants des autres régions du Comté ; et il n'était pas disposé à se prendre soudain d'amitié pour quiconque avait déjà battu son maître, qu'importe si cela faisait longtemps.

Après quelques remarques à propos du temps qu'il faisait et de la récolte à venir (qui ne s'annonçait pas plus mauvaise qu'à l'habitude), le fermier Magotte posa sa chope et les regarda chacun à son tour.

« Maintenant, monsieur Peregrin, fit-il, d'où est-ce que vous venez, et où est-ce que vous allez ? Étiez-vous venu me rendre visite ? Attendu que, si c'est le cas, vous avez passé mon portail sans que je vous voie. »

« Eh bien, non, répondit Pippin. Pour dire le vrai, puisque vous l'avez deviné, nous sommes arrivés par l'autre bout du chemin : nous avons traversé vos champs. Mais c'était tout à fait par accident. Nous nous sommes perdus dans les bois, près de Boischâtel, en essayant de prendre un raccourci vers le Bac. »

« Si vous étiez pressés, la route vous aurait mieux servis, dit le fermier. Mais c'est pas ce qui m'inquiétait. Vous êtes libre de passer sur mes terres si le cœur vous en dit, monsieur Peregrin. Et vous de même, monsieur Bessac… même si vous aimez encore les champignons, je gage. » Il rit. « Eh oui, j'ai reconnu votre nom. Je me souviens du temps où Frodo Bessac était l'un des pires garnements du Pays-de-Bouc. Mais c'est pas non plus à mes champignons que je pensais. Je venais tout juste d'entendre le nom Bessac lorsque vous êtes arrivés. Devinez ce qu'il m'a demandé, ce moineau-là ? »

Ils attendirent anxieusement la suite. « Eh bien, reprit lentement le fermier, qui semblait y prendre un malin plaisir, il est arrivé sur son grand cheval noir, et le portail se trouvait à être ouvert, alors il est venu jusqu'à ma porte. Il était tout en noir lui aussi, avec cape et capuchon, comme s'il voulait pas qu'on le reconnaisse. “Par le Comté, qu’est-ce qu’il peut bien vouloir ?” que je me suis demandé. On voit pas souvent des Grandes Gens de ce côté-ci de la frontière ; et puis de toute façon, j’avais jamais entendu parler d’un type comme ç’ui-là, tout en noir.

« *Bien le bonjour !* que je lui dis en m’avançant. *Ce chemin vous mènera nulle part, et où que vous alliez, ce sera plus vite pour vous de retourner par la route.* J’aimais pas trop son allure ; et quand Serre est sorti pour le flairer, il a crié comme si une mouche l’avait piqué : il a pas mis de temps à déguerpir, la queue entre les jambes, en poussant des hurlements. Le type en noir, lui, a pas bougé d’un pouce.

« *Je viens de là-derrière*, qu’il a dit d’une voix traînante, comme raide, voyez, en pointant vers l’ouest, vers *mes* champs, voyez-vous ça. *Avez-vous vu* Bessac *?* qu’il m’a demandé d’une voix bizarre, et il s’est penché vers moi. J’ai vu aucun visage, attendu que son capuchon tombait trop bas ; et j’ai senti comme un frisson descendre dans mon dos. Mais je voyais pas pourquoi cet effronté viendrait chevaucher sur mes terres de cette façon-là.

« *Allez-vous-en !* que je lui ai dit. *Y a pas de Bessac qui vivent ici. Vous êtes dans la mauvaise partie du Comté. Vous feriez mieux de retourner vers l’ouest, dans le coin de Hobbiteville – mais vous pouvez passer par la route, cette fois-ci.*

« *Bessac est parti,* qu’il a murmuré. *Il s’en vient. Il n’est pas loin. Je veux le retrouver. S’il vient de ce côté, me le direz-vous ? Je reviendrai avec de l’or.*

« *Ça m’étonnerait*, que j’ai dit. *Vous allez rentrer chez vous, et que ça saute. Je vous donne une minute avant d’appeler tous mes chiens.*

« Il a poussé une sorte de sifflement. C'était peut-être un rire, peut-être pas. Puis il a éperonné son grand cheval pour me rentrer dedans, et j'ai pu m'écarter au dernier moment. J'ai appelé les chiens, mais il a tourné bride et il est sorti, filant comme un éclair le long du chemin qui mène à la chaussée. Qu'est-ce que vous pensez de ça ? »

Frodo resta un moment les yeux fixés sur l'âtre, mais sa seule pensée était de se demander comment ils allaient faire pour atteindre le Bac. « Je ne sais pas quoi penser », dit-il enfin.

« Je m'en vais vous le dire, moi, fit Magotte. Vous n'auriez jamais dû aller vous mêler aux gens de Hobbiteville, monsieur Frodo. Les gens sont bizarres, là-bas. » Sam remua sur sa chaise et regarda le fermier d'un œil hostile. « Mais vous avez toujours été un garçon imprudent. Quand j'ai entendu dire que vous aviez laissé les Brandibouc pour aller rester avec ce vieux M. Bilbo, j'ai dit que vous vous exposiez à des ennuis. Croyez-moi : tout cela vient des agissements de M. Bilbo. Il a fait son argent à l'étranger et de façon peu commune, à ce qu'on raconte. Y en a peut-être qui veulent savoir où sont passés l'or et les joyaux qu'il a rapportés – et enterrés dans la colline de Hobbiteville, à ce que j'entends ? »

Frodo ne répondit rien : les conjectures du fermier étaient d'une perspicacité assez déconcertante.

« Pour tout vous dire, monsieur Frodo, poursuivit Magotte, je suis content que vous ayez eu la bonne idée de revenir au Pays-de-Bouc. Mon conseil, c'est : restez-y ! Et ne vous mêlez pas à ces gens venus d'ailleurs. Vous aurez des amis, ici. S'il y a de ces types en noir qui viennent encore après vous, je vais m'occuper d'eux. Je dirai que vous êtes mort, ou que vous avez quitté le Comté, ou ce que vous voudrez. Et ce pourrait être plus vrai qu'on le pense, puisque c'est sans doute de M. Bilbo qu'ils veulent des nouvelles. »

« Vous avez peut-être raison », dit Frodo, évitant le regard du fermier et gardant les yeux fixés sur l'âtre.

Magotte le considéra d'un air pensif. « Eh bien, je vois que vous avez vos idées à vous, dit-il. C'est pas par hasard si vous êtes débarqué ici en même temps que ce cavalier : ça se voit comme le nez au milieu de ma figure, et mes nouvelles avaient peut-être rien de nouveau pour vous, tout compte fait. Je vous demande pas de me dire ce que vous préférez garder pour vous ; mais je vois que vous avez des ennuis. Vous vous dites peut-être que ce sera pas si facile d'arriver au Bac sans être pris ? »

« C'est à cela que je pensais, dit Frodo. Mais il faut quand même essayer, et ça ne se fera pas en restant assis à penser. Alors je crains de devoir vous laisser. Merci infiniment de votre gentillesse ! Vous allez rire, mais cela fait plus de trente ans que je vous redoutais, vous et vos chiens, fermier Magotte. C'est dommage, car je me suis privé d'un bon ami. Et maintenant, je suis navré de devoir vous quitter si vite. Mais je reviendrai, un jour, peut-être… si j'en ai la chance. »

« Vous serez le bienvenu quand vous viendrez, dit Magotte. Mais là, il me vient une idée. Le jour va bientôt tomber et nous allons souper ; car toute la maison ou presque se met au lit peu après le Soleil. Si vous pouviez tous rester et prendre un morceau avec nous, ça nous ferait plaisir ! »

« À nous aussi ! dit Frodo. Mais nous devons partir

à l'instant, j'en ai peur. Même ainsi, il fera noir avant que nous soyons au Bac. »

« Ah ! mais attendez ! J'allais dire : après souper, on sortira un petit chariot et je vais vous conduire au Bac. Ça vous évitera une bonne trotte, et ça pourrait aussi vous éviter des ennuis d'une autre sorte. »

Frodo accepta alors avec gratitude, au grand soulagement de Pippin et de Sam. Le Soleil sombrait déjà derrière les collines à l'ouest, et la lumière déclinait. Deux des fils de Magotte entrèrent, ainsi que ses trois filles, et un généreux souper fut servi sur la grande table. La cuisine fut éclairée de chandelles et le feu revigoré. Mme Magotte entrait et sortait d'un pas affairé. Quelques autres Hobbits travaillant sur la ferme les rejoignirent. Bientôt, quatorze personnes étaient attablées. Il y avait de la bière à profusion et un très bon mets de champignons et de bacon, en plus de nombreux plats d'une solide nourriture de ferme. Les chiens étaient étendus près du feu, rongeant de la couenne de lard et faisant craquer des os.

Quand ils eurent terminé, le fermier et ses fils sortirent avec une lanterne et préparèrent le chariot. Il faisait noir dans la cour quand leurs invités les rejoignirent. Ils jetèrent leurs paquets dans la voiture et grimpèrent à bord. Le fermier prit le siège du conducteur et fouetta ses deux solides poneys. Sa femme se tenait dans la lumière qui émanait de la porte ouverte.

« Tu ferais bien d'être prudent, Magotte ! appela-t-elle. T'avise pas d'aller chercher noise à des étrangers, et reviens tout droit à la maison ! »

« C'est promis ! » dit-il, conduisant le chariot hors de la cour. À présent, il n'y avait plus un souffle de vent : la nuit était silencieuse et immobile, et il faisait un peu frisquet. Ils roulèrent lentement et toutes lampes éteintes. Au bout d'un mille ou deux, le chemin prit fin, traversant un profond fossé et montant une courte pente pour rejoindre la chaussée élevée en talus.

Magotte descendit et regarda soigneusement de chaque côté, au nord et au sud ; mais rien ne se voyait dans l'obscurité, et il n'y avait pas un son dans l'air immobile. De minces rubans de brume flottaient au-dessus des fossés et rampaient dans les champs en bordure du Fleuve.

« Il fait noir comme dans un four, dit Magotte, mais je n'allumerai pas mes lampes avant d'être prêt à rentrer. Par une nuit comme celle-ci, on entendra tout ce qui vient vers nous sur la route, longtemps avant de le rencontrer. »

Il y avait cinq milles ou plus à partir du chemin de Magotte jusqu'au Bac. Les Hobbits s'emmitouflèrent, mais ils tendaient l'oreille à tout bruit autre que le grincement des roues et le lent *clop-clop* des poneys. Frodo trouvait que le chariot était plus lent qu'un escargot. À ses côtés, Pippin somnolait ; mais Sam regardait droit devant lui à travers la brume grandissante.

Ils parvinrent enfin au chemin du Bac. L'entrée était marquée par deux grands poteaux blancs qui apparurent tout à coup sur leur droite. Le fermier Magotte tira sur les guides et le chariot s'arrêta avec un crissement. Ils s'apprêtaient à descendre quand, soudain, ils entendirent ce que chacun d'entre eux redoutait : des claquements de sabots sur la route devant eux. Le son approchait.

Magotte descendit d'un bond et tint ses poneys par la bride tout en essayant de percer les ténèbres. *Clip-clop, clip-clop*, faisait le cavalier qui approchait. Le claquement des sabots était assourdissant dans l'air immobile et brumeux.

« Vous devriez vous cacher, monsieur Frodo, dit Sam d'une voix anxieuse. Couchez-vous au fond du chariot, sous des couvertures, et on va renvoyer ce cavalier d'où il vient ! » Il descendit à son tour et alla rejoindre le fermier. Les Cavaliers Noirs devraient lui passer sur le corps pour s'approcher du chariot.

Clop-clop, clop-clop. Le cavalier les rejoignait, à présent.

« Qui va là ? » appela le fermier Magotte. Le bruit des sabots s'arrêta net. Ils crurent deviner une forme à travers la brume, une forme enveloppée dans une cape sombre à quelques pieds devant.

« Bon ! dit le fermier, lançant les guides à Sam et s'avançant à grands pas. N'approchez plus ! Où allez-vous et que cherchez-vous ? »

« Je cherche M. Bessac. L'avez-vous vu ? » dit une voix assourdie – mais la voix était celle de Merry Brandibouc. Une lanterne fut découverte, et sa lumière éclaira le visage ahuri du fermier.

« Monsieur Merry ! » s'écria-t-il.

« Mais oui, bien sûr ! Qui croyiez-vous que c'était ? » dit Merry en s'approchant. Tandis qu'il sortait du brouillard et que leurs craintes s'apaisaient, il parut retrouver soudain sa taille normale de Hobbit. Il chevauchait un poney, et un foulard passé autour de son cou et de son menton le protégeait de la brume.

Frodo sauta à bas du chariot pour l'accueillir. « Ainsi vous voilà enfin ! dit Merry. Je commençais à désespérer de vous voir arriver aujourd'hui, et j'étais sur le point de rentrer souper. Quand la brume s'est levée, j'ai traversé et je suis monté vers Estoc pour m'assurer que vous n'étiez pas tombés dans quelque fossé. Mais je me demande bien par quel chemin vous êtes passés. Où les avez-vous trouvés, monsieur Magotte ? Dans votre mare aux canards ? »

« Non, je les ai surpris sur ma propriété, dit le fermier, et j'ai failli lancer mes chiens après eux ; mais ils vous raconteront toute l'histoire, j'en suis sûr. Maintenant, si vous permettez, monsieur Merry, monsieur Frodo et vous tous, je ferais mieux de rentrer chez moi. Mme Magotte va se turlupiner, avec la nuit qui avance. »

Il recula son chariot dans le chemin et le tourna de bord. « Eh bien, bonsoir à vous tous, dit-il. C'est une drôle de journée qui se termine, y a pas d'erreur. Mais tout est bien qui finit bien – quoiqu'on devrait peut-être pas dire ça avant d'être chacun chez soi. Je vous cacherai pas que je serai content d'arriver à l'heure qu'il est. » Il alluma ses lanternes et remonta à bord. Tout à coup, il sortit un grand panier placé sous le siège. « J'allais presque oublier, dit-il. Mme Magotte a laissé ça pour M. Bessac, avec ses compliments. » Il leur tendit le panier et s'éloigna, suivi d'un chœur de remerciements et de bonsoirs.

Ils regardèrent les pâles anneaux lumineux de ses lanternes s'éloigner dans la nuit brumeuse. Soudain, Frodo se mit à rire : du panier couvert qu'il tenait à la main montait une odeur de champignons.

5

Une conspiration démasquée

« Maintenant, nous ferions mieux de rentrer nous aussi, dit Merry. Cela semble une bien drôle d'histoire, à ce que je vois ; mais elle devra attendre que nous soyons à la maison. »

Ils descendirent le chemin du Bac, droit, bien entretenu et bordé de grosses pierres blanchies à la chaux. En une centaine de verges, il les amena au bord du fleuve, où se trouvait un large embarcadère de bois. Un grand bac plat était amarré à côté. Au bord de l'eau, les bollards blancs miroitaient à la lueur de deux lampes suspendues à de hauts poteaux. Derrière les Hobbits, les brumes des champs plats flottaient maintenant au-dessus des haies ; mais l'eau devant eux était sombre, hormis quelques volutes de vapeur qui se tortillaient parmi les roseaux non loin de la rive. Le brouillard semblait moins dense de l'autre côté du fleuve.

Merry conduisit le poney par une passerelle jusqu'au bac, et les autres le suivirent. Merry les poussa alors avec une longue perche, et ils quittèrent lentement la rive. Le Brandivin coulait, lent et large, devant eux.

De l'autre côté, un sinueux sentier partait de l'embarcadère et escaladait la berge escarpée. Sur l'appontement, des lampes scintillaient. Derrière se dressait la Colline de Bouc ; et sur ses flancs, à travers les brumes éparpillées, luisaient maintes fenêtres rondes, jaunes et rouges. C'étaient les fenêtres de Castel Brandy, la demeure ancestrale des Brandibouc.

Bien des années auparavant, Gorhendad Vieilbouc, chef de la famille Vieilbouc, l'une des plus anciennes de la Marêche et même du Comté, avait traversé le fleuve, lequel était autrefois la frontière naturelle du pays à l'est. Ayant construit (et creusé) Castel Brandy, il prit le nom de Brandibouc et s'y installa, devenant maître de ce qui était en quelque sorte un petit pays indépendant. Sa famille ne cessa de grandir, et elle continua de croître après sa mort, si bien que Castel Brandy s'étendit bientôt à toute la basse colline, doté de trois grandes portes d'entrée, de nombreuses entrées secondaires et d'une centaine de fenêtres. Les Brandibouc et tous ceux qui dépendaient d'eux se mirent alors à creuser, et plus tard à bâtir, partout alentour. Ainsi naquit le Pays-de-Bouc, une bande de terre densément peuplée entre le fleuve et la Vieille Forêt, une sorte de colonie fondée par des gens du Comté. Son principal village était Fertébouc, juché sur les crêtes et les pentes derrière Castel Brandy.

Les gens de la Marêche étaient en bons termes avec les Boucerons, et l'autorité du Maître du Castel (comme on appelait le chef de la famille Brandibouc) était encore reconnue par les fermiers depuis Estoc jusqu'à Rouchant. Mais la plupart des gens du Comté proprement dit considéraient les Boucerons comme des excentriques, voire presque comme des étrangers. Alors qu'en réalité, ils n'étaient pas tellement différents des autres Hobbits des Quatre Quartiers. Sauf en une chose : ils aimaient les bateaux, et certains d'entre eux savaient nager.

À l'origine, leur pays n'était pas protégé à l'est ; mais de ce côté, ils avaient élevé une barrière : la Haute Haie. Elle avait été plantée bien des générations auparavant, et elle était désormais très grande et touffue, car on n'avait jamais cessé de l'entretenir. Partant du Pont du Brandivin, elle décrivait une grande courbe qui s'éloignait du fleuve pour le rejoindre tout en bas à Finhaie (où l'Oserondule débouchait de la Forêt et se jetait dans le Brandivin), soit plus de vingt milles d'un bout à l'autre. Évidemment, elle n'assurait pas une protection complète. La Forêt s'avançait très près de la haie en de nombreux endroits. Les Boucerons verrouillaient leurs portes à la nuit tombée, et cela non plus n'était pas habituel dans le Comté.

Le bac avançait lentement sur l'eau. La rive du Pays-de-Bouc approchait. Sam était le seul membre du groupe à n'avoir jamais traversé le fleuve. Tandis que les eaux clapotantes glissaient lentement sous lui, il eut une étrange impression : sa vie d'autrefois se trouvait derrière, perdue dans les brumes ; l'aventure l'attendait devant, dans l'obscurité. Il se gratta la tête et, pendant un court instant, se surprit à souhaiter que M. Frodo ait pu continuer à vivre tranquillement à Cul-de-Sac.

Les quatre Hobbits débarquèrent. Merry s'occupait d'amarrer le bac, et Pippin conduisait déjà le poney le long du chemin, quand Sam (dont le regard était resté tourné vers l'arrière, comme pour dire adieu au Comté) souffla d'une voix rauque :

« De l'autre côté, monsieur Frodo ! Vous voyez quelque chose ? »

Sur l'embarcadère de l'autre rive, à la lueur des lampes, ils parvenaient tout juste à distinguer une forme : on eût dit un balluchon noir laissé là-bas dans la pénombre. Mais tandis qu'ils regardaient, la forme sembla bouger et se porter à droite et à gauche, comme pour examiner le sol. Puis elle s'en fut en rampant, ou encore à croupetons, dans l'obscurité au-delà des lampes.

« Qu'est-ce que c'est que ça, par le Comté ? » s'écria Merry.

« Quelque chose qui nous suit, dit Frodo. Mais ne pose plus de questions ! Partons immédiatement d'ici ! » Ils se hâtèrent de gravir le sentier jusqu'en haut de la berge ; mais lorsqu'ils se retournèrent, l'autre rive était enveloppée de brume, et ils ne purent rien voir.

« Encore une chance que vous ne gardiez pas d'embarcations du côté ouest ! dit Frodo. Les chevaux peuvent-ils traverser le fleuve ? »

« Ils peuvent prendre le Pont du Brandivin à dix milles au nord… et ils peuvent toujours nager, répondit Merry. Mais je n'ai jamais entendu dire qu'un cheval ait passé le Brandivin à la nage. Quel rapport avec les chevaux ? »

« Je t'expliquerai plus tard. On pourra discuter une fois à l'intérieur. »

« D'accord ! Vous connaissez le chemin, Pippin et toi, alors j'irai de l'avant pour avertir Gros-lard Bolgeurre de votre arrivée. On s'occupera du souper et tout ça. »

« On l'a pris de bonne heure, chez le fermier Magotte, dit Frodo ; mais on pourrait toujours s'accommoder d'un deuxième. »

« Vous l'aurez ! Donne-moi ce panier ! » dit Merry, et il partit à cheval dans les ténèbres.

Il y avait quelque distance du Brandivin jusqu'à la nouvelle maison de Frodo à Creux-le-Cricq. Ils passèrent la Colline de Bouc et Castel Brandy sur leur gauche, puis, aux abords de Fertébouc, ils prirent la grand-route du Pays-de-Bouc qui partait vers le sud à partir du Pont. À un demi-mille au nord le long de cette route, ils virent un chemin s'ouvrir sur leur droite. Ils le suivirent sur un mille ou deux, montant et descendant à travers la campagne.

Enfin, ils arrivèrent à un portail étroit s'ouvrant dans une épaisse haie. La maison restait invisible dans l'obscurité : elle se trouvait en retrait du chemin, au milieu d'un grand cercle de gazon ceinturé d'arbres bas, eux-mêmes entourés par la haie extérieure. Frodo l'avait choisie parce qu'elle était sise dans un coin reculé de la campagne, et qu'il n'y avait pas d'autres habitations dans les environs. On pouvait y entrer et en sortir sans être remarqué. Elle avait été construite longtemps auparavant par les Brandibouc pour recevoir des invités, ou pour des membres de la famille désireux d'échapper un temps à l'agitation de Castel Brandy. C'était une maison à l'ancienne, de style rustique, aussi semblable que possible à un trou de Hobbit : longue et basse, sans étage supérieur, elle avait un toit de gazon, des fenêtres rondes et une grande porte, ronde également.

Aucune lumière ne se voyait tandis qu'ils montaient

le vert sentier depuis le portail : les fenêtres étaient sombres et les volets fermés. Frodo cogna à la porte et Gros-lard Bolgeurre lui ouvrit. Une lumière accueillante se répandit sur le seuil. Ils se glissèrent vivement à l'intérieur et s'y enfermèrent avec la lumière. Ils se trouvaient dans un large vestibule avec des portes de chaque côté ; devant eux, un corridor traversait la maison en son milieu.

« Eh bien, qu'en penses-tu ? demanda Merry en remontant le corridor. Nous avons fait de notre mieux, en si peu de temps, pour que tu aies l'impression d'être chez toi. Après tout, Gros-lard et moi sommes seulement arrivés hier avec la dernière charrette. »

Frodo regarda autour de lui. Il avait vraiment le sentiment d'être chez lui. Beaucoup de ses objets préférés – ou ceux de son oncle (ils lui rappelaient nettement Bilbo dans leur nouvel environnement) – avaient été placés comme à Cul-de-Sac, dans la mesure du possible. C'était un endroit agréable, confortable et accueillant ; et il se prit à souhaiter qu'il venait vraiment s'y installer pour couler des jours tranquilles. Il semblait injuste d'avoir donné toute cette peine à ses amis ; et il se demanda encore une fois comment il allait leur annoncer qu'il devait les quitter si vite, pour ne pas dire à l'instant. Il devrait pourtant le faire dès le soir même, avant qu'ils aillent tous se coucher.

« C'est charmant ! dit-il avec effort. J'ai à peine l'impression d'avoir déménagé. »

Les voyageurs suspendirent leurs capes et empilèrent leurs paquets sur le sol. Merry les mena le long du corridor et ouvrit une porte tout au bout. Ils entrevirent la lueur d'un feu, ainsi qu'une bouffée de vapeur.

« Un bain ! s'écria Pippin. Ô Meriadoc béni ! »

« Dans quel ordre irons-nous ? dit Frodo. L'aîné en premier, ou le plus rapide ? Tu seras de toute façon le dernier, mon pauvre Peregrin. »

« Fiez-vous à moi pour arranger un peu mieux les choses ! dit Merry. On ne commencera pas la vie à Creux-le-Cricq en se querellant pour une histoire de bains. Dans cette pièce, il y a *trois* cuves, et une marmite pleine d'eau bouillante. Il y a également des serviettes, des tapis et du savon. Entrez et faites vite ! »

Merry et Gros-lard s'en furent à la cuisine, de l'autre côté du corridor, et s'attelèrent aux derniers préparatifs d'un souper tardif. Des chansons se faisaient concurrence dans la salle de bains, et leur parvenaient par bribes, mêlées aux éclaboussements et aux clapotis. La voix de Pippin s'éleva soudain au-dessus des autres et entonna l'une des chansons de bain préférées de Bilbo.

Chantons, ohé ! chantons ! pour le bon bain du soir
qui lave la fatigue et ôte la boue noire !
Bien farfelu celui qui ne chantera point :
l'Eau Chaude est chose noble, ainsi va son refrain !

Oh ! Qu'il est doux le son de la soudaine ondée
et le ruisseau courant de colline en vallée ;
mais bien mieux que la pluie et l'onde qui gémit
est l'Eau du bon bain chaud qui fume et qui frémit.

Ah ! L'eau froide, il est vrai, peut nous désaltérer :
un gosier asséché en sera contenté ;

mais la Bière est bien mieux, si boisson il nous faut,
et l'Eau du bon bain chaud versée le long du dos.

Oh ! Quand l'eau rejaillit et monte vers le ciel
dans la fontaine blanche, on dira qu'elle est belle ;
mais il n'y eut jamais d'eau plus douce à mes pieds
que l'Eau du bon bain chaud qu'on fait éclabousser !

Il y eut un formidable éclaboussement et un grand *Holà !* de Frodo. Il semblait qu'une bonne partie du bain de Pippin avait imité une fontaine et monté vers le ciel.

Merry parla à la porte : « Que diriez-vous d'un souper et d'un peu de bière dans le gosier ? » appela-t-il. Frodo sortit en se séchant les cheveux.

« Il y a tellement d'eau dans l'air que je vais continuer dans la cuisine », dit-il.

« Sapristi ! » s'écria Merry, jetant un œil à l'intérieur. L'eau ruisselait sur le sol de pierre. « Tu devras essuyer tout ça si tu veux recevoir à manger, Peregrin, dit-il. Grouille-toi, ou on ne t'attendra pas. »

Ils soupèrent dans la cuisine, sur une table installée près du feu. « Je suppose que vous trois, vous ne reprendrez pas de champignons ? » dit Fredegar sans grand espoir.

« Oh que si ! » cria Pippin.

« Ils sont à moi ! dit Frodo. Laissés pour *moi* par Mme Magotte, reine entre toutes les fermières. Enlevez vos sales pattes et je vais les servir. »

Les Hobbits ont une passion pour les champignons qui surpasse même les penchants les plus avides des

Grandes Gens – fait expliquant en partie les longues expéditions du jeune Frodo dans les fameux champs de la Marêche, et la colère d'un Magotte outragé. Cette fois-ci, il y en eut pour tout le monde et plus qu'en suffisance, même pour des Hobbits. Du reste, il vint ensuite bien d'autres plats, et quand ils eurent terminé, même Gros-lard Bolgeurre soupira d'aise. Ils repoussèrent la table et installèrent leurs chaises autour du feu.

« On débarrassera plus tard, dit Merry. Maintenant, racontez-moi tout ! Je sens que vous avez eu des aventures pendant que je n'étais pas là, ce qui n'est pas tout à fait juste. Je veux un récit complet ; et surtout, je veux savoir quelle mouche a piqué le vieux Magotte, et pourquoi il m'a parlé comme il l'a fait. Il semblait presque avoir *peur*, si la chose est possible. »

« Nous avons tous eu peur, dit Pippin après un silence, au cours duquel Frodo resta à contempler le feu et ne dit rien. Tu aurais eu peur aussi, si tu avais été pourchassé pendant deux jours par des Cavaliers Noirs. »

« Et qu'est-ce que c'est que ces Cavaliers ? »

« Des silhouettes noires montées sur des chevaux noirs, répondit Pippin. Si Frodo ne veut rien dire, je vais tout te raconter depuis le début. » Il fit alors le récit complet de leur voyage depuis leur départ de Hobbiteville. Sam montra son approbation par divers hochements de tête et exclamations. Frodo demeura silencieux.

« Je croirais votre histoire inventée de toutes pièces, dit Merry, si je n'avais vu cette forme noire sur le débarcadère – et perçu quelque chose de bizarre dans la voix de Magotte. Qu'est-ce que tout cela t'inspire, Frodo ? »

« Notre cousin Frodo est resté très fermé, dit Pippin. Mais il est temps pour lui de s'ouvrir un peu. Jusqu'ici, tout ce que nous avons eu à nous mettre sous la dent, c'est la supposition de Magotte, comme quoi cela aurait quelque chose à voir avec le trésor du vieux Bilbo. »

« Ce n'était qu'une supposition, dit Frodo. Magotte n'en sait absolument rien. »

« Magotte est un bonhomme perspicace, dit Merry. Sa figure ronde cache bien des choses qui ne paraissent pas dans son discours. J'ai entendu dire qu'il allait souvent dans la Vieille Forêt à un moment donné, et il a la réputation de connaître bien des choses étranges. Mais tu peux au moins nous dire, Frodo, ce que *toi* tu penses de sa supposition. »

« Je *pense*, répondit Frodo avec hésitation, que sa supposition est fondée, pour ce qu'elle vaut. Il y a bel et bien un lien avec les vieilles aventures de Bilbo, et ces Cavaliers regardent partout, *cherchent* partout, devrais-je dire plutôt, afin de mettre la main sur lui, ou sur moi. Je crains aussi, puisque vous tenez à le savoir, que tout cela ne soit très sérieux ; et j'ai peur de ne pas être en sécurité, ici ou ailleurs. » Il regarda les fenêtres et les murs tout autour de lui, comme s'il craignait de les voir céder tout à coup. Les autres l'observèrent en silence, échangeant entre eux des regards entendus.

« On y est presque », murmura Pippin à l'oreille de Merry, qui acquiesça d'un signe de tête.

« Bon ! dit enfin Frodo, redressant le dos comme s'il venait d'en arriver à une décision. Je ne peux plus le garder pour moi plus longtemps. J'ai quelque chose à vous dire à tous. Mais je ne sais pas très bien par où commencer. »

« Je crois pouvoir t'aider, dit tranquillement Merry, en commençant à ta place. »

« Que veux-tu dire ? » dit Frodo, le regardant d'un air angoissé.

« Simplement ceci, cher vieux Frodo : tu te fais du souci parce que tu ne sais pas comment faire tes adieux. Tu avais l'intention de quitter le Comté, évidemment. Mais le danger t'a rejoint plus tôt que prévu, alors tu t'es résigné à partir tout de suite. Et tu ne veux pas. Nous sommes bien désolés pour toi. »

Frodo ouvrit la bouche et la referma. Sa surprise était si comique que tous éclatèrent de rire. « Cher vieux Frodo ! dit Pippin. Croyais-tu vraiment nous avoir bernés tous ? Tu es loin d'avoir été assez prudent, ou assez malin ! Ça se voit bien que tu songes à t'en aller : tu es en train de dire adieu à tous tes endroits préférés, et ce, depuis avril. On t'a constamment entendu murmurer : "Me sera-t-il donné un jour de revoir cette vallée, je me le demande", et des choses de ce genre. Prétendre être à court d'argent ? Et aller jusqu'à vendre ton Cul-de-Sac bien-aimé à ces Bessac-Descarcelle ! Et toutes ces discussions en tête à tête avec Gandalf. »

« Juste ciel ! s'écria Frodo. Je croyais avoir été prudent *et* malin. Je ne sais pas ce que dirait Gandalf. Est-ce que tout le Comté discute de mon départ, alors ? »

« Oh non ! dit Merry. Ne t'en fais pas pour ça ! Le secret ne tiendra pas longtemps, naturellement ; mais pour le moment, il n'est connu, je pense, que de nous autres conspirateurs. Tu dois te rappeler qu'après tout, nous te connaissons bien et sommes souvent avec toi. Nous devinons le plus souvent tes pensées. Et je connaissais bien Bilbo. À vrai dire, du moment où il est parti, je t'ai observé d'assez près. Je croyais que tu finirais par le suivre tôt ou tard ; en fait, je m'attendais à te voir partir avant, et tu nous as donné bcaucoup d'inquiétude, ces derniers temps. Nous avions terriblement peur que tu nous fausses compagnie, que tu décides tout à coup de partir tout seul, comme lui. Depuis ce printemps, nous avons gardé l'œil ouvert et planifié pas mal de choses de notre côté. Tu ne t'échapperas pas aussi facilement ! »

« Mais je dois partir, dit Frodo. On n'y peut rien, mes chers amis. C'est malheureux pour nous tous ; mais rien ne vous sert de m'en empêcher. Puisque vous en savez autant, je vous prie de m'aider et non de me nuire ! »

« Tu ne comprends pas ! dit Pippin. Tu dois partir : par conséquent, nous devons partir aussi. Merry et moi, nous partons avec toi. Sam est un chic type, et il se jetterait dans la gueule d'un dragon pour te sauver, s'il n'était pas du genre à s'emmêler les pinceaux avant ; mais il te faudra plus d'un compagnon dans cette dangereuse aventure. »

« Mes très chers Hobbits, comme je vous aime ! dit Frodo, profondément ému. Mais je ne pourrais l'accepter. Ça aussi, je l'ai décidé il y a longtemps. Vous parlez du danger, mais vous ne comprenez pas. Il ne s'agit pas d'une chasse au trésor, d'un voyage aller et retour. Je dois fuir de péril mortel en péril mortel. »

« Bien sûr que nous comprenons, dit Merry avec fermeté. C'est pourquoi nous avons décidé de venir. Nous savons que l'Anneau n'est pas matière à plaisanterie ; mais nous allons faire de notre mieux pour t'aider face à l'Ennemi. »

« L'Anneau ! » dit Frodo, complètement ébahi, à présent.

« Oui, l'Anneau, répéta Merry. Mon cher vieux Hobbit, tu ne tiens aucun compte de la curiosité des autres, en particulier de tes amis. Je connais l'existence de l'Anneau depuis des années, et je la connaissais avant même le départ de Bilbo ; mais puisqu'il considérait visiblement que c'était un secret, je me suis contenté de garder cette information en tête jusqu'à ce que notre conspiration prenne forme. Je n'ai pas connu Bilbo comme je te connais, bien sûr : j'étais trop jeune, et du reste il était beaucoup plus prudent – mais pas suffisamment. Si tu veux savoir comment j'en ai fait la découverte, je vais te le dire. »

« Je t'écoute ! » dit Frodo, démonté.

« Ce sont les Bessac-Descarcelle qui ont causé sa perte, comme on pouvait s'y attendre. Un jour, peut-être un an avant la Fête, je marchais sur la route quand j'ai vu Bilbo devant moi. Soudain les B.-D. sont apparus au loin, venant vers nous. Bilbo a ralenti, puis, hop là ! il a disparu. J'étais si estomaqué que j'ai failli oublier de me cacher moi-même, de façon plus traditionnelle ; mais, traversant la haie, j'ai alors marché le long du champ de l'autre côté. Et tandis que je guettais la route après le passage des B.-D., je regardais droit en sa direction quand Bilbo est soudainement réapparu. J'ai entrevu un reflet doré au moment où il remettait quelque chose dans la poche de son pantalon.

« Après, j'ai gardé l'œil ouvert. En fait, je dois admettre que j'ai espionné. Mais tu dois reconnaître qu'il y avait de quoi exciter ma curiosité, et j'étais encore un jeunot, à l'époque. Je dois être le seul dans le Comté, à part toi, Frodo, à avoir vu son livre secret. »

« Tu as lu son livre ! s'écria Frodo. Au nom du ciel ! Rien n'est donc en sécurité ? »

« Pas tellement, je dois dire, fit Merry. Mais je n'ai eu droit qu'à un rapide coup d'œil, et j'ai dû travailler fort pour l'obtenir. Le vieux bonhomme ne laissait jamais traîner son livre. Je me demande ce qu'il est devenu. J'aimerais l'examiner de plus près. Est-ce toi qui l'as, Frodo ? »

« Non. Il ne se trouvait pas à Cul-de-Sac. Bilbo a dû l'emporter avec lui. »

« Eh bien, comme je le disais, reprit Merry, j'ai gardé cette information en tête, jusqu'à ce printemps, quand les choses sont devenues plus sérieuses. C'est là que nous avons mis sur pied notre conspiration ; et comme nous étions sérieux, nous aussi, et comptions parvenir à nos fins, nous n'avons pas été trop scrupuleux. Il est difficile de voir clair dans ton jeu, et Gandalf est pire. Mais si tu désires connaître notre principal espion, je peux te le présenter. »

« Où est-il ? » dit Frodo en regardant autour de lui, comme s'il s'attendait à voir un sinistre personnage masqué surgir brusquement d'un placard.

« Debout, Sam ! » dit Merry ; et Sam se leva, le visage empourpré jusqu'aux oreilles. « Le voilà, notre fournisseur de renseignements ! Et il nous en a fourni beaucoup, tu peux me croire, avant d'être finalement pris. Après quoi il a semblé s'estimer heureux d'avoir été relâché, devenant muet comme une carpe. »

« Sam ! » s'écria Frodo, convaincu que la surprise était à son comble, et tout à fait incapable de décider s'il se sentait fâché, amusé, soulagé, ou simplement stupide.

« Oui, m'sieur ! dit Sam. Vous m'excuserez, m'sieur ! Je voulais pas vous faire du tort, monsieur Frodo, ni à monsieur Gandalf, d'ailleurs. Mais il a de la jugeote, lui, remarquez ; et quand vous avez dit *partir seul*, il a dit *non ! emmenez quelqu'un de confiance.* »

« Mais il semble que je ne puisse faire confiance à personne », dit Frodo.

Sam le regarda d'un air malheureux. « Tout dépend

de ce que tu veux, intervint Merry. Tu peux nous faire confiance pour demeurer à tes côtés, envers et contre tout, jusqu'au bout. Et tu peux nous faire confiance pour garder un secret, quel qu'il soit – mieux que tu sembles toi-même en être capable. Mais tu ne peux pas nous faire confiance s'il s'agit de te laisser affronter les ennuis tout seul, et de partir sans dire un mot. Nous sommes tes amis, Frodo. Enfin, voilà. Nous savons une bonne partie de ce que Gandalf t'a expliqué. Nous savons pas mal de choses sur l'Anneau. Nous avons terriblement peur… mais nous venons avec toi ; ou nous te talonnerons comme des chiens. »

« Et puis après tout, m'sieur, ajouta Sam, vous étiez pas pour ignorer le conseil des Elfes. Gildor vous a dit d'emmener ceux qui seraient disposés : ça, vous pouvez pas le nier. »

« Je ne le nie pas, dit Frodo, regardant Sam qui souriait maintenant de toutes ses dents. Je ne le nie pas, mais jamais plus je ne croirai que tu dors, même si tu te mets à ronfler. Je te donnerai un bon coup de pied pour m'en assurer.

« Vous êtes une bande de perfides coquins ! dit-il en se tournant vers les autres. Mais soyez bénis ! s'écria-t-il avec un rire, se levant et agitant les bras : Je capitule. Je suivrai le conseil de Gildor. Je danserais de joie, si le danger n'était pas si noir. Et malgré cela, je ne peux m'empêcher d'être heureux, plus heureux que je ne l'ai été depuis un bon moment. J'ai longtemps redouté cette soirée. »

« Bon ! C'est réglé. Trois hourras pour le capitaine Frodo et sa compagnie ! » crièrent-ils ; et ils dansèrent autour de lui. Merry et Pippin entonnèrent une chanson qu'ils semblaient avoir préparée pour l'occasion.

Elle était conçue sur le modèle du chant nain qui avait lancé Bilbo à l'aventure, longtemps auparavant, et se chantait sur le même air :

Disons adieu au coin du feu !
Par bon vent ou par temps pluvieux,
Avant l'aurore, nous partirons
Par les bois noirs et les monts bleus.

Tous à cheval, vers Fendeval
Dessous les cimes colossales,
Nous partirons et trouverons
Notre chemin tant bien que mal.

Nous attend devant l'ennemi,
Sous le ciel sera notre lit,
Jusqu'au bout de notre mission,
Notre grand voyage accompli.

Il faut partir, alors partons !
Avant l'aurore, nous chevauchons !

« Très bien ! dit Frodo. Mais dans ce cas, nous avons beaucoup à faire avant d'aller au lit – sous un toit, du moins pour ce soir. »

« Oh ! C'était de la poésie ! dit Pippin. Tu as vraiment l'intention de partir avant l'aurore ? »

« Je ne sais pas, répondit Frodo. J'ai peur de ces Cavaliers Noirs, et je suis sûr qu'il est risqué de rester trop longtemps au même endroit, à plus forte raison s'il était connu que je m'y rendais. De plus, Gildor m'a conseillé de ne pas attendre. Mais j'aimerais vraiment voir Gandalf. Même Gildor m'a paru troublé quand il a appris que Gandalf n'était jamais paru. En fait, tout dépend de deux choses. En combien de temps les Cavaliers peuvent-ils être à Fertébouc ? Et d'ici combien de temps pouvons-nous partir ? Les préparatifs risquent d'être longs. »

« La réponse à ta deuxième question, dit Merry, est que nous pourrions partir d'ici une heure. J'ai pratiquement tout préparé. Cinq poneys nous attendent dans une écurie à l'autre bout des champs ; les paquets de provisions et d'équipement sont déjà prêts : ne reste plus qu'à y ajouter quelques vêtements de rechange et les denrées périssables. »

« Voilà qui semble avoir été une conspiration très efficace, dit Frodo. Mais qu'en est-il des Cavaliers Noirs ? Pouvons-nous nous permettre d'attendre Gandalf encore un jour ? »

« Tout dépend de ce que tu crois que feraient les Cavaliers Noirs s'ils te trouvaient ici, répondit Merry. Ils *pourraient* déjà être ici, bien entendu, si on les laissait passer la Porte Nord, où la Haie s'étend jusqu'à la rive, tout près de ce côté-ci du Pont. Les gardes de la Porte ne leur permettraient pas d'entrer de nuit, mais ils pourraient toujours entrer de force. Même de jour, les gardes essaieraient je crois de leur barrer la route, du moins jusqu'à ce qu'un message ait été transmis au Maître du Castel – car ils n'aimeraient pas l'allure des Cavaliers et ne manqueraient pas d'avoir peur. Bien sûr, le Pays-de-Bouc ne saurait résister longtemps à un assaut déterminé. Et il se peut qu'au matin, même un Cavalier Noir qui demanderait à voir M. Bessac soit autorisé à passer. Il est de notoriété publique que tu reviens vivre parmi nous, à Creux-le-Cricq. »

Frodo resta un moment absorbé dans ses pensées. « J'ai pris ma décision, dit-il enfin. Je pars demain, aussitôt qu'il fera jour. Mais je ne vais pas emprunter la route : il serait plus sûr d'attendre ici que de faire cela. Si je passe par la Porte Nord, mon départ du Pays-de-Bouc sera immédiatement connu, sans quoi il pourrait rester secret pendant encore quelques jours au moins. Qui plus est, le Pont et la Route de l'Est, aux abords des frontières, seront certainement surveillés, qu'importe si des Cavaliers entrent ou non au Pays-de-Bouc. Nous ne connaissons pas leur nombre ; mais il y en a au moins deux, peut-être plus. La seule chose à faire est de partir dans une direction tout à fait inattendue. »

« Mais ça ne peut vouloir dire qu'une chose : passer par la Vieille Forêt ! dit Fredegar, horrifié. Tu n'y penses pas sérieusement ! C'est tout aussi dangereux, autant que les Cavaliers Noirs. »

« Pas autant, dit Merry. Ça semble plutôt désespéré, mais je crois que Frodo a raison. C'est la seule façon de partir sans être aussitôt poursuivis. Avec un peu de chance, nous pourrions prendre une sérieuse avance. »

« Mais vous n'aurez aucune chance dans la Vieille Forêt, protesta Fredegar. Personne n'a jamais aucune chance là-bas. Vous allez vous perdre. C'est bien simple : les gens n'y vont pas. »

« Mais si, ils y vont ! dit Merry. Les Brandibouc y vont parfois, quand ça leur prend. Nous avons une entrée privée. Frodo y est allé une fois, il y a longtemps. Quant à moi, j'y suis allé plusieurs fois : le plus souvent de jour, évidemment, quand les arbres sommeillent et sont assez tranquilles. »

« Eh bien, faites comme bon vous semblera ! dit

Fredegar. La Vieille Forêt me fait plus peur que tout ce dont j'ai entendu parler : les histoires à son sujet sont cauchemardesques ; mais mon vote ne compte guère, puisque je ne pars pas avec vous. Tout de même, je suis très content que quelqu'un reste derrière : Gandalf pourra alors être informé de vos mouvements – quand il arrivera, ce qui, j'en suis sûr, ne devrait pas tarder. »

Malgré toute son affection envers Frodo, Gros-lard Bolgeurre n'avait aucune envie de quitter le Comté ni de voir ce qui se trouvait au-delà. Sa famille venait du Quartier Est – de Bollegué, dans les Champs-du-Pont, en fait ; quoi qu'il en soit, il n'avait jamais franchi le Pont du Brandivin. Sa tâche, selon le plan initial des conspirateurs, consistait à rester sur place pour s'occuper des curieux, et pour faire croire le plus longtemps possible que M. Bessac vivait encore à Creux-le-Cricq. Il avait même emporté de vieux vêtements ayant appartenu à Frodo pour pouvoir mieux jouer son rôle. Ils étaient loin de se douter du danger que ce rôle pourrait présenter.

« Excellent ! dit Frodo, quand on lui eut expliqué le plan. Autrement, nous n'aurions pu laisser aucun message à Gandalf. Je ne sais si les Cavaliers peuvent lire ou non, évidemment, mais je n'aurais pas osé laisser un message, au cas où ils seraient entrés pour fouiller la maison. Mais si Gros-lard est prêt à monter la garde, de façon que Gandalf soit informé du chemin que nous avons pris, cela me décide. J'entre dans la Vieille Forêt à la première heure demain matin. »

« Eh bien, voilà qui règle la question, dit Pippin. Dans l'ensemble, je préfère notre mission à celle de Gros-lard : rester ici jusqu'à l'arrivée des Cavaliers Noirs. »

« Attends d'être en plein cœur de la Forêt, dit

Fredegar. Tu vas regretter de ne pas être ici à mes côtés avant qu'il soit cette heure-ci demain. »

« Il est inutile d'en débattre plus avant, dit Merry. Il nous reste encore à faire le ménage et à terminer les paquets avant de nous mettre au lit. Je vous réveillerai tous avant l'aurore. »

Quand il se mit enfin au lit, Frodo fut pour un temps incapable de dormir. Ses jambes lui faisaient mal ; il ne serait pas fâché d'enfourcher sa monture le lendemain matin. Il finit par sombrer dans un rêve indécis, dans lequel il semblait regarder par une fenêtre haute donnant vue sur une mer d'arbres sombres et enchevêtrés. En bas, parmi les racines, on entendait des créatures rampantes et renifleuses. Il était convaincu qu'elles le flaireraient tôt ou tard.

Puis il entendit un bruissement au loin. Au début, il crut qu'il s'agissait d'un grand vent qui soulevait les feuilles de la forêt. Puis il sut que ce n'était pas le son des feuilles, mais celui de la Mer dans le lointain : un son qu'il n'avait jamais entendu dans sa vie éveillée, mais qui avait souvent troublé ses rêves. Soudain, il vit qu'il était dehors, en terrain découvert. Il n'y avait pas d'arbres, tout compte fait. Il se trouvait sur une lande obscure, et tout autour de lui, l'air était étrangement salin. Levant les yeux, il aperçut une grande tour blanche qui se dressait, seule, sur une haute crête. Il se sentit alors un vif désir d'escalader la tour et de voir la Mer. Il se mit à gravir la crête avec peine, fonçant vers la tour ; mais soudain, une lumière éclaira le ciel, et il y eut un grondement de tonnerre.

6

La Vieille Forêt

Frodo se réveilla brusquement. Il faisait encore sombre dans la chambre. Merry se tenait là, tenant une bougie d'une main, cognant sur la porte de son autre main. « Bon ! Qu'est-ce que c'est ? » dit Frodo, encore confus et secoué.

« Qu'est-ce que c'est ! fit Merry. C'est l'heure de te lever. Il est quatre heures et demie et le temps est très brumeux. Allons ! Sam est déjà en train de préparer le petit déjeuner. Même Pippin est debout. Je pars seller les poneys et je reviens tout de suite avec celui qui portera nos bagages. Réveille ce tire-au-flanc de Gros-lard ! Il doit au moins se lever pour nous dire au revoir. »

Peu après six heures, les cinq Hobbits étaient prêts au départ. Groslard Bolgeurre bâillait encore. Ils se glissèrent furtivement hors de la maison. Merry prit la tête, menant le poney de charge, et s'achemina le long d'un sentier qui traversait un bosquet derrière la maison, puis coupait à travers plusieurs champs. Les feuilles des arbres luisaient et chaque petite branche dégouttait ; l'herbe était grise dans la fraîche rosée. Tout était au repos, et les bruits lointains leur parvenaient avec une étonnante clarté : le caquètement des volailles dans une basse-cour, une porte se refermant chez un voisin éloigné.

Ils trouvèrent les poneys dans leur écurie : de solides petites bêtes comme les Hobbits les aimaient, peu rapides, mais assez vaillantes pour une longue journée de travail. Ils se mirent en selle et s'en furent bientôt à travers la brume, qui semblait s'écarter de mauvais gré pour les laisser passer et se refermer aussitôt derrière eux. Après une chevauchée d'environ une heure, lente et silencieuse, ils virent soudain la Haie se dessiner devant eux. Elle était haute, et recouverte d'un lacis argenté de toiles d'araignées.

« Comment allez-vous traverser ça ? » demanda Fredegar.

« Suivez-moi ! dit Merry, et vous verrez bien. » Il prit à gauche le long de la Haie, et ils arrivèrent bientôt à un endroit où celle-ci s'incurvait, courant sur la crête d'un petit vallon. Un passage avait été excavé à quelque distance de la Haie, descendant lentement dans le sol. Il était soutenu par deux murs de brique qui s'élevaient progressivement de chaque côté et formaient soudain une arche, puis un tunnel plongeant sous la Haie et débouchant dans le vallon de l'autre côté.

Gros-lard Bolgeurre s'arrêta alors. « Au revoir, Frodo ! dit-il. Je voudrais que tu n'ailles pas dans la Forêt. J'espère seulement que tu n'appelleras pas au secours avant la fin de la journée. Mais je te souhaite bonne chance… aujourd'hui et tous les autres jours ! »

« S'il ne m'attend rien de pire que la Vieille Forêt, je pourrai me considérer chanceux, dit Frodo. Dis à

Gandalf de presser le mouvement sur la Route de l'Est : nous ne tarderons pas à la retrouver et nous irons aussi vite que possible. » « Au revoir ! » crièrent-ils, puis ils descendirent dans le tunnel et disparurent de la vue de Fredegar.

Il faisait sombre et humide à l'intérieur. Tout au bout, le passage était fermé par une grille constituée de solides barres de fer. Merry descendit de selle et ouvrit la grille avec sa clef ; et quand ils furent tous passés, il la repoussa. Elle se referma avec un choc métallique, et la serrure cliqueta. Ce bruit avait quelque chose de sinistre.

« C'est fait ! dit Merry. Vous avez quitté le Comté : vous voilà au-dehors, et à l'orée de la Vieille Forêt. »

« Les histoires qu'on raconte à son sujet sont-elles fondées ? » demanda Pippin.

« Je ne sais pas de quelles histoires tu veux parler, répondit Merry. Si tu veux dire les vieilles histoires de croquemitaines que Gros-lard tenait de ses nounous, peuplées de gobelins, de loups et d'autres créatures du même genre, je dirais que non. Ou du moins, je n'y crois pas. Mais la Forêt *est* vraiment bizarre. Tout ce qui s'y trouve est beaucoup plus vivant, plus conscient de ce qui se passe, si je puis dire, que ne sont les choses dans le Comté. Et les arbres n'aiment pas les étrangers. Ils vous surveillent. La plupart du temps, ils se contentent de vous surveiller tant qu'il fait jour, et ils ne font pas grand-chose. Les plus hostiles peuvent laisser tomber une branche à l'occasion, sortir une racine, ou s'accrocher à vous avec une longue liane. Mais la nuit, ça peut devenir très affolant, du moins l'ai-je entendu dire. Je ne suis entré ici qu'une ou deux fois la nuit venue, et encore, je suis resté près de la haie. Les arbres semblaient chuchoter entre eux, s'échangeant des nouvelles et des conspirations dans une langue inintelligible ; et les branches oscillaient et tâtonnaient sans aucun vent. On raconte que les arbres se déplacent bel et bien, et peuvent se regrouper autour des étrangers et les cerner. En fait, ils ont jadis attaqué la Haie : ils sont venus se planter juste à côté et se sont penchés dessus. Mais les Hobbits sont arrivés et ont abattu des centaines d'arbres, et ils ont fait un grand feu de joie dans la Forêt, en plus d'incendier une longue bande de terre à l'est de la Haie. Après, les arbres ont abandonné l'assaut, mais ils sont devenus très hostiles. Il reste encore un vaste espace dénudé à l'emplacement du feu de joie, non loin à l'intérieur. »

« Il n'y a que les arbres qui sont dangereux ? » demanda Pippin.

« Bon nombre de créatures bizarres habitent au plus profond de la forêt et à l'autre extrémité, dit Merry ; c'est du moins ce que j'ai entendu dire, mais je n'en ai jamais vu une seule. Quelque chose trace des sentiers, cependant. Chaque fois qu'on entre à l'intérieur, on trouve des pistes dégagées ; mais elles semblent changer de place et se transformer de fois en fois, ce qui assurément est très bizarre. Il y a, ou il y a longtemps eu un sentier assez large qui partait non loin de ce tunnel et menait à la Clairière du Feu-de-Joie, puis se dirigeait plus ou moins dans notre direction, vers l'est et un peu vers le nord. C'est ce sentier-là que je vais essayer de trouver. »

Les Hobbits laissèrent alors la grille et le tunnel et traversèrent le vallon échancré. À l'autre bout se trouvait un sentier à peine visible qui grimpait au niveau de la forêt, à plus de cent verges de la Haie ; mais il disparut aussitôt après les avoir amenés sous les arbres. Jetant un regard derrière eux, ils purent voir la ligne sombre de la Haie à travers les fûts qui les enserraient déjà passablement. Devant eux, ils ne voyaient que des troncs, de tailles et de formes innombrables : droits ou courbés, tordus, voûtés, trapus ou sveltes, noueux, branchus ou lisses ; et tous les fûts étaient verts ou gris, couverts de mousses et d'excroissances visqueuses et hirsutes.

Seul Merry semblait plutôt enjoué. « Tu ferais mieux de prendre la tête et de nous trouver ton sentier, lui dit Frodo. Tâchons de ne pas nous perdre les uns les autres, ni d'oublier de quel côté se trouve la Haie ! »

Ils choisirent un chemin parmi les arbres, et leurs poneys le suivirent tant bien que mal, évitant soigneusement les nombreuses racines qui se tortillaient et s'entrelaçaient. Il n'y avait pas de broussailles. Le terrain s'élevait constamment, et tandis qu'ils avançaient, les arbres semblaient devenir plus grands, plus sombres et plus denses. Il n'y avait aucun son, hormis le bruit des feuilles qui s'égouttaient par moments sans remuer. Il n'y avait, pour le moment, aucun murmure ou mouvement parmi les branches ; mais tous avaient la désagréable impression d'être observés par des regards réprobateurs et bientôt hostiles, voire ennemis. Ce sentiment ne cessait de croître, et ils se surprirent à lever brusquement les yeux ou à regarder furtivement derrière leur épaule, comme s'ils craignaient d'être soudainement attaqués.

Aucune trace de sentier ne se voyait pour l'instant,

et les arbres semblaient constamment leur barrer la route. Pippin se sentit soudain incapable de le supporter plus longtemps, et s'exclama sans prévenir. « Hé, là ! cria-t-il. Je ne vais rien faire. Laissez-moi donc passer, voulez-vous ! »

Les autres s'arrêtèrent, stupéfaits ; mais le cri retomba comme étouffé par un lourd rideau. Il n'y eut ni écho ni réponse ; mais le bois parut soudain plus dense et plus vigilant.

« Je ne crierais pas, si j'étais toi, dit Merry. Cela fait plus de mal que de bien. »

Frodo commençait à se demander s'ils trouveraient finalement le moyen de passer, et s'il avait eu raison d'entraîner les autres dans ce bois franchement abominable. Merry regardait de côté et d'autre, et semblait déjà ne plus très bien savoir où il allait. Pippin le remarqua. « Il ne t'a pas fallu beaucoup de temps pour nous égarer », dit-il. Mais à ce moment, Merry eut un sifflement de soulagement et montra les arbres devant lui.

« Eh bien, eh bien ! dit-il. Ces arbres bougent vraiment ! C'est la Clairière du Feu-de-Joie qui se trouve là-devant (du moins, je l'espère), mais le sentier qui y mène semble avoir changé de place ! »

La lumière se fit plus claire tandis qu'ils avançaient. Soudain, ils sortirent de l'ombre des arbres et se retrouvèrent dans un vaste espace circulaire. Un ciel clair et bleu parut au-dessus de leurs têtes, à leur grand étonnement ; car sous la toiture de la Forêt, ils n'avaient pu voir le matin grandir et la brume se lever. Le Soleil n'était pourtant pas encore assez haut pour illuminer la clairière, quoique sa lumière éclairât la cime des arbres. Le feuillage était partout plus dense et plus vert en bordure de la clairière, et semblait enclore celle-ci dans une muraille de végétation. Aucun arbre n'y poussait, seulement des herbes drues et quantité de plantes hautes : de la ciguë et du cerfeuil des bois, décharnés et flétris, de l'herbe à feu montée en graines cendrées et duveteuses, ainsi que des orties et des chardons envahissants. Un endroit horrible ; mais on aurait dit un souriant jardin après la Forêt suffocante.

Les Hobbits sentirent le courage remonter en eux, levant des yeux pleins d'espoir vers la lumière du jour qui croissait dans le ciel. À l'autre extrémité de la clairière, il y avait une fissure dans la muraille d'arbres, d'où partait un sentier dégagé. Ils pouvaient le voir courir dans les bois, large par endroits et à découvert, même si les arbres revenaient de temps à autre pour y étendre leurs sombres ramures. Ils chevauchèrent par ce sentier. Ils continuaient de monter doucement, mais allaient maintenant beaucoup plus vite et avec plus d'entrain ; car il leur semblait que la Forêt s'était ravisée, et allait tout compte fait leur laisser libre passage.

Mais au bout d'un moment, il se mit à faire très chaud et étouffant. Les arbres se resserrèrent de chaque côté et leur cachèrent la vue du chemin. Ils sentirent de nouveau, plus forte que jamais, la malveillance du bois qui les enserrait. Le silence était tel que les sabots de leurs poneys, bruissant parmi les feuilles mortes et trébuchant de temps en temps sur une racine traîtresse, semblaient tambouriner dans leurs oreilles.

Frodo voulut chanter une chanson pour les encourager, mais sa voix se réduisit à un murmure.

Ô voyageurs des sombres bois
ne flanchez pas ! Car si noirs qu'ils soient
tous doivent un jour prendre fin,
voir le Soleil les passer enfin :
le Soleil couchant, le Soleil levant,
la fin du jour ou le jour naissant.
Car à l'est ou à l'ouest, tous les bois meurent...

Meurent : à l'instant même où il prononçait ce mot, sa voix défaillit. L'air semblait lourd, et l'élocution, pénible. Tout juste derrière eux, une grosse branche tomba d'un vieil arbre les surplombant et vint se fracasser dans le sentier. Devant, les arbres parurent se rapprocher.

« Ils n'aiment pas que tu leur parles de prendre fin ou de mourir, dit Merry. Je m'abstiendrais de chanter pour l'instant. Attends que nous soyons vraiment à l'orée, alors nous pourrons nous retourner et leur claironner notre meilleur refrain ! »

Il parlait avec entrain, et s'il ressentait quelque inquiétude sérieuse, il ne la montrait pas. Les autres ne firent aucune réponse. Ils étaient découragés. Frodo sentait un lourd fardeau s'appesantir sur son cœur, et chaque pas en avant lui faisait regretter davantage d'avoir même songé à défier la menace des arbres. Il était justement sur le point de s'arrêter pour leur proposer de rebrousser chemin (si c'était encore faisable), quand les choses prirent une nouvelle tournure. Le sentier cessa de grimper, devenant à peu près plat pendant un moment. Les arbres sombres s'écartèrent, et ils purent voir le sentier se dérouler presque en ligne droite. Là-devant, mais à quelque distance, se trouvait une éminence verte, sans arbres, s'élevant comme une tête dégarnie au-dessus du bois qui l'entourait. Le sentier semblait se diriger tout droit vers elle.

Ils se pressèrent alors en avant, ravis à l'idée de pouvoir s'élever un moment au-dessus de la toiture forestière. Le sentier plongea, puis se remit à monter, les menant enfin au pied de la colline escarpée. Là, il quittait les arbres et se perdait dans l'herbe verte. Le bois se dressait tout autour de la colline comme une épaisse chevelure taillée en cercle autour d'un crâne rasé.

Les Hobbits menèrent leurs poneys en haut, faisant plusieurs fois le tour avant d'atteindre le sommet. Là, ils s'arrêtèrent et contemplèrent la vue. Le ciel ensoleillé était radieux, quoique voilé, et ils ne pouvaient voir très loin. Plus près d'eux, la brume avait presque disparu, mais demeurait tapie çà et là dans des creux ; tandis qu'au sud, d'un long repli qui encochait toute la Forêt, montait un brouillard semblable à de la vapeur, ou à des volutes de fumée blanche.

« Ça, dit Merry en pointant l'index, c'est le tracé de l'Oserondule. Il descend des Coteaux et coule vers le sud-ouest, coupant la Forêt en deux pour rejoindre le Brandivin en aval de Finhaie. Il nous faut à tout prix éviter d'aller de ce côté ! La vallée de l'Oserondule, à ce qu'on dit, est la partie la plus bizarre du bois – le foyer de toute la bizarrerie, si on veut. »

Les autres regardèrent dans la direction indiquée par Merry, mais ne virent guère que des brumes au-dessus de la vallée humide et profondément encaissée ; au-delà, la moitié sud de la forêt se perdait dans le lointain.

Le Soleil devenait chaud au sommet de la colline. Il devait être environ onze heures ; mais la brume automnale voilait encore une bonne partie du paysage dans les autres directions. À l'ouest, ils ne parvenaient pas à distinguer la Haie, ni la vallée du Brandivin au-delà. Du côté nord où se portaient tous leurs espoirs, ils ne voyaient rien qui pût ressembler à la grande Route de l'Est qu'ils désiraient atteindre. Ils se trouvaient sur une île dans un océan d'arbres, et l'horizon était voilé.

Au sud-est, le terrain plongeait brusquement, comme si le versant de la colline se poursuivait sous les arbres, tel un rivage insulaire qui serait en réalité le flanc d'une montagne surgie d'eaux profondes. Ils s'assirent au bord de la croupe verte et scrutèrent les bois qui s'étendaient à leurs pieds, tout en prenant leur repas de midi. Tandis que le Soleil passait au zénith, ils purent distinguer, loin à l'est, les lignes gris-vert des Coteaux qui se trouvaient là-bas, par-delà la Vieille Forêt. Cette vue les réconforta grandement, car il faisait bon de voir au-delà du bois, bien qu'ils n'aient eu aucune intention d'aller de ce côté, s'ils pouvaient l'éviter : les Coteaux des Tertres, dans les légendes hobbites, étaient d'aussi sinistre réputation que la Forêt elle-même.

Enfin, ils se décidèrent à poursuivre. Le sentier qui les avait amenés à la colline réapparaissait du côté nord ; mais ils ne le suivaient pas depuis longtemps lorsqu'ils se rendirent compte que celui-ci obliquait sans cesse vers la droite. Il ne tarda pas à descendre rapidement, et les Hobbits comprirent qu'il devait conduire à la vallée de l'Oserondule : à l'opposé de la direction qu'ils souhaitaient prendre. Après quelque discussion, ils décidèrent de quitter ce sentier qui les fourvoyait et de bifurquer vers le nord ; car bien qu'ils n'aient pu l'apercevoir du haut de la colline, la Route était assurément de ce côté et ne pouvait se trouver à plus de quelques milles. Toujours du côté nord et à gauche du sentier, le terrain semblait aussi plus sec et plus découvert, grimpant vers des côtes où les arbres étaient plus élancés, et où les pins et sapins remplaçaient les chênes, les frênes et autres arbres, étranges et sans nom, de la forêt plus dense.

Leur choix parut judicieux, au début. Ils avançaient assez vite ; mais chaque fois qu'ils apercevaient le Soleil à travers une trouée, ils semblaient avoir tourné vers l'est de façon inexplicable. Et au bout d'un certain temps, les arbres se resserrèrent une fois de plus, alors que, de loin, ils avaient paru plus minces et moins enchevêtrés. Puis de profonds ravins s'ouvrirent devant eux de façon inopinée, comme de grandes ornières laissées par des roues de géants, ou de larges fossés et routes affaissées, tombés depuis longtemps en désuétude et envahis par les buissons de ronces. La plupart de ces ravins venaient complètement en travers de leur route et ne pouvaient être franchis qu'en descendant au fond pour ensuite en ressortir, ce qui, avec leurs poneys, était tout aussi pénible que compliqué. Chaque fois qu'ils arrivaient en bas, ils faisaient face à d'épais buissons et à un enchevêtrement de broussailles qui, pour une quelconque raison, ne pouvaient être contournés par la gauche, mais cédaient uniquement lorsqu'ils prenaient à droite : ils étaient donc obligés de faire un bout de chemin au fond avant de pouvoir remonter de l'autre côté. Chaque fois qu'ils ressortaient d'un creux, les arbres semblaient plus denses et plus sombres ; et à gauche et vers le haut il semblait toujours aussi difficile de trouver un chemin, si bien qu'ils étaient forcés de prendre à droite et vers le bas.

Au bout d'une heure ou deux, ils avaient perdu tout sens de l'orientation ; mais s'ils étaient sûrs d'une chose, c'était qu'ils n'allaient plus du tout vers le nord depuis longtemps. On les détournait de leur chemin, et ils devaient se contenter de suivre un trajet choisi pour eux : vers l'est et le sud, soit vers le cœur de la Forêt, et non vers la sortie.

L'après-midi était fort avancé lorsqu'ils descendirent ou plutôt dégringolèrent dans un ravin plus large et plus profond qu'aucun de ceux qu'ils avaient rencontrés jusqu'alors. Il était si escarpé et si embroussaillé qu'il s'avéra impossible d'en ressortir, que ce soit en avançant ou en reculant, sans abandonner leurs poneys et leurs bagages. Ils n'eurent d'autre choix que de suivre le ravin – vers le bas. Le sol devint mou, et marécageux par endroits ; des sources coulaient le long des pentes, et ils se trouvèrent bientôt à suivre un ruisseau qui murmurait et gazouillait dans son lit herbeux. Puis le terrain se mit à plonger rapidement, et le ruisseau se fit plus vigoureux et plus sonore, ses eaux bondissantes dévalant la pente avec célérité. Ils se trouvaient dans une gorge profonde et peu éclairée, surplombée d'arbres perchés loin au-dessus de leurs têtes.

Après avoir clopiné le long du ruisseau sur une certaine distance, ils sortirent tout à coup de la pénombre. Devant eux, les rayons du Soleil filtraient comme à travers un portail. Parvenus à cette ouverture, ils s'aperçurent qu'ils étaient descendus par une crevasse dans une haute berge escarpée, presque une falaise. À ses pieds se trouvait un vaste espace d'herbes et de roseaux ; et au loin se dessinait une autre berge, presque aussi abrupte. Un après-midi doré par un Soleil tardif reposait, somnolent et chaud, sur les terres blotties dans cet écrin. Là, une sombre rivière aux eaux brunes serpentait paresseusement, bordée de vieux saules, surplombée de saules, encombrée de saules tombés et tachetée de milliers de feuilles de saule flétries. L'air en était rempli : elles virevoltaient, jaunes, du haut des branches ; car une brise légère et chaude soufflait doucement dans la vallée, et les roseaux bruissaient, et les rameaux de saules grinçaient.

« Eh bien, maintenant, j'ai au moins une idée d'où nous sommes ! dit Merry. C'est tout juste si nous n'avons pas pris la direction opposée à celle que nous voulions. Cette rivière est l'Oserondule ! Je vais aller en reconnaissance. »

Il pénétra dans la lumière et disparut parmi les herbes longues. Au bout d'un moment, il réapparut, et leur dit que le sol était assez ferme entre la rivière et le pied de la falaise ; à certains endroits, il y avait du gazon dur jusqu'au bord de l'eau. « Qui plus est, ajouta-t-il, il semble y avoir une sorte de sentier qui court de ce côté-ci de la rivière. Si nous tournons à gauche pour le suivre, nous ne pouvons pas manquer d'aboutir à la lisière orientale de la Forêt. »

« Encore heureux ! dit Pippin. En supposant que la piste se rende jusque-là, et ne mène pas simplement à un bourbier où nous enliser. Qui a tracé cette piste, selon toi, et dans quel but ? Je suis sûr que ce n'était pas pour nous dépanner. Je commence à sérieusement me méfier de cette forêt et de tout ce qu'elle contient, et à croire les histoires qu'on raconte. Et puis, as-tu idée de la distance que nous devrons parcourir vers l'est ? »

« Non, dit Merry. Aucune idée. Je ne sais pas du tout à quelle hauteur nous nous trouvons sur l'Oserondule, ni qui peut bien être venu ici assez souvent pour tracer un sentier le long de la rive. Mais je ne vois pas d'autre issue possible. »

À défaut d'autre choix, ils se mirent en file, et Merry les conduisit au sentier qu'il avait découvert. Roseaux et herbes poussaient partout en abondance et, par endroits, les dépassaient de plusieurs têtes ; mais lorsqu'ils l'eurent trouvé, le sentier se révéla facile à suivre dans ses tours et détours, cherchant le sol plus ferme parmi les étangs et les marécages. Il franchissait ici et là d'autres petits ruisselets qui, du haut de la vallée, descendaient le long de ravines et se jetaient dans l'Oserondule ; à ces endroits, des troncs d'arbres ou des faisceaux de branchages étaient soigneusement disposés pour faciliter le passage.

Les Hobbits commencèrent à avoir très chaud. Des armées de mouches de toutes sortes bourdonnaient à leurs oreilles, et le Soleil de l'après-midi leur brûlait le dos. Ils finirent par arriver sous un léger ombrage, donné par de grands rameaux gris étendus au-dessus du sentier. Chaque pas en avant devint plus ardu que le précédent. La somnolence semblait surgir du sol et s'insinuer dans leurs jambes, et tomber doucement des airs pour se poser sur leurs têtes et sur leurs paupières.

Frodo se sentit la tête et le menton lourds. Juste devant lui, Pippin tomba à genoux. Frodo s'arrêta. « Ça ne sert à rien, entendit-il dire Merry. Incapable de faire un pas de plus sans me reposer. Besoin d'une sieste. Il fait bon sous les saules. Moins de mouches ! »

Frodo n'aimait guère ce qu'il entendait. « Allons ! cria-t-il. On ne peut pas faire la sieste tout de suite. Il nous faut sortir de la Forêt avant. » Mais les autres étaient trop endormis pour s'en soucier. Sam se tenait près d'eux l'air stupide, bâillant et cillant des paupières.

Soudain, Frodo sentit le sommeil l'envahir à son tour. La tête lui tournait. L'air semblait presque totalement silencieux, à présent. Les mouches avaient cessé de bourdonner. Seul un bruissement à peine audible, un friselis comme d'un chant à demi murmuré, semblait s'éveiller là-haut parmi les branches. Levant des yeux ensommeillés, il vit que se penchait sur lui un immense saule, vieux et chenu. Il semblait énorme, déployant ses rameaux innombrables dans toutes les directions, comme des bras tendus et des mains aux longs doigts ; son tronc noueux et tordu présentait de larges fissures qui grinçaient faiblement tandis que remuaient ses branches. Ses feuilles, virevoltant sur le ciel clair, l'éblouirent ; et il tomba à la renverse et demeura étendu dans l'herbe.

Merry et Pippin se traînèrent jusqu'à l'arbre et s'allongèrent contre le tronc. Derrière eux, les grandes fissures s'ouvrirent toutes grandes pour les recevoir tandis que l'arbre se balançait en grinçant. Ils levèrent le regard vers les feuilles grises et jaunes ; elles dansaient doucement dans la lumière, chantaient. Ils fermèrent les yeux, puis il leur sembla presque pouvoir discerner des mots, des mots rafraîchissants qui leur parlaient d'eau et de sommeil. Ils s'abandonnèrent au sortilège et tombèrent profondément endormis au pied du grand saule gris.

Frodo resta étendu un moment, luttant contre le sommeil qui l'envahissait ; puis, par un effort de volonté, il se remit debout. Une irrésistible envie d'eau fraîche le subjuguait. « Attends-moi, Sam, balbutia-t-il. Veux me baigner les pieds un peu. »

Rêvant à moitié, il s'avança d'un pas confus jusqu'à la rivière, où l'arbre projetait de grandes et sinueuses racines, tels de noueux dragonneaux tendant le cou pour boire. Il chevaucha l'une d'entre elles et trempa ses pieds échauffés dans l'eau brune et fraîche ; et là, il tomba soudain endormi à son tour, adossé contre l'arbre.

Sam s'assit et se gratta la tête, bâillant comme une caverne. Il était inquiet. L'après-midi touchait à sa fin, et cette soudaine envie de dormir lui semblait décidément troublante. « Y a pas que du Soleil et de la chaleur derrière tout ça, marmonna-t-il pour lui-même. Ce gros arbre-là me plaît pas trop. Je lui fais pas du tout confiance. Écoute-le qui chante pour nous endormir ! Je vais pas laisser faire ça ! »

Il se releva avec effort et, d'un pas chancelant, alla voir ce qu'étaient devenus les poneys. Il découvrit que deux d'entre eux s'étaient aventurés assez loin dans le sentier ; et il venait de les rattraper et de les ramener près des autres, lorsqu'il entendit deux bruits : l'un fort, l'autre plus doux mais néanmoins très distinct. L'un était un grand éclaboussement, comme si un gros paquet était tombé dans l'eau ; l'autre ressemblait au déclic d'une serrure quand une porte se referme en silence.

Il se précipita vers la rive. Frodo se trouvait dans la rivière non loin du bord, et une grande racine semblait le tenir sous l'eau, mais il ne se débattait pas. Sam agrippa sa veste et le dégagea de sous la racine, puis le ramena sur la rive avec difficulté. Il se réveilla presque immédiatement, toussant et crachotant.

« Peux-tu croire, Sam, finit-il par dire, que ce maudit arbre m'a *jeté* à l'eau ? Je l'ai senti. La grosse racine s'est tout simplement retournée pour me faire tomber ! »

« Vous rêviez, je pense bien, monsieur Frodo, dit Sam. Vaut mieux pas vous asseoir dans un endroit pareil si vous êtes somnolent. »

« Et les autres ? demanda Frodo. Je me demande quelle sorte de rêves ils font. »

Ils firent le tour de l'arbre, et Sam comprit alors quel était le déclic qu'il avait entendu. Pippin avait disparu. La fissure près de laquelle il s'était allongé s'était refermée sans laisser ne serait-ce qu'une fente. Merry était prisonnier : une autre fissure s'était refermée autour de sa taille ; ses jambes se trouvaient à l'extérieur, mais le reste de son corps était coincé derrière la sombre ouverture qui le serrait comme des tenailles.

Frodo et Sam frappèrent d'abord le tronc à l'endroit où Pippin s'était allongé. Puis ils se démenèrent comme des forcenés pour desserrer l'étau qui enserrait le pauvre Merry. Cela ne donna absolument rien.

« Quelle chose épouvantable ! s'écria Frodo avec affolement. Pourquoi sommes-nous venus dans cette affreuse Forêt ? Si seulement nous étions encore tous à Creux-le-Cricq ! » Il frappa l'arbre d'un grand coup de pied, de toutes ses forces et sans se soucier de ses propres membres. Un frisson à peine perceptible parcourut le tronc et les branches ; les feuilles bruissèrent et chuchotèrent, mais le son était à présent celui d'un rire faible et éloigné.

« Je suppose qu'on n'a pas de hache dans nos bagages, monsieur Frodo ? » demanda Sam.

« J'ai apporté une hachette pour fendre du bois d'allumage, dit Frodo. Elle ne servirait pas à grand-chose. »

« Attendez une minute ! s'écria Sam, à qui le bois d'allumage venait de suggérer une idée. On pourrait se servir du feu ! »

« On pourrait, dit Frodo d'un ton dubitatif. On pourrait réussir à faire brûler vif ce pauvre Pippin. »

« On pourrait commencer par essayer de faire mal à cet arbre, ou bien lui faire peur, dit Sam avec férocité. S'il les laisse pas partir, je vais l'abattre, quand bien même j'aurais à le ronger. » Il courut vers les poneys et revint bientôt avec une hachette et deux briquets à amadou. Ils amassèrent rapidement de l'herbe et des feuilles sèches, ainsi que quelques bouts d'écorce ; puis ils empilèrent des brindilles et du petit bois fendu. Ils entassèrent ce combustible près du tronc de l'autre côté de l'arbre, loin des prisonniers. Sitôt que Sam fit jaillir une étincelle sur l'amadou, l'herbe sèche s'embrasa en un jet de flammes et de fumée. Les brindilles crépitèrent. De petites langues de feu léchèrent l'écorce desséchée et balafrée du vieil arbre et la roussit. Un tremblement parcourut le saule tout entier. Les feuilles semblaient siffler au-dessus de leurs têtes, comme de douleur et de colère. Merry lâcha un grand hurlement, et, loin à l'intérieur de l'arbre, ils entendirent Pippin pousser un cri étouffé.

« Éteignez ! Éteignez ! cria Merry. Il va me couper en deux si vous ne le faites pas. C'est ce qu'il dit ! »

« Qui ? Quoi ? » hurla Frodo en se précipitant de l'autre côté de l'arbre.

« Éteignez ! Éteignez ! » supplia Merry. Les branches du saule se mirent à osciller violemment. Un son se fit entendre, comme si un vent s'était levé et se répandait dans les branches de tous les arbres environnants ; comme s'ils avaient laissé tomber une pierre dans la quiétude ensommeillée de la vallée, suscitant des ondes de colère qui se propageaient dans toute la Forêt. Sam éteignit le petit feu à coups de pied et piétina les étincelles. Mais Frodo, sans trop savoir pourquoi il le faisait, ou ce qu'il espérait, courut dans le sentier en criant *au secours ! au secours ! au secours !*. Il lui semblait avoir du mal à entendre sa propre voix pourtant stridente : elle paraissait emportée par le vent du saule et submergée par la clameur des feuilles, sitôt que les mots sortaient de sa bouche. Il était au désespoir : perdu et désemparé.

Soudain, il s'arrêta. Il y avait une réponse, ou du moins le croyait-il ; mais elle semblait venir de derrière lui, quelque part le long du sentier, vers le cœur de la Forêt. Il se retourna et écouta, et n'eut bientôt plus aucun doute : quelqu'un chantait une chanson ; une voix profonde et enjouée chantait, joyeuse, insoucieuse, mais les mots étaient dépourvus de sens :

Hé dol ! gai dol ! dire-lure-leau !
Dire-leau ! saute-leau ! fal lal le saule-o !
Tom Bom, joyeux Tom, Tom Bombadilo !

Mi-soulagés, mi-affolés, par crainte d'un nouveau danger, Frodo et Sam restèrent cloués sur place. Soudain, après une longue suite de mots insensés (ou qui semblaient tels), la voix s'éleva, claire et forte, et entonna cette chanson :

Ohé ! Viens gai dol ! hé ! joli dol ! Ma chérie !
Légers vont l'étourneau et le vent étourdi.
Là-bas sous la Colline au dos ensoleillé,
Guettant là sur le seuil le soir ensommeillé,
Ma belle dame attend, fille de la Rivière,
Mince comme l'osier, plus belle que l'eau claire.
Le vieux Tom Bombadil, de blancs lis d'eau chargé,
Rentre chez lui, gambade ! Oh l'entends-tu chanter ?
Ohé ! Viens gai dol ! hé ! joli dol ! et gai ho !
Baie-d'or, ô ma Baie-d'or, ô jolie baie jaune-o !
Pauvre Vieil Homme-Saule, oublie tes mauvais tours !
Tom doit presser le pas. Le soir suivra le jour.
Tom retourne chez lui, de blancs lis d'eau chargé.
Ohé ! Viens joli dol ! Oh m'entends-tu chanter ?

Frodo et Sam restèrent comme saisis d'enchantement. Le vent s'essouffla. Les feuilles retombèrent à nouveau silencieuses sur les branches raides. Il y eut encore un éclat de chanson, puis tout à coup, sautant et dansant dans le sentier, l'on vit poindre au-dessus des roseaux un vieux chapeau bossué à haute calotte, orné d'une longue plume bleue plantée dans le ruban. Encore un saut et un dernier bond, et l'on vit apparaître un homme, ou ce qui semblait en être un. En tout cas, il était trop gros et trop large pour être un Hobbit, et s'il n'avait pas tout à fait la taille des Grandes Gens, il produisait assez de bruit pour en faire partie, allant à pas lourds sur de solides jambes aux grandes bottes jaunes, et chargeant à travers les herbes et les joncs comme une vache partant s'abreuver. Il portait une veste bleue et une longue barbe brune ; ses yeux étaient d'un bleu brillant et son visage rouge pomme, parcouru de mille rides rieuses. Il portait dans ses mains, sur une grande feuille qui lui servait de plateau, un petit tas de lis d'eau blancs.

« Au secours ! » implorèrent Frodo et Sam, courant vers lui les bras tendus.

« Holà ! du calme ! cria le vieil homme, levant une main, et ils s'arrêtèrent net, comme soudain pétrifiés. Maintenant, mes petits bonshommes, où donc allez-vous, soufflant comme des soufflets ? Que se passe-t-il ici, hein ? Savez-vous qui je suis ? Je suis Tom Bombadil. Dites-moi ce qui vous ennuie ! Tom est pressé à cette heure-ci. N'écrasez pas mes lis ! »

« Mes amis sont prisonniers du saule ! » cria Frodo, le souffle court.

« Maître Merry est sur le point d'être scié en deux ! » renchérit Sam.

« Quoi ? s'écria Tom Bombadil, bondissant. Vieil Homme-Saule, hein ? Rien de pire que cela ? Ce sera vite arrangé. Je connais l'air qu'il lui faut, au vieil Homme-Saule gris ! Je lui gèlerai la moelle, s'il ne se tient pas tranquille. Je chanterai jusqu'à tant qu'il se déracine. Je chanterai un vent qui lui prendra feuilles et branches. Vieil Homme-Saule ! »

Déposant ses lis sur l'herbe avec précaution, il courut jusqu'à l'arbre. Il vit là les pieds de Merry qui dépassaient encore ; le reste avait déjà été aspiré vers l'intérieur. Tom colla sa bouche contre la fente et se mit à chanter d'une voix profonde. Ils ne purent saisir les mots, mais son chant, à l'évidence, éveilla Merry. Ses jambes se mirent à gigoter. Tom s'écarta d'un bond et, saisissant une branche pendante, la rompit et fouetta le côté du saule. « Tu ferais bien de les laisser sortir, Vieil Homme-Saule ! dit-il. À quoi penses-tu donc ? Tu ne devrais pas te réveiller. Mange de la terre ! Creuse profond ! Bois de l'eau ! Rendors-toi ! Bombadil parle ! » Puis il saisit les pieds de Merry et le tira de la fente soudain élargie.

Il y eut un formidable grincement ; l'autre fente s'ouvrit en deux et Pippin en sortit comme éjecté. Puis les deux fentes se refermèrent avec un grand bruit sec. Un frisson parcourut l'arbre de la racine à la cime, puis ce fut le silence complet.

« Merci ! » s'exclamèrent les Hobbits, l'un après l'autre.

Tom Bombadil éclata de rire. « Eh bien, mes petits bonshommes ! dit-il en se penchant pour scruter leurs visages. Vous allez rentrer avec moi ! La table est toute prête, garnie de crème jaune, de rayons de miel, de pain blanc et de beurre. Baie-d'or attend. Pour les questions, il y aura le temps, et largement, quand nous serons à table. Suivez-moi aussi vite que vous en êtes capables ! » Sur ce, il ramassa ses lis, puis, les invitant à le suivre d'un geste de la main, il reprit son chemin vers l'est, dansant et gambadant le long du sentier tout en chantant bien haut et bien absurdement.

Trop surpris et soulagés pour ajouter quoi que ce soit, les Hobbits le suivirent aussi rapidement qu'ils le purent. Mais ils ne furent pas assez rapides. Tom disparut bientôt devant eux, et la rumeur de son chant s'affaiblit et s'éloigna. Soudain, sa voix revint flotter vers eux en un puissant appel :

Gambadez, mes amis, suivez l'Oserondule !
Tom doit voir aux bougies avant le crépuscule.
Le Soleil plonge à l'ouest : bientôt la nuit viendra.
Quand vous n'y verrez plus, la porte s'ouvrira ;
Aux fenêtres de Tom, les carreaux luiront jaunes.
Laissez le saule gris ! Ne craignez aucun aune,
Ou racine ou rameau, car Tom va devant vous.
Ohé, là ! joli dol ! On vous attend chez nous !

Le chant cessa, et les Hobbits n'en entendirent pas davantage. Presque aussitôt, le Soleil parut s'enfoncer parmi les arbres derrière eux. Ils songèrent aux rayons obliques du soir scintillant sur le fleuve Brandivin, aux fenêtres de Fertébouc qui s'allumeraient bientôt par centaines. De grandes ombres les enveloppaient ; les troncs et les branches d'arbres, sombres et menaçants, se penchaient au-dessus du sentier. Des nappes de brume blanche se levèrent et s'enroulèrent à la surface du cours d'eau, s'égarant parmi les racines des arbres qui poussaient sur ses bords. Du sol même où ils marchaient surgit une vapeur ombreuse qui vint se mêler à la nuit pressée de tomber.

Il devenait difficile de suivre le sentier, et ils étaient très fatigués, se sentant des jambes de plomb. Des bruits étranges et furtifs couraient parmi les buissons et les roseaux de chaque côté ; et quand ils levaient les yeux vers le ciel pâle, ils apercevaient d'inquiétants visages, noueux et déformés, qui assombrissaient le crépuscule et leur jetaient des regards sinistres depuis la haute berge et le commencement du bois. Ils avaient de plus en plus l'impression que ce pays était irréel, qu'ils traversaient un rêve angoissant ne devant aboutir à aucun réveil.

Au moment où leurs pieds semblaient ralentir au point de s'immobiliser, ils remarquèrent que le terrain montait doucement. L'eau commença à murmurer. Ils purent discerner dans les ténèbres un blanc miroitement d'écume, à l'endroit où la rivière passait une petite chute. Puis, soudain, les arbres s'évanouirent et les brumes restèrent derrière eux. Ils sortirent de la Forêt et virent une vaste étendue d'herbe s'élever devant eux. La rivière, désormais rapide et étroite, bondissait joyeusement à leur rencontre, quelquefois miroitant à la lumière des étoiles qui brillaient déjà dans le ciel.

L'herbe à leurs pieds était courte et lisse, comme si on l'avait tondue ou rasée. Les frondaisons de la Forêt, derrière, étaient parfaitement taillées à la manière d'une haie. Devant, le sentier se distinguait alors clairement, bien entretenu et bordé de pierres. Il se déroulait jusqu'au sommet d'un monticule herbeux, gris sous le ciel pâle et étoilé ; et là, juchées encore plus haut sur une autre éminence, ils virent briller les lumières d'une maison. Le sentier plongea de nouveau, puis remonta les flancs unis d'un tertre gazonné, vers la lueur. Soudain, un large trait de lumière jaune inonda le seuil où une porte venait de s'ouvrir. Devant eux se trouvait la maison de Tom Bombadil, en haut, en bas, à l'ombre de la colline. Derrière elle se dressait un escarpement gris et dénudé, et au-delà, les formes noires des Coteaux des Tertres s'élevaient de loin en loin dans la nuit de l'est.

Tous se précipitèrent en avant, les Hobbits comme les poneys. Leur fatigue était déjà à moitié oubliée, et toutes leurs craintes évaporées. *Ohé ! Viens gai dol !* retentit la chanson en guise de bienvenue.

Ohé ! Viens joli dol ! Gambadez, mes lurons !
Les Hobbits, les poneys ! Tous aiment s'amuser.
Que la fête commence ! Tous ensemble, chantons !

Puis une autre voix claire, aussi jeune et ancienne que le Printemps, semblable au chant d'une eau bienheureuse coulant dans la nuit depuis un matin radieux au sommet des collines, ruissela sur eux comme une pluie d'argent :

Que la chanson commence ! Tous ensemble, chantons
Le Soleil et la Lune, les étoiles, la brume,
La pluie sur le bouton, la rosée sur la plume,
Le vent sur la colline, les fleurs sur la bruyère,
Les roseaux dans l'étang et les lis sur l'eau claire :
Le vieux Tom Bombadil, la fille de la Rivière !

Et sur cette chanson, les Hobbits foulèrent le pas de la porte, et une lumière dorée les enveloppa.

7

Dans la maison de Tom Bombadil

Les quatre Hobbits franchirent le large seuil de pierre et se tinrent là immobiles, cillant des paupières. Ils se trouvaient dans une longue pièce basse, entièrement éclairée par des lampes suspendues aux poutres de la toiture ; tandis que sur la table de bois foncé et poli étaient posées de multiples bougies, jaunes et élancées, brûlant d'un vif éclat.

À l'autre extrémité de la pièce, faisant face à la porte, était assise une femme. Ses longs cheveux, jaunes et ondulés, tombaient gracieusement sur ses épaules ; sa robe était verte, verte comme le jeune roseau, et diaprée d'argent comme la rosée perlant sur la feuille ; sa ceinture était d'or, façonnée comme une chaîne de flambes d'eau sertie de ne-m'oubliez-pas aux yeux bleu clair. À ses pieds, dans de grands vaisseaux de faïence aux reflets verts et marron, flottaient des lis d'eau au milieu desquels elle semblait trôner comme dans un étang.

« Entrez, mes bons hôtes ! » dit-elle ; et tandis qu'elle parlait, ils surent que c'était sa voix claire qu'ils avaient entendue chanter. Ils firent quelques pas timides et bientôt saluèrent en s'inclinant bien bas, étrangement surpris et embarrassés, comme des voyageurs qui, cognant à la porte d'une chaumière pour quémander un peu d'eau, se seraient trouvés face à une reine elfe, jeune et belle, vêtue de fleurs vivantes. Mais avant qu'ils aient pu rien dire, elle se dressa avec légèreté, bondissant de son siège et par-dessus les bols de lis, et accourut en riant ; et tandis qu'elle courait, sa robe bruissait doucement comme le vent sur les berges fleuries d'une rivière.

« Venez, mes chers amis ! dit-elle en prenant la main de Frodo. Riez et réjouissez-vous ! Je suis Baie-d'or, fille de la Rivière. » Puis elle s'en fut d'un pas léger pour refermer la porte, et en se retournant s'y adossa, ses bras blancs étendus en travers. « Enfermons la nuit dehors ! dit-elle. Car vous craignez encore, peut-être, la brume et l'eau profonde, l'ombre des arbres et les êtres indomptés. Ne craignez rien ! Car ce soir, vous êtes sous le toit de Tom Bombadil. »

Les Hobbits la regardèrent avec émerveillement ; et elle les regarda chacun à son tour et sourit. « Baie-d'or, ô belle dame ! » dit enfin Frodo, sentant son cœur se soulever d'une joie qu'il ne comprenait pas. Il se trouvait enchanté comme il l'avait parfois été par de belles voix elfiques ; mais le charme qui opérait sur lui à présent était différent : d'une jouissance moins vive et moins transcendante, mais en même temps plus profonde et plus près du cœur des mortels ; merveilleuse mais non point étrange. « Baie-d'or, ô belle dame ! reprit-il. La joie que recelaient les chansons qui nous sont parvenues est désormais claire à mes yeux.

Ô mince comme l'osier ! Ô plus claire que l'eau
claire !
Ô roseau près du vivant étang ! Belle fille de la
Rivière !
Ô printemps fait été, et printemps de nouveau !
Ô vent sur la cascade, et fleurs au renouveau ! »

Soudain il s'arrêta et bafouilla, stupéfait de s'entendre dire de pareilles choses. Mais Baie-d'or rit.

« Bienvenue ! dit-elle. Je ne savais pas que les gens du Comté avaient le verbe si suave. Mais je vois que vous êtes un Ami des Elfes : l'éclat de vos yeux et le son de votre voix l'annoncent. Que voilà une joyeuse rencontre ! Asseyez-vous à présent, en attendant le Maître de maison ! Il ne tardera pas. Il est à soigner vos bêtes fatiguées. »

Les Hobbits s'assirent avec plaisir dans des chaises basses à siège de jonc, tandis que Baie-d'or s'affairait autour de la table ; et ils la suivaient des yeux, car le charme gracile de ses mouvements leur procurait une intime satisfaction. De quelque part derrière la maison montait le son d'une chanson. De temps à autre, entre divers *gai dol*, *joli dol* et autres *dire-lire-leau*, ils discernaient ces mots répétés :

Le vieux Tom Bombadil est un joyeux bonhomme :
D'un bleu vif est sa veste, et ses bottes sont jaunes.

« Belle dame ! dit encore Frodo au bout d'un moment. Dites-moi, si ma question ne vous paraît pas bête, qui est Tom Bombadil ? »

« C'est lui », dit Baie-d'or, suspendant ses vifs mouvements et lui souriant.

Frodo la regarda d'un air interrogateur. « C'est lui, tel que vous l'avez vu, dit-elle en réponse à son regard. C'est lui le Maître du bois, de l'eau et de la colline. »

« Alors tout cet étrange pays lui appartient ? »

« Oh, non ! répondit-elle, et son sourire s'évanouit. Ce serait vraiment un fardeau, ajouta-t-elle à voix basse, comme pour elle-même. Les arbres et les herbes et toutes choses qui poussent ou qui vivent dans le pays n'appartiennent qu'à eux-mêmes. Tom Bombadil est le Maître. Personne n'a jamais pris le vieux Tom marchant dans la forêt, pataugeant dans l'eau, gambadant sur le dos des collines, de jour comme de nuit. Il n'a aucune peur. Tom Bombadil est maître. »

Une porte s'ouvrit et Tom Bombadil entra. Il allait maintenant sans chapeau, et son épaisse chevelure brune était couronnée de feuilles automnales. Il rit, puis, allant trouver Baie-d'or, lui prit la main.

« Voici ma belle dame ! dit-il, s'inclinant devant les Hobbits. Voici ma Baie-d'or, toute de vert-argent vêtue et portant fleurs à sa ceinture ! La table est-elle prête ? Je vois crème jaune et rayons de miel, pain blanc et beurre ; lait, fromage, herbes vertes et baies mûres réunis. Cela nous suffit-il ? Le souper est-il prêt ? »

« Il l'est, dit Baie-d'or ; mais peut-être nos hôtes ne le sont-ils pas ? »

Tom claqua des mains et s'écria : « Tom, Tom ! tes invités sont las et tu manques d'oublier ! Venez, joyeux amis, Tom vous rafraîchira ! Mains crasseuses vous laverez, et baignerez vos visages ; manteaux boueux vous ôterez, lisserez votre pelage ! »

Il ouvrit la porte, et ils le suivirent le long d'un court passage se terminant par un coude. Ils arrivèrent dans une pièce basse au toit incliné (un appentis, semblait-il, rattaché au côté nord de la maison). Ses murs étaient de pierre brossée, mais partout recouverts de tentures vertes et de rideaux jaunes. Le sol était dallé, et parsemé de joncs fraîchement cueillis. Quatre épais matelas, avec chacun une pile de couvertures blanches, étaient disposés par terre d'un côté de la pièce. Sur un long banc accolé au mur opposé se trouvaient de larges bassins de faïence ; des aiguières brunes étaient posées tout près, les unes pour l'eau froide, les autres remplies d'eau fumante. De douces pantoufles vertes attendaient à côté de chaque lit.

Lavés et rafraîchis, les Hobbits furent bientôt assis à table, deux de chaque côté, tandis que Baie-d'or et le Maître occupaient les extrémités. Ce fut un long et joyeux repas. Les Hobbits mangèrent comme seuls le peuvent des Hobbits affamés, mais personne ne manqua de rien. La boisson dont ils remplissaient leurs bols semblait être de l'eau claire et fraîche, pourtant elle leur monta au cœur comme du vin et libéra leurs voix. Les invités s'aperçurent soudain qu'ils chantaient joyeusement, comme si le chant était plus facile et plus naturel que la parole.

Enfin, Tom et Baie-d'or se levèrent et débarrassèrent vivement la table. On pria les invités de s'asseoir tranquillement dans des fauteuils, chacun pourvu d'un tabouret où reposer ses pieds endoloris. Un feu brûlait dans le grand âtre devant eux, et il s'en dégageait une odeur suave, comme s'il était fait de bois de pommier. Quand la pièce fut remise en ordre, on éteignit toutes les lumières, sauf une lampe et une paire de bougies posées à chaque extrémité du manteau de la cheminée. Puis Baie-d'or vint à eux, tenant une chandelle ; et elle souhaita à chacun une bonne nuit et un sommeil réparateur.

« Maintenant, soyez en paix, dit-elle, jusqu'au matin ! Faites fi des bruits nocturnes ! Car rien ici ne franchit porte ni fenêtre, hormis le clair de Lune, la lueur des étoiles et le vent sur la colline. Bonne nuit ! » Elle quitta la pièce avec un reflet d'argent et un bruissement. Le son de ses pas était comme un ruisselet descendant des hauteurs, arrosant la pierre fraîche dans le calme de la nuit.

Tom resta assis près d'eux en silence, tandis que chacun cherchait en lui le courage de poser l'une des nombreuses questions qu'il avait voulu poser à table. Le sommeil alourdissait leurs paupières. Enfin, Frodo se décida :

« M'avez-vous entendu appeler, Maître, ou est-ce simplement le hasard qui vous amenait à ce moment-là ? »

Tom remua comme celui que l'on tire d'un rêve agréable. « Hein, quoi ? dit-il. T'ai-je entendu appeler ? Non, je n'ai point entendu : je chantais. Le hasard m'amenait, si hasard tu l'appelles. Je n'avais rien prévu, mais je vous attendais. Nous avions eu vent de vous et savions que vous erriez. Nous devinions que vous descendriez bientôt à l'eau : tous les sentiers y mènent, tous à l'Oserondule, au creux de la vallée. L'Homme-Saule vieux et gris est un puissant chanteur : bien malaisé pour les petites gens d'échapper à ses rusés dédales. Mais Tom avait là-bas une affaire, une affaire qu'il n'osait différer. » Tom dodelina de la tête, comme si le sommeil l'emportait de nouveau ; mais il poursuivit d'une voix douce et chantante :

J'avais là une affaire : ramasser des lis d'eau,
feuille verte et lis blanc pour combler ma belle dame,
les derniers de l'année, protégés de l'hiver,
fleurissant à ses pieds jusqu'à la fonte des neiges.
Chaque année, à l'automne, je pars les lui chercher
dans un bel étang clair, loin sur l'Oserondule ;
là ils s'ouvrent en premier et se fanent au plus tard.
Je l'y trouvai jadis, la fille de la Rivière,
Baie-d'or la jeune et belle, assise dans les roseaux.
Doucement elle chantait, et son cœur palpitait !

Il ouvrit les yeux et les regarda avec une soudaine lueur bleue :

Et c'est heureux pour vous ; car je n'ai plus à faire
loin dans le creux des bois, le long de la rivière,
tant que l'année décline. Auprès de Vieil Homme-Saule
je ne passerai plus de ce côté de l'hiver :
pas avant le printemps, quand celle de la Rivière,
traversant l'oseraie, ira à la baignade.

Il retomba dans le silence ; mais Frodo ne put s'empêcher de poser une dernière question : celle qu'il désirait avant tout élucider. « Maître, dit-il, parlez-nous donc de l'Homme-Saule. Qu'est-il en réalité ? C'est la première fois que j'entends parler de lui. »

« De grâce, non ! s'écrièrent Merry et Pippin ensemble, se redressant tout à coup. Pas maintenant ! Pas avant le matin ! »

« C'est juste ! dit le vieil homme. Nous sommes à l'heure du repos. Il est des choses trop funestes à entendre quand le monde est dans l'ombre. Dormez jusqu'aux lueurs de l'aube, reposez-vous sur l'oreiller ! Faites fi de tout bruit nocturne. Ne craignez aucun saule gris ! » Et sur ce, il décrocha la lampe et la souffla ; et saisissant une bougie dans chaque main, il les conduisit hors de la pièce.

Leurs lits et oreillers étaient doux comme du duvet, et leurs couvertures étaient de laine blanche. À peine eurent-ils le temps de s'allonger sur les épais matelas et de rabattre les minces couvertures sur eux qu'ils étaient déjà endormis.

Il faisait nuit noire, et Frodo était plongé dans un rêve sans lumière. Puis il vit la jeune Lune se lever ; sous sa frêle lumière se dessina une muraille de roc noir où s'ouvrait une grande arche sombre, comme un immense portail. Frodo eut l'impression d'être soulevé, et, passant au-dessus, il vit que la muraille était en fait un cercle de collines, et qu'à l'intérieur s'étendait une plaine, et qu'au centre de cette plaine s'élevait un piton rocheux, semblable à une imposante tour qu'aucune main n'aurait su bâtir. Au sommet se dressait la silhouette d'un homme. Pendant un instant, la Lune montante sembla suspendre son cours au-dessus de la tête de celui-ci, et luisit dans ses cheveux blancs alors que le vent les secouait. De la plaine sombre en contrebas montaient des cris barbares, et le hurlement de nombreux loups. Soudain une ombre, pareille à de grandes ailes, passa devant la Lune. La silhouette leva les bras et un éclair de lumière jaillit du bâton qu'elle maniait. Un grand aigle plongea du haut des airs et l'emporta. Les cris se changèrent en plaintes et les loups piaulèrent. Il y eut un bruit comme d'un vent déchaîné, portant la rumeur de sabots qui galopaient, galopaient, galopaient depuis l'Est. « Des Cavaliers Noirs ! » pensa Frodo en se réveillant, alors que le son des sabots résonnait encore dans sa tête. Il se demanda s'il trouverait un jour le courage de quitter la protection de ces murs de pierre. Il demeura étendu sans bouger, prêtant l'oreille ; mais tout était à présent silencieux, et au bout d'un moment il se retourna et se rendormit, ou plongea dans quelque autre rêve qui ne lui laissa aucun souvenir.

À ses côtés, Pippin faisait d'agréables rêves ; mais quelque chose se produisit soudain qui le fit remuer et grogner. Il s'éveilla tout à coup, ou crut s'être éveillé ; pourtant, il percevait encore dans les ténèbres le son qui était venu troubler son rêve : *tip-tap scouic,* comme des branches geignant au vent, des ramilles aux longs doigts grattant aux murs et aux fenêtres : *cric, cric, cric.* Il se demanda s'il y avait des saules près de la maison ; puis, soudain, il eut la sensation affreuse de n'être pas du tout dans une vraie maison, mais à l'intérieur du saule, et de réentendre cette horrible voix grinçante et desséchée qui se moquait de lui. Il se dressa sur son séant, sentit les oreillers moelleux céder sous la pression de sa main, et se recoucha avec soulagement. Il lui sembla que des mots résonnaient à ses oreilles : « Ne craignez rien ! Soyez en paix jusqu'au matin ! Faites fi des bruits nocturnes ! » Puis il se rendormit.

Ce fut le son de l'eau que Merry entendit s'instiller dans son sommeil paisible : une eau qui doucement ruisselait, puis se répandait, se répandait irrésistiblement tout autour de la maison en une sombre mare sans rivage. Elle gargouillait sous les murs et montait lentement, mais sûrement. « Je vais être noyé ! pensa-t-il. Elle va s'insinuer à l'intérieur, puis je vais me noyer. » Se sentant enfoncer dans un bourbier visqueux, il se redressa d'un coup et posa le pied sur le coin d'une dalle froide. Puis il se rappela où il était et se recoucha. Il lui sembla entendre, ou se souvenir d'avoir entendu : « Rien ne franchit les portes ni les fenêtres, hormis le clair de Lune, la lueur des étoiles et le vent sur la colline. » Un léger souffle d'air frais agita le rideau. Il respira profondément et se rendormit.

Pour autant qu'il se souvînt, Sam dormit toute la nuit dans le plus parfait contentement, en admettant qu'une bûche puisse être contentée.

Ils s'éveillèrent, tous les quatre en même temps, dans la lumière du matin. Tom s'affairait dans la pièce, sifflant comme un étourneau. Lorsqu'il les entendit remuer, il claqua des mains et s'écria : « Ohé ! Venez gai dol ! joli dol ! Mes lurons ! » Il tira les rideaux jaunes qui cachaient des fenêtres aux deux extrémités de la pièce : l'une donnant sur l'est, l'autre sur l'ouest.

Ils se levèrent d'un bond, revigorés. Frodo courut à la fenêtre sur l'est, et se trouva regarder dans un jardin potager gris de rosée. Il se serait plutôt attendu à une pelouse grimpant jusqu'aux murs, une pelouse trouée d'empreintes de sabots. En fait, la vue était masquée par une haute rangée de haricots sur des échalas ; mais au-dessus de celle-ci et dans le lointain, la couronne grise de la colline se découpait sur le lever du jour. C'était une aube blafarde : à l'est, de longs nuages semblables à des fils de laine souillée, aux bords tachés de rouge, nageaient dans des profondeurs d'un jaune chatoyant. Le ciel annonçait de la pluie ; mais la lumière croissait rapidement, et les fleurs des haricots commençaient à rougeoyer sur le feuillage vert et humide.

Pippin, regardant par la fenêtre sur l'ouest, plongea les yeux dans un étang de brume. La Forêt était cachée sous un épais brouillard. C'était comme s'il regardait, du dessus, un plafond de nuages en pente. Il y avait une sorte de repli ou fossé où la brume formait de nombreux panaches et tourbillons : la vallée de l'Oserondule. Le cours d'eau dévalait la colline à gauche et disparaissait dans l'ombre blanche. Plus près de la maison se trouvaient un jardin de fleurs et une haie soigneusement taillée, parcourue de fils d'argent ; au-delà s'étendait de l'herbe rase et grise où perlait une pâle rosée. Il n'y avait aucun saule en vue.

« Bonjour, joyeux amis ! » s'écria Tom, ouvrant toute grande la fenêtre à l'est. Une brise fraîche entra ; elle avait une odeur de pluie. « Soleil ne se montrera pas beaucoup aujourd'hui, je pense. Au loin j'ai marché, sur le dos des collines, depuis le point de l'aube grise, sentant le vent, flairant le temps, l'herbe humide à mes pieds, le ciel lourd sur ma tête. Baie-d'or j'ai réveillée, chantant à sa fenêtre ; mais rien n'éveille les petites gens au tout petit matin. Les Hobbits se réveillent la nuit au milieu des ténèbres, et dorment quand il fait jour ! Dire-lire-leau ! Éveillez-vous, mes joyeux amis ! Oubliez les bruits nocturnes ! Dire-lire-del ! joli del, mes lurels ! Si vous faites vite, vous trouverez une table bien garnie. Si vous tardez, vous aurez de l'herbe et de l'eau de pluie ! »

Inutile de dire que les Hobbits – non que la menace

de Tom leur parût très sérieuse – firent vite, et tardèrent à quitter la table, qui semblait plutôt vide une fois qu'ils eurent terminé. Ni Tom ni Baie-d'or n'y étaient. La rumeur de Tom allait et venait dans la maison, s'agitant avec fracas dans la cuisine, montant et descendant l'escalier, et chantant de-ci de-là à l'extérieur. La pièce regardait à l'ouest, vers la vallée tout enveloppée de brume, et la fenêtre était ouverte. Au-dessus d'elle, de l'eau dégouttait de l'avant-toit de chaume. Ils n'avaient pas encore terminé leur petit déjeuner que les nuages s'étaient rassemblés en un plafond uni ; et une pluie grise et droite se mit à tomber doucement et sans discontinuer. La Forêt était entièrement voilée derrière son épais rideau.

Tandis qu'ils regardaient par la fenêtre, la voix claire de Baie-d'or chantant loin au-dessus d'eux vint ruisseler à leurs oreilles comme l'averse. Peu de mots leur parvenaient clairement, mais ils surent que sa chanson était une chanson de pluie, aussi douce que l'ondée sur la colline desséchée, retraçant l'histoire d'une rivière depuis la source des hautes terres jusqu'à la Mer loin en aval. Les Hobbits l'écoutèrent avec ravissement ; et Frodo eut le cœur content, remerciant le ciel de cette faveur qui retardait leur départ. L'idée de devoir partir lui pesait depuis son réveil ; mais il se doutait bien, à présent, qu'ils n'iraient pas plus loin ce jour-là.

Un vent d'en haut s'installa à l'ouest et leur envoya des nuages plus épais et plus humides qui déchargèrent leurs trombes d'eau sur les têtes dénudées des Coteaux. Tout autour de la maison, rien ne se voyait que la pluie qui tombait. Frodo se tint près de la porte ouverte et regarda le sentier crayeux se transformer en une rigole de lait qui partait mousser dans la vallée. Tom Bombadil tourna rapidement le coin de la maison, agitant les bras comme pour se garder de la pluie ; et quand d'ailleurs il vint à sauter le pas de la porte, il semblait tout à fait sec – à l'exception de ses bottes, qu'il enleva et déposa au coin de la cheminée. Puis il prit place dans le plus grand fauteuil et appela les Hobbits à s'approcher.

« C'est jour de lessive pour Baie-d'or, dit-il, et son ménage d'automne. Trop pluvieux pour des Hobbits : qu'ils se reposent tant qu'ils le peuvent ! Ce jour est propice aux longs récits, aux questions et aux réponses, ainsi Tom va commencer. »

Il leur raconta alors maintes histoires remarquables, parfois presque comme s'il se parlait à lui-même, parfois en fixant tout à coup sur eux un œil bleu et brillant sous des sourcils saillants. Souvent sa voix se muait en chanson, et il se levait de son fauteuil pour danser de côté et d'autre. Il leur contait des histoires d'abeilles et de fleurs, leur parlait des usages des arbres et des étranges créatures de la Forêt, de choses mauvaises et de choses bonnes, de choses amies et ennemies, cruelles ou bienveillantes, et des secrets cachés sous les ronces.

À mesure qu'ils écoutaient, ils comprirent peu à peu les vies de la Forêt, autres que les leurs, au point de se sentir eux-mêmes étrangers là où toutes les autres choses étaient chez elles. Vieil Homme-Saule revenait sans cesse dans son discours, et Frodo en sut alors assez à son goût, plus qu'assez, en fait, car ce savoir n'avait rien de rassurant. Les mots de

Tom mettaient à nu les cœurs des arbres et leurs pensées, souvent étranges et noires, et remplies de haine à l'endroit de ceux qui vont librement sur la terre, rongeant, mordant, brisant, brûlant et tailladant : des destructeurs et des usurpateurs. Si on l'appelait la Vieille Forêt, ce n'était pas sans raison, car elle était véritablement ancienne, vestige de vastes forêts oubliées ; et en ce lieu vivaient encore, n'ayant vieilli plus vite que les collines mêmes, les pères des pères des arbres, nostalgiques du temps où ils régnaient en maîtres. Les années innombrables les avaient remplis d'orgueil, d'une sagesse bien enracinée, et aussi de méchanceté. Mais nul n'était plus dangereux que le Grand Saule : son cœur était pourri, mais sa force était verte ; et il était maître des vents, et rusé, et son chant et sa pensée parcouraient les bois des deux côtés de la rivière. Son esprit gris et assoiffé, tirant son pouvoir de la terre, s'était répandu dans le sol comme par de minces filaments-racines, et dans les airs par de longs et invisibles doigts-ramilles, jusqu'à ce que tous les arbres de la Forêt, ou presque, fussent sous son empire, de la Haie aux Coteaux.

Soudain, les paroles de Tom laissèrent les bois et s'en furent remonter le jeune cours d'eau, sauter les chutes d'eau bouillonnantes, gambader sur les cailloux et les rochers usés, et parmi les fleurs menues, dans l'herbe serrée et les fissures humides, pour aboutir enfin au flanc des Coteaux. Ils eurent vent des Grands Tertres et des monticules verts, et des anneaux de pierre sur les collines, et dans les creux parmi les collines. Des moutons bêlaient en troupeaux. Des murs verts s'élevaient et des murailles blanches. Il y avait des forteresses sur les hauteurs. Des rois de petits royaumes se battaient entre eux, et le jeune Soleil flamboyait sur le métal rouge de leurs épées neuves aux lames assoiffées. Il y eut des victoires et des défaites ; des tours tombèrent, des forteresses furent incendiées, et des flammes montèrent dans le ciel. L'or fut amoncelé sur les catafalques de rois et de reines morts ; des monticules furent érigés et les portes de pierre refermées ; et l'herbe recouvrit tout. Les moutons vinrent brouter l'herbe pour un temps, mais bientôt, les collines furent de nouveau vides. Une ombre surgit de contrées obscures et lointaines, et les ossements furent dérangés sous les monticules. Des Esprits des Tertres hantèrent les endroits creux avec un tintement d'anneaux sur des doigts glacials, et de chaînes d'or au vent. Des cercles de pierres levées grimaçaient comme des bouches édentées dans le clair de Lune.

Les Hobbits frissonnèrent. Même dans le Comté, on avait entendu la rumeur des Esprits des Tertres sur les Coteaux par-delà la Forêt. Mais ce n'était pas le genre d'histoire qu'un Hobbit aimait à se faire raconter, même au coin du feu, loin de tout danger. Quatre d'entre eux se rappelèrent soudain ce que les délices de cette maison avaient chassé de leur esprit : la demeure de Tom Bombadil était nichée sous les contreforts de ces collines si redoutées. Ils perdirent le fil de son discours, remuant mal à l'aise dans leur fauteuil, et échangeant des regards inquiets.

Quand ils se raccrochèrent à ses mots, ils s'aperçurent que Tom s'était aventuré dans d'étranges régions, au-delà de leur mémoire et de leur conscience, en des temps où le monde était plus vaste, et où les mers s'étendaient en droite ligne jusqu'au Rivage occidental ; et toujours remontant les époques, Tom s'en fut chanter à la lumière d'étoiles anciennes, quand seuls les pères des Elfes étaient éveillés. Puis il s'arrêta soudain, et ils virent que sa tête tombait comme s'il allait s'assoupir. Les Hobbits restèrent saisis d'enchantement ; et l'on eût dit que, sous le charme de ses mots, le vent s'était tu et que les nuages s'étaient taris ; que le jour avait fait défaut, que l'obscurité était montée de l'est et de l'ouest, et que tout le ciel s'était constellé d'étoiles blanches.

Frodo n'aurait su dire s'il avait vu passer le matin et le soir d'une seule journée ou de plusieurs jours. Il ne ressentait aucune faim ni aucune fatigue, seulement de l'émerveillement. Les étoiles brillaient à travers la fenêtre et le silence des cieux semblait l'entourer. Il parla enfin, mû par son émerveillement et une peur soudaine de ce silence :

« Qui êtes-vous, Maître ? » demanda-t-il.

« Hein, quoi ? » dit Tom en se redressant ; et dans la pénombre, ses yeux étincelèrent. « Tu ne connais pas encore mon nom ? C'est la seule réponse. Dis-moi, qui es-tu, toi tout seul, sans le nom qui te nomme ? Mais tu es jeune et je suis vieux. L'Aîné, voilà ce que je suis. Croyez-m'en, mes amis : Tom était ici avant la rivière et les arbres ; Tom se souvient de la première goutte de pluie et du premier gland. Il traçait des sentiers avant les Grandes Gens et a vu les Petites Gens arriver. Il était ici avant les Rois, et les tombeaux, et les Esprits des Tertres. Quand les Elfes ont passé dans l'Ouest, Tom était déjà ici, avant que les mers ne soient fléchies. Il a connu les ténèbres sous les étoiles, alors qu'elles ne contenaient aucune peur – avant que le Seigneur Sombre ne vienne de l'Extérieur. »

Une ombre sembla passer près de la fenêtre, et les Hobbits regardèrent vivement à travers les carreaux. Lorsqu'ils détournèrent le regard, ils virent que Baie-d'or se tenait à la porte, encadrée de lumière. Elle tenait une bougie et, pour éviter les courants d'air, protégeait sa flamme d'une main : la lumière filtrait au travers comme le Soleil derrière un coquillage blanc.

« La pluie a cessé, dit-elle, et de nouvelles eaux ruissellent sur les collines, sous les étoiles. Maintenant, c'est l'heure de rire et de nous réjouir ! »

« Et c'est l'heure de manger et de boire ! s'écria Tom. Les longues histoires assoiffent. Et les longues écoutes affament, matin, midi et soir ! » Sur ce, il sauta de son siège et, d'un bond, saisit une bougie sur le manteau de la cheminée et l'alluma avec la flamme de Baie-d'or ; puis il dansa autour de la table. Soudain il gambada jusqu'à la porte et disparut.

Il revint bientôt avec un grand plateau chargé. Puis Tom et Baie-d'or mirent la table ; et les Hobbits restèrent assis à les regarder, mi-émerveillés, mi-rieurs, tant la grâce de Baie-d'or était envoûtante et les cabrioles de Tom, enjouées et étranges. Et pourtant, d'une certaine façon, ils semblaient suivre une seule et même danse, sans que l'un nuise jamais à l'autre, entrant et sortant de la pièce, s'affairant autour de la table ; et très vite, vaisselle et nourriture furent disposées sur la table, éclairée de bougies blanches et jaunes. Tom s'inclina devant ses invités. « Le souper est prêt », dit Baie-d'or ; alors les Hobbits virent qu'elle était toute d'argent vêtue, portant ceinture blanche à sa taille, et des chaussures semblables à des écailles de poisson. Mais Tom était de bleu immaculé, bleu comme des ne-m'oubliez-pas lavés par la pluie, et il portait des bas verts.

Le souper fut encore meilleur que celui de la veille. Sous le charme des mots de Tom, les Hobbits avaient peut-être sauté un ou plusieurs repas ; mais quand la nourriture leur fut servie, il leur sembla qu'ils n'avaient rien mangé depuis au moins une semaine. Ainsi, pour un certain temps, ils ne chantèrent pas et parlèrent à peine, se concentrant sur ce qu'ils avaient à faire. Mais au bout d'un moment, ils retrouvèrent tout leur entrain et leur vivacité, et leurs voix résonnèrent dans la gaieté et le rire.

Quand ils eurent fini de manger, Baie-d'or chanta pour eux de nombreuses chansons, chansons qui naissaient joyeusement dans les collines et retombaient doucement dans le silence ; et au creux de ces silences, se déployaient dans leur esprit des mares et des eaux plus vastes qu'ils n'en avaient jamais connu, et regardant en leur sein ils voyaient le ciel se mirer sous eux, et les étoiles gisant dans les profondeurs telles des gemmes. Alors Baie-d'or leur souhaita de nouveau une bonne nuit et les laissa au coin du feu. Mais Tom semblait à présent tout à fait éveillé, et il les pressa de questions.

Il semblait en connaître déjà un long bout sur eux tous et sur leurs familles ; en fait, il semblait connaître une bonne partie de l'histoire et des faits du Comté, jusqu'à une époque reculée dont les Hobbits eux-mêmes avaient à peine souvenance. Pareille chose ne les étonnait plus ; mais Tom ne leur cacha pas qu'il tenait la plupart des récentes nouvelles du fermier Magotte, à qui il semblait accorder plus d'importance qu'ils ne l'auraient cru. « Il y a de la terre sous ses vieux pieds et de la glaise sur ses doigts ; de la sagesse dans ses os, et ses deux yeux sont ouverts », dit Tom. En outre, il apparaissait que Tom avait commerce avec les Elfes, et que des nouvelles de Gildor lui étaient parvenues d'une quelconque manière, annonçant la fuite de Frodo.

En fait, Tom était si bien informé, et ses questions étaient si pénétrantes, que Frodo se trouva à lui parler de Bilbo, mais aussi de ses propres espoirs et craintes, plus librement qu'il ne l'avait jamais fait, même avec Gandalf. Tom hochait la tête en signe d'assentiment ; et ses yeux étincelèrent à la mention des Cavaliers.

« Montre-moi le précieux Anneau ! » dit-il soudain au beau milieu de l'histoire ; et à son grand étonnement, Frodo se vit sortir la chaîne de sa poche, détacher l'Anneau et le remettre aussitôt à Tom.

Il sembla grossir, tandis que celui-ci le gardait un instant dans sa large paume brune. Puis Tom le porta à son œil et rit. Le temps d'une seconde, les Hobbits eurent une vision à la fois comique et affolante : celle de son œil bleu jetant de brillants reflets au milieu d'un cercle d'or. Puis Tom passa l'Anneau au bout de son petit doigt et le tint dans la lumière des bougies. Pendant un moment, les Hobbits ne remarquèrent rien d'étrange. Puis ils étouffèrent un cri. Tom n'avait aucunement disparu !

Tom rit de nouveau, puis il fit virevolter l'Anneau dans l'air – et l'Anneau disparut. Frodo poussa un cri ; mais Tom se pencha en avant et lui remit l'Anneau avec un sourire.

Frodo l'examina avec attention, mais aussi avec méfiance (comme quelqu'un qui aurait prêté un colifichet à un illusionniste). C'était le même Anneau, ou un de même aspect et de même poids ; car cet Anneau, tenu dans le creux de la main, lui avait toujours paru étrangement lourd. Mais quelque chose incita Frodo à s'en assurer. Il était sans doute un rien agacé de voir que Tom faisait si peu de cas de ce que Gandalf lui-même considérait comme un péril des plus graves. Il attendit le moment opportun, lorsque la discussion eut repris et que Tom se fut lancé dans une histoire absurde concernant les blaireaux et leurs étranges usages ; puis il passa l'Anneau à son doigt.

Merry se tourna vers Frodo pour lui dire quelque chose ; il sursauta et retint un cri de surprise. Frodo fut ravi (d'une certaine manière) : c'était bien son anneau à lui, car Merry regardait son fauteuil d'un air ébahi et n'y voyait manifestement personne. Il se leva et, s'éloignant du feu à pas furtifs, se dirigea vers la porte d'entrée.

« Hé, là ! cria Tom, jetant un regard des plus clairvoyants en sa direction. Hé, Frodo ! Où t'en vas-tu ? Le vieux Tom Bombadil n'est pas encore aveugle à ce point. Retire ton anneau d'or ! Ta main est plus belle sans lui. Reviens ! Laisse ton petit jeu et assieds-toi près de moi ! Il nous faut encore discuter, et songer à demain. Tom doit guider vos pas, et enseigner le bon chemin. »

Frodo rit (s'efforçant d'être gai), puis, retirant l'Anneau, il revint s'asseoir. Tom leur dit à présent qu'il croyait que le Soleil brillerait demain, que la matinée serait joyeuse et le départ prometteur. Mais ils feraient bien de partir de bonne heure ; car s'il était dans ce pays une chose dont Tom lui-même ne pouvait longtemps être sûr, c'était le temps, qui parfois changeait plus vite que lui-même pouvait changer de veste. « Je ne suis pas maître du temps qu'il fait, dit-il, non plus que rien qui va sur deux pattes. »

Sur son conseil, ils décidèrent de partir presque plein nord depuis sa maison, suivant les pentes basses à l'ouest des Coteaux : de cette façon, ils pouvaient espérer atteindre la Route de l'Est en une journée, et éviter les Tertres. Il leur dit de ne pas avoir peur – mais de se mêler de leurs affaires.

« Restez sur l'herbe verte. N'allez pas vous mêler aux vieilles pierres et aux Esprits froids, ou mettre le nez dans leurs demeures, à moins d'être des gens solides et au cœur intrépide ! » Il le leur répéta plus d'une fois, et leur conseilla de toujours passer les tertres funéraires du côté ouest, si d'aventure ils venaient à en croiser. Puis il leur montra une comptine à chanter, si par malchance ils rencontraient quelque danger ou difficulté le lendemain.

Holà ! Tom Bombadil ! Ho ! Tom Bombadilo !
Par les eaux ou les bois, le saule ou le roseau,
De jour comme de nuit, prête-nous assistance !
Accours, Tom Bombadil : le besoin nous devance !

Quand ils l'eurent chantée au long après lui, il leur donna à chacun une tape sur l'épaule avec un rire, et, saisissant des bougies, les raccompagna à leur chambre.

8

Brouillard sur les Coteaux des Tertres

Cette nuit-là, ils n'entendirent aucun bruit. Mais dans ses rêves ou en réalité, il n'aurait su le dire, Frodo entendit un doux chant courant dans sa tête, un chant qui semblait filtrer comme une pâle lumière derrière un rideau de pluie grise, et s'intensifier de sorte que le voile se fit tout de verre et d'argent – jusqu'à ce qu'enfin il s'écarte, et qu'une contrée verdoyante et lointaine se fasse jour à ses yeux sous un rapide lever de Soleil.

Cette vision se mua en réveil ; et voilà que Tom se trouvait là, sifflant comme autant d'oiseaux perchés à l'arbre ; et le Soleil dardait déjà ses rais obliques sur la colline et à travers la fenêtre ouverte. Dehors, tout était de vert et d'or pâle.

Après le petit déjeuner, qu'ils prirent de nouveau seuls, ils se préparèrent aux adieux, le cœur presque aussi lourd qu'il se pouvait par une si belle matinée : claire, immaculée, sous un ciel lavé du bleu délicat des matins d'automne. L'air frais arrivait du nord-ouest. Leurs tranquilles poneys étaient presque fringants, flairant et remuant nerveusement. Tom sortit de la maison, agita son chapeau et dansa sur le pas de la porte, invitant les Hobbits à se mettre en selle et à aller bon train.

Ils partirent le long d'un sentier qui serpentait derrière la maison et grimpait vers le côté nord de la crête sous laquelle elle s'abritait. Ils venaient de descendre de leurs poneys pour les aider à gravir le dernier raidillon, quand Frodo s'arrêta soudain.

« Baie-d'or ! s'écria-t-il. Ma belle dame, toute de vert-argent vêtue ! Nous ne lui avons jamais dit adieu, ni même ne l'avons-nous revue depuis hier soir ! » Il en était si affligé qu'il fit demi-tour ; mais au même moment, un clair appel descendit vers eux en cascade. Là, sur la crête, se tenait Baie-d'or leur faisant signe : ses cheveux défaits volaient dans la brise, brillant et chatoyant au Soleil. Un reflet semblable au miroitement de l'eau sur l'herbe mouillée étincelait sous ses pieds tandis qu'elle dansait.

Ils se hâtèrent de gravir le raidillon et se tinrent bientôt à ses côtés, hors d'haleine. Ils s'inclinèrent, mais, d'un grand geste du bras, elle les invita à regarder alentour ; et du haut de la colline, ils contemplèrent les terres dans l'éclat du matin. Celui-ci était à présent aussi clair et net qu'il avait été voilé et brumeux lorsqu'ils avaient regardé de l'éminence de la Forêt, que l'on voyait maintenant s'élever, pâle et verte, parmi les arbres sombres à l'ouest. De ce côté, le pays se relevait en une succession de crêtes boisées, vertes, jaunes ou roussâtres au Soleil, masquant la vallée du Brandivin au-delà. Au sud, passé la coupure de l'Oserondule, se voyaient de lointains reflets, comme du verre pâle, où le fleuve Brandivin décrivait une grande boucle à travers les basses terres et sortait de la connaissance des Hobbits. Vers le nord, au-delà des coteaux déclinants, le pays était constitué de plaines et de renflements gris ou verts, aux teintes pâles et terreuses, et se perdait dans des lointains monotones et indistincts. À l'est se dressaient les Coteaux des Tertres, crête après crête dans le matin, disparaissant hors de vue et laissant deviner quelque chose d'autre : ce n'était qu'un soupçon de bleu et un lointain miroitement de blanc mêlé à la frange céleste, mais cette vision leur parlait des hautes et lointaines montagnes qui se dressaient dans leurs souvenirs des vieux contes.

Humant l'air à pleins poumons, ils avaient l'impression qu'une gambade et quelques bonnes enjambées les conduiraient où ils le désireraient. Il semblait timoré de longer les bords affaissés des coteaux pour aller rejoindre tranquillement la Route, alors qu'ils auraient dû bondir de colline en colline, du même élan que Tom, et filer droit vers les Montagnes.

Baie-d'or leur parla, attirant de nouveau leurs regards et leurs pensées. « Filez, à présent, mes beaux hôtes ! dit-elle. Et tenez-vous-en à votre dessein ! Vers le nord, le vent dans l'œil gauche et une bénédiction sur vos pas ! Hâtez-vous tant que le Soleil brille ! » Et à Frodo, elle dit : « Adieu, Ami des Elfes, ce fut une joyeuse rencontre ! »

Mais Frodo ne put répondre quoi que ce soit. Il s'inclina profondément, se mit en selle et partit au petit trot sur l'autre versant de la colline, qui descendait en pente douce. La maison de Tom Bombadil, et la vallée, et la Forêt, furent perdues de vue. L'air se fit plus chaud entre les murs verts, colline contre colline, et une forte odeur de gazon vint chatouiller leurs narines. Parvenus au fond du vallon vert, ils se retournèrent et virent Baie-d'or, à présent toute petite, se détacher sur le ciel, telle une mince fleur baignée de Soleil : elle se tenait là-haut et les observait, les bras tendus vers eux. Tandis qu'ils la regardaient, elle les salua d'une voix claire, puis, levant la main, se détourna et disparut derrière la colline.

Leur chemin serpentait au fond du vallon, et contournait les pieds verts d'une colline escarpée pour aboutir dans une autre vallée, plus large et plus profonde ; il gravissait ensuite les épaules d'autres collines et redescendait leurs longs membres pour mieux remonter leurs flancs lisses, jusqu'à de nouveaux sommets et de nouveaux creux. Il n'y avait aucun arbre ni aucune eau visible : c'était un pays d'herbe et de gazon court et moelleux, parfaitement silencieux hormis le chuchotement du vent sur les contours des terres, et les cris solitaires d'étranges oiseaux, loin dans les airs. À mesure qu'ils chevauchaient, le Soleil montait et devenait très chaud. Chaque fois qu'ils franchissaient une nouvelle crête, la brise semblait avoir diminué. Lorsqu'ils apercevaient le pays s'étendant à l'ouest, la lointaine Forêt semblait fumer, comme si la pluie tombée la veille s'évaporait maintenant sur les feuilles, dans les arbres et au sol, parmi les racines. Une ombre pesait à présent sur l'horizon, comme un nuage de brume noire chapeautée par le haut ciel bleu, chaud et lourd.

Vers midi, ils arrivèrent à une colline dont le sommet était large et aplati, telle une soucoupe peu profonde au rebord vert et surélevé. À l'intérieur, il n'y avait aucun mouvement d'air, et le ciel semblait tout près de leurs têtes. L'ayant traversée, ils regardèrent vers le nord. Alors ils prirent courage, car il semblait évident qu'ils avaient progressé plus vite qu'ils ne s'y attendaient. Toutes les distances étaient devenues vagues et trompeuses, mais il ne faisait aucun doute qu'ils approchaient de la fin des Coteaux. Une vallée allongée s'étirait sous eux, sinuant vers le nord jusqu'à une ouverture entre deux épaulements escarpés. Derrière, il ne semblait plus y avoir de collines. Droit au nord, ils distinguaient vaguement une longue ligne sombre. « C'est une rangée d'arbres, dit Merry : elle marque sûrement la Route. Des arbres poussent tout le long, à bien des lieues à l'est du Pont. Certains disent qu'ils ont été plantés dans l'ancien temps. »

« Formidable ! dit Frodo. Si nous progressons aussi bien cet après-midi que nous l'avons fait ce matin, nous aurons quitté les Coteaux avant le coucher du Soleil et nous irons trotter à la recherche d'un endroit où camper. » Mais alors même qu'il parlait, il tourna son regard vers l'est, et s'aperçut que les collines de ce côté étaient plus élevées, et les regardaient de haut ; et toutes ces collines étaient surmontées de monticules verts où se voyaient parfois des pierres levées, pointant comme des dents biscornues sur des gencives vertes.

Cette vue avait quelque chose d'inquiétant, alors ils s'en détournèrent et redescendirent au milieu du cercle creux. Là se dressait une unique pierre, haute sous l'astre du jour, ne jetant à cette heure aucune ombre. Informe, elle avait pourtant une signification : comme un point de repère ou un doigt protecteur, ou plutôt un avertissement. Mais à présent, ils avaient faim, et le Soleil de midi les gardait de toute peur, alors ils s'adossèrent contre la face est de la pierre. Elle était froide, comme si le Soleil n'avait pu la réchauffer ; mais pour lors, cette sensation leur parut agréable. Ils sortirent de la nourriture et des boissons, et firent en plein air un repas de midi aussi bon qu'on pouvait le souhaiter ; car la nourriture venait de « là-bas sous la Colline ». Tom les avait pourvus de tout ce qu'il fallait pour passer une belle journée. Leurs poneys déchargés vaguaient sur l'herbe.

Chevaucher sur les collines et manger à leur faim, se baigner de Soleil et sentir le gazon, rester allongés un peu trop longtemps, étendre les jambes et lever le nez pour contempler le ciel : voilà qui suffit (peut-être) à expliquer ce qui se passa. Quoi qu'il en soit, ils se réveillèrent soudain, mal à l'aise, d'un somme qu'ils n'avaient jamais voulu faire. La pierre levée était froide, et projetait une ombre qui s'étirait, longue et faible, vers l'est, et les enveloppait. Le Soleil, d'un jaune pâle et délavé, luisait à l'ouest à travers la brume, juste au-dessus de la cuvette où ils se trouvaient ; au nord, au sud et à l'est s'étendait, au-delà de la paroi, un épais brouillard, froid et blanc. L'air était silencieux, lourd et frisquet. Les poneys s'étaient blottis les uns contre les autres, la tête basse.

Les Hobbits affolés sautèrent sur pied et coururent jusqu'au bord du côté ouest. Ils constatèrent qu'ils se trouvaient sur une île au milieu du brouillard. Au moment même où ils portaient leurs regards consternés vers le Soleil couchant, celui-ci plongea sous leurs yeux dans un océan blanc, et une ombre grise et froide surgit derrière eux à l'est. Le brouillard s'avança jusqu'aux parois et s'éleva au-dessus d'elles, et tout en montant, se répandit au-dessus de leurs têtes pour former un plafond : ils étaient pris dans une voûte de brume dont le pilier central était la pierre levée.

Malgré l'impression qu'un piège venait de se refermer autour d'eux, ils ne désespéraient pas pour autant. Ils se rappelaient la vue encourageante qu'ils avaient eue, quand le tracé de la Route s'était dessiné loin en avant, et ils savaient dans quelle direction elle se trouvait. Et puis cet endroit creux leur faisait tellement horreur, à présent, qu'il n'était plus aucunement question d'y rester. Ils remballèrent leurs affaires aussi vite que leurs doigts glacés le leur permettaient.

Ils menèrent bientôt leurs poneys à la file, franchissant le rebord, donc sur le versant nord de la colline, plongeant dans un océan de brouillard. Au fil de leur descente, la brume se fit plus froide et plus humide ; leurs cheveux dégouttaient et leur collaient au front. En bas, le froid était si saisissant qu'ils s'arrêtèrent et sortirent capes et capuchons, lesquels ne tardèrent pas à se couvrir de fines gouttelettes grises. Puis, enfourchant leurs poneys, ils se remirent lentement en chemin, se guidant sur les ondulations du terrain. Ils se dirigeaient, autant qu'ils pouvaient en juger, vers l'ouverture en forme de portail à l'extrémité nord de la longue vallée qu'ils avaient aperçue au matin. Passé cette brèche, ils n'auraient plus qu'à continuer plus ou moins en ligne droite, et ils finiraient par croiser la Route d'une manière ou d'une autre. Leur raisonnement n'allait pas plus loin, hormis le vague espoir qu'il n'y ait plus de brouillard au-delà des Coteaux.

Ils progressaient très lentement. Pour éviter de se séparer et d'aller chacun de leur côté, ils avançaient en file, Frodo en tête. Sam allait derrière lui, suivi de Pippin et enfin de Merry. La vallée semblait s'étirer indéfiniment. Soudain, Frodo vit un signe encourageant. Devant lui à travers la brume, des ombres se dessinaient de part et d'autre ; et il crut qu'ils approchaient de la brèche entre les collines, du portail nord des Coteaux des Tertres. Une fois passés, ils seraient libres.

« Allons ! Suivez-moi ! » cria-t-il par-dessus son épaule, et il s'élança en avant. Mais son espoir devint bientôt confusion et affolement. Les deux taches s'assombrirent encore, mais elles rapetissèrent ; et soudain il vit, dressées devant lui de façon menaçante, légèrement penchées l'une vers l'autre comme les montants d'une porte sans linteau, deux immenses pierres levées. Il ne se souvenait pas d'avoir rien vu de semblable au fond de la vallée, lorsqu'il avait regardé du haut de la colline en fin de matinée. Il les avait à peine aperçues qu'il était déjà passé entre elles ; et comme il les passait, les ténèbres parurent s'abattre tout autour de lui. Son poney se cabra et s'ébroua, et le jeta à terre. Puis, se retournant, Frodo vit qu'il était seul : les autres ne l'avaient pas suivi.

« Sam ! appela-t-il. Pippin ! Merry ! Dépêchez-vous ! Pourquoi vous ne venez pas ? »

Il n'y eut pas de réponse. La peur le saisit, et il repassa les pierres en criant éperdument : « Sam ! Sam ! Merry ! Pippin ! » Le poney s'emballa et disparut dans la brume. À quelque distance de là, semblait-il, il crut entendre un cri : « Ohé ! Frodo ! Ohé ! » Il provenait de l'est, sur sa gauche alors qu'il se tenait sous les grandes pierres, plissant les yeux afin de percer l'obscurité. Il fonça dans cette direction et se trouva à gravir une pente abrupte.

Dans sa pénible montée, il appela de nouveau, ses appels se faisant de plus en plus frénétiques ; mais dans un premier temps, il n'entendit rien. Puis une réponse vint, faible et distante, devant lui, en hauteur. « Frodo ! Ohé ! » firent de minces voix à travers les brumes ; puis il vint un cri – *à l'aide ! à l'aide !* – maintes fois répété, se terminant sur un dernier *à l'aide !* qui s'étira en une longue plainte soudain étouffée. Il s'élança vers les cris à corps perdu ; mais toute lumière avait disparu : une nuit oppressante l'enserrait et il ne savait plus très bien où il allait. On eût dit qu'il ne cessait de grimper encore et encore.

Seule l'inclinaison du sol à ses pieds lui permit de comprendre qu'il était enfin parvenu au haut d'une crête ou d'une colline. Il était épuisé et en sueur, mais transi. Il faisait complètement noir.

« Où êtes-vous ? » cria-t-il d'une voix plaintive.

Il n'y eut aucune réponse. Il tendit l'oreille. Il eut soudainement conscience qu'il faisait très froid, et qu'un vent commençait à souffler sur les hauteurs, un vent glacial. Le temps changeait. La brume passait à présent sous ses yeux et se déchiquetait. Son souffle se condensait dans l'air, et les ténèbres étaient moins proches et moins denses. Il leva le regard et constata avec surprise que de faibles étoiles apparaissaient dans le ciel, entre les stries de brouillard et de nuages pressés. Le vent se mit à siffler parmi les herbes.

Il s'imagina soudain entendre un cri étouffé, et voulut s'en approcher ; et tandis qu'il avançait, la brume fut levée et écartée, dévoilant le ciel étoilé. Un regard circulaire lui révéla qu'il se trouvait face au sud, au sommet d'une colline arrondie qu'il avait dû gravir par le nord. À l'est, un vent cinglant soufflait. À sa droite, une forme noire masquait les étoiles de l'ouest. Un grand tertre se trouvait là.

« Où êtes-vous ? cria-t-il de nouveau, à la fois irrité et apeuré.

« Ici ! dit une voix profonde et froide qui semblait sortir de terre. Je t'attends ! »

« Non ! » dit Frodo ; mais il ne s'enfuit pas. Ses genoux ployèrent sous lui, et il s'effondra sur le sol. Rien ne se produisit, et il n'y eut aucun son. Tremblant, il leva les yeux, à temps pour apercevoir une grande silhouette noire, comme une ombre devant les étoiles. Elle se pencha sur lui. Il crut voir deux yeux, très froids, bien qu'animés d'une faible lueur qui semblait émaner de loin. Puis une étreinte plus forte et plus froide que le fer le saisit. Ce contact glacial lui gela les os, et il ne put se souvenir de rien d'autre.

Lorsqu'il revint à lui, il fut tout d'abord incapable de se rappeler quoi que ce soit, hormis un vague sentiment d'épouvante. Puis, tout à coup, il sut qu'il était emprisonné, à jamais pris au piège : il se trouvait dans un tertre. Un Esprit des Tertres l'avait pris, et il était sans doute déjà soumis aux terribles sorts de ces êtres maléfiques dont parlaient les histoires chuchotées à voix basse. Il n'osait pas bouger, restant étendu tel qu'il se trouvait : le dos contre la pierre froide, les mains sur la poitrine.

Mais malgré son épouvante, si incommensurable

qu'elle semblait faire partie des ténèbres mêmes qui l'entouraient, il se prit à rêvasser à Bilbo Bessac et à ses histoires, à leurs promenades sur les chemins du Comté et à leurs conversations sur les voyages, les routes et les aventures. Dans le cœur du Hobbit le plus gras et le plus timoré se cache (souvent très loin, il est vrai) un grain de courage, attendant quelque danger ultime et insurmontable pour éclore. Frodo n'était ni très gras, ni très timoré ; en fait, si lui-même n'en savait rien, de l'avis de Bilbo (et de Gandalf) il était le meilleur Hobbit du Comté. Il croyait être arrivé à la fin de son aventure, une fin atroce s'il en était ; mais cette pensée l'enhardit. Il sentit son corps se raidir, comme pour un dernier sursaut ; non plus lâche comme une proie sans défense.

Tandis qu'il se trouvait là, à réfléchir et à se ressaisir, il remarqua tout à coup que les ténèbres reculaient lentement : une faible lumière verdâtre grandissait tout autour de lui. Il ne découvrit pas d'emblée où il se trouvait, car la lumière semblait émaner de sa propre personne, et du sol à ses côtés, et elle n'avait pas encore atteint le plafond ou les murs. Il se retourna, puis, dans la froide lueur, il vit Sam, Pippin et Merry allongés à côté de lui. Couchés sur le dos, leurs visages d'une pâleur mortelle, ils étaient vêtus de blanc. De nombreux trésors gisaient tout autour d'eux, des ouvrages d'or, peut-être ; mais sous cet éclairage, ils étaient froids et sans attrait. Leurs fronts étaient ceints de minces bandeaux dorés et des chaînes en or décoraient leurs tailles, tandis que maints anneaux brillaient sur leurs mains. Des épées reposaient à leurs côtés et des boucliers à leurs pieds. Mais en travers de leurs trois cous était posée une longue épée nue.

Soudain, un chant se fit entendre : un froid murmure qui s'élevait et retombait. La voix semblait lointaine et infiniment morne, tantôt fluette et aérienne, tantôt plaintive et souterraine. De cette mélopée indistincte, aux sons à la fois tristes et horribles, se dégageaient de temps en temps des suites de mots : des mots durs et sévères, des mots froids, cruels et abjects. La nuit injuriait le matin dont elle était dépossédée, et le froid maudissait la chaleur dont il avait faim. Frodo était gelé jusqu'à la moelle. Au bout d'un moment, le chant se fit plus net, et se changea en une incantation qui lui glaça le cœur :

Que soient transis la main et le cœur et les os,
qu'une froide torpeur les confine au tombeau
pour que les prisonniers jamais ne se réveillent
tant que n'expireront la Lune et le Soleil.
Sous un vent de noirceur les étoiles mourront,
toujours sur ce lit d'or leurs corps reposeront ;
lors le sombre seigneur élèvera sa main
sur la terre déserte et l'océan éteint.

Il entendit derrière lui une sorte de grincement et de grattement. S'appuyant sur un bras, il se redressa et put voir à présent, dans la faible lumière, qu'ils se trouvaient au milieu d'une galerie qui, derrière eux, formait un coude. Quelque chose tâtonnait là, un long bras qui marchait sur ses doigts vers Sam qui se trouvait plus près, vers la poignée de l'épée placée tout contre son menton.

Frodo eut d'abord l'impression d'avoir été changé en

pierre par l'incantation. Puis lui vint une idée folle, un ardent désir de s'échapper. Il se demanda si, en passant l'Anneau à son doigt, il parviendrait à se soustraire à l'Esprit des Tertres et à sortir. Il s'imagina en train de courir librement sur l'herbe, pleurant la perte de Merry, de Sam et de Pippin, mais lui-même en vie, libre. Gandalf admettrait qu'il n'y avait eu rien d'autre à faire.

Mais le courage éveillé en lui était devenu trop fort : il ne pouvait abandonner ses amis si facilement. Il flancha un moment, tâtonnant dans sa poche, puis lutta de nouveau contre lui-même ; et pendant tout ce temps, la main approchait. Soudain, sa volonté se durcit, et saisissant une courte épée qui se trouvait non loin, il se mit à genoux, penché au-dessus des corps de ses compagnons. De toutes les forces qui lui restaient, il porta un grand coup au bras rampant, l'atteignant près du poignet, et la main se détacha ; mais au même moment, l'épée se brisa en éclats jusqu'à la garde. Il y eut un cri perçant et la lumière s'évanouit. Un grognement féroce s'éleva dans l'obscurité.

Frodo tomba sur Merry : son visage était froid au toucher. Alors lui revint tout à coup à l'esprit, disparu dès l'arrivée du brouillard, le souvenir de la maison là-bas sous la Colline, et des chansons de Tom. Il se remémora la comptine que Tom leur avait apprise et, d'une voix frêle et désespérée, il entonna : *Holà ! Tom Bombadil !* Et à la mention de ce nom, sa voix sembla prendre de la vigueur : elle retentit avec force et vitalité, faisant résonner la sombre galerie comme tambour et trompette.

Holà ! Tom Bombadil ! Ho ! Tom Bombadilo !
Par les eaux ou les bois, le saule ou le roseau,

De jour comme de nuit, prête-nous assistance !
Accours, Tom Bombadil : le besoin nous devance !

Un profond silence tomba soudain, et Frodo put entendre les battements de son cœur. Après un lent et long moment, il entendit une voix, claire mais lointaine, comme sortant du sol ou traversant d'épais murs, qui lui répondait en un chant :

Le vieux Tom Bombadil est un joyeux bonhomme ;
D'un bleu vif est sa veste, et ses bottes sont jaunes.
Nul ne l'a jamais pris, car le maître, c'est lui :
Plus vite ses pieds vont ; plus forte est sa chanson.

Il y eut un fort grondement, comme de pierres qui roulent et qui tombent ; et soudain la lumière fut, la vraie lumière, celle qui illumine le jour. Une ouverture basse, semblable à une porte, apparut dans le mur aux pieds de Frodo ; et voilà que la figure de Tom (son chapeau, sa plume et le reste) se découpait devant le rougeoiement du Soleil levant. La lumière tomba sur le plancher et sur les visages des trois Hobbits allongés près de Frodo. Ils ne firent aucun mouvement, mais la pâleur maladive les avait quittés. Ils ne semblaient plus que très profondément endormis.

Tom se pencha, retira son chapeau et entra dans la pièce sombre en chantant :

Sors d'ici, vieil Esprit ! Disparais au Soleil !
Flétris comme la brume et les vents qui lamentent
En pays désolés par-delà les montagnes !
Jamais plus ne reviens ! Laisse ton tertre vide !
Sois perdu, oublié, plus noir que les ténèbres,

Aux portes de la nuit à jamais refermées
Jusqu'au jour où viendra la guérison du monde.

À ces mots, un hurlement se fit entendre, et le fond de la pièce s'effondra en partie avec un grand fracas. Puis il y eut un long cri strident qui finit par se perdre en des profondeurs insondables ; et enfin, le silence.

« Viens, Frodo, l'ami ! dit Tom. Allons fouler l'herbe pure ! Tu dois m'aider à les porter. »

Ensemble, ils transportèrent Merry, Pippin et Sam à l'extérieur. En sortant du tertre pour la dernière fois, Frodo crut apercevoir une main coupée qui se tortillait encore, comme une araignée blessée, dans un tas de terre effondrée. Tom y entra de nouveau, et il y eut de nombreux coups et piétinements. Il ressortit les bras chargés de trésors : des objets d'or, d'argent, de cuivre et de bronze ; des perles, des chaînes et des bijoux en nombre. Il grimpa jusqu'au sommet du tertre vert et les déposa en tas à la lumière du Soleil.

Il se tint là, chapeau à la main et cheveux au vent, et regarda en bas dans l'herbe les trois Hobbits étendus sur le dos, du côté ouest du monticule. Levant sa main droite, il dit d'une voix claire et impérieuse :

Réveillez-vous, mes joyeux gaillards ! Entendez mon appel !
Que le cœur se réchauffe ! La pierre froide est tombée ;
Le tombeau est au jour ; la main morte est brisée.
La Nuit sous la Nuit s'est enfuie, et la Porte est ouverte !

Les Hobbits remuèrent, à la grande joie de Frodo ; et ils s'étirèrent, se frottèrent les yeux et se relevèrent soudain d'un bond. Ils jetèrent tout autour des regards étonnés, d'abord vers Frodo, puis vers Tom qui se tenait là, incroyable mais vrai, au sommet du tertre ; enfin ils se regardèrent eux-mêmes, vêtus de haillons blancs et légers, couronnés et ceinturés d'or pâle, et chargés de bijoux cliquetants.

« Par quel prodige… ? » commença Merry, sentant le bandeau doré qui avait glissé devant un de ses yeux. Puis il s'arrêta ; une ombre passa sur son visage, et il ferma les paupières. « Bien sûr, je me souviens ! dit-il. Les hommes de Carn Dûm nous ont assaillis de nuit, et nous avons eu le dessous. Ah ! la lance dans mon cœur ! » Il s'agrippa la poitrine. « Non ! Non ! fit-il, ouvrant les yeux. Qu'est-ce que je dis là ? J'ai rêvé. Où étais-tu passé, Frodo ? »

« J'ai cru que j'étais perdu, dit Frodo ; mais je ne veux pas en parler. Pensons à ce que nous allons faire maintenant. Poursuivons notre route ! »

« Accoutrés comme ça, m'sieur ? dit Sam. Où sont mes affaires ? » Il jeta son bandeau, sa ceinture et ses anneaux dans l'herbe et regarda désespérément autour, comme s'il s'attendait à trouver sa cape, sa veste, ses culottes et autres habits de Hobbit quelque part à portée de main.

« Vous ne retrouverez pas vos affaires », dit Tom, descendant du monticule en sautillant. Il rit, dansant autour d'eux dans le Soleil du matin. C'était comme si rien de dangereux ou d'horrible ne s'était passé ; d'ailleurs, l'horreur quittait leurs cœurs tandis qu'ils le regardaient et voyaient la joyeuse étincelle dans ses yeux.

« Que voulez-vous dire ? demanda Pippin tout en le regardant d'un air mi-perplexe, mi-amusé. Pourquoi pas ? »

Mais Tom secoua la tête et dit : « Vous vous êtes retrouvés, remontant du fond des eaux. Les vêtements ne sont pas une grande perte pour qui échappe à la noyade. Réjouissez-vous, mes joyeux amis, et laissez les rayons ardents vous réchauffer le cœur et les membres ! Retirez ces froides guenilles ! Courez nus sur l'herbe pendant que Tom va à la chasse ! »

Il s'élança vers le bas de la colline, sifflant et hélant. Le suivant du regard, Frodo le vit courir vers le sud, au creux du vallon vert entre leur colline et la suivante, toujours sifflant et criant :

Hé ! là ! Venez, ohé ! Où vaguez-vous, mes gars ?
En haut, en bas, par-ci, par-là ou par là-bas ?
Vive-oreille, Nez-fin, Queue-fouailleuse et Pécot,
Bas-blancs, mon tout petit, et le vieux Gros Nigaud !

Il chanta ainsi, courant à vive allure, lançant son chapeau et le rattrapant, jusqu'à disparaître derrière un pli du terrain ; mais ses *hé, là ! ohé, là !* revinrent flotter vers eux pendant un moment, portés par le vent qui s'était retourné, et soufflait maintenant du sud.

L'air redevenait très chaud. Pendant un moment, les Hobbits coururent çà et là sur l'herbe, comme il leur avait dit de faire. Puis ils s'étendirent au Soleil, baignant dans sa chaude lumière comme ceux qui, arrachés au rude hiver, se voient soudain transportés sous des cieux plus cléments, ou comme des malades longtemps alités qui s'éveilleraient un matin en constatant qu'ils sont subitement guéris et que la journée est à nouveau pleine de promesses.

Quand Tom revint enfin, ils se sentaient revigorés (et affamés). Ils le virent réapparaître, chapeau en premier, derrière la crête de la colline, suivi d'une file docile de *six* poneys : les cinq qui leur appartenaient et un de plus. Ce dernier était, à l'évidence, le vieux Gros Nigaud : il était plus massif, plus fort, plus gras (et plus vieux) que leurs poneys à eux. Merry, à qui les autres appartenaient, ne les avait en fait jamais appelés ainsi ; mais ils répondirent aux noms que Tom leur avait donnés pour le restant de leurs jours. Tom les appela un à un, et ils franchirent la crête et se placèrent en rangée. Tom s'inclina alors devant les Hobbits.

« Voici donc vos poneys ! dit-il. Ils ont plus de jugeote (en un sens) que les Hobbits vagabonds – plus de jugeote dans le museau. Car ils sentent de loin le danger, dans lequel vous foncez tout droit ; et s'ils courent pour se sauver, ils courent du bon côté. Pardonnez-leur à tous ; car s'ils ont le cœur fidèle, affronter les Esprits des Tertres n'est pas ce pour quoi ils sont nés. Voyez-les qui reviennent avec tous leurs fardeaux ! »

Merry, Sam et Pippin revêtirent alors des habits de rechange qu'ils trouvèrent dans leurs paquets ; et ils ne tardèrent pas à suffoquer, car ils avaient été obligés de mettre quelques-uns des vêtements plus chauds et plus épais qu'ils avaient apportés en prévision de l'hiver.

« D'où vient cet autre animal, le vieux Gros Nigaud ? » demanda Frodo.

« Il m'appartient, dit Tom. Mon compagnon à quatre pattes ; mais je le monte rarement, et il erre souvent loin en liberté, au flanc des collines. Pendant leur séjour chez moi, vos poneys ont connu mon Nigaud ; et l'ayant flairé dans la nuit, ils ont vite couru à sa rencontre. Je pensais bien qu'il les chercherait, et qu'avec ses sages paroles il les apaiserait. Mais maintenant, mon joyeux Nigaud, le vieux Tom ira sur ton dos. Hé ! il vient avec vous, pour vous remettre en route ; il lui faut donc un poney. Car on peut difficilement parler à des Hobbits à cheval, quand on va sur ses propres jambes à essayer de les rattraper. »

Les Hobbits furent ravis de l'entendre, et ils remercièrent Tom à plusieurs reprises ; mais il rit, et leur dit qu'ils étaient si doués pour se perdre qu'il ne serait pas tranquille avant de les avoir conduits, sains et saufs, aux frontières de son pays. « J'ai des choses à faire, dit-il : mes ouvrages et mes chansons, mes paroles et mes promenades, et ma garde du pays. Tom ne peut pas toujours être à disposition pour ouvrir des portes et des fissures de saule. Tom doit voir à sa maison, et Baie-d'or attend. »

Il était encore assez tôt au Soleil, entre neuf et dix heures, et les Hobbits songèrent à se sustenter. Leur dernier repas remontait au déjeuner de la veille, près de la pierre levée. Ils mangèrent alors le restant des provisions que Tom leur avait données, prévues pour le souper, en plus de ce que Tom apportait avec lui. Ce fut un repas frugal (pour des Hobbits, et compte tenu des circonstances), mais ils se sentirent beaucoup mieux après, néanmoins. Pendant qu'ils mangeaient, Tom se rendit sur le monticule et examina les trésors. Il les entassa pour la plupart en un monceau qui brillait et étincelait sur l'herbe. Il leur enjoignit d'y rester et de s'offrir « librement à tous, oiseaux, bêtes, Elfes ou Hommes, de même qu'à toutes les créatures bienveillantes » ; car le sortilège du tertre serait alors rompu et dispersé, et aucun Esprit n'y reviendrait plus jamais. Parmi les trésors, il choisit pour lui-même une broche, sertie de pierres bleues aux multiples nuances, telles les fleurs de lin ou les ailes de papillons bleus. Il la regarda longuement, hochant la tête, comme si un souvenir lui remuait le cœur, et dit enfin :

« Voilà un joli jouet pour Tom et pour sa dame ! Belle était celle qui le portait à l'épaule autrefois. Maintenant Baie-d'or le portera, mais nous ne l'oublierons pas ! »

Pour chacun des Hobbits, il choisit une dague, longue, en forme de feuille, tranchante et merveilleusement ouvragée, damasquinée de serpents rouge et or. Elles luisirent quand il les tira de leurs fourreaux noirs, faits d'un étrange métal, léger et résistant, et ornés de plusieurs pierres rutilantes. Que ce fût par quelque vertu de ces fourreaux ou en raison du sort jeté sur le tertre, leurs lames, tranchantes, dépourvues de rouille, éclatantes au Soleil, ne semblaient avoir subi aucune injure du temps.

« Les vieux poignards sont assez longs pour servir d'épées aux Hobbits, dit-il. Il sera bon de les avoir à portée de main, si les gens du Comté s'en vont marcher à l'est, au sud ou au loin, dans les ténèbres et le danger. » Il leur dit alors que ces lames, forgées de longues années auparavant, étaient l'œuvre des Hommes de l'Occidentale, qui s'étaient eux-mêmes opposés au Seigneur Sombre, mais avaient été vaincus par le roi maléfique de Carn Dûm, au pays d'Angmar.

« Rares sont ceux qui de nos jours s'en souviennent,

murmura Tom, pourtant il en reste encore qui errent, fils de rois oubliés marchant dans la solitude, gardant les gens insouciants des choses maléfiques. »

Les Hobbits ne comprirent pas ses paroles, mais tandis qu'il parlait, ils eurent la vision comme d'une grande étendue d'années derrière eux, telle une vaste plaine ombreuse où de hautes silhouettes avançaient à grandes enjambées, des Hommes au visage sévère et aux épées brillantes ; l'un d'entre eux, le dernier, portait une étoile à son front. Puis la vision s'évanouit, et ils retrouvèrent le monde ensoleillé. Il était temps de reprendre la route. Ils s'apprêtèrent au départ, remballant leurs paquets et chargeant leurs poneys. Ils accrochèrent leurs nouvelles armes à leur ceinture de cuir, sous leur veste, les trouvant fort gênantes et se demandant si elles allaient servir à quoi que ce soit. De toutes les aventures qu'ils pensaient rencontrer dans leur fuite, le combat ne leur était jamais apparu comme une possibilité à envisager.

Ils repartirent enfin. Ayant mené leurs poneys au bas de la colline, ils se mirent en selle et traversèrent la vallée d'un trot rapide. Regardant derrière, ils aperçurent le vieux tertre juché sur la colline. À son sommet, le Soleil sur l'or jaillissait comme une flamme jaune. Puis, cette vue disparut derrière un épaulement des Coteaux.

Frodo eut beau regarder de tous côtés, il ne vit aucun signe des grandes pierres levées en forme de portail. Ils parvinrent bientôt à la brèche du nord et la traversèrent rapidement, puis les terres plongèrent devant eux. Ce fut un agréable voyage avec Tom

Bombadil qui trottait gaiement à leurs côtés, ou devant eux, sur Gros Nigaud, lequel pouvait aller beaucoup plus vite que ne l'annonçait son embonpoint. Tom chantait la plupart du temps, mais bien souvent, ses chansons n'avaient aucun sens, ou peut-être étaient-elles en une langue étrange et inconnue des Hobbits, une langue ancienne dont les mots étaient d'abord ceux de la joie et de l'émerveillement.

Ils allaient bon train, mais ne tardèrent pas à se rendre compte que la Route était plus éloignée qu'ils ne l'avaient imaginé. Même sans le brouillard de la veille, leur sieste de midi les eût empêchés de l'atteindre avant la tombée de la nuit. La ligne sombre qu'ils avaient aperçue n'était pas une rangée d'arbres, mais de buissons qui poussaient au bord d'un profond fossé, longé de l'autre côté par un mur aux parois abruptes. Tom leur dit que se trouvait là autrefois la frontière d'un royaume, mais cela faisait très longtemps. Ce lieu semblait lui rappeler un triste souvenir, et il ne voulut pas en dire beaucoup plus.

Ils traversèrent le fossé et franchirent le mur à travers une brèche, après quoi Tom se dirigea plein nord, car ils avaient peu à peu dévié vers l'ouest. Ils avançaient maintenant en terrain découvert et relativement plat, ce qui leur permit de forcer l'allure, mais le Soleil avait déjà bien décliné lorsqu'ils virent enfin se profiler une rangée de hauts arbres, et surent qu'ils avaient enfin regagné la Route après une série d'aventures inattendues. Ils firent galoper leurs poneys sur les derniers furlongs et s'arrêtèrent sous les ombres longues au pied des arbres. Ils se trouvaient en haut d'un talus incliné, et la Route, désormais indistincte dans la pénombre du soir, serpentait à leurs pieds.

À cet endroit, elle courait presque du sud-ouest au nord-est, et sur leur droite, elle plongeait rapidement dans une large dépression. Elle était défoncée et portait les signes des fortes pluies qui s'étaient abattues récemment : il y avait partout des mares et des nids-de-poule remplis d'eau.

Ils descendirent le talus et regardèrent de chaque côté de la voie. Rien ne se voyait. « Eh bien, nous y voilà enfin revenus ! dit Frodo. Je suppose que mon raccourci à travers la Forêt ne nous aura pas fait perdre plus de deux jours ! Mais ce retard pourrait servir à quelque chose : ils ont peut-être perdu notre trace. »

Les autres le regardèrent. L'ombre de la peur des Cavaliers Noirs revint aussitôt les hanter. Dès lors qu'ils avaient pénétré dans la Forêt, leur principale préoccupation avait été de regagner la Route ; et il avait fallu attendre qu'elle s'étale à nouveau sous leurs pieds pour qu'ils se rappellent le danger qui les poursuivait, danger qui risquait fort d'être embusqué quelque part sur la Route même. Ils se retournèrent, jetant des regards inquiets vers le couchant, mais la Route était brune et vide.

« Croyez-vous..., demanda Pippin avec hésitation, croyez-vous que nous puissions être poursuivis... ce soir ? »

« Non, pas ce soir, je l'espère, répondit Tom Bombadil, ni peut-être même demain. Mais ne vous fiez pas à mon intuition, car elle n'est pas assurée. À l'est, ma connaissance fait défaut. Tom n'est pas maître des Cavaliers du Pays Noir, loin au-delà de ses terres. »

Les Hobbits auraient tout de même voulu qu'il les accompagne. Ils avaient le sentiment que, si quelqu'un était à même de s'occuper des Cavaliers Noirs, c'était bien lui. Ils étaient sur le point d'entrer dans des terres qui leur étaient totalement étrangères, inconnues des légendes du Comté hormis les plus vagues et les plus lointaines ; et dans les ténèbres grandissantes, ils se prirent à vouloir rentrer chez eux. Un profond sentiment de solitude et de perte les envahit. Ils demeurèrent silencieux, incapables de se résigner à cette ultime séparation, et mirent du temps à se rendre compte que Tom leur faisait ses adieux, les invitant à garder courage et à chevaucher jusqu'à la nuit sans s'arrêter.

« Tom vous sera de bon conseil jusqu'à la fin du jour (après quoi votre propre chance devra vous suivre et vous guider) : à quatre milles d'ici, vous rencontrerez un village, Brie sous la Colline de Brie, dont les portes donnent sur l'ouest. Là, vous trouverez une vieille auberge qui a pour nom *Le Poney Fringant.* Filibert Fleurdebeurre en est le digne propriétaire. Vous pourrez y loger pour la nuit et ferez bonne route au matin. Soyez braves, mais prudents ! Gardez vos cœurs joyeux, et partez à la rencontre de votre fortune ! »

Ils le supplièrent de venir à tout le moins jusqu'à l'auberge pour boire avec eux une dernière fois ; mais il rit, et dit en manière de refus :

Le pays de Tom finit ici : il ne passe pas les frontières.
Tom doit voir à sa maison, et Baie-d'or attend !

Alors il se détourna, lança son chapeau dans les airs, sauta sur le dos de Nigaud et s'en fut par-dessus le talus, chantant dans le crépuscule.

Les Hobbits y grimpèrent et le suivirent du regard jusqu'à ce qu'il soit hors de vue.

« Ça me fait quelque chose de prendre congé de maître Bombadil, dit Sam. C'est un sacré numéro, ça y a pas d'erreur. J'ai idée qu'on pourrait aller loin sans rencontrer personne de mieux, ni de plus bizarre. Mais j'avoue que je serai pas fâché de voir ce *Poney Fringant* où il nous a dit d'aller. J'espère que ce sera comme cheu nous au *Dragon Vert* ! Quel genre de monde c'est, à Brie ? »

« Il y a des Hobbits à Brie, dit Merry, et aussi des Grandes Gens. Je pense que ce sera assez comme chez nous. Le *Poney* est une bonne auberge, à ce qu'il paraît. Les gens de ma famille s'y rendent à l'occasion. »

« Même si elle a tout pour plaire, dit Frodo, l'auberge n'en est pas moins à l'extérieur du Comté. Ne faites pas trop comme chez vous ! De grâce, souvenez-vous – vous tous – que le nom de Bessac ne doit PAS être mentionné. Je suis M. Souscolline, s'il faut donner un nom. »

Ils montèrent alors leurs poneys et chevauchèrent en silence dans le soir tombant. L'obscurité vint rapidement tandis qu'ils descendaient, puis remontaient lentement les côtes, jusqu'à ce qu'enfin ils voient scintiller des lumières à quelque distance en avant.

La Colline de Brie se dressait devant eux et leur barrait la route, telle une masse sombre se détachant sur des étoiles brumeuses ; sous son versant ouest nichait un gros bourg. Ils se hâtèrent alors vers celui-ci avec la seule envie d'y trouver un feu, et de mettre une porte entre eux et la nuit.

9

À l'enseigne du *Poney Fringant*

Brie était le principal village du Pays-de-Brie, petite région habitée, telle une île au milieu des terres vides qui l'entouraient. En plus de Brie proprement dit, il y avait le village de Raccard de l'autre côté de la colline, celui de Combe dans une profonde vallée un peu plus à l'ouest, et celui d'Archètes à l'orée du Bois de Chètes. Autour de la Colline de Brie et de ses villages s'étendait une région de terres cultivées et faiblement boisées d'à peine quelques milles de large.

Les Hommes de Brie, bruns de cheveux, larges d'épaules et plutôt courts de taille, étaient d'une nature enjouée et indépendante : ils n'appartenaient qu'à eux-mêmes, mais ils étaient généralement plus ouverts et plus accueillants envers les Hobbits, les Nains, les Elfes et les autres peuples du monde autour d'eux, que ne l'étaient (ou ne le sont) d'ordinaire les Grandes Gens. S'il faut en croire leurs propres récits, ils étaient les tout premiers habitants de la région, et descendaient des premiers Hommes à s'être jamais aventurés dans l'Ouest du monde du milieu. Peu d'entre eux avaient survécu aux troubles des Jours Anciens ; mais quand les Rois avaient retraversé la Grande Mer, ils avaient trouvé les Hommes de Brie au même endroit ; et leurs descendants s'y trouvaient encore à présent, alors que le souvenir des Rois était disparu sous les herbes.

À cette époque, aucun autre groupe d'Hommes n'avait d'habitations permanentes aussi loin à l'ouest, ou à moins de cent lieues du Comté. Mais dans les terres sauvages au-delà de Brie erraient de mystérieux vagabonds. Les Gens de Brie les nommaient Coureurs et ne savaient rien de leurs origines. Ils étaient plus grands et plus sombres que les Hommes de Brie, et on leur prêtait d'étranges pouvoirs de vision et d'ouïe, et la faculté de comprendre les langues des bêtes et des oiseaux. Ils erraient à loisir dans les régions du sud, et pouvaient même se rendre à l'est, jusqu'aux Montagnes de Brume ; mais ils étaient désormais peu nombreux et on les voyait rarement. Quand ils apparaissaient, ils rapportaient des nouvelles de loin et racontaient d'étranges histoires oubliées auxquelles on prêtait une oreille attentive ; mais les Gens de Brie ne les prenaient pas comme amis.

Le Pays-de-Brie comptait également de nombreuses familles de Hobbits ; et *eux* prétendaient habiter le plus ancien établissement de Hobbits au monde, fondé longtemps avant la traversée du Brandivin et la colonisation du Comté. La plupart vivaient à Raccard, mais il y en avait également à Brie même, surtout dans la partie supérieure de la colline, au-dessus des maisons des Hommes. Les Grandes Gens et les Petites Gens (comme ils se nommaient entre eux) s'entendaient bien, s'occupant de leurs affaires chacun à sa manière, mais se considérant chacun à raison comme une composante essentielle de la population de Brie. Cet arrangement particulier (mais excellent) n'existait nulle part ailleurs au monde.

Les Gens de Brie, Grands et Petits, ne voyageaient pas tellement eux-mêmes, et s'occupaient surtout des affaires qui touchaient leurs quatre villages. Les Hobbits de Brie se rendaient à l'occasion jusqu'au Pays-de-Bouc ou dans le Quartier Est ; et bien que leur petite région ne fût guère qu'à un jour de chevauchée à l'est du Pont du Brandivin, les Hobbits du Comté ne s'y rendaient plus très souvent. Seul un Bouceron de temps en temps ou un Touc téméraire venait parfois à l'Auberge pour une ou deux nuits, mais cela devenait de moins en moins fréquent. Les Hobbits du Comté considéraient ceux de Brie, et tous ceux qui vivaient au-delà des frontières, comme des « Gens de l'Extérieur », et s'y intéressaient très peu, les jugeant frustes et peu dégourdis. Or, il devait y avoir à cette époque beaucoup plus de Gens de l'Extérieur répandus un peu partout dans l'ouest du Monde qu'on ne se l'imaginait dans le Comté. Certains, assurément, ne valaient pas mieux que des clochards, prêts à creuser le premier talus venu pour l'abandonner aussitôt qu'il ne ferait plus leur affaire. Mais au Pays-de-Brie, du moins, les Hobbits étaient des gens respectables et prospères – pas plus rustiques que la plupart de leurs lointains parents de l'Intérieur. On se souvenait encore du temps où les allées et venues étaient nombreuses entre Brie et le Comté. Il y avait du sang de Brie chez les Brandibouc, de l'avis de tous.

Le village de Brie comptait une centaine de maisons en pierre des Grandes Gens, juchées pour la plupart au-dessus de la Route, sur le versant ouest de la colline. Là, partant de la colline et décrivant plus d'un demi-cercle avant d'y revenir, s'ouvrait un profond fossé bordé d'une épaisse haie du côté du village. La Route le franchissait au moyen d'une chaussée ; mais à l'endroit où elle trouait la haie se dressait une grande porte. Une autre porte se trouvait du côté sud, là où la Route sortait du village. On fermait les portes dès la tombée de la nuit ; mais juste de l'autre côté se trouvaient de petits pavillons pour les gardiens.

Un peu à l'intérieur, à l'endroit où la Route tournait à droite pour contourner le pied de la colline, s'élevait une auberge d'importance, construite du temps où la circulation était beaucoup plus grande sur les routes. Car Brie se trouvait à un ancien carrefour : une autre vieille route croisait celle de l'Est tout juste devant le fossé à l'extrémité ouest du village, route très empruntée autrefois par les Hommes, et par des gens de toutes sortes. *Aussi étrange que des nouvelles de Brie* était encore un dicton dans le Quartier Est, hérité de cette époque où des nouvelles du Nord, du Sud et de l'Est s'échangeaient à l'auberge, que les Hobbits du Comté fréquentaient alors plus assidûment. Mais les Terres du Nord étaient depuis longtemps désolées, et la Route du Nord tombée en désuétude : elle était désormais recouverte de verdure, et les Gens de Brie l'appelaient le Chemin Vert.

L'Auberge de Brie était toujours là, cependant, et son propriétaire était un homme important. Sa maison était le lieu de rencontre des oisifs, des bavards et des curieux parmi les habitants, grands ou petits, des quatre villages ; et un asile pour les Coureurs et autres vagabonds, et pour les voyageurs (surtout des Nains) qui empruntaient encore la Route de l'Est pour se rendre aux Montagnes ou en revenir.

Il faisait noir et les étoiles brillaient, blanches, quand Frodo et ses compagnons parvinrent enfin à la croisée du Chemin Vert, tout près du village. Ils arrivèrent à la Porte de l'Ouest et la trouvèrent close ; mais un homme était assis à l'entrée du pavillon juste derrière. Il se leva d'un bond, alla chercher une lanterne et leur lança un regard surpris par-dessus la porte.

« D'où venez-vous, et qu'est-ce que vous voulez ? » demanda-t-il d'un ton bourru.

« Nous nous rendons à l'auberge du village, répondit Frodo. Nous voyageons vers l'est et ne pouvons continuer ce soir. »

« Des Hobbits ! Quatre Hobbits ! Et qui viennent du Comté, à la façon dont ils parlent », dit le gardien à voix basse, comme pour lui-même. Il les dévisagea un moment d'un œil suspicieux, puis ouvrit lentement la porte et les laissa passer sur leurs montures.

« On ne voit pas souvent des Gens du Comté sur la Route le soir, poursuivit-il tandis qu'ils s'arrêtaient un moment près de sa porte. Vous m'excuserez, mais je me demande bien quelle affaire vous envoie à l'est de Brie ! Quels sont vos noms, si vous permettez ? »

« Nos noms et nos affaires ne regardent que nous, et ça ne semble pas l'endroit idéal pour en discuter », dit Frodo, qui n'aimait pas trop l'allure de cet homme ni le ton de sa voix.

« Vos affaires vous regardent, sans doute, répondit-il,

mais c'est mon affaire de poser des questions à la nuit tombée. »

« Nous sommes des Hobbits du Pays-de-Bouc, et nous avons envie de voir du pays et de séjourner ici à l'auberge, intervint Merry. Je suis M. Brandibouc. Cela vous suffit-il ? Il fut un temps où les Gens de Brie avaient toujours une parole courtoise pour les voyageurs, me suis-je laissé dire. »

« C'est bon, c'est bon ! dit l'homme. Je ne voulais pas vous vexer. Mais vous vous apercevrez peut-être que le vieux Harry de la porte n'est pas le seul à poser des questions. Il y a des gens bizarres dans le coin. Si vous continuez jusqu'au *Poney*, vous verrez que vous n'êtes pas les seuls clients. »

Il leur souhaita une bonne soirée, ce qui mit fin à la conversation ; mais Frodo put voir, à la lueur de la lanterne, que l'homme continuait de les dévisager d'un œil inquisiteur. Il ne fut pas mécontent d'entendre la porte se refermer derrière eux au moment où ils se remettaient en chemin. Il se demanda pourquoi le gardien était si méfiant, et si quelqu'un était venu demander des nouvelles d'un groupe de Hobbits. Gandalf, peut-être ? Il avait pu arriver ici pendant qu'ils étaient retenus dans la Forêt et sur les Coteaux. Mais quelque chose dans le regard et dans la voix du gardien le troublait.

L'homme continua de les suivre du regard, mais au bout d'un moment il regagna son pavillon. Sitôt qu'il eut le dos tourné, une forme sombre grimpa vivement par-dessus la porte et se fondit dans les ombres de la rue du village.

Les Hobbits gravirent une pente douce, passèrent quelques maisons isolées et arrêtèrent leurs montures devant l'auberge. Ces maisons leur paraissaient étranges, de taille démesurée. Sam, levant le regard vers l'auberge, avec ses trois étages et ses nombreuses fenêtres, sentit son cœur se serrer. Il s'était imaginé rencontrer, à un moment ou à un autre, des géants plus grands que les arbres, et d'autres créatures encore plus terrifiantes, au cours de son voyage ; mais pour l'heure, cet avant-goût des Hommes et de leurs grandes maisons lui semblait bien assez, peut-être même un peu trop après une journée aussi fatigante, à la nuit tombée. Il se représenta des chevaux noirs, entièrement sellés et bridés, tapis dans la cour de l'auberge, et des Cavaliers Noirs les épiant à l'étage, derrière les sombres fenêtres.

« Me dites pas que c'est ici qu'on va passer la nuit, hein, m'sieur ? s'exclama-t-il. S'il y a des Hobbits dans les parages, pourquoi on n'irait pas en trouver qui voudraient nous héberger ? Ce serait plus comme cheu nous. »

« Qu'est-ce qu'elle a, l'auberge ? dit Frodo. Tom Bombadil l'a recommandée. Je suis sûr qu'on s'y sentira comme chez nous une fois entrés. »

Même vue de dehors, l'auberge était assez agréable pour qui en avait l'habitude. Sa façade donnait sur la Route, et deux ailes partaient en arrière sur un terrain partiellement excavé dans les basses pentes de la colline, de sorte qu'au dos de l'édifice, les fenêtres du deuxième étage se trouvaient au niveau du sol. Une grande arche donnait accès à une cour entre les deux ailes, et sous cette arche, sur la gauche, s'ouvrait une grande porte en haut de quelques larges marches. La porte était ouverte et un flot de lumière en sortait. Au-dessus de l'arche se trouvait une lampe, sous laquelle se balançait une grande enseigne : un poney blanc et gras dressé sur ses pattes de derrière. Sur le linteau de la porte se lisait une inscription en lettres blanches : LE PONEY FRINGANT chez FILIBERT FLEURDEBEURRE. Plusieurs des fenêtres d'en bas laissaient voir de la lumière derrière d'épais rideaux.

Tandis qu'ils hésitaient dehors dans la pénombre, quelqu'un au-dedans entonna une joyeuse chanson, et de nombreuses voix se joignirent à lui en un chœur enthousiaste. Ils écoutèrent un moment ce son engageant, puis descendirent de leurs poneys. La chanson prit fin en une explosion de rires et d'applaudissements.

Ils menèrent leurs poneys sous l'arche et, les laissant dans la cour, gravirent les marches à l'entrée. Frodo s'avança et manqua de se cogner contre un homme court et gras, au crâne chauve et au visage rubicond. Il portait un tablier blanc et se hâtait d'une porte à l'autre avec un plateau chargé de chopes remplies à ras bord.

« Pourrions-nous… », commença Frodo.

« Une petite minute, je vous prie ! » cria l'homme par-dessus son épaule, disparaissant dans un brouhaha de voix et un nuage de fumée. Un instant plus tard il ressortait, s'essuyant les mains sur son tablier.

« Bonsoir, petit maître ! dit-il en se penchant. Que cherchez-vous, dites-moi ? »

« Des lits pour quatre personnes, et de la place pour cinq poneys à l'écurie, si possible. Vous êtes M. Fleurdebeurre ? »

« C'est exact ! Mon nom est Filibert. Filibert Fleurdebeurre, à votre service ! Vous êtes du Comté, hein ? » fit-il ; et soudain il se tapa le front comme pour se rappeler quelque chose. « Des Hobbits ! s'écria-t-il. Voyons, à quoi ça me fait penser ? Puis-je vous demander vos noms, messieurs ? »

« M. Touc et M. Brandibouc, dit Frodo ; et voici Sam Gamgie. Mon nom est Souscolline. »

« Bon, tant pis ! fit M. Fleurdebeurre. C'est reparti ! Mais ça me reviendra, quand j'aurai le temps de réfléchir. Je suis débordé, mais je vais voir ce que je peux faire pour vous. C'est pas tous les jours qu'on reçoit des Gens du Comté, et je m'en voudrais de ne pas vous faire bon accueil. Mais il y a déjà tant de monde ici ce soir, comme on n'en a pas vu depuis belle lurette. C'est tout l'un ou tout l'autre, qu'on dit à Brie.

« Hé ! Nob ! cria-t-il. Où es-tu, espèce de lambin aux pieds laineux ? Nob ! »

« J'arrive, m'sieur ! J'arrive ! » Un Hobbit aux traits enjoués jaillit d'une porte et, apercevant les voyageurs, s'arrêta net et les dévisagea avec grand intérêt.

« Où est Bob ? demanda l'aubergiste. Aucune idée ? Alors, trouve-le ! Et que ça saute ! J'ai pas six jambes, et pas six yeux non plus ! Dis à Bob qu'il y a cinq poneys à mettre à l'écurie. Qu'il s'arrange pour trouver de la place. » Nob s'en fut à petits pas pressés avec un clin d'œil et un sourire.

« Bon alors, qu'est-ce que je disais ? fit M. Fleurdebeurre en se tapotant le front. Un clou chasse l'autre, comme on dit. Je suis si occupé ce soir que j'en ai le tournis. Il y a un groupe qui est arrivé par le Chemin Vert hier soir venant du Sud – comme si c'était pas assez étrange pour commencer. Puis il y a une compagnie de Nains en vadrouille qui est arrivée ce soir pour un voyage dans l'Ouest.

Et maintenant, il y a vous. Si vous n'étiez pas des Hobbits, j'ai bien l'impression qu'on ne pourrait pas vous loger. Mais nous avons une ou deux chambres dans l'aile nord, faites expressément pour les Hobbits quand cette maison a été bâtie. Au rez-de-chaussée, comme ils préfèrent d'habitude, avec des fenêtres rondes et tout, comme ils aiment. J'espère que vous y serez à votre aise. Vous voudrez souper, je pense bien. Aussitôt que possible. Par ici, voulez-vous ? »

Il les mena le long d'un couloir et ouvrit bientôt une porte. « Vous avez ici un joli petit salon, dit-il. J'espère qu'il conviendra. Maintenant, vous m'excuserez. Je suis à ce point débordé. Pas le temps de discuter. Il faut que je me sauve. Ça fait beaucoup pour deux jambes, pourtant je ne maigris pas. Je repasserai plus tard. Si vous avez besoin de quoi que ce soit, sonnez la cloche et Nob viendra vous voir. Et s'il vient pas, sonnez et criez ! »

Il partit enfin, les laissant assez essoufflés. Il semblait capable de produire un flot interminable de paroles, tout occupé qu'il fût. Il les avait amenés à une petite pièce bien douillette. Un petit feu vif brûlait dans l'âtre ; des fauteuils bas et confortables étaient installés devant. Il y avait aussi une table ronde, déjà recouverte d'une nappe blanche, sur laquelle était posée une grande cloche à main. Mais Nob, le serviteur Hobbit, arriva en trombe bien avant qu'ils aient songé à le sonner. Il apportait des bougies et un plateau rempli d'assiettes.

« Prendrez-vous quelque chose à boire, mes bons maîtres ? demanda-t-il. Et vous montrerai-je vos chambres pendant qu'on prépare à souper ? »

Frais lavés, ils avaient entamé de bonnes grosses

chopes de bière quand M. Fleurdebeurre reparut avec Nob. En un clin d'œil, la table fut mise. Il y avait de la soupe chaude, des viandes froides, une tarte aux mûres, des miches fraîches, des mottes de beurre et un demi-fromage bien fait : de la bonne nourriture simple, aussi bonne que celle dont le Comté pouvait s'enorgueillir, et assez « comme cheu nous » pour dissiper les derniers doutes de Sam (déjà passablement soulagés par l'excellence de la bière).

L'aubergiste leur tourna autour pendant un moment, puis s'apprêta à prendre congé. « Je ne sais pas si vous aimeriez vous joindre aux autres, quand vous aurez fini de souper, dit-il debout à la porte. Vous aurez peut-être envie d'aller dormir. Reste que la compagnie serait ravie de vous accueillir, si le cœur vous en dit. On ne voit pas souvent des Gens de l'Extérieur – du Comté, devrais-je dire, sauf votre respect ; et c'est toujours plaisant d'entendre quelques nouvelles, ou toute histoire ou chanson qui pourrait vous venir à l'esprit. Mais faites comme vous voudrez ! Sonnez si vous manquez de quelque chose ! »

Leur souper (environ trois quarts d'heure sans discontinuer, et sans bavardage inutile) les revigora et les réconforta à tel point que Frodo, Sam et Pippin décidèrent de se joindre à la compagnie. Merry objecta que ce serait trop étouffant. « Je vais rester ici tranquillement, et m'asseoir encore un peu au coin du feu. J'irai peut-être prendre l'air un peu plus tard. Attention à ce que vous dites, et à ce que vous faites ; n'oubliez pas que vous êtes censés partir en cachette, et que vous êtes encore sur la grand-route, pas très loin du Comté ! »

« D'accord ! dit Pippin. Fais attention à toi ! Ne t'égare pas, et n'oublie pas que c'est plus sûr à l'intérieur ! »

La compagnie était réunie dans la grande salle commune de l'auberge. L'assemblée était nombreuse et variée, comme Frodo put s'en rendre compte quand ses yeux s'habituèrent à la lumière. Celle-ci venait principalement d'un grand feu de bûches, car les trois lampes suspendues aux solives ne donnaient qu'un faible éclairage à moitié enveloppé de fumée. Filibert Fleurdebeurre se tenait près du feu, devisant avec deux Nains et quelques hommes d'allure étrange. Des gens de toutes sortes occupaient les bancs : des hommes de Brie, un groupe de Hobbits de la région (assis à bavarder ensemble), encore quelques Nains, et d'autres vagues silhouettes difficiles à distinguer dans l'ombre et dans les recoins.

Aussitôt qu'ils virent les Hobbits du Comté, un chœur de bienvenue s'éleva chez les Briennais. Les étrangers, en particulier ceux qui étaient montés par le Chemin Vert, dévisagèrent les nouveaux venus avec curiosité. L'aubergiste les présenta aux Gens de Brie de manière si expéditive que, bien qu'ils aient plus ou moins saisi les noms, ils n'étaient pas du tout sûrs de les associer à la bonne personne. Les Hommes de Brie semblaient tous avoir hérité de noms à saveur botanique (d'où leur consonance plutôt étrange pour les Gens du Comté), tels Jonchère, Chèvrefeuille, Piedbruyère, Pommerel, Chardolaine et Fougeard (sans oublier Fleurdebeurre). Certains Hobbits de la région avaient des noms similaires. Les Armoise, par exemple, semblaient nombreux.

Mais la plupart portaient des noms normaux, tels Cotelier, Blairotte, Troulong, Sabliau et Tunneleux, nombre d'entre eux étant en usage dans le Comté. Il y avait plusieurs Souscolline vivant à Raccard, et comme ils ne pouvaient concevoir qu'une personne porte le même nom qu'eux sans nécessairement être parente, ils se prirent d'affection pour Frodo, heureux de retrouver un cousin perdu depuis longtemps.

Les Hobbits de Brie se montrèrent d'ailleurs très affables, voire excessivement curieux, et Frodo ne tarda pas à se rendre compte qu'il aurait à fournir une explication de ses faits et gestes. Il leur dit s'intéresser à l'histoire et à la géographie (ce qui lui valut de nombreux hochements de tête, bien qu'aucun de ces deux mots ne fût très usité dans le dialecte de Brie). Il ajouta qu'il songeait à écrire un livre (ce qui lui valut un silence ahuri), et que lui et ses amis cherchaient à recueillir des informations sur les Hobbits vivant à l'extérieur du Comté, en particulier dans les contrées à l'est.

Un chœur de voix éclata alors. Frodo, eût-il réellement eu l'intention d'écrire un livre (et eût-il été doté de quelques oreilles de plus), aurait eu suffisamment de matière en quelques minutes pour composer plusieurs chapitres. Et comme si ce n'était pas assez, on lui remit toute une liste de personnes (avec, en tête, « Notre vieux Filibert ») vers qui se tourner pour de plus amples renseignements. Mais comme Frodo ne semblait pas se décider à leur écrire un livre sur-le-champ, les Hobbits finirent par revenir aux traditionnelles questions sur les nouvelles du Comté. Frodo ne se montra pas très causant, et il se retrouva bientôt assis seul dans un coin, regardant autour de lui et prêtant l'oreille aux conversations.

Les Hommes et les Nains parlaient surtout d'événements lointains et racontaient des histoires comme on commençait à en entendre trop souvent. Il y avait des troubles dans le Sud, et il semblait que les Hommes arrivés par le Chemin Vert émigraient, cherchant des terres où vivre en paix. Si les Gens de Brie se montraient plutôt compatissants, ils n'avaient visiblement pas très envie d'accueillir un grand nombre d'étrangers dans leur petit pays. L'un des voyageurs, aux yeux louches et au visage disgracié, prédisait qu'il viendrait de plus en plus de gens au nord dans un proche avenir. « Si on leur trouve pas de place, ils la prendront eux-mêmes. Ils ont bien le droit de vivre comme tout le monde », proclama-t-il d'une voix forte. Manifestement, cette perspective n'avait rien pour réjouir les habitants du coin.

Les Hobbits ne prêtaient guère attention à ces racontars qui, du reste, ne semblaient pas les concerner pour l'instant. Il était loin, le jour où des Grandes Gens viendraient chercher logis dans des trous de Hobbits. Ils s'intéressaient davantage à Sam et à Pippin, qui se sentaient maintenant tout à fait chez eux, et parlaient avec entrain des événements du Comté. Pippin suscita bon nombre de rires avec son récit de l'effondrement du plafond du Trou de Ville à Grande-Creusée : Will Piéblanc, le maire (et le Hobbit le plus gras du Quartier Ouest), avait été enseveli sous la craie et en était ressorti comme une boulette enfarinée. Mais il y eut plusieurs questions assez gênantes pour Frodo. L'un des Briennais, qui semblait être allé plusieurs fois dans le Comté, voulait savoir où habitaient les Souscolline et à quelles familles ils étaient apparentés.

Soudain, Frodo remarqua qu'un homme d'allure étrange, marqué par les intempéries, prêtait également une oreille attentive à la conversation des Hobbits. Assis dans l'ombre près du mur, il avait devant lui un grand pot à bière et fumait une pipe à long tuyau, curieusement sculptée. Ses jambes étaient étendues, laissant voir de grandes bottes de cuir souple qui lui convenaient bien, mais qui avaient beaucoup d'usure et étaient à présent crottées de boue. Une lourde cape de toile vert foncé, salie par le voyage, l'enserrait de près, et malgré la chaleur de la pièce, il portait un capuchon qui assombrissait son visage ; mais on pouvait voir la lueur dans ses yeux tandis qu'il observait les Hobbits.

« Qui est cet homme ? demanda Frodo, quand il eut l'occasion de murmurer à l'oreille de M. Fleurdebeurre. Je ne pense pas que vous nous l'ayez présenté ? »

« Lui ? répondit l'aubergiste en un souffle, jetant un regard de côté sans tourner la tête. Je ne sais pas très bien. C'est un de ces vagabonds : les Coureurs, qu'on les appelle. Il parle rarement, non qu'il n'ait une histoire hors de l'ordinaire à conter quand l'envie lui en prend. Il disparaît pendant un mois, ou un an, puis il resurgit tout à coup. Il est passé assez souvent ce printemps dernier, mais je ne l'ai pas vu dans le coin ces derniers temps. J'ai jamais entendu dire quel était son vrai nom ; mais par ici, on l'appelle l'Arpenteur. Il marche à grands pas sur ses longues cannes, même s'il ne dit jamais à personne pourquoi il est si pressé. Mais à l'Est et à l'Ouest, ne cherchez pas d'explication, comme on dit à Brie – en voulant dire les Coureurs et les Gens du Comté, sauf votre respect. C'est drôle que vous m'interrogiez sur lui. » Mais à ce moment, M. Fleurdebeurre dut répondre à des clients qui réclamaient encore de l'ale, et sa dernière remarque demeura inexpliquée.

Frodo s'aperçut alors que l'Arpenteur le regardait, comme s'il avait entendu ou deviné tout ce qui venait d'être dit. À présent, d'un signe de la main et d'un hochement de tête, il invitait Frodo à venir s'asseoir à ses côtés. Voyant Frodo s'approcher, il rejeta son capuchon en arrière, dévoilant une tête hirsute aux cheveux bruns, grisonnants par endroits, et, dans un visage pâle et sévère, de pénétrants yeux gris.

« On m'appelle l'Arpenteur, dit-il à voix basse. Très heureux de vous rencontrer, maître… Souscolline, si le vieux Fleurdebeurre a bien saisi votre nom. »

« Tout à fait », répondit Frodo d'un ton crispé. Il était loin de se sentir à l'aise sous le regard de ces yeux perçants.

« Eh bien, maître Souscolline, dit l'Arpenteur, si j'étais vous, j'empêcherais vos jeunes amis de trop parler. La boisson, le feu, les rencontres de hasard, tout cela est bien agréable, mais vous savez… ceci n'est pas le Comté. Il y a des gens bizarres dans les parages. Même si je suis mal venu de m'en plaindre, vous dites-vous peut-être, ajouta-t-il avec un sourire narquois, percevant le regard de Frodo. Et des voyageurs encore plus étranges ont traversé Brie, ces temps derniers », poursuivit-il, guettant l'expression de Frodo.

Frodo soutint son regard, mais ne dit rien ; et l'Arpenteur demeura coi. Son attention semblait soudain fixée sur Pippin. À son grand affolement, Frodo s'aperçut que ce jeune écervelé de Touc, fort du succès que lui avait valu le bedonnant maire de Grande-Creusée, poussait l'étourderie jusqu'à faire un récit comique de la fête d'adieu de Bilbo. Il s'était déjà lancé dans une imitation du Discours et approchait de l'étonnante Disparition.

Frodo était bien agacé. Pour la plupart des Hobbits de la région, c'était, à n'en pas douter, une histoire plutôt anodine : rien de plus qu'une anecdote amusante concernant ce drôle de monde de l'autre côté du Fleuve ; mais certains (le vieux Fleurdebeurre, par exemple) n'étaient pas tombés de la dernière averse, et ils avaient probablement entendu des rumeurs concernant la disparition de Bilbo, toutes ces années auparavant. Cela leur rappellerait le nom de Bessac, surtout si l'on s'était enquis récemment de ce nom à Brie.

Frodo remua sur son siège, se demandant que faire. Pippin était visiblement ravi de toute l'attention qu'il recevait, et devenait fort oublieux du danger qui les guettait. Frodo craignit soudain que, dans son état d'esprit, il n'aille jusqu'à mentionner l'Anneau, ce qui pourrait bien s'avérer désastreux.

« Vous feriez mieux d'agir vite ! » souffla l'Arpenteur à son oreille.

Grimpant sur une table, Frodo s'y tint debout et se mit à parler, détournant l'attention de l'auditoire de Pippin. Certains Hobbits, levant les yeux vers Frodo, se mirent à rire et à applaudir, croyant que M. Souscolline avait ingurgité tout son soûl de bière.

Frodo se sentit tout à coup profondément ridicule, et il se trouva (comme c'était son habitude en livrant un discours) à tripoter les objets qu'il avait dans sa poche. Il sentit l'Anneau sur sa chaîne, et, de manière tout à fait inexplicable, éprouva soudain l'envie irrépressible de le mettre et d'échapper à cette situation grotesque. C'était comme si cette suggestion lui venait de l'extérieur, de quelqu'un ou quelque chose qui se trouvait dans la pièce. Résistant fermement à la tentation, il referma sa main sur l'Anneau, comme pour le réprimer et l'empêcher de s'échapper ou de jouer quelque mauvais tour. Le moins que l'on puisse dire, c'est que l'Anneau ne lui fournit aucune inspiration. Il prononça « quelques mots de circonstance », comme on aurait dit dans le Comté : *Nous sommes tous très touchés de l'amabilité de votre accueil, et je me permets d'espérer que ma courte visite pourra contribuer à renouveler les vieux liens d'amitié entre Brie et le Comté* ; puis il hésita et toussa.

Tout le monde le regardait, à présent. « Une chanson ! » cria l'un des Hobbits. « Une chanson ! Une chanson ! firent tous les autres. Allons, mon bon maître, chantez-nous quelque chose qu'on n'a jamais entendu ! »

Pendant un moment, Frodo resta bouche bée. Puis, en désespoir de cause, il entonna une chanson ridicule que Bilbo aimait bien (et dont il était plutôt fier, car il en avait lui-même composé les paroles). Elle parlait d'une auberge : c'est sans doute pour cette raison que Frodo s'en souvint à ce moment-là. La voici en entier. De nos jours, en règle générale, on n'en connaît guère plus que quelques mots.

Il est une joyeuse auberge
sous une colline grise ;
On y brasse une bière si brune
Que vint un soir l'Homme dans la Lune
pour en boire à sa guise.

Le pal'frenier a un chat pompette
qui est un fier violoneux.
Son grand archet court sans arrêt :
En haut, il grince, en bas, il braie,
parfois il racle au milieu.

Le patron, il a un p'tit chien
qui aime bien s'égayer ;
Quand se réjouit la compagnie,
Il tend l'oreille aux plaisanteries
et rit à s'en étouffer.

Ils ont là une vache à cornes
superbe comme une reine ;
Mais la musique l'étourdit,
Lui fait remuer sa queue fournie
et danser sur la plaine.

Oh ! les rangées de plats d'argent,
et les couverts polis !
Pour l'dimanche[1] *on en a de beaux*
Que l'on frotte bien comme il faut
les samedis après-midi.

L'Homme dans la Lune trinquait à fond,
le chat vacillait un peu ;
Plats et cuillers valsaient à table,
La vache tanguait dans l'étable,
le chien se mordait la queue.

---

1. Voir III 704, note 3.

L'Homme dans la Lune remplit sa chope
et bientôt roula par terre ;
Il s'assoupit dessous sa chaise,
De boisson rêvant à son aise,
quand l'aube pointa dans l'air.

Le pal'frenier dit à son chat :
« Les chevaux blancs de la Lune
Rongent leur frein à l'écurie.
Leur maître s'est noyé l'esprit,
et là, il est moins une. »

Le chat joua donc une gigue
à réveiller un mort
Sur son violon, zigue-zin-zon ;
Dit à notre homme le patron :
« Le matin vient dehors ! »

L'ayant roulé sur la colline,
dans la Lune on le fourra,
Ses chevaux galopant derrière,
La vache accourant comme un cerf,
puis la cuiller et le plat.

Alors le violon s'emballa,
la vache fit le poirier,
Le chien rieur soudain rugit ;
Les dormeurs sautant hors du lit
dansèrent sur le plancher.

Les cordes du violon, plin ! plon !
cassèrent une à une.
Le plat s'enfuit avec la cuiller ;

La vache bondit dans les airs,
sauta par-dessus la Lune.

La Lune ronde se roula
sous la colline et dormit.
Soleil surgit à ce moment :
Elle[1] *n'en crut pas ses yeux ardents,*
car tous allèrent au lit !

Il y eut de longs et bruyants applaudissements. Frodo avait une bonne voix, et la chanson avait frappé leur imagination. « Où est le vieux Bébert ? crièrent-ils. Il faut lui faire entendre ça. Bob devrait apprendre le violon à son chat, alors on pourrait danser. » Ils réclamèrent encore de l'ale et se mirent à crier : « Refaites-la-nous encore, maître ! Allons ! Juste une fois ! »

Ils le firent boire encore un coup et reprendre sa chanson, tandis que nombre d'entre eux se mettaient de la partie ; car l'air était bien connu et ils étaient doués pour retenir les paroles. Alors ce fut au tour de Frodo d'être content de lui. Il cabriolait sur la table ; et quand il arriva pour la seconde fois à *la vache sauta par-dessus la Lune,* il bondit en l'air. Bien trop énergiquement, car il retomba, *boum*, dans un plateau rempli de chopes, glissa et déboula de la table avec un fracas, un vacarme, un boucan épouvantable ! Tous ouvrirent grande la bouche pour rire, puis s'arrêtèrent court, béants de stupeur ; car le chanteur disparut. Il s'était évanoui, purement et simplement, comme

1. Les Elfes (et les Hobbits) disent toujours « elle » en parlant du Soleil.

s'il était passé directement à travers le plancher sans laisser de trou !

Les Hobbits du coin écarquillèrent les yeux, puis ils sautèrent sur pied et appelèrent Filibert. Toute la compagnie s'éloigna de Pippin et de Sam qui se retrouvèrent seuls dans un coin, s'attirant de loin des regards sombres et suspicieux. À l'évidence, ils étaient désormais, aux yeux de plusieurs, les compagnons d'un magicien errant dont les pouvoirs et les desseins demeuraient inconnus. Mais un Briennais au teint bistré les regardait, d'un air entendu et à demi moqueur qui les mettait fort mal à l'aise. Il sortit discrètement, suivi de l'homme du Sud aux yeux louches : les deux avaient longuement discuté à voix basse pendant la soirée.

Frodo se sentit idiot. Ne sachant que faire d'autre, il rampa sous les tables jusqu'au sombre recoin où se trouvait l'Arpenteur, resté assis là sans laisser voir aucun signe de ses pensées. Frodo s'adossa contre le mur et retira l'Anneau. Comment celui-ci s'était retrouvé à son doigt, il n'aurait su le dire. Il avait dû le tripoter au fond de sa poche pendant qu'il chantait ; et l'Anneau s'était glissé à son doigt d'une manière ou d'une autre, au moment où il avait voulu amortir sa chute, sortant brusquement la main. Il se demanda un instant si l'Anneau ne lui avait pas joué un tour ; peut-être avait-il essayé de se révéler, obéissant à quelque désir ou commandement exprimé dans la pièce. Il n'aimait pas l'allure des deux hommes qui venaient tout juste de sortir.

« Alors ? dit l'Arpenteur quand il reparut. Pourquoi avez-vous fait ça ? C'était pire que tout ce que vos amis auraient pu dire ! Vous avez vraiment mis les pieds dans le plat ! Ou devrais-je dire le doigt ? »

« Je ne vois pas ce que vous entendez par là », dit Frodo, agacé et affolé.

« Bien sûr que si, répondit l'Arpenteur, mais nous ferions mieux d'attendre que le tumulte se soit calmé. À ce moment-là, si vous le voulez bien, monsieur *Bessac*, j'aimerais vous parler en particulier. »

« À quel sujet ? » demanda Frodo, sans relever la mention soudaine de son véritable nom.

« Une affaire d'importance… pour vous autant que pour moi, répondit l'Arpenteur en le regardant droit dans les yeux. Vous pourriez apprendre quelque chose d'utile. »

« Très bien, dit Frodo, affectant un air dégagé. Nous discuterons plus tard. »

Entre-temps, un débat allait bon train devant la cheminée. M. Fleurdebeurre, venu s'interposer, essayait maintenant de suivre plusieurs récits contradictoires de l'événement en même temps.

« Je l'ai vu, monsieur Fleurdebeurre, dit un Hobbit ; ou plutôt, je l'ai pas vu, si vous voyez ce que je veux dire. Il est tout simplement parti en fumée, si vous me passez l'expression. »

« C'est incroyable, ce que vous me dites là, monsieur Armoise ! » dit l'aubergiste, l'air perplexe.

« C'est pourtant ce que je dis ! répliqua Armoise. Et je le pense, qui plus est. »

« Il y a un malentendu quelque part, dit Fleurdebeurre, secouant la tête. Ce M. Souscolline, c'est quand même pas de la petite bière : il a pas pu partir comme ça en fumée – ou en mousse, ce qui serait moins étonnant dans cette pièce. »

« Eh bien, où est-ce qu'il est, maintenant ? » firent plusieurs voix.

« Comment le saurais-je ? Il est libre d'aller où il veut, tant qu'il paie le lendemain. Et voilà M. Touc : voyez, il n'a pas disparu. »

« Eh bien, j'ai vu ce que j'ai vu, et j'ai vu ce que j'ai pas vu », dit Armoise avec obstination.

« Et je dis qu'il y a un malentendu », insista Fleurdebeurre, ramassant le plateau et les morceaux de faïence.

« Bien sûr qu'il y a un malentendu ! dit Frodo. Je n'ai pas disparu. Me voici ! J'étais simplement allé échanger quelques mots avec l'Arpenteur dans son coin. »

Il s'avança à la lueur du feu ; mais la plupart des gens reculèrent, encore plus troublés qu'avant. Ils ne furent pas le moindrement satisfaits de son explication selon laquelle il aurait rapidement rampé sous les tables après sa chute. La plupart des Hobbits et des Hommes de Brie n'avaient plus le cœur à la fête et partirent sur-le-champ, ulcérés. Quelques-uns adressèrent un regard noir à Frodo et s'en furent murmurant entre eux. Les Nains et les deux ou trois Hommes étranges qui demeuraient encore se levèrent et dirent bonsoir à l'aubergiste, mais pas à Frodo et à ses amis. Bientôt, il ne resta plus que l'Arpenteur, toujours assis près du mur sans être remarqué.

M. Fleurdebeurre ne semblait pas fâché outre mesure. Il considérait, fort probablement, que son établissement serait de nouveau plein à craquer pour de nombreux soirs encore, tant que le mystère de cette nuit n'aurait pas été discuté à satiété. « Alors, qu'est-ce que c'était que ça, monsieur Souscolline ?

demanda-t-il. Vous faites peur à mes clients et cassez ma vaisselle avec vos acrobaties ? »

« Je suis vraiment désolé si j'ai causé des ennuis, dit Frodo. C'était bien involontaire, je vous assure. Un accident tout à fait regrettable. »

« Très bien, monsieur Souscolline ! Mais si vous comptez faire d'autres culbutes ou tours de passe-passe ou je ne sais trop, vous feriez mieux d'avertir les gens à l'avance – et de m'avertir, *moi*. Chez nous, on est un peu méfiants de tout ce qui sort de l'ordinaire – du *bizarre*, si vous voyez ce que je veux dire ; et on n'y prend pas goût comme ça, tout à coup. »

« Je ne referai plus rien de semblable, monsieur Fleurdebeurre, je vous le promets. Et maintenant, je crois que je vais aller dormir. Nous partirons de bonne heure. Veillerez-vous à ce que nos poneys soient prêts pour huit heures ? »

« Très bien ! Mais avant que vous partiez, j'aimerais vous parler en privé, monsieur Souscolline. Quelque chose vient tout juste de me revenir qu'il faut que je vous dise. J'espère que vous ne le prendrez pas mal. Il me reste une ou deux choses à faire ; ensuite j'irai vous voir à votre chambre, si vous êtes d'accord. »

« Certainement ! » dit Frodo ; mais son cœur se serra. Il se demanda combien d'entretiens privés il aurait avant d'aller se coucher, et ce qu'ils révéleraient. Tous ces gens étaient-ils ligués contre lui ? Il commençait à croire que même la figure ronde du vieux Fleurdebeurre pouvait cacher de sombres desseins.

10

L’Arpenteur

Frodo, Pippin et Sam retournèrent au petit salon. Il n’y avait pas de lumière. Merry n’y était pas, et le feu avait baissé. Ils durent attiser les braises au soufflet et ajouter quelques fagots, pour finalement se rendre compte que l’Arpenteur les avait suivis : il se trouvait là, assis calmement dans un fauteuil près de la porte !

« Hé ! fit Pippin. Qui êtes-vous, et qu’est-ce que vous voulez ? »

« On m’appelle l’Arpenteur, répondit-il ; et bien qu’il l’ait peut-être oublié, votre ami m’a promis un entretien particulier. »

« Vous disiez que je pourrais apprendre quelque chose d’utile, si je ne m’abuse, dit Frodo. Qu’avez-vous à dire ? »

« Plusieurs choses, dit l’Arpenteur. Mais, bien entendu, elles ont un prix. »

« Qu’entendez-vous par là ? » demanda brusquement Frodo.

« Ne vous affolez pas ! J’entends simplement ceci :

je vais vous dire ce que je sais et vous donner de bons conseils ; mais j'exigerai une récompense. »

« Et quelle sera-t-elle, je vous prie ? » Il crut alors être tombé sur une fripouille, et songea anxieusement qu'il n'avait apporté que très peu d'argent. Le contenu de sa bourse n'aurait pas contenté un voyou, et il ne pouvait se passer d'un seul sou.

« Rien que vous ne puissiez vous permettre, répondit l'Arpenteur, esquissant lentement un sourire, comme s'il devinait ses pensées. Seulement ceci : vous devrez m'emmener avec vous jusqu'à ce que je souhaite vous quitter. »

« Ah, bon ! répondit Frodo, surpris mais pas tellement soulagé. Même si je voulais d'un autre compagnon, jamais je n'accepterais une telle chose avant d'en savoir beaucoup plus long sur vous et sur vos affaires. »

« Excellent ! s'écria l'Arpenteur, croisant les jambes et se calant dans son fauteuil. Vous semblez avoir retrouvé vos esprits, et ce ne peut être qu'une bonne nouvelle. Vous avez été bien trop imprudent jusqu'ici. Très bien ! Je vais vous dire ce que je sais et vous laisser juge de la récompense. Vous pourriez être content de l'offrir quand vous m'aurez entendu. »

« Poursuivez, alors ! dit Frodo. Que savez-vous donc ? »

« J'en sais trop ; trop de sombres choses, dit l'Arpenteur d'un ton grave. Mais pour ce qui est de votre affaire… » Il se leva et alla à la porte, l'ouvrit d'un coup sec et regarda dans le couloir. Puis il la referma discrètement et se rassit. « J'ai l'ouïe fine, poursuivit-il, baissant la voix, et si je n'ai pas la faculté de disparaître, j'ai chassé bien des créatures sauvages et je puis facilement éviter d'être vu si je le désire. Or, je me trouvais ce soir derrière la haie, sur la Route à l'ouest de Brie, quand quatre Hobbits sont arrivés des Coteaux. Nul besoin de répéter tout ce qu'ils ont dit au vieux Bombadil ou se sont dit entre eux ; mais une chose en particulier m'a intéressé. *De grâce, souvenez-vous que le nom Bessac ne doit pas être mentionné. Je suis M. Souscolline, s'il faut donner un nom.* Ça m'a tellement intéressé que je les ai suivis jusqu'ici. Je me suis glissé par-dessus la porte comme ils entraient dans le village. M. Bessac a peut-être une raison légitime de laisser son nom derrière lui ; mais dans ce cas, je lui conseillerais d'être plus prudent, et cela vaut aussi pour ses amis. »

« Je ne vois pas en quoi mon nom intéresserait qui que ce soit à Brie, dit Frodo avec colère, et il me reste encore à apprendre en quoi il peut vous intéresser. M. l'Arpenteur a peut-être une raison légitime d'espionner les conversations privées des voyageurs ; mais si tel est le cas, je lui conseillerais de s'expliquer. »

« Bien répliqué ! dit l'Arpenteur en riant. Mais l'explication est simple : je cherchais un Hobbit du nom de Frodo Bessac. Je voulais le trouver rapidement. J'avais cru comprendre qu'il quittait le Comté avec, disons, un secret d'importance pour mes amis et moi.

« Non, ne vous méprenez pas ! s'écria-t-il, tandis que Frodo se levait de son siège et que Sam sautait sur pied, l'œil mauvais. Je serai plus prudent que vous avec ce secret. Et la prudence est de mise ! » Il se pencha et les regarda avec insistance. « Surveillez chaque ombre ! dit-il à voix basse. Des hommes en noir ont traversé Brie à cheval. Lundi, l'un d'entre eux est descendu par le Chemin Vert, à ce qu'on dit ; et un autre a remonté le Chemin Vert venant du sud. »

Il y eut un silence. Puis Frodo s'adressa à Pippin et Sam : « J'aurais dû m'en douter à la façon dont le gardien de la porte nous a accueillis, dit-il. Et l'aubergiste semble avoir eu vent de quelque chose. Pourquoi a-t-il insisté pour que nous allions rejoindre les autres ? Et pourquoi donc avons-nous agi aussi stupidement ? Nous aurions dû rester tranquillement ici. »

« C'eût été préférable, dit l'Arpenteur. Je vous aurais empêché d'aller dans la salle commune, si j'avais pu ; mais l'aubergiste n'a pas voulu me laisser entrer vous voir, ni transmettre aucun message. »

« Pensez-vous qu'il… », commença Frodo.

« Non, je ne pense rien de mal du vieux Fleurdebeurre. Seulement, il n'aime pas trop les mystérieux vagabonds de mon espèce. » Frodo lui adressa un regard perplexe. « Eh bien, j'ai plutôt l'air d'une fripouille, non ? dit l'Arpenteur, la lèvre tordue et les yeux animés d'une étrange lueur. Mais j'espère que nous aurons l'occasion de faire plus ample connaissance. À ce moment-là, j'espère que vous m'expliquerez ce qui s'est passé à la fin de votre chanson. Car cette petite farce… »

« C'était tout à fait par accident ! » intervint Frodo.

« Je me le demande, dit l'Arpenteur. Par accident, soit. Cet accident vous met en une dangereuse posture. »

« À peine plus dangereuse qu'elle ne l'était déjà, dit Frodo. Je savais que ces hommes en noir me poursuivaient ; mais là, on dirait qu'ils m'ont manqué et qu'ils sont partis. »

« Il ne faut pas compter là-dessus ! dit brusquement l'Arpenteur. Ils reviendront. Et d'autres s'en viennent. Il y en a davantage. Je connais leur nombre. Je les connais, ces Cavaliers de l'ombre. » Il marqua une pause ; ses yeux étaient froids et durs. « Et il y a des gens à Brie en qui on ne peut avoir confiance, poursuivit-il. Bill Fougeard, par exemple. Son nom a mauvaise réputation au Pays-de-Brie, et des gens bizarres lui rendent visite. Vous avez dû le remarquer parmi la compagnie : un type bistré au visage moqueur. Il frayait avec l'un des étrangers du Sud, et ils se sont esquivés ensemble juste après votre "accident". Ces gens du Sud ne sont pas tous bien intentionnés ; quant à Fougeard, il vendrait n'importe quoi à n'importe qui, et toute méchanceté l'amuse. »

« Que va vendre ce Fougeard, et qu'est-ce que mon accident a à voir avec lui ? » dit Frodo, bien décidé à ne pas comprendre les allusions de l'Arpenteur.

« Des nouvelles de vous, bien entendu, répondit l'Arpenteur. Un compte rendu de votre petit numéro ne manquerait pas d'intéresser certaines personnes. Après cela, il ne serait guère besoin de leur donner votre vrai nom. Or, il me paraît plus que probable qu'ils en entendront parler avant la fin de la nuit. Cela vous suffit-il ? Vous pouvez faire comme il vous plaira, pour ce qui est de ma récompense : me prendre comme guide, ou ne pas me prendre. Mais je puis vous dire une chose : je connais toutes les terres entre le Comté et les Montagnes de Brume, car je les ai parcourues pendant de longues années. Je suis plus vieux que je n'en ai l'air. Je pourrais vous être utile. Vous devrez éviter la grand-route à compter de demain, car les cavaliers la surveilleront nuit et jour. Vous pourriez réussir à sortir de Brie, sans être importuné tant que le Soleil brille ; mais vous n'irez pas loin. Ils vous attaqueront dans les terres sauvages, dans un endroit sombre sans secours possible. Souhaitez-vous qu'ils vous trouvent ? Ils sont terribles ! »

Les Hobbits le regardèrent et constatèrent avec surprise que son visage s'était crispé comme de douleur, ses mains agrippant les bras de son fauteuil. Un calme immobile régnait dans la pièce, et la lumière semblait avoir baissé. Ils le virent un instant assis là, le regard vague, comme s'il marchait parmi de lointains souvenirs ou prêtait l'oreille aux sons de la Nuit, dehors, au loin.

« Allons bon ! s'écria-t-il au bout d'un moment, se passant la main sur le front. J'en sais peut-être plus long que vous au sujet de ces poursuivants. Vous les craignez, mais vous ne les craignez pas assez, pas encore. Demain, il faudra vous échapper, si vous le pouvez. L'Arpenteur peut vous conduire par des chemins peu fréquentés. Le prendrez-vous à vos côtés ? »

Il y eut un silence pesant. Frodo ne répondit pas ; pris de crainte et de doute, il nageait dans la confusion. Sam fronça les sourcils, regardant son maître ; puis il éclata :

« Si vous permettez, monsieur Frodo, je dirais *non* ! Cet Arpenteur-là, il met en garde et il dit faites attention ; et à ça, je dis *oui*, à commencer par lui. Il sort tout droit de la Sauvagerie, et j'ai jamais entendu rien de bon au sujet de ces gens-là. Il sait quelque chose, c'est évident, trop de choses à mon goût ; mais c'est pas une raison pour qu'on le laisse nous conduire dans un endroit sombre loin des secours, comme il dit. »

Pippin remua, l'air mal à l'aise. L'Arpenteur ne

répondit pas à Sam, mais tourna ses yeux pénétrants vers Frodo. Frodo croisa son regard mais l'évita. « Non, dit-il lentement. Je ne suis pas d'accord. Je pense… je pense que vous n'êtes pas vraiment tel que vous choisissez de le montrer. Au début, vous me parliez comme les Gens de Brie, mais votre voix a changé. Tout de même, Sam semble avoir raison en ceci : je ne vois pas pourquoi vous nous diriez de faire attention, tout en nous demandant de vous croire sur parole et de vous emmener. Pourquoi ce déguisement ? Qui êtes-vous ? Que savez-vous au juste au sujet de… de mes affaires, et comment le savez-vous ? »

« La leçon de prudence a été bien apprise, dit l'Arpenteur avec un dur sourire. Mais la prudence est une chose et l'indécision en est une autre. Vous ne pourrez jamais vous rendre à Fendeval sans aide, à présent ; votre seule chance est de me faire confiance. Vous devez prendre une décision. Je vais répondre à certaines de vos questions, si cela peut vous aider. Mais pourquoi croiriez-vous mon histoire, si vous doutez déjà de moi ? Quoi qu'il en soit, la voici… »

À ce moment, on frappa à la porte. M. Fleurdebeurre arrivait avec des bougies, et Nob venait derrière lui, apportant des bidons d'eau chaude. L'Arpenteur se retira dans un coin sombre.

« Je suis venu vous dire bonne nuit, dit l'aubergiste, posant les bougies sur la table. Nob ! Va porter l'eau aux chambres ! » Il entra et referma la porte.

« Eh bien, voici, commença-t-il d'un ton hésitant, l'air troublé. Si j'ai causé du tort, j'en suis vraiment navré. Mais un clou chasse l'autre, vous en conviendrez ; et je suis un homme occupé. Mais d'abord une chose, puis une autre cette semaine m'ont remis les idées en place, comme on dit – pas trop tard, j'espère. Voyez-vous, on m'a demandé de guetter l'arrivée de Hobbits du Comté, en particulier d'un Hobbit du nom de Bessac. »

« Et en quoi cela me concerne-t-il ? » demanda Frodo.

« Ah ! ça, vous le savez mieux que moi, dit l'aubergiste d'un air entendu. Je ne vous trahirai pas ; mais on m'a dit que ce Bessac prendrait le nom de Souscolline, et on m'a donné une description qui vous ressemble assez, si je puis dire. »

« Ah bon ? Dites toujours ! » le coupa Frodo, qui eût sans doute mieux fait de se taire.

« *Un petit rondouillard aux joues rouges* », dit M. Fleurdebeurre d'un ton solennel. Pippin ricana, mais Sam eut l'air indigné. « *Ça ne t'aidera pas beaucoup : ça vaut pour la plupart des Hobbits, Bébert*, qu'il me dit, poursuivit M. Fleurdebeurre en lançant un regard à Pippin. *Mais celui-là est plus grand que certains et plus pâle que la plupart, et il a une fente au menton : un type guilleret, à l'œil vif.* Vous m'excuserez, mais c'est lui qui l'a dit, pas moi. »

« *Lui* ? Et c'était qui, lui ? » demanda Frodo avec une vive curiosité.

« Ah ! C'était Gandalf, si vous voyez de qui je veux parler. Un magicien, qu'ils disent, mais c'est un bon ami à moi, vrai ou pas. Sauf que là, je sais pas trop ce qu'il aura à me dire si je le revois : il ferait surir toute ma bière ou me changerait en bloc de bois que ça ne m'étonnerait pas. Il s'emporte assez facilement. N'empêche que… ce qui est fait est fait. »

« Eh bien, qu'avez-vous donc fait ? » dit Frodo, que le lent déballage de Fleurdebeurre commençait à exaspérer.

« Où en étais-je ? dit l'aubergiste, s'arrêtant et claquant des doigts. Ah oui ! Le vieux Gandalf. Il y a trois mois de ça, il est entré dans ma chambre sans frapper. *Bébert*, qu'il me dit, *je pars au matin. Veux-tu me rendre un service ? Vous avez qu'à le nommer*, que j'ai répondu. *Je suis pressé*, qu'il m'a dit, *et je ne peux pas m'en charger moi-même, mais j'ai un message à faire porter dans le Comté. Pourrais-tu envoyer un de tes gens, dont tu sais qu'il ira ? Je peux trouver quelqu'un*, que j'ai dit, *demain, peut-être, ou après-demain. Arrange-toi pour que ce soit demain*, qu'il me dit, puis il m'a remis une lettre.

« Le destinataire ne fait pas de doute », dit M. Fleurdebeurre, sortant une lettre de sa poche et lisant l'adresse avec une orgueilleuse lenteur (il chérissait sa réputation de lettré) :

M. FRODO BESSAC, CUL-DE-SAC, HOBBITEVILLE
dans le COMTÉ.

« Une lettre pour moi de Gandalf ! » s'écria Frodo.

« Ah ! dit M. Fleurdebeurre. Votre vrai nom est donc Bessac ? »

« C'est exact, dit Frodo, et vous feriez mieux de me donner tout de suite cette lettre, et de m'expliquer pourquoi vous ne l'avez jamais envoyée. C'est ce que vous êtes venu me dire, je suppose, même si vous avez mis du temps à en venir au fait. »

Le pauvre M. Fleurdebeurre parut décontenancé. « Vous avez raison, maître, dit-il, et je vous prie de m'en excuser. Et j'ai diantrement peur de ce que Gandalf va dire, s'il en ressort quelque chose de mal. Mais j'ai pas fait exprès de la garder. Je l'ai rangée en lieu sûr. Puis j'ai trouvé personne pour aller dans le Comté le lendemain, ni le surlendemain, et aucun de mes gens n'était libre ; et puis une chose par-ci et une autre par-là m'ont fait oublier. Je suis un homme occupé. Je vais faire ce que je peux pour arranger les choses, et si je peux vous rendre un service, vous avez qu'à le nommer.

« Lettre ou pas, c'est ce que j'avais promis à Gandalf de toute façon. *Bébert*, qu'il me dit, *cet ami à moi dans le Comté, il se peut qu'il vienne de ce côté avant peu, lui et un autre. Il se fera appeler Souscolline. Note-le bien ! Mais ne pose pas de questions. Et si je ne suis pas avec lui, il se peut qu'il ait des ennuis, et il peut avoir besoin d'aide. Fais tout ce que tu peux pour lui et je t'en serai reconnaissant.* Et vous voici, et visiblement, les ennuis ne sont pas loin. »

« Que voulez-vous dire ? »

« Ces hommes en noir, dit l'aubergiste en baissant la voix. Ils cherchent *Bessac*, et s'ils sont bien intentionnés, moi, je suis un Hobbit. C'était lundi, et tous les chiens piaulaient et les oies criaillaient. Bizarre, que je me suis dit. Alors Nob, il est venu me dire que deux hommes en noir étaient à la porte et demandaient à voir un Hobbit appelé Bessac. Il avait les cheveux dressés sur la tête. J'ai dit à ces types-là de ficher le camp et je leur ai fermé la porte au nez ; mais à ce qu'on m'a dit, ils sont allés jusqu'à Archètes en posant la même question. Et ce Coureur, celui qu'on appelle l'Arpenteur, lui aussi, il pose des questions.

Il a essayé d'entrer ici avant que vous ayez pris une seule bouchée ou gorgée, oui, parfaitement. »

« Parfaitement ! dit soudain l'Arpenteur, s'avançant dans la lumière. Et beaucoup d'ennuis auraient été évités si vous l'aviez laissé entrer, Filibert. »

L'aubergiste sursauta. « Vous ! s'écria-t-il. Vous surgissez toujours tout à coup. Qu'est-ce que vous voulez, cette fois ? »

« J'ai consenti à le voir, dit Frodo. Il est venu m'offrir son aide. »

« Eh bien, c'est votre affaire, je suppose, dit M. Fleurdebeurre, levant des yeux suspicieux en direction de l'Arpenteur. Mais si j'étais dans pareille situation, je n'irais pas m'acoquiner avec un Coureur. »

« Et avec qui iriez-vous vous acoquiner ? demanda l'Arpenteur. Un aubergiste ventripotent qui oublierait son propre nom, si on ne le lui criait pas à longueur de journée ? Ils ne peuvent rester au *Poney* indéfiniment, et ils ne peuvent rentrer chez eux. Une longue route les attend. Irez-vous avec eux pour tenir les hommes en noir à distance ? »

« Moi ? Quitter Brie ? Je ne ferais ça pour rien au monde ! dit M. Fleurdebeurre, l'air vraiment effrayé. Mais pourquoi vous resteriez pas tranquillement ici encore un peu, monsieur Souscolline ? Qu'est-ce que c'est que toutes ces manigances ? Que cherchent ces hommes en noir, et d'où viennent-ils, dites-moi donc ? »

« Je suis désolé, mais je ne peux pas tout expliquer, répondit Frodo. Je suis fatigué, très préoccupé, et c'est une longue histoire. Mais si votre intention est de m'aider, je dois vous prévenir que vous serez en danger tant que je logerai sous votre toit.

Ces Cavaliers Noirs… je n'en suis pas sûr, mais je pense, je crains qu'ils ne viennent du… »

« Ils viennent du Mordor, souffla l'Arpenteur à voix basse. Du Mordor, Filibert, si ce nom signifie quelque chose pour vous. »

« Délivrez-nous ! » s'écria M. Fleurdebeurre, blêmissant ; le nom, à l'évidence, lui était connu. « C'est la pire nouvelle qui soit parvenue à Brie de mon temps. »

« Vous ne vous trompez pas, dit Frodo. Êtes-vous toujours disposé à m'aider ? »

« Certainement, dit M. Fleurdebeurre. Plus que jamais. Même si je ne vois pas très bien ce que peut un honnête homme contre… contre… » Il s'arrêta sur un bredouillis.

« Contre l'Ombre dans l'Est, dit calmement l'Arpenteur. Pas grand-chose, Filibert, mais chaque petite chose compte. Vous pouvez laisser M. Souscolline passer la nuit ici, en tant que M. Souscolline ; et vous pouvez oublier le nom de Bessac jusqu'à ce qu'il soit loin. »

« D'accord, dit Fleurdebeurre. Mais j'ai bien peur qu'ils découvrent que M. Bessac est ici sans que j'y sois pour quelque chose. C'est dommage que M. Bessac se soit attiré autant d'attention ce soir, pour dire le moins. L'histoire du départ de ce M. Bilbo avait déjà été entendue à Brie. Même notre Nob a fait des rapprochements dans sa caboche ; et il y en a d'autres à Brie qui ont la comprenette plus rapide que lui. »

« Eh bien, il nous faut espérer que les Cavaliers ne reviendront pas tout de suite », dit Frodo.

« J'espère bien que non, dit Fleurdebeurre. Mais fantômes ou pas, ils entreront pas au *Poney* si facilement.

Vous faites pas de souci jusqu'au matin. Nob dira rien du tout. Pas un des ces hommes ne passera mes portes tant que je me tiendrai encore debout. On sera aux aguets cette nuit, moi et mes gens ; mais vous feriez bien de dormir un peu, si vous le pouvez. »

« En tout cas, il faut nous réveiller à l'aube, dit Frodo. Nous devrons partir le plus tôt possible. Le petit déjeuner pour six heures et demie, s'il vous plaît. »

« Bien ! J'y verrai moi-même, dit l'aubergiste. Bonne nuit, monsieur Bessac… Souscolline, devrais-je dire ! Bonne nuit… mais j'y pense ! Où est votre M. Brandibouc ? »

« Je ne sais pas », dit Frodo, tout à coup angoissé. Ils avaient complètement oublié Merry, et la nuit avançait. « J'ai bien peur qu'il ne soit sorti. Il nous a parlé d'aller prendre une bouffée d'air. »

« Ma foi, il faut vraiment que quelqu'un s'occupe de vous : on jurerait que vous êtes en vacances ! dit Fleurdebeurre. Je dois vite aller barrer les portes, mais je verrai à ce qu'on laisse entrer votre ami quand il reviendra. Je ferais mieux d'envoyer Nob à sa recherche. Bonne nuit à vous tous ! » M. Fleurdebeurre sortit enfin, non sans un dernier regard soupçonneux en direction de l'Arpenteur. Il secoua la tête et referma la porte ; ses pas s'éloignèrent dans le couloir.

« Alors ? dit l'Arpenteur. Quand allez-vous ouvrir cette lettre ? » Frodo examina soigneusement le cachet avant de le briser. C'était assurément celui de Gandalf. À l'intérieur se trouvait le message suivant, rédigé de la main ferme mais élégante qu'il connaissait au magicien :

*Le Poney Fringant, Brie. Jour de la Mi-Année,
l'An 1418 du Comté.*

Cher Frodo,

De mauvaises nouvelles me sont parvenues ici. Je dois partir immédiatement. Vous feriez mieux de quitter bientôt Cul-de-Sac et de sortir du Comté avant la fin juillet au plus tard. Je reviendrai sitôt que je le pourrai, et je vous suivrai si je constate que vous êtes parti. Laissez ici un message à mon intention, si vous passez par Brie. Vous pouvez faire confiance à l'aubergiste (Fleurdebeurre). Vous pourriez rencontrer un ami à moi sur la Route : un Homme, grand et mince, hâlé, que certains appellent l'Arpenteur. Il connaît notre affaire et vous aidera. Dirigez-vous vers Fendeval. Nous nous reverrons là-bas, je l'espère. Si je ne viens pas, Elrond vous conseillera.

Bien à vous, en hâte,

Gandalf.

P.S. – Ne vous En servez PAS de nouveau, pour quelque motif que ce soit ! Ne voyagez pas de nuit !
P.P.S. – Assurez-vous qu'il s'agit du vrai Arpenteur. Bien des hommes étranges parcourent les routes. Son véritable nom est Aragorn.

Tout ce qui est or ne brille pas,
Ne sont pas perdus tous ceux qui vagabondent ;
Ce qui est vieux mais fort ne se flétrit pas,
Le gel n'atteint pas les racines profondes.

Des cendres, un feu sera attisé,
Une lueur des ombres surgira ;
Reforgée sera l'épée qui fut brisée :
Le sans-couronne redeviendra roi.

P.P.P.S. – J'espère que Fleurdebeurre enverra ceci promptement. Un honnête homme, mais sa mémoire est comme un débarras : chose désirée toujours enterrée. S'il oublie, je vais le faire rôtir.

Bonne route !

Frodo lut la lettre pour lui-même et la passa ensuite à Pippin et à Sam. « Le vieux Fleurdebeurre a vraiment fait un sale gâchis ! dit-il. Il mérite de rôtir. Si j'avais eu aussitôt cette lettre, nous pourrions être à Fendeval, tous sains et saufs à l'heure qu'il est. Mais qu'a-t-il bien pu arriver à Gandalf ? Il m'écrit comme s'il partait affronter un grave danger. »

« C'est ce qu'il fait depuis de nombreuses années », dit l'Arpenteur. Frodo se retourna et le regarda d'un air pensif, méditant le deuxième post-scriptum de Gandalf. « Pourquoi ne m'avoir pas dit tout de suite que vous êtes l'ami de Gandalf ? demanda-t-il. Nous aurions gagné du temps. »

« Ah bon ? Qui d'entre vous m'aurait cru avant de prendre connaissance de cette lettre ? dit l'Arpenteur. Pour ma part, je n'en savais absolument rien. Je croyais que j'aurais à vous persuader de me faire confiance sans aucune preuve, si je souhaitais pouvoir vous aider. Une chose est sûre, je n'avais aucunement l'intention de vous dire tout sur moi dès l'abord. Je devais *vous* étudier avant toute chose, et m'assurer de votre identité. L'Ennemi m'a déjà tendu des pièges, vous savez. Du moment où je me serais fait une idée, j'étais prêt à répondre à toutes vos questions. Mais je dois bien l'admettre, ajouta-t-il avec un rire étrange : j'espérais m'attirer votre sympathie pour ce que je suis. Il arrive qu'un homme pourchassé se lasse de la défiance et aspire à l'amitié. Mais pour cela, je crois que les apparences sont contre moi. »

« Elles le sont – du moins, à première vue », dit Pippin avec un rire de soulagement ; la lettre de Gandalf l'avait soudain rasséréné. « Mais beau est qui bien fait, comme on dit dans le Comté ; et je suppose que nous aurions tous à peu près le même air après être restés des jours dans des haies et des fossés. »

« Il vous faudrait plus que quelques jours, quelques semaines, ou même quelques années d'errances dans la Sauvagerie pour vous faire ressembler à l'Arpenteur, répondit ce dernier. Et vous mourrez bien avant, à moins que vous ne soyez d'une plus forte trempe que vous ne le paraissez. »

Pippin n'insista pas ; mais Sam ne se laissa pas démonter, continuant de jeter des regards suspicieux à l'Arpenteur. « Comment on sait que vous êtes l'Arpenteur de Gandalf ? demanda-t-il. Vous avez jamais parlé de lui avant que sa lettre apparaisse. Autant que je sache, vous pourriez être un espion qui joue la comédie pour nous convaincre de partir avec vous. Vous pourriez avoir zigouillé le vrai Arpenteur et lui avoir pris ses vêtements. Qu'est-ce que vous dites de ça ? »

« Que vous êtes un solide gaillard, répondit l'Arpenteur ; mais je crains que la seule réponse que je puis vous faire, Sam Gamgie, ne soit la suivante. Si j'avais tué le véritable Arpenteur, je pourrais vous tuer aussi. Et je vous aurais déjà tué sans autant de palabres. Si j'étais en quête de l'Anneau, je pourrais vous le prendre... LÀ !

Il se leva, et sembla soudain grandir. Une lueur brillait dans ses yeux, vive et autoritaire. Rejetant sa cape derrière lui, il posa la main sur le pommeau de l'épée qu'il gardait dissimulée à sa hanche. Ils n'osèrent pas bouger. Sam resta bouche bée et le regarda d'un air stupéfait.

« Mais je *suis* le véritable Arpenteur, fort heureusement, dit-il en abaissant le regard sur eux, son visage soudain adouci d'un sourire. Je suis Aragorn fils d'Arathorn ; et s'il me faut vivre ou mourir pour vous sauver, je le ferai. »

Il y eut un long silence. Puis Frodo parla avec hésitation. « J'ai su que vous étiez un ami avant de voir la lettre, dit-il, ou du moins, je le souhaitais. Vous m'avez effrayé plusieurs fois ce soir, mais jamais comme le feraient les serviteurs de l'Ennemi, il me semble. Je pense qu'un de ses espions aurait meilleur air tout en étant plus ignoble, si vous saisissez. »

« Je vois, dit l'Arpenteur en riant. Et j'ai l'air ignoble tout en étant meilleur. C'est cela ? *Tout ce qui est or ne brille pas, ne sont pas perdus tous ceux qui vagabondent.* »

« Ces vers s'appliquaient donc à vous ? demanda Frodo. Je n'arrivais pas à voir de quoi il était question. Mais comment saviez-vous qu'ils se trouvaient dans la lettre de Gandalf, si vous ne l'avez jamais vue ? »

« Je n'en savais rien, répondit-il. Mais je suis Aragorn, et ces vers vont avec ce nom. » L'Arpenteur tira son épée, et ils virent que la lame était en effet brisée à un pied de la garde. « Pas très utile, hein, Sam ? dit l'Arpenteur. Mais l'heure approche où cette lame sera forgée à nouveau. »

Sam resta coi.

« Eh bien, poursuivit l'Arpenteur, avec la permission de Sam, nous dirons que l'affaire est réglée. L'Arpenteur sera votre guide. Et maintenant, je crois qu'il est temps d'aller vous coucher et de vous reposer comme vous le pourrez. Une dure route nous attend demain. Même si nous parvenons à quitter Brie sans encombre, nous ne pouvons guère espérer partir sans être remarqués, à présent. Mais j'essaierai de m'esquiver aussi vite que possible. Je connais une ou deux façons de quitter le Pays-de-Brie autrement que par la grand-route. Si jamais nous parvenons à semer la poursuite, je me dirigerai vers Montauvent. »

« Montauvent ? dit Sam. Qu'est-ce que c'est que ça ? »

« Il s'agit d'une colline un peu au nord de la Route, environ à mi-chemin entre Brie et Fendeval. Elle domine toutes les terres environnantes et nous permettra de regarder alentour. Gandalf cherchera également à s'y rendre, s'il nous suit. Après Montauvent, notre voyage deviendra plus ardu, et nous aurons à choisir entre plusieurs dangers. »

« Quand avez-vous vu Gandalf pour la dernière fois ? demanda Frodo. Savez-vous où il est, ou ce qu'il fait ? »

L'Arpenteur eut un air grave. « Je ne le sais pas, dit-il. Je suis venu dans l'Ouest avec lui au printemps. J'ai souvent fait le guet aux frontières du Comté ces dernières années, alors qu'il était occupé ailleurs.

Il laissait rarement votre pays sans protection. Nous nous sommes vus pour la dernière fois le premier mai : au Gué de Sarn, en aval, sur le Brandivin. Il m'a dit que ses discussions avec vous s'étaient bien passées, que vous vous mettriez en route pour Fendeval dans la dernière semaine de septembre. Comme je le savais auprès de vous, je suis parti en voyage de mon côté. Et cela s'est avéré néfaste ; car des nouvelles lui sont parvenues à l'évidence, et je n'étais pas là pour l'assister.

« Je suis inquiet, pour la première fois depuis que je le connais. Nous aurions dû recevoir des messages, quand bien même il eût été retenu. À mon retour, il y a de cela bien des jours, j'ai eu vent de mauvaises nouvelles. Le bruit courait partout comme quoi Gandalf manquait à l'appel et les cavaliers avaient été vus. Ce sont les gens de Gildor qui me l'ont appris, et plus tard, ces mêmes Elfes m'ont dit que vous étiez parti de chez vous ; mais on n'a entendu nulle part que vous aviez quitté le Pays-de-Bouc. Voilà un moment que je surveille la Route de l'Est avec appréhension. »

« Croyez-vous que les Cavaliers Noirs aient quelque chose à voir là-dedans – avec l'absence de Gandalf, je veux dire ? » demanda Frodo.

« Je ne vois pas quoi d'autre aurait pu lui faire obstacle, hormis l'Ennemi lui-même, dit l'Arpenteur. Mais ne perdez pas espoir ! Gandalf est plus grand que vous ne le croyez dans le Comté : d'ordinaire, vous ne voyez que ses jouets et ses plaisanteries. Mais cette affaire qui nous préoccupe sera sa plus grande tâche. »

Pippin bâilla. « Je suis désolé, dit-il, mais je suis mort de fatigue. Malgré tous les dangers et toutes les inquiétudes, je dois aller me coucher au risque de dormir sur ma chaise. Où est cet étourdi de Merry ? Ce serait bien le comble si nous devions aller dans le noir à sa recherche. »

Ils entendirent alors un claquement de porte ; puis des pas se hâtèrent dans le couloir. Merry entra en courant, suivi de Nob. Il se dépêcha de refermer la porte et s'adossa contre celle-ci, tout essoufflé. Ses compagnons le dévisagèrent un moment, effrayés, avant qu'il s'exclame d'une voix entrecoupée : « Je les ai vus, Frodo ! Je les ai vus ! Des Cavaliers Noirs ! »

« Des Cavaliers Noirs ! s'écria Frodo. Où ça ? »

« Dans le village. Je suis resté ici pendant une heure. Puis, comme vous ne reveniez pas, je suis sorti faire un tour. J'étais de retour à l'auberge et je me tenais en dehors de la clarté de la lampe pour admirer les étoiles. Soudain, j'ai eu un frisson et j'ai senti quelque chose d'horrible qui s'approchait à pas de loup ; on aurait dit une ombre plus foncée parmi les ombres de l'autre côté de la rue, juste en dehors de la lumière. Elle s'est tout de suite esquivée dans les ténèbres sans faire de bruit. Il n'y avait pas de cheval. »

« De quel côté est-elle allée ? » demanda soudain l'Arpenteur avec quelque brusquerie.

Merry sursauta, n'ayant pas encore remarqué l'étranger. « Continue ! dit Frodo. C'est un ami de Gandalf. Je t'expliquerai plus tard. »

« Elle a semblé filer par la Route, vers l'est, poursuivit Merry. J'ai essayé de la suivre. Elle n'a pas mis de temps à disparaître, évidemment ; mais j'ai tourné le coin et je me suis rendu jusqu'à la dernière maison en bordure de la Route. »

L'Arpenteur le considéra avec étonnement. « Vous avez le cœur solide, dit-il. Mais c'était fou de votre part. »

« Je ne sais pas, dit Merry. Ni courageux, ni imprudent, il me semble. Je ne pouvais pas résister. C'était comme si quelque chose m'attirait. Quoi qu'il en soit, j'y suis allé, et j'ai soudain entendu des voix près de la haie.

« L'une d'entre elles marmonnait, et l'autre chuchotait ou sifflait. Je n'entendais pas un seul mot de ce qu'elles disaient. Je n'ai pas fait un pas de plus, car je me suis mis à trembler de partout. Je ressentais une peur horrible, alors j'ai fait demi-tour, et j'allais revenir ici en courant quand quelque chose s'est glissé derrière moi et je… je suis tombé. »

« C'est moi qui l'ai trouvé, m'sieur, intervint Nob. M. Fleurdebeurre m'a envoyé avec une lanterne. J'ai marché jusqu'à la Porte de l'Ouest, puis je suis revenu et j'ai continué vers la Porte du Sud. Comme j'arrivais tout près de chez Bill Fougeard, j'ai cru voir quelque chose au milieu du chemin. Je l'aurais pas juré, mais ça me semblait que deux hommes étaient penchés sur quelque chose, comme en train de le soulever. J'ai lâché un cri, mais quand je suis arrivé sur place, on les voyait plus nulle part ; il y avait que M. Brandibouc étendu au bord du chemin. Il avait l'air endormi. "J'ai cru que j'étais tombé au fond de l'eau", qu'il m'a dit quand je l'ai secoué. Il était très bizarre, et aussitôt réveillé, il s'est relevé et il a couru jusqu'ici comme un lièvre. »

« J'ai bien peur que ce ne soit vrai, dit Merry,

même si je ne sais plus ce que j'ai dit. J'ai fait un rêve affreux dont je ne me souviens plus. Je me suis écroulé. Je ne sais pas ce qui m'est arrivé. »

« Moi, si, dit l'Arpenteur. Le Souffle Noir. Les Cavaliers ont dû laisser leurs chevaux hors les murs et passer secrètement la Porte du Sud. Ils connaîtront maintenant toutes les nouvelles, car ils ont rencontré Bill Fougeard ; et cet homme du Sud était sans doute un espion, lui aussi. Il peut se passer quelque chose dès cette nuit, avant que nous quittions le village. »

« Que va-t-il se passer ? dit Merry. Vont-ils attaquer l'auberge ? »

« Non, je ne le pense pas, dit l'Arpenteur. Ils ne sont pas encore tous là. Et de toute façon, ce n'est pas leur manière. C'est dans l'ombre et dans la solitude qu'ils sont les plus forts ; ils n'attaqueront pas ouvertement une maison éclairée où il y a beaucoup de monde – pas tant qu'ils ne seront pas à la dernière extrémité, que les longues lieues de l'Eriador s'étaleront encore devant nous. Mais leur pouvoir réside dans la terreur, et certains à Brie sont déjà sous leur emprise. Ils conduiront ces misérables à quelque méfait : Fougeard, certains des étrangers, et peut-être aussi le gardien de la porte. Ils ont discuté avec Harry à la Porte de l'Ouest ce lundi dernier. Je les guettais. Il était blanc comme un linge quand ils l'ont quitté, et il tremblait. »

« On dirait que nous sommes entourés d'ennemis, dit Frodo. Qu'allons-nous faire ? »

« Rester ici : n'allez surtout pas dans vos chambres ! Ils n'ont pu manquer de découvrir quelles elles sont. Les chambres de Hobbits ont des fenêtres qui regardent au nord et qui se trouvent près du sol. Nous allons rester tous ensemble et bloquer cette fenêtre, et la porte aussi, bien sûr. Mais d'abord, Nob et moi irons chercher vos bagages. »

Frodo profita de son absence pour raconter brièvement à Merry tout ce qui s'était passé depuis le souper. Merry était encore en train de lire et de méditer la lettre de Gandalf quand l'Arpenteur revint avec Nob.

« Donc, mes bons maîtres, dit Nob, j'ai froissé les draps et placé un traversin au milieu de chaque lit. Et j'ai fait une belle imitation de votre tête avec une carpette de laine brune, monsieur Bess... Sous-colline, m'sieur », ajouta-t-il avec un large sourire.

Pippin rit. « Très ressemblant ! dit-il. Mais qu'arrivera-t-il quand ils auront découvert la supercherie ? »

« Nous verrons, dit l'Arpenteur. Il faut espérer tenir jusqu'au matin. »

« Je vous souhaite une bonne nuit », dit Nob, sur quoi il alla retrouver son poste à la surveillance des portes.

Ayant déposé leurs sacs et leur équipement en tas sur le parquet du salon, ils poussèrent l'un des fauteuils bas contre la porte et fermèrent la fenêtre. Jetant un regard à l'extérieur, Frodo vit que la nuit était encore dégagée. La Faucille[1] se balançait, claire et brillante, au-dessus des épaulements de la Colline de Brie. Il ferma ensuite les lourds volets intérieurs, mit la barre et tira les rideaux. L'Arpenteur alimenta le feu et souffla toutes les bougies.

Les Hobbits s'allongèrent sur leurs couvertures, les pieds vers l'âtre ; mais l'Arpenteur s'installa dans le

1. Nom que les Hobbits donnent au Grand Chariot (ou Grande Ourse).

fauteuil poussé contre la porte. Ils bavardèrent pendant quelque temps, car Merry avait encore plusieurs questions à poser.

« Sauta par-dessus la Lune ! ricana Merry, tout en s'enroulant dans sa couverture. Assez ridicule de ta part, Frodo ! Mais j'aurais aimé y être, juste pour voir. Les braves gens de Brie en parleront encore dans cent ans. »

« Je l'espère », dit l'Arpenteur. Tous demeurèrent alors silencieux, puis, un à un, les Hobbits succombèrent au sommeil.

11

Une lame dans le noir

Comme on se préparait à dormir à l'auberge de Brie, les ténèbres s'étendaient sur le Pays-de-Bouc ; des brumes s'égaraient dans les vallons et sur les berges du fleuve. À Creux-le-Cricq, tout était silencieux. Gros-lard Bolgeurre ouvrit tout doucement la porte et regarda à l'extérieur. Toute cette journée-là, une peur indéfinissable avait monté en lui, et il n'avait pu se reposer ou aller se coucher : une menace planait dans l'air immobile de la nuit. Or, tandis qu'il scrutait l'obscurité, une ombre noire remua sous les arbres ; le portail sembla s'ouvrir tout seul et se refermer sans un seul bruit. La terreur le saisit. Il se recula et demeura un instant dans le hall, tremblant comme une feuille. Puis il referma la porte et la verrouilla.

La nuit s'épaissit. Vint alors le son sourd de chevaux menés furtivement le long du chemin. Ils s'arrêtèrent devant le portail, et trois silhouettes noires entrèrent, comme des spectres de nuit se glissant dans la cour. L'une se dirigea vers la porte, les deux autres de chaque côté, vers un coin de la maison ; et elles se tinrent là immobiles, comme l'ombre des pierres, tandis que la nuit avançait lentement. La maison et les arbres muets semblaient attendre, retenant leur souffle.

Les feuilles s'agitèrent doucement et un coq chanta au loin. L'heure froide qui précède l'aube touchait à sa fin. La silhouette restée près de la porte remua. Dans les ténèbres sans Lune ni étoiles luisit une lame, comme une froide lueur sortie du fourreau. Il y eut un coup, sourd mais violent, et la porte frémit.

« Ouvrez, au nom du Mordor ! » dit une voix grêle et menaçante.

Au deuxième coup, la porte céda et recula violemment, madriers éclatés et serrure brisée. Les silhouettes noires se glissèrent vivement à l'intérieur.

À cet instant, parmi les arbres alentour, la sonnerie d'un cor retentit, déchirant la nuit comme un brasier au sommet d'une colline.

DEBOUT ! ALERTE ! AU FEU !
AUX ENNEMIS ! DEBOUT !

Gros-lard Bolgeurre n'était pas resté inactif. Ayant aperçu les formes noires rampant dans le jardin, il sut aussitôt qu'il devait se sauver, ou périr. Et il ne manqua pas de se sauver, filant par la porte de derrière à travers le jardin et dans les champs. Quand il atteignit la maison la plus proche, à plus d'un mille de là, il s'effondra sur le seuil. « Non, non, non ! criait-il. Non, pas moi ! Je ne l'ai pas ! » Il fallut du temps pour que l'on parvienne à comprendre son babillage. On finit par en déduire que des ennemis se trouvaient au Pays-de-Bouc – quelque étrange invasion de la Vieille Forêt. Alors on ne perdit pas une minute de plus.

ALERTE ! AU FEU ! AUX ENNEMIS !

Les Brandibouc s'étaient saisis de leurs cors et faisaient retentir la Sonnerie du Pays-de-Bouc. Elle n'avait pas été entendue depuis une centaine d'années, pas depuis la venue des loups blancs, au cours du Rude Hiver ayant gelé les eaux du Brandivin.

DEBOUT ! DEBOUT !

D'autres cors répondirent au loin. L'alarme se répandait.

Les silhouettes noires s'enfuirent de la maison. L'une d'entre elles, dans sa course, laissa tomber une cape de Hobbit sur le pas de la porte. Un bruit de sabots éclata dans le chemin, prit le galop et partit tambouriner dans les ténèbres. Tout autour de Creux-le-Cricq, des sonneries de cor retentissaient, des voix criaient et des pas accouraient. Mais les Cavaliers Noirs chevauchèrent à bride abattue jusqu'à la Porte Nord. Que les petites gens sonnent de leurs cors ! Sauron s'occuperait d'eux en temps voulu. D'ici là, ils avaient mieux à faire : ils savaient à présent que la maison était vide et que l'Anneau était parti. Ils renversèrent les gardes à la porte et disparurent hors du Comté.

Il était encore tôt dans la nuit quand Frodo fut tiré d'un profond sommeil, subitement, comme si un son ou une présence l'avait dérangé. Il vit que l'Arpenteur, assis dans son fauteuil, était sur le qui-vive : ses yeux luisaient à la lumière du feu, lequel avait été entretenu et flambait dans l'âtre ; mais il ne fit aucun signe ou mouvement.

Frodo ne tarda pas à se rendormir ; mais ses rêves furent de nouveau troublés par le bruit du vent et le son de sabots au galop. On eût dit que le vent tourbillonnait autour de la maison et la secouait, tandis qu'un cor sonnait farouchement au loin. Ouvrant les yeux, il entendit un coq s'égosiller dans la cour de l'auberge. L'Arpenteur avait tiré les rideaux et rouvert les volets avec un claquement. La lueur grise du jour naissant pénétrait dans la pièce, et de l'air froid s'engouffrait par la fenêtre ouverte.

Dès que l'Arpenteur les eut tous réveillés, il les conduisit à leurs chambres. Lorsqu'ils les virent, ils se félicitèrent d'avoir suivi son conseil : les fenêtres forcées battaient sur leurs gonds, les rideaux volaient ; les lits étaient tout de travers et les traversins tailladés, jetés à terre ; la carpette brune était déchirée en morceaux.

L'Arpenteur s'en fut aussitôt chercher l'aubergiste. Le pauvre M. Fleurdebeurre paraissait endormi et effrayé. Il avait à peine fermé l'œil de la nuit (à ce qu'il prétendait) mais n'avait pas entendu un son.

« Jamais pareille chose ne s'est produite de mon temps ! s'écria-t-il en levant les bras, horrifié. Des clients qu'on empêche de dormir dans leurs lits et de bons traversins réduits en charpie et tout ! Où va-t-on ? »

« Vers de sombres jours, dit l'Arpenteur. Mais vous aurez la paix pour le moment, quand vous serez débarrassé de nous. Nous partons sur-le-champ. Oubliez le petit déjeuner : une bouchée et quelques gorgées sur le pouce devront suffire. Nos bagages seront prêts dans quelques minutes. »

M. Fleurdebeurre partit en coup de vent pour veiller à ce que leurs poneys soient apprêtés et pour leur trouver une « bouchée ». Mais il revint bientôt avec une mine consternée. Les poneys avaient disparu ! Les portes de l'écurie avaient toutes été ouvertes durant la nuit, et ils étaient partis : non seulement les poneys de Merry, mais tous les autres chevaux et bêtes qui y étaient logés.

Frodo fut accablé par la nouvelle. Comment pouvaient-ils espérer gagner Fendeval à pied, poursuivis par des adversaires à cheval ? Autant partir pour la Lune. L'Arpenteur demeura un moment assis en silence, considérant les Hobbits comme pour mesurer leur force et leur courage.

« Des poneys ne nous aideraient pas à échapper à des hommes à cheval, dit-il enfin d'un air pensif, comme s'il devinait les pensées de Frodo. Nous n'irons pas beaucoup plus lentement à pied, pas sur les chemins que j'ai l'intention de suivre. Je comptais marcher, de toute façon. Ce sont la nourriture et les provisions qui m'inquiètent. Nous ne pouvons espérer trouver quelque chose à manger d'ici à Fendeval, mis à part ce que nous emportons avec nous ; et il faudra emporter de tout en suffisance, car nous pourrions être retardés ou forcés de faire des détours, loin de l'itinéraire le plus court. Qu'êtes-vous prêts à porter sur votre dos ? »

« Tout ce qu'il faudra », répondit Pippin, découragé, mais voulant paraître plus brave qu'il ne le paraissait (ou ne se sentait lui-même).

« Je peux en prendre assez pour deux », dit Sam d'un air de défi.

« N'est-il pas possible de faire quelque chose, monsieur Fleurdebeurre ? demanda Frodo. Trouver deux ou trois poneys dans le village, ou même un seul, juste pour les bagages ? Je ne pense pas qu'on puisse en louer, mais peut-être pourrait-on en acheter », ajouta-t-il d'un ton dubitatif, se demandant s'il en aurait les moyens.

« J'en doute, répondit l'aubergiste d'un air malheureux. Les deux ou trois poneys de selle qu'il y avait à Brie se trouvaient dans mon écurie, et ils sont partis. Quant aux autres chevaux ou poneys qui servent comme bêtes de trait et quoi encore, il y en a très peu à Brie, et ils ne seront pas à vendre. Mais je vais faire ce que je peux. Quand j'aurai tiré Bob de son lit, je vais l'envoyer faire le tour du voisinage. »

« Oui, dit l'Arpenteur d'une voix hésitante, c'est sans doute une bonne idée. J'ai bien peur qu'il ne nous faille trouver un poney au moins. Mais voilà qui anéantit tout espoir de partir de bonne heure, sans nous faire remarquer ! Nous aurions tout aussi bien pu sonner du cor pour annoncer notre départ. C'est ce qu'ils escomptaient, sans nul doute. »

« Je vois une miette de réconfort dans tout cela, remarqua Merry, et plus qu'une miette, j'espère : on pourra prendre le petit déjeuner en attendant – et le prendre à table. Il n'y a qu'à dénicher Nob ! »

Il y eut, en fin de compte, plus de trois heures de retard. Bob revint leur annoncer qu'aucun des chevaux ou poneys du voisinage n'était à vendre pour tout l'or du monde – à l'exception d'un seul : Bill Fougeard en avait un dont il consentirait peut-être à se départir. « C'est une pauvre vieille bête à moitié affamée, dit Bob ; mais il voudra pas s'en séparer pour moins de trois fois sa valeur, voyant que vous êtes dans un tel pétrin – pas le Bill Fougeard que je connais. »

« Bill Fougeard ? dit Frodo. Ce ne serait pas un piège ? Se pourrait-il que la bête revienne à lui d'un trait avec toutes nos affaires, ou les aide à nous traquer, ou je ne sais trop ? »

« Je me le demande, dit l'Arpenteur. Mais je ne puis concevoir qu'un animal puisse souhaiter retrouver un tel maître, une fois libéré de lui. À mon avis, cette délicate attention de maître Fougeard lui sera venue après coup : rien de plus qu'une occasion de profiter encore davantage de la situation. Le plus inquiétant est que cette pauvre bête est sans doute à l'article de la mort. Mais il semble que nous n'ayons pas le choix. Combien en demande-t-il ? »

Le prix de Bill Fougeard était de douze sous d'argent, ce qui, en effet, représentait au moins trois fois la valeur de ce poney sur le marché local. Maigre, sous-alimenté, celui-ci paraissait fort abattu mais ne semblait pas devoir mourir sur-le-champ. M. Fleurdebeurre le paya de son argent et offrit encore dix-huit sous à Merry, en guise de compensation pour les animaux perdus. C'était un honnête homme – riche, comme on comptait les choses à Brie ; mais trente sous d'argent étaient pour lui un rude coup, et le fait d'être escroqué par Bill Fougeard le lui rendait encore plus difficile à supporter.

En fait, M. Fleurdebeurre finit par s'en tirer à son avantage. On découvrit plus tard qu'un seul cheval avait réellement été volé. Les autres avaient été chassés ou s'étaient eux-mêmes enfuis, pris de terreur, et on les trouva en train d'errer aux quatre coins du Pays-de-Brie. Les poneys de Merry s'étaient tout bonnement échappés, et au bout d'un moment (comme ils avaient beaucoup de jugeote) ils prirent le chemin des Coteaux à la recherche de Gros Nigaud. Ainsi, ils demeurèrent quelque temps sous la garde de Tom Bombadil et y trouvèrent leur compte. Mais quand Tom apprit ce qui s'était passé à Brie, il les envoya à M. Fleurdebeurre, qui reçut alors cinq excellentes bêtes à un prix très avantageux. Il leur fallut trimer plus dur à Brie, mais Bob les traita avec bonté ; si bien qu'en définitive, ils jouèrent de chance : ils s'évitèrent un sombre et périlleux voyage. Mais ils ne parvinrent jamais à Fendeval.

Entre-temps, toutefois, M. Fleurdebeurre croyait son argent perdu pour toujours. Et il eut d'autres ennuis. Car il y eut un véritable branle-bas, dès que les autres clients furent levés et eurent vent de l'attaque contre l'auberge. Les voyageurs du Sud avaient perdu plusieurs chevaux et accablèrent bruyamment l'aubergiste ; puis l'on apprit que l'un des leurs avait également disparu dans la nuit : nul autre que l'homme aux yeux louches, l'acolyte de Bill Fougeard. Les soupçons furent aussitôt dirigés sur lui.

« Si vous vous frottez à un voleur de chevaux et que vous l'amenez chez moi, dit Fleurdebeurre avec colère, vous feriez bien de payer pour tous les dégâts au lieu de venir crier après moi. Allez donc lui demander, à Fougeard, où il est votre bel ami ! » Mais il s'avéra qu'il n'était l'ami de personne ; et personne ne put se rappeler à quel moment il avait rejoint leur compagnie.

Après leur petit déjeuner, les Hobbits durent refaire leurs paquets et se procurer de nouvelles réserves en prévision du voyage prolongé qu'ils envisageaient à présent. Il était près de dix heures quand ils prirent enfin la route. Dès lors, tout le village bourdonnait d'excitation. La disparition-surprise de Frodo, l'arrivée des cavaliers vêtus de noir, le cambriolage des écuries, sans oublier la nouvelle selon laquelle ce Coureur, l'Arpenteur, s'était joint aux mystérieux Hobbits : voilà une histoire que l'on ne se lasserait pas de raconter pendant bien des années de calme plat. La plupart des habitants de Brie et de Raccard, voire bon nombre de ceux de Combe et d'Archètes, s'étaient massés dans le chemin pour assister au départ des voyageurs. Les autres clients de l'auberge étaient debout aux portes ou penchés aux fenêtres.

L'Arpenteur avait changé d'idée, ayant décidé de quitter Brie par la grand-route. Toute tentative de couper immédiatement à travers champs ne ferait qu'aggraver les choses : la moitié des badauds les suivraient pour voir ce qu'ils fabriquaient, et pour les empêcher d'empiéter sur des terres privées.

Ayant fait leurs adieux à Nob et à Bob, ils prirent congé de M. Fleurdebeurre avec maints remerciements. « J'espère que nous nous reverrons un jour, quand les temps seront de nouveau propices, dit Frodo.

Rien ne me plairait plus que de séjourner chez vous en paix pour quelque temps. »

Ils partirent d'un pas lourd, anxieux et déprimés, sous les regards de la foule. Tous les visages n'étaient pas amicaux, ni tous les cris qui furent lancés. Mais l'Arpenteur semblait intimider la plupart des Briennais, et ceux qu'il dévisageait se taisaient et disparaissaient. Il marchait en tête avec Frodo ; venaient ensuite Merry et Pippin, tandis que Sam fermait la marche en conduisant le poney, à qui ils n'avaient pas eu le cœur de confier trop de bagages ; mais déjà, il paraissait moins démoralisé, comme s'il approuvait ce soudain revirement de fortune. Sam, lui, mastiquait une pomme d'un air pensif. Il en avait une poche pleine : un cadeau d'adieu de Nob et de Bob. « Des pommes pour marcher et une pipe pour souffler, dit-il. Mais j'ai comme l'impression que les deux vont me manquer d'ici peu. »

Les Hobbits ne faisaient pas attention aux têtes curieuses qui regardaient par les portes entrouvertes ou surgissaient de derrière les murets et les clôtures comme ils passaient. Mais tandis qu'ils approchaient de la Porte du Sud, Frodo aperçut une maison peu éclairée et mal entretenue derrière une haie épaisse : la dernière habitation du village. Il entrevit à l'une des fenêtres une figure au teint cireux, au regard oblique et sournois ; mais elle disparut aussitôt.

« C'est donc là que se cache cet homme du Sud ! pensa-t-il. Il ressemble plus qu'à moitié à un gobelin. »

Debout derrière la haie, un autre homme les regardait d'un air effronté. Il avait d'épais sourcils noirs et des yeux sombres et méprisants ; sa grande bouche était tordue d'un sourire narquois. Il fumait une courte pipe noire. Les voyant approcher, il la retira de sa bouche et cracha.

« Salut, Longues-cannes ! dit-il. Tu pars bien de bonne heure. T'es-tu enfin trouvé des amis ? » L'Arpenteur hocha la tête mais ne répondit pas.

« Salut, mes petits amis ! dit-il aux autres. Je suppose que vous savez à qui vous avez affaire ? C'est l'Arpenteur-écornifleur, ça ! Encore que j'aie entendu d'autres noms moins jolis. Faites bien attention, cette nuit ! Et toi, Sammy, que je te prenne pas à maltraiter mon pauvre vieux poney ! Peuh ! » Il cracha une seconde fois.

Sam se retourna vivement. « Et toi, Fougeard, dit-il, cache vite ta sale trogne ou je te jure qu'elle va avoir mal. » D'un geste soudain, rapide comme l'éclair, une pomme partit de sa main et alla frapper Bill en plein sur le nez. Il ne s'était pas penché assez vite ; des jurons montèrent de derrière la haie. « Une bonne pomme de gaspillée », dit Sam avec une pointe de regret, reprenant sa marche d'un pas décidé.

Ils quittèrent enfin le village. Le cortège d'enfants et de badauds qui les avaient suivis se fatigua et fit demi-tour à la Porte du Sud. L'ayant franchie, ils continuèrent de suivre la Route sur quelques milles. Elle tournait à gauche, reprenant son cours vers l'est tout en contournant la Colline de Brie ; puis elle se mit à descendre en pente raide dans des terres boisées. Sur leur gauche, ils apercevaient quelques maisons et trous de Hobbit du village de Raccard, sur les pentes plus douces du sud-est de la colline ; au creux d'une profonde dépression située au nord de la route, de minces volutes de fumée indiquaient l'emplacement de Combe ; Archètes était caché parmi les arbres au-delà.

Après être descendus sur une certaine distance, laissant derrière eux la Colline de Brie, haute et brune, ils croisèrent une piste étroite qui partait vers le nord. « C'est ici que nous quittons la grand-route pour nous mettre à couvert », dit l'Arpenteur.

« Pas un “raccourci”, j'espère, dit Pippin. Notre dernier raccourci dans les bois a failli nous conduire au désastre. »

« Ah ! mais vous ne m'aviez pas avec vous à ce moment-là, dit l'Arpenteur en riant. Mes raccourcis, courts ou longs, ne tournent jamais mal. » Il jeta un coup d'œil de chaque côté de la Route. Il n'y avait personne en vue, aussi les mena-t-il rapidement au fond de la vallée boisée.

Son plan, pour autant qu'ils aient pu le comprendre sans connaître le pays, était de se diriger d'abord vers Archètes, mais de dévier vers la droite de façon à passer le village à l'est, pour filer ensuite le plus droit possible à travers les terres sauvages jusqu'à la Colline de Montauvent. Cet itinéraire, si tout allait bien, leur permettrait d'éviter un grand détour de la Route qui, un peu plus loin, décrivait une boucle vers le sud afin de contourner les marais de l'Eau-à-Moucherons. Bien entendu, ils auraient à traverser les marais eux-mêmes ; et la description qu'en faisait l'Arpenteur n'était pas tellement encourageante.

Toutefois, en attendant, marcher n'était pas désagréable. En fait, sans les événements troublants de la nuit précédente, cette partie du voyage leur eût été plus agréable que toute autre jusqu'alors. Le Soleil brillait, clair mais pas trop chaud. Les bois de la vallée conservaient un feuillage dense et coloré, et ils semblaient paisibles et sains. L'Arpenteur les guidait d'un pas assuré parmi le dédale de sentiers ; sans quoi, laissés à eux-mêmes, ils n'auraient pas tardé à se perdre. Il suivait un parcours sinueux, prenant de nombreux tours et détours afin de déjouer toute poursuite.

« Bill Fougeard aura vu à quel endroit nous avons quitté la Route, c'est certain, dit-il, mais je ne pense pas que lui-même essaie de nous suivre. Il connaît assez bien le pays par ici, mais il sait qu'il ne peut rivaliser avec moi dans un bois. Ce dont j'ai peur, c'est de ce qu'il pourrait raconter aux autres. Ils ne sont sans doute pas très loin. Tant mieux s'ils croient que nous sommes allés vers Archètes. »

Grâce à l'habileté de l'Arpenteur ou pour quelque autre raison, ils ne virent le moindre signe et n'entendirent le moindre son d'aucune autre créature vivante ce jour-là : ni à deux pattes, sauf des oiseaux ; ni à quatre pattes, sauf un renard et quelques écureuils. Le lendemain, sans plus louvoyer, ils mirent le cap vers l'est ; tout demeurait calme et paisible. Le troisième jour depuis leur départ de Brie, ils sortirent du Bois de Chètes. Le terrain n'avait cessé de descendre du moment où ils avaient quitté la Route ; mais ils entraient à présent dans une vaste étendue de plaines où il devenait beaucoup plus difficile de se déplacer. Il y avait longtemps que les frontières du Pays-de-Brie étaient derrière eux : ils se trouvaient en pays sauvage, loin des sentiers battus, et approchaient des marais de l'Eau-à-Moucherons.

Le sol se fit alors plus humide, et marécageux par endroits ; ici et là, ils rencontraient des étangs et de vastes jonchères et roselières emplies du gazouillis de petits oiseaux invisibles. Ils devaient choisir leur itinéraire avec précaution de manière à garder en même temps le cap à l'est et les pieds au sec. Au début, ils progressèrent assez bien, mais à mesure qu'ils avançaient, leur marche se fit plus lente et plus dangereuse. Les marais étaient tout aussi perfides que déroutants : même les Coureurs ne pouvaient découvrir de sentier permanent à travers leurs bourbiers instables. Les mouches commencèrent à les harceler, et l'air pullulait de minuscules moucherons qui se faufilaient sous leurs vêtements et dans leurs cheveux.

« Je suis dévoré vif ! s'écria Pippin. L'Eau-à-Moucherons ! Il y a plus de moucherons que d'eau ! »

« Qu'est-ce qu'ils font quand ils n'ont pas de Hobbits à se mettre dans la pipe ? » demanda Sam, se grattant le cou.

Ils passèrent une pénible journée dans ce pays solitaire et inhospitalier. Leur campement, humide et froid, n'était pas des plus confortables ; et les insectes piqueurs refusaient de les laisser dormir. Il y avait aussi d'abominables bestioles qui hantaient les roseaux et les touffes d'herbe et qui, à les entendre, devaient être de malveillants cousins du grillon. Des milliers d'entre elles crissaient dans tous les recoins, *nic-bric, bric-nic,* sans jamais s'arrêter de toute la nuit, ce qui finit par rendre les Hobbits complètement fous.

Le jour suivant, le quatrième, ne fut guère meilleur, et la nuit presque aussi inconfortable. Et si les nicbricqueurs (comme Sam les appelait) étaient restés en arrière, les moucherons, eux, ne les lâchaient pas.

Tandis que Frodo restait étendu, exténué mais incapable de fermer les yeux, il lui sembla voir une lueur apparaître au loin dans le ciel de l'est : elle venait par éclairs et disparaissait de manière répétée. Ce n'était pas l'aube, car elle ne devait pas se lever avant quelques heures encore.

« Quelle est cette lumière ? » demanda-t-il à l'Arpenteur, qui s'était levé et regardait dans la nuit.

« Je ne le sais pas, répondit l'Arpenteur. Elle est trop éloignée pour qu'on puisse la distinguer. On dirait des éclairs qui jailliraient du sommet des collines. »

Frodo se recoucha, mais pendant un long moment il continua de voir les éclairs blancs, sur lesquels se détachait la sombre et haute silhouette de l'Arpenteur, silencieuse et attentive. Il sombra finalement dans un sommeil inquiet.

Le cinquième jour, après une courte marche, ils quittaient les derniers étangs et roselières disséminés aux confins des marais. Le pays devant eux se mit à remonter. Loin à l'est se distinguait à présent une rangée de collines. La plus élevée d'entre elles se trouvait à droite et un peu à l'écart des autres. Elle présentait un sommet conique, légèrement aplati à la cime.

« Voilà Montauvent, dit l'Arpenteur. La Vieille Route, que nous avons laissée loin à notre droite, passe au sud de la colline, non loin de sa base. Nous pourrions y être demain midi, si nous allons en plein vers sa cime. Je suppose que c'est ce que nous avons de mieux à faire. »

« Que voulez-vous dire ? » demanda Frodo.

« Je veux dire que nous ne savons pas très bien ce

que nous y trouverons, quand nous y arriverons. La colline se trouve tout près de la Route. »

« Mais c'est assurément Gandalf que nous espérions y trouver ? »

« Oui ; mais l'espoir est mince. S'il vient de ce côté, et rien n'est moins sûr, il pourrait ne pas passer par Brie : il ne serait donc pas au courant de nos faits et gestes. Et de toute manière, à moins d'un coup de chance qui nous ferait arriver presque en même temps, nous sommes sûrs de nous manquer : il serait trop dangereux, pour lui ou pour nous, d'attendre bien longtemps là-bas. Si les Cavaliers ne peuvent nous trouver en pays sauvage, ils risquent d'aller, eux aussi, du côté de Montauvent, qui domine toutes les terres environnantes. Maints oiseaux et bêtes de ce pays pourraient d'ailleurs nous voir tels que nous sommes ici, du haut de cette colline. Tous les oiseaux ne sont pas inoffensifs, et il est d'autres espions encore plus malveillants qu'eux. »

Les Hobbits levèrent des regards anxieux vers les lointaines collines. Sam contempla le ciel pâle, craignant de voir des faucons ou des aigles planer au-dessus de leurs têtes avec des yeux brillants et hostiles. « Vous avez le don de m'inquiéter et de me faire sentir seul au monde ! » dit-il à l'Arpenteur.

« Que nous conseillez-vous de faire ? » demanda Frodo.

« Je pense, répondit lentement l'Arpenteur, comme s'il n'en était pas tout à fait sûr, je pense que la meilleure chose à faire serait de nous diriger vers l'est, aussi directement que possible : vers la rangée de collines et non vers Montauvent. De là, nous pourrions emprunter un sentier que je connais et qui court à leurs pieds ;

il nous conduira à Montauvent par le nord et moins à découvert. Alors, nous verrons ce que nous verrons. »

Toute cette journée ils cheminèrent, jusqu'au soir froid et précoce. Le pays devenait plus sec et plus aride ; mais des brumes et des vapeurs s'étendaient derrière eux sur les marais. Quelques oiseaux mélancoliques pépiaient et gémissaient. Puis le Soleil rond et rouge sombra peu à peu dans les ombres de l'ouest, et un silence de mort tomba. Les Hobbits songèrent à la douce lumière du couchant passant à travers les souriantes fenêtres de Cul-de-Sac, dans le lointain Comté.

À la fin du jour, ils parvinrent à un ruisseau qui serpentait du haut des collines pour venir se perdre dans les eaux stagnantes de la plaine marécageuse : ils montèrent le long de ses berges pendant qu'il faisait encore clair. La nuit les enveloppait déjà lorsqu'ils s'arrêtèrent enfin et dressèrent leur campement sous des aulnes rabougris non loin du cours d'eau. Devant eux se dessinaient maintenant sur le ciel sombre les flancs mornes et sans arbres des collines. Cette nuit-là, ils montèrent la garde à tour de rôle, et l'Arpenteur parut ne pas dormir du tout. La Lune était croissante, et aux premières heures de la nuit, une froide lueur grise s'étendait sur le pays.

Le lendemain matin, ils se remirent en route peu après le lever du Soleil. L'air était gelé, le ciel d'un bleu clair et délavé. Les Hobbits se sentaient rafraîchis, comme s'ils avaient dormi toute la nuit. Ils commençaient déjà à avoir l'habitude de marcher en faisant maigre chère – plus maigre, en tout cas, que ce que naguère dans le Comté ils auraient cru à peine suffisant pour tenir sur leurs jambes. Pippin était d'avis que Frodo semblait prendre de la forme.

« Très curieux, dit Frodo, resserrant sa ceinture ; car il me semble avoir perdu quelques rondeurs. J'espère ne pas continuer à maigrir indéfiniment, sinon je vais devenir un spectre. »

« Ne parlez pas de pareilles choses ! » intervint l'Arpenteur avec un sérieux surprenant.

Les collines s'approchaient. Elles formaient une crête ondulée qui se dressait souvent à près de mille pieds mais s'affaissait ici et là en des cols ou des échancrures basses menant aux terres orientales situées de l'autre côté. Tout le long de l'arête, les Hobbits pouvaient distinguer ce qui semblait être les vestiges de murailles et de chaussées couvertes de végétation ; tandis que se dressaient encore, dans les échancrures, les ruines de vieux ouvrages de pierre. À la nuit tombée, ils étaient au pied des pentes ouest et y établirent leur campement. C'était le soir du 5 octobre, et six jours s'étaient écoulés depuis leur départ de Brie.

Au matin ils rencontrèrent, pour la première fois depuis qu'ils étaient sortis du Bois de Chètes, un sentier clair et évident. Prenant à droite, ils le suivirent vers le sud. Il était ingénieusement conçu, suivant un trajet qui semblait toujours vouloir échapper à la vue, tant des sommets au-dessus d'eux que des plaines à l'ouest. Il s'enfonçait dans les vallons et longeait de hauts talus ; et quand il s'aventurait en terrain plus plat et plus découvert, il y avait de chaque côté des rangées de gros rochers et de pierres taillées qui servaient d'écran aux voyageurs, presque comme une haie.

« Je me demande qui a tracé ce sentier et dans quel but, dit Merry comme ils traversaient l'une de ces allées, aux pierres exceptionnellement grandes et serrées. Je ne suis pas sûr d'aimer cela : cela me rappelle… un peu trop les Esprits des Tertres, disons. Y a-t-il des tertres à Montauvent ? »

« Non. Il n'y a pas de tertres à Montauvent, ni sur aucune de ces collines, répondit l'Arpenteur. Les Hommes de l'Ouest n'ont jamais vécu ici, quoique ceux des derniers jours aient défendu les collines contre le mal venu de l'Angmar. Ce chemin a été tracé pour desservir les forts le long des murs. Mais longtemps auparavant, aux premiers jours du Royaume du Nord, ils construisirent sur la colline une haute tour de guet : Amon Sûl, qu'ils l'appelaient. Elle fut incendiée et détruite, et il n'en reste plus rien aujourd'hui sauf un anneau de ruines, telle une grossière couronne sur le vieux crâne de la colline. Pourtant elle se dressait jadis, haute et belle. On raconte qu'Elendil s'est tenu autrefois à son sommet, guettant à l'ouest la venue de Gil-galad, à l'époque de la Dernière Alliance. »

Les Hobbits considérèrent l'Arpenteur d'un air pensif. Il semblait versé dans la tradition ancienne, en plus d'avoir l'expérience des contrées sauvages. « Qui était Gil-galad ? » demanda Merry ; mais l'Arpenteur ne répondit pas, l'air perdu dans ses pensées. Soudain, une voix faible murmura :

Il était un roi elfe appelé Gil-galad.
Sa mémoire est chantée dans de tristes ballades :
dernier dont le royaume ait été libre et fier
de la Mer azurée aux Montagnes altières.

Longue était son épée et vive était sa lance,
son heaume scintillant se voyait à distance ;

les étoiles semées aux champs du firmament
se miraient à la nuit dans son écu d'argent.

Mais en des temps troublés jadis il chevaucha
à l'ultime bataille où l'ombre le faucha ;
son étoile périt dans la nuit la plus sombre
au pays de Mordor, au domaine des ombres.

Les autres se retournèrent avec stupéfaction, car la voix était celle de Sam.

« Ne t'arrête pas ! » dit Merry.

« C'est tout ce que je sais, balbutia Sam, rougissant. C'est M. Bilbo qui me l'a appris quand j'étais garçon. Il me racontait souvent des choses comme ça, vu qu'il savait que je raffolais des histoires d'Elfes. C'est M. Bilbo qui m'a appris mes lettres. Faut dire qu'il en avait lu des livres, ce bon vieux M. Bilbo. Et il faisait de la *poésie.* C'est lui qui a écrit ce que je viens de dire. »

« Il ne l'a pas inventé, dit l'Arpenteur. C'est tiré du lai qui s'intitule *La Chute de Gil-galad,* composé dans une langue ancienne. Bilbo a dû le traduire. Je n'en ai jamais rien su. »

« Il y en avait bien plus, dit Sam, rien que sur le Mordor. J'ai pas appris cette partie-là, elle me donnait le frisson. Je pensais jamais que j'irais moi-même de ce côté ! »

« Aller au Mordor ! s'écria Pippin. J'espère que nous n'en viendrons pas là ! »

« Ne prononcez pas ce nom aussi fort ! » dit l'Arpenteur.

Il était déjà midi lorsqu'ils arrivèrent à l'extrémité sud du sentier et virent devant eux, sous les rayons pâles et clairs du Soleil d'octobre, un talus gris-vert qui, tel un pont, menait au versant nord de la colline. Ils décidèrent d'en gagner le sommet immédiatement, pendant qu'il faisait grand jour. Il n'était plus possible de se cacher, et ils pouvaient seulement espérer qu'aucun ennemi ou espion ne les observait. Sur la colline, on ne discernait aucun mouvement. Si Gandalf était quelque part aux alentours, il ne se laissait pas voir.

Sur le flanc ouest de Montauvent, ils trouvèrent une dépression abritée au fond de laquelle se trouvait un vallon aux pentes herbeuses, en forme de cuvette. Ils y laissèrent Sam et Pippin avec le poney et leurs paquets et bagages. Les trois autres poursuivirent l'ascension. Au terme d'une pénible montée d'une demi-heure, l'Arpenteur parvint au sommet de la colline ; Frodo et Merry l'y rejoignirent, épuisés et à bout de souffle. La dernière pente avait été raide et rocailleuse.

Tout en haut ils trouvèrent, comme l'Arpenteur l'avait décrit, un ancien ouvrage de maçonnerie formant un grand anneau, à présent écroulé et couvert d'une herbe millénaire. Mais en son centre, un cairn avait été érigé à partir de pierres fracassées. Elles étaient noircies comme par le feu. Autour d'elles, le gazon était brûlé jusqu'à la racine, et partout à l'intérieur de l'anneau, l'herbe était roussie et racornie comme si des flammes avaient léché le sommet tout entier ; mais il n'y avait pas le moindre signe d'un quelconque être vivant.

Debout sur le rebord du cercle en ruine, ils virent se déployer tout autour d'eux une vaste perspective, surtout de terres vides et uniformes, hormis quelques parcelles boisées au sud, au-delà desquelles ils apercevaient çà et là un distant miroitement d'eau. À leurs pieds, de ce côté sud, la Vieille Route se déroulait comme un ruban venant de l'Ouest, s'élevant et s'abaissant au gré des côtes pour finir par disparaître derrière une crête sombre à l'est. Rien ne bougeait sur le chemin. Le suivant du regard vers l'est, ils finirent par voir les Montagnes : les premiers épaulements étaient bruns et mornes ; derrière eux se dressaient de plus hautes formes grises, et derrière encore, d'éminentes cimes blanches qui resplendissaient parmi les nuages.

« Eh bien, nous y sommes ! dit Merry. Et que c'est triste et inhospitalier ! Il n'y a aucune trace d'eau ni aucun abri. Ni aucun signe de Gandalf. Mais je le comprends de ne pas nous avoir attendus… s'il est jamais venu ici. »

« Je me le demande, dit l'Arpenteur, regardant aux alentours d'un air pensif. Quand même il aurait eu un ou deux jours de retard sur nous à Brie, il aurait pu arriver ici en premier. Il peut chevaucher très rapidement quand le besoin le presse. » Il se pencha soudain pour observer la pierre au sommet du cairn : elle était plus plate que les autres, et plus blanche, comme si elle avait échappé au feu. Il la ramassa et l'examina, la retournant entre ses doigts. « Cette pierre a été manipulée il y a peu, dit-il. Que pensez-vous de ces marques ? »

Sur le dessous plat, Frodo vit des égratignures : I''·III. « Il semble y avoir un trait, un point, et trois autres traits », dit-il.

« Le trait à gauche est peut-être une rune G aux branches minces, dit l'Arpenteur. Ce peut être un signe laissé par Gandalf, mais on ne peut en être sûr.

Ce sont de fines égratignures, et elles sont assurément récentes. Mais elles peuvent signifier quelque chose de tout à fait différent, et n'avoir rien à voir avec nous. Les Coureurs se servent de runes, et ils viennent parfois ici. »

« Que pourraient-elles signifier, en admettant qu'elles soient de Gandalf ? » demanda Merry.

« À mon avis, répondit l'Arpenteur, elles se traduiraient par G3, pour signifier que Gandalf était ici le 3 octobre : il y a de cela trois jours. Cela montrerait également qu'il était pressé et que le danger était proche, de sorte qu'il n'a pas eu le temps ou pas voulu courir le risque d'écrire plus longuement ou plus clairement. Si tel est le cas, nous devrons être sur nos gardes. »

« J'aimerais que nous puissions être sûrs qu'il est l'auteur de cette inscription, quoi qu'elle puisse signifier, dit Frodo. Le seul fait de le savoir en chemin, devant nous ou derrière nous, serait d'un grand réconfort. »

« Peut-être, dit l'Arpenteur. Pour ma part, je crois qu'il est venu en cet endroit et qu'il était en danger. Des flammes brûlantes ont tout dévasté ici ; et je me rappelle à présent la lueur que nous avons aperçue il y a trois nuits, dans le ciel de l'est. Je devine qu'on l'a attaqué au sommet de cette colline, sans pouvoir présumer l'issue de la lutte. Il n'est plus ici, et nous devons maintenant nous débrouiller et trouver notre propre chemin vers Fendeval, du mieux que nous le pourrons. »

« À quelle distance se trouve Fendeval ? » demanda Merry, parcourant l'horizon d'un regard las. Le monde paraissait vaste et sauvage du haut de Montauvent.

« Je ne saurais dire si la Route a déjà été mesurée en milles au-delà de l'*Auberge Abandonnée,* à un jour de voyage à l'est de Brie, répondit l'Arpenteur. Certains disent qu'il y a telle distance, d'autres disent autre chose. C'est une route étrange, et ceux qui l'empruntent ne sont pas mécontents d'en voir la fin, que le voyage soit court ou long. Mais je sais combien de temps il m'en faudrait sur mes propres jambes, par beau temps et sans mauvaise fortune : douze jours d'ici au Gué de la Bruinen, où la Route franchit la Bruyandeau qui sort de Fendeval, répondit l'Arpenteur. La Route longe le flanc des collines sur de nombreux milles, depuis le Pont jusqu'au Gué de la Bruinen. Il nous reste encore au moins quinze jours de voyage, car je ne crois pas que nous serons en mesure d'emprunter la Route. »

« Quinze jours ! dit Frodo. Il peut se passer bien des choses d'ici là. »

« Il se peut, oui », dit l'Arpenteur.

Ils restèrent silencieux un moment au sommet de la colline, aux abords des pentes sud. En cet endroit désolé, Frodo comprit pour la première fois à quel point il était loin de chez lui, et combien il était en danger. Il regrettait amèrement que la fortune ne lui ait permis de demeurer en paix, dans son Comté tranquille et bien aimé. Il baissa les yeux vers l'odieuse Route menant vers l'ouest – vers sa maison. Soudain, il se rendit compte que deux petites taches noires s'y déplaçaient lentement vers l'ouest ; puis il en vit encore trois qui se dirigeaient peu à peu vers l'est, à la rencontre des autres. Il poussa un cri et saisit le bras de l'Arpenteur.

« Regardez », dit-il, montrant la route en contrebas.

Sans perdre une seconde, l'Arpenteur se jeta au sol derrière le cercle en ruine, entraînant Frodo avec lui. Merry fit de même.

« Qu'est-ce que c'est ? » murmura-t-il.

« Je ne le sais pas, mais je crains le pire », répondit l'Arpenteur. Lentement, ils rampèrent jusqu'au bord de l'anneau et regardèrent par une fissure entre deux pierres écornées. Le jour n'était plus aussi lumineux, car le clair matin s'était estompé et des nuages surgis de l'est avaient maintenant rejoint le Soleil alors qu'il entamait sa descente. Tous trois voyaient les petites taches noires, mais ni Frodo ni Merry ne distinguaient leur forme avec certitude ; pourtant, quelque chose leur disait que, loin en bas, des Cavaliers Noirs s'assemblaient sur la Route, au pied de la colline.

« Oui », dit l'Arpenteur. Ses yeux perçants ne doutaient pas de ce qu'ils voyaient. « L'Ennemi nous a rejoints ! »

Ils s'éloignèrent vivement et se glissèrent du côté nord de la colline pour aller retrouver leurs compagnons.

Sam et Peregrin n'avaient pas chômé. Ils avaient exploré le petit vallon et les pentes alentour. Non loin, au flanc de la colline, ils découvrirent une source d'eau claire, et tout près, des traces de pas qui ne pouvaient remonter à plus d'un jour ou deux. Dans le vallon proprement dit, ils trouvèrent les traces d'un feu récent et tous les signes d'un campement hâtif. Aux abords du vallon, du côté le plus rapproché de la colline, il y avait un éboulis de roches. Derrière,

Sam tomba sur une petite réserve de bois fendu, soigneusement empilé.

« C'est à se demander si le vieux Gandalf est pas passé par ici, dit-il à Pippin. Peu importe qui a mis ça là, il avait l'intention de revenir, on dirait. »

L'Arpenteur fut grandement intéressé par ces découvertes. « Je m'en veux de ne pas avoir exploré moi-même les environs avant d'être monté », dit-il, se dépêchant d'aller examiner les traces de pas.

« C'est bien ce que je craignais, leur dit-il à son retour. Sam et Pippin ont piétiné le sol humide, et les empreintes sont perdues ou brouillées. Des Coureurs sont venus ici récemment. Ce sont eux qui ont laissé les bûches. Mais j'ai aussi vu plusieurs nouvelles pistes qui n'ont pas été faites par des Coureurs. Une au moins a été laissée, il y a seulement un jour ou deux, par de lourdes bottes. Une au moins. Il n'y a plus moyen de s'en assurer, mais je crois qu'il y avait plusieurs paires de bottes. » Il s'arrêta, l'air pensif et profondément troublé.

Chacun des Hobbits se représenta mentalement les Cavaliers, dans leurs capes et leurs bottes. Si leurs poursuivants avaient déjà découvert le vallon, plus vite l'Arpenteur les conduirait ailleurs, mieux ce serait. Sam voyait cet endroit d'un très mauvais œil, maintenant qu'il savait que leurs ennemis étaient sur la Route, à seulement quelques milles de là.

« On ferait pas mieux de déguerpir, monsieur l'Arpenteur ? demanda-t-il avec impatience. Il commence à se faire tard, et ce trou ne me dit rien de bon : il me donne le cafard, me demandez pas pourquoi. »

« Oui, nous devons certainement décider que faire sans plus attendre, répondit l'Arpenteur, levant les yeux, et considérant l'heure qu'il était et le temps qu'il faisait. Eh bien, Sam, dit-il enfin, je n'aime pas cet endroit non plus ; mais je n'en vois pas de meilleur que nous puissions gagner avant la nuit. Nous sommes au moins hors de vue pour le moment, alors que si nous nous déplaçons, nous devenons beaucoup plus faciles à repérer pour des espions. La seule possibilité qui s'offre à nous serait de nous écarter de notre route en remontant vers le nord, de ce côté-ci des collines, où le terrain est partout semblable à celuici. La Route est surveillée, mais il nous faudrait la traverser si nous voulions nous mettre à couvert dans les fourrés qui se trouvent au sud. Du côté nord de la Route, passé les collines, le pays est plat et dénudé sur bien des milles. »

« Les Cavaliers peuvent-ils *voir* ? demanda Merry. Je veux dire, ils semblent se servir surtout de leur nez, non de leurs yeux, comme pour nous flairer, si flairer est le mot juste, à tout le moins le jour. Mais vous nous avez fait mettre à plat ventre quand vous les avez vus en bas ; et maintenant, vous dites que nous risquons d'être vus si nous nous déplaçons. »

« J'ai manqué de prudence au sommet, répondit l'Arpenteur. J'étais anxieux de découvrir quelque signe de Gandalf ; mais c'était une erreur de monter là-haut à trois et d'y rester aussi longtemps. Car les chevaux noirs peuvent voir, et les Cavaliers peuvent employer des espions chez les hommes et les autres créatures, comme nous l'avons vu à Brie. Eux-mêmes ne voient pas le monde de lumière tel que nous le percevons, mais nos silhouettes jettent des ombres dans leur esprit que seul le Soleil de midi parvient à détruire ; et dans le noir, ils distinguent beaucoup de signes et de formes qui se dérobent à nos regards : c'est alors qu'ils sont le plus à craindre. Et ils sentent à tout moment le sang des êtres vivants, le désirant et le haïssant. D'ailleurs, il est d'autres sens que l'odorat et la vue. Nous pouvons sentir leur présence : elle a troublé nos cœurs sitôt que nous sommes arrivés ici, avant que nous les ayons vus ; ils sentent la nôtre encore plus nettement. Et qui plus est, ajouta-t-il, et sa voix se réduisit à un murmure, l'Anneau les attire. »

« N'y a-t-il aucune chance de s'échapper ? dit Frodo, jetant autour de lui des regards éperdus. Si je bouge, je serai vu et pourchassé ! Si je reste, je les attirerai à moi ! »

L'Arpenteur posa la main sur son épaule. « Il y a encore de l'espoir, dit-il. Vous n'êtes pas seul. Prenons ce bois déjà prêt pour le feu comme un signe. Cet endroit n'a guère à offrir en manière d'abri ou de défense, mais le feu sera pour nous l'un et l'autre. Sauron peut mettre le feu au service de ses mauvaises œuvres, comme il use de toutes autres choses ; mais ces Cavaliers ne l'aiment aucunement, et ils craignent tous ceux qui le manient. Le feu est notre ami dans les terres sauvages. »

« Peut-être bien, marmonna Sam. C'est aussi, à ce qu'il me semble, la meilleure façon de dire "nous voilà", à part de crier. »

Tout au fond du vallon et à l'endroit le plus abrité, ils allumèrent un feu et préparèrent un repas. Les ombres du soir commencèrent à descendre et il se mit à faire froid. Ils prirent soudain conscience d'avoir très faim, car ils n'avaient rien mangé depuis le petit déjeuner ; mais ils n'osèrent préparer autre chose qu'un souper frugal. Les régions où ils se rendaient étaient vides de tout habitant, sauf les oiseaux et les bêtes, contrées inhospitalières désertées de toutes les races du monde.

Des Coureurs se rendaient parfois au-delà des collines, mais ils étaient peu nombreux à le faire et ne restaient jamais longtemps. Les autres vagabonds étaient rares, et de la pire espèce : il arrivait que des Trolls s'aventurent par là, descendant des vallées du nord des Montagnes de Brume. Seule la Route voyait passer des voyageurs, le plus souvent des Nains, absorbés par leurs propres affaires, sans secours pour les étrangers et presque aussi avares de mots.

« Je ne vois pas comment nous parviendrons à faire durer ces vivres, dit Frodo. Nous avons fait assez attention ces derniers jours, et ce souper n'a rien d'un festin ; mais nous en avons consommé plus que de raison, s'il nous faut encore tenir deux semaines, et peut-être même plus. »

« Il y a de quoi se nourrir dans la nature, dit l'Arpenteur : baies, racines et herbes peuvent être cueillies ; et je m'entends un peu à la chasse, si besoin est. Il n'y a pas matière à craindre la faim avant la venue de l'hiver. Mais la chasse et la cueillette sont de longs labeurs, et le temps presse. Serrez-vous donc la ceinture, et songez avec espoir aux tables de la maison d'Elrond ! »

Le froid s'intensifia à mesure que les ténèbres tombaient. Se glissant en bordure du vallon pour observer les environs, ils ne virent que des terres grises disparaissant rapidement dans les ombres. Au-dessus d'eux, le ciel s'était de nouveau éclairci, et il se remplit peu à peu d'étoiles scintillantes. Frodo et ses compagnons se blottirent autour du feu, emmitouflés dans tous les vêtements et couvertures qu'ils avaient emportés ; mais l'Arpenteur, assis un peu à l'écart, se contenta d'une simple cape, tirant pensivement sur sa pipe.

Alors que la nuit tombait et que la lueur du feu devenait plus éclatante, il se mit à leur conter des histoires afin de les préserver de la peur. Il connaissait bien des récits historiques et des légendes d'autrefois, concernant les Elfes et les Hommes, et les hauts faits et forfaits des Jours Anciens. Ils se demandèrent quel âge il avait, et où il avait appris toutes ces choses.

« Parlez-nous de Gil-galad, dit soudain Merry, alors que l'Arpenteur terminait une histoire sur les Royaumes elfes. Connaissez-vous la suite de ce vieux lai dont vous parliez ? »

« Oui, certainement, répondit l'Arpenteur. Et Frodo la connaît aussi, car elle nous concerne de près. » Merry et Pippin se tournèrent vers Frodo, le regard plongé dans les flammes.

« Je sais seulement le peu que Gandalf m'en a raconté, dit Frodo avec lenteur. Gil-galad fut le dernier des grands Rois elfes de la Terre du Milieu. Son nom signifie *Lumière d'Étoile* dans leur langue. En compagnie d'Elendil, l'Ami des Elfes, il est allé au pays de… »

« Non ! dit soudain l'Arpenteur. Je crois qu'il vaut mieux taire cette histoire, alors que les serviteurs de l'Ennemi sont tout proches. Si nous parvenons à la maison d'Elrond, il vous sera donné de l'entendre en entier, si vous le désirez. »

« Alors racontez-nous une autre histoire de l'ancien temps, le supplia Sam ; une histoire des Elfes avant le temps de l'évanescence. J'aimerais tellement que vous nous parliez encore des Elfes ; le noir nous serre de si près. »

« Je vais vous raconter le conte de Tinúviel, dit l'Arpenteur, en bref – car c'est un long récit dont la fin n'est pas connue ; et il n'est plus aujourd'hui personne, sauf Elrond, qui s'en souvienne correctement, tel qu'on le contait jadis. C'est un beau conte, quoique triste, comme le sont tous les contes de la Terre du Milieu, encore qu'il puisse vous redonner cœur. » Il resta un moment silencieux, puis il se mit non point à parler, mais à chanter doucement :

L'herbe était longue et le bois vert,
La ciguë en bouquets d'ombelles ;
La nuit tombait dans la clairière
Baignée de pénombre étoilée.
Une flûte invisible et belle
Jouait au bord de la rivière ;
Dansait là-bas Tinúviel,
Ses longs cheveux d'ombre étoilée.

Beren vint des monts éplorés
Et descendit dans les bosquets
Où roulent les flots mordorés
De la rivière enchanteresse.
Il écarta les blancs bouquets
Et vit soudain les fleurs dorées
Sur sa robe et son mantelet,
Son visage et sa joliesse.

Le charme anima ses pieds las
Et il s'élança à sa suite ;

Sa main avide il referma
Sur de brillants rayons de Lune.
Légère il la vit prendre fuite
Sous un haut plafond d'entrelacs
Et se hâta à sa poursuite
Dans la forêt au clair de Lune.

Il perçut la rumeur fuyante
De pieds aussi légers que l'air
Et de fontaines murmurantes
Aux mélodies enchevêtrées.
Lors les ciguës s'étiolèrent,
Et une à une, soupirantes,
Les feuilles fauchées par l'hiver
Ensevelirent la hêtraie.

Il la chercha, errant au loin
Sur l'épais tapis des années,
Sous les feux d'astres argentins
Figés dans des cieux grelottants.
Son manteau de lune éclairé,
Elle allait dansant au lointain
Tandis que brillait à ses pieds
Un frimas d'argent tremblotant.

Puis de son chant, Tinúviel
Soudain libéra le printemps,
Le tourbillon des hirondelles
Et l'eau des torrents enneigés.
Il vit les fleurs naître à l'instant
Dessous ses pas, et auprès d'elle
Voulut s'en courir en chantant
Sur l'herbe drue, le cœur léger.

D'un nom elfique il l'appela,
Tinúviel ! Tinúviel !
Alors elle entendit sa voix
Qui dans le sous-bois résonnait.
Lors s'arrêta Tinúviel ;
Beren accourant l'enlaça,
Et le destin fondit sur elle
Qui dans ses bras s'abandonnait.

Beren vit alors dans ses yeux,
Entre ses boucles ténébreuses,
Le tremblement lointain des cieux,
L'éclat des étoiles pérennes.
Tinúviel, beauté ombreuse,
L'entoura de ses bras laiteux
Et jeta ses boucles soyeuses
Sur les épaules de Beren.

Longtemps le destin les unit
Par monts et cavernes de pierre,
Prisons de fer, portes de nuit
Et sombres forêts sans matin.
Les Mers alors les séparèrent,
Mais la Pitié les réunit ;
Au temps jadis ils trépassèrent
Chantant dans les bois sans chagrin.

L'Arpenteur soupira et marqua une pause avant de reprendre. « C'est une chanson, dit-il, composée dans le mode qu'on nomme *ann-thennath* chez les Elfes ; mais il est difficile de le rendre dans notre parler commun, et ma chanson n'en était qu'un grossier écho. Elle parle de la rencontre entre Beren fils de Barahir et Lúthien Tinúviel. Beren était un homme mortel, mais Lúthien était la fille de Thingol, un roi des Elfes en Terre du Milieu, quand le monde était jeune ; et ce fut la plus belle jeune fille jamais connue parmi tous les enfants de ce monde. Sa beauté était celle des étoiles derrière les brumes des Terres du Nord, et une brillante lumière éclairait son visage. À cette époque, le Grand Ennemi, dont Sauron du Mordor n'était qu'un serviteur, demeurait à Angband dans le Nord ; et de retour en Terre du Milieu, les Elfes de l'Ouest lui firent la guerre pour lui reprendre les Silmarils qu'il avait volés, et les pères des Hommes vinrent en aide aux Elfes. L'Ennemi fut victorieux et Barahir fut tué, mais Beren s'échappa et franchit les Montagnes de la Terreur au péril de sa vie, jusqu'au Royaume caché de Thingol dans la forêt de Neldoreth. C'est là qu'il vit Lúthien, chantant et dansant dans une clairière près de la rivière enchantée qu'on appelait l'Esgalduin ; et il la nomma Tinúviel, ce qui signifie Rossignol dans la langue d'autrefois. Ils connurent de nombreux chagrins par la suite, et ils furent longtemps séparés. Tinúviel délivra Beren des cachots de Sauron, et ils affrontèrent ensemble de terribles dangers, jetant le Grand Ennemi à bas de son trône ; et ils prirent à sa couronne de fer l'un des trois Silmarils – les plus brillants joyaux qui soient –, promis à Thingol, père de Lúthien, en échange de la main de sa fille. Or, au dernier moment, Beren fut terrassé par le Loup sorti des portes d'Angband, et il mourut dans les bras de Tinúviel. Mais celle-ci choisit de devenir mortelle, et de trépasser dans ce monde afin de pouvoir le suivre ; et l'on chante qu'ils se retrouvèrent par-delà les Mers

Séparatrices, et qu'après un bref sursis où, revenus à la vie, ils marchèrent parmi les bois verdoyants, ils passèrent ensemble, il y a longtemps, au-delà des confins du monde. Aussi Lúthien Tinúviel est-elle la seule, entre tous ceux du Peuple des Elfes, à être véritablement morte et à avoir quitté ce monde ; et ils ont perdu celle qu'ils aimaient le plus. Mais à travers elle, la lignée des Seigneurs elfes d'autrefois s'est perpétuée parmi les Hommes. Vivent encore parmi nous ceux dont Lúthien fut l'aïeule, et l'on dit que sa lignée ne s'éteindra jamais. Elrond de Fendeval en fait partie. Car de Beren et Lúthien naquit Dior, l'héritier de Thingol ; et de lui, Elwing la Blanche qu'épousa Eärendil, lui qui mena son navire au-delà des brumes du monde, parcourant les mers du ciel avec le Silmaril à son front. Et d'Eärendil sont descendus les Rois de Númenor, c'est-à-dire de l'Occidentale. »

Tandis que parlait l'Arpenteur, ils observaient son visage étrange et fervent, faiblement éclairé par le rougeoiement du feu de bois. Ses yeux brillaient, et sa voix était riche et profonde. Au-dessus de lui s'étendait un ciel noir et étoilé. Soudain, une pâle lueur apparut derrière lui, au-dessus de la couronne de Montauvent. La Lune croissante grimpait lentement par-dessus la colline qui les dominait, et à son sommet, les étoiles s'estompèrent.

Le conte s'acheva. Les Hobbits remuèrent et s'étirèrent. « Regardez ! dit Merry. La Lune monte : il se fait sûrement tard. »

Les autres levèrent le regard. À cet instant même, ils virent au sommet de la colline une petite forme sombre qui se détachait devant le clair de Lune. Ce n'était peut-être qu'une grosse pierre ou une saillie rocheuse, découpée par la pâle lumière.

Sam et Merry se levèrent et s'éloignèrent du feu. Frodo et Pippin restèrent assis en silence. L'Arpenteur gardait les yeux fixés sur le clair de Lune en haut de la colline. Tout semblait calme et immobile, mais Frodo sentit son cœur envahi d'une froide terreur, maintenant que l'Arpenteur s'était tu. Il se blottit plus près du feu. À ce moment, Sam revint en courant de la lisière du vallon.

« Je sais pas ce que c'est, dit-il, mais j'ai eu soudain très peur. J'oserais pas sortir d'ici pour rien au monde ; j'ai senti quelque chose monter en catimini le long de la pente. »

« As-tu *vu* quelque chose ? » demanda Frodo, sautant sur ses pieds.

« Non, m'sieur. J'ai rien vu, mais je me suis pas arrêté pour regarder. »

« J'ai vu quelque chose, dit Merry, ou j'ai cru le voir : là-bas vers l'ouest, juste après l'ombre des collines où la Lune illuminait les plaines, j'ai *cru* voir deux ou trois formes noires. Elles semblaient venir de ce côté. »

« Restez près du feu et tournez-vous vers l'extérieur ! cria l'Arpenteur. Prenez quelques longs tisons et tenez-les prêts ! »

Ils restèrent assis là quelque temps, silencieux et attentifs, retenant leur souffle, tournant le dos au feu et scrutant les ombres qui les encerclaient. Rien ne se produisit. Aucun son ou mouvement ne venait troubler la nuit. Frodo remua, se sentant le besoin de rompre le silence : il avait envie de crier.

« Chut ! » fit l'Arpenteur.

« Qu'est-ce que c'est que ça ? » souffla Pippin au même moment.

En bordure du petit vallon, du côté opposé à la colline, ils sentirent plutôt qu'ils ne virent une ombre monter : une ombre, ou plusieurs. Ils plissèrent les yeux, et les ombres parurent grandir. Bientôt, il n'y eut plus aucun doute : trois ou quatre grandes silhouettes noires se tenaient là et les regardaient d'en haut. Elles étaient si obscures qu'on eût dit des trous noirs parmi les ombres derrière eux. Frodo crut entendre un faible sifflement, comme un souffle venimeux, et il eut la sensation d'un froid effilé et pénétrant. Puis les formes avancèrent lentement.

La terreur eut raison de Pippin et Merry, et ils se jetèrent face contre terre. Sam se recroquevilla près de son maître. Frodo n'était guère moins terrifié que ses compagnons : il tremblait, comme saisi par un froid glacial ; mais sa terreur fut engloutie par une soudaine tentation de mettre l'Anneau. Ce désir le subjugua entièrement, et il ne put songer à autre chose. Il n'oubliait pas le Tertre, ni le message de Gandalf ; mais on eût dit que quelque chose le pressait d'agir au mépris de tous les avertissements, et il avait fort envie de céder. Non dans l'espoir de s'échapper ou de faire quoi que ce soit de bien ou de mal : il sentait simplement qu'il devait prendre l'Anneau et le mettre à son doigt. Il ne pouvait parler. Il sentait que Sam le regardait (comme s'il percevait un grand trouble chez son maître), mais il lui était impossible de se tourner vers lui. Il ferma les yeux et lutta quelques instants ; mais toute résistance finit par devenir insupportable, et il tira lentement sur la chaîne pour enfin passer l'Anneau à l'index de sa main gauche.

Instantanément, bien que le reste demeurât comme avant, sombre et indistinct, les formes lui apparurent avec une terrible netteté. Il pouvait voir sous leurs enveloppes noires. Il y avait cinq formes de taille imposante : deux se tenaient en bordure du vallon, trois avançaient. Dans leurs visages blancs brûlaient des yeux perçants et sans merci ; sous leurs capes se voyaient de longues robes grises ; sur leurs cheveux gris étaient des heaumes d'argent ; dans leurs mains morbides se dressaient des épées d'acier. Leurs regards tombèrent sur Frodo et le transpercèrent, tandis qu'ils se ruaient sur lui. Désespéré, il tira sa propre épée : elle lui parut luire d'un éclat rouge et tremblotant, tel un brandon. Deux des spectres s'arrêtèrent. Le troisième était plus grand que les deux autres : ses cheveux étaient longs et luisants, et une couronne était posée sur son heaume. Il tenait dans une main une épée longue, dans l'autre un poignard ; et une pâle lumière émanait, tant du poignard que de la main qui le tenait. Il s'élança et fonça sur Frodo. À cet instant, Frodo se jeta en avant sur le sol, et il s'entendit crier d'une voix forte : *Ô Elbereth ! Gilthoniel !* Au même moment, il porta un coup aux pieds de son adversaire. Un cri strident retentit dans la nuit ; et il sentit une douleur, comme si un glaçon empoisonné lui perçait l'épaule gauche. À l'instant même de défaillir, il vit, comme dans un tourbillon de brume, l'Arpenteur surgir hors des ténèbres, un tison enflammé dans chaque main. Dans un ultime effort, Frodo laissa tomber son épée et, retirant l'Anneau de son doigt, le serra au creux de sa main droite.

12

Fuite vers le Gué

Quand Frodo revint à lui, il serrait encore l'Anneau de toutes ses forces. Il était étendu près du feu, lequel flambait vivement sur une haute pile de bûches. Ses trois compagnons étaient penchés sur lui.

« Que s'est-il passé ? Où est le roi pâle ? » demanda-t-il avec agitation.

Ils furent si ravis de l'entendre parler qu'ils négligèrent un moment de lui répondre ; d'ailleurs, ils ne comprirent pas sa question. Du récit de Sam, Frodo finit par déduire qu'ils n'avaient rien vu, hormis les formes sombres et indécises avançant vers eux. Soudain, Sam avait constaté avec horreur que son maître avait disparu ; et à ce moment, une ombre noire s'était précipitée et l'avait fait tomber. Il avait entendu la voix de Frodo, mais elle semblait venir de très loin ou sortir de terre, criant des mots étranges. Ils n'avaient vu rien d'autre, avant de trébucher sur le corps de Frodo étendu dans l'herbe à plat ventre, comme mort, son épée sous lui. L'Arpenteur leur avait demandé de l'allonger près du feu ; puis il s'était volatilisé, il y avait un bon moment de cela.

Sam, à l'évidence, recommençait à avoir des doutes à son sujet ; mais l'Arpenteur revint pendant qu'ils discutaient, surgissant soudain de l'ombre. Les Hobbits sursautèrent ; Sam tira son épée et se tint au-dessus de Frodo, mais l'Arpenteur s'agenouilla prestement à ses côtés.

« Je ne suis pas un Cavalier Noir, Sam, dit-il doucement, ni un de leurs alliés. J'ai cherché quelque signe qui m'aurait renseigné sur leurs allées et venues, mais je n'ai rien trouvé. Je ne comprends pas pour quelle raison ils sont partis, ni pourquoi ils ne reviennent pas à la charge. Mais je n'ai senti leur présence nulle part dans les environs. »

Lorsqu'il entendit le récit de Frodo, il parut gravement inquiet ; et il soupira, secouant la tête. Puis il dit à Pippin et Merry de faire chauffer toute l'eau que pouvaient contenir leurs petites bouilloires, afin de laver la blessure. « Ne laissez pas le feu descendre, et gardez Frodo au chaud ! » dit-il. Puis, se levant, il s'éloigna et appela Sam auprès de lui. « Maintenant, je comprends un peu mieux les choses, dit-il à voix basse. Il semble que seulement cinq de nos adversaires aient été présents. J'ignore pourquoi ils n'étaient pas tous là ; à mon avis, ils s'attendaient à ne rencontrer aucune résistance. Ils se sont retirés pour l'instant, mais je crains qu'ils ne soient pas bien loin. Ils reviendront une autre nuit, si nous ne pouvons nous échapper. Ils se contentent d'attendre, car ils se croient tout près du but et considèrent que l'Anneau ne pourra fuir beaucoup plus longtemps. Sam, dit-il enfin, j'ai peur qu'ils ne croient votre maître affligé d'une blessure mortelle, une blessure qui le soumettra à leur volonté. Nous verrons bien ! »

Sam fut étranglé de sanglots. « Ne désespérez pas ! dit l'Arpenteur. Vous devez me faire confiance, à présent. Votre Frodo est d'une plus forte trempe que je ne l'avais supposé, bien que Gandalf ait laissé entendre qu'il pourrait en être ainsi. Il n'est pas mort, et je pense qu'il saura résister au pouvoir maléfique de la blessure plus longtemps que ses ennemis ne le croient. Je ferai tout mon possible pour l'aider et pour le guérir. Gardez-le bien pendant mon absence ! » Il partit en hâte et se fondit de nouveau dans les ténèbres.

Frodo somnolait, malgré une douleur de plus en plus vive et un froid mortel qui lui glaçait l'épaule et se répandait dans son bras et dans son côté. Ses amis le veillaient, le réchauffaient et lavaient sa blessure. La nuit passa, lente et éprouvante. Le jour commençait à poindre, et le vallon se remplissait de lumière grise quand l'Arpenteur revint enfin.

« Regardez ! » s'écria-t-il ; et se baissant, il ramassa une cape noire qui était restée là, sous le couvert des ténèbres. À un pied de l'ourlet inférieur, il y avait une entaille. « C'est le coup porté par l'épée de Frodo, dit-il. Le seul tort qu'elle ait causé à son ennemi, j'en ai peur ; car il est indemne, mais toute lame périt qui perce ce terrible Roi. Le nom d'Elbereth lui aura été plus mortel.

« Et plus mortel pour Frodo fut ceci ! » Il se pencha de nouveau et ramassa un long poignard effilé. Une froide lueur en émanait. L'Arpenteur le souleva, et ils virent que le bout de la lame était dentelé et que la pointe était cassée. Mais comme il le tenait dans la lumière grandissante, ils écarquillèrent des yeux stupéfaits, car la lame parut fondre, et elle partit en fumée, ne laissant que le manche dans la main de l'Arpenteur. « Hélas ! s'écria-t-il. C'est ce poignard maudit qui a causé la blessure. Rares sont ceux qui, de nos jours, ont un don de guérison capable de rivaliser avec de telles armes. Mais je ferai tout ce qui est en mon pouvoir. »

Il s'assit par terre, et, déposant le manche de la dague sur ses genoux, il se pencha sur celui-ci et chanta une lente mélopée en une langue étrange. Puis, le mettant de côté, il se tourna vers Frodo et, d'une voix douce, prononça des mots que les autres ne purent saisir. De la bourse qu'il gardait à sa ceinture, il sortit les longues feuilles d'une plante.

« Ces feuilles, dit-il, j'ai longuement marché pour les trouver, car cette plante ne pousse pas sur les collines désertes ; mais dans les fourrés au sud de la Route, je l'ai trouvée dans le noir, par la senteur de ses feuilles. » Il écrasa une feuille entre ses doigts et il s'en dégagea un parfum doux et pénétrant. « Il est heureux que j'aie pu en trouver, car il s'agit d'une plante guérisseuse que les Hommes de l'Ouest ont apportée en Terre du Milieu. Ils la nommaient *athelas,* et de nos jours elle ne pousse plus que de manière éparse, près de leurs anciens établissements ou campements ; et elle n'est pas connue dans le Nord, sauf de certains d'entre ceux qui errent dans la Sauvagerie. Ses vertus sont considérables, mais sur une blessure comme celle-ci, son pouvoir de guérison pourrait être limité. »

Il plongea les feuilles dans de l'eau bouillante et

lava l'épaule de Frodo. Le parfum de l'infusion était rafraîchissant, et ceux qui ne souffraient d'aucun mal se sentirent l'esprit apaisé et les idées éclaircies. L'herbe eut aussi un certain effet sur la blessure, car Frodo sentit la douleur se calmer et la sensation de froid glacial diminuer dans son côté ; toutefois, son bras n'en fut pas ranimé, et il ne pouvait se servir de sa main ni la bouger. Il regrettait amèrement sa sottise et se reprochait un manque de volonté ; car il se rendait compte à présent qu'en mettant l'Anneau, il n'obéissait pas à son propre désir mais à la volonté autoritaire de ses ennemis. Il se demandait s'il allait demeurer estropié à vie, et comment ils allaient faire pour poursuivre leur voyage dans ces conditions. Il ne se sentait pas la force de tenir sur ses jambes.

Les autres discutaient précisément de cette question. Ils décidèrent très vite de quitter Montauvent aussitôt que possible. « Je pense maintenant que l'Ennemi guettait cet endroit depuis quelques jours, dit l'Arpenteur. Gandalf, en supposant qu'il soit venu ici, a dû être contraint de fuir à cheval, et il ne reviendra pas. Une chose est sûre : après l'attaque d'hier soir, nous courons ici un grave danger à la nuit tombée, et nous n'en rencontrerons guère de plus grand où que nous allions. »

Dès qu'il fit tout à fait jour, ils prirent une bouchée pressée et remballèrent leurs affaires. Frodo ne pouvait marcher ; ils répartirent donc la majeure partie des bagages entre eux quatre et installèrent Frodo sur le poney. Au cours des derniers jours, l'état de santé de la pauvre bête s'était merveilleusement amélioré : elle semblait déjà plus grasse et plus forte, et elle commençait à montrer de l'affection pour ses nouveaux maîtres, Sam en particulier. Bill Fougeard l'avait assurément fort maltraitée pour que cette excursion en pays sauvage lui semble tellement préférable à son existence d'avant.

Ils partirent vers le sud. Cela les obligeait à traverser la Route, mais c'était la meilleure façon de rejoindre des terres plus densément boisées. Et ils avaient besoin de combustible ; car l'Arpenteur disait que Frodo devait rester au chaud, en particulier la nuit, tandis que le feu leur offrirait à tous une certaine protection. Il entendait également raccourcir leur voyage en évitant une autre grande boucle de la Route : à l'est de Montauvent, elle changeait de direction, décrivant une longue courbe vers le nord.

Contournant les pentes sud-ouest de la colline avec lenteur et précaution, ils arrivèrent bientôt au bord de la Route. Il n'y avait aucun signe des Cavaliers. Mais alors même qu'ils se dépêchaient de la traverser, ils entendirent au loin deux cris : une voix glaciale qui appelait et une autre qui répondait. Pris de frissons, ils se précipitèrent vers les fourrés de l'autre côté. Devant eux, les terres plongeaient vers le sud, mais c'était un pays sauvage et sans chemins tracés : des buissons et des arbres rabougris poussaient en bouquets serrés au milieu de grands espaces déserts. L'herbe était clairsemée, grossière et grise ; et les feuilles flétries tombaient dans les fourrés. Ils cheminèrent lentement et sans entrain à travers ce morne pays. Ils parlaient peu. Frodo était peiné de les voir marcher à ses côtés, la tête basse et le dos courbé sous le poids du fardeau. Même l'Arpenteur semblait fatigué et accablé.

Cette première journée de marche n'était pas encore terminée que la douleur de Frodo se mit à croître de nouveau ; mais il se garda d'en parler pendant un long moment. Quatre jours passèrent sans que le terrain ou le paysage change vraiment, sinon que Montauvent sombrait lentement derrière eux, et que les lointaines montagnes, devant, semblaient toujours un peu plus proches. Toutefois, depuis ce cri éloigné, ils n'avaient rien vu ni entendu qui laissât supposer que l'Ennemi les avait suivis ou s'était avisé de leur fuite. Ils redoutaient les heures obscures et, à la nuit tombée, montaient la garde par paires. À tout moment, ils s'attendaient à voir surgir des formes noires dans la nuit grise, faiblement éclairées par un nébuleux clair de Lune ; mais ils ne virent rien et n'entendirent aucun son, hormis le bruissement des herbes et des feuilles sèches. Pas une fois ils ne sentirent cette présence maléfique qu'ils avaient perçue avant l'attaque dans le vallon. Il semblait trop beau d'espérer que les Cavaliers aient déjà reperdu leur trace. Peut-être attendaient-ils de leur tendre une embuscade en un lieu moins ouvert ?

À la fin du cinquième jour, le terrain se mit à remonter petit à petit, hors de la vallée étendue et peu profonde dans laquelle ils étaient descendus. L'Arpenteur les fit prendre de nouveau au nord-est, et le sixième jour, ils arrivèrent en haut d'une longue et faible pente et virent se dessiner au loin un petit groupe de collines boisées. Ils pouvaient voir la Route, loin en bas, décrire une large boucle au pied des collines ; tandis que sur leur droite, une rivière grise miroitait faiblement sous un Soleil timide. À l'horizon, ils distinguaient une autre rivière, courant dans une vallée rocheuse partiellement voilée de brume.

« J'ai bien peur qu'il ne nous faille de nouveau emprunter la Route pour quelque temps, dit l'Arpenteur. Nous voici à la rivière Fongrège, que les Elfes nomment Mitheithel. Elle descend des Landes d'Etten, les hautes terres infestées de Trolls au nord de Fendeval, et rejoint la Bruyandeau plus au sud. Elle devient alors le fleuve Grisfleur, dont les eaux s'élargissent beaucoup avant de trouver la Mer. Il n'y a aucun moyen de la franchir en aval de ses sources dans les Landes d'Etten, hormis par le Dernier Pont que traverse la Route. »

« Quelle est cette autre rivière que nous voyons là-bas au loin ? » demanda Merry.

« C'est la Bruyandeau : la rivière Bruinen de Fendeval, répondit l'Arpenteur. La Route longe les collines sur de nombreux milles, depuis le Pont jusqu'au Gué de la Bruinen. Mais je n'ai pas encore réfléchi à un moyen de franchir cette eau-là. Une rivière à la fois ! Il faudra nous estimer chanceux, si l'Ennemi ne se dresse pas sur notre route quand nous arriverons au Dernier Pont. »

Le lendemain, tôt en matinée, ils redescendirent au bord de la Route. Sam et l'Arpenteur s'y engagèrent, mais ils ne virent pas la moindre trace de voyageurs ou de cavaliers. Là, dans l'ombre des collines, il y avait eu des averses. L'Arpenteur estimait qu'elles étaient tombées deux jours avant, effaçant toutes les empreintes. Aucun cavalier n'était passé par là depuis, autant qu'il pût en juger.

Ils marchèrent du plus vite qu'ils le purent, et au bout d'un mille ou deux, ils aperçurent le Dernier Pont au bas d'une courte pente raide. Ils redoutaient d'y trouver des formes noires les attendant, mais n'en virent aucune. L'Arpenteur leur demanda de se mettre à couvert dans un fourré au bord de la Route pendant qu'il allait reconnaître le terrain.

Il ne tarda pas à revenir en courant. « Je ne vois aucun signe de l'Ennemi, dit-il, et je me demande bien ce que cela peut vouloir dire. Mais j'ai trouvé quelque chose de très étrange. »

Il tenait dans sa main un unique joyau vert pâle. « Je l'ai trouvé dans la boue au milieu du Pont, dit-il. C'est un béryl, une pierre elfe. Je ne saurais dire si elle a été déposée là, ou si elle y est tombée par hasard ; mais elle me redonne de l'espoir. Je la prendrais comme un signal nous disant de passer le Pont ; mais je n'ose pas continuer sur la Route sans recevoir un signe plus clair. »

Ils se remirent aussitôt en chemin. Ils passèrent le Pont sans encombre, et sans qu'aucun son ne vienne à leurs oreilles, hormis les remous de l'eau autour des trois grandes arches. À un mille de là, ils parvinrent à un étroit ravin qui montait vers le nord, coupant à travers les terres abruptes du côté gauche de la Route. L'Arpenteur bifurqua dans cette direction, et ils ne tardèrent pas à se perdre dans un sombre pays peuplé d'arbres obscurs, serpentant au pied de collines désolées.

Les Hobbits n'étaient pas mécontents de quitter les mornes paysages et la dangereuse Route ; mais cette nouvelle contrée leur paraissait hostile et menaçante. Les collines environnantes s'élevaient sans cesse au fil de leur progression. Ici et là, sur les hauteurs et le long des crêtes, ils apercevaient d'anciennes murailles de pierre ainsi que des tours en ruine : elles avaient un air sinistre. Frodo, qui n'allait pas à pied, avait amplement le temps de réfléchir et de regarder autour de lui. Il se rappela le récit de voyage fait par Bilbo, les tours menaçantes dans les collines au nord de la Route, non loin du Bois aux Trolls où sa première véritable aventure avait eu lieu. Ils devaient alors se trouver dans la même région, se dit Frodo, se demandant si le hasard les conduirait près de l'endroit en question.

« Qui vit dans ces terres ? demanda-t-il. Et qui a bâti ces tours ? Sommes-nous dans un pays de Trolls ? »

« Non ! dit l'Arpenteur. Les Trolls ne bâtissent pas. Personne ne vit dans ces terres. Des Hommes ont déjà habité ici, il y a des siècles ; mais il n'en reste plus aujourd'hui. Ils succombèrent au mal, nous disent les légendes, gagnés par l'ombre de l'Angmar. Tous furent anéantis pendant la guerre qui mit fin au Royaume du Nord. Mais il y a si longtemps de cela que les collines les ont oubliés, bien qu'une ombre demeure sur le pays. »

« D'où tenez-vous de telles histoires, puisque tout le pays est désert et ne se souvient plus ? demanda Peregrin. Les oiseaux et les bêtes ne racontent pas ce genre de choses. »

« Les héritiers d'Elendil n'oublient rien du passé, dit l'Arpenteur ; et l'on se souvient à Fendeval de bien d'autres choses que je ne saurais vous dire. »

« Êtes-vous allé souvent là-bas ? » dit Frodo.

« Oui, dit l'Arpenteur. Il fut un temps où j'y habitais, et j'y retourne encore quand je le peux. Mon cœur demeure là-bas ; mais ce n'est pas mon lot que d'être assis en paix, même dans la belle maison d'Elrond. »

Les collines se mirent alors à les encercler. Derrière eux, la Route continuait vers la rivière Bruinen, mais toutes deux étaient à présent hors de vue. Les voyageurs entrèrent dans une longue vallée : étroite, profondément encaissée, sombre et silencieuse. De vieux arbres aux racines tordues se courbaient au sommet des falaises, et d'autres derrière s'entassaient sur les versants en de sombres pinèdes.

Les Hobbits furent gagnés par une grande lassitude. Ils progressaient lentement, contraints de se frayer un passage à travers un pays sans chemins tracés, encombré de vieux troncs et de rochers éboulés. Ils évitèrent de grimper aussi longtemps qu'ils le purent, pour le bien de Frodo, et parce qu'il était en fait difficile de sortir des vallons étroits. Ils voyageaient dans cette région depuis deux jours quand le temps devint pluvieux. Un vent d'ouest se mit à souffler continuellement, déversant l'eau des mers lointaines sur les têtes sombres des collines en une pluie fine et abondante. Le soir venu, tous étaient complètement trempés ; et leur campement fut sans joie, car ils étaient incapables de faire du feu. Le lendemain, les collines se dressèrent encore plus hautes et plus abruptes devant eux, et ils furent obligés de s'écarter vers le nord. L'Arpenteur semblait de plus en plus inquiet : cela faisait près de dix jours qu'ils avaient quitté Montauvent, et leurs provisions s'amenuisaient. Il continuait de pleuvoir.

Cette nuit-là, ils campèrent sur un affleurement rocheux, dans l'ombre d'une paroi où s'ouvrait une caverne peu profonde, une simple niche dans la falaise. Frodo était agité. Avec le froid et l'humidité, sa blessure était plus éprouvante que jamais : la douleur et la sensation de froid mortel le privaient de tout sommeil. Il se tournait et se retournait, prêtant une oreille craintive aux moindres bruits nocturnes : le vent dans les fissures de la roche, un égouttement d'eau, un craquement, le choc soudain et prolongé d'une pierre qui s'éboule. Puis il eut l'impression que des formes noires s'avançaient pour l'étouffer ; mais se redressant, il ne vit que l'Arpenteur assis le dos courbé, fumant sa pipe et faisant le guet. Il se recoucha et sombra dans un rêve inquiet. Il marchait sur l'herbe, dans son jardin du Comté ; mais celui-ci paraissait sombre et sans éclat, moins net que les grandes ombres noires qui regardaient par-dessus la haie.

Il se réveilla au matin pour s'apercevoir que la pluie avait cessé. Les nuages étaient encore épais, mais ils se rompaient, laissant paraître de pâles rubans bleus. Le vent tournait de nouveau. Leur départ ne fut pas matinal. Aussitôt après leur petit déjeuner, froid et triste, l'Arpenteur partit seul, disant aux autres de s'abriter sous la falaise jusqu'à ce qu'il revienne. Il allait tenter de grimper afin d'avoir une meilleure vue des terres.

À son retour, il se montra peu rassurant. « Nous sommes venus trop au nord, dit-il ; il nous faudra trouver moyen de redescendre vers le sud. Autrement, nous allons aboutir dans les Vallées d'Etten, loin au nord de Fendeval. C'est un pays de Trolls que je connais peu. Nous pourrions nous frayer un chemin à travers, et rejoindre Fendeval par le nord ; mais ce serait trop long, car je ne saurais pas par où passer et nous finirions par manquer de nourriture. Il faut donc nous rendre au Gué de la Bruinen, peu importe comment nous y parviendrons. »

Ils passèrent le reste de la journée à clopiner en terrain rocailleux. Un passage entre deux collines les conduisit à une vallée orientée au sud-est, la direction qu'ils souhaitaient prendre ; mais vers la fin de l'après-midi, ils se retrouvèrent face à une haute crête qui leur barrait de nouveau la route : la ligne sombre qu'elle découpait sur le ciel présentait de nombreuses pointes dénudées, comme les dents d'une scie émoussée. Il leur fallait choisir : faire demi-tour ou l'escalader.

Ils décidèrent de tenter l'escalade, ce qui se révéla très difficile. Frodo fut bientôt obligé de descendre et de continuer à pied, au prix de grands efforts. Même alors, ils désespérèrent souvent de faire monter leur poney, voire de trouver eux-mêmes un chemin, chargés comme ils l'étaient. Le jour venait à manquer et ils étaient tous épuisés quand ils arrivèrent enfin au sommet. Ils avaient grimpé jusqu'à un col étroit entre deux aiguilles ; les terres retombaient à pic non loin devant eux. Frodo se jeta sur le sol et resta étendu, frissonnant. Son bras gauche était inanimé ; son côté et son épaule semblaient pris dans des serres de glace. Les arbres et les rochers autour de lui paraissaient sombres et indistincts.

« On ne peut plus continuer, dit Merry à l'Arpenteur. J'ai peur que cette montée n'ait trop éprouvé

Frodo. Je suis terriblement inquiet pour lui. Qu'allons-nous faire ? Croyez-vous qu'ils pourront le guérir à Fendeval, si nous y parvenons un jour ? »

« Nous verrons, répondit l'Arpenteur. Je ne peux rien faire de plus tant que nous sommes en pays sauvage ; et c'est surtout à cause de sa blessure que je suis si anxieux de presser le pas. Mais je suis d'accord : nous ne pouvons aller plus loin ce soir. »

« Qu'est-ce qu'il a, mon maître ? demanda Sam à voix basse, lui adressant un regard suppliant. Sa blessure était toute petite, et elle est déjà refermée. On ne voit plus rien sur son épaule, sauf une marque froide et blanche. »

« Frodo a été touché par les armes de l'Ennemi, dit l'Arpenteur, et il y a quelque mal ou poison à l'œuvre, face auquel mes dons sont impuissants. Mais ne désespérez pas, Sam ! »

La nuit était froide sur la haute crête. Ils allumèrent un petit feu sous les racines noueuses d'un vieux pin, perché au-dessus d'une fosse peu profonde : on eût dit que de la pierre y avait autrefois été extraite. Ils étaient tous assis les uns contre les autres. Un vent glacial soufflait à travers le col, et ils entendaient les cimes des arbres gémir et soupirer en contrebas. Frodo était étendu dans un demi-rêve, s'imaginant que des ailes noires balayaient sans fin le ciel au-dessus de lui ; des poursuivants étaient montés sur elles et le traquaient dans chaque recoin des collines.

L'aube se leva, claire et belle : l'air était pur, la lumière, pâle et nette dans un ciel lavé par la pluie. Ils reprirent courage, impatients de voir les rayons du

Soleil insuffler un peu de chaleur à leurs membres froids et engourdis. Dès qu'il fit jour, l'Arpenteur emmena Merry avec lui pour aller reconnaître les terres du haut de l'éminence à l'est du col. Le Soleil s'était levé et brillait de tous ses feux, quand l'Arpenteur revint avec de meilleures nouvelles. Ils allaient maintenant à peu près dans la bonne direction. Et s'ils descendaient sur l'autre versant de la crête, ils auraient les Montagnes sur leur gauche. L'Arpenteur avait aperçu la Bruyandeau à quelque distance en avant ; et il savait que la Route menant au Gué, bien qu'il n'ait pu la voir, se trouvait près de la Rivière, longeant la rive de leur côté.

« Il faut maintenant regagner la Route, dit-il. On ne peut espérer trouver un chemin à travers ces collines. Quel que soit le danger qui nous y attende, la Route est notre seul moyen d'atteindre le Gué. »

Ils repartirent sitôt après avoir mangé. Ils descendirent lentement le versant sud de la crête, ce qui fut bien plus facile qu'ils ne s'y attendaient ; car la pente était beaucoup moins raide de ce côté, et Frodo put bientôt remonter en selle. Le pauvre vieux poney de Bill Fougeard développait un talent inespéré pour se frayer un chemin, et pour épargner à son cavalier autant de secousses que possible. Les voyageurs reprirent courage. Même Frodo se sentit mieux dans la lumière du matin ; mais par moments, une brume semblait lui obscurcir la vue, et il se passait la main sur les yeux.

Pippin marchait un peu en avant des autres. Soudain,

il se retourna pour les appeler. « Il y a un sentier, ici ! » cria-t-il.

Quand ils l'eurent rejoint, ils virent que leur compagnon ne se trompait pas : les signes étaient nets, d'un sentier sinueux qui sortait des bois en contrebas pour aller se perdre au sommet de la colline derrière eux. Par endroits, il était désormais effacé et couvert de végétation, ou encombré de troncs et de pierres éboulées ; mais il semblait avoir été très fréquenté à une certaine époque. Quiconque l'avait tracé avait de forts bras et des pieds robustes. Ici et là, de vieux arbres avaient été coupés ou arrachés, et de gros rochers semblaient avoir été fendus ou déplacés afin de déblayer le chemin.

Ils suivirent cette piste pendant quelque temps, car c'était, et de loin, la manière la plus facile de descendre ; mais ils avançaient avec prudence, et leur inquiétude redoubla lorsqu'ils pénétrèrent dans les bois et que le sentier se fit plus évident et plus large. Sortant soudain d'une lisière de sapins, le chemin dévalait par une pente abrupte et tournait brusquement à gauche, contournant un éperon rocheux de la colline.

Parvenus en bas, ils regardèrent derrière le tournant et virent que le sentier se prolongeait sur un espace plat situé sous une falaise basse et surplombée d'arbres. Une porte entrebâillée s'ouvrait dans la paroi rocheuse, se tenant de travers sur une seule grande charnière.

Tous s'arrêtèrent devant la porte. Il y avait derrière une grotte ou une cave aménagée dans le roc, mais l'obscurité ne laissait rien voir de son intérieur. Sam, Merry et l'Arpenteur, poussant sur la porte de toutes leurs forces, parvinrent à l'entrouvrir un peu plus, puis l'Arpenteur entra avec Merry. Ils n'allèrent pas bien loin, car beaucoup de vieux ossements gisaient sur le sol, et rien d'autre ne se voyait près de l'entrée, hormis de grandes jarres vides et quelques pots cassés.

« Assurément un repaire de Trolls, s'il en est ! dit Pippin. Allons, vous deux ! Sortez vite de ce trou et allons-nous-en. On sait maintenant qui a tracé ce sentier – et on ferait mieux de le quitter au plus vite. »

« Ce ne sera pas nécessaire, je pense, dit l'Arpenteur en sortant. C'est certainement un repaire de Trolls, mais il semble abandonné depuis longtemps. Je ne crois pas qu'il y ait rien à craindre. Mais continuons de descendre prudemment, et nous verrons bien. »

Le sentier se poursuivait depuis la porte : tournant de nouveau à droite, il traversait l'espace plat et plongeait dans une pente densément boisée. Pippin, ne voulant montrer à l'Arpenteur qu'il avait encore peur, alla de l'avant avec Merry. Sam et l'Arpenteur suivaient de chaque côté du poney de Frodo, car le sentier était maintenant assez large pour quatre ou cinq Hobbits marchant de front. Mais ils ne marchaient pas depuis bien longtemps que Pippin revint en courant, suivi de Merry. Ils semblaient tous deux terrifiés.

« *Il y a* des Trolls ! s'écria Pippin, haletant. Dans une clairière non loin en bas. On les a aperçus à travers les troncs d'arbres. Ils sont très gros ! »

« Allons les voir », dit l'Arpenteur, ramassant un bâton. Frodo ne dit rien, mais Sam parut effrayé.

Le Soleil avait beaucoup monté : il rayonnait à travers les branches à demi dénudées, jetant de brillantes taches de lumière dans la clairière. Ils s'arrêtèrent soudain au bord et regardèrent furtivement entre les troncs d'arbres, retenant leur souffle.

Les Trolls se tenaient là : trois gros Trolls. L'un d'eux était penché ; les deux autres le regardaient fixement.

L'Arpenteur s'approcha d'un air indifférent. « Debout, vieille pierre ! » dit-il, et il brisa son bâton sur le dos du Troll penché.

Rien ne se produisit. Les Hobbits stupéfaits étouffèrent un cri ; puis même Frodo se mit à rire. « Eh bien ! dit-il. Nous oublions notre histoire familiale ! Ce doit être les trois mêmes Trolls que Gandalf a surpris en train de se disputer sur la meilleure façon de cuire treize Nains et un Hobbit. »

« J'étais loin de me douter que nous étions dans les parages ! » dit Pippin. Il connaissait bien cette histoire. Bilbo et Frodo l'avaient souvent racontée ; mais, en fait, il n'y avait jamais cru qu'à moitié. Il continuait d'ailleurs à observer les Trolls de pierre avec suspicion, se demandant si quelque magie ne pourrait pas les ramener soudain à la vie.

« Vous oubliez non seulement votre histoire familiale, mais tout ce que vous avez jamais su à propos des Trolls, dit l'Arpenteur. Nous sommes en plein jour, le Soleil brille, et vous essayez de me faire peur avec vos histoires de Trolls vivants prêts à nous accueillir dans cette clairière ! En tout cas, vous auriez pu remarquer que l'un d'entre eux porte un vieux nid d'oiseau derrière l'oreille. C'eût été un ornement des plus inhabituels pour un Troll ! »

Tous rirent de bon cœur. Frodo sentit son courage ressusciter : le souvenir de Bilbo et de sa première aventure (couronnée de succès) lui réchauffait le cœur.

Le chaud Soleil, aussi, lui apportait quelque réconfort, et la brume qui lui voilait la vue semblait se dissiper un peu. Ils se reposèrent quelque temps dans la clairière des Trolls et prirent leur repas de midi à l'ombre de leurs jambes épaisses.

« Quelqu'un pourrait nous chanter un petit quelque chose pendant que le Soleil est encore haut ? demanda Merry quand ils eurent terminé. Cela fait des jours qu'on n'a pas eu droit à la moindre histoire ou chanson. »

« Pas depuis Montauvent », dit Frodo. Les autres le regardèrent. « Ne vous inquiétez pas pour moi, ajouta-t-il. Je me sens beaucoup mieux, mais je ne pense pas être en mesure de chanter. Sam peut sûrement se creuser les méninges et nous déterrer quelque chose. »

« Allons, Sam ! dit Merry. Il y en a davantage dans ta caboche que tu ne veux bien l'admettre. »

« J'en suis pas si sûr, dit Sam. Mais que diriez-vous de ça ? Pas ce que j'appelle de la vraie poésie : c'est rien que des bêtises, comprenez. Mais ces vieilles statues m'y ont fait penser. » Se levant, les mains derrière le dos comme s'il était en classe, il se mit à chanter sur un vieil air :

Le Troll de pierre, assis sur son derrière,
Mordillait un vieil os sans un morceau de chair ;
Toutes ces années, il l'avait rongé,
  Car la viande était vraiment très rare.
    Avare ! Barbare !
Il vivait en montagne, tout seul dans sa tanière,
  Et la viande était vraiment très rare.

Tom vint le trouver sur ses grands pieds bottés.
Il dit à Troll : « Qu'est-ce dans tes mains crottées ?

On dirait le fémur de mon oncle Arthur
Qui devrait être au cimetière.
Sous pierre ! Sous terre !
Y a de ça des années qu'il nous a quittés
Et j'le croyais au cimetière. »

« Mon gars, dit Troll, t'en as de drôles.
Qu'est-ce que des os laissés dans le sol ?
Ton vieux lascar était raide comme une barre
Quand j'lui ai pris son gigot.
Bigot ! Nigaud !
Il peut tendre la jambe pour un pauvre Troll
Et me prêter son gigot. »

Tom dit : « J'vois pas pourquoi un type comme toi
Ferait main basse sur le tibia,
La jambe ou le gigot du vieux frère à mon père ;
Alors rends-moi ce vieil os !
Colosse ! Molosse !
Si mort qu'il soit, il est dans son droit ;
Alors rends-moi ce vieil os ! »

« Un peu plus, dit Troll en un rictus,
Et j'te dévore aussi, fémur et humérus.
De la viande fraîche me redonnerait la pêche !
J'vais m'faire les dents sur toi, là.
Hé, là ! Viens, là !
J'en ai assez d'éplucher tous ces vieux détritus ;
J'veux bien dîner de toi, là. »

Croyant ici son dîner pris,
Il vit que ses mains n'avaient rien saisi.
Avant qu'il le repère, Tom le prit à revers

Et lui mit sa botte au croupion.
Oignon ! Trognon !
Pour lui apprendre à vivre, qu'il se dit,
Rien de mieux qu'une botte au croupion.

Mais plus durs que la pierre sont les os et la chair
D'un Troll des montagnes assis en solitaire.
Autant botter la racine des collines
Car le derrière d'un Troll n'en sent rien.
Coquin ! Malin !
Le vieux Troll rit quand Tom se mit à braire,
Car son pied, lui, le sentait très bien.

Tom est éclopé depuis qu'il est rentré,
Et son pied débotté restera estropié ;
Mais Troll s'en balance, et il fait bectance
Avec l'os qu'il a fauché à son détenteur.
Voleur ! Blagueur !
Son vieux derrière n'a pas changé,
Ni l'os qu'il a fauché à son détenteur.

« Eh bien, nous voilà tous prévenus ! dit Merry en riant. Encore heureux que l'Arpenteur se soit servi d'un bâton et non de sa main ! »

« Où as-tu pêché ça, Sam ? demanda Pippin. Je ne connaissais pas ces paroles. »

Sam marmonna quelque chose d'incompréhensible.
« C'est lui qui a tout inventé, naturellement, dit Frodo. J'apprends bien des choses au sujet de Sam Gamgie depuis que nous sommes en voyage. J'ai su qu'il était un conspirateur, et maintenant c'est un bouffon. Il finira magicien – ou guerrier ! »

« J'espère que non, dit Sam. J'ai pas envie d'être aucun des deux. »

L'après-midi venu, ils continuèrent à descendre dans les bois. Sans doute étaient-ils sur la piste même que Gandalf, Bilbo et les Nains avaient suivie, toutes ces années auparavant. Au bout de quelques milles, ils arrivèrent au sommet d'un haut talus dominant la Route. Celle-ci, ayant laissé la Fongrège loin derrière dans sa vallée étroite, longeait à présent le pied des collines, ondulant et serpentant vers l'est, à travers bois et bruyères, vers le Gué et les Montagnes. Non loin sur le talus, l'Arpenteur désigna une pierre dans l'herbe. À sa surface se voyaient encore des runes naines et des marques secrètes, grossièrement gravées et désormais très érodées.

« Voilà ! dit Merry. Ce doit être la pierre qui marque l'endroit où ils ont caché l'or des Trolls. Que reste-t-il de la part de Bilbo, hein, Frodo ? »

Frodo, regardant la pierre, se prit à souhaiter que Bilbo n'ait rapporté rien de plus périlleux, ni aucun trésor plus difficile à abandonner. « Il n'en reste rien, dit-il. Bilbo a tout donné. Il n'a jamais eu le sentiment que cet or lui appartenait, disait-il, puisqu'il provenait de voleurs. »

La Route s'étendait, calme sous les ombres longues, dans le soir tombant. On n'y voyait pas le moindre signe de voyageurs à part eux ; et comme il n'y avait plus d'autre chemin possible, ils descendirent le talus et, tournant à gauche, poursuivirent leur route du plus vite qu'ils le purent. Le Soleil plongeait rapidement à l'ouest, et disparut bientôt derrière un épaulement des collines. Un vent froid descendit à leur rencontre, venu des montagnes de l'est.

Ils commençaient à chercher, aux abords de la Route, un endroit où passer la nuit, lorsqu'ils entendirent un son qui ranima une peur soudaine dans leur cœur : des claquements de sabots derrière eux. Ils se retournèrent, mais ne purent voir bien loin sur la Route, sinueuse et onduleuse. Ils se précipitèrent hors du chemin battu et grimpèrent dans les profonds fourrés de bruyère et de myrtille jusqu'à un bouquet de noisetiers touffus. Regardant furtivement entre les buissons, ils voyaient la Route, pâle et grise dans le jour défaillant, à une trentaine de pieds en contrebas. Les sabots s'approchaient. Ils allaient rapidement, d'un léger *clipeti-clipeti-clip*. Puis, indistinctement, ils perçurent un faible tintement, comme un bruit de clochettes emporté par la brise.

« On ne dirait pas le cheval d'un Cavalier Noir ! » dit Frodo, écoutant d'une oreille attentive. Les autres, encouragés, le reconnurent, mais tous demeuraient néanmoins méfiants. Ils craignaient depuis si longtemps d'être poursuivis que tout bruit montant derrière eux leur paraissait hostile et de mauvais augure. Mais l'Arpenteur, maintenant penché en avant, se baissait jusqu'à terre, la main à l'oreille et la mine réjouie.

La lumière s'évanouissait, et les feuilles bruissaient doucement dans les buissons. Les clochettes tintaient, plus claires et plus proches, et les sabots trottaient vivement, *clipeti-clip*. Un cheval blanc apparut soudain en bas, luisant dans les ombres, courant prestement. Sa têtière étincelait et scintillait dans le crépuscule, comme parsemée de gemmes semblables à de vives étoiles. Le cavalier laissait sa cape voler derrière lui, son capuchon rejeté sur ses épaules ; sa chevelure dorée flottait, chatoyante, au vent de sa course. Aux yeux de Frodo, une lumière blanche semblait émaner de la forme et de la vêture du cavalier, comme au travers d'un mince voile.

L'Arpenteur bondit hors de sa cachette et se précipita vers la Route, fonçant à travers la bruyère avec un cri ; mais avant même qu'il eût bougé ou appelé, le cavalier avait serré la bride à sa monture et s'était arrêté, levant les yeux vers le fourré où ils étaient cachés. En voyant l'Arpenteur, il mit pied à terre et courut à sa rencontre, criant : *Ai na vedui Dúnadan ! Mae govannen !* Son parler, de même que sa voix claire et sonore, ne laissèrent aucun doute dans leur cœur : il était de la gent elfique. Nuls autres habitants du vaste monde n'avaient de voix si belles à entendre. Mais il semblait y avoir un soupçon de hâte ou de crainte dans son appel, et ils virent qu'il s'adressait maintenant à l'Arpenteur avec instance et précipitation.

L'Arpenteur leur fit bientôt signe d'approcher. Quittant les buissons, les Hobbits se hâtèrent de redescendre jusqu'à la Route. « Voici Glorfindel, qui demeure dans la maison d'Elrond », dit l'Arpenteur.

« Salut à toi ! Que voilà une heureuse rencontre, enfin ! dit le seigneur elfe, se tournant vers Frodo. J'ai été envoyé de Fendeval pour aller à ta recherche. Nous craignions que tu ne sois en danger sur la route. »

« Gandalf est donc arrivé à Fendeval ? » s'écria Frodo avec joie.

« Non. Il n'y était pas quand je suis parti ; mais c'était il y a neuf jours, répondit Glorfindel. Elrond a reçu des nouvelles qui l'ont grandement troublé. Quelques-uns des miens, voyageant dans ton pays delà le Baranduin[1], ont appris que bien des choses n'allaient pas, et ils ont envoyé des messages aussi vite qu'ils l'ont pu. Ils disaient que les Neuf avaient été vus de par le monde ; et que tu errais, chargé d'un lourd fardeau, mais sans guide, car Gandalf n'était pas revenu. Peu de gens, même à Fendeval, peuvent chevaucher pour affronter ouvertement les Neuf ; mais si peu qu'ils soient, Elrond les a envoyés au nord, à l'ouest et au sud. On a cru que vous pourriez faire un très long détour pour fuir la poursuite, et finir par vous perdre dans la Sauvagerie.

« C'est à moi qu'il revint de prendre la Route, et je me rendis au Pont de la Mitheithel et y laissai un signe, il y a de cela près d'une semaine. Trois des serviteurs de Sauron se trouvaient sur le Pont, mais ils battirent en retraite et je les pourchassai vers l'ouest. J'en rencontrai aussi deux autres, mais ils s'enfuirent vers le sud. Depuis lors, je suis à la recherche de votre piste. Je l'ai trouvée il y a deux jours et je l'ai suivie par-delà le pont ; et j'ai découvert aujourd'hui l'endroit où vous êtes redescendus des collines. Mais allons ! Il n'y a plus le temps pour d'autres nouvelles. Puisque vous êtes là, il nous faut prendre le risque de rejoindre la Route et continuer notre chemin. Cinq sont derrière nous, et quand ils trouveront votre piste sur la Route, ils chevaucheront après nous, rapides comme le vent. Et ils n'y sont pas tous. J'ignore où peuvent se trouver les quatre autres. Je crains qu'en arrivant au Gué, nous ne le trouvions déjà tenu par l'Ennemi. »

---

1. Le fleuve Brandivin.

Tandis que parlait Glorfindel, les ombres du soir s'épaississaient. Frodo sentit une grande fatigue l'envahir. Depuis que le Soleil avait commencé à descendre, la brume qui voilait son regard s'était assombrie, et il sentait qu'une ombre s'interposait entre lui et le visage de ses amis. La douleur l'assaillait à présent, et une vive sensation de froid. Chancelant, il s'agrippa au bras de Sam.

« Mon maître est blessé et malade, dit Sam avec colère. Il peut pas continuer à chevaucher toute la nuit. Il a besoin de se reposer. »

Glorfindel saisit Frodo au moment où celui-ci s'effondrait. Il le prit doucement dans ses bras et scruta son visage d'un air profondément anxieux.

L'Arpenteur raconta brièvement l'attaque de leur campement à l'ombre de Montauvent, et la découverte du poignard mortel. Il sortit le manche, qu'il avait gardé, et le tendit à l'Elfe. Glorfindel frissonna en le prenant, mais il l'examina avec attention.

« Des signes maléfiques sont inscrits sur ce manche, dit-il ; quoique vos yeux ne puissent peut-être les voir. Conservez-le, Aragorn, jusqu'à ce que nous atteignions la maison d'Elrond ! Mais méfiez-vous, et abstenez-vous autant que faire se peut de le manipuler ! Hélas ! les blessures infligées par cette arme sont au-delà de mes pouvoirs de guérison. Je vais faire tout mon possible – mais je vous engage d'autant plus à partir dès maintenant, sans vous reposer. »

Ses doigts explorèrent la blessure qui glaçait l'épaule de Frodo, et il prit un air plus grave encore, comme troublé par ce qu'il venait d'apprendre. Mais Frodo sentit le froid diminuer dans son bras et dans son côté : une faible chaleur se diffusa de son épaule à sa main, et la douleur se calma un peu. La pénombre du soir parut s'éclaircir autour de lui, comme si un nuage venait de se dissiper. Il distinguait plus nettement la figure de ses amis, et se sentit porté, dans une certaine mesure, par un nouvel espoir et par de nouvelles forces.

« Tu iras sur mon cheval, dit Glorfindel. Je vais raccourcir les étriers jusqu'au bord de la selle, et tu devras t'y asseoir en serrant les jambes le plus possible. Mais ne crains rien : mon cheval ne laissera tomber aucun cavalier que je lui enjoins de porter. Son pas est léger et souple ; et si le danger nous presse de trop près, il t'emmènera à une vitesse que même les coursiers noirs de l'ennemi ne sauraient égaler. »

« Non, il ne fera pas ça ! dit Frodo. Je ne le monterai pas, s'il doit m'emporter à Fendeval ou ailleurs pendant que mes amis restent derrière, exposés au danger. »

Glorfindel sourit. « Je ne crois pas que tes amis seraient en danger, dit-il, si tu n'étais pas avec eux ! L'Ennemi te talonnerait et nous laisserait en paix, je pense. C'est toi, Frodo, et ce que tu portes, qui nous mettez tous en péril. »

À cela, Frodo ne put rien répondre, et on le persuada de monter le cheval blanc de Glorfindel. En échange, le poney reçut une bonne partie du fardeau des autres. Ils marchèrent alors plus légèrement et, pour un temps, allèrent bon train ; mais les Hobbits trouvèrent bientôt difficile de suivre le pas vif et infatigable de l'Elfe. Il les mena loin, dans la gueule des ténèbres, et plus loin encore, au cœur d'une nuit sombre et nuageuse. Il n'y avait ni étoile, ni Lune. Il ne leur permit pas de faire halte avant la grisaille de l'aube. Alors Pippin, Merry et Sam dormaient presque sur leurs jambes titubantes ; même l'Arpenteur avait les épaules affaissées et semblait fatigué. Frodo, sur sa monture, était plongé dans un sombre rêve.

Ils s'affalèrent dans la bruyère à quelques dizaines de pieds du bord de la route, et tombèrent immédiatement endormis. Ils semblaient tout juste avoir fermé les paupières quand Glorfindel, qui avait assuré le guet pendant leur sommeil, les réveilla. Le Soleil du matin avait beaucoup grimpé, et les nuages et les brumes nocturnes avaient disparu.

« Buvez ceci ! » dit Glorfindel, leur versant à chacun, de sa flasque de cuir cloutée d'argent, un peu de liqueur. Claire comme de l'eau de source, elle n'avait aucun goût et n'était ni fraîche ni chaude dans la bouche ; mais en la buvant, la force et la vigueur semblaient affluer dans tous leurs membres. Après un tel breuvage, le pain rassis et les fruits secs (il ne leur restait à présent rien d'autre) parurent mieux satisfaire leur faim que maint délicieux petit déjeuner ne l'avait fait dans le Comté.

Ils reprirent la Route après s'être reposés un peu moins de cinq heures. Glorfindel les incitait encore à presser le pas, et de toute la journée, il ne leur accorda que deux brèves haltes. Ils parcoururent ainsi près de vingt milles avant la tombée de la nuit, et parvinrent à un endroit où la Route tournait à droite et plongeait vers le fond de la vallée, tout droit vers la Bruinen. Les Hobbits n'avaient jusqu'alors rien vu ou entendu qui leur fît craindre d'être rejoints ; mais souvent il arrivait que Glorfindel s'arrêtât un moment pour écouter, quand ils traînaient derrière, et son visage se couvrait d'angoisse. Une fois ou deux, il s'adressa à l'Arpenteur dans la langue elfique.

Mais quelle que fût l'inquiétude de leurs guides, de toute évidence, les Hobbits ne pouvaient aller plus loin ce soir-là. Ils trébuchaient, étourdis de fatigue, incapables de penser à quoi que ce soit d'autre que leurs pieds et leurs jambes. La douleur de Frodo avait redoublé, et pendant la journée, les êtres et les objets autour de lui s'estompaient, se réduisaient à des ombres d'un gris fantomatique. Il fut presque soulagé de voir la nuit tomber car, à ses yeux, le monde semblait alors moins pâle et vide.

Les Hobbits étaient encore las au moment de se remettre en route, tôt le lendemain matin. Il y avait encore plusieurs milles à faire avant d'atteindre le Gué, et ils avançaient clopin-clopant, aussi vite qu'ils le pouvaient.

« Notre péril sera d'autant plus grand quand nous serons près d'atteindre la rivière, dit Glorfindel, car mon cœur m'avertit que nos poursuivants se hâtent à présent derrière nous ; et un autre danger nous attend peut-être au Gué. »

La Route continuait de descendre régulièrement, et par endroits, elle était bordée d'une herbe dense où les Hobbits marchaient quand ils le pouvaient, afin de reposer leurs pieds meurtris. En fin d'après-midi, ils arrivèrent à un endroit où la Route passait soudainement dans l'ombre de grands pins, avant de s'enfoncer dans une profonde tranchée dont les murs de pierre rougeâtre s'élevaient à pic de chaque côté, ruisselant d'humidité. Comme ils se hâtaient de la traverser, elle était parcourue d'échos ; et on eût dit que de nombreux pas suivaient rapidement les leurs. Tout à coup, comme par un portail de lumière, la Route déboucha de l'autre côté du tunnel. Là, au bas d'une forte déclivité, ils virent s'étendre devant eux un long mille plat, et au-delà, le Gué de Fendeval. De l'autre côté s'élevait une berge brune et escarpée où se faufilait un sentier sinueux ; derrière, les hautes montagnes escaladaient, éperon par-dessus éperon, cime après cime, le bleu estompé du ciel.

Un écho de poursuite subsistait dans la tranchée derrière eux : un bruit torrentueux, comme si un vent se levait et se déversait dans les branches des pins. Glorfindel se retourna un moment pour écouter, puis il s'élança avec un grand cri.

« Fuyez ! s'écria-t-il. Fuyez ! L'Ennemi est sur nous ! » Le cheval blanc bondit en avant. Les Hobbits dévalèrent la pente. Glorfindel et l'Arpenteur les suivirent à l'arrière-garde. Ils n'avaient franchi que la moitié du plat, quand soudain retentit un tonnerre de chevaux au galop. Du portail d'arbres dont ils étaient sortis surgit un Cavalier Noir. Il serra la bride à sa monture et s'arrêta, vacillant sur sa selle. Un autre le rejoignit, puis encore un autre ; et enfin, deux de plus.

« En avant ! Au galop ! » cria Glorfindel à Frodo.

Il n'obéit pas tout de suite, saisi d'une étrange hésitation. Remettant son cheval au pas, il se retourna et regarda en arrière. Les Cavaliers semblaient trôner sur leurs grands coursiers comme de sinistres statues au sommet d'une colline, sombres et massives, tandis que tous les bois et les terres alentour s'estompaient comme dans un brouillard. Soudain, il sut en son cœur qu'ils lui ordonnaient d'attendre, sans mot dire. Puis la peur et la haine s'éveillèrent en lui tout à coup. Sa main lâcha la bride et agrippa la poignée de son épée. Il la tira avec un éclair rouge.

« Au galop ! Au galop ! » cria Glorfindel ; puis, d'une voix claire et forte, il commanda à son cheval dans la langue des Elfes : *Noro lim, noro lim, Asfaloth !*

Le cheval blanc s'élança aussitôt, et fila comme le vent dans la dernière ligne droite. Au même moment, les chevaux noirs dévalèrent la colline à sa poursuite, et un terrible cri monta des Cavaliers, comme ceux qui avaient rempli les bois d'horreur, loin de là, dans le Quartier Est. Une réponse vint ; et au grand désarroi de Frodo et de ses amis, quatre autres Cavaliers surgirent en trombe d'entre les arbres et les rochers sur la gauche. Deux d'entre eux se dirigèrent vers Frodo ; les deux autres galopèrent follement vers le Gué afin de lui barrer la route. Ils lui semblaient galoper comme l'éclair et se faire toujours plus grands et plus sombres, tandis que leur course convergeait avec la sienne.

Frodo jeta un coup d'œil par-dessus son épaule. Il ne voyait plus ses amis. Les Cavaliers à ses trousses perdaient du terrain : même leurs grands coursiers ne pouvaient rivaliser avec la rapidité du cheval elfe de Glorfindel. Il se tourna de nouveau vers l'avant, et tout espoir s'évanouit. Il ne semblait avoir aucune chance d'atteindre le Gué avant d'être intercepté par les autres qui s'étaient tenus en embuscade. Il les voyait à présent très nettement : ils semblaient s'être défaits de leurs capes et capuchons noirs, et ils étaient vêtus de blanc et de gris. Leurs mains livides tenaient des épées nues ; leurs têtes étaient coiffées de heaumes. Leurs yeux scintillaient avec froideur, et leurs voix implacables l'appelaient.

Frodo fut tout entier envahi par la peur. Il ne songeait plus à son épée. Aucun cri ne sortit de sa bouche. Il ferma les yeux et s'agrippa à la crinière du cheval. Le vent sifflait à ses oreilles, et les clochettes stridentes tintaient farouchement sur le harnais. Un souffle de froid mortel le transperça comme une lance tandis que, d'un dernier élan, tel un éclair de feu blanc, le cheval elfe, filant à tire-d'aile, passait au visage du Cavalier le plus avancé.

Frodo entendit un éclaboussement d'eau. Elle écumait à ses pieds. Il sentit sa monture se soulever et s'élancer d'une traite alors qu'elle quittait la rivière et se hissait avec peine sur le sentier pierreux. Il gravissait la berge escarpée. Il avait franchi le Gué.

Mais ses poursuivants le talonnaient. Son cheval s'arrêta en haut de la berge et se retourna avec un formidable hennissement. Neuf Cavaliers se tenaient sous eux au bord de l'eau, et Frodo sentit son cœur vaciller devant la menace de leurs visages levés vers lui. Il ne voyait rien qui pût les empêcher de traverser aussi facilement qu'il l'avait fait ; et il sentait qu'il était inutile d'essayer de fuir par le long sentier incertain qui menait du Gué jusqu'à la lisière de Fendeval, si les Cavaliers venaient à traverser. Il sentait en tout cas qu'on lui ordonnait instamment de s'arrêter. La haine monta de nouveau en lui, mais il n'avait plus la force de refuser.

Soudain, le premier Cavalier éperonna son cheval.

Celui-ci renâcla devant l'eau et se cabra. Se redressant avec effort, Frodo brandit son épée.

« Allez-vous-en ! cria-t-il. Retournez au Pays de Mordor, et cessez de me suivre ! » Sa voix paraissait faible et stridente à ses oreilles. Les Cavaliers firent halte, mais Frodo n'avait pas le pouvoir de Bombadil. Ses ennemis se rirent de lui, d'un rire dur et froid. « Reviens ! Reviens ! lancèrent-ils. Au Mordor nous t'emmènerons ! »

« Allez-vous-en ! » souffla-t-il.

« L'Anneau ! L'Anneau ! » crièrent-ils d'une voix mortelle ; et soudain, leur chef poussa son cheval dans l'eau, suivi de près par deux autres.

« Par Elbereth et Lúthien la Belle ! dit Frodo en un ultime effort, levant son épée, vous n'aurez ni l'Anneau, ni moi ! »

Alors le chef, qui se tenait à présent au milieu du Gué, se dressa de façon menaçante sur ses étriers, et il leva une main. Frodo se trouva frappé de mutisme. Il sentit sa langue coller à son palais et son cœur flancher. Son épée se brisa et tomba de sa main tremblante. Le cheval elfe se cabra et s'ébroua. Le premier des chevaux noirs avait presque foulé la rive.

À ce moment-là vint un grondement de torrent : un bruit d'eaux tumultueuses charriant quantité de pierres. Sous lui, indistinctement, Frodo vit les eaux de la rivière monter, tandis qu'une cavalerie de vagues empanachées se ruait le long de son cours. Des flammes blanches semblaient danser sur leurs crêtes ; et il crut même apercevoir, parmi les flots, des cavaliers blancs sur des montures opalines, aux crinières écumantes. Les trois Cavaliers qui se trouvaient encore au milieu du Gué furent submergés : ils disparurent, soudain emportés par des eaux courroucées. Ceux qui étaient derrière se replièrent, atterrés.

Dans un dernier sursaut de conscience, Frodo entendit des cris, et il lui sembla voir, derrière les Cavaliers qui hésitaient sur la rive, une brillante silhouette de lumière blanche ; et derrière elle, de plus petites formes, sombres et indistinctes, armées de brandons qui flamboyaient dans la brume grise en train de recouvrir le monde.

Les chevaux noirs furent frappés de folie : bondissant de terreur, ils entraînèrent leurs cavaliers dans les flots démontés. Leurs cris perçants furent noyés par le grondement de la rivière qui les emportait. Alors Frodo se sentit tomber, et le grondement et la confusion parurent s'élever pour l'engloutir avec ses adversaires. Il n'entendit et ne vit plus rien.

LIVRE SECOND

1

Nombreuses rencontres

Frodo était au lit quand il se réveilla. Il crut d'abord avoir dormi tard, après un long rêve désagréable qui flottait au seuil de sa mémoire. Ou peut-être avait-il été malade ? Mais le plafond paraissait bien étrange : il était plat et traversé de poutres sombres, richement sculptées. Il resta encore un moment allongé, observant les taches de Soleil sur le mur, et prêtant l'oreille au son d'une chute d'eau.

« Où suis-je, et quelle heure est-il ? » dit-il tout haut vers le plafond.

« Dans la maison d'Elrond, et il est dix heures du matin, répondit une voix. Nous sommes le matin du 24 octobre, si vous voulez le savoir. »

« Gandalf ! » s'écria Frodo, se redressant. Le magicien se trouvait là, assis dans un fauteuil près de la fenêtre ouverte.

« Oui, dit-il. Je suis là. Et vous êtes chanceux d'y être aussi, après toutes les bêtises que vous avez faites depuis que vous êtes parti de chez vous. »

Frodo se rallongea. Il se sentait trop bien et trop

paisible pour débattre ; et de toute manière, il ne pensait pas être en mesure de remporter le débat. Il était tout à fait éveillé, à présent, et les souvenirs de son voyage lui revenaient en mémoire : le désastreux « raccourci » à travers la Vieille Forêt, l'« accident » du *Poney Fringant,* et la folie qui l'avait pris de mettre l'Anneau, dans le vallon au pied de Montauvent. Tandis qu'il repensait à toutes ces choses, tentant vainement de retracer ses souvenirs jusqu'à son arrivée à Fendeval, un long silence régnait, rompu par les seules petites bouffées de la pipe de Gandalf, qui lançait des ronds de fumée blanche par la fenêtre.

« Où est Sam ? finit par demander Frodo. Et est-ce que tous les autres vont bien ? »

« Oui, ils sont tous sains et saufs, répondit Gandalf. Sam était encore ici il y a environ une demi-heure, quand je l'ai envoyé se reposer. »

« Que s'est-il passé au Gué ? dit Frodo. Tout semblait si sombre, si vague ; et je suis resté sur cette impression. »

« Ça n'a rien d'étonnant. Vous commenciez à disparaître, à vous évanouir, répondit Gandalf. La blessure triomphait de vous finalement. Quelques heures encore et nous n'aurions pu rien faire pour vous sauver. Mais vous ne manquez pas d'endurance, mon cher Hobbit ! Comme vous l'avez montré à l'intérieur du Tertre. Mais il s'en est alors fallu de peu : ce moment fut peut-être le plus dangereux de tous. Si seulement vous aviez pu résister à Montauvent ! »

« On dirait que vous en savez déjà beaucoup, dit Frodo. Je n'ai rien dit aux autres à propos du Tertre. Au début, c'était trop horrible, puis nous avons eu d'autres soucis. Comment êtes-vous au courant ? »

« Vous avez parlé longuement dans votre sommeil, Frodo, dit doucement Gandalf, et il ne m'a pas été difficile de lire dans votre esprit et vos souvenirs. Ne vous inquiétez pas ! Si j'ai parlé de “bêtises” tout à l'heure, je ne le pensais pas. Je pense le plus grand bien de vous – et des autres. Ce n'est pas un mince exploit que d'être parvenus jusqu'ici malgré de terribles dangers, tout en conservant l'Anneau. »

« Nous n'y serions jamais arrivés sans l'Arpenteur, dit Frodo. Mais nous avions besoin de vous. Je ne savais que faire sans vous. »

« J'ai été retenu, dit Gandalf, et ç'a été bien près de causer notre perte. Mais je n'en suis pas sûr : c'était peut-être mieux ainsi. »

« J'aimerais vraiment que vous me racontiez ce qui s'est passé ! »

« Chaque chose en son temps ! Vous n'êtes pas censé parler ou vous soucier de quoi que ce soit aujourd'hui, sur l'ordre d'Elrond. »

« Mais bavarder m'empêcherait de penser et de me poser des questions, ce qui est tout aussi fatigant, dit Frodo. Je suis parfaitement éveillé, à présent, et tant de choses me viennent à l'esprit qui méritent une explication. Qu'est-ce qui vous a retenu ? Vous devriez au moins me dire cela. »

« Vous apprendrez bientôt tout ce que vous désirez savoir, dit Gandalf. Nous tiendrons un Conseil dès que vous serez en état. Pour l'instant, je me contenterai de dire que j'ai été fait prisonnier. »

« Vous ? » s'écria Frodo.

« Oui, moi, Gandalf le Gris, dit gravement le magicien. Il y a bien des puissances dans le monde, pour le bien ou pour le mal. Il en est de plus grandes que moi ; et il en est d'autres auxquelles je n'ai pas encore été mesuré. Mais mon heure approche. Le Sire de Morgul et ses Cavaliers Noirs sont sortis. La guerre se prépare ! »

« Alors vous connaissiez déjà ces Cavaliers – avant qu'ils se dressent sur mon chemin ? »

« Oui, je les connaissais. En fait, je vous ai déjà parlé d'eux une fois ; car les Cavaliers Noirs sont les Spectres de l'Anneau, les Neuf Serviteurs du Seigneur des Anneaux. Mais si j'avais su qu'ils avaient refait surface, j'aurais immédiatement pris la fuite avec vous. Je n'ai entendu parler d'eux qu'après vous avoir quitté en juin ; mais cette histoire devra attendre. Pour l'instant, nous avons échappé au désastre, grâce à Aragorn. »

« Oui, dit Frodo, c'est l'Arpenteur qui nous a sauvés. Pourtant, il me faisait peur au début. Sam ne lui a jamais vraiment fait confiance, je pense, du moins pas avant notre rencontre avec Glorfindel. »

Gandalf sourit. « On m'a tout raconté au sujet de Sam, dit-il. Il ne doute plus, à présent. »

« J'en suis heureux, dit Frodo, car je me suis pris d'affection pour l'Arpenteur. Mais *affection* n'est pas le mot juste. Je veux dire qu'il m'est cher ; même s'il est étrange, et sombre par moments. En fait, il me fait souvent penser à vous. Je ne savais pas qu'il y avait des hommes comme lui chez les Grandes Gens. Je pensais… enfin, je les pensais simplement grands, et plutôt bêtes : gentils et bêtes, comme Fleurdebeurre, ou bêtes et méchants, comme Bill Fougeard. Mais dans le Comté, on ne connaît pas beaucoup les Hommes, sauf peut-être les Briennais. »

« Vous ne les connaissez pas beaucoup eux non

plus, si vous pensez que le vieux Filibert est bête, dit Gandalf. Il est sage à sa manière. Il réfléchit moins qu'il ne parle, et moins vite ; pourtant, il finirait par voir au travers d'un mur de brique (comme on dit à Brie). Mais des Hommes comme Aragorn fils d'Arathorn, il n'y en a plus beaucoup en Terre du Milieu. La lignée des Rois d'au-delà de la Mer est quasi éteinte. Il se peut que cette Guerre de l'Anneau soit leur dernière aventure. »

« Quoi ? Vous voulez dire que l'Arpenteur est du peuple des anciens Rois ? dit Frodo, ébahi. Je croyais que ces gens avaient tous disparu il y a longtemps. Je pensais qu'il n'était qu'un Coureur. »

« Qu'un Coureur ! s'écria Gandalf. Mais mon cher Frodo, c'est précisément ce que sont les Coureurs. Ce sont, ici dans le Nord, les derniers représentants de ce grand peuple des Hommes de l'Ouest. Ce n'est pas la première fois qu'ils me viennent en aide, et leur aide me sera nécessaire dans un proche avenir ; car nous voilà parvenus à Fendeval, mais l'Anneau n'y restera pas. »

« Je suppose que non, dit Frodo. Mais ma seule pensée jusqu'à présent était de me rendre ici ; et j'espère ne pas devoir aller plus loin. C'est bien agréable de se reposer sans avoir rien d'autre à faire. Après un mois d'exil et d'aventures, je m'aperçois que c'est bien suffisant à mon goût. »

Il se tut et ferma les paupières. Au bout d'un moment, il reprit. « J'ai bien calculé, dit-il, et je n'arrive pas à faire coïncider le total des jours au 24 octobre. Nous devrions être le 21. Nous devons avoir atteint le Gué dès le 20. »

« Vous avez parlé et calculé beaucoup plus que

vous ne l'auriez dû, dit Gandalf. Comment sentez-vous votre épaule et vos côtes ? »

« Je ne sais pas, répondit Frodo. Je ne les sens pas du tout, ce qui est déjà mieux, mais… – il fit un effort – j'arrive à bouger mon bras un peu, maintenant. Oui, il reprend vie. Il n'est pas froid », ajouta-t-il, tâtant sa main gauche de son autre main.

« Bien ! dit Gandalf. Il se remet vite. Bientôt, vous serez de nouveau en parfaite santé. Elrond vous a guéri : cela fait des jours qu'il vous soigne, depuis qu'on vous a amené ici. »

« Des jours ? » dit Frodo.

« Eh bien, quatre nuits et trois jours, pour être exact. Les Elfes vous ont transporté du Gué le 20 au soir, et c'est là que vous avez perdu connaissance. Nous étions terriblement inquiets, et Sam est resté à votre chevet pratiquement jour et nuit, sauf pour porter des messages. Elrond est un maître de la guérison, mais notre Ennemi possède des armes mortelles. Pour tout vous dire, j'avais très peu d'espoir, car je soupçonnais que la blessure, quoique refermée, puisse encore contenir un fragment de la lame. Il est resté introuvable jusqu'à hier soir ; Elrond a alors retiré un éclat. Il était profondément enfoui et s'enfonçait toujours plus avant. »

Frodo frissonna, se rappelant le cruel poignard à lame dentelée qui s'était volatilisé dans les mains de l'Arpenteur. « Ne vous affolez pas ! dit Gandalf. Il n'y est plus, à présent. Il a été fondu. Et il semble que les Hobbits ne disparaissent pas facilement. J'ai connu de solides guerriers parmi les Grandes Gens qui auraient rapidement succombé à cet éclat, tandis qu'il est resté en vous pendant dix-sept jours. »

« Qu'est-ce qu'ils auraient fait de moi ? demanda

Frodo. Qu'est-ce que les Cavaliers essayaient de faire ? »

« Ils ont tenté de vous percer le cœur avec un poignard de Morgul, qui demeure dans la plaie. S'ils avaient réussi, vous seriez devenu comme eux, mais plus faible, et sous leur commandement. Vous seriez devenu un spectre sous la domination du Seigneur Sombre ; et il vous aurait tourmenté pour avoir essayé de garder son Anneau – s'il est un tourment plus insupportable que de vous le faire dérober, pour ensuite le voir à son doigt. »

« Grâce au ciel, je ne me rendais pas compte de l'horrible danger où j'étais ! dit Frodo d'une voix ténue. J'avais mortellement peur, bien sûr ; mais si j'en avais su davantage, je n'aurais même pas osé bouger. C'est merveille que j'aie pu en réchapper ! »

« Oui, la fortune ou le destin vous ont aidé, dit Gandalf, sans oublier le courage. Car votre cœur n'a pas été touché ; seule votre épaule a été percée, et c'est parce que vous vous êtes battu jusqu'au bout. Mais vous étiez à un doigt d'y rester, si je puis dire. Votre péril était d'autant plus grave que vous portiez l'Anneau, car alors, vous étiez vous-même à moitié dans le monde des spectres, et ils auraient pu vous saisir. Vous pouviez les voir, eux, et ils pouvaient vous voir aussi. »

« Je sais, dit Frodo. Ils étaient terribles à contempler ! Mais comment expliquer que tous aient pu voir leurs chevaux ? »

« Parce que c'étaient de vrais chevaux ; tout comme leurs vêtements noirs sont de vrais vêtements, qu'ils portent pour donner forme à leur néant quand ils sont en commerce avec les vivants. »

« Dans ce cas, pourquoi ces chevaux noirs souffrent-ils de tels cavaliers ? Tous les autres animaux sont terrifiés à leur approche, même le cheval elfe de Glorfindel. Les chiens hurlent et les oies crient après eux. »

« Parce que ces chevaux voient le jour au Mordor et qu'on les élève au service du Seigneur Sombre. Tous ses serviteurs et ses esclaves ne sont pas des spectres ! Il y a des Orques et des Trolls, des wargs et des loups-garous ; et il y eut bien des Hommes, des guerriers et des rois, et il y en a encore de nos jours, qui marchent et respirent sous le Soleil, et qui pourtant sont sous son emprise. Et leur nombre croît chaque jour. »

« Qu'en est-il de Fendeval et des Elfes ? Fendeval est-il en sécurité ? »

« Oui, pour le moment, jusqu'à ce que tout le reste soit conquis. Les Elfes craignent le Seigneur Sombre et fuient devant sa menace, mais jamais plus ils ne l'écouteront ou ne le serviront. Et ici, à Fendeval, vivent encore quelques-uns de ses principaux adversaires : les Elfes de sagesse, les seigneurs des Eldar venus d'au-delà les mers les plus reculées. Ils ne craignent pas les Spectres de l'Anneau, car ceux qui ont demeuré au Royaume Béni vivent dans les deux mondes à la fois, et leur pouvoir est grand, tant sur le Visible que sur l'Invisible. »

« J'ai cru voir une silhouette blanche qui brillait, sans s'assombrir comme les autres. Était-ce donc Glorfindel ? »

« Oui, vous l'avez vu un moment tel qu'il se présente de l'autre côté : l'un des puissants parmi les Premiers-Nés. C'est un seigneur elfe issu d'une maison princière. Certes, il y a à Fendeval un pouvoir capable de résister à la puissance du Mordor, pour un temps ; et d'autres pouvoirs résident ailleurs. Et un pouvoir d'une autre sorte se trouve aussi dans le Comté. Mais tous ces endroits deviendront bientôt des îles assiégées, au train où vont les choses. Le Seigneur Sombre déploie toute sa force.

« Qu'à cela ne tienne, dit-il, se dressant soudain et relevant le menton, tandis que les poils de sa barbe se hérissaient comme des fils de fer, il nous faut garder courage. Vous serez bientôt remis, si je ne vous tue pas à force de parler. Vous êtes à Fendeval et n'avez à vous inquiéter de rien pour l'instant. »

« Je n'ai aucun courage à garder, dit Frodo, mais je ne m'inquiète de rien pour l'instant. Donnez-moi seulement des nouvelles de mes amis, et racontez-moi comment s'est terminée l'affaire au Gué, comme je ne cesse de vous le demander, et je serai satisfait pour le moment. Après, je vais faire encore un somme, je pense ; mais je serai incapable de fermer les yeux tant que vous ne m'aurez pas donné le fin mot de l'histoire. »

Gandalf tira son fauteuil près du lit et considéra Frodo avec attention. Son visage avait repris des couleurs et ses yeux étaient clairs, parfaitement éveillés et conscients. Il souriait, et il semblait se porter tout à fait bien. Mais aux yeux du magicien, il y avait un faible changement chez lui, un soupçon de transparence, eût-on dit, en particulier autour de sa main gauche, posée sur le couvre-lit.

« N'empêche qu'il fallait s'y attendre, se dit Gandalf. Il n'en a pas à moitié terminé ; et ce qu'il deviendra en fin de compte, pas même Elrond ne peut le prédire. Je ne crois pas que le mal le guette. Il pourrait devenir comme un globe de verre rempli d'une claire lumière pour les yeux capables de la voir. »

« Vous m'avez l'air en pleine forme, dit-il tout haut. Je vais risquer un court récit sans consulter Elrond. Mais très court, remarquez ; et après, vous devrez vous recoucher. Voici ce qui s'est passé, pour ce que j'en sais. Les Cavaliers ont foncé sur vous aussitôt que vous vous êtes enfui. Ils n'avaient plus besoin de leurs chevaux pour s'orienter : parvenu au seuil de leur monde, vous étiez devenu visible à leurs yeux. Et de plus, l'Anneau les attirait. Vos amis se sont vite écartés de la route, sans quoi ils auraient été renversés. Ils savaient que rien ne pourrait vous sauver si le cheval blanc n'y parvenait pas. Les Cavaliers étaient trop rapides pour être rejoints, et trop nombreux pour être défiés. À pied, même Glorfindel et Aragorn ensemble ne pouvaient résister aux Neuf tous réunis contre eux.

« Quand les Spectres de l'Anneau sont passés en trombe, vos amis ont couru après eux. Non loin du Gué, en bordure de la route, se trouve une petite dépression masquée par quelques arbres rabougris. Ils se sont dépêchés d'y allumer un feu, car Glorfindel savait qu'une crue descendrait si les Cavaliers essayaient de franchir les eaux ; et il lui faudrait alors s'occuper de tous ceux qui seraient restés de son côté de la rivière. Dès que l'inondation s'est produite, il s'est précipité au-dehors, suivi d'Aragorn et des autres, tous armés de brandons. Pris entre le feu et l'eau, et voyant un seigneur elfe révélé dans son courroux, les Cavaliers furent consternés et leurs chevaux pris de folie. Trois ont été emportés par le premier assaut de la crue ; les autres, entraînés dans l'eau par leurs chevaux, ont alors été submergés. »

« Et est-ce la fin des Cavaliers Noirs ? » demanda Frodo.

« Non, dit Gandalf. Leurs chevaux ont sans doute péri, et sans eux, ils sont dépourvus. Mais les Spectres de l'Anneau eux-mêmes ne peuvent être si facilement anéantis. Toutefois, nous n'avons plus rien à craindre d'eux pour le moment. Vos amis ont traversé après le passage de la crue et ils vous ont trouvé en haut de la berge, étendu face contre terre, sur une épée brisée. Le cheval montait la garde à vos côtés. Vous étiez pâle et froid, et ils craignaient que vous ne soyez mort, ou pire. Les gens d'Elrond sont allés à leur rencontre et vous ont porté lentement vers Fendeval. »

« Qui a déchaîné les flots ? » demanda Frodo.

« Elrond en a donné l'ordre, répondit Gandalf. La rivière qui coule en cette vallée est sous son commandement, et elle peut se soulever avec colère s'il a grand besoin de bloquer le Gué. Dès que le capitaine des Spectres de l'Anneau s'est avancé dans l'eau, les eaux se sont gonflées. J'y ai ajouté, s'il m'est permis de le souligner, quelques touches personnelles : vous ne l'avez peut-être pas remarqué, mais certaines vagues prenaient la forme de grands chevaux blancs, surmontés de brillants cavaliers ; et bien des rochers grinçaient et roulaient. Pendant un moment, j'ai craint que nous n'ayons soulevé un trop grand courroux – que la crue n'échappe à notre maîtrise et vous emporte tous. Une grande vigueur agite les eaux qui descendent des cimes enneigées des Montagnes de Brume. »

« Oui, cela me revient, maintenant, dit Frodo : l'épouvantable grondement. J'ai cru que je me noyais, avec tous mes amis et ennemis. Mais nous voilà sains et saufs, à présent ! »

Gandalf lui lança un regard de biais, mais il avait fermé les yeux. « Oui, vous êtes tous sains et saufs pour le moment. L'heure est au festin et aux réjouissances, pour célébrer la victoire au Gué de la Bruinen, et chacun de vous aura droit à une place d'honneur. »

« Formidable ! dit Frodo. Que d'aussi grands seigneurs qu'Elrond et Glorfindel, sans oublier l'Arpenteur, se donnent autant de mal et me montrent tant de bonté, est tout simplement merveilleux. »

« Oh, mais ils ont bien des raisons de le faire, dit Gandalf avec le sourire. Je suis moi-même une bonne raison. L'Anneau en est une autre : vous êtes le Porteur de l'Anneau. Et vous êtes l'héritier de Bilbo, son Découvreur. »

« Ce cher Bilbo ! dit Frodo d'une voix ensommeillée. Je me demande où il est. Je voudrais bien qu'il soit ici pour entendre cela. Ça l'aurait fait rire. La vache sauta par-dessus la Lune ! Et le pauvre vieux Troll ! » Sur ce, il tomba dans un profond sommeil.

Frodo était désormais en sécurité dans la Dernière Maison Hospitalière à l'est de la Mer. Cette maison était, comme Bilbo l'avait rapporté longtemps auparavant, « une demeure parfaite, que l'on préfère la bonne nourriture, la sieste, les histoires et les chants, ou simplement s'asseoir et réfléchir, ou même un peu de tout cela ». Le seul fait de s'y trouver était un remède contre la fatigue, la peur, la tristesse.

Frodo se réveilla en milieu de soirée, et il se rendit compte qu'il n'éprouvait plus le besoin de se reposer ou de dormir, mais qu'il avait le cœur à la nourriture et à la boisson, et sans doute, dans un second temps, aux chansons et aux histoires. Sortant du lit, il s'aperçut que son bras avait déjà presque retrouvé toutes ses capacités. Il vit qu'on avait préparé pour lui des vêtements de toile verte qui lui allaient à merveille. Se regardant dans une glace, il fut étonné d'y voir un reflet beaucoup plus mince qu'il n'en avait souvenance : il ressemblait à s'y méprendre au jeune neveu de Bilbo qui se promenait jadis avec son oncle dans le Comté ; mais les yeux le considéraient d'un air pensif.

« Oui, tu en as vu, des choses, depuis la dernière fois que tu as regardé de derrière un miroir, dit-il à son reflet. Mais à présent, c'est le temps des joyeuses retrouvailles ! » Il s'étira les bras et siffla un air.

Alors, quelqu'un frappa à la porte, et Sam entra. Il accourut auprès de Frodo et lui prit la main gauche, d'un air timide et embarrassé. Il la caressa doucement, puis il rougit et se détourna vivement.

« Salut, Sam ! » dit Frodo.

« Elle est chaude ! dit Sam. Votre main, elle est chaude, monsieur Frodo. Elle était si froide durant les longues nuits. Mais gloire et trompettes ! s'écria-t-il, se tournant de nouveau vers lui avec des yeux brillants, et dansant sur le parquet. Que c'est bon de vous retrouver sur vos deux jambes, m'sieur ! Gandalf m'a demandé de venir voir si vous étiez prêt à descendre, et j'ai cru qu'il blaguait. »

« Je suis prêt, dit Frodo. Allons à la recherche des autres ! »

« Je peux vous conduire à eux, m'sieur, dit Sam. C'est une grande maison, ici, et vraiment très spéciale. Il y a toujours du nouveau à découvrir, sans qu'on puisse jamais savoir ce qu'on va trouver en tournant un coin. Et des Elfes, m'sieur ! Des Elfes par-ci et des Elfes par-là ! Les uns comme des rois, terribles et splendides, et les autres gais comme des enfants. Et la musique et les chants – pas que j'aie eu le temps ou le cœur d'en écouter souvent depuis notre arrivée. Mais je commence à m'y retrouver un peu, ici. »

« Je sais tout ce que tu as fait, Sam, dit Frodo, lui prenant le bras. Mais ce soir, tu pourras t'amuser, et écouter autant que le cœur t'en dit. Allons, conduis-moi par les coins et recoins ! »

Sam le mena par plusieurs couloirs et lui fit descendre de nombreuses marches jusqu'à un jardin surélevé, au-dessus de la berge escarpée de la rivière. Il trouva ses amis assis sous un portique du côté est de la maison. Les ombres enveloppaient le fond de la vallée, mais une lueur éclairait encore la face des montagnes, loin au-dessus d'eux. L'air était chaud. Le son des eaux courantes et des cascades bruissait alentour, et le soir était rempli d'un faible parfum d'arbres et de fleurs, comme si l'été s'attardait dans les jardins d'Elrond.

« Hourra ! cria Pippin, se levant d'un bond. Voici notre noble cousin ! Faites place à Frodo, Seigneur de l'Anneau ! »

« Silence ! dit la voix de Gandalf, montant des ombres à l'arrière du portique. Les choses maléfiques n'entrent pas dans cette vallée ; mais il faut tout de même s'abstenir de les nommer. Le Seigneur de l'Anneau n'est pas Frodo, mais le maître de la

Tour Sombre du Mordor, dont le pouvoir s'étend de nouveau sur le monde. Nous sommes au sein d'une forteresse. Au-dehors, les ténèbres s'épaississent. »

« Gandalf nous a dit bien des choses tout aussi réjouissantes, fit remarquer Pippin. Il pense que j'ai besoin d'être rappelé à l'ordre. Mais il est impossible de se sentir morose ou déprimé, ici, on dirait. J'aurais presque le goût de chanter, si je connaissais une chanson qui convienne. »

« J'ai moi-même envie de chanter, dit Frodo en riant. Quoique, pour l'instant, j'aie plus envie de manger et de boire. »

« Une envie qui sera vite comblée, dit Pippin. Tu as fait montre de ton flair habituel en te levant juste à temps pour un repas. »

« Plus qu'un repas ! Un festin ! ajouta Merry. Aussitôt que Gandalf a annoncé que tu étais rétabli, les préparatifs ont commencé. » À peine eut-il prononcé ces mots que tous furent conviés à la grand-salle par la sonnerie de nombreuses cloches.

La grand-salle de la maison d'Elrond était pleine de monde : des Elfes pour la plupart, quoiqu'il y eût quelques convives qui appartenaient à d'autres peuples. Elrond, selon son habitude, avait pris place dans un grand fauteuil au bout de la longue table sur l'estrade ; et à ses côtés étaient assis, d'une part, Glorfindel, et de l'autre, Gandalf.

Frodo les considéra avec émerveillement, car il n'avait encore jamais vu Elrond, lui dont parlaient tant de récits ; et siégeant à sa main droite et à sa gauche, Glorfindel, et même Gandalf, que Frodo croyait si bien connaître, apparaissaient comme des seigneurs de haut rang et de grande puissance.

Gandalf était de moindre stature que les deux autres ; mais ses longs cheveux blancs, sa grande barbe grise et ses larges épaules lui donnaient l'allure d'un sage roi des légendes anciennes. Dans son visage âgé, sous de grands sourcils neigeux, ses yeux sombres étaient enchâssés comme des braises capables de s'enflammer d'un seul coup.

Glorfindel était grand et droit ; ses cheveux étaient d'or éclatant, sa figure jeune et belle, intrépide et débordante de joie ; son regard était lumineux et vif, et sa voix musicale ; la sagesse trônait sur son front, et la force montait dans son bras.

Le visage d'Elrond était sans âge, ni jeune, ni vieux, bien que le souvenir de nombreuses choses y eût été gravé, autant gaies que tristes. Ses cheveux, pareils aux ombres du crépuscule, étaient coiffés d'un mince bandeau d'argent ; ses yeux étaient du gris d'un soir clair, et il y avait en eux une lumière semblable à celle des étoiles. Il paraissait vénérable, tel un roi couronné de maints hivers, mais vigoureux néanmoins, tel un guerrier endurci, dans la force de l'âge. Il était Seigneur de Fendeval et puissant parmi les Elfes et les Hommes.

Au centre de la table, devant les tapisseries décorant le mur, se trouvait un fauteuil installé sous un baldaquin ; une dame était assise là, belle à regarder, et sa ressemblance avec Elrond était telle, sous des traits féminins, que Frodo crut deviner en elle une proche parente. Elle était jeune et pourtant ne l'était pas. Les tresses de sa sombre chevelure n'étaient touchées d'aucun givre ; ses bras d'albâtre et son visage clair étaient lisses, sans aucun défaut, et la lumière des étoiles se voyait dans ses yeux brillants, gris comme une nuit sans nuages ; pourtant, elle avait un port de reine, et le savoir et l'intelligence habitaient son regard, comme ceux et celles qui ont connu tout ce qu'apportent les années. Son front était surmonté d'une coiffe de guipure argentée, constellée de petites pierres d'un blanc étincelant ; mais sa vêture grise et soyeuse n'était nullement ornée, hormis une ceinture de feuilles d'argent ouvré.

C'est ainsi que Frodo la vit, celle que peu de mortels avaient encore vue : Arwen, fille d'Elrond, en qui, disait-on, l'image de Lúthien était revenue sur terre ; et on l'appelait Undómiel, car c'était l'Étoile du Soir de son peuple. Longtemps elle avait vécu parmi les parents de sa mère, en Lórien au-delà des montagnes, et elle n'était revenue que récemment à Fendeval, dans la demeure de son père. Mais ses frères, Elladan et Elrohir, étaient partis en errance ; car ils chevauchaient souvent en des contrées lointaines avec les Coureurs du Nord, gardant en mémoire les tourments qu'avait endurés leur mère dans les repaires des Orques.

Pareille beauté chez un être vivant, Frodo n'en avait jamais vue ou imaginée auparavant ; et il fut en même temps surpris et confus de se trouver assis à la table d'Elrond, au milieu de gens d'une telle grâce et d'une telle dignité. Même doté d'un fauteuil adapté et rehaussé de nombreux coussins, Frodo se sentait minuscule, et pas du tout à sa place ; mais cette impression se dissipa très vite. Le festin était des plus joyeux et la nourriture n'aurait pu mieux assouvir sa faim. Il se passa un certain temps avant qu'il regarde de nouveau autour de lui ou même vers ses voisins.

Il chercha d'abord ses amis. Sam, qui avait supplié qu'on lui permette de servir son maître, s'était fait répondre que, pour cette fois, il était un invité d'honneur. Frodo l'apercevait à présent, assis avec Pippin et Merry au bout d'une des tables latérales, tout près de l'estrade. Il ne voyait aucun signe de l'Arpenteur.

À la droite de Frodo était assis un Nain d'allure importante, richement vêtu. Sa barbe, très longue et fourchue, était blanche – presque aussi blanche que l'étoffe, blanche comme neige, de son vêtement. Il portait une ceinture argentée, et à son cou pendait une chaîne d'argent et de diamants. Frodo s'arrêta de manger pour le regarder.

« Heureux de vous accueillir et pareillement de vous rencontrer ! » dit le Nain en se tournant vers lui. Puis, sous le regard confus de Frodo, il se leva et s'inclina. « Glóin, à votre service », dit-il, s'inclinant plus profondément encore.

« Frodo Bessac, à votre service et à celui de votre famille, répondit Frodo suivant l'usage, se levant avec surprise et faisant tomber ses coussins. Ai-je raison de supposer que vous êtes *le* Glóin, l'un des douze compagnons du grand Thorin Lécudechesne ? »

« Lui-même, répondit le Nain, ramassant les coussins avec courtoisie et aidant Frodo à se rasseoir. Et je ne vous le demande pas, car on m'a déjà informé que vous êtes le parent et l'héritier adoptif de notre ami Bilbo le Renommé. Permettez-moi de vous féliciter de ce prompt rétablissement. »

« Merci infiniment », dit Frodo.

« Il vous est arrivé de très étranges aventures, à ce que j'entends, dit Glóin. Je me demande fort ce qui a pu amener *quatre* Hobbits à entreprendre un si long voyage. Rien de semblable ne s'est produit depuis que Bilbo est venu avec nous. Mais je ferais peut-être mieux de ne pas m'enquérir de trop près, attendu qu'Elrond et Gandalf ne semblent pas disposés à en parler ? »

« Nous n'en parlerons pas, je pense, du moins pas tout de suite », répondit poliment Frodo. Il se doutait bien que l'Anneau, même dans la maison d'Elrond, n'était pas matière à causerie ; et de toute manière, il souhaitait pour un temps oublier ses ennuis. « Mais je suis moi-même curieux d'apprendre, reprit-il, ce qui peut bien amener un Nain de votre importance aussi loin de la Montagne Solitaire. »

Glóin le dévisagea. « Si vous n'en avez pas entendu parler, je pense que nous n'en discuterons pas non plus. Maître Elrond nous convoquera tous avant peu, je crois bien, et nous apprendrons alors beaucoup de choses. Mais il y en a bien d'autres qu'il est permis de raconter. »

Ils s'entretinrent ensemble pendant tout le reste du repas, mais Frodo écouta plus qu'il ne parla ; car les nouvelles du Comté, mis à part l'Anneau, paraissaient lointaines et sans grande importance, tandis que Glóin en avait long à dire sur ce qui se passait dans le nord de la Contrée Sauvage. Frodo apprit que Grimbeorn le Vieux, fils de Beorn, était désormais le seigneur de nombreux hommes robustes, et que dans leur pays, entre les Montagnes et Grand'Peur, ni Orque ni loup n'osait entrer.

« D'ailleurs, dit Glóin, n'étaient les Béorniens, il serait depuis longtemps impossible de venir jusqu'ici à partir du Val. Ce sont de vaillants hommes, et ils gardent le Haut Col et le Gué du Carroc. Mais leurs péages sont élevés, ajouta-t-il avec un hochement de tête réprobateur ; et comme Beorn autrefois, ils n'aiment pas tellement les Nains. Ils sont néanmoins fiables, ce qui est beaucoup de nos jours. Mais les plus aimables avec nous sont sans conteste les Hommes du Val. Ce sont de braves gens, les Bardiens. Leur chef est le petit-fils de Bard l'Archer, Brand fils de Bain fils de Bard. C'est un roi fort, et son royaume s'étend à présent loin au sud et à l'est d'Esgaroth. »

« Et qu'en est-il de vos propres gens ? » demanda Frodo.

« Il y en a long à dire, du bon comme du mauvais, répondit Glóin ; mais du bon, principalement : la fortune nous a favorisés jusqu'ici, même si nous n'échappons pas à la noirceur de cette époque. Si vraiment vous souhaitez entendre parler de nous, je vous dirai de nos nouvelles avec plaisir. Mais arrêtez-moi si je commence à vous fatiguer ! La langue des Nains ne s'arrête jamais quand ils parlent de leur œuvre, dit-on. »

Et sur ce, Glóin se lança dans un long récit des faits et gestes du Royaume des Nains. Il était ravi d'avoir trouvé un auditeur aussi poli ; car Frodo ne montra aucun signe de fatigue et ne chercha pas une seule fois à changer de sujet, bien qu'en réalité, il n'ait pas tardé à se perdre parmi les noms de personnes et de lieux, tous plus étranges les uns que les autres et qui ne lui disaient absolument rien. Il trouva néanmoins intéressant d'apprendre que Dáin était encore Roi sous la Montagne et qu'il était devenu vieux (ayant passé sa deux cent cinquantième année), vénérable et fabuleusement riche. Des dix compagnons qui avaient survécu à la Bataille des Cinq Armées, sept étaient encore à ses côtés : Dwalin, Glóin, Dori, Nori, Bifur, Bofur et Bombur. Bombur était devenu si gros qu'il lui était à présent impossible de se mouvoir de sa couche à sa table ; et il fallait six jeunes Nains pour le soulever.

« Et que sont devenus Balin et Ori et Óin ? » demanda Frodo.

Une ombre passa sur le visage de Glóin. « Nous n'en savons rien, répondit-il. C'est en grande partie à cause de Balin que je suis venu demander conseil auprès de ceux qui demeurent à Fendeval. Mais ce soir, parlons donc de choses plus joyeuses ! »

Glóin se mit alors à évoquer les ouvrages de son peuple, racontant les grands travaux réalisés au Val et sous la Montagne. « Nous n'avons pas chômé, dit-il. Mais dans le travail des métaux, nous ne pouvons rivaliser avec nos pères, dont bien des secrets ont été perdus. Nous fabriquons de bonnes armures, et des épées tranchantes, mais aucune maille ou lame de notre façon ne peut égaler celles qui ont été faites avant la venue du dragon. Ce n'est que dans l'art d'excaver et de construire que nous avons surpassé les maîtres d'autrefois. Vous devriez voir les canaux du Val, Frodo, et les fontaines, et les pièces d'eau ! Vous devriez voir les routes pavées de pierres de toutes les couleurs ! Et les salles et les vastes rues souterraines aux arches sculptées comme des arbres ; et les terrasses et les tours sur les flancs de la Montagne ! Alors vous verriez que nous ne sommes pas restés oisifs. »

« J'irai les voir, si jamais je le peux, dit Frodo. Bilbo aurait été bien surpris de voir tous ces changements dans la Désolation de Smaug ! »

Glóin regarda Frodo et lui sourit. « Vous étiez très attaché à Bilbo, n'est-ce pas ? » demanda-t-il.

« Oui, répondit Frodo. Je préférerais le voir, lui, que toutes les tours et tous les palais du monde. »

Le festin s'acheva enfin. Elrond et Arwen se levèrent et traversèrent la salle ; la compagnie les suivit dans l'ordre voulu. Les portes furent grandes ouvertes et, traversant un large couloir, ils passèrent de nouvelles portes et entrèrent dans une autre salle. Il n'y avait à l'intérieur pas de tables, mais un feu brûlait vivement dans un grand âtre, entre les piliers sculptés qui se dressaient de part et d'autre.

Frodo se trouva à marcher avec Gandalf. « Ceci est la Salle du Feu, dit le magicien. Ici, vous entendrez bien des chants et des contes – si vous parvenez à rester éveillé. Mais en dehors des grandes occasions, elle est le plus souvent vide et calme : les gens y viennent pour trouver la quiétude et pour réfléchir. Un feu brûle toujours ici, toute l'année durant, mais il n'y a presque pas d'autre lumière. »

Alors qu'Elrond entrait dans la pièce et se dirigeait vers le siège préparé pour lui, des ménestrels elfes se mirent à faire une douce musique. La salle se remplit lentement, et Frodo observa avec ravissement tous les beaux visages rassemblés : la lueur dorée des flammes dansait sur eux et chatoyait dans leur chevelure. Soudain il remarqua, non loin du feu de l'autre côté de la cheminée, une petite silhouette sombre assise sur un tabouret, le dos appuyé à une colonne. Par terre, auprès d'elle, se trouvaient un gobelet et un peu de pain. Frodo se demanda si cette personne était malade (pour peu que les gens aient pu être malades à Fendeval) et n'avait donc pu assister au banquet.

Elle semblait s'être assoupie, la tête tombée sur sa poitrine ; un pan de sa pèlerine sombre était ramené sur son visage.

Elrond s'avança et se tint à côté d'elle. « Réveillez-vous, petit maître ! » dit-il avec le sourire. Puis, se tournant vers Frodo, il lui fit signe d'approcher. « L'heure que vous avez tant souhaitée est enfin venue, dit-il. Voici un ami qui vous a longtemps manqué. »

La mystérieuse silhouette releva la tête et découvrit son visage. « Bilbo ! » s'écria Frodo, reconnaissant soudain son oncle ; et il s'élança vers lui.

« Salut, Frodo, mon garçon ! dit Bilbo. Te voilà enfin arrivé. J'espérais te voir réussir. Bien, bien ! Alors tout ce festin était en ton honneur, à ce qu'on me dit. J'espère que tu t'es bien amusé ? »

« Pourquoi n'y étais-tu pas ? s'écria Frodo. Et pourquoi n'ai-je pu te voir plus tôt ? »

« Parce que tu dormais. J'ai pu te voir, moi, bien souvent. Chaque jour, à ton chevet, en compagnie de Sam. Mais pour ce qui est des festins, tu sais, je n'en raffole plus tellement. Et j'avais autre chose à faire. »

« Quoi donc ? »

« Eh bien, m'asseoir et réfléchir. Je m'adonne souvent à cela, maintenant, et c'est ici le meilleur endroit pour le faire, en règle générale. Réveillez-vous, mon œil ! » dit-il, décochant un regard à Elrond. Frodo ne voyait dans ses yeux aucun signe d'ensommeillement, plutôt un vif pétillement d'intelligence. « Me réveiller ! Je ne dormais pas, maître Elrond. Si vous tenez à le savoir, vous êtes tous sortis de table trop tôt, et vous m'avez dérangé – pendant que je composais une chanson. Il y a un vers ou deux qui me font des misères, et j'étais en train d'y penser ; mais maintenant, je crois que je n'en viendrai jamais à bout. Il va y avoir tant de chants que les idées vont me sortir tout droit de la tête. Je vais devoir faire appel à mon ami, le Dúnadan, pour m'aider. Où est-il ? »

Elrond rit. « Il sera retrouvé pour vous, dit-il. Puis vous irez tous deux dans un coin tranquille pour mettre la dernière main à votre ouvrage, après quoi nous l'écouterons et nous en jugerons avant la fin de nos réjouissances. » On envoya des messagers à la recherche de l'ami de Bilbo ; mais nul ne savait où il était, ni pourquoi il ne s'était pas présenté au festin.

Entre-temps, Frodo et Bilbo s'assirent l'un à côté de l'autre, et Sam vint rapidement s'installer auprès d'eux. Ils conversèrent à voix basse, oublieux de la bonne humeur et de la musique qui égayaient la salle tout autour d'eux. Bilbo n'avait pas grand-chose à dire de lui-même. Après avoir quitté Hobbiteville, il avait erré sans but, le long de la Route ou dans les terres de part et d'autre ; mais sans s'en rendre compte, il n'avait cessé de se diriger vers Fendeval.

« Je suis arrivé ici sans connaître beaucoup d'aventures, dit-il, et après m'être reposé, j'ai continué avec les Nains jusqu'au Val pour ma dernière expédition. Je ne voyagerai plus. Le vieux Balin était parti. Puis je suis revenu ici, et ici je suis resté. J'ai fait un peu de ci et de ça. J'ai continué à écrire mon livre. Et puis, bien sûr, je compose quelques chansons. Ils les chantent à l'occasion, uniquement pour me faire plaisir, je pense ; car bien entendu, ici à Fendeval, elles ne sont pas vraiment à la hauteur. Et j'écoute, et je songe à des choses. Le temps, ici, ne semble jamais passer : il se contente d'être. Un endroit remarquable de tous points de vue.

« J'entends toutes sortes de nouvelles, d'au-delà des Montagnes et en provenance du Sud ; mais jamais grand-chose du Comté. J'ai entendu parler de l'Anneau, évidemment. Gandalf est souvent venu ici. Non qu'il m'ait raconté bien des choses : il est devenu plus secret que jamais, ces dernières années. Le Dúnadan m'en a dit un peu plus long. Qui aurait cru que mon anneau causerait un jour tant de problèmes ! C'est bien dommage que Gandalf n'ait rien découvert plus tôt. J'aurais pu l'apporter ici il y a longtemps sans qu'il faille se donner toute cette peine. Plusieurs fois, j'ai eu envie de retourner à Hobbiteville pour le récupérer ; mais je deviens vieux, et ils m'en ont empêché : Gandalf et Elrond, je veux dire. Ils avaient l'air de penser que l'Ennemi me cherchait de tous côtés, et qu'il me réduirait en charpie, s'il me prenait à me traîner dans la Sauvagerie.

« Et Gandalf a dit : *L'Anneau est échu à quelqu'un d'autre, Bilbo. Rien de bon n'en résulterait, pour vous ou pour les autres, si vous essayiez de vous en mêler de nouveau.* Curieuse remarque, du Gandalf tout craché. Mais il m'a dit qu'il veillait sur toi, alors j'ai laissé les choses en l'état. Je suis terriblement content de te retrouver sain et sauf. » Il s'arrêta et dévisagea Frodo d'un air incertain.

« L'as-tu ici ? demanda-t-il en un souffle. Je ne peux m'empêcher d'être curieux, tu vois, après tout ce que j'ai entendu. J'aimerais vraiment le revoir, le temps d'y jeter un coup d'œil. »

« Oui, je l'ai, répondit Frodo, ressentant une étrange hésitation. Il est pareil à ce qu'il a toujours été. »

« Oui, enfin, je voudrais seulement le voir rien qu'un instant », dit Bilbo.

En s'habillant, Frodo s'était aperçu que, pendant son sommeil, l'Anneau avait été suspendu à son cou sur une nouvelle chaîne, légère mais résistante. Il la sortit lentement. Bilbo tendit la main. Mais Frodo retira l'Anneau d'un geste vif. Stupéfait et affolé, il vit que ce n'était plus Bilbo qu'il regardait : une ombre semblait être tombée entre eux, et à travers elle, il posait les yeux sur un petit être ratatiné, aux traits avides, aux mains crochues et squelettiques. Il eut envie de le frapper.

La musique et les chants autour d'eux parurent hésiter, et un silence tomba. Bilbo lui lança un regard fuyant, puis il se passa la main sur les yeux. « Je comprends, maintenant, dit-il. Range-le ! Je suis désolé : désolé que ce fardeau te soit revenu ; désolé pour tout. Les aventures n'ont-elles jamais de fin ? Je suppose que non. Toujours, quelqu'un d'autre doit continuer l'histoire. Tant pis, on n'y peut rien. Je me demande s'il vaut la peine de terminer mon livre ? Mais ne nous inquiétons pas de ça pour tout de suite – donne-moi de vraies Nouvelles ! Parle-moi du Comté ! »

Frodo cacha l'Anneau et l'ombre passa, laissant à peine un souvenir. La lumière et la musique de Fendeval l'entouraient de nouveau. Bilbo souriait et s'esclaffait avec bonne humeur. Toutes les nouvelles du Comté que Frodo pouvait lui donner – aidé et corrigé de temps à autre par Sam – l'intéressaient au plus haut point, de l'abattage du plus insignifiant des arbres aux espiègleries du plus jeune bambin de Hobbiteville. Ils étaient si absorbés par les affaires des Quatre Quartiers qu'ils ne remarquèrent aucunement l'arrivée d'un homme vêtu de toile vert foncé : il se tint auprès d'eux durant de longues minutes, les regardant avec le sourire.

Soudain, Bilbo leva les yeux. « Ah, te voilà enfin, Dúnadan ! » s'exclama-t-il.

« L'Arpenteur ! dit Frodo. Vous semblez avoir bien des noms. »

« *L'Arpenteur* en est un que je n'avais encore jamais entendu, dit Bilbo. Pourquoi l'appelles-tu comme ça ? »

« C'est ainsi qu'on m'appelle à Brie, dit l'Arpenteur en riant, et on m'a présenté à lui de cette manière. »

« Et pourquoi l'appelles-tu Dúnadan ? » demanda Frodo.

« *Le* Dúnadan, dit Bilbo. On l'appelle souvent comme ça, ici. Je pensais que tu connaissais assez d'elfique pour comprendre au moins *dún-adan* : Homme de l'Ouest, Númenóréen. Mais ce n'est pas le temps des leçons ! » Il se tourna vers l'Arpenteur. « Cher ami, où étais-tu ? Pourquoi ne pas être allé au festin ? La dame Arwen y était. »

L'Arpenteur regarda Bilbo d'un air grave. « Je sais, dit-il. Mais souvent, je dois laisser les réjouissances de côté. Elladan et Elrohir sont revenus de la Sauvagerie à l'improviste, et ils avaient des nouvelles dont je souhaitais m'informer sur-le-champ. »

« Eh bien, mon cher ami, dit Bilbo, maintenant que tu es informé, aurais-tu une minute à me consacrer ? J'ai besoin de ton aide pour une urgence. Elrond me demande de terminer cette chanson avant la fin de la soirée, et je suis bloqué. Retirons-nous dans un coin pour la peaufiner ! »

L'Arpenteur sourit. « Allons, dans ce cas ! dit-il. Faites-la-moi entendre ! »

Frodo fut un moment laissé à lui-même, car Sam s'était endormi. Il était seul et se sentait plutôt délaissé, bien que la maisonnée de Fendeval fût assemblée tout autour de lui. Mais ceux qui se trouvaient près de lui étaient silencieux, attentifs à la musique des voix et des instruments, qui les accaparait entièrement. Frodo se mit à écouter.

Au début, la beauté des mélodies et des mots entremêlés en langues elfiques, même s'il les comprenait très peu, l'envoûta, dès qu'il commença à leur prêter attention. Il lui semblait presque voir les mots prendre forme, et que se déployait devant lui une vision de contrées éloignées et de lumineux paysages qu'il n'avait encore jamais imaginés ; que la salle, à la lueur du feu, se muait en une brume dorée sur des mers d'écume soupirant à la lisière du monde. Puis le charme se fit de plus en plus semblable à un rêve, et il sentit qu'une rivière infinie d'argent et d'or déferlait sur lui et l'engouffrait, trop incommensurable pour qu'il soit à même d'en saisir la trame ; elle devint partie intégrante de l'air vibrant qui l'entourait, et il en fut trempé et, bientôt, noyé. Il sombra rapidement sous son poids coruscant, dans de profondes sphères de sommeil.

Il erra longuement dans un songe musical qui se transposa en eau courante, puis soudain, en une voix. On eût dit la voix de Bilbo récitant des vers. D'abord indistincts, plus clairs ensuite, se succédaient les mots.

Eärendil le marinier,
attardé en Arvernien,

bâtit un grand bateau de bois
à Nimbrethil, forêt ancienne :
sa voilure il cousit d'argent
et fit argentés ses fanaux,
façonnant sa proue comme un cygne,
hissant insignes et drapeaux.

De la panoplie d'anciens rois
il fit le choix de son armure,
son bouclier gravé de runes
le gardant de toute blessure ;
son arc en corne de dragon,
ses flèches taillées dans l'ébène ;
était d'argent son haubergeon,
son long fourreau de calcédoine ;
son épée d'un vaillant acier,
de diamant son casque clair,
deux plumes d'aigle à son cimier,
à son collier un béryl vert.

Il navigua delà les brumes
sous la Lune et sous les étoiles ;
perdu sur des voies enchantées,
par-delà le jour il fit voile.
Des rigueurs du Détroit de Glace
où l'ombre étreint les monts gelés,
des déserts brûlants du midi
il repartit sans s'attarder ;
errant sur des eaux sans étoiles
il vint enfin à la Nuit Noire,
sans chercher jamais la lumière,
ni rive claire apercevoir.
Le vent du courroux le saisit

et il s'enfuit sur les embruns,
et d'ouest en est, inattendu,
sans autre but il s'en revint.

Lors vint Elwing volant à lui,
un feu dans la nuit s'allumant ;
le Silmaril à son collier
plus brillant que le diamant.
Ce joyau elle lui donna,
le couronna de sa lumière ;
lui, vivant reflet sur sa joue,
tourna sa proue ; et d'outre Mer,
de l'Autre-monde une tempête,
un vent puissant du Tarmenel,
se déclara dans les ténèbres :
sur des voies fermées aux mortels
le conduisit, souffle mordant,
force de mort, sur les flots gris
abandonnés et en détresse ;
et d'est en ouest il se fondit.

Repassant la Nuit Éternelle
par de longues lieues oubliées
et des rivages disparus,
noyés avant les Jours premiers,
il entendit le long soupir
des eaux sur les plages perlées
roulant sur les confins du monde
l'or jaune et les joyaux nacrés.
Il vit se dresser la Montagne
sur les genoux crépusculaires
du Valinor, et Eldamar
il contempla depuis la Mer.

Vagabond sorti de la nuit,
il vint enfin au havre blanc,
à la verte Patrie des Elfes
où souffle un air vivifiant :
là-bas sous le mont Ilmarin,
nichées dans une vaste combe,
les hautes tours de Tirion
se mirent dans le Lac aux Ombres.

Il délaissa là son errance.
Des harpes d'or on lui tendit,
des mélodies et des merveilles
à son oreille on répandit.
De blanc elfique on l'habilla,
et sept lumières devant lui,
il passa le Calacirya
et pénétra dans le pays.
Il vint aux palais hors du temps
où choient les années innombrables
à Ilmarin sur la Montagne
où règne le Roi Vénérable ;
des mots inouïs furent dits,
des visions furent montrées,
suscitées en dehors du monde
et défendues dans nos contrées.

Un vaisseau neuf ils lui bâtirent
de mithril et de verre elfique
sans rame ou voilure à son mât,
sa proue d'un éclat magnifique :
le Silmaril tel un flambeau,
tel un drapeau de flamme vive
par Elbereth y fut placé

pour le guider vers d'autres rives ;
aussi des ailes immortelles
lui donna-t-elle, et décida
à jamais, pour l'éternité,
sa destinée et son mandat :
quitter le monde, terre et mer,
sillonner le ciel sans rivage ;
suivre la Lune et le Soleil
sur un océan de nuages.

Des hauts sommets de Toujoursoir,
parmi les sources murmurantes,
passé le grand Mur de Montagnes
il s'envola, lumière errante.
Se détournant du Bout du Monde
et voulant retrouver sa terre,
il voyagea entre les ombres,
fulgurante étoile insulaire ;
il vogua au-dessus des brumes,
lointaine flamme étincelante,
merveille du matin naissant
sur les eaux grises de Norlande.

Et sur la Terre du Milieu
passant, il entendit les pleurs
des filles et des femmes elfes
aux Jours Anciens, triste douleur.
Mais un destin pesait sur lui :
jusqu'à la chute de la Lune,
sans jamais plus chercher mouillage
sur ces Rivages d'infortune,
toujours en éternel héraut,
voguer sans jamais faire escale

et porter au loin sa lumière,
Flammifer de l'Occidentale.

Le chant cessa. Frodo ouvrit les yeux et vit Bilbo assis sur son tabouret, au milieu d'un cercle d'auditeurs souriant et applaudissant.

« Maintenant, il faudrait nous la refaire », dit un Elfe.

Bilbo se leva et s'inclina. « Je suis flatté, Lindir, dit-il. Mais ce serait trop fatigant de tout répéter. »

« Pas trop fatigant pour vous, répondirent les Elfes en riant. Vous ne vous lassez jamais de réciter vos propres vers, vous le savez bien. Mais vraiment, nous ne saurions répondre à votre question après une seule audition ! »

« Quoi ! s'écria Bilbo. Vous êtes incapable de dire quels passages sont de moi, et lesquels sont du Dúnadan ? »

« Il n'est pas aisé pour nous de faire la différence entre deux mortels », dit l'Elfe.

« Sornettes, Lindir, fit Bilbo avec un grognement. Si vous n'arrivez pas à distinguer entre un Homme et un Hobbit, votre jugement est moins fin que je ne le croyais. Ils diffèrent autant que des pois et des pommes. »

« Peut-être. Les moutons diffèrent sans doute aux yeux d'autres moutons, répondit Lindir avec un rire. Ou aux yeux des bergers. Mais pour nous, les Mortels n'ont jamais été un objet d'étude. Nous avons d'autres préoccupations. »

« Je ne vais pas discuter avec vous, dit Bilbo. J'ai sommeil, après tant de musique et de chants. Je vous laisse deviner, si le cœur vous en dit. »

Il se leva et vint à la rencontre de Frodo. « Voilà, c'est fait, dit-il à voix basse. Ça s'est mieux passé que je ne l'aurais cru. On ne me demande pas souvent une deuxième audition. Qu'est-ce que tu en as pensé ? »

« Je ne vais pas essayer de deviner », dit Frodo avec le sourire.

« Pas la peine, dit Bilbo. En fait, tout était de moi. Sauf qu'Aragorn a insisté pour que j'y mette une pierre verte. Il semblait y tenir. Je ne sais pas pourquoi. Pour le reste, il considérait visiblement que tout cela me dépassait, et il m'a dit que si j'avais le culot de faire des vers sur Eärendil dans la maison d'Elrond, c'était mon affaire. J'imagine qu'il avait raison. »

« Je ne sais pas, dit Frodo. Ça me semblait convenir, mais je ne saurais dire pourquoi. J'étais assoupi quand tu as commencé, et l'histoire semblait continuer mon rêve. Ce n'est que vers la fin que j'ai compris que c'était vraiment toi qui parlais. »

« N'est-ce pas qu'il est difficile de rester éveillé ici ? On finit par s'y habituer, dit Bilbo. Non qu'un Hobbit puisse développer autant d'appétit pour la musique et la poésie, et les contes. Les Elfes semblent en raffoler autant que de la nourriture, ou même davantage. Ils vont continuer longtemps comme ça. Que dirais-tu de nous esquiver pour bavarder encore un peu sans être dérangés ? »

« Est-ce permis ? » dit Frodo.

« Bien sûr. Ce sont des réjouissances, rien de bien important. Tu es libre d'aller et venir à ta guise, tant que tu ne fais aucun bruit. »

Se levant, ils passèrent discrètement dans l'ombre et se dirigèrent vers les portes. Sam demeurait assis là, toujours profondément endormi, le sourire aux lèvres.

Malgré tout le plaisir que lui procurait la compagnie de Bilbo, Frodo quitta la Salle du Feu avec une pointe de regret. Comme ils passaient le seuil, une voix claire et solitaire s'éleva en chant.

A Elbereth Gilthoniel,
silivren penna míriel
o menel aglar elenath !
Na-chaered palan-díriel
o galadhremmin ennorath,
Fanuilos, le linnathon
nef aear, sí nef aearon !

Frodo s'arrêta un moment et se retourna. Il vit Elrond dans son fauteuil : le feu jouait sur son visage comme le Soleil d'été sur les feuilles. La dame Arwen se trouvait assise près de lui. À sa grande surprise, Frodo vit qu'Aragorn se tenait à côté d'elle : sa cape sombre rejetée en arrière, il semblait vêtu de mailles elfiques, et une étoile brillait sur sa poitrine. Ils se parlaient ; puis tout à coup, Frodo crut voir Arwen se tourner vers lui, et l'éclat de ses yeux tomba sur lui de loin et lui perça le cœur.

Il resta saisi d'enchantement, tandis que ruisselaient les douces syllabes du chant elfique, perles de mots et de musique entremêlés. « C'est un hymne à Elbereth, dit Bilbo. Ils chanteront cela, et bien d'autres chants du Royaume Béni, plusieurs fois ce soir. Viens ! »

Il conduisit Frodo à la petite chambre où il logeait. Elle donnait sur les jardins et regardait au sud par-delà le ravin de la Bruinen. Là, ils s'assirent quelque temps près de la fenêtre, contemplant les étoiles lumineuses au-dessus des escarpements boisés, et s'entretenant à voix basse. Ils ne parlaient plus des menues nouvelles du lointain Comté, ni des ombres et des périls noirs qui les entouraient, mais des belles choses qu'ils avaient vues ensemble dans le monde : les Elfes, les étoiles, les arbres, et le doux déclin de la brillante année au fond des bois.

Enfin, on cogna à la porte. « Vous m'excuserez, dit Sam, passant la tête dans l'entrebâillement, mais je me demandais seulement si vous aviez besoin de quelque chose avant de dormir. »

« Et vous nous excuserez de même, Sam Gamgie, répondit Bilbo. Je suppose qu'il est temps que votre maître aille se coucher ; c'est ce que vous êtes venu nous dire ? »

« Eh bien, m'sieur, il y a un Conseil tôt demain matin, à ce que j'entends, et c'était la première fois qu'il se levait aujourd'hui. »

« Tu as bien raison, Sam ! dit Bilbo en riant. Va donc dire à Gandalf qu'il est parti se coucher. Bonne nuit, Frodo ! Bon sang, que je suis content de t'avoir revu ! Il n'y a finalement qu'entre Hobbits qu'on peut avoir une vraie bonne discussion. Je me fais très vieux, et je commençais à me demander si je vivrais assez longtemps pour voir tes chapitres de notre histoire. Bonne nuit ! Je vais aller me promener, je pense, et admirer les étoiles d'Elbereth dans le jardin. Dors bien ! »

2

Le Conseil d'Elrond

Frodo se réveilla tôt le lendemain, revigoré et en pleine forme. Marchant le long des terrasses qui dominaient la tumultueuse Bruinen, il regarda le Soleil se lever, pâle et frais, au-dessus des lointaines montagnes, et darder ses rayons obliques à travers un fin voile de brume argentée ; la rosée perlait sur les feuilles jaunes, et tous les buissons étincelaient des réseaux de filandres. Sam marchait à ses côtés sans rien dire, mais humant l'air, et levant de temps à autre un regard impressionné vers les hauteurs de l'Est. La neige était blanche sur les cimes.

À un tournant du sentier, sur un banc taillé à même la pierre, ils trouvèrent Bilbo et Gandalf assis en grande conversation. « Bien le bonjour ! dit Bilbo. Prêt pour le grand conseil ? »

« Je me sens prêt à tout, répondit Frodo. Mais ce qui me plairait par-dessus tout aujourd'hui, c'est d'aller en promenade pour explorer la vallée. J'aimerais monter là-haut, dans ces pinèdes. » Il désigna au loin un endroit, tout en haut du versant nord de Fendeval.

« Vous en aurez peut-être l'occasion un peu plus tard, dit Gandalf. Mais nous ne pouvons rien planifier pour l'instant. Maintes choses sont aujourd'hui à entendre et à décider. »

Soudain, comme ils parlaient, le son clair d'une unique cloche se fit entendre. « C'est le signal nous appelant au Conseil d'Elrond, s'écria Gandalf. Allons, dépêchons ! Bilbo et vous êtes tous deux demandés. »

Frodo et Bilbo suivirent vivement le magicien le long du sentier sinueux qui conduisait à la maison ; Sam, non invité, mais oublié pour le moment, trottait derrière eux.

Gandalf les mena au portique où Frodo avait retrouvé ses amis la veille au soir. La lumière d'un clair matin d'automne inondait à présent la vallée. Un bruissement d'eaux bouillonnantes montait du lit écumeux de la rivière. Des oiseaux chantaient, et une saine paix régnait sur le pays. Dans l'esprit de Frodo, sa dangereuse fuite, et les rumeurs de ténèbres grandissantes dans le monde extérieur, ne semblaient déjà plus qu'un mauvais rêve à demi effacé ; cependant, les visages qui se tournèrent vers eux à leur arrivée étaient graves.

Elrond se trouvait là, et plusieurs autres siégeaient en silence autour de lui. Frodo reconnut Glorfindel et Glóin ; tandis que l'Arpenteur était assis seul dans un coin, ayant de nouveau revêtu ses vieux habits fatigués par le voyage. Elrond invita Frodo à prendre place à côté de lui, puis il le présenta à la compagnie en ces mots :

« Mes amis, dit-il, voici le Hobbit, Frodo fils de Drogo. Rares sont ceux qui ont gagné cette vallée dans un péril plus grand ou avec une mission plus urgente. »

Il désigna alors les personnes que Frodo n'avait pas encore rencontrées et les lui présenta. À côté de Glóin était assis un Nain plus jeune : son fils Gimli. Près de Glorfindel se trouvaient plusieurs autres conseillers de la maisonnée d'Elrond, dont Erestor était le plus éminent ; et auprès de lui était Galdor, un Elfe des Havres Gris délégué par Círdan le Constructeur de Navires. Il y avait aussi un Elfe d'allure étrange, vêtu de vert et de marron, Legolas, messager de son père Thranduil, le Roi des Elfes du nord de Grand'Peur. Et assis un peu à l'écart se trouvait un homme de haute stature, beau de visage et noble de traits, les cheveux bruns et les yeux gris, le regard fier et sévère.

Il portait une cape et des bottes, comme pour un long périple à cheval ; et bien que ses vêtements fussent somptueux et sa cape bordée de fourrure, ils étaient fort salis par le voyage. Il avait au cou un cercle d'argent dans lequel était sertie une unique pierre blanche ; sa chevelure lui tombait aux épaules. Il portait, suspendu à son baudrier, un grand cor à embouchure d'argent qui reposait sur ses genoux. Il posa sur Bilbo et Frodo un regard soudainement ébahi.

« Voici Boromir, dit Elrond, se tournant alors vers Gandalf. Un homme du Sud. Il est arrivé au gris de l'aurore, et il vient chercher conseil. Je l'ai prié de se joindre à nous, car il trouvera ici réponse à ses questions. »

Il n'est nul besoin de rapporter tout ce qui fut évoqué et débattu au Conseil. On parla longuement des événements du monde extérieur, en particulier dans le Sud, et dans les vastes terres à l'est des Montagnes. Frodo avait déjà entendu bien des rumeurs à ce sujet ; mais le récit de Glóin lui était entièrement nouveau, et il écouta attentivement tout ce que le Nain avait à dire. Il apparaissait que, malgré la splendeur des œuvres qu'ils menaient à bien, les cœurs des Nains de la Montagne Solitaire étaient profondément troublés.

« Il y a de cela maintes années, dit Glóin, qu'une ombre d'inquiétude a gagné notre peuple. Nous n'en perçûmes pas d'emblée la provenance. Des murmures commencèrent à s'élever en secret, disant que nous étions pris à l'étroit, que de plus grandes splendeurs et richesses nous attendaient dans un monde plus vaste. D'aucuns parlaient de la Moria, le grand-œuvre de nos pères que l'on nomme dans notre langue Khazad-dûm, et ils professaient que nous avions enfin la force et le nombre requis pour y retourner. »

Glóin soupira. « Ah ! La Moria ! Merveille du monde septentrional ! Trop profond y avons-nous creusé, éveillant la terreur sans nom. Ses vastes palais sont longtemps restés vides depuis que les enfants de Durin ont fui. Mais voilà que nous en parlions de nouveau avec concupiscence, et aussi avec effroi ; car aucun Nain n'a osé passer les portes de Khazad-dûm de la vie de maints rois, Thrór excepté, et il a péri. Mais enfin, Balin prêta l'oreille aux murmures et résolut de s'y rendre ; et quoique Dáin ne le lui permît pas de son plein gré, il emmena avec lui Ori et Óin, ainsi que bon nombre des nôtres, et ils partirent vers le sud.

« Cela se passait il y a près de trente ans. Nous reçûmes un temps des nouvelles, et elles parurent bonnes : des messages nous signalant qu'on était entré en Moria et qu'un grand ouvrage y était entrepris. Ensuite, ce fut le silence, et aucune nouvelle n'est venue de la Moria depuis.

« Puis, il y a environ un an, un messager se présenta à Dáin – non de la Moria, mais du Mordor : un cavalier surgi dans la nuit, appelant Dáin aux portes de son palais. Le seigneur Sauron le Grand, comme il le dit, souhaitait notre amitié. Afin d'en disposer, il offrirait des anneaux, ainsi qu'il en avait offert jadis. Et l'envoyé s'enquit instamment au sujet des *Hobbits* : de quel genre ils étaient, et où ils habitaient. *Car Sauron sait*, dit-il, *que l'un d'entre eux vous était connu, il fut un temps.*

« À ces mots, nous fûmes grandement troublés, et nous ne fîmes aucune réponse. Alors il baissa sa voix maudite ; et il l'eût rendue plus mielleuse s'il en avait été capable. *En témoignage de votre amitié, Sauron ne demande de vous que ceci*, dit-il : *que vous trouviez ce voleur* – ce fut le mot qu'il employa – *et que vous lui preniez, de gré ou de force, un petit anneau, le moindre des anneaux, qu'il a volé autrefois. Il ne s'agit que d'un colifichet dont Sauron s'est entiché – tout au plus un gage de votre bonne volonté. Trouvez-le, et trois des anneaux que possédaient les aïeux des Nains au temps jadis vous seront rendus, et le royaume de Moria sera pour toujours entre vos mains. Trouvez seulement des nouvelles du voleur, s'il vit encore et à quel endroit, et vous aurez droit à une récompense considérable, de même qu'à l'amitié indéfectible du Seigneur. Refusez, et les circonstances ne paraîtront pas si favorables. Refusez-vous ?*

« Son souffle se fit alors semblable au sifflement

des serpents, et tous ceux qui se tenaient là frissonnèrent, mais Dáin dit : *Je ne réponds ni oui ni non. Je dois considérer ce message et ce qu'il signifie sous ses beaux atours.*

« *Considérez-le, mais point trop longtemps*, dit-il.

« *Le temps de ma réflexion est mien, et j'en dispose comme bon me semble*, répondit Dáin.

« *Pour le moment*, dit l'autre, et il s'en fut chevauchant dans les ténèbres.

« Les cœurs de nos chefs ont été lourds depuis cette nuit-là. Point n'était besoin de la voix cruelle du messager pour nous avertir de tout ce que ses paroles recélaient de menace et de tromperie ; car nous savions déjà que le pouvoir resurgi au Mordor n'avait pas changé, lui qui nous a toujours trahis par le passé. Par deux fois, le messager est revenu, et sa requête est demeurée sans réponse. La troisième et dernière fois viendra bientôt : d'ici la fin de l'année, selon ses dires.

« Dáin a donc fini par m'envoyer afin de prévenir Bilbo que l'Ennemi le cherche, et pour apprendre, si possible, pourquoi il désire cet anneau, ce moindre des anneaux. Et, bien humblement, nous sollicitons l'avis d'Elrond. Car l'Ombre croît et se rapproche. Nous apprenons que des messagers se sont présentés aussi devant le roi Brand, au Val, et que lui-même a peur. Nous craignons qu'il ne cède. Déjà, la guerre se prépare sur les marches orientales de son royaume. Si nous ne donnons aucune réponse, l'Ennemi pourrait pousser des Hommes sous sa férule à assaillir le roi Brand, et Dáin également. »

« Vous avez bien fait de venir, dit Elrond. Vous apprendrez aujourd'hui tout ce qu'il faut savoir pour comprendre les desseins de l'Ennemi. Il n'y a rien que vous puissiez faire, sinon que de résister, avec ou sans espoir. Mais vous n'êtes pas seuls. Vous apprendrez que l'inquiétude qui vous ronge n'est qu'une partie du trouble qui gagne tout le monde occidental. L'Anneau ! Qu'allons-nous faire de l'Anneau, le moindre des anneaux, le colifichet dont Sauron s'est entiché ? Telle est la destinée qu'il nous faut méditer.

« Voilà pourquoi vous avez été appelés ici. Je dis "appelés", bien que je ne vous aie appelés à moi, étrangers de contrées lointaines. Vous êtes venus et êtes ici réunis, tout juste à temps et par pur hasard, comme on pourrait le croire. Et pourtant, il n'en est rien. Considérez plutôt qu'on a voulu que ce soit nous, qui siégions ici, et nuls autres que nous, qui devions chercher conseil face au péril du monde.

« Or donc, nous parlerons désormais ouvertement de choses qui, jusqu'à ce jour, sont restées cachées à la vue de tous hormis quelques-uns. Et tout d'abord, afin que chacun puisse comprendre le péril qui nous guette, le Conte de l'Anneau sera narré depuis le début jusqu'à ces jours présents. Et c'est moi qui commencerai ce récit, mais d'autres le termineront. »

Tous écoutèrent alors, tandis qu'Elrond, de sa voix claire, parlait de Sauron et des Anneaux de Pouvoir, forgés au Deuxième Âge du monde, il y a fort longtemps. Une partie de son récit était connue de quelques-uns de ceux qui étaient là, mais nul ne le savait en entier, et bien des yeux observaient Elrond avec crainte et émerveillement tandis qu'il évoquait les forgerons elfes de l'Eregion, leur amitié avec les

Nains de la Moria, et leur soif de connaissance, par laquelle Sauron les leurra. Car Sauron, en ce temps-là, n'avait pas encore sinistre figure, et ils reçurent son aide et acquirent un grand savoir-faire, tandis que lui découvrait tous leurs secrets ; et il les trahit, forgeant dans la Montagne du Feu l'Anneau Unique afin de devenir leur maître. Mais Celebrimbor le décela, et il cacha les Trois qu'il avait créés ; et ce fut la guerre, et le pays fut dévasté, et la porte de la Moria fut close.

Puis Elrond retraça le parcours de l'Anneau durant toutes les années qui suivirent ; mais comme cette histoire est racontée ailleurs, consignée par Elrond lui-même dans ses livres de tradition, elle n'est pas rappelée ici. Car il s'agit d'un long récit, plein de hauts faits et de terribles actes ; et aussi concis que fût Elrond, le Soleil monta dans le ciel, et la matinée touchait à sa fin quand il acheva son récit.

Il parla de Númenor, de sa gloire et de sa chute, et du retour des Rois des Hommes en Terre du Milieu, réchappés des profondeurs de la Mer, portés sur les ailes de la tempête. Puis Elendil le Grand et ses puissants fils, Isildur et Anárion, devinrent de grands seigneurs ; et ils fondèrent le Royaume du Nord en Arnor, et le Royaume du Sud au Gondor, en amont des bouches de l'Anduin. Mais Sauron du Mordor les assaillit, et ils firent la Dernière Alliance des Elfes et des Hommes, et les armées de Gil-galad et d'Elendil furent rassemblées en Arnor.

Sur ce, Elrond s'arrêta un moment et soupira. « Je me souviens bien de la splendeur de leurs bannières, dit-il. Elle me rappelait la gloire des Jours Anciens et les armées du Beleriand, tant il y avait de nobles princes et de grands capitaines rassemblés. Mais jamais aussi nombreux ni aussi beaux qu'au jour où le Thangorodrim fut brisé, et où les Elfes crurent le mal à jamais disparu, alors qu'il n'en était rien. »

« Vous vous en souvenez ? dit Frodo, s'exclamant tout haut dans son étonnement. Mais je croyais, balbutia-t-il comme Elrond se tournait vers lui, je croyais que la chute de Gil-galad se passait il y a de cela un long âge. »

« En effet, répondit gravement Elrond. Mais ma mémoire remonte jusqu'aux Jours Anciens. Eärendil était mon père, né à Gondolin avant sa chute ; et ma mère était Elwing, fille de Dior, fils de Lúthien du Doriath. J'ai vu passer trois âges dans l'Ouest du monde, ainsi que de nombreuses défaites, et de nombreuses victoires arrachées en vain.

« Je fus le héraut de Gil-galad, marchant avec son armée. Je fus à la Bataille de Dagorlad devant la Porte Noire du Mordor, où nous l'avons emporté ; car nul ne put résister à la Lance de Gil-galad et à l'Épée d'Elendil, Aeglos et Narsil. J'assistai au dernier combat sur les pentes de l'Orodruin, où mourut Gil-galad et où tomba Elendil, Narsil se brisant sous lui ; mais Sauron lui-même fut vaincu, et Isildur trancha l'Anneau de sa main avec le fragment de l'épée de son père, et il se l'appropria. »

Ces mots firent réagir l'étranger, Boromir. « Voilà donc ce qu'il advint de l'Anneau ! s'écria-t-il. Si jamais un tel récit fut connu dans le Sud, il y a longtemps qu'il est oublié. J'avais entendu parler du Grand Anneau de celui que nous ne nommons pas ; mais nous croyions qu'il avait disparu du monde dans la ruine de son premier royaume. Isildur l'a pris ! Voilà certainement une nouvelle. »

« Hélas ! oui, dit Elrond. Isildur l'a pris, ce qui n'aurait pas dû être. On aurait dû le jeter au feu de l'Orodruin où il fut forgé, non loin de là. Mais le geste d'Isildur eut bien peu de témoins. Lui seul se tenait au côté de son père lors de l'ultime confrontation ; et auprès de Gil-galad, il n'y avait que Círdan et moi-même. Mais Isildur refusa d'entendre nos conseils.

« *Je prendrai ceci en réparation de la mort de mon père et de mon frère*, dit-il ; ainsi, que nous le voulions ou non, il s'en saisit et le conserva comme un bien précieux. Mais il fut bientôt trahi par l'Anneau, et trouva la mort ; c'est pourquoi on l'appelle, dans le Nord, le Fléau d'Isildur. Mais ce sort était peut-être préférable à ce qui aurait pu lui advenir autrement.

« Ces nouvelles ne furent connues que dans le Nord, et de très peu de gens. Il n'est guère étonnant que vous ne les ayez entendues, Boromir. De la débâcle des Champs de Flambes, où Isildur périt, trois hommes seulement revinrent jamais de l'autre côté des Montagnes, après de longues errances. L'un d'entre eux était Ohtar, l'écuyer d'Isildur, qui gardait les fragments de l'épée d'Elendil ; et il les apporta à Valandil, l'héritier d'Isildur qui, n'étant alors qu'un enfant, était resté ici à Fendeval. Mais Narsil était brisée et sa lumière éteinte, et elle n'a pas encore été reforgée.

« Vaine, ai-je dit de la victoire de la Dernière Alliance ? Non pas entièrement ; mais elle manqua d'atteindre son but. Sauron fut diminué, mais non anéanti. Son Anneau fut perdu, mais non détruit. La Tour Sombre fut brisée, mais ses fondations n'ont pas été extirpées ; car elles ont été établies avec le pouvoir de l'Anneau, et elles subsisteront tant que celui-ci durera. Nombre d'Elfes et de puissants Hommes, et bon nombre de leurs amis, avaient péri durant la guerre. Anárion était mort, Isildur était mort ; et Gil-galad et Elendil n'étaient plus. Jamais plus ne sera pareille coalition d'Elfes et d'Hommes ; car les Hommes se multiplient pendant que les Premiers-Nés décroissent, et ces deux peuples sont aliénés. Et depuis ce jour, le sang de Númenor n'a cessé de se dégrader, et la longévité de ses héritiers s'est amoindrie.

« Dans le Nord, après la guerre et le massacre des Champs de Flambes, les Hommes de l'Occidentale se trouvèrent diminués ; leur cité d'Annúminas, au bord du lac du Crépuscule, tomba en ruine, et les héritiers de Valandil partirent s'installer à Fornost sur les hauts Coteaux du Nord, place tout aussi désolée aujourd'hui. Les Hommes l'appellent la Chaussée des Trépassés et craignent d'y mettre les pieds. Car les gens de l'Arnor déclinèrent ; leurs ennemis les dévorèrent et leur suzeraineté passa, ne laissant que des monticules verts dans les collines herbeuses.

« Dans le Sud, le royaume de Gondor subsista longtemps ; et sa splendeur fut un temps florissante, rappelant quelque peu la puissance de Númenor, avant sa chute. Ces gens construisirent de hautes tours, et des places fortes, et des havres aux nombreux navires ; et la couronne ailée des Rois des Hommes s'attirait la révérence de bien des peuples de différentes langues. Leur plus grande cité était Osgiliath, Citadelle des Étoiles, au milieu de laquelle coulait le Fleuve. Et ils construisirent Minas Ithil, Tour de la Lune Levante, à l'est, sur un épaulement des Montagnes de l'Ombre ; et à l'ouest, au pied des Montagnes Blanches, ils bâtirent Minas Anor, Tour du Soleil Couchant. Là, dans la cour du Roi, poussait un arbre blanc, issu de la graine qu'Isildur avait apportée delà les eaux profondes, prise à cet arbre dont la graine venait elle-même d'Eressëa, et celle d'avant, de l'Ouest Absolu, au Jour d'avant les jours, quand le monde était jeune.

« Mais à mesure que s'étiolaient les années éphémères de la Terre du Milieu, la lignée de Meneldil fils d'Anárion vint à s'éteindre, et l'Arbre se fana, et le sang d'hommes de moindre lignée se mêla à celui des Númenóréens. Alors la garde s'assoupit sur les murailles du Mordor, et de sombres créatures regagnèrent le Gorgoroth sans être vues. Des êtres maléfiques en sortirent bientôt : ils prirent Minas Ithil pour y demeurer, et ils en firent un endroit redoutable ; et on l'appelle Minas Morgul, la Tour de Sorcellerie. Minas Anor fut alors renommée Minas Tirith, la Tour de Garde ; et depuis lors, ces deux cités ont toujours été en guerre ; mais Osgiliath, située à mi-chemin, fut désertée, et des ombres hantèrent ses ruines.

« Les choses sont demeurées ainsi de la vie de maints hommes. Mais les Seigneurs de Minas Tirith continuent de se battre, défiant nos ennemis, gardant le passage du Fleuve depuis les Argonath jusqu'à la Mer. Et voilà que cette partie du récit que je devais raconter touche à sa fin. Car du temps d'Isildur, le Maître Anneau passa hors de la connaissance de tous, et les Trois furent libérés de son emprise. Mais en ces jours derniers, les voici de nouveau en péril, car pour notre plus grande peine, l'Unique a été retrouvé. D'autres parleront de sa découverte, car je n'y jouai qu'un très petit rôle. »

Elrond se tut ; mais à peine eut-il achevé que Boromir se leva, grand et fier, devant eux. « Permettez-moi d'abord, maître Elrond, commença-t-il, d'en dire un peu plus sur le Gondor, car en vérité, c'est du pays de Gondor que je viens ; et il vaudrait mieux que tous sachent ce qui s'y passe. Car peu de gens, m'est avis, sont au fait des actions que nous menons, ainsi la plupart ne se doutent guère du péril qui les guette, si nous devions finalement échouer.

« N'allez pas croire qu'au pays de Gondor, le sang de Númenor se soit tari, ou que toute sa fierté et sa grandeur soient oubliées. C'est par notre valeur que les sauvages de l'Est continuent d'être jugulés, que la terreur de Morgul est tenue à distance ; et c'est par là seulement que la paix et la liberté sont maintenues dans les terres derrière nous, qui sommes le rempart de l'Ouest. Mais si les passages du Fleuve devaient être conquis, qu'adviendrait-il alors ?

« Or, ce jour pourrait ne plus être bien loin. L'Ennemi Sans Nom a refait surface. De la fumée s'élève de nouveau de l'Orodruin, que nous appelons le Mont Destin. La puissance du Pays Noir grandit, et nous sommes cernés de près. Quand l'Ennemi est revenu, il a chassé nos gens de l'Ithilien, notre beau domaine à l'est du Fleuve, bien que nous y conservions une assise et une force d'armes. Mais cette année même, au courant du mois de juin, le Mordor nous a fait une guerre soudaine, et nous avons été balayés. Nos adversaires étaient plus nombreux, car le Mordor s'est allié avec les Orientais et les cruels Haradrim ; mais ce n'est pas par la force du nombre qu'il nous a vaincus. Il y avait là un pouvoir que nous n'avons jamais ressenti auparavant.

« Certains disaient qu'il pouvait être vu, comme un grand cavalier en noir, une ombre obscure sous la Lune. Où qu'il allât, une folie s'emparait de nos adversaires, mais la peur gagnait nos plus braves : coursiers et cavaliers reculaient et s'enfuyaient. Seul un fragment de notre armée de l'Est revint de cette bataille, détruisant le dernier pont qui subsistait parmi les ruines d'Osgiliath.

« J'étais de la compagnie qui dut tenir le pont, avant qu'il ne soit jeté bas derrière nous. Seuls quatre en réchappèrent, se sauvant à la nage : mon frère et moi-même, et deux autres. Quoi qu'il en soit, nous continuons de nous battre. Nous tenons toutes les rives occidentales de l'Anduin ; et ceux qui s'abritent derrière nous nous prodiguent leurs louanges, si tant est qu'ils nous connaissent : force louanges, mais peu de secours. Il n'y aura plus que les hommes du Rohan pour chevaucher vers nous quand nous appellerons à l'aide.

« C'est en cette heure funeste qu'une longue et périlleuse route m'a conduit auprès d'Elrond : cent dix jours j'ai dû voyager, et ce, dans la plus grande solitude. Mais je ne suis pas venu pour forger des alliances. La force d'Elrond réside dans la sagesse, non dans les armes, dit-on. Je suis venu demander conseil, et l'élucidation de mots difficiles. Car à la veille de cet assaut soudain, un rêve vint à mon frère au milieu d'un sommeil agité ; et un rêve semblable le visita souvent par la suite, et me vint une fois.

« Dans ce rêve, il me semblait que le ciel de l'est s'enténébrait, qu'un tonnerre grondait de plus en plus fort, alors que dans l'Ouest, une pâle lumière demeurait ; alors vint une voix qui en sortait, lointaine mais claire, et elle criait :

Cherche l'Épée qui fut brisée :
À Imladris elle réside ;
Des conseils y seront donnés
Défiant les charmes morgulides.
Un signe sera mis au jour
Que le Destin est imminent :
Luira le Fléau d'Isildur,
Le Demi-Homme se levant.

« De ces mots, nous ne comprîmes que peu de chose, et nous en parlâmes à notre père, Denethor, Seigneur de Minas Tirith, versé dans la tradition du Gondor. Il ne voulut nous dire qu'une seule chose : qu'Imladris était autrefois le nom que les Elfes donnaient à une lointaine vallée du Nord, où demeurait Elrond le Semi-Elfe, le plus grand des maîtres en tradition. Ainsi mon frère, devant la gravité de notre péril, fut désireux de suivre l'injonction du rêve, et de chercher Imladris ; mais comme la route était semée d'incertitudes et de dangers, je crus bon d'entreprendre moi-même ce voyage. Mon père me laissa partir à son corps défendant, et longtemps ai-je erré par des chemins oubliés, cherchant la maison d'Elrond que beaucoup connaissaient, mais dont bien peu savaient l'emplacement. »

« Et ici, dans la maison d'Elrond, d'autres éclaircissements vous seront apportés », dit Aragorn, se levant. Il jeta son épée sur la table posée devant Elrond, et la lame était en deux morceaux. « Voici l'Épée qui fut Brisée ! » dit-il.

« Et qui êtes-vous, et qu'avez-vous à faire avec Minas Tirith ? » demanda Boromir, levant des yeux ébahis sur le fin visage du Coureur et sur sa cape défraîchie.

« Son nom est Aragorn fils d'Arathorn, dit Elrond, et à travers maints pères, il est issu d'Isildur fils d'Elendil de Minas Ithil. C'est le Chef des Dúnedain dans le Nord, un peuple aujourd'hui fort peu nombreux. »

« C'est donc à vous qu'il appartient, et non à moi ! » s'écria Frodo avec stupéfaction, sautant sur pied, comme si l'Anneau devait lui être réclamé sur-le-champ.

« Il n'appartient à aucun de nous deux, dit Aragorn, mais il a été décrété que vous le conserviez pour un temps. »

« Montrez l'Anneau, Frodo ! dit Gandalf d'un ton solennel. L'heure est venue. Tenez-le bien haut ; Boromir comprendra alors le reste de son énigme. »

Il y eut un silence, et tous les regards se tournèrent vers Frodo. Un soudain tremblement de peur et de honte le saisit ; il ressentit une grande hésitation à révéler l'Anneau, et il lui répugnait de devoir y toucher. Il aurait voulu être loin, très loin. L'Anneau brilla et clignota tandis qu'il l'élevait dans sa main tremblotante.

« Voyez le Fléau d'Isildur ! » dit Elrond.

Une lueur parut dans les yeux de Boromir tandis qu'il contemplait l'anneau d'or. « Le Demi-Homme !

murmura-t-il. Le destin de Minas Tirith est-il donc enfin venu ? Mais pourquoi devrions-nous alors chercher une épée brisée ? »

« Les mots n'étaient pas *le destin de Minas Tirith*, dit Aragorn. Mais l'heure fatidique, celle des hauts faits, est en effet imminente. Car l'Épée qui fut Brisée est l'Épée d'Elendil qui se brisa sous lui à la male heure. Elle fut précieusement conservée par ses héritiers alors que tout autre héritage était perdu ; car nous avions coutume de dire autrefois qu'elle serait refaite quand l'Anneau, le Fléau d'Isildur, serait retrouvé. Maintenant que l'épée que vous cherchiez vous a été montrée, que demanderez-vous ? Souhaitez-vous que la Maison d'Elendil retourne au Pays de Gondor ? »

« Je n'ai été envoyé en quête d'aucune faveur, seulement pour chercher le sens d'une énigme, répondit Boromir avec fierté. Néanmoins, nous sommes en grande difficulté, et l'Épée d'Elendil serait un secours comme nous n'en attendions plus – à supposer qu'une telle chose puisse ainsi resurgir des ombres du passé. » Il considéra de nouveau Aragorn ; le doute se lisait dans ses yeux.

Frodo sentit Bilbo remuer avec impatience à ses côtés. Manifestement, il était ennuyé pour son ami. Se levant soudain, il s'écria :

Tout ce qui est or ne brille pas,
Ne sont pas perdus tous ceux qui vagabondent ;
Ce qui est vieux mais fort ne se flétrit pas,
Le gel n'atteint pas les racines profondes.
Des cendres, un feu sera attisé,
Une lueur des ombres surgira ;

Reforgée sera l'épée qui fut brisée :
Le sans-couronne redeviendra roi.

« Sans doute pas fameux, mais on ne peut plus clair – au cas où la parole d'Elrond ne vous suffirait pas. S'il valait la peine de voyager cent dix jours pour l'entendre, vous feriez mieux de l'écouter. » Il se rassit avec un grognement.

« J'ai composé ça moi-même, murmura-t-il à l'oreille de Frodo, pour le Dúnadan, il y a longtemps, la première fois qu'il m'a parlé de lui. Je voudrais presque que mes aventures ne soient pas terminées, pour pouvoir aller avec lui quand son jour viendra. »

Aragorn lui sourit ; puis il se tourna de nouveau vers Boromir. « Pour ma part, je vous pardonne votre doute, dit-il. Je ne ressemble en rien aux images d'Elendil et d'Isildur telles qu'elles apparaissent dans les salles de Denethor, sculptées dans toute leur majesté. Je ne suis que l'héritier d'Isildur, non Isildur lui-même. Ma vie a été dure, et combien longue ; et les lieues qui s'étendent d'ici au Gondor ne comptent que pour une petite partie de mes voyages. J'ai franchi bien des montagnes et des rivières, et foulé de nombreuses plaines, et ce, jusque dans les lointaines contrées du Rhûn et du Harad, où les étoiles sont étranges.

« Mais ma demeure, si tant est que j'en aie une, est dans le Nord. Car c'est ici qu'ont toujours vécu les héritiers de Valandil en une longue lignée ininterrompue, de père en fils sur maintes générations. Nos jours se sont assombris et notre nombre a diminué ; mais jamais l'Épée n'a manqué de trouver un nouveau gardien. Et je vous dirai ceci, Boromir, avant de conclure. Nous sommes des gens solitaires, nous les Coureurs des terres sauvages, les chasseurs ; mais ce sont les serviteurs de l'Ennemi que nous chassons sans relâche, car on les trouve en maint endroit, non seulement au Mordor.

« Si le Gondor a été une tour inébranlable, Boromir, nous avons joué un autre rôle. Il est bien des êtres malveillants que vos hautes murailles et vos brillantes épées n'arrêtent pas. Vous savez peu de chose des terres au-delà de vos bornes. La paix et la liberté, dites-vous ? Le Nord n'aurait connu ni l'une ni l'autre si nous n'avions été là. La peur les aurait anéanties. Mais quand de sombres créatures descendent des collines sans asile, ou surgissent de forêts sans Soleil, elles fuient devant nous. Quelles routes oserait-on prendre, que resterait-il de quiétude dans les terres paisibles, et dans les maisons des simples hommes à la nuit close, si les Dúnedain étaient assoupis, ou tous descendus dans la tombe ?

« Et pourtant, on nous montre moins de gratitude qu'à vous. Les voyageurs nous toisent avec dédain, et les paysans nous donnent des noms méprisants. Aussi me nommé-je "l'Arpenteur" pour un gros bonhomme qui vit à une journée de marche d'ennemis qui lui glaceraient le cœur, ou qui mettraient sa petite bourgade en ruine, si elle n'était constamment surveillée. Mais nous ne voudrions pas qu'il en soit autrement. Tant que les gens simples seront préservés du souci et de la peur, ils resteront simples ; mais pour cela, il nous faut agir en secret. Telle aura été la mission de mon peuple, à mesure que les ans s'allongeaient et que l'herbe poussait.

« Mais voilà que le monde change de nouveau. Une nouvelle heure approche. Le Fléau d'Isildur est retrouvé. La guerre est imminente. L'Épée sera reforgée. J'irai à Minas Tirith. »

« Le Fléau d'Isildur est retrouvé, dites-vous, rétorqua Boromir. J'ai vu dans la main du Demi-Homme un brillant anneau ; mais Isildur a péri avant le commencement de cet âge du monde, dit-on. Comment les Sages savent-ils qu'il s'agit là de son anneau ? Et comment a-t-il traversé les siècles, pour être apporté ici par cet étrange messager ? »

« Ce récit sera conté », dit Elrond.

« Mais pas tout de suite, de grâce, maître ! s'écria Bilbo. Déjà, le Soleil est près de midi, et j'ai grand besoin de me sustenter. »

« Je ne vous avais pas nommé, dit Elrond en souriant. Mais je le fais, à présent. Allons ! Faites-nous votre récit. Et si vous ne l'avez pas encore mis en vers, vous pouvez nous le dire en prose. Plus il sera bref, plus vite vous serez rassasié. »

« Très bien, dit Bilbo. Puisque vous insistez. Mais je vais maintenant raconter la vraie histoire, et si d'aucuns ici présents m'ont entendu la raconter autrement – il lança un regard oblique à Glóin – je leur demande de l'oublier et de me pardonner. Je souhaitais seulement, à l'époque, revendiquer le trésor comme mon propre bien, et me défaire du nom de voleur dont j'étais affublé. Mais je comprends peut-être un peu mieux les choses, à présent. Bref, voici ce qui s'est passé. »

Pour certains, le récit de Bilbo était tout à fait nouveau, et ils écoutèrent avec stupéfaction tandis que le vieux Hobbit racontait – sans plus se faire prier, d'ailleurs – son aventure avec Gollum, avec moult détails. Pas une seule énigme ne fut passée sous silence. Il n'eût pas manqué de leur faire aussi, si on lui en avait donné l'occasion, un compte rendu de la fête et de sa disparition du Comté ; mais Elrond leva la main.

« Bien raconté, mon ami, dit-il, mais voilà qui est assez. Pour le moment, il suffit de savoir que l'Anneau est échu à Frodo, votre héritier. Laissez-lui la parole, à présent ! »

Alors Frodo, moins volontiers que Bilbo, raconta toute son expérience avec l'Anneau depuis le jour où il était passé sous sa garde. Chaque étape de son voyage de Hobbiteville au Gué de la Bruinen fut interrogée et examinée, et tout ce qu'il put se rappeler au sujet des Cavaliers Noirs fut considéré. Enfin, il se rassit.

« Pas mal, lui dit Bilbo. Tu aurais pu en faire une bonne histoire s'ils n'avaient cessé de t'interrompre. J'ai essayé de prendre quelques notes, mais il nous faudra revoir tout cela ensemble un jour, si je dois le mettre par écrit. Il y en a pour des chapitres entiers, avant même que tu sois arrivé ici ! »

« Oui, ce fut un très long récit, répondit Frodo. Mais l'histoire me paraît encore incomplète. Il y a encore bien des choses que je désire savoir, surtout à propos de Gandalf. »

Galdor des Havres, qui était assis non loin, surprit ses paroles. « Vous parlez pour moi aussi », s'écria-t-il ; et se tournant vers Elrond, il dit : « Peut-être les Sages ont-ils ample motif de croire que le trésor du demi-homme est en vérité le Grand Anneau longuement discuté, aussi improbable que cela puisse paraître pour ceux qui n'en savent pas autant. Mais ne pouvons-nous entendre les preuves ? Et il est autre chose que j'aimerais demander. Qu'en est-il de Saruman ? Il est versé dans la science des Anneaux, pourtant il n'est pas parmi nous. Quel est son conseil – s'il sait toutes les choses que nous venons d'entendre ? »

« Les questions que vous posez, Galdor, sont liées les unes aux autres, dit Elrond. Je ne les avais point oubliées, et il y sera répondu. Mais c'est à Gandalf qu'il revient d'éclaircir ces points ; et je le nomme en dernier, car c'est la place d'honneur, et dans toute cette affaire il a été le chef. »

« D'aucuns, Galdor, dit Gandalf, considéreraient le récit de Glóin et la poursuite de Frodo comme une preuve suffisante de toute la valeur accordée par l'Ennemi au trésor du demi-homme. Or il s'agit d'un anneau. Que pouvons-nous en déduire ? Les Neuf, les Nazgûl les ont. Les Sept ont été pris ou détruits. » À ces mots, Glóin remua sur son siège, mais ne dit rien. « Les Trois, nous en avons connaissance. Quel est donc celui-ci qu'il désire tant ?

« Il y a, en effet, un vaste espace de temps entre le Fleuve et la Montagne, entre la perte et la redécouverte. Mais cette lacune dans la connaissance des Sages a finalement été comblée. Quoique trop lentement. Car l'Ennemi nous talonnait et est resté très près, plus près encore que je ne l'avais craint. Heureusement pour nous, ce ne fut pas avant cette année – avant cet été même, semble-t-il – qu'il découvrit toute la vérité.

« Il y a maintes années, certains d'entre vous s'en souviendront, j'osai moi-même passer les portes du

Nécromancien à Dol Guldur, et j'explorai secrètement ses dédales, avérant ainsi nos craintes : ce n'était nul autre que Sauron, notre Ennemi de jadis qui commençait enfin à reprendre forme et pouvoir. Certains se souviendront aussi que Saruman nous dissuada de toute démarche ouverte contre lui ; et pendant longtemps, nous nous contentâmes de l'observer. Mais comme son ombre grandissait, Saruman finit par céder, et le Conseil déploya toute sa force et chassa le mal hors de Grand'Peur – et ce, dans l'année même où cet Anneau fut découvert : curieux hasard, si hasard il y eut.

« Mais nous arrivions trop tard, ainsi qu'Elrond l'avait pressenti. Sauron nous avait observés aussi, et il s'était longuement préparé à notre assaut, gouvernant de loin le Mordor par le biais de Minas Morgul, où demeuraient ses Neuf serviteurs, jusqu'à ce que tout fût enfin prêt. Alors il ploya devant nous et s'enfuit, mais ce n'était qu'un faux-semblant, car il gagna peu après la Tour Sombre où il se révéla au grand jour. Le Conseil se réunit alors pour la dernière fois ; car nous apprenions qu'il cherchait plus avidement que jamais l'Unique. Nous craignions qu'il n'eût appris quelque chose le concernant dont nous ne savions rien. Mais Saruman nia, et répéta ce qu'il nous avait déjà dit : que l'Unique ne serait jamais retrouvé en Terre du Milieu.

« *Tout au plus*, dit-il, *notre Ennemi sait que nous ne l'avons pas, et qu'il demeure perdu. Mais ce qui est perdu peut encore être retrouvé, croit-il. N'ayez crainte ! Son espoir le trompera. N'ai-je pas sérieusement étudié cette question ? Anduin le Grand l'a englouti ; et il y a longtemps, pendant que Sauron dormait, il a été charrié par le Fleuve jusqu'à la Mer. Qu'il y demeure jusqu'à la Fin.* »

Gandalf se tut, regardant à l'est du portique vers les lointains sommets des Montagnes de Brume, dont les grandes racines avaient si longtemps abrité le péril du monde. Il soupira.

« Là, je fus pris en défaut, dit-il. Je me laissai bercer par les paroles de Saruman le Sage ; si j'avais cherché plus tôt à connaître la vérité, notre péril serait moindre aujourd'hui. »

« Nous fûmes tous en défaut, dit Elrond ; et n'eût été votre vigilance, les Ténèbres seraient peut-être déjà sur nous. Mais poursuivez ! »

« Dès le départ, mon cœur me mit en garde, sans que j'en puisse voir la raison, dit Gandalf ; et je voulus savoir comment cette chose était venue à Gollum, et combien de temps il l'avait tenue en sa possession. Je le fis donc surveiller, devinant qu'il quitterait avant peu le couvert des ténèbres à la recherche de son trésor. Il finit par en sortir, mais il s'échappa et ne put être trouvé. Puis, hélas ! je décidai d'en rester là, me contentant d'observer et d'attendre, comme nous l'avons fait trop souvent.

« Les années passèrent, amenant leur lot de soucis, jusqu'à ce que mes doutes s'éveillent à nouveau en une peur soudaine. D'où provenait l'anneau du Hobbit ? Et que devait-on faire si ma crainte s'avérait ? Il me fallait décider de cela. Mais pour lors, je ne dis mot à personne de mes appréhensions, sachant le danger d'un murmure intempestif s'il venait à s'égarer. Dans toutes les longues guerres contre la Tour Sombre, la trahison fut toujours notre pire ennemie.

« Cela se passait il y a dix-sept ans. Bientôt, je m'avisai que des espions de toutes sortes, même des bêtes et des oiseaux, s'étaient réunis autour du Comté, et ma peur grandit. Je demandai l'aide des Dúnedain, qui redoublèrent leur surveillance ; et j'ouvris mon cœur à Aragorn, l'héritier d'Isildur. »

« Et quant à moi, dit Aragorn, je lui conseillai de partir à la recherche de Gollum, même si ce pouvait paraître trop tard. Et comme il semblait à propos, pour l'héritier d'Isildur, d'œuvrer à réparer la faute de celui-ci, je me lançai avec Gandalf dans cette longue quête désespérée. »

Gandalf raconta alors comment ils avaient sillonné toute la Contrée Sauvage, jusqu'aux Montagnes de l'Ombre mêmes et aux défenses du Mordor. « Alors nous avons eu vent de lui, et nous supposons qu'il se terra longtemps là-bas dans les collines sombres ; mais nous ne l'avons jamais trouvé, et je finis par désespérer. Et dans mon désespoir, je me rappelai une épreuve qui rendrait peut-être la capture de Gollum inutile. L'Anneau lui-même pourrait être en mesure de nous dire s'il était l'Unique. Des paroles prononcées au Conseil me revinrent en mémoire : des paroles de Saruman, alors à demi écoutées. Je les entendis alors très clairement dans mon cœur.

« *Les Neuf, les Sept et les Trois avaient chacun leur propre joyau*, avait-il assuré. *Mais non l'Unique. Il était rond et sans ornement, comme s'il s'agissait d'un des anneaux moindres ; mais son créateur y plaça une inscription que les gens de savoir-faire seraient peut-être encore capables de voir et de lire.*

« Quelle était cette inscription ? Il ne l'avait pas dit. Qui de nos jours le saurait ? Son créateur. Et Saruman aussi ? Mais si grande que fût sa science, elle devait avoir une source. Quelle main, hormis celle de Sauron, avait jamais tenu cet objet avant qu'il se perde ? Celle d'Isildur uniquement.

« Avec cette idée en tête, j'abandonnai la poursuite et je passai rapidement au Gondor. Les membres de mon ordre y avaient toujours été bien reçus, mais particulièrement Saruman. Souvent l'invité des Seigneurs de la Cité, il y avait fait de longs séjours. Cette fois, le seigneur Denethor me fit moins bon accueil que par le passé ; mais il me permit à contrecœur de consulter son trésor de livres et de rouleaux.

« *Si vraiment vous ne cherchez, comme vous l'affirmez, que des chroniques de l'ancien temps, et des origines de la Cité, alors lisez !* dit-il. *Car à mes yeux, ce qui fut est moins sombre que ce qui est à venir, et c'est là ma charge. Mais à moins que vous ne soyez plus doué que Saruman lui-même, qui a longuement étudié ici, vous ne trouverez rien qui ne soit bien connu de moi, qui suis maître dans la tradition de cette Cité.*

« Ainsi parla Denethor. Pourtant, ses collections recèlent de nombreux documents que seuls les plus grands maîtres en tradition savent déchiffrer, car leurs écritures et leurs langues se sont obscurcies, et elles ne sont plus guère entendues des hommes. Et figurez-vous, Boromir, qu'il se trouve encore à Minas Tirith un rouleau que personne n'a lu, hormis, je suppose, Saruman et moi, depuis que les rois se sont éteints : un rouleau qu'Isildur a tracé de sa main. Car Isildur n'est pas reparti aussitôt la guerre conclue au Mordor, comme d'aucuns l'ont raconté. »

« D'aucuns dans le Nord, peut-être, intervint Boromir. Tous savent au Gondor qu'il marcha d'abord sur Minas Anor, où il demeura un temps auprès de son neveu Meneldil, lui prodiguant son instruction avant de lui commettre le gouvernement du Royaume du Sud. En ce temps-là, il planta là-bas le dernier scion de l'Arbre Blanc en mémoire de son frère. »

« Mais en ce temps-là, il prépara aussi le rouleau dont je vous parle, dit Gandalf, et il semble que le Gondor n'en garde pas souvenance. Car ce document concerne l'Anneau, et voici ce qu'Isildur y écrivit :

Le Grand Anneau ira maintenant dans le Royaume du Nord pour devenir un héritage d'icelui ; mais des actes le concernant seront laissés en Gondor, où vivent aussi les héritiers d'Elendil, dût-il venir un temps où le souvenir de ces grandes questions se sera effacé.

« Ensuite, Isildur décrivit l'Anneau tel qu'il le trouva.

Il étoit chaud quand je le pris d'abord, tel un charbon ardent, et ma main fut brûlée de telle manière que je doute d'être un jour délivré de sa douleur. Mais cependant que j'écris, il s'est refroidi, et semble s'étrécir, sans que sa beauté ni sa forme en soient gâtées. Déjà, l'inscription qui s'y trouve et qui, au début, étoit claire comme une flamme rouge, s'évanouit et ne se lit plus qu'à grand'peine. Elle est façonnée dans une écriture elfique de l'Eregion, car le Mordor n'a point de lettres pour un ouvrage aussi subtil ; mais la langue m'est inconnue. J'estime qu'il s'agit d'une langue du Pays Noir, car elle est ignoble et fruste. Je ne sçais quel maléfice elle énonce ; mais j'en trace ici une imitation, de crainte qu'elle ne s'évanouisse à jamais. Il manque peut-être à l'Anneau la chaleur de la main de Sauron, qui étoit noire et pourtant brûloit comme du feu, causant ainsi la perte de Gil-galad ; et peut-être l'écriture seroit-elle ravivée si l'or étoit de nouveau chauffé. Mais pour moi, je n'oserois porter atteinte à cette chose : de toutes les œuvres de Sauron, la seule belle. Elle m'est précieuse, bien qu'elle me cause une grande souffrance.

« Quand je lus ces mots, je sus que ma quête était terminée. Car l'inscription tracée, comme Isildur l'avait deviné, était bel et bien dans la langue du Mordor et des serviteurs de la Tour. Et ce qu'elle disait était déjà connu. Car le jour où Sauron mit l'Unique pour la première fois, Celebrimbor, créateur des Trois, le décela, et de loin, il l'entendit prononcer ces mots, et les desseins malveillants de Sauron furent mis au jour.

« Je pris aussitôt congé de Denethor, mais alors même que je me dirigeais vers le nord, des messages me parvinrent de la Lórien me disant qu'Aragorn était passé par là, et qu'il avait trouvé la créature appelée Gollum. Par conséquent, je me détournai de ma route pour aller à sa rencontre et pour entendre son récit, n'osant imaginer les périls mortels qu'il avait affrontés seul. »

« Rien ne sert de s'étendre sur le sujet, dit Aragorn. Car s'il vous faut marcher en vue de la Porte Noire, ou fouler les fleurs mortelles du Val de Morgul, vous êtes sûr de rencontrer des périls. Mais moi aussi, je finis par désespérer, et je pris le chemin du retour. Puis, la fortune me conduisit soudain à ce que je cherchais : des empreintes de pieds nus aux abords d'un étang boueux. Mais à présent, la piste était fraîche et vive, et elle ne menait pas au Mordor : elle s'en éloignait. Je la suivis en marge des Marais Morts, et là, je le tins. Rôdant au bord d'un lac stagnant, se mirant dans l'eau à la brune, je le saisis, Gollum. Il était couvert de vase verdâtre. Il ne m'aimera jamais, j'en ai peur ; car il me mordit, et je ne fus pas tendre. Jamais je ne pus tirer autre chose de sa bouche que la marque de ses dents. Ce fut, je trouvai, la pire portion de tout mon voyage : revenir sur mes pas en le surveillant nuit et jour, en le faisant marcher devant moi, la corde au cou, bâillonné, jusqu'à ce qu'il soit dompté par la faim et la soif, toujours plus avant, vers Grand'Peur. Je l'y amenai enfin et le remis aux Elfes, car nous étions convenus de cela ; et je n'étais pas fâché d'en être débarrassé, car il puait. Pour ma part, j'espère ne plus jamais poser les yeux sur lui ; mais Gandalf est venu et a souffert de longs entretiens avec lui. »

« Oui, longs et fastidieux, dit Gandalf, mais non sans résultat. Pour commencer, le récit qu'il fit de sa déconvenue concordait avec celui que Bilbo vient de livrer ouvertement pour la première fois – ce qui n'avait guère d'importance, puisque je l'avais déjà deviné. Mais c'est à cette occasion que j'appris que l'anneau de Gollum était sorti des eaux du Grand Fleuve, non loin des Champs de Flambes. Et j'appris aussi qu'il l'avait eu longtemps. Maintes fois l'existence de ceux de sa petite espèce. Le pouvoir de l'Anneau lui avait donné une longévité exceptionnelle ; or, seuls les Grands Anneaux détiennent un tel pouvoir.

« Et si cela ne vous suffit pas, Galdor, il y a encore l'épreuve que j'ai évoquée tout à l'heure. Sur cet anneau même qui vous a été montré, rond et sans ornement, les lettres mentionnées par Isildur peuvent encore être lues, pour peu qu'on ait la volonté assez ferme pour laisser cet anneau d'or au feu pendant quelques instants. Ce que je fis ; et voici ce que je lus :

Ash nazg durbatulûk, ash nazg gimbatul,
ash nazg thrakatulûk agh burzum-ishi krimpatul. »

Le changement dans la voix du magicien fut saisissant. Elle se fit soudain menaçante, puissante, dure comme la pierre. Une ombre sembla passer devant le haut Soleil, et le portique fut momentanément obscurci. Tous tremblèrent, et les Elfes se bouchèrent les oreilles.

« Jamais personne n'avait osé proférer des mots de cette langue à Imladris, Gandalf le Gris », dit Elrond, tandis que l'ombre passait et que la compagnie respirait de nouveau.

« Et espérons que nul ne la parlera plus jamais ici, répondit Gandalf. Néanmoins, je ne demande pas votre pardon, maître Elrond. Car si cette langue ne doit pas bientôt être entendue aux quatre coins de l'Ouest, alors que personne ne doute plus que cette chose est véritablement celle que les Sages ont annoncée : le trésor de l'Ennemi, imprégné de toute sa malveillance ; et en lui se trouve une grande part de sa force d'autrefois. Des Années Noires nous viennent les mots que les Forgerons de l'Eregion entendirent, se sachant dès lors trahis :

Un Anneau pour les dominer tous,
Un Anneau pour les trouver,
Un Anneau pour les amener tous
et dans les Ténèbres les lier.

« Sachez aussi, mes amis, que j'ai appris autre chose de Gollum. Il renâclait à parler et son récit manquait de clarté, mais il ne fait absolument aucun doute qu'il s'est rendu au Mordor et que, là-bas, tout ce qu'il savait lui fut soutiré de force. Ainsi, l'Ennemi sait maintenant que l'Unique est retrouvé, qu'il est longtemps resté dans le Comté ; et puisque ses serviteurs l'ont traqué pour ainsi dire jusqu'à notre porte, il saura bientôt, il sait peut-être déjà, au moment où je vous parle, que nous l'avons ici. »

Tous demeurèrent silencieux un moment ; puis Boromir parla. « C'est une petite créature, dites-vous, ce Gollum ? Petite, mais d'une grande malignité. Qu'est-il devenu ? Quel sort lui avez-vous réservé ? »

« Il est en prison, rien de plus, dit Aragorn. Il avait beaucoup souffert. Il a été torturé, cela ne fait aucun doute, et la peur de Sauron lui noircit le cœur. Reste que, pour ma part, je suis content de le voir sous la garde vigilante des Elfes de Grand'Peur. Sa malice est grande et lui confère une force qu'on ne soupçonnerait guère chez un être aussi maigre et décharné. Il pourrait faire encore beaucoup de mal si on lui rendait la liberté. Et je ne doute pas qu'on lui ait permis de quitter le Mordor pour qu'il se livre à quelque action nuisible. »

« Hélas ! hélas ! s'écria Legolas, et dans son beau visage elfique se voyait une grande affliction. Les nouvelles que j'ai été chargé d'apporter doivent à présent être dites. Elles ne sont pas favorables, mais ce n'est qu'en vous entendant que j'ai compris à quel point elles pourront vous sembler mauvaises. Sméagol, que l'on appelle maintenant Gollum, s'est échappé. »

« Échappé ? s'écria Aragorn. C'est assurément une bien mauvaise nouvelle. Nous allons tous le regretter amèrement, j'en ai peur. Comment se fait-il que les gens de Thranduil aient failli à la tâche qui leur était confiée ? »

« Ce ne fut pas par manque de vigilance, dit Legolas, mais peut-être par excès de bonté. Et nous craignons que le prisonnier n'ait reçu une aide extérieure, et que nos faits et gestes ne soient mieux connus que nous le voudrions. Nous avons gardé cette créature jour et nuit, à la demande de Gandalf, quand même cette corvée devenait des plus lassantes pour nous. Mais Gandalf nous avait dit de continuer à espérer sa guérison, et nous n'avions pas le cœur de le laisser toujours dans des cachots, sous terre, où il retomberait dans ses noires pensées. »

« Vous avez été moins tendres à mon égard », dit Glóin avec un éclair dans les yeux, tandis que lui revenait le souvenir de son emprisonnement dans les culs-de-basse-fosse de la demeure du Roi elfe.

« Allons bon ! dit Gandalf. Je vous prie de ne pas interrompre, Glóin, mon bon ami. Toute cette histoire fut un regrettable malentendu, depuis longtemps réparé. Si tous les griefs entre les Elfes et les Nains doivent être déterrés ici, aussi bien abandonner ce Conseil. »

Glóin se leva et s'inclina, et Legolas poursuivit. « Les jours de beau temps, nous emmenions Gollum à travers les bois ; et il y avait là un grand arbre très à l'écart des autres et auquel il aimait grimper. Nous le laissions souvent monter aux plus hautes branches, jusqu'à ce qu'il sente le vent libre ; mais nous postions des sentinelles au pied de l'arbre. Un jour, il ne voulut pas redescendre, et les sentinelles n'avaient aucune envie de monter le chercher : il avait appris à s'agripper aux branches avec ses pieds comme avec ses mains ; alors elles s'assirent auprès de l'arbre jusque tard dans la nuit.

« Ce fut par ce même soir d'été, encore sans Lune ni étoiles, que des Orques nous assaillirent à l'improviste. Nous finîmes par les repousser ; ils étaient nombreux et féroces, mais ils venaient d'au-delà des montagnes et n'avaient pas l'habitude des bois. Après la bataille, nous constatâmes que Gollum était parti, et que les sentinelles avaient été tuées ou emmenées. Il nous parut alors évident que l'attaque avait servi à le délivrer, et qu'elle lui était connue à l'avance. Nous ignorons comment cela a pu être concerté ; mais Gollum est rusé, et les espions de l'Ennemi sont nombreux. Les sombres créatures qui avaient été chassées l'année de la chute du Dragon sont revenues en plus grand nombre, et Grand'Peur est de nouveau un endroit funeste, hormis sur les terres de notre royaume.

« Il nous a été impossible de reprendre Gollum. Nous avons retrouvé sa piste parmi celles de nombreux Orques : elle plongeait loin dans la Forêt, vers le sud. Mais elle déjoua bientôt notre habileté, et nous n'osions continuer la chasse ; car nous approchions de Dol Guldur, et c'est encore à ce jour un endroit très malsain ; nous n'allons pas de ce côté. »

« Eh bien, il est parti, dit Gandalf. Nous n'avons

pas le temps de partir de nouveau à sa recherche. Il fera ce qu'il fera. Mais il pourrait encore jouer un rôle que ni lui ni Sauron n'ont pressenti.

« Et maintenant, il est temps de répondre aux autres questions de Galdor. Qu'en est-il de Saruman ? Que nous conseille-t-il en cette heure décisive ? Ce récit devra être fait en entier, car Elrond est le seul jusqu'ici à l'avoir entendu, et encore, succinctement ; mais cela pèsera sur toutes les décisions que nous devrons prendre. C'est le tout dernier chapitre du Conte de l'Anneau, hormis ceux qui restent encore à écrire.

« À la fin du mois de juin, j'étais dans le Comté, mais un nuage d'inquiétude me gagnait, et je chevauchai aux frontières méridionales de ce petit pays ; car j'avais la prescience de quelque danger, encore caché à ma vue mais non loin d'apparaître. Là-bas, je reçus des messages m'informant de la guerre et de la défaite subie au Gondor ; et quand j'entendis parler de l'Ombre Noire, mon cœur se glaça. Mais je ne trouvai rien dans cette région, hormis quelques fugitifs venus du Sud ; pourtant il me semblait qu'il y avait en eux une peur dont ils n'osaient pas parler. Je me tournai alors vers l'est et le nord, voyageant le long du Chemin Vert ; et non loin de Brie, je rencontrai un voyageur assis sur un talus en bordure de la route, en train de paître son cheval. C'était Radagast le Brun, qui demeurait il fut un temps à Rhosgobel, à l'orée de Grand'Peur. Il est membre de mon ordre, mais je ne l'avais pas rencontré depuis maintes années.

« *Gandalf !* s'écria-t-il. *Je te cherchais. Mais je suis un étranger dans ces terres. Tout ce qu'on m'a dit, c'est que je te trouverais peut-être dans une région sauvage au nom improbable de Comté.*

« *On t'a bien renseigné*, dis-je. *Mais n'en parle pas de cette façon en présence de ses habitants. Tu te trouves en ce moment près des frontières du Comté. Et qu'as-tu à faire avec moi ? Ce doit être bien pressant. Tu n'as jamais été un grand voyageur, sauf quand le besoin est impérieux.*

« *J'ai été chargé d'une urgente mission*, dit-il. *Mes nouvelles sont fort mauvaises.* Puis il regarda autour de lui comme si les buissons avaient des oreilles. *Nazgûl*, murmura-t-il. *Les Neuf ont été vus de par le monde. Ils ont franchi secrètement le Fleuve et se dirigent vers l'ouest. Ils ont pris l'aspect de noirs cavaliers.*

« Je sus alors ce que j'avais redouté sans le savoir.

« *L'Ennemi doit avoir quelque grand besoin ou dessein*, dit Radagast, *mais je ne puis imaginer ce qui l'amène à se tourner vers ces contrées lointaines et désolées.*

« *Qu'entends-tu par là ?* dis-je.

« *On m'a dit que, partout où ils vont, les Cavaliers demandent des nouvelles d'un pays appelé Comté.*

« Le *Comté*, dis-je, mais mon cœur se serra. Car même les Sages peuvent craindre de s'opposer aux Neuf, quand ils sont réunis autour de leur terrible chef. Il fut jadis un grand roi et un puissant sorcier, et il exerce aujourd'hui une peur mortelle. *Qui te l'a dit, et qui t'envoie ?* demandai-je.

« *Saruman le Blanc*, répondit Radagast. *Et il m'a demandé de te dire que, si tu en ressens la nécessité, il t'aidera ; mais tu dois tout de suite chercher assistance, autrement il sera trop tard.*

« Et ce message m'apporta de l'espoir. Car Saruman le Blanc est le plus éminent de mon ordre. Radagast est bien sûr un Magicien de mérite, un maître des formes et des changements de couleur ; sa science des herbes et des bêtes est considérable, et les oiseaux sont particulièrement ses amis. Mais Saruman a longuement étudié les artifices de l'Ennemi lui-même, ce qui maintes fois nous a permis de le contrecarrer. C'est grâce aux procédés de Saruman que nous parvînmes à le chasser de Dol Guldur. Or, il pouvait avoir trouvé des armes capables de repousser les Neuf.

« *J'irai voir Saruman*, dis-je.

« *Alors tu dois y aller* maintenant, dit Radagast, *car j'ai perdu des jours à te chercher, et le temps commence à manquer. J'ai reçu ordre de te trouver avant la Mi-Été, et nous y voici. Même si tu pars sur-le-champ, tu auras peine à être chez lui avant que les Neuf ne découvrent le pays qu'ils cherchent. Je vais moi-même rebrousser chemin sans plus attendre.* Sur quoi, il se mit en selle et serait reparti incontinent si je ne lui avais fait signe.

« *Attends un peu !* dis-je. *Nous aurons besoin de ton aide, et de celle de toutes créatures qui veulent bien en fournir. Envoie des messages à tous les oiseaux et les bêtes qui sont tes amis. Dis-leur de transmettre, à Saruman et à Gandalf, toute nouvelle ayant trait à cette affaire. Que leurs messages soient portés à Orthanc.*

« *Je n'y manquerai pas*, dit-il, et il s'en fut chevauchant comme si les Neuf étaient à ses trousses.

« Je ne pouvais le suivre séance tenante. J'avais déjà longuement chevauché ce jour-là, et j'étais tout aussi fourbu que mon cheval ; de plus, il me fallait réfléchir. Je passai la nuit à Brie, et je décidai que je n'avais pas le temps de retourner dans le Comté. Jamais je ne commis d'erreur plus grave !

« Toutefois, j'écrivis un message à Frodo, m'en remettant à mon bon ami l'aubergiste pour le lui envoyer. Je chevauchai à l'aube ; et je finis par arriver enfin à la demeure de Saruman. Elle se trouve loin dans le sud, à Isengard, à l'extrémité des Montagnes de Brume, non loin de la Brèche du Rohan. Et Boromir vous dira qu'il s'agit là d'une grande vallée ouverte, entre les Montagnes de Brume et les contreforts les plus au nord des Ered Nimrais, les Montagnes Blanches de son pays. Mais Isengard est un cercle de rochers abrupts qui se dressent comme un mur tout autour d'une vallée, et au milieu de cette vallée s'élève une tour de pierre appelée Orthanc. Elle ne fut pas bâtie par Saruman, mais par les Hommes de Númenor, il y a longtemps. Très haute, elle recèle de nombreux secrets, mais elle n'a pas l'aspect d'une construction. Nul ne peut l'atteindre sans passer le cercle d'Isengard ; et ce cercle ne compte qu'une seule porte.

« Tard un soir, j'arrivai à la porte, semblable à une grande arche dans la muraille rocheuse ; et elle était fortement gardée. Mais les gardiens guettaient mon arrivée, et ils me dirent que Saruman m'attendait. Je passai sous l'arche. Le portail se referma silencieusement derrière moi, et je ressentis une peur soudaine, sans que j'en sache la raison.

« Je chevauchai tout de même jusqu'au pied d'Orthanc, parvenant à l'escalier de Saruman ; et là, il vint à ma rencontre et me fit monter jusqu'à sa chambre haute. Il portait un anneau au doigt.

« *Ainsi, tu es venu, Gandalf,* me dit-il d'un ton grave, mais je crus voir dans ses yeux une lueur blanche, comme s'il cachait dans son cœur un rire froid.

« *Oui, je suis venu*, dis-je. *Je suis venu requérir ton aide, Saruman le Blanc*. Et ce titre parut l'irriter.

« *Vraiment, Gandalf le* Gris *!* dit-il avec moquerie. *De l'aide ? Rarement a-t-on entendu dire que Gandalf le Gris cherchait de l'aide, lui, si rusé et si sage, errant par les terres et se mêlant de toutes les affaires, qu'elles soient ou non de son ressort.*

« Je le regardai, songeur. *Mais si je ne m'abuse*, dis-je, *des choses se sont mises en branle qui requerront l'union de toutes nos forces.*

« *Peut-être bien*, dit-il, *mais tu as mis du temps à t'en rendre compte. Dis-moi, combien de temps m'as-tu caché, à moi, le chef du Conseil, une information de la plus haute importance ? Qu'est-ce qui te pousse maintenant à sortir de ta cachette dans le Comté ?*

« *Les Neuf sont ressortis*, ai-je répondu. *Ils ont traversé le Fleuve. C'est ce que m'a dit Radagast.*

« *Radagast le Brun !* s'esclaffa Saruman, sans plus cacher son mépris. *Radagast le Dresseur d'Oiseaux ! Radagast le Simple ! Radagast le Niais ! Mais il eut tout juste les facultés nécessaires pour jouer le rôle que je lui ai confié. Car tu es venu, et c'était toute la raison de mon message. Et ici tu resteras, Gandalf le Gris, et te reposeras de tes voyages. Car je suis Saruman le Sage, Saruman le Créateur d'Anneaux, Saruman aux Multiples Couleurs !*

« Je remarquai alors que sa toge, qui m'avait paru

blanche, ne l'était pas, mais qu'elle était tissée de toutes les couleurs ; et s'il bougeait, elle changeait de teinte et chatoyait de manière à tromper l'œil.

« *Je préférais le blanc*, dis-je.

« *Le blanc !* ricana-t-il. *Le blanc sert pour commencer. Un tissu blanc peut être teint. La page blanche peut être couverte d'encre ; et la lumière blanche peut être brisée.*

« *Auquel cas elle n'est plus blanche*, dis-je. *Et qui brise une chose pour découvrir ce que c'est a quitté la voie de la sagesse.*

« *Inutile de me parler comme à un des sots qui te servent d'amis*, dit-il. *Je ne t'ai pas amené ici pour recevoir tes enseignements, mais pour t'offrir un choix.*

« Il se redressa alors et se mit à déclamer, comme s'il entamait un discours longuement préparé. *Les Jours Anciens sont révolus. Les Jours Moyens passent. Les Jours Jeunes commencent. Le temps des Elfes est derrière eux, mais le nôtre approche : le monde des Hommes, qu'il nous faut diriger. Mais il nous faut le pouvoir, le pouvoir d'ordonner toutes choses comme nous l'entendons, pour le bien que seuls les Sages peuvent voir.*

« *Et écoute-moi, Gandalf, mon vieil ami et assistant !* dit-il, s'approchant et me parlant d'une voix adoucie. *Je dis* nous, *car ce peut être* nous, *si tu décides de te joindre à moi. Un nouveau Pouvoir se lève. Contre lui, les vieilles alliances et politiques ne nous serviront aucunement. Il n'y a plus d'espoir en les Elfes, ni en Númenor qui se meurt. Voici alors un choix qui s'offre à toi, à nous. Nous pourrions nous joindre à ce Pouvoir. Ce serait sage, Gandalf. Il y a de l'espoir de ce côté. Sa victoire est proche ; et la récompense sera grande pour ceux qui l'auront aidé. À mesure que le Pouvoir grandira, ses amis éprouvés s'en trouveront grandis aussi ; et les Sages tels que toi et moi pourront, avec de la patience, arriver enfin à diriger son cours, à en avoir la maîtrise. Nous pouvons attendre notre heure, garder nos pensées dans nos cœurs et déplorer, peut-être, les torts causés en passant, mais toujours dans un ultime et noble dessein : la Connaissance, l'Autorité, l'Ordre, toutes ces choses que nous nous sommes jusqu'ici efforcés en vain d'accomplir, gênés plutôt qu'aidés par nos amis, par leur faiblesse ou leur inaction. Il ne devrait y avoir, il n'y aurait aucun véritable changement dans nos fins, seulement dans nos moyens.*

« *Saruman*, dis-je, *j'ai déjà entendu des discours de ce genre, mais seulement dans la bouche d'émissaires envoyés du Mordor pour tromper les ignorants. J'ai peine à croire que tu m'aies fait venir de si loin dans le seul but de me fatiguer les oreilles.*

« Il me lança un regard oblique et se tut un instant, réfléchissant. *Eh bien, je constate que cette sage résolution ne s'impose pas à ton jugement*, dit-il. *Pas encore ? Pas s'il est possible de trouver un meilleur moyen ?*

« Il s'approcha et posa sa longue main sur mon bras. *Et pourquoi pas, Gandalf ?* murmura-t-il. *Pourquoi pas ? Le Maître Anneau ? Si nous pouvions en disposer, alors le Pouvoir nous reviendrait à nous. C'est en vérité ce pour quoi je t'ai fait venir ici. Car j'ai bien des yeux à mon service, et je crois que tu sais où se trouve maintenant ce précieux objet. N'est-il pas vrai ? Sinon, pourquoi les Neuf s'enquièrent-ils du Comté, et qu'as-tu à faire là-bas ?* À ce moment, un éclair de convoitise qu'il ne put dissimuler parut tout à coup dans ses yeux.

« *Saruman*, dis-je en m'éloignant de lui, *seule une main à la fois peut disposer de l'Unique, et tu le sais fort bien : ce n'est donc pas la peine de dire* nous ! *Mais jamais je ne te le donnerais ; je ne t'en donnerais même pas des nouvelles, maintenant que je connais ta pensée. Tu étais le chef du Conseil, mais tu t'es enfin démasqué. Eh bien, le choix est donc, semble-t-il, de se soumettre à Sauron, ou bien à toi. Je ne prendrai ni l'un ni l'autre. As-tu autre chose à proposer ?*

« Il était froid, à présent, et dangereux. *Oui*, dit-il. *Je ne m'attendais pas à te voir faire preuve de sagesse, fût-ce dans ton propre intérêt ; mais je t'ai donné la chance de m'aider de plein gré, et de t'épargner ainsi beaucoup d'ennuis et de souffrance. L'autre choix est de rester ici, jusqu'à la fin.*

« *Jusqu'à quelle fin ?*

« *Jusqu'à ce que tu me dises où se trouve l'Unique. Je puis trouver le moyen de t'en persuader. Ou jusqu'à ce qu'il soit découvert malgré toi, et que le Maître trouve le temps de se consacrer à des affaires plus légères – comme d'imaginer une récompense appropriée pour l'obstruction et l'insolence de Gandalf le Gris.*

« *Cela pourrait ne pas s'avérer une affaire plus légère*, dis-je. Il se rit de moi, car mes paroles étaient vaines, et il le savait.

« Ils m'emmenèrent et me laissèrent seul sur le pinacle d'Orthanc, là où Saruman avait accoutumé d'observer les étoiles. Il n'y a aucun moyen d'en descendre, sinon par un étroit escalier de plusieurs milliers de marches, et tout en bas, la vallée paraît lointaine. Alors qu'elle était autrefois verte et belle, je vis en la contemplant qu'elle était maintenant remplie de fosses et de forges. Isengard hébergeait des loups et des Orques, car Saruman rassemblait une grande force pour son propre compte, en concurrence avec Sauron et non à son service – pour le moment. Une fumée noire flottait sur tous ses chantiers et s'enroulait autour des parois d'Orthanc. Seul sur une île au milieu de nuages, sans aucune chance de m'échapper, je connus des jours pénibles. J'étais transi de froid et je n'avais qu'un tout petit espace à arpenter, pendant que je ruminais la venue des Cavaliers dans le Nord.

« J'étais bien certain que les Neuf avaient fait surface, indépendamment des affirmations de Saruman qui pouvaient être des mensonges. Bien avant de me trouver à Isengard, j'avais entendu des choses en chemin, des choses qui ne trompent pas. Je craignais sans cesse pour mes amis dans le Comté, mais je gardais tout de même espoir. J'espérais que Frodo était parti sans attendre, comme je l'en priais instamment dans ma lettre, et qu'il était parvenu à Fendeval avant que la poursuite mortelle soit lancée. Or, mon espoir et ma crainte étaient tous deux sans fondement. Car mon espoir reposait sur un gros bonhomme du village de Brie ; et ma crainte, sur la ruse de Sauron. Mais les gros pères vendeurs de bière ont à répondre à bien des clients ; et le pouvoir de Sauron est encore moindre que la peur ne le donne à penser. Mais dans le cercle d'Isengard, seul et pris au piège, il était difficile d'imaginer que ces redoutables chasseurs, devant qui tous ont fui ou péri, failliraient à leur tâche dans le lointain Comté. »

« Je vous ai vu ! s'écria Frodo. Vous faisiez les cent pas. La Lune brillait dans vos cheveux. »

Gandalf s'arrêta, étonné, et le dévisagea. « Ce n'était qu'un rêve, dit Frodo, mais je viens tout à coup de m'en souvenir. Je l'avais complètement oublié. Il m'est venu il y a quelque temps ; après mon départ du Comté, je pense. »

« Il est venu tardivement, dans ce cas, dit Gandalf, comme vous allez le constater. J'étais dans une situation difficile. Et ceux qui me connaissent conviendront que je me suis rarement trouvé en telles extrémités, et qu'un tel revers m'est difficile à supporter. Gandalf le Gris, piégé comme une mouche dans une perfide toile d'araignée ! Mais même les araignées les plus subtiles peuvent oublier un fil.

« Je craignis au début, comme Saruman l'espérait sans doute, que Radagast ne fût tombé lui aussi. Pourtant, je n'avais rien senti d'anormal dans sa voix ou dans son regard au moment de notre rencontre. Si tel avait été le cas, je ne me serais jamais rendu à Isengard, ou j'y serais allé avec plus de prudence. Saruman s'en doutait bien, aussi choisit-il de dissimuler sa pensée et de flouer son messager. Essayer de gagner l'honnête Radagast à la traîtrise eût été vain, de toute manière. Il m'a donc cherché en toute bonne foi, et ainsi m'a persuadé.

« Ce détail eut raison du complot de Saruman. Car Radagast n'avait aucune raison de ne pas faire ce que je lui demandais ; et il chevaucha vers Grand'Peur où il retrouva de nombreux amis d'autrefois. Alors les Aigles des Montagnes partirent dans toutes les directions et observèrent bien des choses : l'attroupement des loups et le rassemblement des Orques, ainsi que les mouvements des Neuf Cavaliers à travers les terres ; et ils eurent vent de l'évasion de Gollum. Ils dépêchèrent donc un messager pour me transmettre ces nouvelles.

« C'est ainsi qu'au déclin de l'été vint une nuit de Lune, et que Gwaihir le Seigneur du Vent, le plus rapide des Grands Aigles, arriva à Orthanc sans y être attendu ; et il me trouva debout sur le pinacle. Je lui parlai alors, et il m'emporta avant que Saruman ait eu connaissance de quoi que ce soit. J'étais déjà loin d'Isengard quand les loups et les Orques sortirent à ma poursuite.

« *Jusqu'où peux-tu me porter ?* demandai-je à Gwaihir. *Sur bien des lieues encore*, répondit-il, *mais pas jusqu'aux confins de la terre. On m'a envoyé porter des nouvelles, non des fardeaux.*

« *Il me faudra alors un coursier sur la terre ferme*, dis-je, *un coursier d'une rapidité sans pareille, car je n'ai jamais eu autant besoin de hâte.*

« *Je vous porterai donc à Edoras, où siège le Seigneur du Rohan dans ses salles*, dit-il, *car ce n'est pas très loin.* Et je me réjouis, car c'est là, dans le Riddermark de Rohan, que vivent les Rohirrim, les Seigneurs des Chevaux ; et nulle part ailleurs il n'est de chevaux semblables à ceux qui sont élevés dans cette large vallée entre les Montagnes de Brume et les Montagnes Blanches.

« *Crois-tu que les Hommes du Rohan soient encore dignes de confiance ?* demandai-je à Gwaihir, car la trahison de Saruman m'avait ébranlé.

« *Ils paient un tribut de chevaux*, répondit-il, *et*

ils en envoient beaucoup au Mordor, année après année, du moins c'est ce que l'on dit ; mais ils ne sont pas encore sous le joug. Leur ruine ne saurait pourtant tarder si, comme vous l'affirmez, Saruman s'est tourné vers le mal.

« Il me déposa au pays de Rohan avant l'aube ; et voici que j'ai trop allongé mon récit. La suite devra être plus brève. Au Rohan, je trouvai le mal déjà à l'œuvre : les mensonges de Saruman ; et le roi du pays ne voulut pas écouter mes avertissements. Il m'enjoignit de prendre un cheval et de m'en aller ; et j'en choisis un tout à fait à mon goût, mais peu au sien. Je pris le meilleur coursier de tout son royaume, et jamais je n'ai vu son pareil. »

« Ce doit être alors une bien noble bête, dit Aragorn, et cela me chagrine plus que bien d'autres nouvelles qui pourraient sembler plus graves, de savoir que Sauron lève un tel tribut. Il n'en était pas ainsi la dernière fois que j'ai visité ce pays. »

« Pas plus qu'il n'en est ainsi aujourd'hui, j'en mettrais ma main au feu, dit Boromir. C'est un mensonge colporté par l'Ennemi. Je connais les Hommes du Rohan, vaillants et fidèles, nos alliés, occupant encore les terres que nous leur avons données il y a bien longtemps. »

« L'ombre du Mordor s'étend sur de lointaines contrées, répondit Aragorn. Saruman est tombé sous son empire. Le Rohan est cerné. Qui sait ce que vous y trouverez si jamais vous y retournez ? »

« Cela tout au moins m'est inconcevable, qu'ils puissent racheter leurs vies avec des chevaux, dit

Boromir. Ils chérissent leurs bêtes presque autant que leur propre famille. Et non sans raison, car les chevaux du Riddermark viennent des prairies du Nord, loin de l'Ombre ; et leur race, comme celle de leurs maîtres, descend des jours libres de jadis. »

« On ne peut plus vrai ! dit Gandalf. Et il en est un parmi eux qui pourrait tout aussi bien avoir été enfanté au matin du monde. Les chevaux des Neuf ne peuvent rivaliser avec lui : infatigable, rapide comme le vent qui court. Scadufax l'ont-ils appelé. Le jour, sa robe scintille comme l'argent ; la nuit, elle est comme une ombre, et il passe sans être vu. Léger est son pas ! Jamais aucun homme ne l'avait monté, mais je le pris et je l'apprivoisai, et il me porta si rapidement que j'arrivai dans le Comté alors que Frodo était sur les Coteaux des Tertres, bien que j'aie seulement quitté le Rohan le jour où il partit de Hobbiteville.

« Mais la peur me gagnait tandis que je chevauchais. À mesure que j'allais vers le nord, j'avais vent des Cavaliers, et même si je les rattrapais de jour en jour, ils gardaient l'avance sur moi. J'appris qu'ils avaient divisé leurs forces : certains étaient restés sur les frontières orientales, non loin du Chemin Vert ; d'autres avaient envahi le Comté par le sud. Je gagnai Hobbiteville et Frodo n'y était plus ; mais j'échangeai quelques mots avec le vieux Gamgie. Beaucoup de mots et peu de propos. Il en avait long à dire sur les nouveaux propriétaires de Cul-de-Sac.

« *Je ne supporte pas le changement*, dit-il. *Pas à mon âge, encore moins le changement en mal. Le changement en mal*, répéta-t-il plusieurs fois.

« *Le mal est un bien grand mot*, lui dis-je, *et j'espère que vous ne le verrez jamais de votre vie.* Mais parmi tout ce verbiage, je finis par comprendre que Frodo avait quitté Hobbiteville moins d'une semaine auparavant, et qu'un cavalier vêtu de noir était venu sur la Colline le même soir. Alors je repartis dans la crainte. J'arrivai au Pays-de-Bouc, que je trouvai grouillant d'activité, comme une fourmilière que l'on vient de remuer avec un bâton. Je me rendis à la maison de Creux-le-Cricq, forcée et vide ; mais sur le seuil se trouvait une cape ayant appartenu à Frodo. Alors je perdis tout espoir pendant un temps, et je ne m'attardai pas pour prendre des nouvelles, sans quoi j'eusse été réconforté ; mais je me lançai sur la piste des Cavaliers. Il me fut difficile de la suivre, car elle partait dans tous les sens et je ne savais où donner de la tête. Mais il me semblait qu'un ou deux s'étaient dirigés vers Brie ; et je décidai d'aller de ce côté, car j'avais deux mots à dire à l'aubergiste.

« "Fleurdebeurre, qu'ils l'appellent, pensé-je. Si ce retard est de sa faute, je vais faire fondre tout le beurre qu'il contient. Je vais le faire rôtir à petit feu, le vieux fou." Il n'en attendait pas moins, et sitôt qu'il vit ma figure, il se flanqua par terre et se mit à fondre sur-le-champ. »

« Que lui avez-vous fait ? s'écria Frodo avec affolement. Il a vraiment été très gentil avec nous et il a fait tout ce qu'il a pu. »

Gandalf rit. « N'ayez crainte ! répondit-il. Je n'ai pas mordu ; et je n'aboyai que très peu. Je fus si enchanté par les nouvelles que je reçus de lui, quand il s'arrêta de trembler, que je serrai le vieux bonhomme dans mes bras. Je n'aurais su dire alors comment c'était arrivé, mais j'appris que vous aviez logé à

Brie la nuit d'avant, et que vous étiez reparti au matin avec l'Arpenteur.

« *L'Arpenteur !* fis-je, m'exclamant de joie.

« *Oui, m'sieur, j'en ai bien peur, m'sieur*, dit Fleurdebeurre, se méprenant. *Il a réussi à leur parler, malgré tous mes efforts, et ils sont allés s'acoquiner avec lui. Ils se sont comportés très bizarrement tout le temps qu'ils ont été ici : obstinés, qu'on aurait dit.*

« *Bougre d'âne ! Triple idiot ! Ô mon très digne et très cher Filibert !* dis-je. *Ce sont les meilleures nouvelles que j'ai reçues depuis la Mi-Été ; cela vaut une pièce d'or au moins. Puisse ta bière demeurer sous un charme d'excellence pendant sept ans !* dis-je. *Je puis enfin prendre une nuit de repos, la première depuis je ne sais plus quand.*

« Je passai donc la nuit là-bas, me demandant fort ce que les Cavaliers étaient devenus ; car seuls deux d'entre eux avaient été vus jusque-là à Brie, à ce qu'il semblait. Mais au cours de la nuit vinrent d'autres nouvelles. Au moins cinq arrivèrent de l'ouest, renversant les portes et traversant Brie en coup de vent ; les Gens de Brie en tremblent encore, et ils croient que la fin du monde est proche. Je me levai avant l'aube et me lançai à leur poursuite.

« Je n'en suis pas certain, mais voici ce qui a dû se produire selon moi. Leur Capitaine est resté terré au sud de Brie, pendant que deux des siens entraient dans le village et que quatre autres prenaient le Comté d'assaut. Mais après leur échec à Brie et à Creux-le-Cricq, ils rejoignirent leur Capitaine pour l'en informer, laissant ainsi la Route quelque temps sans surveillance, sauf pour ce qui était de leurs espions. Alors le Capitaine en envoya quelques-uns vers l'est, directement à travers les terres, pendant que lui-même et les autres chevauchaient par la Route dans un vif courroux.

« Je filai vers Montauvent au grand galop ; j'y fus dès le surlendemain de mon départ de Brie, avant le coucher du Soleil – et ils y étaient déjà. Ils fuirent devant moi, car ils sentaient monter ma colère et n'osaient pas l'affronter tant que le Soleil brillait. Mais à la nuit tombée, ils s'approchèrent, et je fus assiégé au sommet de la colline, dans le vieil anneau d'Amon Sûl. J'eus fort à faire cette nuit-là, c'est le moins qu'on puisse dire : jamais n'a-t-on vu pareilles lumières et flammes sur Montauvent depuis les feux d'alarme des guerres d'autrefois.

« Au lever du Soleil, je m'échappai enfin et m'enfuis vers le nord. Je ne pouvais espérer faire plus. Il m'était impossible de vous trouver, Frodo, dans l'immensité des terres sauvages ; et c'eût été folie de le tenter avec les Neuf tous lancés sur mes talons. J'ai donc dû m'en remettre à Aragorn. Mais j'espérais en attirer quelques-uns à l'écart, et en même temps gagner Fendeval avant vous, de manière à vous envoyer de l'aide. Quatre Cavaliers me suivirent bel et bien, mais au bout d'un moment, ils firent demi-tour et se dirigèrent vers le Gué, semble-t-il. Cela aida un peu, car ils n'étaient que cinq, et non neuf, quand votre campement fut attaqué.

« J'arrivai enfin ici après une longue et dure route, ayant remonté la Fongrège à travers les Landes d'Etten pour ensuite redescendre du nord. Il me fallut près de quinze jours depuis Montauvent, car je ne pouvais aller à cheval parmi les hautes terres des Trolls, et Scadufax dut me quitter. Je l'envoyai retrouver son maître ; mais une grande amitié est née entre nous, et il viendra à moi si dans le besoin je l'appelle. Ainsi donc, j'arrivai à Fendeval seulement deux jours avant l'Anneau ; et le danger qu'il courait était déjà connu ici – ce qui fut vraiment très heureux pour nous.

« Et voilà qui met fin à mon récit, Frodo. Puissent Elrond et les autres m'en pardonner la longueur. Mais une telle chose ne s'était jamais produite : Gandalf manquant à sa parole, et négligeant de se présenter au moment convenu. Il fallait rendre compte de cette étrange occurrence au Porteur de l'Anneau, je crois.

« Eh bien, le Récit est maintenant achevé, du début à la fin. Nous voilà tous ici, nous et l'Anneau. Mais nous ne sommes toujours pas plus près de notre but. Qu'allons-nous en faire ? »

Il y eut un silence. Puis Elrond parla de nouveau.

« Voilà de bien mauvaises nouvelles au sujet de Saruman, dit-il ; car nous avions confiance en lui et il a été au centre de toutes nos délibérations. Il est périlleux d'étudier trop profondément les artifices de l'Ennemi, pour le bien ou pour le mal. Mais pareilles chutes et trahisons, hélas, se sont déjà vues. De tous les récits que nous avons entendus ce jour d'hui, celui de Frodo fut pour moi le plus étrange. J'ai connu peu de Hobbits, mis à part Bilbo ici présent ; et il m'apparaît qu'il n'est peut-être pas aussi unique et singulier que je l'avais cru. Le monde a beaucoup changé depuis le temps où je foulais les routes qui mènent à l'ouest.

« Les Esprits des Tertres nous sont connus de bien des noms ; et de la Vieille Forêt, bien des récits ont été faits : ce qu'il en reste de nos jours n'est plus qu'un vestige de sa lisière septentrionale. Il fut un temps où un écureuil pouvait aller d'arbre en arbre depuis ce qui est aujourd'hui le Comté, jusqu'en Dunlande à l'ouest d'Isengard. Il m'est arrivé une fois de voyager en ces terres, et j'y ai connu maintes choses étranges et sauvages. Mais j'avais oublié Bombadil, s'il s'agit en effet du même qui parcourait autrefois les bois et les collines et qui, même en ce temps-là, était plus vieux que les anciens. Il ne portait pas alors ce nom. Nous l'appelions Iarwain Ben-adar, l'aîné sans père. Mais il a reçu depuis maints autres noms, donnés par les différents peuples : Forn chez les Nains, Orald chez les Hommes du Nord, et bien d'autres encore. C'est un être étrange, mais j'aurais peut-être dû le convier à notre Conseil. »

« Il ne serait pas venu », dit Gandalf.

« Tout de même, ne serait-il pas possible de lui envoyer des messages et d'obtenir son aide ? demanda Erestor. Il semble qu'il ait un pouvoir capable d'agir même sur l'Anneau. »

« Non, ce n'est pas ainsi que je l'exprimerais, dit Gandalf. Dites plutôt que l'Anneau n'a aucun pouvoir sur lui. Il est son propre maître. Mais il ne peut transformer l'Anneau lui-même, ni défaire le pouvoir que l'Anneau exerce sur les autres. Et voilà qu'il est aujourd'hui confiné à un petit pays dont il a lui-même choisi les frontières, encore que nul ne puisse les voir, attendant peut-être la venue d'une nouvelle ère ; et il refuse d'en sortir. »

« Mais à l'intérieur de ces frontières, rien ne semble

le troubler, dit Erestor. Ne voudrait-il pas prendre l'Anneau et l'y conserver, de manière à le rendre à jamais inoffensif ? »

« Non, dit Gandalf, pas de son plein gré. Il le ferait peut-être si tous les gens libres du monde l'en suppliaient, mais il n'en comprendrait pas la nécessité. Et si on lui remettait l'Anneau, il ne tarderait pas à l'oublier ou, plus sûrement, à le jeter. De telles choses n'ont aucune prise sur lui. Il serait un gardien des plus hasardeux ; et cette seule constatation devrait nous suffire. »

« De toute manière, dit Glorfindel, envoyer l'Anneau jusqu'à lui ne ferait que retarder le jour de notre ruine. Il est bien loin d'ici. Nous ne pourrions à présent le lui rapporter sans être devinés, sans qu'aucun espion ne s'avise de nous. Et même si nous y parvenions, tôt ou tard, le Seigneur des Anneaux découvrirait sa cachette et braquerait tout son pouvoir sur elle. Bombadil pourrait-il défier à lui seul ce pouvoir ? Je ne le pense pas. Je crois qu'en fin de compte, si tout le reste est conquis, Bombadil tombera, le Dernier comme il fut le Premier ; et qu'alors viendra la Nuit. »

« Je connais peu de chose d'Iarwain hormis son nom, dit Galdor ; mais Glorfindel a raison, je crois. Le pouvoir de défier notre Ennemi ne se trouve pas en lui, à moins qu'il n'y ait un tel pouvoir au sein même de la terre. Or nous constatons que Sauron peut torturer et détruire les collines elles-mêmes. Tout le pouvoir restant se trouve auprès de nous, ici à Imladris, ou auprès de Círdan aux Havres, ou en Lórien. Mais ont-ils la force, avons-nous ici la force de résister à l'Ennemi, à la venue de Sauron en tout dernier lieu, quand tous les autres seront tombés ? »

« Je n'en ai point la force, dit Elrond, ni eux non plus. »

« Donc, si on ne peut éternellement priver Sauron de l'Anneau par la force, dit Glorfindel, il ne nous reste que deux choses à tenter : l'envoyer au-delà de la Mer, ou le détruire. »

« Mais Gandalf nous a indiqué que nous ne pouvons le détruire par aucun moyen à notre disposition, dit Elrond. Et ceux qui vivent par-delà la Mer refuseraient de l'y accueillir : pour le meilleur ou pour le pire, il appartient à la Terre du Milieu ; et il est de notre devoir, à nous qui vivons encore ici, de nous en occuper. »

« Dans ce cas, dit Glorfindel, jetons-le dans les profondeurs, et faisons en sorte que les mensonges de Saruman se réalisent. Car il est clair à présent que, même au Conseil, il avait déjà emprunté une voie déloyale. Il savait que l'Anneau n'était pas perdu pour toujours, mais il voulait que nous le croyions ; car il avait commencé à le désirer pour lui-même. Or, tout mensonge cache une vérité : au fond de la Mer, il serait en sécurité.

« Pas pour toujours, dit Gandalf. Il y a bien des choses dans les eaux profondes ; et les mers et les continents peuvent changer. Et ce n'est pas ici notre rôle que de prévoir uniquement pour une saison, pour quelques générations d'Hommes, ou pour un âge éphémère du monde. Nous devrions avoir pour objectif de mettre fin à cette menace, même si nous n'avons pas espoir d'y parvenir. »

« Et la solution ne se trouve pas sur les chemins de la Mer, dit Galdor. S'il est jugé trop périlleux de retourner jusqu'à Iarwain, alors la fuite vers la

Mer représente aujourd'hui un danger beaucoup plus grave. Mon cœur me dit que Sauron s'attendra à nous voir prendre la voie de l'ouest, quand il saura ce qui s'est passé. Il l'apprendra bientôt. Les Neuf ont bel et bien été démontés, mais il ne s'agit que d'un moment de répit, avant qu'ils trouvent de nouveaux coursiers plus rapides. Seule la force déclinante du Gondor se dresse désormais entre lui et son irrésistible avancée le long des côtes, jusque dans le Nord ; et s'il vient, s'il assaille les Tours Blanches et les Havres, les Elfes pourraient ne plus avoir aucun moyen d'évasion, tandis que les ombres s'allongent en Terre du Milieu. »

« Cette avancée devra attendre encore longtemps, dit Boromir. Le Gondor décline, dites-vous. Mais le Gondor tient bon, et même au bout de ses forces, il demeure très puissant. »

« Et pourtant, sa vigilance ne parvient plus à contenir les Neuf, dit Galdor. Et l'Ennemi peut trouver d'autres routes que le Gondor ne défend pas. »

« Dans ce cas, dit Erestor, il n'y a que deux issues possibles, ainsi que Glorfindel l'a déjà dit : cacher l'Anneau pour toujours ; ou le détruire. Mais aucune des deux n'est à notre portée. Qui résoudra cette énigme pour nous ? »

« Personne ici ne le peut, dit Elrond d'un ton grave. Du moins, personne ne peut prédire ce qu'il adviendra si nous choisissons telle issue plutôt que telle autre. Mais je vois clairement désormais quelle est pour nous la voie à suivre. Celle de l'ouest semble la plus aisée. Il faut donc l'éviter. Elle sera surveillée. Trop souvent les Elfes se sont enfuis de ce côté. En cette ultime nécessité, il nous faut prendre une dure route, une route imprévue. C'est là que notre espoir réside, s'il s'agit bien d'espoir. Marcher vers le péril, jusqu'au Mordor. Nous devons envoyer l'Anneau au Feu. »

Le silence tomba de nouveau. Frodo, même aux portes de cette belle demeure, où son regard embrassait une vallée ensoleillée remplie du murmure d'eaux claires, sentit son cœur envahi de ténèbres noires. Boromir remua, et Frodo se tourna vers lui. Il tripotait son grand cor et plissait le front. Enfin, il prit la parole.

« Je n'entends rien à tout cela, dit-il. Saruman est un traître, soit, mais n'avait-il pas une parcelle de sagesse ? Pourquoi parlez-vous toujours de cacher et de détruire ? Pourquoi ne pas considérer que le Grand Anneau est venu entre nos mains pour nous servir, alors même que nous en avons le plus besoin ? Avec lui, les Libres Seigneurs des Gens Libres pourraient assurément vaincre l'Ennemi. C'est là sa plus grande crainte, m'est avis.

« Les Hommes du Gondor sont vaillants, et ils ne se soumettront jamais ; mais ils peuvent être battus. Aux gens de valeur il faut d'abord la force, puis une arme. Laissez l'Anneau être votre arme, s'il a tout le pouvoir que vous lui prêtez. Prenez-le et marchez à la victoire ! »

« Hélas, non, dit Elrond. Nous ne pouvons utiliser le Maître Anneau. Nous ne le savons que trop bien, à présent. Il appartient à Sauron et fut créé par lui seul ; et il est entièrement mauvais. Sa force est trop grande, Boromir, pour que quiconque puisse en disposer comme il l'entend, sauf ceux qui ont déjà un grand pouvoir qui leur est propre. Mais pour ceux-là, il recèle un péril encore plus grand. Le seul désir de le posséder corrompt le cœur. Prenez Saruman. Si aucun des Sages devait, avec cet Anneau, renverser le Seigneur du Mordor en se servant de ses propres artifices, il s'installerait alors sur le trône de Sauron, et un nouveau Seigneur Sombre apparaîtrait. Et c'est là une autre raison de détruire l'Anneau : tant qu'il perdurera, il représentera un danger, même pour les Sages. Car rien n'est mauvais au début. Même Sauron ne l'était pas. Je crains de prendre l'Anneau pour le cacher. Je ne le prendrai pas pour en user. »

« Ni moi non plus », dit Gandalf.

Boromir les considéra d'un air dubitatif, mais il baissa la tête. « Soit, dit-il. Ainsi, le Gondor devra s'en remettre aux armes qui sont les siennes. Et tant que les Sages auront la garde de cet Anneau, à tout le moins continuerons-nous de nous battre. Et qui sait ? L'Épée-qui-fut-Brisée pourrait encore endiguer le flot – si la main qui la tient n'a pas seulement hérité d'un bien, mais aussi du nerf et de la force des Rois des Hommes. »

« Qui sait ? dit Aragorn. Mais l'épreuve en sera faite un jour. »

« Puisse ce jour ne point trop tarder, dit Boromir. Car si je ne demande pas d'aide, nous en avons tout de même besoin. Il nous rassurerait de savoir que d'autres se battent aussi avec tous les moyens dont ils disposent. »

« Dans ce cas, soyez rassuré, dit Elrond. Car il y a d'autres pouvoirs et royaumes dont vous n'avez pas connaissance, et ils vous sont cachés. Anduin le Grand longe bien des rives avant de passer les Argonath, aux Portes du Gondor. »

« Mais peut-être vaudrait-il mieux pour tous, dit Glóin le Nain, si toutes ces forces étaient rassemblées, et si les pouvoirs de chacun agissaient de concert. Il est peut-être d'autres anneaux, moins perfides, ceux-là, dont nous pourrions nous servir. Les Sept sont perdus – en supposant que Balin n'ait pas retrouvé l'Anneau de Thrór, le dernier dont nous eûmes possession ; nous en avons perdu la trace depuis que Thrór a péri en Moria. D'ailleurs, je puis maintenant vous révéler que c'est en partie dans l'espoir de retrouver cet anneau que Balin nous a quittés. »

« Balin ne trouvera aucun anneau en Moria, dit Gandalf. Thrór le donna à Thráin son fils, mais non Thráin à Thorin. Il fut dérobé à Thráin sous la torture dans les cachots de Dol Guldur. J'arrivai trop tard. »

« Ah, malheur ! s'écria Glóin. Quand viendra donc le jour de notre revanche ? Mais il reste néanmoins les Trois. Qu'en est-il des Trois Anneaux des Elfes ? De très puissants Anneaux, dit-on. Les Seigneurs elfes ne les gardent-ils point ? Ceux-là aussi, pourtant, ont été créés par le Seigneur Sombre il y a longtemps. Sont-ils inemployés ? Je vois ici des Seigneurs elfes. Refusent-ils de nous le dire ? »

Les Elfes ne répondirent pas. « Ne m'avez-vous pas entendu, Glóin ? dit Elrond. Les Trois n'ont pas été faits par Sauron, pas plus qu'il ne les a touchés. Mais de ceux-là, point n'est permis de parler. Tout au plus me permettrai-je d'en dire ceci, en cette heure de doute. Ils ne sont pas inemployés. Mais ils n'ont pas été conçus comme des armes de guerre ou de conquête : tel n'est pas leur pouvoir. Ceux qui les ont faits ne désiraient pas la force, la domination ou les amas de richesses, mais la faculté de comprendre, de créer et de guérir, afin de garder toutes choses sans souillure. Ces choses, les Elfes de la Terre du Milieu ont pu dans une certaine mesure les obtenir, non sans de grandes souffrances. Mais tout ce qui a été accompli par ceux qui détiennent les Trois se retournera contre eux, et leur pensée et leur cœur seront révélés à Sauron, s'il recouvre l'Unique. Il eût alors mieux valu que les Trois ne fussent jamais. Tel est son dessein. »

« Mais qu'arriverait-il dans ce cas, si le Maître Anneau était détruit comme vous le prescrivez ? » demanda Glóin.

« Nous ne le savons pas avec certitude, répondit Elrond avec tristesse. Certains pensent que les Trois Anneaux, que Sauron n'a jamais touchés, seraient alors libérés, et que leurs détenteurs seraient à même de guérir les blessures qu'il a infligées au monde. Mais il se peut aussi qu'après la disparition de l'Unique, les Trois viennent à faire défaut ; alors beaucoup de belles choses s'évanouiront et disparaîtront des mémoires. C'est ce que je crois. »

« Et tous les Elfes néanmoins sont prêts à courir ce risque, dit Glorfindel, s'il permet de briser le pouvoir de Sauron et d'éloigner pour toujours la crainte de son joug. »

« Nous en revenons encore une fois à la destruction de l'Anneau, dit Erestor, sans pour autant nous en rapprocher. Comment penser être capable de trouver le Feu où il fut forgé ? C'est la voie du désespoir. De la folie, dirais-je, si la longue sagesse d'Elrond ne me l'interdisait. »

« Du désespoir ou de la folie ? dit Gandalf. Ce n'est pas du désespoir, car le désespoir est réservé à ceux qui voient la fin hors de tout doute. Tel n'est pas notre cas. Savoir reconnaître la nécessité, quand tous les autres choix ont été pesés, est affaire de sagesse, quoique ce puisse paraître folie pour qui s'accroche à de faux espoirs. Eh bien, que la folie soit notre manteau, un voile devant les yeux de l'Ennemi ! Car il est pétri de sagesse, et toutes choses sont soigneusement pesées dans la balance de sa malignité. Mais la seule mesure qu'il connaisse est le désir, le désir de pouvoir ; et il juge tous les cœurs à cette aune. Dans son cœur à lui n'entre pas l'idée qu'aucun puisse le refuser ; qu'étant en possession de l'Anneau, nous songions à le détruire. Si nous le tentons, nous déjouerons ses calculs. »

« Au moins pour un temps, dit Elrond. Cette voie doit être suivie, mais elle sera très ardue. Et ni la force, ni la sagesse ne nous conduiront bien loin sur elle. Dans cette quête, les faibles ont autant d'espoir que les forts. Mais il en va souvent ainsi des actes qui font tourner les roues du monde : de petites mains s'en chargent parce qu'il le faut, pendant que les yeux des grands regardent ailleurs. »

« Fort bien, fort bien, maître Elrond ! dit soudain Bilbo. N'en dites pas plus ! On voit bien où vous voulez en venir. Bilbo le Hobbit, cet étourdi, a commencé toute cette affaire, et il ferait mieux d'en finir avec elle, ou avec lui-même. Je me trouvais très bien ici, et j'avançais dans mon livre. Si vous tenez à le savoir, j'en étais justement à écrire la fin. Je pensais mettre : *et il vécut pour toujours heureux jusqu'à la fin de ses jours*. C'est une bonne fin, déjà utilisée mais pas plus mauvaise pour autant. Maintenant, je vais devoir la changer : il semble qu'elle ne se réalisera pas ; et puis de toute façon, il faudra encore visiblement plusieurs chapitres, si je survis pour les écrire. C'est fichtrement ennuyeux. Quand dois-je me mettre en route ? »

Boromir regarda Bilbo avec surprise ; mais le rire mourut sur ses lèvres quand il vit que tous les autres considéraient le vieux Hobbit avec gravité et respect. Seul Glóin souriait, mais ce sourire lui venait de vieux souvenirs.

« Naturellement, mon cher Bilbo, dit Gandalf. Si vous aviez commencé cette affaire, on pourrait s'attendre à ce que vous la finissiez. Mais nul ne saurait prétendre *commencer* quoi que ce soit, comme vous le savez fort bien à présent ; et dans l'accomplissement de hauts faits, même les héros ne jouent jamais qu'un petit rôle. Inutile de vous incliner ! Même si je pense ce que je dis ; et nous ne doutons pas que vous nous fassiez, sous couvert de plaisanterie, une offre courageuse. Mais qui est au-dessus de vos forces, Bilbo. Vous ne pouvez reprendre cet objet. Il est échu à quelqu'un d'autre. Si vous avez encore besoin de mes conseils, je dirai que votre rôle est terminé, sinon en tant que chroniqueur. Terminez votre livre, et ne changez pas la fin ! Il y a encore espoir qu'elle se réalise. Mais soyez prêt à écrire une suite quand ils reviendront. »

Bilbo rit. « C'est bien la première fois que je reçois de vous des conseils qui me plaisent. Comme tous ceux qui m'ont déplu ont été bons, je me demande si ce dernier conseil n'est pas mauvais. N'empêche, c'est vrai : je n'ai plus la force ni la chance nécessaires pour m'occuper de l'Anneau. Il a grandi, et moi non. Mais dites-moi : qu'entendez-vous par *ils* ? »

« Les messagers qui seront envoyés avec l'Anneau. »

« Exactement ! Et qui seront-ils ? C'est ce que ce Conseil doit décider, il me semble, et tout ce qu'il a à décider. Les Elfes peuvent vivre de paroles et d'eau fraîche, et les Nains endurent de grandes fatigues ; mais moi, je ne suis qu'un vieux Hobbit, et mon repas de midi me manque. Est-ce qu'on ne pourrait pas trouver des noms, là maintenant ? Ou attendre après dîner ? »

Personne ne répondit. La cloche de midi sonna. Personne ne parla encore. Frodo observa tous les visages, mais ils n'étaient pas tournés vers lui. Tous les membres du Conseil baissaient les yeux, comme en grande réflexion. Une grande terreur s'empara de lui, comme s'il redoutait d'entendre prononcer quelque sentence qu'il avait longtemps pressentie, et dont il avait espéré en vain qu'elle ne viendrait jamais. Une envie irrésistible de se reposer, et de demeurer en paix auprès de Bilbo, à Fendeval, lui submergeait le cœur. Enfin, avec un effort, il ouvrit la bouche, étonné d'entendre ses propres mots, comme si quelque autre volonté se servait de sa petite voix.

« Je vais prendre l'Anneau, dit-il, même si le chemin m'est inconnu. »

Elrond leva les yeux vers lui, et Frodo sentit son cœur transpercé par la soudaine acuité de son regard. « Si je comprends bien tout ce que j'ai entendu, dit-il, je crois que cette tâche vous revient, Frodo ; et que si vous ne trouvez pas le chemin, personne ne le fera. L'heure des Gens du Comté est venue, celle où ils quittent leurs paisibles champs pour ébranler les tours et les conseils des Grands. Qui d'entre tous les Sages aurait pu le prédire ? Ou, s'ils sont sages, pourquoi s'attendraient-ils à le savoir avant que l'heure ait sonné ?

« Mais c'est un lourd fardeau. Si lourd que nul ne pourrait l'imposer à un autre. Je ne vous l'impose pas. Mais si vous le prenez de plein gré, je dirai que ce choix est le bon ; et que si tous les fiers Amis des Elfes de jadis, Hador et Húrin, et Túrin, et Beren lui-même devaient siéger à une même table, votre place serait parmi eux. »

« Mais vous allez pas l'envoyer tout seul, n'est-ce pas, maître ? » s'écria Sam, incapable de se retenir plus longtemps, et surgissant du recoin où il s'était tenu tranquillement assis par terre.

« Certes non ! dit Elrond, se tournant vers lui avec le sourire. Frodo ira au moins avec toi. Il n'est guère possible de te séparer de lui, même quand il est convié à un conseil secret et que tu ne l'es pas. »

Sam rougit et se rassit, marmonnant entre ses dents. « Eh bien, monsieur Frodo, nous voilà dans un beau pétrin ! » dit-il en secouant la tête.

3

L'Anneau part vers le sud

Plus tard ce jour-là, les Hobbits tinrent leur propre réunion dans la chambre de Bilbo. Merry et Pippin furent indignés d'apprendre que Sam s'était faufilé au Conseil et avait été choisi pour accompagner Frodo.

« C'est tout à fait injuste, dit Pippin. Au lieu de le mettre à la porte et de le jeter aux fers, Elrond va jusqu'à le *récompenser* pour son effronterie ! »

« Le récompenser ! dit Frodo. Je ne peux imaginer de châtiment plus sévère. Tu parles sans réfléchir : être condamné à faire ce voyage impossible, une récompense ? Hier, je rêvais que ma tâche était terminée, que je pourrais me reposer ici un long moment, peut-être même pour toujours. »

« Je comprends, dit Merry, et je voudrais que ce soit possible. Mais c'est Sam que nous envions, pas toi. Si tu dois partir, alors ce sera un châtiment pour nous deux que de rester en arrière, même à Fendeval. Nous avons fait un bon bout de chemin à tes côtés et traversé de rudes épreuves. Nous voulons continuer. »

« C'est ce que je voulais dire, acquiesça Pippin.

Nous autres Hobbits, nous devons nous serrer les coudes, et c'est ce que nous ferons. Je vais venir, à moins qu'ils ne m'enchaînent. Il vous faudra quelqu'un d'intelligent dans le groupe. »

« Vous ne risquez donc pas d'être choisi, Peregrin Touc ! » dit Gandalf, apparaissant à la fenêtre, laquelle était assez basse. « Mais vous vous tracassez tous sans raison. Rien n'est encore décidé. »

« Rien de décidé ! s'écria Pippin. Alors que faisiez-vous donc tous ? Vous êtes restés claquemurés pendant des heures. »

« Nous parlions, dit Bilbo. Il y a eu beaucoup de discussions, et chacun a eu droit à sa surprise. Même ce bon vieux Gandalf. Je pense que la nouvelle de Legolas, au sujet de Gollum, a dû le prendre de court – même s'il n'a pas bronché. »

« Vous faites erreur, dit Gandalf. Vous n'étiez pas attentif. Je le savais déjà par Gwaihir. Les seules véritables surprises, comme vous dites, ont été vous et Frodo, si vous tenez à le savoir ; et je fus bien le seul à ne pas m'étonner. »

« Bon, de toute manière, dit Bilbo, rien n'a été décidé, sauf en ce qui concerne Frodo et Sam, les pauvres. Je craignais qu'on n'en vienne là, si j'étais dispensé d'y aller. Mais si vous voulez mon avis, Elrond enverra pas mal de monde, quand les éclaireurs reviendront avec des nouvelles. Sont-ils partis, dites-moi, Gandalf ? »

« Oui, répondit le magicien. Quelques-uns ont déjà été dépêchés. D'autres partiront demain. Elrond envoie des Elfes : ils se mettront en rapport avec les Coureurs, et peut-être avec les gens de Thranduil à Grand'Peur. Et Aragorn est parti avec les fils d'Elrond. Il faudra battre les terres à de longues lieues à la ronde avant d'entreprendre quelque mouvement. Alors consolez-vous, Frodo ! Vous profiterez sans doute d'un long séjour ici. »

« Ah ! fit Sam d'un air renfrogné. On va attendre juste assez longtemps pour que l'hiver arrive. »

« Ça, on n'y peut rien, dit Bilbo. C'est en partie de ta faute, Frodo, mon garçon : insister pour attendre le jour de mon anniversaire… Une bien drôle de façon de le célébrer, à ce qu'il me semble. Certes pas la journée que j'aurais choisie pour remettre les clefs de Cul-de-Sac aux B.-D. Mais voilà : tu ne peux plus attendre jusqu'au printemps ; et tu ne peux pas partir avant le retour des éclaireurs.

Quand au soir de l'année l'hiver commence à mordre,
que les pierres gelées craquettent dans la nuit ;
quand les étangs sont noirs et les bois dégarnis,
il est mauvais d'errer par la Sauvagerie.

« Mais c'est justement ce qui t'attend, j'en ai peur. »

« J'en ai bien peur, dit Gandalf. Nous ne pouvons partir avant d'être renseignés sur les Cavaliers. »

« Je croyais qu'ils étaient tous morts dans l'inondation », dit Merry.

« On ne peut tuer ainsi les Spectres de l'Anneau, dit Gandalf. Le pouvoir de leur maître est en eux, et ils vaincront ou tomberont avec lui. Nous espérons qu'ils aient tous été démontés et démasqués, et que leur menace soit pour un temps écartée ; mais il faut nous en assurer. Entre-temps, vous devriez essayer d'oublier vos soucis, Frodo. Je ne sais pas si cela vous aidera ; mais je vous chuchoterai ceci à l'oreille.

Quelqu'un a dit qu'il faudrait de l'intelligence dans le groupe. Il n'avait pas tort. Je pense que j'irai avec vous. »

Frodo fut si ravi par cette annonce que Gandalf, quittant le bord de la fenêtre où il s'était assis, tira son chapeau et s'inclina. « J'ai dit : *je pense* que j'irai. Ne vous faites pas de fausse joie. L'avis d'Elrond comptera beaucoup, de même que celui de votre ami l'Arpenteur. Ce qui me fait penser que je souhaite voir Elrond. Il faut que je me sauve. »

« Combien de temps pourrai-je rester ici, selon toi ? » demanda Frodo à Bilbo quand Gandalf fut parti.

« Oh, je ne sais pas. J'ai du mal à compter les jours à Fendeval, dit Bilbo. Mais assez longtemps, je dirais. Nous aurons plein de bonnes discussions. Que dirais-tu de m'aider à finir mon livre, et à commencer le prochain ? As-tu une fin en tête ? »

« Oui, plusieurs, et elles sont toutes aussi sombres et désagréables », dit Frodo.

« Oh non, ça n'irait pas ! dit Bilbo. Les livres devraient avoir de belles fins. Et ça, ça irait ? *Ils menèrent ensemble une vie tranquille et vécurent heureux pour toujours.* »

« Ça irait très bien, si ça pouvait se réaliser », dit Frodo.

« Ah ! fit Sam. Mais où est-ce qu'ils vont vivre ? C'est ce que je me demande souvent. »

Les Hobbits discutèrent encore quelque temps, songeant au voyage passé et aux périls à venir ; mais par la vertu du pays de Fendeval, leur esprit fut bientôt libéré de toute peur ou inquiétude. L'avenir, bon ou mauvais, n'était pas oublié, mais n'avait plus aucune prise sur le présent. La vitalité et l'espoir gagnèrent chez eux en force ; et ils profitaient de toutes les belles journées qui passaient, savourant chaque repas, chaque mot, chaque chanson.

Ainsi s'égrenèrent les jours, alors que se levait le beau matin clair et que tombait le soir, frais et sans nuages. Mais l'automne déclinait rapidement : sa lumière dorée se fit peu à peu d'argent pâle, et les dernières feuilles tombèrent des arbres dénudés. Un vent glacial se mit à souffler des Montagnes de Brume, à l'est. La Lune du Chasseur se renfla dans le ciel nocturne et mit en fuite toutes les étoiles moindres. Mais à l'horizon du sud, une étoile luisait d'un éclat rougeâtre. Chaque nuit, sous la Lune à présent décroissante, elle devenait de plus en plus brillante. Frodo l'apercevait de sa fenêtre, brûlant dans les profondeurs du firmament, comme un œil vigilant qui menaçait au-dessus des arbres aux confins de la vallée.

Les Hobbits séjournaient dans la maison d'Elrond depuis près de deux mois ; novembre avait fui avec les derniers lambeaux de l'automne, et décembre passait, quand les éclaireurs commencèrent à revenir. Certains étaient allés au nord, passé les sources de la Fongrège jusque dans les Landes d'Etten ; d'autres étaient partis vers l'ouest, et, avec l'aide d'Aragorn et des Coureurs, avaient exploré toutes les terres de part et d'autre du Grisfleur, jusqu'à Tharbad, où la vieille Route du Nord franchissait la rivière près d'une ville en ruine. Bon nombre d'éclaireurs s'étaient dirigés vers l'est et le sud ; et certains d'entre eux avaient traversé les Montagnes et pénétré à Grand'Peur, tandis que d'autres avaient gravi le col aux sources de la Rivière aux Flambes et étaient descendus dans la Contrée Sauvage, passant les Champs de Flambes avant d'arriver enfin à l'ancienne demeure de Radagast à Rhosgobel. Radagast ne s'y trouvait pas ; et ils étaient revenus par le haut col appelé Porte de Cornerouge. Les fils d'Elrond, Elladan et Elrohir, furent les derniers à rentrer : ils avaient fait un grand voyage, descendant la rivière Argentine pour gagner un étrange pays ; mais de ce périple ils ne voulurent parler à personne, sauf à Elrond.

Nulle part n'avait-on pu découvrir la moindre trace ni la moindre nouvelle des Cavaliers ou de quelque autre serviteur de l'Ennemi. Même les Aigles des Montagnes de Brume ne purent leur donner des nouvelles fraîches. Gollum n'avait pas été vu ni entendu ; mais les loups sauvages continuaient de se rassembler, et ils chassaient de nouveau loin en amont de part et d'autre du Grand Fleuve. Trois des chevaux noirs avaient été retrouvés noyés au Gué le jour même de l'inondation. Sur les rochers des rapides un peu en aval, cinq autres avaient été découverts par des éclaireurs, ainsi qu'une longue cape noire, tailladée et en lambeaux. On ne découvrit aucune autre trace des Cavaliers Noirs, et l'on ne sentit leur présence nulle part. Ils semblaient avoir complètement disparu du Nord.

« Pour ce qui est des Neuf, dit Gandalf, nous savons ce qui est arrivé à au moins huit d'entre eux. Il ne faut présumer de rien, mais je crois qu'il est permis d'espérer que les Spectres de l'Anneau aient été dispersés, forcés d'aller retrouver leur Maître au Mordor, vides et informes, en cheminant de leur mieux.

« Si tel est le cas, il faudra quelque temps avant qu'ils puissent relancer la chasse. Bien sûr, l'Ennemi a d'autres serviteurs, mais ils devront faire le long voyage jusqu'à la lisière de Fendeval afin de se mettre sur notre piste. Et elle pourrait être difficile à trouver, si nous sommes prudents. Mais il ne faut plus tarder. »

Elrond fit venir les Hobbits auprès de lui. Il considéra Frodo avec gravité. « L'heure est venue, dit-il. Si l'Anneau doit partir, ce doit être bientôt. Mais ceux qui l'accompagneront dans cette mission ne doivent pas s'attendre à être épaulés par la guerre ou par la force. Ils devront pénétrer au domaine de l'Ennemi, loin de tout secours. Restez-vous fidèle à votre engagement, Frodo, d'être le Porteur de l'Anneau ? »

« Oui, dit Frodo. J'irai avec Sam. »

« Dans ce cas, je ne puis guère vous aider, pas même par des conseils, dit Elrond. J'entrevois très mal le chemin qui sera le vôtre, et j'ignore comment votre tâche sera menée à bien. L'Ombre gagne maintenant les contreforts des Montagnes, elle s'approche même des rives du Grisfleur ; et sous cette Ombre, tout est obscur à mes yeux. Vous rencontrerez bien des adversaires, tantôt déclarés, tantôt déguisés ; et des amis pourraient se trouver sur votre route dans les moments les plus inattendus. J'enverrai des messages, au mieux de mes capacités, à ceux que je connais de par le vaste monde ; mais les terres sont devenues si périlleuses que certains pourraient bien s'égarer, ou ne pas arriver plus vite que vous.

« Et je choisirai pour vous des compagnons qui marcheront à vos côtés, aussi loin qu'ils le voudront ou que la fortune le permettra. Leur nombre devra être restreint, car votre espoir réside dans la hâte et le secret. Quand même je disposerais d'une cohorte d'Elfes en armure des Jours Anciens, elle ne servirait pas à grand-chose, sinon à éveiller la puissance du Mordor.

« La Compagnie de l'Anneau sera au nombre de Neuf ; et les Neuf Marcheurs seront opposés aux Neuf Cavaliers de funeste renom. En plus de votre fidèle serviteur, Gandalf ira avec vous ; car ceci sera sa plus grande tâche, et peut-être la fin de ses labeurs.

« Quant au reste, ils représenteront les autres Peuples Libres du Monde : les Elfes, les Nains et les Hommes. Legolas ira pour les Elfes ; et Gimli fils de Glóin pour les Nains. Ils sont disposés à se rendre aux cols des Montagnes tout au moins, et peut-être au-delà. Pour les hommes, vous aurez à vos côtés Aragorn fils d'Arathorn, car l'Anneau d'Isildur le concerne de près. »

« L'Arpenteur ! » s'écria Frodo.

« Oui, dit Aragorn avec le sourire. Je demande encore une fois la permission de vous accompagner, Frodo. »

« Je vous aurais prié de venir, dit Frodo, seulement, je croyais que vous alliez à Minas Tirith avec Boromir. »

« C'est exact, dit Aragorn. Et l'Épée-qui-fut-Brisée sera reforgée avant que j'aille à la guerre. Mais votre route et la nôtre ne divergent pas avant plusieurs centaines de milles. Aussi Boromir sera-t-il de la Compagnie. C'est un vaillant homme. »

« Il en reste deux autres à trouver, dit Elrond. Je devrai y réfléchir. J'en trouverai peut-être de ma maisonnée qu'il me paraîtra bon d'envoyer. »

« Mais ça ne laissera aucune place pour nous ! s'écria Pippin, consterné. Nous ne voulons pas être laissés derrière. Ce que nous voulons, c'est aller avec Frodo. »

« C'est parce que vous ne comprenez pas et ne pouvez imaginer ce qui l'attend », dit Elrond.

« Frodo non plus, dit Gandalf, se rangeant inopinément du côté de Pippin. Aucun d'entre nous ne l'entrevoit clairement. Il est vrai que si ces Hobbits en comprenaient le danger, ils n'oseraient pas partir. Mais ils souhaiteraient quand même y aller, ou souhaiteraient oser le faire, et ce serait pour eux un chagrin et un déshonneur. Je pense, Elrond, qu'en cette affaire il serait bon de nous fier à leur amitié, plutôt qu'à une montagne de sagesse. Même si vous choisissiez pour nous un Seigneur elfe, comme Glorfindel, il ne pourrait prendre la Tour Sombre, ni ouvrir la route du Feu par le seul pouvoir qui est en lui. »

« Vous parlez gravement, dit Elrond, mais le doute m'assaille. Le Comté, je le prévois, n'est plus désormais à l'abri du danger ; et j'avais pensé y renvoyer ces deux Hobbits comme messagers, afin qu'ils fassent ce qu'ils peuvent, suivant les usages de leur pays, pour alerter les gens du péril qui les guette. En tout état de cause, j'estime que le plus jeune des deux, Peregrin Touc, devrait rester. Mon cœur s'oppose à son départ. »

« Alors, maître Elrond, il vous faudra me jeter en prison, ou me renvoyer chez moi enfermé dans un sac, dit Pippin. Car autrement, je suivrai la Compagnie. »

« Alors qu'il en soit ainsi. Vous irez », dit Elrond, et il soupira. « Le compte de Neuf est maintenant complet. Dans sept jours, la Compagnie devra partir. »

L'Épée d'Elendil fut forgée à nouveau par des forgerons elfes, et sur sa lame fut gravée un emblème de sept étoiles entre un croissant de Lune et un Soleil rayonné, autour desquels furent tracées de nombreuses runes ; car Aragorn fils d'Arathorn allait en guerre sur les marches du Mordor. Cette lame devint très brillante quand elle fut de nouveau complète : le Soleil y prenait un éclat rouge, la Lune un froid reflet, et ses bords étaient tranchants et durs. Et Aragorn lui donna un nouveau nom, l'appelant Andúril, Flamme de l'Ouest.

Souvent, Aragorn et Gandalf marchaient ou s'asseyaient ensemble pour discuter de l'itinéraire qu'ils prendraient et des périls qu'ils rencontreraient ; et ils méditaient les cartes et les livres de tradition historiés et figurés qui étaient conservés dans la maison d'Elrond. Frodo était parfois auprès d'eux ; mais il ne demandait pas mieux que de s'en remettre à leurs décisions, et il passait autant de temps qu'il le pouvait avec Bilbo.

Durant ces derniers jours, les Hobbits passèrent leurs soirées ensemble à la Salle du Feu, et là, parmi bien des contes, ils entendirent le lai de Beren et Lúthien raconté en entier, et la conquête du Grand Joyau ; mais le jour, tandis que Merry et Pippin se promenaient ici et là, Frodo et Sam tenaient compagnie à Bilbo, dans sa petite chambre. Bilbo leur lisait alors des passages de son livre (qui semblait encore assez incomplet) ou quelques-uns de ses vers, ou bien il prenait des notes au sujet des aventures de Frodo.

Le matin du dernier jour, alors que Frodo se trouvait seul avec Bilbo, le vieux Hobbit tira de sous son lit un coffret de bois. Il en souleva le couvercle et farfouilla à l'intérieur.

« Voici ton épée, dit-il. Mais elle était brisée, tu sais. Je l'ai prise pour la mettre en lieu sûr, mais j'ai oublié de demander si les forgerons pouvaient la réparer. C'est trop tard. Alors je me suis dit que, peut-être, tu aimerais avoir ceci, tu vois ? »

Il tira du coffret une petite épée, rangée dans un vieux fourreau de cuir tout abîmé. Comme il la tirait, sa lame, polie et bien entretenue, étincela soudain d'un éclat froid et vif. « Voici Dard », dit-il, et il la planta sans grand effort dans une épaisse poutre de bois. « Prends-la, si tu veux. Je ne m'en servirai plus, j'imagine. »

Frodo l'accepta avec gratitude.

« Et puis il y a ça ! » dit Bilbo, sortant un paquet qui paraissait plutôt lourd au vu de sa taille. Il déroula plusieurs épaisseurs de vieux linge et souleva bientôt une petite chemise de mailles. Elle était tissée de nombreux et fins anneaux, presque aussi souple qu'un tissu de lin, froide comme de la glace et plus dure que l'acier. Parsemée de gemmes blanches, elle miroitait comme l'argent sous la Lune. Elle était assortie d'une ceinture de perles et de cristaux.

« C'est un bel objet, n'est-ce pas ? dit Bilbo, la faisant chatoyer à la lumière. Et très utile. C'est ma cotte de mailles naine, celle que Thorin m'a donnée. Je l'ai récupérée de Grande-Creusée avant de prendre la route, et je l'ai mise dans mes bagages. J'ai apporté avec moi tous les souvenirs de mon Voyage, sauf l'Anneau. Mais je ne pensais pas m'en servir, et je n'en ai plus besoin, sauf pour l'admirer de temps en temps. On en sent à peine le poids quand on la met. »

« J'aurais l'air… enfin, je ne sais trop de quoi j'aurais l'air dans un tel vêtement », dit Frodo.

« Exactement ce que je me suis dit la première fois, fit Bilbo. Mais qu'importe de quoi tu aurais l'air. Tu n'as qu'à la porter sous tes autres vêtements. Allons ! Je veux que nous partagions ce secret, toi et moi. Ne le dis à personne d'autre ! Mais je serais plus tranquille en sachant que tu la portes. J'aime à penser qu'elle pourrait même déjouer les poignards des Cavaliers Noirs », ajouta-t-il à voix basse.

« Très bien, je vais la mettre », dit Frodo. Bilbo la passa sur ses épaules et accrocha Dard à la brillante ceinture ; puis Frodo enfila ses vieilles culottes, sa tunique et sa veste défraîchies.

« Tu as tout l'air d'un simple Hobbit, dit Bilbo. Mais tu es maintenant mieux pourvu qu'il n'y paraît. Je te souhaite bonne chance ! » Il se détourna et regarda par la fenêtre, s'efforçant de fredonner un air.

« Je ne sais comment te remercier, Bilbo, pour cela, et pour toutes les bontés que tu m'as montrées par le passé », dit Frodo.

« Pas la peine ! dit le vieux Hobbit, se retournant et lui donnant une tape dans le dos. Ouille ! cria-t-il. Tu es maintenant trop coriace pour les tapes ! Mais voilà : les Hobbits doivent se serrer les coudes, à plus forte raison les Bessac. Tout ce que je te demande en retour, c'est : prends soin de toi le plus possible, et rapporte-nous toutes les nouvelles que tu pourras, et tous les vieux chants et contes que tu entendras.

Je vais faire de mon mieux pour terminer mon livre avant ton retour. J'aimerais écrire le deuxième, si l'on me prête vie. » Il s'interrompit et se tourna de nouveau vers la fenêtre, chantant doucement.

Assis au coin du feu, je songe
à tout ce que j'ai vu,
aux fleurs des prés, aux papillons
des étés révolus ;

Aux feuilles jaunes et filandres
des automnes d'antan :
Soleils d'argent, matins brumeux,
et mes cheveux au vent.

Assis au coin du feu, je songe
au monde de demain,
quand l'hiver fera un printemps
que je ne verrai point.

Car il est encor tant de choses
que je n'ai vues avant :
dans chaque bois chaque printemps
donne un vert différent.

Assis au coin du feu, je songe
à ces gens d'autrefois,
à ceux qui connaîtront un monde
que je ne verrai pas.

Mais tout ce temps qu'assis, je songe
à ces saisons d'hier,

je guette les pas à la porte
et les voix familières.

C'était un jour gris et froid de la fin de décembre. Le Vent d'Est se déversait entre les branches dénudées des arbres et remuait parmi les pins sombres sur les collines. Des nuages déchiquetés se hâtaient, sombres et bas, dans le ciel. Quand les ombres mornes du soir se mirent à descendre, la Compagnie s'apprêta au départ. Elle devait prendre la route au crépuscule, car Elrond leur avait conseillé de voyager sous le couvert de la nuit aussi souvent que possible, jusqu'à ce qu'ils soient loin de Fendeval.

« Vous aurez à craindre les regards des nombreux serviteurs de Sauron, dit-il. Je ne doute pas qu'il ait déjà eu vent de la déroute des Cavaliers, et son courroux sera grand. Ses espions, à terre et dans les airs, ne tarderont pas à sillonner les contrées du Nord. Vous devrez vous méfier même du ciel au-dessus de vous tandis que vous avancerez. »

La Compagnie n'emporta pas beaucoup de matériel de guerre, car son espoir résidait dans le secret et non dans le combat. Aragorn portait Andúril à sa ceinture, mais aucune autre arme, et il prit la route dans une simple tenue de vert et de brun roux, en tant que Coureur des terres sauvages. Boromir avait une longue épée, de même fabrication qu'Andúril, mais de moindre lignage ; il portait aussi un bouclier, ainsi que son cor de guerre.

« Il résonne haut et fort dans les vallées des collines, dit-il, et tous les ennemis du Gondor de prendre la fuite ! » Le portant à ses lèvres, il sonna un grand coup, et ses échos retentirent de rocher en rocher, et tous ceux qui entendirent cette voix à Fendeval sautèrent sur pied.

« Ne soyez pas trop prompt à sonner de nouveau de ce cor, Boromir, dit Elrond, avant d'avoir rejoint les frontières de votre pays, et qu'un grave besoin vous presse. »

« Fort bien, dit Boromir. Mais je fais toujours crier mon cor à l'heure du départ ; et bien qu'il nous faille dorénavant marcher parmi les ombres, je refuse de partir comme un voleur dans la nuit. »

Gimli le Nain était le seul à arborer une courte chemise de mailles d'acier, car les Nains font peu de cas des fardeaux ; une hache à large lame était aussi passée dans sa ceinture. Legolas avait un arc et un carquois, ainsi qu'un long poignard blanc à la taille. Les jeunes Hobbits portaient les épées qu'ils avaient prises dans le trésor du tertre ; mais Frodo emporta seulement Dard ; et suivant le désir de Bilbo, sa cotte de mailles demeura cachée. Gandalf avait son bâton en main, mais fin prête à son côté se tenait l'épée elfique Glamdring, la compagne d'Orcrist, laquelle reposait désormais sur la poitrine de Thorin sous la Montagne Solitaire.

Elrond leur fournit à tous des vêtements épais et chauds, et leurs vestes et leurs capes étaient bordées de fourrure. Les provisions de vivres, de vêtements et de couvertures, entre autres, furent chargées sur un poney : nul autre que la pauvre bête qu'ils avaient emmenée de Brie.

Le séjour à Fendeval avait opéré sur lui un changement tout à fait prodigieux : sa robe était lustrée et il semblait avoir retrouvé sa sémillante jeunesse. Sam avait insisté pour que ce soit lui qui fût choisi, arguant que Bill (comme il l'appelait) se morfondrait s'il ne venait pas avec eux.

« Cet animal peut presque parler, avait-il dit, et ça ne manquerait pas d'arriver s'il restait ici encore un bout. Il m'a regardé d'un air qui en disait aussi long que M. Pippin : Si tu me laisses pas partir avec toi, Sam, je vais quand même m'arranger pour te suivre. » Bill serait donc leur bête de charge ; pourtant, de toute la Compagnie, il était le seul à ne pas partir la tête basse.

Les adieux avaient été faits devant l'âtre de la grand-salle ; et ils n'attendaient plus que Gandalf, qui n'était pas encore sorti de la maison. Les portes ouvertes laissaient entrevoir la lumière du feu, et une faible lueur rougeoyait à de nombreuses fenêtres. Bilbo, blotti dans une pèlerine, se tenait en silence sur le seuil auprès de Frodo. Aragorn était assis, la tête penchée sur les genoux ; Elrond était le seul à savoir tout ce que cette heure représentait pour lui. Les autres n'étaient que des formes grises dans l'obscurité.

Sam était debout auprès du poney, se curant les dents avec la langue et fixant un regard maussade sur les ténèbres au creux de la vallée, où la rivière rugissait sur les pierres ; son désir d'aventure était au plus bas.

« Bill, mon gars, dit-il, t'aurais mieux fait de pas venir avec nous. T'aurais pu rester ici à becter du bon foin jusqu'au moment des nouvelles pousses. » Bill remua la queue et ne dit rien.

Sam ajusta le paquet sur ses épaules et passa mentalement en revue tous les effets qu'il y avait rangés, se demandant anxieusement s'il n'avait pas oublié quelque chose : son grand trésor, sa batterie de cuisine, et la petite boîte de sel qu'il traînait toujours avec lui et qu'il remplissait chaque fois qu'il en avait l'occasion ; une bonne provision d'herbe à pipe (« loin d'être suffisante, je parie »), un briquet à amadou, des bas de laine, des pièces de linge, diverses petites choses appartenant à son maître, que Frodo avait oubliées et que Sam brandirait triomphalement en temps voulu. Il se les remémora toutes une à une.

« De la corde ! marmonna-t-il. J'ai pas de corde ! Et pas plus tard qu'hier soir, tu te disais : "Sam, il te faudrait pas un bout de corde ? Tu vas le regretter si t'en as pas." Eh bien, je le regretterai. C'est trop tard pour aller en chercher. »

À ce moment, Elrond sortit avec Gandalf, et il appela la Compagnie à lui. « Voici mes dernières paroles, dit-il à voix basse. Le Porteur de l'Anneau entreprend la Quête du Mont Destin. Lui seul se voit imposer une charge : celle de ne point jeter l'Anneau, de ne le livrer à aucun serviteur de l'Ennemi, et de ne même laisser quiconque le toucher, hormis les membres de la Compagnie et du Conseil, et ce, seulement en cas de grave nécessité. Les autres l'accompagneront en toute liberté, afin de l'épauler en chemin. Vous pourrez vous attarder, revenir, ou prendre d'autres routes, au gré du hasard. Plus vous irez loin, plus il vous sera difficile de battre en retraite ; mais nul serment ou obligation ne vous est imposé qui vous forcerait à aller plus loin que vous ne le souhaitez. Car l'étendue de votre courage ne vous est pas encore connue, et vous ne pouvez prévoir ce que chacun rencontrera sur la route. »

« Il est sans loyauté, qui tire sa révérence quand la route s'assombrit », dit Gimli.

« Peut-être, dit Elrond, mais que ne consente à marcher dans le noir celui qui n'a pas vu le soir. »

« Mais parole donnée peut fortifier le cœur qui tremble », dit Gimli.

« Ou le briser, dit Elrond. Ne regardez point trop en avant ! Mais partez maintenant de bon cœur ! Adieu, et que la bénédiction des Elfes, des Hommes et de tous les Gens Libres vous accompagne. Que les étoiles brillent sur vos visages ! »

« Bo, bonne chance ! bégaya Bilbo, grelottant de froid. J'imagine que tu ne pourras tenir un journal, Frodo, mon garçon, mais j'exigerai un récit complet quand tu reviendras. Et ne pars pas trop longtemps ! Adieu ! »

De nombreux autres membres de la maisonnée d'Elrond se tenaient dans l'ombre pour les voir partir, murmurant des adieux. Il n'y eut aucun rire, ni aucune chanson ni musique. Enfin, les voyageurs se détournèrent et se fondirent en silence dans le crépuscule.

Ils franchirent le pont et suivirent les longs sentiers en lacets qui menaient hors de la vallée échancrée de Fendeval ; et ils parvinrent enfin à la haute lande où le vent sifflait à travers la bruyère. Puis, jetant un dernier regard vers la Dernière Maison Hospitalière qui scintillait au-dessous d'eux, ils se lancèrent au cœur de la nuit.

Quittant la Route au Gué de la Bruinen, ils se tournèrent vers le sud et prirent d'étroits sentiers à travers les terres repliées. Ils comptaient suivre ce chemin à l'ouest des Montagnes sur bien des milles et des jours. Le pays était beaucoup plus rude et plus aride que dans la verdoyante vallée du Grand Fleuve, dans la Contrée Sauvage, de l'autre côté de la chaîne ; ainsi leur progression serait lente, mais de cette manière, ils espéraient échapper à la vigilance des regards hostiles. Les espions de Sauron avaient encore rarement été vus dans ces terres désolées, et les chemins étaient peu connus, sinon des gens de Fendeval.

Gandalf allait en tête, accompagné d'Aragorn, lequel connaissait ce pays même dans le noir. Les autres suivaient à la file, et Legolas, qui avait les yeux perçants, servait d'arrière-garde. La première étape de leur voyage fut difficile et ennuyeuse, et Frodo ne put se rappeler grand-chose, mis à part le vent. Pendant bien des jours sans Soleil, une bise mordante descendit des Montagnes à l'est : aucun vêtement ne semblait à l'épreuve de ses doigts tâtonnants. Quoique la Compagnie fût bien vêtue, elle se sentait rarement au chaud, en mouvement comme au repos. Chacun dormait comme il le pouvait en plein après-midi, blotti dans quelque creux du terrain ou caché sous les épais buissons d'épines qui s'agglutinaient en maints endroits. Vers la fin de journée, ils étaient réveillés par la garde et prenaient leur repas principal : froid et triste le plus souvent, car ils s'aventuraient rarement à allumer un feu. Le soir venu, ils reprenaient la route, toujours autant que possible vers le sud.

Les Hobbits avaient beau marcher et trébucher jusqu'à épuisement, ils eurent d'abord l'impression qu'à ce train d'escargot, ils n'arriveraient jamais nulle part. Chaque jour, le pays ne semblait pas bien différent de celui de la veille. Pourtant, les Montagnes ne cessaient d'approcher. Au sud de Fendeval, elles s'élevaient toujours plus haut et s'incurvaient vers l'ouest ; et sur les contreforts de la chaîne principale s'entassait, toujours plus large, un pays de mornes collines et de profondes vallées remplies d'eaux turbulentes. Les sentiers étaient peu nombreux et détournés, et les menaient souvent au bord de quelque précipice, ou dans de perfides marécages.

Ils étaient partis depuis quinze jours quand le temps se mit à changer. Le vent tomba soudainement, puis il tourna au sud. Les nuages pressés se levèrent et s'évaporèrent, et le Soleil apparut, pâle et lumineux. Vint alors une aube claire et froide au terme d'une sombre marche de nuit, longue et trébuchante. Les voyageurs parvinrent à une crête basse, coiffée d'antiques houx dont les troncs gris-vert semblaient avoir été taillés à même la roche des collines. Leurs feuilles sombres luisaient, et leurs baies rougeoyaient à la lumière du Soleil levant.

Loin au sud, Frodo voyait vaguement se dessiner de hautes montagnes qui semblaient se tenir en travers du chemin que la Compagnie avait choisi. À gauche de cette haute chaîne s'élevaient trois cimes : la plus haute, et aussi la plus proche, se dressait telle une dent couronnée de neige ; son vaste flanc nord, un à-pic dénudé, restait en grande partie dans l'ombre, mais des rayons obliques l'effleuraient et le faisaient rougeoyer.

Gandalf se tint au côté de Frodo et scruta l'horizon sous sa main tendue. « Nous avons fait bonne route, dit-il. Nous voici aux frontières du pays que les Hommes appellent la Houssière ; de nombreux Elfes vivaient ici en des jours plus heureux, du temps où il portait le nom d'Eregion. Nous avons parcouru quarante et cinq lieues à vol d'oiseau, bien que nos pieds aient marché de longs milles supplémentaires. Le pays et le temps seront maintenant plus doux, mais peut-être d'autant plus dangereux. »

« Dangereux ou pas, un lever de Soleil digne de ce nom est des plus bienvenus », dit Frodo, rejetant son capuchon et laissant la lumière du matin baigner son visage.

« Mais les Montagnes sont devant nous, dit Pippin. Nous avons dû dévier vers l'est pendant la nuit. »

« Non, dit Gandalf. C'est simplement que la vue est meilleure par temps dégagé. Au-delà de ces cimes, la chaîne s'incurve en direction du sud-ouest. Il y a bien des cartes dans la maison d'Elrond – mais je suppose qu'il ne vous est jamais venu l'idée de les consulter ? »

« Si, quelquefois, répondit Pippin, mais je n'en ai pas gardé le moindre souvenir. Frodo est plus doué pour ce genre de choses. »

« Que me vaudrait une carte ? », dit Gimli, qui était monté avec Legolas ; il contemplait la vue avec une étrange lueur dans ses yeux profonds. « Voilà le pays où nos pères ont œuvré au temps jadis ; et l'image de ces monts est gravée dans nombre de nos ouvrages de pierre et de métal, et dans de nombreux chants et contes. Ils trônent bien haut dans nos rêves : Baraz, Zirak, Shathûr.

« Une seule fois je les ai vus, au loin, de ma vie éveillée ; mais je les connais, et je connais leurs noms, car sous eux se trouve Khazad-dûm, la Creusée des Nains, que l'on nomme aujourd'hui le Gouffre Noir, Moria en langue elfique. Là-bas se dresse Barazinbar, Cornerouge, le cruel Caradhras ; et derrière lui, le Pic d'Argent et la Tête Nuageuse : Celebdil le Blanc et Fanuidhol le Gris, que nous appelons Zirakzigil et Bundushathûr.

« Là, les Montagnes de Brume se divisent, et entre leurs deux bras se trouve la vallée ombreuse que nous ne pouvons oublier : Azanulbizar, le Val de Ruisselombre, que les Elfes nomment Nanduhirion. »

« C'est au Val de Ruisselombre que nous nous rendons, dit Gandalf. Si nous franchissons le col qui a pour nom la Porte de Cornerouge, sous l'autre versant du Caradhras, nous descendrons par l'Escalier de Ruisselombre dans la profonde vallée des Nains. Là se trouve le lac de Miralonde, où, de sources glaciales, naît la rivière Argentine. »

« Sombres sont les eaux du Kheled-zâram, dit Gimli, et froides sont les sources de la Kibil-nâla. Mon cœur tremble à l'idée de les voir bientôt. »

« Puisse cette vue vous apporter la joie, mon bon Nain ! dit Gandalf. Mais quoi que vous fassiez, nous, du moins, ne pouvons rester dans cette vallée. Il nous faut suivre le cours de l'Argentine jusqu'aux bois secrets, et rejoindre ainsi le Grand Fleuve, puis... »

Il s'interrompit.

« Oui, et puis quoi ensuite ? » demanda Merry.

« La fin du voyage – finalement, dit Gandalf. Nous ne pouvons regarder trop avant. Réjouissons-nous de ce que la première étape se soit bien passée. Je crois que nous nous reposerons ici : non seulement aujourd'hui, mais cette nuit également. L'air de la Houssière a quelque chose de sain. Un pays doit souffrir bien des maux avant d'oublier entièrement les Elfes, une fois qu'ils y ont vécu. »

« C'est vrai, dit Legolas. Mais les Elfes de ce pays étaient d'un peuple qui nous est étranger, à nous du peuple sylvain, et les arbres et l'herbe n'en gardent plus souvenir. Mais j'entends les pierres pleurer leur absence : *Loin ils nous ont creusées, joliment nous ont travaillées, haut nous ont édifiées ; mais ils sont partis.* Ils sont partis. Ils ont gagné les Havres il y a longtemps. »

Ce matin-là, ils allumèrent un feu dans un profond vallon bordé de grands buissons de houx, et leur souper-déjeuner fut plus joyeux qu'il ne l'avait été depuis leur départ. Ils ne se couchèrent pas tout de suite après, car ils croyaient avoir toute la nuit pour dormir et ne devaient pas repartir avant le lendemain soir. Seul Aragorn était silencieux et agité.

Au bout d'un moment, il s'éloigna de la Compagnie et monta sur la crête : il se tint là dans l'ombre d'un arbre, regardant au sud et à l'ouest, la tête penchée comme pour écouter. Puis il revint en bordure du vallon et regarda les autres d'en haut. Tous discutaient et riaient.

« Que se passe-t-il, cher Arpenteur ? appela Merry. Que cherchez-vous ? C'est le Vent d'Est qui vous manque ? »

« Non, assurément, répondit-il. Mais quelque chose me manque. J'ai connu la Houssière en toutes saisons.

Personne n'habite plus ici, mais bien d'autres créatures s'y trouvent à tout moment de l'année, en particulier des oiseaux. Pourtant, tout est silencieux en ce moment, à part vous. Je le sens. Il n'y a aucun son à des milles à la ronde, et vos voix semblent faire résonner le sol. Je n'y comprends goutte. »

Gandalf leva soudain des yeux intéressés. « Mais quelle en est la raison, selon vous ? demanda-t-il. N'est-ce pas seulement la surprise de trouver quatre Hobbits, sans parler du reste d'entre nous, dans un endroit où il est si rare de voir ou d'entendre des gens ? »

« Je l'espère, répondit Aragorn. Mais je sens une sorte de vigilance, et une peur, que je n'ai jamais senties ici auparavant. »

« Il nous faudra alors être plus prudents, dit Gandalf. Si vous emmenez un Coureur avec vous, il est bon de lui prêter attention, surtout si ce Coureur est Aragorn. Il faut parler moins fort, nous reposer tranquillement et monter la garde. »

Ce jour-là, le premier tour de garde revenait à Sam, mais Aragorn l'accompagna. Les autres s'endormirent. Puis le silence s'accentua jusqu'à ce que Sam lui-même vînt à le sentir. La respiration des dormeurs était facile à entendre ; les battements de queue du poney et ses piétinements occasionnels devenaient de grands bruits. Sam pouvait entendre craquer ses propres jointures quand il remuait. Un silence de mort planait autour de lui, et un ciel bleu et clair était suspendu au-dessus d'eux, tandis que le Soleil montait à l'est.

Loin au sud apparut une tache noire, et elle grandit, flottant vers le nord comme une fumée au vent.

« Dites, l'Arpenteur, qu'est-ce que c'est que ça ? On dirait pas un nuage », chuchota Sam à Aragorn. Celui-ci ne répondit pas, il regardait fixement le ciel ; mais Sam put bientôt constater par lui-même ce qui approchait. Des nuées d'oiseaux, filant à toute vitesse, tournoyaient et tourbillonnaient : ils balayaient tout le pays comme à la recherche de quelque chose, et ils ne cessaient de s'approcher.

« Couchez-vous et ne bougez plus ! », souffla Aragorn, entraînant Sam dans l'ombre d'un buisson de houx ; car tout un régiment d'oiseaux s'était soudain détaché du gros de la troupe, piquant droit vers la crête. Aux yeux de Sam, ils ressemblaient à de gros corbeaux. Comme ils passaient au-dessus d'eux, en un nuage si compact que leur ombre noire les suivait au sol, un unique croassement sortit d'un gosier éraillé.

Aragorn ne voulut pas se relever avant qu'ils aient disparu dans le lointain, au nord et à l'ouest. Dès que le ciel redevint clair, il se leva d'un bond et alla réveiller Gandalf.

« Des nuées de corbeaux noirs balaient toutes les terres entre les Montagnes et le Grisfleur, dit-il, et ils ont survolé la Houssière. Ils ne sont pas indigènes à ce pays ; ce sont des *crebain* de Fangorn et de Dunlande. J'ignore ce qu'ils font : il se peut que des troubles les aient chassés du sud ; mais je pense qu'ils sont plutôt venus en reconnaissance. J'ai aussi aperçu de nombreux faucons qui volaient très haut dans le ciel. Je crois que nous devrions reprendre la route dès ce soir. La Houssière n'est plus aussi saine pour nous : elle est surveillée. »

« La Porte de Cornerouge le sera donc également, dit Gandalf ; et je ne conçois aucun moyen de la franchir sans être vu. Mais nous y songerons le moment venu. Pour ce qui est de partir dès la nuit tombée, j'ai bien peur que vous n'ayez raison. »

« Par chance, notre feu n'a pas beaucoup fumé, et il avait baissé avant la venue des *crebain*, dit Aragorn. Il faut l'éteindre et ne pas le rallumer. »

« Ah ! mais quel ennui, quelle plaie ! » s'écria Pippin. La nouvelle – pas de feu et une nouvelle marche de nuit – venait de lui être annoncée, dès son réveil en fin d'après-midi. « Tout ça à cause d'une volée de corbeaux ! J'espérais un vrai bon repas ce soir : un petit quelque chose de chaud. »

« Eh bien, continuez à espérer, dit Gandalf. Peut-être aurez-vous droit à des festins inattendus. J'aimerais bien, quant à moi, fumer une pipe en tout confort, et me réchauffer un peu les pieds. En tout cas, nous sommes au moins sûrs d'une chose : il fera plus chaud à mesure que nous descendrons au sud. »

« Trop chaud, je gage, marmonna Sam à l'intention de Frodo. Mais je commence à penser qu'il serait temps d'entrevoir cette Montagne du Feu, et la fin de la Route, si vous voyez ce que je veux dire. J'ai cru au début que cette montagne-là, cette Cornerouge ou je ne sais trop, c'était celle qu'on cherchait, avant que Gimli nous fasse son discours. De quoi vous déboîter la mâchoire, c'te langue naine, on dirait bien ! » Sam n'entendait rien aux cartes ; et toutes les distances, dans ces étranges contrées, lui paraissaient si vastes qu'il en perdait le nord, pour ainsi dire.

Toute cette journée durant, la Compagnie demeura cachée. Les oiseaux noirs repassaient de temps en temps ; mais alors que le Soleil déclinant s'empourprait, ils disparurent au sud. La Compagnie prit la route au crépuscule. Tournant à demi vers l'est, ils se dirigèrent vers le Caradhras, dont la cime rougeoyait encore faiblement au loin, sous les derniers rayons du Soleil disparu. Le ciel s'estompa, et les blanches étoiles parurent une à une.

Sous la houlette d'Aragorn, ils trouvèrent un bon sentier. Frodo avait l'impression qu'il s'agissait des vestiges d'une route ancienne, autrefois large et ingénieusement tracée, menant de la Houssière au col des montagnes. La Lune, alors pleine, s'éleva au-dessus des cimes et jeta une pâle lumière qui donnait aux pierres une ombre noire. Nombre d'entre elles semblaient avoir été sculptées, mais il n'en restait plus que des ruines, jonchant le pays triste et désolé.

C'était l'heure la plus froide avant les premières lueurs de l'aube, et la Lune était basse. Frodo leva les yeux au ciel. Soudain il vit ou sentit une ombre passer devant les étoiles hautes, comme si elles s'estompaient un moment avant de s'illuminer de nouveau. Il frissonna.

« Avez-vous vu quelque chose nous passer au-dessus de la tête ? » chuchota-t-il à Gandalf, qui marchait non loin devant.

« Non, mais je l'ai senti, qu'importe ce que c'était. Peut-être rien, seulement un mince nuage. »

« Il allait bien vite, alors, murmura Aragorn, et contre le vent. »

Rien d'autre ne se produisit cette nuit-là. Le matin suivant fut encore plus clair que celui de la veille. Mais l'air était de nouveau frisquet ; déjà, le vent retournait à l'est. Ils marchèrent encore deux autres nuits, grimpant constamment, mais toujours plus lentement, tandis que leur chemin serpentait parmi les collines et que les Montagnes s'élevaient, de plus en plus proches. Au matin du troisième jour, le Caradhras se dressait devant eux : un imposant pic, couronné de neige argentée, mais aux flancs dénudés et abrupts, d'un rouge blafard, comme tachés de sang.

Le ciel avait un sombre aspect et le Soleil était blême. Le vent avait tourné au nord-est. Gandalf renifla l'air et regarda en arrière.

« L'hiver se corse derrière nous, dit-il doucement à Aragorn. Au nord, les hauteurs sont plus blanches qu'elles ne l'étaient ; la neige descend sur leurs épaules. Ce soir, nous entreprendrons notre ascension vers la Porte de Cornerouge. Il se peut bien que des espions nous repèrent sur cette route étroite, et qu'un mal quelconque nous assaille ; mais le temps pourrait se révéler un ennemi plus mortel encore. Que pensez-vous maintenant de votre itinéraire, Aragorn ? »

Frodo surprit ces paroles, et il comprit que Gandalf et Aragorn poursuivaient un débat entamé bien avant. Il écouta d'une oreille inquiète.

« Notre itinéraire, du début à la fin, ne me dit rien de bon, comme vous le savez, Gandalf, répondit Aragorn. Et les périls, connus et inconnus, ne cesseront de grandir à mesure que nous avancerons. Mais il nous faut avancer ; et il ne sert à rien de différer notre passage des montagnes. Plus au sud, il n'y a aucun moyen de les franchir avant de parvenir à la

Brèche du Rohan. De ce que vous nous avez dit de Saruman, ce chemin ne m'inspire pas confiance. Qui sait si les maréchaux des Seigneurs des Chevaux n'ont pas maintenant un autre maître ? »

« Qui sait, en effet ! dit Gandalf. Mais il est encore un chemin, autre que le col du Caradhras : le chemin sombre et secret dont nous avons parlé. »

« Mais n'en parlons pas davantage ! Pas pour le moment. Ne dites rien aux autres, je vous prie, tant qu'il n'apparaît pas clairement que c'est le seul moyen. »

« Il nous faut décider avant de continuer, répondit Gandalf. »

« Dans ce cas, retournons la question dans notre esprit, pendant que les autres dorment et se reposent », dit Aragorn.

En fin d'après-midi, alors que les autres terminaient leur petit déjeuner, Gandalf et Aragorn allèrent tous deux à l'écart et tournèrent leurs regards vers le Caradhras. Ses flancs étaient alors sombres et menaçants, et sa tête flottait dans un nuage gris. Frodo les observait, se demandant de quel côté pencherait le débat. Lorsqu'ils rejoignirent la Compagnie, Gandalf parla, et Frodo sut alors qu'il avait été décidé de braver les intempéries et le haut col. Il fut soulagé. Il ne pouvait deviner quel était l'autre itinéraire, le chemin sombre et secret, mais sa seule mention semblait décontenancer Aragorn, et Frodo n'était pas fâché de lui tourner le dos.

« D'après les signes que nous avons vus récemment, dit Gandalf, je crains que la Porte de Cornerouge ne soit surveillée ; et le temps qui se dessine derrière nous me fait également douter. Il pourrait y avoir de la neige. Nous devons autant que possible nous dépêcher. Même alors, il nous faudra plus de deux longues marches avant d'atteindre le sommet du col. L'obscurité viendra tôt ce soir. Nous devrons partir aussitôt que vous serez prêts. »

« J'ajouterai un conseil, si vous le permettez, dit Boromir. Je suis né dans l'ombre des Montagnes Blanches et je sais quelque chose des voyages sur les hauteurs. Nous aurons à affronter un froid glacial, sinon pire, avant d'être de l'autre côté. Nous ne gagnerons rien à rester secrets au point de mourir gelés. Quand nous partirons d'ici, où il se trouve encore quelques arbres et arbrisseaux, chacun d'entre nous devrait emporter un fagot de bois aussi gros qu'il le peut. »

« Et Bill pourrait en prendre encore un tantinet, pas vrai, mon gars ? » dit Sam. Le poney le regarda d'un air mélancolique.

« Très bien, dit Gandalf. Mais il sera interdit de nous servir de ce bois – sauf s'il s'agit de choisir entre le feu et la mort. »

La Compagnie se remit en route, à vive allure pour commencer ; mais le chemin devint de plus en plus abrupt et difficile à suivre. En maints endroits, la vieille route sinueuse avait pratiquement disparu, et se trouvait encombrée de nombreux éboulis. Il fit bientôt nuit noire sous d'épais nuages. Un vent cinglant tournoyait parmi les rochers. À minuit, ils étaient parvenus aux genoux des imposantes montagnes. L'étroit sentier serpentait à présent sous une série d'à-pics qui se dressaient sur leur gauche, surmontés des flancs implacables du Caradhras, invisibles dans l'obscurité ; à droite s'ouvrait un gouffre de ténèbres où le terrain s'abîmait soudain.

Ils gravirent un raidillon avec peine et s'arrêtèrent un instant en haut. Frodo sentit un toucher délicat sur sa joue. Il tendit le bras et vit de pâles flocons de neige se poser sur sa manche.

Ils continuèrent. Mais avant peu, la neige tombait dru, brouillant l'air tout entier et tourbillonnant sous les yeux de Frodo. Les formes sombres et courbées d'Aragorn et de Gandalf, à seulement quelques pas en avant, se distinguaient à peine.

« J'aime pas ça du tout, dit Sam tout juste derrière lui, haletant. La neige, ça va toujours quand on se lève par un beau matin, mais j'aime être au lit quand elle tombe. Elle devrait aller faire un tour du côté de Hobbiteville ! Ça plairait peut-être aux gens. » Hormis sur les hautes landes du Quartier Nord, les fortes chutes de neige étaient exceptionnelles dans le Comté, aussi y voyait-on un événement heureux, une occasion de s'amuser. Aucun Hobbit encore vivant (sauf Bilbo) n'avait souvenance du Rude Hiver de 1311, quand des loups blancs avaient envahi le Comté par les eaux gelées du Brandivin.

Gandalf s'arrêta. La neige s'amoncelait sur son capuchon et ses épaules ; ses bottes étaient déjà ensevelies jusqu'à la cheville.

« C'est bien ce que je craignais, dit-il. Qu'en dites-vous maintenant, Aragorn ? »

« Que je le craignais aussi, répondit Aragorn, mais c'était la moindre de mes craintes. Je savais qu'il risquait de neiger, mais les grandes chutes de neige sont rares aussi loin au sud, sauf en haute altitude. Or, nous n'en sommes pas là : nous sommes encore très bas, où les chemins sont normalement dégagés tout l'hiver. »

« Je me demande s'il s'agit d'une machination de l'Ennemi, dit Boromir. Dans mon pays, on dit qu'il peut régir les tempêtes des Montagnes de l'Ombre qui marquent les frontières du Mordor. Il a d'étranges pouvoirs et de nombreux alliés. »

« Son bras s'est certes allongé, dit Gimli, s'il peut faire descendre les neiges du Nord pour nous incommoder ici, à trois cents lieues de distance. »

« Son bras s'est allongé », dit Gandalf.

Tandis qu'ils faisaient halte, le vent tomba et la neige diminua au point de cesser presque complètement. Ils repartirent d'un pas lourd. Mais ils n'avaient pas parcouru plus d'un furlong que la tempête reprit de plus belle. Le vent se mit à siffler et la neige se changea en un blizzard aveuglant. Bientôt, même Boromir trouva difficile de continuer. Les Hobbits, presque pliés en deux, clopinaient derrière les plus grands, mais il était évident qu'ils ne pourraient aller beaucoup plus loin si la neige ne s'apaisait pas. Frodo se sentait des jambes de plomb. Pippin était à la traîne. Même Gimli, aussi solide qu'un Nain pouvait l'être, grommelait en traînant les pieds.

La Compagnie s'arrêta soudain d'un commun accord, comme si une décision avait été prise sans qu'un seul mot ne soit prononcé. Dans les ténèbres environnantes, on entendait des bruits sinistres. Ce n'était peut-être qu'un jeu du vent dans les fentes et les ravines de la paroi rocheuse ; mais on aurait dit des cris stridents, et d'affreux hurlements de rire. Des pierres se mirent à rouler au flanc de la montagne, sifflant au-dessus de leurs têtes, ou s'écrasant tout près d'eux dans le sentier. Par moments, un grondement sourd se faisait entendre tandis qu'un gros rocher déboulait de hauteurs cachées.

« Nous ne pouvons continuer cette nuit, dit Boromir. Croira qui voudra que le vent est à l'œuvre ; il y a dans l'air des voix terribles, et ces pierres nous sont destinées. »

« Je crois pour ma part que le vent est à l'œuvre, dit Aragorn. Mais cela n'implique pas que vous ayez tort. Il y a dans le monde beaucoup de choses hostiles et malfaisantes qui ne portent pas dans leur cœur tous ceux qui vont sur deux jambes ; pourtant, elles ne sont pas les alliées de Sauron, mais suivent leurs propres desseins. Certaines sont de ce monde depuis plus longtemps que lui. »

« Le Caradhras était surnommé le Cruel et avait mauvaise réputation, dit Gimli, et c'était il y a de longues années, alors que la rumeur de Sauron n'avait pas encore gagné ces terres. »

« Il importe peu de savoir qui est notre ennemi, dit Gandalf, s'il nous est impossible de repousser son assaut. »

« Mais que pouvons-nous faire ? » s'écria Pippin d'une voix plaintive. Appuyé sur Merry et Frodo, il frissonnait.

« Soit nous arrêter ici, soit faire demi-tour, dit Gandalf. Il ne sert à rien de continuer. Un peu plus haut, si ma mémoire est bonne, ce sentier s'éloigne de la paroi et s'engage dans une dépression, large et peu profonde, au pied d'une longue pente raide. Nous n'y serions aucunement abrités de la neige ni des pierres – ni de quoi que ce soit d'autre. »

« Et il ne sert à rien de faire demi-tour tant que dure la tempête, dit Aragorn. Nous n'avons passé en montant aucun endroit plus abrité qu'ici, sous cette haute paroi. »

« Abrité ! marmonna Sam. Si c'est ça être abrité, autant dire qu'un mur et pas de toiture font une maison. »

La Compagnie se blottit alors au plus près de la paroi. Celle-ci faisait face au sud, et, non loin au-dessus de leurs têtes, elle était quelque peu saillante, ce qui, espéraient-ils, leur offrirait quelque protection contre le vent du nord et les éboulements de pierre. Mais des rafales tourbillonnantes les encerclaient de toutes parts, et la neige continuait de pleuvoir en nuages toujours plus épais.

Ils se ramassèrent les uns contre les autres, adossés contre la pierre. Bill le poney se tenait devant les Hobbits d'un air patient mais abattu, et les protégeait un peu ; mais la neige dépassa bientôt ses jarrets, et elle continua de s'amonceler. Sans leurs compagnons plus grands, les Hobbits n'auraient pas tardé à être complètement ensevelis.

Frodo fut pris d'une grande somnolence ; il se sentit sombrer rapidement dans un rêve vaporeux et chaud. Il croyait qu'un feu lui réchauffait les orteils, et parmi les ombres du côté opposé de l'âtre, il entendit monter la voix de Bilbo. *Ton journal ne m'emballe pas tellement*, lui dit-il. *Tempêtes de neige le 12 janvier : ce n'était pas la peine de revenir nous le dire !*

Mais je voulais me reposer et dormir, Bilbo, répondit Frodo avec effort – quand il se sentit secoué ; et il revint péniblement de cette léthargie. Boromir l'avait soulevé de terre et extirpé d'un nid de neige.

« Ce sera la mort des demi-hommes, Gandalf, dit Boromir. À quoi bon rester assis ici jusqu'à en avoir par-dessus la tête ? Nous devons faire quelque chose pour nous sauver. »

« Donnez-leur ceci, dit Gandalf, fouillant dans son bagage et sortant une flasque de cuir. Seulement une gorgée – pour chacun de nous. C'est une boisson très précieuse : du *miruvor*, le cordial d'Imladris. Elrond me l'a donné quand nous nous sommes séparés. Faites-le passer ! »

Aussitôt qu'il eut avalé un peu de cette chaude liqueur odorante, Frodo sentit son courage renouvelé et ses membres sortir de leur profond engourdissement. Les autres en furent aussi ragaillardis, retrouvant espoir et vigueur. Mais la neige, elle, ne faiblit pas. Ses tourbillons se firent plus épais que jamais, et le vent souffla encore plus fort.

« Que dites-vous d'un feu ? demanda soudain Boromir. Car nous sommes près d'avoir à choisir entre un feu et la mort, Gandalf. Nul doute que nous serons cachés à tous les regards hostiles quand la neige nous aura recouverts, mais cela ne nous aidera en rien. »

« Vous pouvez toujours en allumer un, si vous y arrivez, répondit Gandalf. S'il est des espions capables d'endurer cette tempête, alors ils peuvent nous voir, avec ou sans feu. »

Mais bien qu'ils eussent emporté du bois et des

brindilles sur le conseil de Boromir, il s'avéra impossible, pour un Elfe et même un Nain, de produire une flamme capable de survivre aux bourrasques ou à l'humidité du combustible. Enfin, Gandalf consentit malgré lui à les aider. Ramassant un fagot, il l'éleva un moment, puis, avec une formule de commandement, *naur an edraith ammen !*, il y enfonça la pointe de son bâton. Un grand jet de flammes bleues et vertes jaillit aussitôt, et le bois pétilla et s'embrasa.

« S'il y en a qui regardent, ils savent au moins que je suis là, dit-il. J'ai écrit *Gandalf est ici* en des signes que tous peuvent lire, de Fendeval jusqu'aux bouches de l'Anduin. »

Mais désormais, la Compagnie n'avait cure des espions ou des regards hostiles. La lueur du feu leur réchauffait le cœur. Le bois flambait joyeusement ; et bien que la neige sifflât tout autour d'eux, tandis que des flaques de neige fondue s'accumulaient sous leurs pieds, ils étaient ravis de pouvoir se réchauffer les mains. Ils se tinrent là, accroupis en cercle autour des petites flammes dansantes et jaillissantes. Une lueur rouge paraissait sur leurs visages las et inquiets ; derrière eux, la nuit s'élevait en un mur noir.

Mais le bois brûlait vite, et la neige continuait de tomber.

Le feu baissa, et l'on y jeta le dernier fagot.

« La nuit se fait vieille, dit Aragorn. L'aube n'est pas loin. »

« S'il est une aube capable de percer ces nuages », dit Gimli.

Boromir s'éloigna du cercle et scruta la noirceur de la nuit. « La neige diminue, dit-il, et le vent est plus calme. »

Frodo leva des yeux pleins de lassitude vers les flocons qui tombaient encore des ténèbres pour révéler un instant leur blancheur à la lueur du feu mourant ; mais pendant de longues minutes, il ne vit aucun signe de leur ralentissement. Puis soudain, comme le sommeil le gagnait de nouveau, il se rendit compte que le vent était bel et bien tombé, que les flocons devenaient plus gros et plus dispersés. Une faible lueur se mit à poindre très lentement. Enfin, la neige cessa complètement.

La lueur grandissante révéla, petit à petit, un monde enseveli et silencieux. Sous leur refuge se voyaient des dômes et des monticules blancs, ainsi que des creux informes sous lesquels le sentier qu'ils avaient suivi se perdait entièrement ; mais les hauteurs étaient cachées par de grands nuages menaçants, encore chargés de neige.

Gimli leva les yeux et secoua la tête. « Le Caradhras ne nous a rien pardonné, dit-il. Il a encore de la neige à nous lancer, si nous persévérons. Plus vite nous serons redescendus, mieux ce sera. »

Tous se montrèrent d'accord, mais la retraite s'annonçait à présent difficile, sinon impossible. À seulement quelques pas des cendres du feu, la neige faisait plusieurs pieds de haut, dépassant la tête des Hobbits ; par endroits, le vent l'avait saisie à pelletées et l'avait entassée en de grandes congères contre la paroi rocheuse.

« Si Gandalf consentait à marcher devant nous avec une flamme vive, il pourrait vous faire fondre un sentier », dit Legolas. La tempête ne l'avait guère troublé, et lui seul de la Compagnie gardait le cœur léger.

« Si les Elfes savaient voler au-dessus des montagnes, ils pourraient aller chercher le Soleil pour nous sauver, répondit Gandalf. Mais il me faut un support sur lequel travailler. Je ne puis faire brûler de la neige. »

« Eh bien, dit Boromir, quand la tête ne sait plus, le corps doit servir, comme on dit dans mon pays. Les plus forts d'entre nous doivent chercher un chemin. Voyez ! Bien que tout soit à présent recouvert de neige, le sentier que nous avons pris en montant contournait cet épaulement rocheux, là-bas en bas. C'est là que la neige a commencé à nous accabler. Si nous pouvions atteindre cet endroit, peut-être le reste serait-il plus facile. Ce n'est pas à plus d'un furlong, m'est avis. »

« Dans ce cas, ouvrons un sentier jusque-là, vous et moi ! » dit Aragorn.

Aragorn était le plus grand de toute la Compagnie, mais Boromir ne l'était guère moins, et il était de plus forte carrure. Il prit la tête, et Aragorn le suivit. Ils se mirent lentement en chemin et ne tardèrent pas à peiner. Par endroits, la neige montait jusqu'à leur poitrine, et Boromir semblait nager ou creuser avec ses grands bras, plutôt que marcher.

Legolas les observa pendant un moment, le sourire aux lèvres, puis il se tourna vers les autres. « Les plus forts doivent chercher un chemin, dites-vous ? Mais je dis : que les laboureurs labourent ; mais pour la nage, choisissez une loutre, et pour courir légèrement sur l'herbe et la feuille, ou sur la neige… un Elfe. »

Sur ce, il s'élança d'un pas leste ; alors Frodo

remarqua comme pour la première fois, même s'il le savait depuis un bon moment, que l'Elfe ne portait pas de bottes, seulement de légères chaussures, comme à son habitude ; et ses pieds ne laissaient presque aucune empreinte dans la neige.

« Au revoir ! dit-il à Gandalf. Je vais chercher la Soleil ! » Puis, vif comme un coureur sur du sable dur, il partit comme une flèche, et, rejoignant bientôt les deux hommes qui peinaient, il les dépassa avec un signe de la main et disparut rapidement au loin, derrière l'épaulement rocheux.

Les autres, blottis ensemble, observèrent la scène et attendirent, jusqu'à ce que Boromir et Aragorn ne soient plus que des points noirs dans la blancheur. Enfin, eux aussi passèrent hors de vue. De longues minutes s'égrenèrent. Les nuages s'assombrirent, et quelques flocons de neige revinrent flotter au hasard.

Une heure peut-être s'était écoulée, quoique cela parût beaucoup plus long, quand ils virent Legolas revenir enfin. Au même moment, Boromir et Aragorn reparurent loin derrière lui, à la hauteur du tournant, entamant une pénible remontée.

« Eh bien, s'écria Legolas, accourant, je n'apporte pas la Soleil, tout compte fait. Elle parcourt les champs azurés du Sud, et le linceul de neige sur cette butte de Cornerouge ne l'émeut pas le moins du monde. Mais je ramène une lueur d'espoir pour ceux qui sont voués à marcher sur leurs deux jambes. La plus grande congère de toutes se trouve juste derrière le tournant, et là, nos Hommes Forts ont presque été ensevelis. Ils étaient désespérés, jusqu'à ce que je revienne leur dire que la congère avait à peine l'épaisseur d'un mur. Et de l'autre côté, la neige se fait soudain moins abondante, alors que plus bas, elle devient un simple tapis blanc pour rafraîchir les orteils des Hobbits. »

« Ah, c'est comme je l'avais dit, grogna Gimli. Ce n'était pas une tempête comme les autres. C'est la malveillance du Caradhras. Il n'aime pas les Elfes et les Nains, et cette congère était destinée à couper notre retraite. »

« Heureusement, votre Caradhras a oublié qu'il se trouve des Hommes parmi vous, dit Boromir, arrivant sur ces entrefaites. De vaillants Hommes, me permettrai-je d'ajouter ; quoique de moins braves, armés de pelles, vous eussent peut-être mieux servis. Nous n'en avons pas moins ouvert une brèche dans la congère ; et tous ceux ici qui n'ont le pied aussi léger que les Elfes en seront reconnaissants. »

« Mais comment sommes-nous censés descendre par là, même si vous vous êtes frayé un chemin ? » dit Pippin, exprimant le souci de tous les Hobbits.

« Courage ! dit Boromir. Je suis las, mais il me reste encore des forces, de même qu'à Aragorn. Nous transporterons les petites gens. Les autres pourront sans doute marcher dans nos traces. Venez, monsieur Peregrin ! Je vais commencer par vous. »

Il souleva le Hobbit. « Cramponnez-vous à moi ! J'aurai besoin de mes bras », dit-il, et il partit à grandes enjambées. Aragorn les suivit avec Merry. Pippin s'émerveillait de sa force, voyant le passage qu'il avait déjà pratiqué sans autre outil que ses puissants membres. Même à présent, chargé comme il l'était, il élargissait encore la piste à l'intention de ceux qui devaient suivre, écartant la neige tout en avançant.

Ils parvinrent enfin à la grande congère. Elle se dressait soudain en travers du sentier de montagne, comme un mur escarpé, et son arête pointue, comme taillée au couteau, atteignait plus de deux fois la hauteur de Boromir ; mais un passage avait été forcé au milieu, s'élevant et s'abaissant comme un pont. Merry et Pippin furent déposés de l'autre côté, où ils attendirent le reste de la Compagnie avec Legolas.

Au bout d'un moment, Boromir revint avec Sam. Derrière eux, sur la piste étroite mais à présent bien tracée, vint Gandalf conduisant Bill ; Gimli était perché au milieu des bagages. Enfin vint Aragorn portant Frodo. Ils parvinrent de l'autre côté de la congère ; mais Frodo avait à peine touché terre que l'on entendit un puissant grondement et une retentissante chute de roches et de neige. La Compagnie, recroquevillée contre la paroi, fut à demi aveuglée par un nuage de poudre ; et quand il se dissipa, ils virent que le sentier derrière eux était bloqué.

« Assez, assez ! s'écria Gimli. Nous partons aussi vite que nous le pouvons ! » Et de fait, après ce dernier coup, on eût dit que la malveillance de la montagne s'était tarie, comme si le Caradhras était certain que les envahisseurs étaient repoussés et ne reviendraient pas. La menace de neige fut levée ; les nuages commencèrent à se rompre et la lumière grandit peu à peu.

Ils constatèrent, comme Legolas le leur avait dit, que la couche de neige devenait de plus en plus mince à mesure qu'ils descendaient, de sorte que même les Hobbits pouvaient se débrouiller sur leurs jambes. Ils retrouvèrent bientôt la corniche plate en haut du raidillon, là où ils avaient senti les premiers flocons, la veille au soir.

La matinée était à présent fort avancée. Du haut de la corniche, ils purent de nouveau contempler le pays qui s'étendait à l'ouest. Loin dans les terres repliées au bas de la montagne, se trouvait le vallon à partir duquel ils avaient entrepris leur ascension du col.

Les jambes de Frodo lui faisaient mal. Gelé jusqu'aux os, il avait faim, et la tête lui tournait tandis qu'il songeait à la longue et pénible descente. Des taches noires flottaient dans son champ de vision. Il se frottait les yeux, mais les taches persistaient. Loin en contrebas, mais encore bien au-dessus des premiers contreforts, des points noirs tournoyaient dans l'air.

« Encore ces oiseaux ! » dit Aragorn, les montrant du doigt.

« On ne peut plus rien y faire, dit Gandalf. Qu'ils soient bons ou mauvais, ou qu'ils n'aient rien à voir avec nous, il nous faut redescendre immédiatement. Nous n'attendrons pas que la nuit tombe à nouveau sur le Caradhras, pas même ici sur ses genoux ! »

Un vent froid soufflait derrière eux tandis qu'ils tournaient le dos à la Porte de Cornerouge et dévalaient la pente, titubant de fatigue. Le Caradhras les avait vaincus.

4

Un voyage dans le noir

C'était le soir, et la lueur grise avait recommencé à faiblir quand ils s'arrêtèrent pour la nuit. Ils étaient fourbus. Les Montagnes étaient voilées d'obscurité, et le vent était froid. Gandalf leur accorda encore à chacun une gorgée du *miruvor* de Fendeval. Quand ils eurent mangé un peu, il les réunit en conseil.

« Nous ne pouvons bien sûr continuer ce soir, dit-il. L'attaque sur la Porte de Cornerouge nous a épuisés, et nous devons nous reposer ici un moment. »

« Où irons-nous ensuite ? » demanda Frodo.

« Le voyage et la quête se trouvent encore devant nous, répondit Gandalf. Nous n'avons d'autre choix que de continuer, à moins de rentrer à Fendeval. »

Le visage de Pippin s'éclaira visiblement à la seule mention d'un retour à Fendeval ; Merry et Sam levèrent des regards pleins d'espoir. Mais Aragorn et Boromir restèrent impassibles. Frodo parut troublé.

« J'aimerais être encore là-bas, dit-il. Mais comment y retourner sans mourir de honte – à moins qu'il n'y ait aucun autre chemin, et que nous soyons déjà vaincus ? »

« Vous avez raison, Frodo, dit Gandalf : rentrer serait concéder la défaite, et attendre une défaite encore plus cuisante. Si nous y retournons maintenant, l'Anneau devra rester là-bas : nous ne pourrons repartir. Alors, tôt ou tard, Fendeval sera assiégé, et après un bref et pénible sursis, il sera détruit. Les Spectres de l'Anneau sont des ennemis mortels, mais ils ne possèdent encore que l'ombre du pouvoir et de la terreur qu'ils exerceraient, si le Maître Anneau devait retrouver la main de son maître. »

« Dans ce cas, il nous faut continuer, s'il y a un chemin », dit Frodo en soupirant. Sam retomba dans la mélancolie.

« Il est un chemin que nous pouvons tenter, dit Gandalf. Dès la première heure, du moment où j'ai envisagé ce voyage, j'ai pensé que nous devrions nous y essayer. Mais ce chemin n'est pas agréable, et c'est la première fois que j'en parle à la Compagnie. Aragorn s'y opposait, jusqu'à ce que le passage des montagnes ait au moins été tenté. »

« Si cette route est pire que la Porte de Cornerouge, elle doit être vraiment néfaste, dit Merry. Mais vous feriez mieux de nous mettre au courant, qu'on sache tout de suite ce qui nous attend. »

« La route dont je parle mène aux Mines de Moria », dit Gandalf. Seul Gimli leva la tête : un feu couvait dans ses yeux. Tous les autres furent remplis d'épouvante à la mention de ce nom. Même aux oreilles des Hobbits, sa légende évoquait une peur vague.

« Elle mène peut-être en Moria, mais comment espérer qu'elle nous mènera au-delà ? » dit sinistrement Aragorn.

« C'est un nom de mauvais augure, dit Boromir.

Et je ne vois pas la nécessité d'y aller. Si nous ne pouvons franchir les Montagnes, continuons alors vers le sud jusqu'à atteindre la Brèche du Rohan, où les hommes sont amis de mon peuple, et suivons le chemin que j'ai pris pour arriver ici. Ou encore, nous pourrions passer outre et franchir l'Isen jusqu'en Longuestrande et au Lebennin, et arriver ainsi au Gondor par les régions côtières. »

« Les choses ont changé depuis que vous êtes venu au nord, Boromir, répondit Gandalf. N'avez-vous pas entendu ce que je vous ai dit au sujet de Saruman ? Pour ma part, je pourrais avoir affaire à lui avant que tout soit terminé. Mais l'Anneau ne doit pas s'approcher d'Isengard, s'il y a moyen de l'éviter. La Brèche du Rohan nous est interdite tant que nous allons avec le Porteur.

« Quant au plus long trajet : nous n'en avons pas le temps. Un tel voyage pourrait nous prendre une année, et nous traverserions bien des terres vides et inhabitées ; mais elles n'en seraient pas plus sûres. Les regards vigilants tant de Saruman que de l'Ennemi les surveillent. Quand vous êtes monté dans le Nord, Boromir, vous n'étiez, aux yeux de l'Ennemi, qu'un simple voyageur venu du Sud, et une affaire de peu d'importance pour lui : sa pensée était entièrement tournée vers la poursuite de l'Anneau. Mais voilà que vous revenez en tant que membre de la Compagnie de l'Anneau, et vous serez en danger tant que vous resterez avec nous. Ce danger ne fera qu'augmenter à chaque lieue que nous parcourrons vers le sud à ciel découvert.

« Depuis notre tentative ouverte sur le col des Montagnes, notre situation est encore plus critique qu'avant. Je n'entrevois plus grand espoir, si nous ne disparaissons pas bientôt pour quelque temps, de manière à effacer nos traces. Je propose donc que nous ne passions ni par-dessus les Montagnes, ni autour d'elles, mais bien en dessous. De tous les chemins possibles, c'est sans doute celui auquel l'Ennemi s'attendra le moins. »

« Nous n'avons aucune idée de ce à quoi il s'attend, dit Boromir. Il peut guetter tous les chemins, les plus probables comme les plus improbables. Entrer en Moria équivaudrait alors à nous jeter dans un piège : autant aller frapper aux portes de la Tour Sombre elle-même. Le nom de la Moria est noir. »

« Vous parlez de choses dont vous n'avez aucune idée quand vous comparez la Moria à la forteresse de Sauron, répondit Gandalf. Je suis le seul ici présent à m'être aventuré dans les cachots du Seigneur Sombre, et ce, seulement dans son ancienne demeure, moins imposante, de Dol Guldur. Ceux qui passent les portes de Barad-dûr n'en reviennent pas. Mais je ne vous emmènerais pas en Moria s'il n'y avait aucun espoir d'en ressortir. S'il y a là des Orques, ce pourrait être désastreux pour nous, je l'admets. Mais la plupart des Orques des Montagnes de Brume ont été dispersés ou anéantis dans la Bataille des Cinq Armées. Les Aigles nous signalent que des Orques venus de loin s'assemblent de nouveau ; mais il est permis d'espérer que la Moria soit encore libre.

« Il se peut même que des Nains y soient, et que nous trouvions Balin fils de Fundin dans l'une ou l'autre des profondes salles de ses pères. Quoi qu'il advienne, il faut suivre le chemin que la nécessité nous prescrit ! »

« Je suivrai ce chemin avec vous, Gandalf ! dit Gimli. J'irai contempler les salles de Durin, qu'importe ce qui attend là-bas – si vous parvenez à trouver les portes qui sont closes. »

« Bien, Gimli ! dit Gandalf. Vous m'encouragez. Nous chercherons ensemble les portes cachées. Et nous réussirons. Au cœur des ruines naines, un Nain sera moins facilement dérouté qu'un Elfe, un Homme ou un Hobbit. Du reste, ce ne sera pas la première fois que j'irai en Moria. J'y ai longuement cherché Thráin fils de Thrór après sa disparition. Je suis passé au travers et j'en suis ressorti vivant ! »

« J'ai aussi passé une fois le Portail de Ruisselombre, dit calmement Aragorn ; et bien que j'en sois ressorti aussi, j'en garde un funeste souvenir. Je ne souhaite pas entrer en Moria une seconde fois. »

« Ni moi ne serait-ce qu'une seule fois », dit Pippin.

« Ni moi », marmonna Sam.

« Bien sûr que non ! dit Gandalf. Qui le souhaiterait ? Mais la question est de savoir : qui me suivra si je vous y conduis ? »

« Moi », dit Gimli avec ferveur.

« Moi aussi, dit Aragorn, le cœur lourd. Vous m'avez suivi dans la neige sans jamais un mot de reproche, alors que nous courions vers la catastrophe. Je vous suivrai à présent – si ce dernier avertissement ne réussit pas à vous ébranler. Ce n'est pas à l'Anneau, ni à nous autres, que je pense en ce moment, mais à vous, Gandalf. Et je vous dis : Si vous passez les portes de la Moria, prenez garde ! »

« Je n'irai *pas*, dit Boromir, sauf si le vote de toute la Compagnie est contre moi. Qu'en disent Legolas et les petites gens ? La voix du Porteur de l'Anneau devrait assurément être entendue ? »

« Je ne souhaite pas aller en Moria », dit Legolas.

Les Hobbits ne répondirent rien. Sam regarda Frodo. Enfin, ce dernier prit la parole. « Je ne veux pas y aller, dit-il, mais je ne veux pas non plus rejeter le conseil de Gandalf. Je demande que nous attendions demain pour voter, car la nuit porte conseil ; et Gandalf aura plus de facilité à gagner les suffrages à la lumière du matin que dans cette froide obscurité. Comme le vent hurle ! »

À ces mots, tous observèrent un silence pensif. Ils entendaient le vent siffler parmi les rochers et les arbres, tandis qu'un hurlement et un gémissement parcouraient les espaces vides de la nuit.

Soudain Aragorn se leva d'un bond. « Comme le vent hurle ! cria-t-il. Il hurle de la voix des loups. Les Wargs sont passés à l'ouest des Montagnes ! »

« Faut-il donc attendre jusqu'au matin ? dit Gandalf. C'est comme je l'avais dit. La chasse est donnée ! Même si nous survivons jusqu'à l'aube, qui voudra prendre la route du Sud et voyager de nuit avec les loups sauvages à ses trousses ? »

« À quelle distance se trouve la Moria ? » demanda Boromir.

« Il y avait une porte au sud-ouest du Caradhras, à une quinzaine de milles à vol de corbeau – peut-être une vingtaine à course de loup », répondit Gandalf de manière plutôt sinistre.

« Dans ce cas, mettons-nous en route à la première

heure demain, dit Boromir. Le loup que l'on entend est pire que l'Orque que l'on craint. »

« Vrai ! dit Aragorn, dégageant son épée du fourreau. Mais là où le loup crie, là aussi l'Orque rôde. »

« J'aurais dû suivre le conseil d'Elrond, murmura Pippin à Sam. Je ne vaux pas grand-chose tout compte fait. Le sang de Bandobras le Fiertaureau n'est pas assez fort en moi : ces hurlements me glacent les os. Je n'ai pas souvenir de m'être déjà senti aussi incapable. »

« J'ai le cœur dans les talons, monsieur Pippin, dit Sam. Mais on nous a pas encore croqués, et y a du monde assez costaud ici avec nous. Je sais pas ce qui attend le vieux Gandalf, mais je parie que c'est pas le ventre d'un loup. »

Pour leur défense, ils décidèrent de passer la nuit au sommet de la petite colline près de laquelle ils s'étaient abrités. Elle était couronnée d'un bouquet de vieux arbres tordus, non loin duquel se trouvait un cercle de rochers espacés. Ils allumèrent un feu au milieu de celui-ci, n'ayant guère espoir que l'obscurité et le silence puissent empêcher les bandes de loups de découvrir leur piste.

Ils s'assirent autour du feu, et ceux qui n'étaient pas de garde s'assoupirent, ne dormant que d'un œil. Bill le poney, le pauvre, tremblait et suait sur place. Le hurlement des loups s'élevait maintenant tout autour d'eux, tantôt approchant, tantôt s'éloignant. Des yeux brillants s'allumèrent par dizaines au cœur de la nuit, regardant par-dessus le bord de la colline. Certains s'avancèrent presque jusqu'à l'anneau de pierres.

À travers une brèche se voyait à présent la forme d'un loup, grand et sombre, qui les observait sans bouger. Il laissa échapper un hurlement à faire frémir, tel un capitaine appelant sa bande à l'assaut.

Gandalf se leva et s'avança, tenant son bâton dans les airs. « Écoute-moi, Chien de Sauron ! cria-t-il. Gandalf est ici. Fuis, si tu tiens à ta peau infecte ! Je vais te racornir de la queue au museau si tu entres dans cet anneau ! »

Le loup eut un grognement féroce et s'élança vers eux d'un seul bond. À cet instant, une grande corde vibra. Legolas avait détendu son arc. Il y eut un cri affreux, et la forme bondissante retomba avec un bruit sourd : la flèche elfique lui avait transpercé la gorge. Les yeux qui les guettaient s'éteignirent soudain. Gandalf et Aragorn s'avancèrent, mais la colline était déserte ; les bandes chasseresses avaient fui. Les ténèbres se firent silencieuses tout autour d'eux, et plus aucun cri ne vint sur le vent gémissant.

La nuit se faisait vieille. À l'ouest, la Lune décroissante se couchait, luisant par intervalles à travers les nuages en train de se rompre. Soudain, Frodo se réveilla en sursaut. Sans avertissement, des hurlements sauvages et féroces se déchaînèrent tout autour du campement. Une grande troupe de Wargs s'était assemblée en silence et les assaillait à présent de toutes parts.

« Mettez du bois à brûler ! cria Gandalf aux Hobbits. Tirez vos lames, et tenez-vous dos à dos ! »

Dans la soudaine flambée, alors que le nouveau bois s'embrasait, Frodo vit plusieurs formes grises bondir par-dessus le cercle de pierres. D'autres les suivirent, et d'autres encore. Aragorn, frappant d'estoc, transperça la gorge d'un énorme chef ; Boromir, d'un grand coup de taille, en décapita un autre. À côté d'eux, le solide Gimli se tenait jambes écartées, maniant sa hache de Nain. L'arc de Legolas chantait.

La lumière du feu vacilla, et Gandalf sembla soudain grandir : sa forme se dressa menaçante, tel le monument d'un ancien roi de pierre au sommet d'une colline. Se baissant comme un nuage, il ramassa une branche flambante et s'avança à la rencontre des loups. Ceux-ci reculèrent devant lui. D'un grand geste du bras, il lança le tison incandescent dans les airs. Celui-ci s'embrasa d'un soudain éclat blanc, comme la foudre ; et sa voix roula comme un tonnerre.

« *Naur an edraith ammen ! Naur dan i ngaurhoth !* » cria-t-il.

Il y eut un grondement et un crépitement, et l'arbre au-dessus de lui monta en une feuillaison de flammes aveuglantes. Au haut des arbres, le feu bondit de cime en cime. Toute la colline fut alors couronnée d'un éblouissant brasier. Épées et poignards luisirent. La dernière flèche de Legolas, s'enflammant au vol, plongea, ardente, dans le cœur d'un grand chef de bande. Tous les autres loups s'enfuirent.

Le feu mourut lentement, se réduisant alors à une pluie d'étincelles et de cendres ; une fumée âcre s'enroulait au-dessus des souches brûlées et s'éloignait de la colline en une traînée noire, tandis que les premières lueurs de l'aube paraissaient dans le ciel. Leurs ennemis en déroute ne revinrent pas.

« Qu'est-ce que je vous disais, monsieur Pippin ? fit Sam, rangeant son épée. Les loups l'auront pas.

Mais pour une surprise, c'en était une ! C'est venu près de me roussir les cheveux sur la tête ! »

Quand arriva la pleine lumière, aucun signe des loups ne se voyait ; et ils cherchèrent en vain les corps des vaincus. Il n'y avait plus aucune trace de lutte, hormis les arbres carbonisés et les flèches de Legolas jonchant le sommet de la colline. Elles étaient toutes intactes, sauf une dont il ne restait que la pointe.

« C'est bien ce que je craignais, dit Gandalf. Il ne s'agissait pas de loups ordinaires, chassant dans la nature pour se nourrir. Mangeons donc en vitesse et partons ! »

Ce jour-là, le temps changea de nouveau, comme s'il était sous l'influence de quelque pouvoir qui n'avait plus que faire de la neige, puisqu'ils avaient quitté le col ; un pouvoir qui désirait maintenant une claire lumière pour observer de loin les voyageurs des terres sauvages. Le vent, qui au cours de la nuit était passé du nord au nord-ouest, tomba. Les nuages disparurent au sud et le ciel se découvrit, tel un haut plafond bleu. Debout au flanc de la colline, prêts au départ, ils virent poindre de pâles rayons au-dessus des cimes neigeuses.

« Il faudra atteindre les portes avant le coucher du Soleil, dit Gandalf, autrement je crains que nous ne les atteignions jamais. Ce n'est pas bien loin, mais notre chemin pourrait serpenter, car Aragorn ne peut nous guider ici : il a rarement parcouru ces terres, et je ne me suis tenu qu'une seule fois sous le mur ouest de la Moria, et c'était il y a longtemps.

« C'est là qu'il se trouve », dit-il, désignant un lieu,

loin au sud-est, où les flancs des montagnes dévalaient à pic dans les ombres à leurs pieds. Des falaises dénudées formaient à l'horizon une ligne indécise au milieu de laquelle se distinguait, plus haut que le reste, un grand mur gris. « Quand nous avons quitté le col, je vous ai conduits vers le sud, et non vers notre point de départ, comme certains d'entre vous l'ont sans doute remarqué. J'ai bien fait, car notre trajet s'en trouve raccourci de plusieurs milles, et il nous faut faire vite. Mettons-nous en route ! »

« Je ne sais trop quoi espérer, dit sinistrement Boromir : qu'en arrivant à la falaise, Gandalf trouve ce qu'il cherche, ou que les portes s'avèrent perdues à jamais. Tous les choix semblent mauvais, mais le plus probable est que nous soyons pris entre les loups et le mur. Après vous ! »

Gimli marchait désormais en avant, aux côtés du magicien, tant il avait hâte d'arriver à la Moria. Ensemble, ils ramenèrent la Compagnie vers les Montagnes. De l'ouest, la seule route conduisant à la Moria se trouvait autrefois le long d'un ruisseau, le Sirannon, qui jaillissait au pied des falaises non loin de l'emplacement des portes. Mais à présent, soit le magicien s'était égaré, soit le pays avait changé dans les dernières années ; car Gandalf ne croisa pas le ruisseau à l'endroit où il s'attendait à le trouver, à seulement quelques milles au sud de leur point de départ.

Midi approchait, et la Compagnie continuait de cheminer et de serpenter dans un désert de pierres rougeâtres, sans jamais voir le moindre reflet d'eau ou entendre le moindre bruissement. Tout le pays était morne et desséché. Leurs cœurs se serrèrent. Pas un seul être vivant ne se voyait, ni un seul oiseau dans le ciel ; mais ils n'osaient songer à ce que la nuit apporterait si elle les surprenait dans cette contrée désolée.

C'est alors que Gimli, qui avait pris de l'avance, se retourna soudain pour les appeler. Il se tenait sur une éminence et montrait quelque chose sur leur droite. Tous se hâtèrent de le rejoindre en haut, et ils virent s'étirer sous eux un chenal profond et étroit. Il était vide et silencieux : à peine un filet d'eau coulait dans son lit, parmi les pierres brunes tachées de rouge ; mais sur la rive la plus proche, un chemin affaissé et très dégradé sinuait parmi les murs et les pavés en ruine, vestiges d'une ancienne grand-route.

« Ah ! Le voilà enfin ! dit Gandalf. C'est ici que coulait le ruisseau : Sirannon, le Ruisseau de la Porte, l'appelait-on au temps jadis. Mais je ne saurais deviner ce qui est arrivé à l'eau : elle était autrefois rapide et bruyante. Venez ! Il faut nous dépêcher. Nous sommes en retard. »

Malgré leur profonde fatigue et leurs pieds endoloris, ils persévérèrent sur cette route inégale et tortueuse pendant de nombreux milles. Le Soleil se détourna du midi et descendit vers l'ouest. Après une brève halte et un repas hâtif, ils se remirent en route. Les Montagnes se dressaient sévèrement devant eux, mais leur chemin ondulait au creux d'une profonde dépression et ils ne pouvaient voir que les hauts contreforts et les cimes lointaines à l'est.

Ils parvinrent finalement à un coude. À cet endroit,

la route, qui s'était détournée au sud, coincée entre le bord du chenal et une forte chute de terrain sur la gauche, reprenait sa course plein est. Passé le tournant, ils se trouvèrent face à un escarpement bas, d'à peine cinq toises de haut, au rebord échancré et déchiqueté. Un filet d'eau ruisselait à travers une large fissure qui semblait avoir été sculptée par une ancienne chute d'eau, autrefois vive et foisonnante.

« C'est dire si les choses ont changé ! fit Gandalf. Mais on ne saurait s'y tromper. Voilà tout ce qui reste des Chutes de l'Escalier. Il y avait, si je me souviens bien, une série de marches taillées dans le roc à côté de la chute, mais la grand-route partait à gauche et effectuait plusieurs lacets pour atteindre le terrain plat tout en haut. Derrière ces chutes, il y avait jadis une vallée peu profonde qui s'étendait jusqu'aux Murs de la Moria, et le Sirannon la traversait, bordé par la route. Allons voir ce qu'elle est devenue ! »

Ils trouvèrent les marches de pierre sans difficulté. Gimli les gravit d'un pas avide, suivi de Gandalf et de Frodo. Au sommet, ils constatèrent qu'ils ne pouvaient aller plus loin de ce côté, et l'assèchement du Ruisseau de la Porte trouva son explication. Derrière eux, dans la fraîcheur du couchant, le ciel de l'ouest était baigné d'or chatoyant. Devant eux s'étendait un lac stagnant et noir. Ni le ciel, ni le couchant ne se reflétaient à sa morne surface. Le Sirannon, endigué, avait noyé toute la vallée. Derrière ses eaux sinistres se dressaient de vastes falaises, aux faces sévères et blafardes dans le jour mourant : finales et infranchissables. Frodo ne vit aucune trace de porte ou d'entrée, pas la moindre fissure ou lézarde dans la pierre renfrognée.

« Ce sont les Murs de la Moria, dit Gandalf, pointant

l'index de l'autre côté de l'eau. C'est là que se trouvait la Porte il fut un temps, la Porte Elfique à la fin de la route de la Houssière par laquelle nous sommes venus. Mais cet accès est bloqué. Je suis bien sûr qu'aucun d'entre nous ne voudra nager dans cette eau sombre à la tombée du jour. Elle a un air malsain. »

« Il faut trouver moyen de la contourner par le nord, dit Gimli. En tout premier lieu, la Compagnie devra emprunter le grand chemin afin de voir où il mène. Même sans ce lac, il serait impensable de conduire notre poney à bagages par cet escalier. »

« Et de toute façon, cette pauvre bête ne peut nous suivre dans les Mines, dit Gandalf. La route est sombre sous les Montagnes, et il y a des passages étroits et abrupts que nous aurons du mal à franchir nous-mêmes. »

« Pauvre vieux Bill ! dit Frodo. Je n'avais pas pensé à cela. Et pauvre Sam ! Je me demande ce qu'il va dire. »

« Je suis désolé, dit Gandalf. Le pauvre Bill nous a été utile, et cela me fend le cœur de devoir l'abandonner. Si j'avais pu en faire à ma tête, j'aurais voyagé plus léger et nous n'aurions pas d'animal, surtout pas celui-ci que Sam a pris en affection. Je craignais depuis le début que nous ne soyons forcés d'emprunter cette route. »

Le jour tirait à sa fin, et de froides étoiles brillaient loin au-dessus du couchant, quand la Compagnie gravit la route en lacets du plus vite qu'elle le put et arriva au bord du lac. D'ouest en est, il ne semblait pas dépasser deux ou trois furlongs à l'endroit le plus large. Dans la lumière défaillante, ils ne pouvaient voir jusqu'où il s'étendait au sud ; mais sa rive nord n'était pas à plus d'un demi-mille d'où ils se tenaient, et entre le bord de l'eau et les crêtes rocheuses tout au fond, il y avait une bande de terrain découvert. Ils se remirent en marche, pressant le pas, car ils avaient encore un ou deux milles à faire avant de rejoindre l'endroit que Gandalf voulait atteindre sur l'autre rive ; et il lui faudrait alors trouver les portes.

À la pointe nord du lac, ils parvinrent à une anse étroite qui s'étendait en travers de leur chemin. Elle était dormante et verte, tendue comme un bras visqueux vers les collines qui les encerclaient. Gimli continua sans se laisser démonter, et il vit que l'eau était peu profonde, et qu'en restant près du bord, elle ne montait pas plus haut que la cheville. Ils marchèrent derrière lui à la file, surveillant leurs pas, car sous les mares sombres et herbeuses se cachaient des pierres gluantes et glissantes pour les pieds. Frodo frémit de dégoût au contact de cette eau immonde.

Sam fermait la marche, et au moment où il faisait remonter Bill sur la terre ferme de l'autre côté, un faible son se fit entendre, un flic et un floc, comme si un poisson était venu troubler la surface immobile de l'eau. Se tournant vivement, ils virent des rides, bordées d'ombres noires dans la faible lumière : de grands anneaux émanaient d'un point éloigné sur le lac et allaient s'élargissant. Il y eut une sorte de gargouillis, puis ce fut le silence. Le crépuscule s'épaissit, les dernières lueurs du couchant perdues dans les nuages.

Gandalf pressa alors le pas, et les autres le suivirent aussi vite qu'ils le purent. Ils atteignirent la bande de terre entre le lac et les falaises : elle était étroite, souvent d'à peine une trentaine de pieds de large, et encombrée de pierres et de rochers éboulés ; mais ils s'y frayèrent un chemin, serrant la falaise et se tenant aussi loin de l'eau sombre qu'il leur était possible. À un mille au sud le long de la rive, ils arrivèrent à un lieu planté de houx. Des souches et des branches mortes pourrissaient dans les eaux peu profondes, sans doute les restes d'anciens fourrés ou de la haie qui, autrefois, bordait la route à travers la vallée inondée. Mais au pied de la falaise se dressaient deux arbres encore bien vivants, des houx, plus grands que tous ceux que Frodo avait jamais vus ou imaginés. Leurs grandes racines s'étendaient du mur jusqu'à l'eau. Sous les imposantes falaises, ils n'avaient paru que de simples buissons, vus de loin, du haut de l'Escalier ; mais à présent ils se dressaient majestueusement au-dessus d'eux, sombres et silencieux, jetant des ombres nocturnes à leurs pieds, comme deux piliers faisant sentinelle à la fin de la route.

« Enfin, nous y voici ! dit Gandalf. C'est ici que se terminait le Chemin des Elfes de la Houssière. Le houx était leur emblème, et ils en plantèrent deux ici afin de marquer la limite de leur domaine ; car la Porte de l'Ouest fut d'abord aménagée pour eux, afin de faciliter leur commerce avec les Seigneurs de Moria. C'étaient des jours plus heureux, où se tissaient encore parfois des amitiés étroites entre des gens de peuples différents, même entre Nains et Elfes. »

« Ce n'est pas par la faute des Nains si l'amitié s'est fanée », dit Gimli.

« Je n'ai pas entendu dire que ce fût la faute des Elfes », dit Legolas.

« J'ai entendu dire l'un et l'autre, dit Gandalf, et je n'entends pas me prononcer maintenant. Mais je vous prie, vous au moins, Legolas et Gimli, d'être amis, et de m'aider. J'ai besoin de vous deux. Les portes sont closes et elles sont cachées, et plus vite nous les trouverons, mieux ce sera. La nuit approche ! »

Se tournant vers les autres, il dit : « Voulez-vous, pendant que je cherche, vous préparer chacun à entrer dans les Mines ? Car ici, je crains que nous ne devions dire adieu à notre fidèle bête de charge. Il faut donc mettre de côté une bonne partie de ce que nous avons apporté en prévision du temps froid : vous n'en aurez plus besoin à l'intérieur, ni, je l'espère, quand nous serons de l'autre côté et descendrons dans le Sud. Chacun devra prendre à la place une partie des bagages du poney, en particulier les vivres et les outres d'eau. »

« Mais monsieur Gandalf, vous pouvez pas laisser ce pauvre vieux Bill moisir ici ! s'écria Sam, entre colère et détresse. Je vais pas laisser faire ça, un point c'est tout. Après nous avoir accompagnés si loin ! »

« Je suis désolé, Sam, dit le magicien. Mais quand la Porte s'ouvrira, je ne pense pas que vous réussirez à entraîner Bill à l'intérieur, dans la longue obscurité de la Moria. Vous aurez à choisir entre Bill et votre maître. »

« Il suivrait M. Frodo jusque dans l'antre d'un dragon, si je l'y emmenais, protesta Sam. Ce serait rien de moins qu'un meurtre de le lâcher ici, avec tous ces loups qui rôdent. »

« Ce sera moins qu'un meurtre, je l'espère », dit

Gandalf. Il caressa la tête du poney et parla d'une voix douce. « Va donc avec des mots de protection et de prudence, dit-il. Tu es une sage bête, et tu as beaucoup appris à Fendeval. Rends-toi là où tu pourras paître, et gagne ainsi en temps et lieu la maison d'Elrond, ou tout endroit où tu voudras aller.

« Voilà, Sam ! Il aura autant de chances que nous d'échapper aux loups et de rentrer à la maison. »

Sam se tint près du poney, l'air maussade, et ne répondit rien. Bill, qui semblait bien comprendre ce qui était en train de se jouer, vint fourrer son museau contre l'oreille de Sam. Celui-ci fondit en larmes et tripota gauchement les courroies, déchargeant tous les paquets du poney et les jetant à terre. Les autres s'occupèrent d'en faire le tri, entassant tout ce qui pouvait être abandonné et divisant le reste entre eux.

Quand ils eurent terminé, ils se tournèrent pour observer Gandalf. Il semblait n'avoir rien fait. Debout entre les deux arbres, il gardait les yeux fixés sur le mur uni de la falaise, comme s'il entendait le perforer d'un simple regard. Gimli allait de-ci de-là, tapotant la pierre du revers de sa hache. Legolas était plaqué contre le roc, comme pour écouter.

« Eh bien, nous voilà tous fin prêts, dit Merry ; mais où sont les Portes ? Je n'en vois pas le moindre signe. »

« Les portes des Nains ne sont pas faites pour être vues lorsqu'elles sont closes, dit Gimli. Elles sont invisibles, et leurs propres architectes ne peuvent les trouver ou les ouvrir, si leur secret est oublié. »

« Mais cette Porte n'a pas été construite pour être

un secret connu des seuls Nains, dit Gandalf, s'animant tout à coup et se retournant. À moins que les choses ne soient complètement changées, un regard averti devrait pouvoir découvrir les signes. »

Il s'avança jusqu'au mur. Tout juste entre l'ombre des arbres se trouvait un espace lisse, et il passa ses mains dessus, marmonnant à voix basse. Puis il se recula.

« Regardez ! dit-il. Voyez-vous quelque chose, à présent ? »

La Lune éclairait maintenant la face grise du roc ; mais ils ne purent rien voir d'autre sur le moment. Puis l'on vit apparaître lentement à sa surface, là où le magicien avait passé ses mains, des lignes à peine visibles, comme de minces veines d'argent courant dans la pierre. Ce n'étaient au début que de pâles filandres, si fines qu'elles ne faisaient que scintiller par intervalles quand elles accrochaient les rayons de la Lune ; mais peu à peu, elles se firent plus larges et plus claires, et il fut bientôt possible d'en deviner le dessin.

Tout en haut, aussi haut que Gandalf pouvait tendre les bras, se voyait une arche parcourue d'un entrelacement de caractères elfiques. Sous elle, bien que par endroits les fils aient été estompés ou brisés, se discernait le contour d'une enclume et d'un marteau surmontés d'une couronne aux sept étoiles. Plus bas encore se trouvaient deux arbres, chacun portant à ses branches des croissants de lune. Enfin, plus claire que le reste, au centre de la porte, brillait une unique étoile aux multiples rayons.

« Voilà les emblèmes de Durin ! » s'écria Gimli.

Ici est écrit en caractères feänoriens selon
le mode du Beleriand : Ennyn Durin Aran
Moria : pedo mellon a minno. Im Narvi hain ech-
ant : Celebrimbor o Eregion teithant i thiw hin.

« Et aussi l'Arbre des Hauts Elfes ! » dit Legolas.

« Et l'Étoile de la Maison de Fëanor, dit Gandalf. Ils sont faits d'*ithildin,* qui ne reflète que la lumière des étoiles et de la Lune, et qui demeure en sommeil jusqu'au moment d'être touché par quelqu'un qui prononce des mots aujourd'hui bien oubliés en Terre du Milieu. Il y a longtemps que je ne les ai entendus, et il m'a fallu une profonde réflexion pour pouvoir les rappeler à mon esprit. »

« Que dit l'inscription ? demanda Frodo, essayant de déchiffrer les mots sur l'arche. Je pensais connaître l'écriture elfique, mais je n'arrive pas à lire celle-ci. »

« Les mots sont dans la langue elfique de l'ouest de la Terre du Milieu aux Jours Anciens, répondit Gandalf. Mais ils ne nous apprennent rien d'important. Ils disent seulement : *Les Portes de Durin, Seigneur de Moria. Parle, ami, et entre.* Et en dessous, en petits caractères, il est écrit : *Moi, Narvi, je les ai faites. Celebrimbor de Houssière a dessiné ces signes.* »

« Qu'entend-on par *parle, ami, et entre* ? » demanda Merry.

« C'est pourtant clair, dit Gimli. Si vous êtes un ami, dites le mot de passe, alors les portes s'ouvriront et vous pourrez entrer. »

« Oui, dit Gandalf, ces portes sont sans doute régies par des mots. Certaines portes des Nains ne s'ouvrent qu'en des occasions particulières ou pour certaines personnes uniquement ; d'autres sont munies de serrures, et il faut des clés pour les ouvrir même quand toutes les autres conditions sont remplies. Ces portes-ci n'en possèdent pas. Au temps de Durin, elles n'étaient pas secrètes. La plupart du temps, elles étaient ouvertes et tenues par des gardiens. Mais lorsqu'elles étaient closes, ceux qui connaissaient la formule d'ouverture n'avaient qu'à la prononcer pour entrer. C'est du moins ce que rapportent les sources anciennes, n'est-ce pas, Gimli ? »

« En effet, dit le Nain. Mais la formule n'est plus connue de nos jours. Narvi et son art, et tous les siens, ont disparu de la terre. »

« Mais *vous*, Gandalf, ne connaissez-vous pas la formule ? » demanda Boromir, surpris.

« Non ! » dit le magicien.

Les autres parurent décontenancés ; seul Aragorn, qui connaissait bien Gandalf, demeura silencieux et impassible.

« Quelle était donc l'utilité de nous emmener dans cet endroit maudit ? s'écria Boromir, jetant un coup d'œil vers l'eau sombre avec un frisson. Vous nous dites que vous êtes déjà passé à travers les Mines. Comment est-ce possible, si vous ne savez pas comment y entrer ? »

« La réponse à votre première question, Boromir, dit le magicien, est que je ne connais pas la formule – pour l'instant. Mais c'est ce que nous verrons bientôt. Et puis, ajouta-t-il avec une étincelle dans les yeux sous des sourcils hérissés, vous pourrez vous interroger sur l'utilité de mes actes quand ils se seront révélés inutiles. Quant à votre dernière question : doutez-vous de mon histoire ? Ou avez-vous perdu toute présence d'esprit ? Je ne suis pas entré de ce côté. J'arrivais de l'Est.

« Au cas où cela vous intéresserait, je vous dirai que ces portes s'ouvrent vers l'extérieur. De l'intérieur, il est possible de les ouvrir en poussant avec vos mains. De l'extérieur, rien ne les fera bouger hormis l'incantation de commandement. On ne peut les forcer vers l'intérieur. »

« Qu'allez-vous faire, alors ? » demanda Pippin, que les sourcils hérissés de Gandalf ne semblaient pas intimider.

« Cogner dessus avec votre tête, Peregrin Touc, dit Gandalf. Mais si ça n'enfonce pas les portes, et qu'on m'épargne un instant les questions oiseuses, je vais chercher la formule d'ouverture.

« Je connaissais autrefois tous les sortilèges, dans toutes les langues des Elfes, des Hommes ou des Orques, utilisés dans ce dessein. Je puis encore m'en rappeler quinze douzaines sans avoir à me creuser la tête. Mais il ne faudra que quelques essais, je pense ; et Gimli n'aura pas à me souffler des mots de la langue des Nains, qu'ils gardent secrète et qu'ils n'enseignent pas. Les mots d'ouverture étaient elfiques, comme l'inscription figurant sur l'arche : cela paraît évident. »

Il s'avança de nouveau à la paroi, et de la pointe de son bâton, toucha légèrement l'étoile d'argent au milieu, sous le signe de l'enclume.

Annon edhellen, edro hi ammen !
Fennas nogothrim, lasto beth lammen !

dit-il d'un ton impérieux. Les fils d'argent s'estompèrent, mais la pierre, grise et uniforme, ne bougea pas.

Il répéta maintes fois ces mots, dans un ordre différent ou en les variant. Puis il essaya d'autres sortilèges, l'un à la suite de l'autre, en modifiant son débit, tantôt rapide et haut, tantôt lent et doux. Enfin, il prononça, un à un, de nombreux mots d'elfique.

Rien ne se produisit. La nuit gagna la haute falaise, les étoiles innombrables s'allumèrent, un vent glacial se leva et les portes tinrent bon.

Gandalf se tint de nouveau près du mur, et, levant les bras, il prit un ton de commandement où pointait sa colère grandissante. *Edro, edro !* cria-t-il, frappant le roc de son bâton. *Ouvre-toi, ouvre-toi !* fit-il, et il répéta le même commandement dans toutes les langues jamais entendues dans l'ouest de la Terre du Milieu. Puis il jeta son bâton sur le sol et s'assit en silence.

À ce moment, le vent porta à leurs oreilles attentives un distant hurlement de loups. Bill le poney tressaillit de peur, et Sam se précipita à ses côtés pour lui chuchoter doucement à l'oreille.

« Ne le laissez pas s'enfuir ! dit Boromir. Il semble que nous en aurons encore besoin, si les loups ne nous découvrent pas. Comme je hais cet horrible étang ! » Il se pencha pour ramasser une grosse pierre qu'il lança loin dans l'eau sombre.

La pierre disparut avec un faible ploc ; mais au même moment, il y eut un flic flac et un gargouillis. De grands anneaux concentriques apparurent loin sur l'eau, derrière l'endroit où la pierre était tombée, et ils gagnèrent lentement la rive au pied de la falaise.

« Pourquoi avez-vous fait ça, Boromir ? dit Frodo. Je n'aime pas non plus cet endroit, et j'ai peur. Je ne sais pas ce qui m'effraie : pas les loups, ni l'obscurité derrière les portes, mais quelque chose d'autre. J'ai peur de cet étang. Ne le remuez pas ! »

« Je voudrais qu'on puisse partir d'ici ! » dit Merry.

« Pourquoi est-ce que Gandalf ne fait pas quelque chose et vite ? » dit Pippin.

Gandalf ne leur prêtait aucune attention. Il était assis tête baissée, en proie au désespoir ou dans une réflexion inquiète. Le hurlement lugubre des loups se fit entendre de nouveau. Les rides grandissaient sur l'eau et s'approchaient ; certaines clapotaient déjà sur la rive.

Avec une soudaineté qui les fit tous sursauter, le magicien bondit sur ses pieds. Il riait ! « J'ai trouvé ! s'écria-t-il. Bien sûr, bien sûr ! Simple comme bonjour, comme la plupart des énigmes quand on découvre la réponse. »

Ramassant son bâton, il se tint devant le rocher et dit d'une voix claire : *Mellon !*

L'étoile luisit un court instant et s'estompa de nouveau. Puis, sans aucun bruit, une grande porte se dessina, là où ne se voyait auparavant la moindre fente ou jointure. Lentement, elle se divisa au milieu et s'ouvrit vers l'extérieur, pouce par pouce, jusqu'à ce que les deux battants soient déployés contre la paroi. À travers l'ouverture, on apercevait un raide escalier qui montait dans l'ombre ; mais au-delà des premières marches, les ténèbres étaient plus profondes que la nuit. La Compagnie resta saisie d'étonnement.

« J'avais tort, tout compte fait, dit Gandalf, et Gimli aussi. Merry, en revanche, était sur la bonne piste. La formule d'ouverture se trouvait inscrite sur l'arche depuis le début ! Il aurait fallu traduire : *Dites "ami" et entrez.* Je n'ai eu qu'à prononcer le mot elfique pour *ami* et les portes se sont ouvertes. Rien de plus simple. Trop simple pour un maître en tradition en ces jours de défiance. C'était une époque plus heureuse. Maintenant, allons-y ! »

Il s'avança et posa le pied sur la première marche. Mais à cet instant, plusieurs choses se produisirent. Frodo sentit quelque chose le saisir à la cheville, et il tomba avec un cri. Bill le poney poussa un terrible hennissement de peur, fit demi-tour et détala le long de la rive, dans les ténèbres. Sam bondit à sa poursuite, puis, entendant le cri de Frodo, il revint en toute hâte, pleurant et jurant. Les autres, se retournant brusquement, virent les eaux du lac s'agiter, comme si une armée de serpents nageaient vers eux depuis la pointe sud.

De l'eau était sorti un long tentacule sinueux et humide, d'un vert pâle et lumineux. Son extrémité, munie de doigts, retenait le pied de Frodo et tentait de l'entraîner dans l'eau. Sam, à genoux, le tailladait maintenant à coups de couteau.

Le bras lâcha alors prise, et Sam tira Frodo vers lui, appelant à l'aide. Vingt autres bras surgirent, dégouttant d'eau. L'étang noir bouillonna et il y eut une affreuse puanteur.

« Par la porte ! L'escalier ! Vite ! » s'écria Gandalf avec un bond en arrière. Les secouant de l'horreur qui, Sam mis à part, semblait les avoir cloués sur place, il les poussa en avant.

Ils s'enfuirent juste à temps. Sam et Frodo n'avaient monté que quelques marches, et Gandalf était encore au pied de l'escalier quand les tentacules se contorsionnèrent au-dessus de l'étroite rive et vinrent tâtonner la paroi rocheuse et les portes. L'un d'eux vint se tortiller sur le seuil, luisant à la lumière des étoiles. Gandalf se retourna et s'arrêta. S'il se demandait quel mot prononcer pour refermer les portes de l'intérieur, c'était inutile. Plusieurs bras tordus saisirent les portes de part et d'autre, et, avec une force épouvantable, les firent tourner sur leurs gonds. Elles se refermèrent avec un écho fracassant, et toute lumière s'évanouit. Un bruit de déchirement et d'écroulement leur parvint, assourdi, à travers la pierre pondéreuse.

Sam, accroché au bras de Frodo, s'effondra sur une marche dans les ténèbres noires. « Pauvre vieux Bill ! dit-il d'une voix étranglée. Pauvre vieux Bill ! Des serpents et des loups ! Mais les serpents, c'était trop pour lui. Fallait que je choisisse, monsieur Frodo. Fallait que je vienne avec vous. »

Ils entendirent Gandalf redescendre et appuyer son bâton contre les portes. La pierre frémit et l'escalier trembla, mais les portes ne s'ouvrirent pas.

« Bon, eh bien ! Le passage est bloqué derrière nous, maintenant, dit le magicien, et il n'y a plus qu'une issue : de l'autre côté des Montagnes. Le bruit me fait craindre qu'on n'ait entassé des rochers et déraciné les arbres pour les mettre en travers de la porte. Je le regrette ; car ces arbres étaient beaux, et ils poussaient là depuis si longtemps. »

« Du moment que mon pied a touché cette eau, j'ai senti qu'il y avait là quelque chose d'horrible, dit Frodo. Qu'était cette chose, ou y en avait-il plusieurs ? »

« Je ne sais pas, dit Gandalf, mais tous les bras étaient guidés par une même intention. Quelque chose est sorti ou a été chassé des eaux sombres sous les Montagnes. Il est des choses plus vieilles et plus ignobles que les Orques dans les profondeurs du monde. » Il se garda d'exprimer à haute voix ce qu'il se disait en lui-même, à savoir que, quelle que fût cette chose tapie au fond du lac, elle s'était jetée sur Frodo avant tout autre membre de la Compagnie.

Boromir marmonna entre ses dents, mais le son de sa voix, amplifié par les échos de la pierre, fut comme un souffle rauque que tous purent entendre : « Dans les profondeurs du monde ! Et c'est là que nous allons, bien contre mon gré. Qui donc nous guidera dans ces ténèbres mortelles ? »

« Moi, dit Gandalf, et Gimli marchera avec moi. Suivez mon bâton ! »

Tandis que le magicien passait devant eux dans le grand escalier, il éleva son bâton, et la pointe de celui-ci émit un faible rayonnement. Le vaste escalier semblait en parfait état. Ils comptèrent deux cents marches, larges et peu profondes ; et tout en haut, ils arrivèrent à un passage voûté, au sol plat, qui s'enfonçait dans le noir.

« Asseyons-nous sur ce palier et prenons le temps de manger un morceau, puisqu'il n'y a pas de salle à manger ! » dit Frodo. Il se libérait peu à peu de l'horreur du tentacule et se sentait soudain très affamé.

Cette proposition fut unanimement accueillie ; ils s'installèrent donc sur les plus hautes marches, formes indistinctes assises dans l'obscurité. Lorsqu'ils eurent fini de manger, Gandalf leur donna à chacun une troisième gorgée du *miruvor* de Fendeval.

« Il n'en reste plus beaucoup, dit-il ; mais je crois que nous en avons besoin après cette horreur à la porte. Et, à moins d'avoir beaucoup de chance, le reste sera avalé avant que nous soyons de l'autre côté ! Ménagez aussi l'eau ! Il y a bien des ruisseaux et des puits dans les Mines, mais il ne faut pas y toucher. Nous n'aurons peut-être pas l'occasion de remplir nos outres et nos gourdes avant de descendre au Val de Ruisselombre. »

« Combien de temps cela va nous prendre ? » demanda Frodo.

« Je ne saurais le dire, répondit Gandalf. Cela dépend de bien des aléas. Mais si nous allons tout droit, sans nous perdre ni rencontrer rien de fâcheux, j'estime qu'il nous faudra trois ou quatre longues marches. Il ne peut y avoir moins de quarante milles en ligne droite de la Porte de l'Ouest au Portail de l'Est, et la route peut faire bien des détours. »

Après un court répit seulement, ils se remirent en route. Tous étaient pressés d'en finir avec ce voyage ; aussi étaient-ils prêts, malgré une grande fatigue, à continuer de marcher pendant plusieurs heures encore. Gandalf, comme précédemment, allait en tête. Son bâton, qu'il tenait levé dans sa main gauche, n'éclairait que le sol à ses pieds ; son épée Glamdring était à sa main droite. Derrière lui venait Gimli, tournant la tête de côté et d'autre ; ses yeux étincelaient dans la faible lumière. Frodo marchait derrière le Nain, et il avait tiré la courte épée Dard. Aucune lueur n'émanait de la lame de Dard ni de Glamdring ; et cela au moins était rassurant, car ces épées étaient l'œuvre de forgerons elfes des Jours Anciens, et elles brillaient d'une froide lueur quand il y avait des Orques à proximité. Derrière Frodo venait Sam, et Legolas après lui, puis les jeunes Hobbits, et Boromir. Dans les ténèbres à l'arrière marchait Aragorn, sévère et silencieux.

Le passage serpenta quelque peu, puis se mit à descendre, sans interruption, pendant un long moment avant de se remettre de niveau. L'air devint chaud et suffocant, sans toutefois être vicié, et par moments ils sentaient des courants d'air frais caresser leur visage, sortant d'ouvertures à moitié devinées. Celles-ci étaient nombreuses. Dans la pâle lueur du bâton de Gandalf, Frodo entrevoyait des escaliers et des voûtes, et d'autres galeries et tunnels qui montaient ou dégringolaient, ou s'ouvraient de chaque côté sur des ténèbres vides. Il était facile de s'y perdre sans garder le moindre souvenir du chemin parcouru.

Gimli n'aidait Gandalf que très peu, sauf par son courage et sa ténacité. Au moins, il n'était pas intimidé par la seule obscurité en elle-même, contrairement à la plupart d'entre eux. Souvent, le magicien le consultait quand la voie à suivre était incertaine ; mais Gandalf avait toujours le dernier mot. La vastitude et la complexité des Mines de Moria étaient au-delà de tout ce qu'avait pu imaginer Gimli, fils de Glóin, tout Nain des montagnes qu'il fût. Quant à Gandalf, le lointain souvenir d'un voyage désormais très ancien ne lui était plus d'un très grand secours ; mais même dans l'obscurité et malgré les tours et détours de la route, il savait où il voulait se rendre et ne baissait jamais les bras, tant qu'il y avait un chemin conduisant vers son but.

« N'ayez crainte ! » dit Aragorn. La pause était plus longue qu'à l'habitude, et Gandalf et Gimli chuchotaient entre eux ; les autres étaient massés derrière eux dans une attente anxieuse. « N'ayez crainte ! J'ai fait de nombreux voyages avec lui – jamais aucun d'aussi sombre, il est vrai ; mais les récits de Fendeval lui prêtent des prouesses plus grandes que tout ce que j'ai vu de ma vie. Il ne se fourvoiera pas – si tant est qu'il y ait un chemin à suivre. Il nous a emmenés ici en dépit de nos craintes, mais il nous mènera à la lumière quoi qu'il puisse lui en coûter. Il a de meilleures chances de retrouver son chemin dans la nuit noire que les chats de la reine Berúthiel. »

Il était heureux pour la Compagnie de pouvoir compter sur un tel guide. Ils n'avaient aucun combustible, ni aucun moyen de faire des torches ; dans la folle ruée vers les portes, plusieurs de leurs effets avaient été abandonnés. Mais sans lumière, il leur serait vite arrivé malheur. Non seulement fallait-il choisir entre de nombreux chemins, mais ils étaient semés de trous et de chausse-trapes, et bordés de sombres puits où résonnait l'écho de leurs pas. Des fissures et des gouffres se voyaient dans les murs et le sol, et de temps à autre, une crevasse s'ouvrait tout juste à leurs pieds. La plus vaste faisait plus de sept pieds de large, et il fallut longtemps pour que Pippin trouve le courage de sauter par-dessus l'affreux vide. Le son d'une eau agitée montait des profondeurs, comme si une grande roue de moulin tournait loin en bas.

« De la corde ! marmonna Sam. Je savais que je le regretterais si j'en avais pas ! »

À mesure que ces obstacles se multipliaient, leur progression se fit plus lente et laborieuse. Déjà, ils avaient l'impression de marcher depuis toujours, toujours plus avant, jusqu'aux racines des montagnes. Ils étaient plus qu'épuisés, pourtant ils ne trouvaient aucun réconfort à l'idée de s'arrêter où que ce soit. Pendant un moment, après s'être échappé, Frodo avait repris courage, après un peu de nourriture et une gorgée de cordial ; mais à présent, il se sentit envahi d'un profond malaise et bientôt d'une vive terreur. Même si son séjour à Fendeval l'avait guéri du coup de poignard qu'il avait reçu, cette sinistre blessure n'avait pas été sans conséquence. Ses sens étaient plus aiguisés et plus attentifs aux choses qui ne se voyaient pas. Par exemple, il n'avait pas tardé à se rendre compte qu'il semblait mieux voir dans le noir qu'aucun de ses compagnons, sauf peut-être Gandalf. Et puis il était le Porteur de l'Anneau : il le sentait suspendu à sa chaîne, tout contre sa poitrine, et par moments, il lui semblait d'un grand poids. Il avait la certitude que le mal était là, devant et derrière lui ; mais il ne dit rien. Il agrippa plus fermement la poignée de son épée et résolut de continuer.

La Compagnie, derrière lui, parlait peu, et seulement en chuchotant furtivement. Il n'y avait d'autre son que celui de leurs propres pas : le martèlement sourd des bottes naines de Gimli, les pas lourds de Boromir, la démarche aérienne de Legolas, le doux tapotement des pieds de Hobbits, à peine audible, et à l'arrière, la ferme foulée d'Aragorn aux lentes et longues enjambées. Lorsqu'ils s'arrêtaient un moment, ils n'entendaient rien du tout, sauf parfois le faible égouttement ou ruissellement d'une eau invisible. Mais Frodo se mit à entendre quelque chose d'autre, ou se l'imagina : comme un faible claquement de pieds tendres et nus. Cette rumeur n'était jamais assez forte, ni assez proche, pour qu'il soit certain de l'avoir entendue ; mais du moment où elle se manifesta, elle ne cessa plus jamais tant qu'ils demeuraient en mouvement. Ce n'était pourtant pas un écho ; car s'ils s'arrêtaient, elle continuait de tapoter toute seule pendant un instant, avant de se taire à son tour.

À leur entrée dans les Mines, la nuit était déjà tombée. Ils marchaient depuis plusieurs heures, n'ayant pris que quelques courtes pauses, quand Gandalf rencontra son premier obstacle sérieux. Il se trouvait devant une grande arche sombre qui donnait accès à trois galeries. Les trois menaient à peu près dans la même direction, vers l'est ; mais le passage de gauche plongeait, alors que celui de droite grimpait, et celui du milieu semblait continuer, lisse et plat, mais très étroit.

« Cet endroit ne me rappelle absolument rien ! » dit Gandalf, se tenant debout sous l'arche, la mine dubitative. Il éleva son bâton dans l'espoir de trouver quelque signe ou inscription qui pût le guider dans son choix ; mais rien de tel n'apparut. « Je suis trop fatigué pour décider, dit-il, secouant la tête. Et j'imagine que vous l'êtes tous autant que moi, ou plus encore. Nous ferions mieux de nous arrêter ici pour ce qui reste de la nuit. Enfin, vous comprenez ! Ici, il fait toujours noir ; mais dehors, la Lune se hâte vers l'ouest et la minuit est passée. »

« Ce pauvre vieux Bill ! dit Sam. Je me demande où il est. J'espère que les loups l'ont pas encore attrapé. »

À gauche de la grande arche, ils découvrirent une porte de pierre : à demi fermée, elle céda facilement sous une faible poussée. Il semblait y avoir derrière une vaste pièce taillée dans le roc.

« Doucement ! Doucement ! s'écria Gandalf, tandis que Merry et Pippin se précipitaient en avant, heureux à l'idée de pouvoir se reposer dans un endroit un peu plus abrité qu'au beau milieu du passage. Doucement ! Vous ne savez pas encore ce qu'il y a là-dedans. Je vais passer en premier. »

Il entra d'un pas circonspect et les autres le suivirent à la file. « Là ! » dit-il, pointant son bâton vers le milieu du sol. Ils virent à ses pieds une grande ouverture ronde semblable à l'orifice d'un puits. Des restes de chaînes rouillées traînaient au bord et descendaient dans le gouffre noir. Des éclats de pierre gisaient non loin.

« L'un de vous aurait pu tomber et être encore à se demander à quel moment il toucherait le fond, dit Aragorn à Merry. Laissez le guide aller en premier tant que vous en avez un. »

« Cela me semble avoir été une salle de garde pour la surveillance des trois galeries, dit Gimli. Ce trou était de toute évidence un puits destiné aux gardes, muni d'un couvercle de pierre. Mais le couvercle est brisé, et dans le noir, il faudra être prudents. »

Pippin se sentit étrangement attiré par le puits. Pendant que les autres déroulaient des couvertures et préparaient des lits tout contre les murs, aussi loin que possible du trou béant, il se faufila jusqu'au bord et regarda dedans. Il sentit comme une bouffée d'air froid lui frapper le visage, montant de profondeurs invisibles. Pris d'une impulsion soudaine, il tâtonna à la recherche d'un morceau de pierre et le laissa tomber. Il sentit son cœur battre de nombreuses fois avant qu'un son se fasse entendre. Puis, loin en bas, comme si la pierre avait atteint une eau profonde en quelque endroit caverneux, il vint un *plouf,* très distant, mais amplifié et répété dans le long puits vide.

« Qu'est-ce que c'est que ça ? » s'écria Gandalf. Il fut soulagé quand Pippin admit ce qu'il venait de faire ; mais il était fâché, et Pippin vit ses yeux étinceler. « Touc sans cervelle ! pesta-t-il. Ceci est un voyage important, pas une promenade d'agrément entre Hobbits. Jetez-vous dedans la prochaine fois, cela vous mettra hors d'état de nuire. Maintenant, restez tranquille ! »

Rien d'autre ne fut entendu pendant plusieurs minutes ; mais alors, de faibles coups montèrent des profondeurs : *tom-tap, tap-tom.* Ils s'arrêtèrent, puis, quand les échos se furent éteints, ils reprirent de plus belle : *tap-tom, tom-tap, tap-tap, tom.* Fait troublant, on eût dit une sorte de signal ; mais au bout d'un moment, les coups cessèrent et ne furent plus entendus.

« C'était le son d'un marteau, ou je ne m'y connais pas », dit Gimli.

« Oui, dit Gandalf, et je n'aime pas cela. La fâcheuse pierre de Peregrin n'a peut-être rien à voir ; mais il est probable qu'elle ait dérangé quelque chose qu'il eût mieux valu laisser tranquille. Ne faites plus rien de semblable, de grâce ! Espérons que nous pourrons nous reposer sans plus d'ennuis. Quant à vous, Pippin, vous pouvez prendre le premier tour de garde :

cela vous servira de récompense », grogna-t-il tout en s'enroulant dans une couverture.

Pippin resta piteusement assis près de la porte dans l'obscurité totale ; mais il ne cessait de se retourner, craignant qu'une chose inconnue ne vienne ramper hors du puits. Il aurait voulu couvrir le trou, ne serait-ce que d'une couverture ; mais il n'osait pas bouger ou s'en approcher, même si Gandalf semblait dormir.

En fait, Gandalf était éveillé, bien qu'immobile et silencieux. Il était plongé dans une profonde réflexion, tentant de se remémorer chaque souvenir de son premier voyage dans les Mines, et considérant la voie à suivre avec une grave inquiétude : à ce stade-ci, un mauvais tournant pouvait conduire au désastre. Au bout d'une heure, il se leva et alla trouver Pippin.

« Allez donc vous coucher dans un coin, mon garçon, dit-il d'une voix bienveillante. Vous avez envie de dormir, j'imagine. Je n'arrive pas à fermer l'œil, alors autant me laisser faire le guet. »

« Je sais ce qui ne va pas, murmura-t-il en s'asseyant près de la porte. J'ai besoin d'un peu de fumée ! Je n'y ai pas goûté depuis le matin d'avant la tempête. »

La dernière chose que vit Pippin, gagné par le sommeil, fut un sombre aperçu du vieux mage recroquevillé sur le plancher, ses mains noueuses entre ses genoux, abritant un copeau incandescent. Le tremblotement rouge révéla un instant son nez pointu, et la bouffée de fumée.

Ce fut Gandalf qui les tira tous du sommeil. Il était resté seul à faire le guet pendant environ six heures, laissant les autres se reposer. « Et pendant les tours de garde, j'ai pris une décision, dit-il. Je n'aime pas l'allure de la voie du milieu ; et je n'aime pas l'odeur de celle de gauche : il y a un air vicié là en bas, ou je ne suis pas un guide. Je prendrai le passage de droite. Il est temps de recommencer à grimper. »

Pendant huit sombres heures encore, sans compter deux brèves haltes, ils poursuivirent leur marche ; et ils ne rencontrèrent aucun danger, n'entendirent rien et ne virent rien, hormis la faible lueur du bâton du magicien, dansant comme un feu follet devant eux. Le passage qu'ils avaient choisi ne cessait de monter. Autant qu'ils aient pu en juger, il s'élevait en décrivant de grandes courbes, et, au fil de son ascension, se faisait plus haut et plus large. Il n'y avait plus d'ouvertures sur les côtés vers d'autres tunnels ou galeries, et le sol était devenu parfaitement lisse, sans plus aucune fosse ni crevasse. À l'évidence, ils s'étaient engagés sur ce qui était jadis une route importante ; et ils progressaient plus vite qu'ils ne l'avaient fait lors de leur première marche.

Ils parcoururent ainsi une quinzaine de milles, mesurés en droite ligne vers l'est ; bien qu'ils aient dû, en réalité, avoir marché vingt milles ou plus. Frodo sentait son courage remonter à mesure que la route grimpait ; mais il ne se sentait pas moins accablé, et il entendait encore parfois, ou croyait entendre, loin derrière la Compagnie et au-delà du tambourinement de leurs pieds, un bruit de pas qui les suivait et qui n'avait rien d'un écho.

Ils étaient parvenus aussi loin que les Hobbits étaient capables de marcher d'une seule traite, et tous songeaient à un endroit où ils pourraient dormir, quand les murs qui se dressaient de part et d'autre disparurent soudain. La Compagnie semblait avoir passé une haute porte voûtée, débouchant dans un vaste espace vide et noir. Un grand courant d'air chaud soufflait derrière eux, mais devant eux, les ténèbres étaient froides sur leurs visages. Ils firent halte et, fébrilement, se regroupèrent.

Gandalf semblait content. « J'ai choisi le bon chemin, dit-il. Nous arrivons enfin aux endroits habitables, et nous ne devons plus être très loin de la face est. Mais nous sommes très haut, beaucoup plus haut que le Portail de Ruisselombre, si je ne me trompe. D'après l'air qui règne ici, nous devons nous trouver dans une vaste salle. Je vais maintenant hasarder un peu de vraie lumière. »

Il éleva son bâton et, pour un bref instant, il y eut une flambée semblable à un éclair. De grandes ombres surgirent et s'enfuirent, et le temps d'une seconde, ils virent apparaître, loin au-dessus de leurs têtes, un vaste plafond soutenu par une série d'imposantes colonnes taillées dans le roc. Tout autour d'eux s'étendait une énorme salle vide : ses murs noirs et polis, lisses comme du verre, miroitèrent et scintillèrent. Ils virent trois autres portails en arc, d'un noir de jais : l'un se dressait droit devant eux, à l'est, les deux autres de chaque côté. Puis la lumière s'évanouit.

« C'est tout ce que je puis risquer pour le moment, dit Gandalf. Il y avait à l'époque de grandes fenêtres au flanc de la montagne, et des puits menant à la lumière aux étages supérieurs des Mines. Je crois que nous les avons maintenant atteints, mais comme la nuit est revenue au-dehors, nous ne le saurons pas avant l'aube. S'il se trouve que j'ai raison, nous pourrions voir le matin nous dire bonjour. Mais en attendant, nous ferions mieux de rester ici. Reposons-nous, si possible. Tout s'est bien passé jusqu'ici, et la majeure partie de notre sombre route est derrière nous. Mais nous n'en voyons pas encore le bout, et une longue descente nous attend jusqu'aux Portes qui s'ouvrent sur le monde. »

La Compagnie passa la nuit dans cette grande salle caverneuse, blottie dans un coin afin d'échapper au courant d'air : un flot constant d'air froid semblait s'échapper du portail est. Suspendues tout autour d'eux étaient les ténèbres, vastes et vides ; et ils se sentaient oppressés par la solitude et l'immensité des salles creusées, des escaliers et passages infiniment ramifiés. Les visions les plus folles que la sombre rumeur avait pu suggérer à l'imagination des Hobbits étaient sans commune mesure avec la terreur et la fascination véritables de la Moria.

« Il devait y avoir toute une foule de Nains ici à un moment donné, dit Sam, tous plus affairés que des blaireaux pendant au moins cinq cents ans pour creuser tout ça, en bonne partie dans le roc dur, qui plus est ! Mais pourquoi est-ce qu'ils ont fait tout ça ? Ils vivaient sûrement pas dans ces trous noirâtres ? »

« Ce ne sont pas des trous, dit Gimli. C'est ici la cité et le grand royaume de la Creusée des Nains. Et autrefois elle n'était pas noire, mais lumineuse et splendide, ainsi que nos chants le rappellent. »

Il se leva et, debout dans l'obscurité, se mit à chanter d'une voix profonde, tandis que les échos allaient se perdre au plafond.

Ah ! Le monde était jeune et les montagnes vertes,
La Lune de scories n'était encor couverte,
Nul mot n'était posé sur les rus et les pierres
Quand Durin s'éveilla, promeneur solitaire.
Il nomma les vallées et les monts innommés ;
Il but à des ruisseaux jusqu'alors non goûtés ;
Se penchant sur les eaux du lac de Miralonde,
Il vit alors surgir des étoiles dans l'ombre,
Comme un lacis d'argent semé de vives gemmes
Couronnant son reflet d'un brillant diadème.

Ah ! Le monde était beau et les montagnes fières,
Au temps des Jours Anciens, à l'époque première
Où tant de puissants rois demeuraient en ce monde
Siégeant à Gondolin, protégeant Nargothrond,
Passés delà les Mers au jour de leur ruine ;
Le monde était splendide en l'Ère de Durin.

Longtemps il fut un roi sur un trône taillé,
Dans ses salles de pierre aux maints et maints piliers,
Aux plafonds couverts d'or et aux luisants pavés,
Des runes de puissance à sa porte gravées.
Le Soleil et la Lune et l'éclat des étoiles
Dans des lampes sculptées du plus parfait cristal
Libres de la nuée et de l'ombre de nuit
Inondaient son palais de rayons infinis.

Sous les coups du marteau, l'enclume résonnait,
Le ciseau ciselait, le burin écrivait ;
Battue était la lame et garnie la poignée ;
Creusaient et bâtissaient maçons et ouvriers.
Le béryl et la perle, et l'opale opaline,

Les métaux ouvragés en écailles marines,
Haches et boucliers, corselets et épées
Et lance étincelante y étaient amassés.

Le peuple de Durin n'était point encor las ;
La musique sourdait, sous terre, çà et là ;
On entendait la harpe et le chant des poètes,
Aux portes s'élevait la clameur des trompettes.

Hélas ! Le monde est gris et les montagnes vieilles,
À la forge, le feu jamais plus ne s'éveille ;
Aux mines esseulées, les marteaux se sont tus,
Aux salles de Durin, les harpes ne jouent plus ;
L'ombre s'est étendue dans son séjour funèbre ;
La Moria, Khazad-dûm, envahie de ténèbres.
Mais toujours peut-on voir ces étoiles profondes
Reflétées dans les eaux du calme Miralonde ;
Au fond gît sa couronne en éternel sommeil
Jusqu'au jour où Durin connaîtra son réveil.

« J'aime ça ! dit Sam. J'aimerais bien l'apprendre. *La Moria, Khazad-dûm !* Mais ça rend les ténèbres plus pesantes, quand on pense à toutes ces lampes. Y a-t-il encore des tas de joyaux et d'or qui dorment ici un peu partout ? »

Gimli demeura silencieux. Ayant chanté sa chanson, il refusait d'en dire plus.

« Des tas de joyaux ? dit Gandalf. Non. Les Orques ont souvent pillé la Moria ; il ne reste plus rien dans les salles supérieures. Et depuis la fuite des Nains, personne n'ose plus s'aventurer dans les puits et les trésoreries des profondeurs : ils sont noyés sous l'eau – ou dans une ombre de peur. »

« Alors pourquoi les Nains veulent tant revenir ? » demanda Sam.

« Pour le *mithril*, répondit Gandalf. La richesse de la Moria ne résidait pas dans l'or et les pierres, les jouets des Nains ; ni dans le fer, leur serviteur. Et s'ils en trouvèrent ici, principalement du fer, il ne leur était pas nécessaire de creuser pour s'en procurer : tout ce qu'ils désiraient, ils pouvaient l'obtenir par le commerce. Car c'était ici le seul endroit au monde où se trouvait l'argent de Moria, ou vrai-argent, comme certains l'ont appelé : *mithril* est son nom elfique. Les Nains ont un nom qu'ils ne disent pas. Sa valeur était dix fois celle de l'or, et de nos jours elle est inestimable ; car il en reste peu à la surface de la terre, et même les Orques n'osent pas creuser ici pour en trouver. Les filons courent vers le nord, vers le Caradhras, et descendent dans les ténèbres. Les Nains n'en soufflent mot ; mais ainsi que le *mithril* fut à la source de leur richesse, il fut aussi leur perte : ils creusèrent trop avidement et trop profondément, et ils réveillèrent ce qui les mit en fuite, le Fléau de Durin. Ce qu'ils avaient mis au jour, les Orques s'en sont saisis en grande partie, et ils l'ont donné en tribut à Sauron, qui le convoite.

« Le *mithril* ! Tous les peuples le désiraient. Il pouvait être battu comme le cuivre et poli comme le verre ; et les Nains en faisaient un métal, léger mais plus dur néanmoins que l'acier trempé. Sa beauté était celle de l'argent commun, mais l'éclat du *mithril* ne se ternissait et ne se voilait jamais. Les Elfes le chérissaient plus que tout, et parmi de nombreux usages, ils en firent l'*ithildin*, l'étoile-lune, que vous avez pu voir sur les portes. Bilbo avait un corselet d'anneaux de *mithril* que Thorin lui avait offert. Je me demande ce qu'il est devenu. Toujours à Grande-Creusée, à prendre la poussière dans la Maison des Mathoms, je suppose. »

« Quoi ? s'écria Gimli, soudain tiré de son mutisme. Un corselet d'argent de Moria ? C'était un présent royal ! »

« Oui, dit Gandalf. Je ne le lui ai jamais dit, mais sa valeur était supérieure à celle du Comté en entier, et tout ce qu'il contient. »

Frodo ne dit rien, mais il passa la main sous sa tunique, effleurant les anneaux de sa chemise de mailles. Il était renversé à l'idée de s'être promené tout ce temps avec le prix du Comté sous sa veste. Bilbo avait-il su ? Il ne doutait pas que Bilbo le savait parfaitement. C'était assurément un présent royal. Mais voilà que ses pensées s'étaient transportées des sombres Mines à Fendeval, à Bilbo et à Cul-de-Sac, du temps où Bilbo y vivait encore. De tout son cœur, il aurait voulu y être, dans ce temps-là, en train de tondre la pelouse ou de bricoler dans le jardin, et n'avoir jamais entendu parler de la Moria, du *mithril* – ou de l'Anneau.

Un profond silence tomba. Un à un, les autres s'endormirent. Frodo était de garde. Comme un souffle venu des profondeurs et s'immisçant par des portes invisibles, la terreur le saisit. Ses mains étaient froides et son front, moite. Il écoutait. Son esprit fut livré tout entier à l'écoute, pendant deux longues heures ; mais il n'entendit pas le moindre son, pas même l'écho imaginaire d'un bruit de pas.

Son tour de garde touchait à sa fin quand, au loin, là où devait se trouver le portail ouest, il s'imagina voir deux faibles points de lumière, presque comme des yeux lumineux. Il tressaillit. Son menton était tombé sur sa poitrine. « J'ai dû presque m'endormir au guet, se dit-il. J'étais à la limite du rêve. » Se levant, il se frotta les yeux et resta debout, scrutant l'obscurité, jusqu'à ce que Legolas vienne le relayer.

Après s'être couché, il sombra rapidement dans le sommeil, mais il lui sembla que son rêve se poursuivait : il entendait des murmures, et voyait les deux points de lumière s'approcher, lentement. Il se réveilla et s'aperçut que les autres discutaient à voix basse tout près de lui, et qu'une faible lumière tombait sur son visage. Loin au-dessus du portail est, à travers un puits un peu en deçà du plafond, descendait un long et pâle rayon ; et à l'autre bout de la salle, à travers le portail nord, venait également une lueur, faible et distante.

Frodo se dressa sur son séant. « Bonjour ! dit Gandalf. Car le jour est enfin revenu. J'avais raison, voyez-vous. Nous nous trouvons très haut du côté est de la Moria. Nous devrions atteindre les Grandes Portes avant la fin du jour, et voir les eaux du Miralonde au fond du Val de Ruisselombre. »

« J'en serai content, dit Gimli. J'ai contemplé la Moria, et sa splendeur est grande, mais c'est aujourd'hui un endroit sombre et sinistre ; et nous n'avons découvert aucune trace des miens. Je doute maintenant que Balin soit un jour venu ici. »

Après leur petit déjeuner, Gandalf décida de repartir sans attendre. « Nous sommes fatigués, mais il nous sera plus facile de fermer l'œil une fois dehors, dit-il. Aucun d'entre nous ne voudra passer une autre nuit en Moria, je pense bien. »

« Certes non ! dit Boromir. Quel chemin prendrons-nous ? Cette arche-ci à l'est ? »

« Peut-être, dit Gandalf. Mais je ne sais pas encore exactement où nous sommes. À moins que je ne me fourvoie complètement, nous devons être au-dessus et au nord des Grandes Portes ; et il pourrait être ardu de trouver le bon chemin pour y descendre. Il est probable que l'arche orientale se révèle la voie à suivre ; mais avant de prendre une décision, nous ferions bien de reconnaître les environs. Allons vers cette lumière qui paraît dans la porte nord. Si nous pouvions trouver une fenêtre, cela aiderait, mais je crains que la lumière n'entre ici que par des puits profonds. »

La Compagnie le suivit sous l'arche nord et se retrouva dans un large corridor. La lueur s'intensifia à mesure qu'ils avançaient, et ils constatèrent qu'elle venait d'une porte sur leur droite. Elle était haute et taillée à angles droits, et le battant de pierre tenait encore sur ses gonds, à demi entrouvert. Derrière se trouvait une grande pièce carrée. Elle était faiblement éclairée, mais pour eux, restés si longtemps dans le noir, elle paraissait luire d'un éclat aveuglant, et ils clignèrent des yeux en entrant.

Leurs pieds soulevèrent une épaisse couche de poussière au sol, trébuchant contre des objets qui jonchaient le pas de la porte et dont ils ne purent tout d'abord discerner les formes. La pièce était éclairée par un large puits, ménagé à bonne hauteur dans le mur du fond, à l'est : il montait en oblique, et, loin au-delà, donnait vue sur un petit carré de ciel bleu. Sa lumière tombait directement sur une table au centre de la pièce : un unique bloc de forme oblongue, d'environ deux pieds de haut, sur lequel reposait une grande dalle de pierre blanche.

« On dirait une tombe », murmura Frodo, et il se pencha en avant avec un curieux pressentiment, afin de l'observer de plus près. Gandalf vint rapidement à son côté. Sur la dalle, des runes étaient profondément gravées :

« Ce sont des Runes de Daeron, comme on s'en servait autrefois en Moria, dit Gandalf. Ici est écrit dans la langue des Hommes et des Nains :

BALIN FILS DE FUNDIN
SEIGNEUR DE MORIA. »

« Il est donc mort, dit Frodo. Je craignais qu'il n'en soit ainsi. » Gimli ramena son capuchon sur son visage.

5

Le Pont de Khazad-dûm

La Compagnie de l'Anneau se tenait en silence devant la tombe de Balin. Frodo pensait à Bilbo, à sa longue amitié avec le Nain et à la visite de Balin dans le Comté, longtemps auparavant. Dans cette chambre poussiéreuse au creux des montagnes, on eût dit que cela se passait mille ans plus tôt et à l'autre bout du monde.

Enfin, ils se secouèrent et relevèrent la tête ; et ils se mirent à la recherche de quelque indice qui pût les renseigner sur le sort de Balin, ou leur dire ce qu'il était advenu des siens. Il y avait une autre porte, plus petite, à l'autre extrémité de la pièce, sous le puits de jour. Devant chacune des portes, ils pouvaient à présent discerner de nombreux ossements au sol, et parmi ceux-ci, des épées brisées et des fers de haches, de même que des heaumes et des boucliers fendus. Quelques épées étaient de forme recourbée : des cimeterres d'Orques aux lames noircies.

Aux quatre murs se voyaient de nombreuses niches taillées à même le roc, dans lesquelles se trouvaient de grands coffres de bois à armature de fer. Tous avaient été éventrés et pillés ; mais non loin du couvercle fracassé de l'un d'eux, gisaient les restes d'un livre. Tailladé, lardé de coups de couteau et partiellement brûlé, il était si souillé de noir et d'autres taches sombres, semblables à du sang séché, qu'il en devenait presque impossible à lire. Gandalf le ramassa avec précaution, mais les feuillets se craquelèrent et cassèrent quand il le déposa sur la dalle. Il l'étudia quelque temps sans mot dire. Debout à ses côtés, Frodo et Gimli purent voir, tandis qu'il tournait délicatement les pages, qu'elles étaient parcourues de maintes écritures différentes, en runes, tant de la Moria que du Val, et çà et là en lettres elfiques.

Enfin Gandalf leva les yeux. « On dirait là une chronique des heurs et malheurs des gens de Balin, dit-il. Je crois qu'elle a débuté dès leur venue au Val de Ruisselombre il y a près de trente ans : les pages portent des chiffres qui semblent se rapporter aux années écoulées depuis leur arrivée. La page du dessus est numérotée *un – trois* : il en manquerait donc au moins deux pour commencer. Écoutez bien !

« *Nous avons chassé les Orques de la grande porte et de la salle* – je pense ; les mots qui suivent sont brouillés et brûlés, probablement *de garde – nous en avons tué beaucoup sous le brillant* – je crois – *Soleil du val. Flói a été tué dune flèche. Il a terrassé le grand.* Puis il y a une tache, suivie de *Flói sous lherbe près du Miralonde.* Puis, une ou deux lignes que je suis incapable de lire. Ensuite : *Nous avons élu domicile dans la vingt et unième salle de la section nord. Il y a* je ne peux lire quoi. Il est fait mention d'un *puits.* Ensuite, *Balin a établi son siège dans la Chambre de Mazarbul.* »

« La Chambre des Archives, dit Gimli. Je suppose que c'est cette pièce où nous nous trouvons. »

« Eh bien, je ne puis lire rien d'autre pour un long bout, dit Gandalf, excepté le mot *or*, et *la Hache de Durin* et *heaume* quelque chose. Puis *Balin est maintenant seigneur de Moria.* Cela paraît clore un chapitre. Après quelques étoiles, quelqu'un d'autre prend la plume, et je puis voir les mots *nous avons trouvé du vrai argent,* et plus loin *bien forgé,* ensuite quelque chose… oui, voilà ! *mithril* ; et les deux dernières lignes, *Óin doit chercher les arsenaux supérieurs de la Troisième Profondeur*, quelque chose *aller vers louest*, une tache, *vers la porte de Houssière.* »

Gandalf s'arrêta et mit quelques feuillets de côté. « Il y a plusieurs pages du même genre, assez rapidement griffonnées et très abîmées, dit-il ; mais je n'arrive pas à déchiffrer grand-chose dans cet éclairage. Ici, il doit manquer bien des pages, car le premier chiffre devient *5,* la cinquième année de la colonie, je suppose. Voyons voir ! Non, elles sont trop souillées et tailladées ; je ne puis les lire. Nous y verrions sans doute mieux à la lumière du Soleil. Attendez ! Voilà au moins quelque chose : une grande écriture vigoureuse en lettres elfiques. »

« Sans doute celle d'Ori, dit Gimli, regardant pardessus le bras du magicien. Il écrivait vite et bien, et il se servait souvent des caractères elfiques. »

« Je crains qu'il n'ait eu de terribles nouvelles à rapporter d'une belle main, dit Gandalf. Le premier mot lisible est *tristesse*, mais le reste de la ligne est oblitéré, à moins qu'elle ne se termine par *jour.* Oui, ce doit être *au jour dhier dixième de novembre Balin seigneur de Moria est tombé au Val de Ruisselombre. Il était parti seul regarder les eaux du Miralonde. un Orque la tiré de derrière une pierre. nous avons tué lorque mais de nombreux autres... de lest remontant la rivière Argentine.* Le reste est si oblitéré que j'arrive à peine à discerner quoi que ce soit, mais je pense pouvoir lire *nous avons barré les portes*, et puis *pourrons les tenir longtemps si*, et ensuite, peut-être, *horrible* et *souffrir.* Pauvre Balin ! Il semble avoir gardé moins de cinq ans le titre qu'il s'était donné. Je me demande ce qui est arrivé après ; mais ce serait trop long de déchiffrer les quelques dernières pages. Voici la toute dernière. » Il marqua une pause et soupira.

« C'est d'une lecture funeste, dit-il. Je crains que leur fin n'ait été cruelle. Écoutez ! *Nous ne pouvons sortir. Nous ne pouvons sortir. Ils ont pris le Pont et la deuxième salle. Frár et Lóni et Náli y sont tombés.* Puis il y a quatre lignes barbouillées où je puis seulement lire *parti il y a 5 jours.* Les dernières lignes donnent : *l'étang monte jusqu'au mur de la Porte Ouest. Le Guetteur des Eaux a pris Óin. Nous ne pouvons sortir. La fin approche,* et puis *des tambours, des tambours dans les profondeurs.* Je me demande ce que cela signifie. La dernière chose est une série gribouillée de lettres elfiques : *ils arrivent.* Il n'y a plus rien. » Gandalf s'arrêta et se tint un moment silencieux et pensif.

La Compagnie fut saisie d'une terreur soudaine, et d'une horreur de la chambre. « *Nous ne pouvons sortir*, marmotta Gimli. Heureusement pour nous que l'étang avait baissé un peu, et que le Guetteur dormait du côté sud. »

Gandalf leva la tête et regarda alentour. « Ils semblent avoir livré un dernier combat entre les deux portes, dit-il ; mais à ce stade, ils ne devaient plus être nombreux. Ainsi prit fin la tentative de reprendre la Moria ! C'était courageux mais insensé. Le temps n'est pas encore venu. Maintenant, je crains qu'il ne soit temps de dire adieu à Balin fils de Fundin. Il devra reposer ici, dans les salles de ses pères. Nous emporterons ce livre, le *Livre de Mazarbul* ; nous l'examinerons de plus près à un autre moment. Vous feriez mieux de le conserver, Gimli, et de le remettre à Dáin, si vous en avez l'occasion. Cela l'intéressera, même s'il en sera profondément chagriné. Venez, partons ! La matinée est déjà bien avancée. »

« Par où irons-nous ? » demanda Boromir.

« Par où nous sommes venus, répondit Gandalf. Mais nous n'avons pas visité cette salle en vain. Je sais maintenant où nous sommes. Ce doit être ici, comme le dit Gimli, la Chambre de Mazarbul ; et la salle que nous avons quittée doit être la vingt et unième de la section nord. Ainsi nous devons sortir par la grande arche du côté est de la salle, prendre à droite et au sud, et descendre. La Vingt et Unième Salle doit être au Septième Niveau, soit six au-dessus du niveau des Portes. Allons ! Retournons à la salle ! »

À peine Gandalf eut-il prononcé ces mots qu'un grand bruit retentit : un *boum* grondant qui semblait venir des profondeurs, loin en bas, et faire trembler la pierre sous leurs pieds. Alarmés, ils se ruèrent vers la porte. *Poum, poum* entendit-on une nouvelle fois, comme si des mains géantes transformaient les cavernes mêmes de la Moria en un énorme tambour. Vint alors une sonnerie retentissante : un grand cor fit écho dans la salle, et d'autres cors et cris éraillés résonnèrent au loin. Il y eut un bruit de nombreux pas précipités.

« Ils arrivent ! » s'écria Legolas.

« Nous ne pouvons sortir », dit Gimli.

« Pris en souricière ! s'écria Gandalf. Pourquoi me suis-je attardé ? Nous voici piégés, exactement comme ils l'ont été. Mais je n'étais pas ici à ce moment-là. Nous verrons ce que… »

Poum, poum fit le battement de tambour, et les murs tremblèrent. « Fermez les portes et bloquez-les ! cria Aragorn. Et gardez votre chargement aussi longtemps que possible : nous pourrions encore avoir l'occasion de fuir. »

« Non ! dit Gandalf. Nous ne devons pas nous emprisonner. Gardez la porte de l'est entrouverte ! Nous nous sauverons par là, si l'occasion se présente. »

Une autre sonnerie de cor déchira l'air, accompagnée de cris stridents. Des pieds se bousculaient dans le corridor. Il y eut un tintement et un cliquetis d'épées tandis que la Compagnie dégainait. Glamdring brillait d'une pâle lumière, et les tranchants de Dard luisaient. Boromir appuya son épaule contre la porte ouest.

« Attendez un instant ! Ne la fermez pas tout de suite ! » dit Gandalf. Se précipitant au côté de Boromir, il se dressa de toute sa hauteur.

« Qui vient troubler céans le repos de Balin, Seigneur de Moria ? » cria-t-il d'une voix forte.

Il y eut un déluge de rires éraillés, comme une

avalanche de pierres glissant dans une fosse ; au milieu des cris s'éleva une voix profonde, impérieuse. *Poum, boum, poum* firent les tambours dans les profondeurs.

D'un mouvement vif, Gandalf vint se placer devant l'entrebâillement de la porte et y passa son bâton. Il y eut un éclair éblouissant qui illumina la pièce, ainsi que le couloir derrière la porte. Le magicien jeta un rapide coup d'œil à travers l'ouverture. Des flèches crièrent et sifflèrent dans le corridor, et Gandalf se recula brusquement.

« Des Orques, dit-il, en très grand nombre. Et certains sont grands et mauvais : des Uruks noirs du Mordor. Pour le moment, ils restent en retrait, mais il y a là quelque chose d'autre. Un grand Troll des cavernes, je pense, ou plusieurs. Il n'y a aucun espoir de s'échapper de ce côté. »

« Et aucun espoir du tout, s'ils viennent aussi à l'autre porte », dit Boromir.

« Il n'y a encore aucun son de ce côté-ci, dit Aragorn debout près de la porte est, l'oreille tendue. Cette issue plonge tout droit dans un escalier : elle ne mène visiblement pas à la salle. Mais rien ne sert de nous sauver par là en aveugle, alors que nous sommes talonnés. La porte ne peut être bloquée. La clef a disparu, la serrure est brisée, et elle s'ouvre vers l'intérieur. Il faut d'abord essayer de contrecarrer l'ennemi. Nous allons leur faire redouter la Chambre de Mazarbul ! » dit-il gravement, tâtant le fil de son épée, Andúril.

Un lourd piétinement retentit dans le corridor. Boromir se jeta contre la porte et la referma avec effort ; puis il la cala avec des lames d'épées brisées et des éclats de bois. La Compagnie se retrancha à l'autre extrémité de la pièce. Mais ce n'était pas encore le moment de fuir. Un grand coup fit frémir la porte ; puis elle s'entrouvrit peu à peu en grinçant, repoussant les cales. Un énorme bras à la peau sombre, recouverte d'écailles verdâtres, passa à travers la brèche, puis une épaule. Bientôt un grand pied plat, dépourvu d'orteils, se força un passage en bas. Un silence de mort régnait à l'extérieur.

Boromir s'élança en avant et, de toutes ses forces, porta un coup d'épée au bras ; mais sa lame tinta, ricocha et tomba de sa main ébranlée. Elle était ébréchée.

Soudain, et à sa grande surprise, Frodo sentit une brûlante colère s'embraser en son cœur. « Le Comté ! » hurla-t-il et, bondissant auprès de Boromir, il se baissa et perça l'horrible pied de la pointe de Dard. Il y eut un beuglement, et le pied se retira si brusquement qu'il faillit arracher Dard de la main de Frodo. Des gouttes noires dégoulinèrent de sa lame et fumèrent sur le plancher. Boromir se rua sur la porte et la fit claquer de nouveau.

« Un pour le Comté ! s'écria Aragorn. La morsure du Hobbit est profonde ! Vous avez une bonne lame, Frodo fils de Drogo ! »

Il y eut un grand fracas à la porte, suivi de plusieurs autres, coup sur coup. Béliers et marteaux tentaient de l'enfoncer. Elle se fendit, reculant d'un coup sec, et il y eut soudain une large ouverture. Des flèches sifflèrent au travers, mais elles frappèrent le mur nord et tombèrent au sol sans faire de dommages. Un cor retentit, puis un bruit de bousculade, et des Orques bondirent un à un à l'intérieur.

La Compagnie n'aurait su dire combien ils étaient. Ce fut un redoutable assaut, mais les Orques furent déconcertés par la férocité de la défense. Legolas en fit tomber deux, une flèche en travers de la gorge. Gimli trancha les jambes d'un autre qui avait sauté sur la tombe de Balin. Boromir et Aragorn en tuèrent plusieurs. Quand le treizième tomba, les autres s'enfuirent à grands cris, laissant les défenseurs indemnes, hormis Sam qui avait une éraflure au cuir chevelu. Une rapide esquive l'avait sauvé ; et il avait abattu son Orque, d'une vigoureuse estocade avec sa lame du Tertre. Un feu couvait dans ses yeux bruns qui aurait fait reculer Ted Sablonnier, s'il l'avait vu.

« C'est le moment ! cria Gandalf. Partons avant que le Troll revienne ! »

Mais alors même qu'ils s'enfuyaient, et avant que Pippin et Merry aient pu atteindre l'escalier derrière la porte, un chef orque de taille énorme, presque aussi grand qu'un homme et entièrement revêtu de mailles noires, fit irruption dans la pièce ; ses suivants se massèrent derrière lui dans l'embrasure. Sa large figure aplatie était bistre, ses yeux luisaient comme des braises et sa langue était rouge ; il maniait une grande lance. De son grand bouclier de cuir, il écarta la lame de Boromir, le repoussa et le jeta à terre. Plongeant sous le coup d'Aragorn avec la rapidité d'un serpent prêt à mordre, il chargea la Compagnie avec sa lance et se rua tout droit vers Frodo. Le fer l'atteignit au côté droit, et Frodo fut projeté contre le mur et y resta cloué. Sam, avec un cri, porta un grand coup au manche, qui se cassa. Mais au moment où l'Orque jetait le tronçon et sortait son cimeterre, Andúril s'abattit sur son casque. Il y eut un éclair flamboyant et le casque se fracassa. L'Orque tomba, la tête fendue. Ses suivants s'enfuirent en hurlant, tandis que Boromir et Aragorn s'élançaient vers eux.

Poum, poum firent les tambours dans les profondeurs. La grande voix roula une nouvelle fois.

« Maintenant ! cria Gandalf. C'est maintenant ou jamais. Fuyons ! »

Aragorn souleva Frodo resté étendu près du mur et se dirigea vers l'escalier, poussant Merry et Pippin en avant. Les autres le suivirent ; mais Gimli dut être entraîné par Legolas : au mépris du danger, il s'attardait devant la tombe de Balin, la tête basse. La porte de l'est grinça sur ses gonds tandis que Boromir la tirait à lui : elle avait de grands anneaux de fer de chaque côté, mais ne pouvait être bloquée.

« Je vais bien, dit Frodo d'une voix étranglée. Je peux marcher. Déposez-moi ! »

Aragorn, stupéfait, manqua de le lâcher. « Je vous croyais mort ! » s'écria-t-il.

« Pas encore ! dit Gandalf. Mais nous n'aurons pas le temps de nous émerveiller. Hors d'ici, vous tous, descendez ! Attendez-moi quelques minutes au bas des marches, mais si je n'arrive pas bientôt, continuez ! Dépêchez-vous et prenez les chemins qui mènent à droite et en bas. »

« On ne peut vous laisser tenir cette porte seul ! » dit Aragorn.

« Faites ce que je vous dis ! répliqua Gandalf d'une voix féroce. Les épées ne peuvent plus rien ici. Partez ! »

Le passage n'était éclairé d'aucun puits et était complètement noir. Ils descendirent à tâtons les marches d'un long escalier, puis ils se retournèrent ; mais ils ne purent rien discerner hormis, loin au-dessus d'eux, la faible lueur du bâton du magicien. Il semblait encore monter la garde derrière la porte close. Frodo respirait bruyamment, appuyé contre Sam, qui passa ses bras autour de lui. Ils se tinrent là, scrutant les ténèbres au sommet de l'escalier. Frodo crut entendre la voix de Gandalf murmurant là-haut : des mots répercutés par le plafond incliné lui parvenaient en un soupir aux multiples échos. Il n'arrivait pas à les comprendre. Les murs paraissaient trembler. De loin en loin, les tambours vibraient et roulaient : *poum, poum*.

Soudain, en haut de l'escalier, vint un éclat de lumière blanche. Puis des bruits assourdis, un grondement et un lourd fracas. Les battements de tambour retentirent sauvagement : *doum-boum*, *doum-boum*, puis se turent. Gandalf déboula l'escalier à toute vitesse et tomba par terre au milieu de la Compagnie.

« Bon, eh bien ! Me voici ! dit le magicien, se relevant avec peine. J'ai fait tout ce que j'ai pu. J'ai rencontré un adversaire à ma mesure, et j'ai failli être anéanti. Mais ne restez pas là ! Allez ! Vous devrez vous passer de lumière pendant quelque temps : je suis assez secoué. Allez ! Allez ! Où êtes-vous, Gimli ? Venez devant avec moi ! Suivez-nous, vous tous, et ne traînez pas ! »

Ils se hâtèrent derrière lui, se demandant ce qui s'était passé. *Poum, poum* firent encore les tambours : le son était à présent étouffé et lointain, mais il ne les lâchait pas. Il n'y avait aucun autre signe de leurs poursuivants, ni bruit de pas, ni aucune voix. Gandalf ne tournait jamais à gauche ni à droite, car le passage semblait prendre la direction qu'il désirait suivre. De temps à autre, il y avait une volée de marches, cinquante au moins, vers un niveau inférieur. C'était d'ailleurs le principal danger qui les guettait, pour l'instant ; car dans le noir, ils ne voyaient pas les escaliers avant d'y arriver et de mettre les pieds dans le vide. Gandalf tâtait le sol de son bâton comme un aveugle.

Au bout d'une heure, ils avaient parcouru un mille ou un peu plus, et descendu de nombreux escaliers. Toujours aucune trace de leurs poursuivants. Ils commençaient à espérer pouvoir s'échapper. Au bas du septième escalier, Gandalf s'arrêta.

« Il commence à faire chaud ! dit-il, haletant. Nous devrions être au niveau des Portes, à présent, sinon encore plus bas. Je crois qu'il nous faudra prendre à gauche à la première occasion pour aller vers l'est. J'espère que ce n'est pas loin. Je suis très fatigué. Je dois me reposer ici un moment – tous les Orques jamais engendrés dussent-ils être à nos trousses. »

Gimli lui prit le bras et l'aida à s'asseoir dans les marches. « Que s'est-il passé là-haut à la porte ? demanda-t-il. Avez-vous rencontré le batteur de tambours ? »

« Je l'ignore, répondit Gandalf. Mais je me suis trouvé soudain confronté à quelque chose que je n'avais jamais rencontré. Je n'ai trouvé rien de mieux à faire que d'essayer de bloquer la porte avec un sort de fermeture. J'en connais plusieurs ; mais ce genre de chose demande du temps, si on veut qu'elle fonctionne, et la porte peut toujours être brisée par la force.

« Alors que je me tenais là, j'entendais des voix d'Orques de l'autre côté : je craignais à tout moment qu'ils ne l'enfoncent. Je n'entendais pas ce qu'ils disaient ; ils semblaient parler dans leur horrible langue à eux. Je n'ai pu saisir qu'un seul mot, *ghâsh*, c'est-à-dire “feu”. Puis quelque chose est entré dans la pièce – je l'ai senti à travers la porte, et les Orques eux-mêmes ont eu peur et se sont tus. La chose s'est emparée de l'anneau de fer, et c'est alors qu'elle m'a perçu, moi et mon sort.

« Je ne saurais dire ce qu'elle était, mais jamais je n'ai ressenti pareil défi. Le contre-sort était terrifiant. J'ai failli en être brisé. Pendant un instant, la porte a échappé à mon pouvoir et s'est mise à s'ouvrir ! J'ai dû prononcer un mot de Commandement. Mais la tension était trop grande : la porte a volé en éclats. Quelque chose, comme un nuage noir, empêchait toute lumière de passer, et j'ai été jeté à la renverse dans les escaliers. Tout le mur a cédé, et le plafond de la chambre aussi, je crois.

« Je crains que Balin ne soit profondément enterré, et quelque chose d'autre y est peut-être enseveli aussi. Je ne saurais le dire. Mais au moins, le passage derrière nous est complètement bloqué. Ah ! Je ne me suis jamais senti aussi épuisé, mais c'est en train de passer. Et vous, Frodo ? Je n'avais pas le temps de vous le dire, mais je n'ai jamais été aussi heureux que quand vous avez parlé. Je craignais qu'Aragorn n'ait tenu dans ses bras un Hobbit courageux, mais un Hobbit mort. »

« Moi ? dit Frodo. Je suis vivant et en un morceau, il me semble. Je suis meurtri de partout, et j'ai mal, mais ç'aurait pu être pire. »

« Eh bien, dit Aragorn, tout ce que je puis dire, c'est que les Hobbits sont d'une si forte trempe que je n'en ai jamais vu de pareille. Si j'avais su, j'aurais parlé moins fort à l'Auberge de Brie ! Ce coup de lance aurait pu embrocher un sanglier ! »

« Eh bien, il ne m'a pas embroché, heureusement, dit Frodo ; mais j'ai l'impression d'avoir été pris entre le marteau et l'enclume. » Il se tut. Respirer lui faisait mal.

« Vous tenez de Bilbo, dit Gandalf. Vous avez plus d'un tour dans votre sac, comme j'ai dit de lui il y a longtemps. » Frodo se demanda s'il n'y avait pas là quelque sous-entendu.

Ils se remirent en chemin. Gimli parla avant peu. Il avait des yeux perçants dans le noir. « Je crois qu'il y a une lumière devant nous, dit-il. Mais ce n'est pas la lumière du jour. Elle est rouge. Qu'est-ce que cela peut être ? »

« *Ghâsh !* murmura Gandalf. Je me demande si c'est ce qu'ils voulaient dire, que les niveaux inférieurs sont en feu ? Qu'importe, nous ne pouvons que continuer. »

Bientôt, la lumière ne fit plus aucun doute et put être aperçue de tous. Elle dansait et rougeoyait sur les murs à l'autre bout du corridor. Ils voyaient maintenant où ils allaient : la route s'abaissait rapidement devant eux, et un peu plus loin se dressait une arche basse : la lumière grandissante en émanait. L'air devenait très chaud.

Quand ils arrivèrent au portail, Gandalf passa en dessous, leur faisant signe d'attendre. Alors qu'il se tenait un peu au-delà de l'ouverture, ils virent son visage éclairé d'une lueur rouge. Il revint d'un pas vif.

« Je sens ici quelque nouvelle diablerie, dit-il, préparée pour nous accueillir, sans doute. Mais je sais maintenant où nous sommes : nous avons atteint la Première Profondeur, le niveau directement au-dessous des Portes. Voici la Deuxième Salle de la Vieille Moria ; et les Portes ne sont pas loin : à l'est de cette salle, sur notre gauche, à un quart de mille tout au plus. Passé le Pont, puis un vaste escalier et un large passage, à travers la Première Salle et nous voilà dehors ! Mais venez voir ! »

Ils regardèrent timidement à travers l'ouverture. Devant eux s'élevait une autre salle caverneuse. Elle était plus haute et beaucoup plus longue que celle où ils avaient dormi. Ils étaient près de son extrémité est ; du côté ouest, elle se perdait dans les ténèbres. En son centre s'alignaient deux rangées d'imposantes colonnes, sculptées comme les troncs d'arbres majestueux dont les branches soutenaient le plafond en un entrelacs de ramures de pierre. Leurs fûts étaient noirs et lisses, mais une lueur rouge miroitait sur les côtés. Sur toute la largeur du plancher, au pied de deux énormes colonnes, une grande faille s'était ouverte. Une terrible lueur rouge en sortait, et par moments, des flammes en léchaient le bord et s'enroulaient à la base des colonnes. Des rubans de fumée noire tremblotaient dans l'air chaud.

« Si nous étions descendus des salles supérieures par la route principale, nous aurions été pris au piège ici, dit Gandalf. Espérons que le feu se dresse maintenant entre nous et nos poursuivants. Venez ! Il n'y a pas de temps à perdre. »

À ces mots, le battement de tambour qui les pourchassait se fit entendre de nouveau : *Poum, poum, poum.* Des cris et des sonneries de cor montèrent des ombres à l'extrémité ouest de la salle. *Poum, poum :* les colonnes parurent trembler et les flammes vaciller.

« Allons-y pour la dernière course ! dit Gandalf. Si le Soleil brille au-dehors, il est encore possible de nous échapper. Suivez-moi ! »

Tournant à gauche, il s'élança sur le sol lisse de la salle. Celle-ci était plus grande qu'elle ne l'avait paru. Dans leur course, ils entendaient le tumulte et l'écho de nombreux pieds se pressant derrière eux. S'éleva alors un cri strident : ils avaient été vus. Il y eut un tintement et un fracas d'acier. Une flèche siffla par-dessus la tête de Frodo.

Boromir rit. « Ils ne s'attendaient pas à cela, dit-il. Le feu leur a barré la route. Nous sommes du mauvais côté ! »

« Regardez devant vous ! cria Gandalf. Le Pont n'est pas loin. Il est étroit et dangereux. »

Soudain, Frodo se trouva devant un gouffre noir. Au fond de la salle, le plancher se dérobait tout à coup, plongeant à des profondeurs inconnues. La porte extérieure ne pouvait être gagnée qu'en traversant un frêle pont de pierre, sans bordure ni garde-corps, cambré au-dessus du gouffre en un arc de cinquante pieds. Il s'agissait d'une ancienne défense des Nains contre tout envahisseur qui aurait pris la Première Salle et les passages extérieurs. Ils ne pouvaient passer autrement qu'à la file. Gandalf s'arrêta et les autres se massèrent derrière lui.

« Vous d'abord, Gimli ! dit-il. Pippin et Merry ensuite. Tout droit, et par l'escalier derrière la porte ! »

Des flèches tombaient autour d'eux. L'une d'entre elles atteignit Frodo et rebondit. Une autre transperça le chapeau de Gandalf et y resta fichée comme une plume noire. Frodo regarda en arrière. Une masse sombre et grouillante se voyait de l'autre côté de la faille : il semblait y avoir des centaines d'Orques. Ils brandissaient des lances et des cimeterres qui, à la lueur du feu, jetaient des reflets rouge sang. *Poum, poum* roulaient les tambours, tonnant de plus en plus fort, *poum, poum.*

Legolas se retourna et encocha une flèche, quoique le tir fût plutôt long pour son petit arc. Il tendit la corde ; mais sa main retomba, et la flèche alla choir sur le sol. Il poussa un cri de peur et de désarroi. Deux grands Trolls apparurent, portant de grandes dalles de pierre qu'ils jetèrent en travers de la faille pour servir de passerelles. Mais la terreur de l'Elfe n'était pas due aux Trolls. Les Orques avaient ouvert leurs rangs et s'écartaient en masse, comme si eux-mêmes étaient effrayés. Quelque chose venait derrière eux. On ne pouvait voir ce que c'était : comme une grande ombre avec, en son milieu, une silhouette noire, peut-être de forme humaine, mais plus haute ; et on eût dit qu'un pouvoir et une terreur étaient en elle et la précédaient.

Elle s'avança près du feu, et le rougeoiement se voila comme si un nuage s'était penché dessus. Puis, d'un formidable élan, elle bondit par-dessus la faille. Les flammes rugirent, s'élevant à sa rencontre et se lovant autour d'elle ; une fumée noire tournoya dans l'air. Sa longue crinière s'embrasa et flamba derrière elle. À sa main droite était une lame pointue semblable à une langue de feu ; sa main gauche tenait un fouet aux multiples lanières.

« Aï ! aï ! gémit Legolas. Un Balrog ! Un Balrog arrive ! »

Gimli écarquilla les yeux. « Le Fléau de Durin ! » s'écria-t-il, et laissant tomber sa hache, il se couvrit le visage.

« Un Balrog, murmura Gandalf. Je comprends, maintenant. » Chancelant, il s'appuya lourdement sur son bâton. « Quelle mauvaise fortune ! Et je suis déjà fatigué. »

La forme noire, ruisselante de feu, s'élança vers eux. Les Orques hurlèrent, se déversant par les passerelles de pierre. Boromir saisit alors son cor et sonna. Un puissant mugissement s'éleva en manière de défi, comme le cri d'une armée sous la voûte caverneuse. Pendant un moment, les Orques vacillèrent et l'ombre de feu s'arrêta. Puis les échos moururent, aussi subitement qu'une flamme soufflée par un vent noir, et l'ennemi poursuivit son avancée.

« Par le pont ! cria Gandalf, se ressaisissant. Fuyez ! Cet adversaire est au-dessus de vos forces. Je dois tenir le passage étroit. Fuyez ! » Aragorn et Boromir n'en firent rien, se tenant côte à côte derrière Gandalf, de l'autre côté du pont. Les autres s'arrêtèrent sous la porte au fond de la salle et se retournèrent, incapables de laisser leur chef affronter l'ennemi seul.

Le Balrog arriva près du pont. Gandalf se dressait au milieu de la travée, appuyé sur le bâton qu'il tenait dans sa main gauche ; mais dans sa droite luisait Glamdring, froide et blanche. Son ennemi s'arrêta de nouveau, face à lui, et l'ombre qui l'entourait se déploya comme deux ailes immenses. Il brandit son fouet : les lanières gémirent et claquèrent. Ses narines exhalèrent du feu. Mais Gandalf tint bon.

« *Tu ne passeras pas !* », dit-il. Les Orques se tinrent immobiles, et un silence de mort tomba. « *Je suis un serviteur du Feu Secret, détenteur de la flamme d'Anor. Tu ne passeras pas. Le feu noir ne te servira de rien, flamme d'Udûn. Retourne au domaine de l'Ombre ! Tu ne passeras pas !* »

Le Balrog ne fit aucune réponse. Le feu sembla mourir en lui, mais les ténèbres redoublèrent. S'avançant lentement sur le pont, il se dressa soudain à hauteur vertigineuse, et ses ailes s'étendirent d'un mur à l'autre ; mais la lueur de Gandalf se voyait encore, brasillant dans l'ombre ; il paraissait minuscule et entièrement seul : gris et courbé, comme un arbre rabougri avant l'assaut d'une tempête.

De l'ombre surgit une épée rouge feu. Glamdring brilla blanche en retour. Il y eut un choc retentissant et un jet de flammèches blanches. Le Balrog recula, et son épée vola en éclats fondus. Sur le pont, le magicien chancela, fit un pas en arrière et se tint de nouveau immobile.

« *Tu ne passeras pas !* » dit-il.

D'un bond, le Balrog s'élança vers le milieu de la travée. Son fouet sifflait et tournoyait.

« Il ne peut résister seul ! s'exclama soudain Aragorn, accourant sur le pont. *Elendil !* cria-t-il. Je suis avec vous, Gandalf ! »

« Le Gondor ! » cria Boromir, se lançant à sa suite. À ce moment, Gandalf éleva son bâton et, avec un grand cri, frappa le pont devant lui. Le bâton se fracassa et tomba de sa main. Des flammes blanches jaillirent en un éblouissant rideau. Le pont se lézarda.

Il se brisa sous les pieds du Balrog, et la pierre qui lui servait d'appui disparut dans le gouffre, tandis que le reste de l'arc demeurait en équilibre, frémissant comme une langue de pierre au-dessus du vide.

Le Balrog tomba en avant avec un terrible cri ; son ombre plongea dans le gouffre et s'évanouit. Mais dans sa chute, il fit claquer son fouet, et ses lanières cinglèrent les jambes du magicien et s'enroulèrent autour de ses genoux, l'entraînant jusqu'au bord. Il trébucha et tomba, tenta vainement de s'agripper, puis glissa dans l'abîme. « Fuyez, pauvres fous ! » cria-t-il, avant de disparaître.

Les feux s'éteignirent, remplacés par des ténèbres vides. La Compagnie resta pétrifiée d'horreur, les yeux rivés sur la fosse. Au moment même où Aragorn et Boromir revenaient en courant, le reste du pont se fissura et s'écroula. Aragorn secoua les autres d'une voix forte.

« Venez ! C'est moi qui vais vous conduire, à présent ! cria-t-il. Il faut respecter sa dernière injonction ! Suivez-moi ! »

Ils se jetèrent à corps perdu dans le grand escalier derrière la porte, Aragorn en tête, Boromir à l'arrière. Au sommet se trouvait un large passage rempli d'échos. Ils fuirent de ce côté. Frodo entendit Sam pleurer tout près de lui, et s'aperçut qu'il pleurait lui aussi en courant. *Poum, poum, poum* résonnaient les battements de tambour, maintenant lugubres et lents ; *poum !*

Ils poursuivirent leur course. La lumière allait en grandissant : le plafond était ajouré de puits. Ils forcèrent l'allure. Puis ils débouchèrent dans une autre salle, baignée de la lumière grâce à de hautes fenêtres à l'est. Ils filèrent à travers. Son portail était détruit ; ils le passèrent, et les Grandes Portes s'ouvrirent tout à coup devant eux telle une arche de lumière resplendissante.

Une garde d'Orques était tapie dans les ombres, derrière les hauts montants qui se dressaient de chaque côté ; mais les portes étaient fracassées et jetées à terre. Aragorn terrassa le capitaine qui s'était mis en travers de sa route, et les autres fuirent devant son terrible courroux. La Compagnie passa en coup de vent sans même se soucier d'eux. Ils coururent au-dehors des Portes et dévalèrent les grandes marches rongées par les siècles, le seuil de la Moria.

Ainsi, contre toute espérance, ils retrouvèrent enfin le ciel et sentirent le vent sur leurs visages.

Ils ne s'arrêtèrent pas avant d'être hors de portée des archers qui gardaient peut-être les murs. Le Val de Ruisselombre s'étendait autour d'eux. L'ombre des Montagnes de Brume le recouvrait, mais à l'est, une lumière dorée s'étendait sur le pays. Il était seulement une heure passé midi. Le Soleil brillait ; les nuages étaient blancs et hauts.

Ils regardèrent en arrière. La grande arche des Portes béait dans l'ombre des montagnes. Sous terre, faibles et distants, roulaient les lents battements de tambour : *poum*. Un mince ruban de fumée noire s'échappait par la sombre ouverture. Rien d'autre ne se voyait ; toute la vallée était déserte. *Poum*. Alors le chagrin les submergea entièrement ; et ils pleurèrent longuement, certains debout et silencieux, les autres étendus à terre. *Poum, poum*. Les battements de tambour s'évanouirent.

6

En Lothlórien

« Hélas ! Je crains que nous ne puissions rester ici plus longtemps », dit Aragorn. Il regarda vers les Montagnes et leva son épée. « Adieu, Gandalf ! dit-il à haute voix. Ne vous avais-je pas dit : *Si vous passez les portes de la Moria, prenez garde* ? Las ! je disais vrai ! Quel espoir nous reste-t-il sans vous ? »

Il se tourna vers la Compagnie. « Nous devons continuer sans l'espoir, dit-il. Tout au moins pouvons-nous encore être vengés. Fourbissons nos armes et ne pleurons plus ! Venez ! Nous avons une longue route et beaucoup à faire. »

Ils se levèrent et regardèrent autour d'eux. Au nord, le val se resserrait en un couloir ombreux et escarpé, sis entre deux grands éperons des montagnes au-dessus desquels s'élevaient trois cimes couronnées de neige : Celebdil, Fanuidhol, Caradhras, les Montagnes de la Moria. Du haut de ce couloir, un torrent s'épanchait en une succession de petites chutes d'eau, tel un liseré de dentelle blanche, et des gouttelettes d'écume flottaient dans l'air au pied des montagnes.

« C'est là l'Escalier de Ruisselombre, dit Aragorn, désignant les cascades. C'est par ce chemin encaissé qui grimpe le long du torrent que nous serions arrivés, si la fortune avait été plus clémente. »

« Ou le Caradhras moins cruel, dit Gimli. Regardez-le qui se dresse, souriant au Soleil ! » Il brandit le poing en direction du plus éloigné des trois sommets enneigés, puis il se détourna.

À l'est, le bras étendu par les Montagnes trouvait une fin soudaine, et des terres lointaines se discernaient au-delà, vastes et indécises. Au sud, les Montagnes de Brume s'éloignaient à perte de vue. À moins d'un mille devant eux et un peu en contrebas – car ils se trouvaient encore sur les hauteurs du côté ouest du val – s'étendait un petit lac. Il était long et ovale, comme un grand fer de lance profondément enfoncé dans le couloir au nord ; mais sa pointe sud se trouvait au-delà des ombres, sous le ciel ensoleillé. Néanmoins, ses eaux étaient foncées : d'un bleu profond, comme un ciel crépusculaire vu d'une pièce faiblement éclairée. Sa surface était calme, sans la moindre ride. Il était entouré d'une pelouse unie qui s'abaissait doucement jusqu'à sa rive, bande de terre dénudée et ininterrompue.

« Et là se trouve le Miralonde, le profond Kheled-zâram ! dit Gimli avec tristesse. Je me souviens qu'il m'avait dit : *Puisse cette vue vous apporter la joie ! Mais nous ne pouvons nous attarder là-bas*. Longtemps je devrai voyager désormais, avant de connaître de nouveau la joie. C'est moi qui dois me hâter de partir, et lui qui doit rester. »

La Compagnie suivit alors la route qui descendait des Portes. Elle était défoncée et largement effacée, réduite à un sentier sinueux entre bruyères et ajoncs s'immisçant parmi les dalles fendues. Mais on pouvait encore voir qu'une grande route pavée s'était trouvée jadis à cet endroit, montant des basses terres pour rejoindre le royaume des Nains. Des ouvrages de pierre en ruine s'élevaient par endroits en bordure du chemin, ainsi que des monticules verts surmontés de frêles bouleaux, parfois de sapins gémissant au vent. Un détour vers l'est les mena tout près de la pelouse du Miralonde, et là, non loin du bord de la route, se dressait une unique colonne tronquée.

« C'est la Pierre de Durin ! s'écria Gimli. Je ne peux passer par ici sans m'attarder un moment à contempler la merveille du val ! »

« Faites vite, dans ce cas ! dit Aragorn, jetant un regard vers les Portes. Le Soleil se couche tôt. Les Orques ne sortiront peut-être pas avant la nuit tombée, mais nous devrons alors être loin. La Lune est presque consumée : il fera nuit noire. »

« Venez avec moi, Frodo ! s'écria le Nain, sautant en dehors de la route. Je ne voudrais pas que vous partiez sans avoir vu le Kheledzâram. » Il s'élança tout courant sur la longue pente verte. Frodo le suivit lentement, attiré par la tranquille eau bleue malgré la fatigue et les blessures ; Sam lui emboîta le pas.

Gimli s'arrêta près de la pierre levée et l'examina de haut en bas. Elle était fissurée, usée par les intempéries, et les runes gravées sur ses flancs ne pouvaient être lues. « Cette colonne marque l'endroit où Durin regarda pour la première fois dans le Miralonde, dit le Nain. Regardons-y nous-mêmes une fois, avant de partir ! »

Ils se penchèrent sur l'eau sombre. Au début, ils ne purent distinguer quoi que ce soit. Puis, peu à peu, ils virent les formes des montagnes environnantes se mirer dans un bleu profond : leurs cimes étaient comme des gerbes de flamme blanche ; et au-delà s'étendait un espace de ciel. Là, comme des gemmes reposant au fond, brillaient d'étincelantes étoiles, bien que le Soleil fût dans le ciel. De leurs silhouettes à eux, nulle ombre ne se voyait.

« Ô beau et merveilleux Kheled-zâram ! dit Gimli. Ci-gît la Couronne de Durin jusqu'à ce qu'il se réveille ! Adieu ! » Il s'inclina, tourna les talons et se hâta de remonter le tapis de verdure jusqu'à la route.

« Qu'est-ce que tu as vu ? » demanda Pippin à Sam ; mais Sam était trop absorbé dans ses pensées pour répondre.

La route prit alors au sud et se mit à descendre rapidement, sortant d'entre les épaulements du val. À quelque distance en bas du lac, ils croisèrent une source profonde et claire comme le cristal, où un ruisselet se déversait d'un affleurement de pierre et se sauvait, miroitant et gargouillant, dans un lit abrupt et rocailleux.

« Voici la source où naît la rivière Argentine, dit Gimli. Ne buvez pas de son eau ! Elle est glaciale. »

« Elle devient bientôt un rapide cours d'eau, et rassemble à elle bien d'autres ruisseaux des montagnes, dit Aragorn. Nous aurons à la suivre sur de nombreux milles. Car je vous conduirai par la route que Gandalf avait choisie, et je compte d'abord arriver aux bois où l'Argentine se jette dans le Grand Fleuve : là-bas. » Suivant son index, ils virent que le cours d'eau dégringolait vers le creux de la vallée et poursuivait alors sa course dans les basses terres, jusqu'à se perdre enfin dans des lointains dorés.

« Ce sont là les bois de Lothlórien ! dit Legolas. La plus belle de toutes les demeures de mon peuple. Aucun arbre ne se compare à ceux de ce pays. Car en automne, leurs feuilles ne tombent pas, mais se changent en or. Elles ne tombent pas, que ne viennent le printemps et le vert nouveau ; alors leurs branches se chargent de fleurs jaunes, et le sol de la forêt se couvre d'or ; dorée est sa voûte, et ses piliers sont d'argent, car l'écorce de ces arbres est grise et lisse. C'est ce que nos chants disent encore à Grand'Peur. Comme j'aurais le cœur content, si j'étais à l'orée de ce bois et que nous étions au printemps ! »

« J'aurai le cœur content, même en hiver, dit Aragorn. Mais il se trouve à bien des milles encore. Hâtons-nous ! »

Frodo et Sam parvinrent à suivre les autres au début ; mais Aragorn les conduisait à vive allure, et au bout d'un moment, ils se mirent à traîner. Ils n'avaient rien mangé depuis le début de la matinée. La coupure de Sam le brûlait comme du feu, et la tête lui tournait. Malgré le Soleil éclatant, le vent lui semblait froid après la chaude obscurité de la Moria. Il frissonna. Frodo, cherchant son souffle, sentait la douleur augmenter à chaque pas.

Enfin, Legolas se retourna, et, les voyant à présent loin derrière lui, il avertit Aragorn. Tous s'arrêtèrent, et Aragorn s'empressa d'aller les trouver, appelant Boromir à le suivre.

« Je suis désolé, Frodo ! s'écria-t-il, plein de sollicitude. Tant de choses sont arrivées aujourd'hui, et il faut à ce point nous hâter que j'en ai oublié que vous étiez blessé ; et Sam aussi. Vous auriez dû nous le dire. Nous n'avons rien fait pour vous soulager comme nous le devrions, tous les Orques de la Moria seraient-ils après nous. Mais courage ! Il y a non loin un endroit où nous pourrons nous reposer un moment. Quand nous y serons, je vous soignerai de mon mieux. Venez, Boromir ! Nous allons les porter. »

Ils croisèrent bientôt un autre ruisseau qui descendait des hauteurs de l'ouest, joignant ses eaux bouillonnantes au cours impétueux de l'Argentine. Ils plongeaient ensemble dans une cascade de pierres verdâtres et partaient mousser au creux d'un vallon. Celui-ci était parsemé de sapins courbés et chétifs, et ses flancs abrupts étaient revêtus de langues de cerf et de buissons d'airelles. Au fond se trouvait un espace plat où le ruisseau courait bruyamment sur de luisants cailloux. Ils s'y arrêtèrent. Il était maintenant près de trois heures après midi, et ils étaient seulement à quelques milles des Portes. Le Soleil passait déjà à l'ouest.

Pendant que Gimli et les deux plus jeunes Hobbits allumaient un feu de broussailles et de sapin, et allaient puiser de l'eau, Aragorn s'occupa de soigner Sam et Frodo. La blessure de Sam était peu profonde, mais elle paraissait vilaine, et Aragorn prit un air grave en l'examinant. Au bout d'un moment, il leva des yeux soulagés.

« C'est une chance, Sam ! dit-il. Bien des guerriers

ont reçu pire récompense pour avoir abattu leur premier Orque. La plaie n'est pas empoisonnée, comme le sont trop souvent les blessures des lames orques. Elle devrait bien guérir une fois que je l'aurai pansée. Lavez-la quand Gimli aura fait chauffer de l'eau. »

Il ouvrit sa bourse et en tira quelques feuilles flétries. « Elles ont séché et perdu un peu de leurs vertus, dit-il, mais il me reste encore quelques-unes des feuilles d'*athelas* que j'ai cueillies près de Montauvent. Broyez-en une dans l'eau, lavez bien la blessure et je vais la bander. Maintenant, à votre tour, Frodo ! »

« Je vais bien, dit Frodo, hésitant à laisser toucher ses vêtements. J'avais seulement besoin d'un peu de nourriture et de repos. »

« Non ! dit Aragorn. Il faut regarder de plus près ce que le marteau et l'enclume vous ont fait. Je m'étonne encore que vous ayez même survécu. » Ôtant délicatement la vieille veste de Frodo et sa tunique usée, il ravala un cri de surprise. Puis il rit. Le corselet argent étincelait à ses yeux comme la clarté des astres sur une mer ondoyante. Il le retira soigneusement, et tandis qu'il le tenait à la lumière, ses gemmes scintillèrent comme des étoiles ; le son des anneaux secoués rappelait le tintement de la pluie dans l'étang.

« Regardez, mes amis ! s'écria-t-il. Voici une belle peau de Hobbit pour apprêter un petit prince elfe ! S'il était connu que les Hobbits ont un tel cuir, tous les chasseurs de la Terre du Milieu s'en courraient vers le Comté ! »

« Et toutes les flèches de tous les chasseurs du monde resteraient vaines, dit Gimli, contemplant l'armure avec émerveillement. C'est une chemise de mithril. De mithril ! Je n'avais pas idée qu'il y en eût de si belle. Est-ce là la cotte de mailles dont Gandalf parlait ? Alors il la sous-estimait. Mais elle fut donnée à bon escient ! »

« Je me suis souvent demandé ce que vous maniganciez, Bilbo et toi, enfermés dans sa petite chambre, dit Merry. Béni soit-il, le vieux Hobbit ! Je l'aime plus que jamais. J'espère qu'on aura la chance de lui raconter ça ! »

Une meurtrissure sombre et noircie se voyait sur le côté droit de Frodo et sur sa poitrine. Il y avait sous les mailles une doublure de cuir moelleux, mais en un endroit, les anneaux étaient passés au travers, s'enfonçant dans la chair. Le côté gauche de Frodo était également éraflé et meurtri du fait d'avoir été projeté contre le mur. Pendant que les autres préparaient le repas, Aragorn lava les blessures avec une infusion d'*athelas*. Son odeur pénétrante emplit tout le vallon, et tous ceux qui se penchèrent sur l'eau fumante se sentirent rafraîchis et revigorés. Frodo sentit bientôt la douleur s'apaiser, et il respira mieux ; mais il demeura courbatu et endolori pendant de nombreux jours encore. Aragorn pansa son côté avec de douces pièces de linge.

« Ces mailles sont étonnamment légères, dit-il. Remettez-les, si elles ne vous gênent pas. Je me réjouis de savoir que vous portez une telle armure. Ne l'enlevez pas, même pour dormir, à moins que la fortune ne vous conduise en un lieu où vous serez un moment en sécurité ; et ces occurrences seront rares tant que durera votre quête. »

Une fois le repas terminé, la Compagnie s'apprêta au départ. Ils éteignirent le feu et en effacèrent toutes les traces. Puis, grimpant hors du vallon, ils reprirent la route. Ils n'étaient pas parvenus bien loin quand le Soleil sombra derrière les hauteurs de l'ouest. De grandes ombres descendirent au flanc des montagnes. Le crépuscule voila leurs pieds, et la brume se leva dans les creux. Loin à l'est, la lueur du couchant s'étendait faiblement sur les plaines indécises et les bois lointains. Sam et Frodo, à présent soulagés et nettement revigorés, pouvaient marcher à bonne allure, et Aragorn, avec une courte pause seulement, mena la Compagnie pendant encore près de trois heures.

Il faisait noir. Une nuit profonde était tombée. Il y avait de nombreuses étoiles claires, mais la Lune rapidement décroissante ne devait pas apparaître avant plusieurs heures. Gimli et Frodo fermaient la marche, silencieux et furtifs, guettant le moindre bruit derrière eux sur la route. Gimli brisa finalement le silence.

« Pas un son, mis à part celui du vent, dit-il. Il n'y a pas de gobelins dans les parages, ou mes oreilles sont en bois. Il faut espérer que les Orques se contenteront de nous avoir chassés de la Moria. Et peut-être était-ce leur seul but, sans qu'ils aient rien d'autre à voir avec nous – ni avec l'Anneau. Mais il n'est pas rare de voir des Orques poursuivre leurs adversaires sur de nombreuses lieues à travers la plaine, quand ils ont à venger un capitaine tombé. »

Frodo ne répondit pas. Il regarda Dard : sa lame était sans éclat. Pourtant, il avait bien entendu quelque chose, ou du moins le croyait-il. Sitôt que les ombres les avaient enveloppés et que la route derrière eux s'était obscurcie, il avait recommencé à entendre le doux tapotement de pieds pressés. Il l'entendait en ce moment même. Il se retourna brusquement. Deux minuscules points de lumière les suivaient, ou il crut les voir un moment ; mais ils s'esquivèrent aussitôt et disparurent.

« Qu'est-ce qu'il y a ? » dit le Nain.

« Je ne sais pas, répondit Frodo. J'ai cru entendre des pas, puis voir une lueur – comme des yeux. Je l'ai souvent cru depuis que nous sommes entrés en Moria. »

Gimli s'arrêta et se baissa jusqu'à terre. « Je n'entends rien que la rumeur nocturne des plantes et des pierres, dit-il. Allons ! Dépêchons-nous ! Les autres sont hors de vue. »

Le vent froid de la nuit soufflait sur la vallée, montant à leur rencontre. Une ombre se distinguait devant eux, vaste et grise, et un perpétuel bruissement de feuilles, comme des peupliers sous la brise.

« La Lothlórien ! s'écria Legolas. La Lothlórien ! Nous voici à la lisière du Bois Doré ! Quel dommage que ce soit l'hiver ! »

Dans la nuit, les arbres avaient un aspect imposant, formant un berceau au-dessus de la route et du cours d'eau qui plongeaient tout à coup sous leurs vastes ramures. À la lueur des étoiles, leurs fûts étaient gris, et leurs feuilles frémissantes jetaient des reflets d'or fauve.

« La Lothlórien ! dit Aragorn. Je suis content de réentendre le vent dans les arbres ! Nous sommes encore à moins de cinq lieues des Portes, mais il faut nous arrêter ici. Espérons que, pour cette nuit, la vertu des Elfes nous gardera du péril qui vient derrière nous. »

« S'il est vrai que des Elfes vivent encore ici dans un monde envahi de ténèbres », dit Gimli.

« Il y a longtemps qu'aucun des miens n'est revenu en ce pays que nous quittâmes au temps jadis, dit Legolas, mais on dit que la Lórien n'est pas encore déserte, car il y a ici un pouvoir secret qui tient le mal hors du pays. Néanmoins, ses habitants sont rarement aperçus : peut-être vivent-ils maintenant au fond des bois et loin de la lisière septentrionale. »

« Oui, ils vivent tout au fond du bois, dit Aragorn avec un soupir, comme si un souvenir remuait en lui. Il faudra nous débrouiller seuls, ce soir. Nous allons continuer un peu, jusqu'à ce que les arbres nous entourent, puis nous nous écarterons du chemin pour chercher un endroit où dormir. »

Il fit quelques pas en avant ; mais Boromir, hésitant, ne le suivit pas. « N'y a-t-il aucune autre route ? » dit-il.

« Quelle autre route plus belle encore souhaiteriez-vous ? » dit Aragorn.

« Une route ordinaire, dût-elle traverser une forêt d'épées, répondit Boromir. Cette Compagnie a été menée par d'étranges chemins, pour son plus grand malheur. Nous sommes descendus dans les ombres de la Moria, bien contre mon gré, et quelle ne fut pas notre perte ! Maintenant il nous faudrait entrer au Bois Doré, dites-vous. Mais cette périlleuse contrée ne nous est pas inconnue au Gondor ; et l'on dit que bien peu en ressortent une fois entrés, et que, de ceux-là, aucun n'est revenu indemne. »

« Ne dites pas *indemne*, mais *inchangé* : peut-être

alors serez-vous dans le vrai, dit Aragorn. Mais la tradition se perd au Gondor, Boromir, si dans la cité de ceux qui étaient sages autrefois, on parle désormais en mal de la Lothlórien. Quoi que vous en pensiez, aucune autre route ne s'offre à nous – à moins que vous ne vouliez regagner les Portes de la Moria, escalader les Montagnes vierges, ou traverser seul le Grand Fleuve à la nage. »

« Après vous, dans ce cas ! dit Boromir. Mais c'est un endroit périlleux. »

« Périlleux, certes, dit Aragorn : beau et périlleux ; mais seul le mal doit le craindre, ou ceux qui apportent quelque mal avec eux. Suivez-moi ! »

Ils n'avaient guère parcouru plus d'un mille dans la forêt lorsqu'ils croisèrent un autre cours d'eau, dévalant les pentes boisées qui grimpaient à l'ouest, vers les Montagnes. Ils l'entendaient ruisseler au-dessus d'une cascade quelque part parmi les ombres sur leur droite. Ses eaux noires et fougueuses passaient devant eux en travers du sentier, rejoignant l'Argentine en un tourbillon de mares sombres parmi les racines des arbres.

« Voici la Nimrodel ! dit Legolas. Les Elfes sylvains en ont fait de nombreux chants il y a bien longtemps, et nous les chantons encore dans le Nord, nous souvenant de l'arc-en-ciel de ses chutes, et des fleurs d'or flottant sur son écume. Tout est sombre à présent, et le Pont de la Nimrodel est détruit. Je vais m'y baigner les pieds, car on dit que cette eau guérit toute lassitude. » Il descendit la berge escarpée et s'avança dans la rivière.

« Suivez-moi ! cria-t-il. L'eau n'est pas profonde. Il n'y a qu'à la passer à gué ! Nous pourrons nous reposer sur l'autre rive, et trouver le sommeil au son des chutes d'eau, et l'oubli de ce qui nous afflige. »

Ils descendirent un à un et suivirent Legolas. Frodo se tint un moment près du bord et laissa l'eau couler sur ses pieds fourbus. Elle était froide, mais son toucher était pur, et tandis qu'il avançait et la voyait monter à ses genoux, il sentit ses membres lavés de toute salissure et de toute fatigue.

Quand toute la Compagnie eut traversé, ils s'assirent et prirent à manger ; et Legolas leur conta des histoires de la Lothlórien que les Elfes de Grand'Peur gardaient encore dans leurs cœurs, racontant la lumière du Soleil et des étoiles sur les prés, au bord du Grand Fleuve, avant que le monde ne soit devenu gris.

Enfin, un silence tomba, et ils prêtèrent l'oreille à la musique de la chute coulant mélodieusement parmi les ombres. Frodo eut presque l'impression d'entendre une voix chanter, comme mêlée au gazouillis de l'eau.

« Entendez-vous la voix de Nimrodel ? demanda Legolas. Je vais vous chanter une chanson de la jeune Nimrodel, nommée du même nom que la rivière où elle vivait jadis. C'est une belle chanson dans notre langue forestière ; mais la voici traduite dans le parler occidentalien, comme d'aucuns la chantent aujourd'hui à Fendeval. » D'une voix douce, à peine audible parmi le bruissement des feuilles au-dessus d'eux, il entonna :

Une jeune Elfe était jadis,
Une étoile en journée,
Son manteau blanc comme le lys,
De gris-argent chaussée.

Brillait une étoile à son front
Dans l'ombre de ses yeux ;
L'éclat doré des frondaisons
Luisait dans ses cheveux.

Souvent au bois de Lórien
Elle errait libre et seule ;
Aussi légère et aérienne
Que feuille de tilleul.

Aux chutes du vivant torrent
Qu'on nomma Nimrodel,
Sa voix tel un filet d'argent
Ruisselait claire et belle.

Nul ne sait plus où Nimrodel
Se promène aujourd'hui ;
Dans les montagnes sous le ciel
Sa beauté se perdit.

Le navire elfe au havre gris
Niché sous le versant
Des jours et des nuits l'attendit
Près des flots rugissants.

Du Nord, par une nuit tardive,
Il vint un vent sauvage
Qui mit le navire en dérive,
L'arrachant au rivage.

L'aube indécise se levant,
L'on vit sombrer les monts

Delà les vagues soulevant
Leurs amples plumets blonds.

Le bel Amroth qui s'éloignait
Sur une mer cruelle
Maudit la nef qui l'emportait
Loin de sa Nimrodel.

Un roi des Elfes il était,
Un seigneur forestier,
Quand d'or les rameaux se paraient
Jadis au Bois Doré.

Sautant de la barre à la mer,
Filant comme une flèche,
Il plongea sous les flots amers
Comme mouette à la pêche.

Ses longs cheveux volant dans l'air,
Son maintien fier et digne,
On le vit glisser sur son erre,
S'éloignant tel un cygne.

Mais chez les Elfes jamais plus
N'a-t-on eu vent de lui,
Et depuis l'Ouest il n'est venu
Qu'un silence infini.

La voix de Legolas défaillit, et le chant cessa. « Je ne puis chanter plus longuement, dit-il. Ce n'était que le début, car j'en ai oublié une bonne partie. La suite est longue et triste, car elle raconte comment le chagrin arriva en Lothlórien, la Lórien de la Fleur, quand les Nains éveillèrent le mal au cœur des montagnes. »

« Mais les Nains n'ont pas créé le mal », dit Gimli.

« Je n'ai pas dit cela ; mais le mal est venu tout de même, répondit Legolas avec tristesse. Alors nombre des parents de Nimrodel quittèrent leurs demeures et s'en furent, et elle se perdit loin dans le Sud, parmi les cols des Montagnes Blanches ; et elle ne vint jamais au navire où Amroth son amant l'attendait. Mais au printemps, quand le vent remue les feuilles nouvelles, on entend encore l'écho de sa voix près des chutes qui portent son nom. Et quand le vent est au sud, la voix d'Amroth remonte depuis la Mer ; car la Nimrodel se jette dans l'Argentine, que les Elfes nomment Celebrant, et la Celebrant rejoint Anduin le Grand, qui se jette à son tour dans la baie du Belfalas, d'où les Elfes de Lothlórien prirent la mer. Mais ni la jeune Nimrodel ni Amroth ne revinrent jamais ici.

« On raconte qu'elle avait une maison sise dans les branches d'un arbre qui poussait près des chutes ; car c'est ainsi que les Elfes de Lórien avaient accoutumé de vivre, dans les arbres, ce qui est peut-être encore le cas. C'est pourquoi on les appelait les Galadhrim, Ceux des Arbres. Au plus profond de leur forêt, les arbres sont très grands. Les gens des bois ne creusaient pas la terre à la manière des Nains, et ils n'élevaient pas de forteresses de pierre avant la venue de l'Ombre. »

« Et même de nos jours, loger dans les arbres peut sembler plus sûr que de s'asseoir par terre », dit Gimli. Il regarda de l'autre côté de la rivière, vers le sentier qui ramenait au Val de Ruisselombre, puis dans la voûte de branches sombres au-dessus de sa tête.

« Vos paroles sont de bon conseil, Gimli, dit Aragorn. Nous ne pouvons bâtir une maison, mais ce soir, nous ferons comme les Galadhrim et chercherons refuge à la cime des arbres, si nous le pouvons. Voilà déjà trop longtemps que nous sommes assis ici au bord du chemin. »

La Compagnie s'éloigna alors du sentier et pénétra dans l'ombre des bois plus denses, suivant le torrent de montagne vers l'ouest et s'éloignant de l'Argentine. Non loin des chutes de la Nimrodel, ils arrivèrent à un bouquet d'arbres dont certains surplombaient le torrent. Leurs grands troncs gris étaient de vaste circonférence, mais leur hauteur ne se devinait pas.

« Je vais grimper, dit Legolas. Je suis chez moi parmi les arbres, entre branches et racines, bien que ces arbres soient d'une espèce dont je ne connais rien hormis le nom, souvent entendu dans nos chansons. On les appelle *mellyrn,* et ce sont eux qui portent les fleurs jaunes, mais je n'en ai jamais escaladé un. Je vais maintenant voir quelles sont leur forme et leur manière de croître. »

« Je ne sais pas, dit Pippin, mais ce seront vraiment des arbres étonnants s'ils peuvent offrir le moindre repos à qui n'est pas un oiseau. Je ne peux pas dormir sur un perchoir ! »

« Creusez donc un trou dans le sol, dit Legolas, si c'est à la mode des gens de votre espèce. Mais vous devrez creuser vite et bien, si vous souhaitez échapper aux Orques. » D'un bond léger, il quitta le sol et attrapa une branche sortant du tronc, loin au-dessus de sa tête. Mais tandis qu'il s'y balançait un moment, une voix surgit de l'ombre des branches au-dessus de lui.

« *Daro !* » fit-elle d'un ton autoritaire, et Legolas, de surprise et de peur, se laissa retomber et se plaqua contre l'écorce de l'arbre.

« Pas un geste ! chuchota-t-il aux autres. Ne dites plus rien ! »

Un faible éclat de rire se fit entendre au-dessus de leurs têtes, puis une autre voix claire parla en un parler elfique. Frodo ne comprenait guère ce qu'elle disait, car la langue en usage parmi les Elfes sylvains à l'est des montagnes différait de celle de l'Ouest. Legolas leva la tête et répondit dans la même langue.

« Qui sont-ils, et que disent-ils ? » demanda Merry.

« C'est des Elfes, dit Sam. Vous les entendez pas parler ? »

« Oui, ce sont des Elfes, dit Legolas, et ils disent que vous respirez si fort qu'ils pourraient vous tirer dans le noir. » Sam se couvrit aussitôt la bouche. « Mais ils disent aussi que vous n'avez rien à craindre. Ils ont remarqué notre présence il y a un bon moment déjà. Ils ont entendu ma voix avant que nous franchissions la Nimrodel et, voyant que j'étais un de leurs parents du Nord, ils nous ont laissés passer ; ensuite ils ont entendu mon chant. À présent, ils me prient de monter avec Frodo ; car ils semblent avoir entendu parler de lui et de notre voyage. Ils demandent aux autres de bien vouloir attendre un peu, et de monter la garde au pied de l'arbre jusqu'à ce qu'ils aient décidé ce qu'ils entendent faire. »

Une échelle descendit d'entre les ombres : elle était faite de cordes gris-argent qui miroitaient dans l'obscurité ; et toute mince qu'elle parût, elle se révéla assez solide pour porter de nombreux hommes. Legolas y monta avec légèreté, et Frodo le suivit lentement ; Sam venait derrière, tentant de maîtriser sa respiration. Les branches du mallorn sortaient du tronc presque à l'horizontale, et s'élevaient tout à coup ; mais non loin de la cime, la tige principale se divisait en une couronne de rameaux au milieu desquels, virent-ils alors, on avait aménagé une plateforme de bois, ou *flet*, comme on les appelait à cette époque ; les Elfes disaient plutôt un *talan.* On y accédait par une ouverture ronde pratiquée au centre, à travers laquelle passait l'échelle.

Quand Frodo arriva enfin sur le flet, il trouva Legolas déjà assis avec trois autres Elfes. Ils portaient des vêtements d'un gris ombreux, et ne pouvaient être vus parmi les branches, sauf s'ils se déplaçaient soudainement. Ils se levèrent, et l'un d'entre eux découvrit une petite lanterne qui laissait couler un mince faisceau d'argent. Il la souleva, examinant le visage de Frodo, ensuite celui de Sam. Puis il bloqua de nouveau la lumière et prononça des mots de bienvenue dans sa langue elfique. Frodo lui fit une réponse hésitante.

« Bienvenue ! » dit alors l'Elfe dans la langue commune ; son élocution était lente. « Il est rare que nous employions une langue autre que la nôtre ; car nous vivons désormais au cœur de la forêt et nous évitons les rapports avec d'autres gens, quels qu'ils soient. Même nos propres parents, dans le Nord, sont séparés de nous. Mais il en est encore parmi nous qui vont au-dehors pour recueillir des nouvelles et surveiller nos ennemis, et qui parlent les langues des autres pays. Je suis de ceux-là. Mon nom est Haldir. Mes frères, Rúmil et Orophin, parlent très peu votre langue.

« Mais nous avions eu vent de votre venue, car les messagers d'Elrond sont entrés en Lórien avant de retourner chez eux par l'Escalier de Ruisselombre. Voilà maintes longues années que nous n'avions entendu parler des… Hobbits, des demi-hommes, et nous ne savions pas qu'il en restait encore en Terre du Milieu. Vous ne semblez pas bien méchants ! Et comme vous êtes accompagnés d'un Elfe de notre lignage, nous sommes disposés à vous venir en aide, ainsi qu'Elrond l'a demandé ; bien que nous n'ayons pas coutume de conduire des étrangers à travers notre pays. Mais vous devrez rester ici cette nuit. Combien êtes-vous ? »

« Huit, dit Legolas. Moi-même, quatre Hobbits ; et deux Hommes, dont un, Aragorn, est un Ami des Elfes issu du peuple de l'Occidentale. »

« Le nom d'Aragorn fils d'Arathorn est connu en Lórien, dit Haldir, et il a la faveur de la Dame. Tout est donc bien. Mais vous n'en avez encore nommé que sept. »

« Le huitième est un Nain », dit Legolas.

« Un Nain ! fit Haldir. Voilà qui n'est pas bien. Nous n'avons plus commerce avec les Nains depuis les Jours Sombres. Ils n'ont pas la permission d'entrer chez nous. Je ne puis l'autoriser à passer. »

« Mais il est de la Montagne Solitaire, l'un des honnêtes gens de Dáin, et il a l'amitié d'Elrond, dit Frodo. C'est Elrond lui-même qui nous l'a désigné comme compagnon, et il s'est montré brave et fidèle. » Les Elfes discutèrent entre eux à voix basse et interrogèrent Legolas dans leur propre langue. « D'accord, dit enfin Haldir. Nous consentons à ceci, bien que ce soit contre notre gré. Si Aragorn et Legolas veulent bien le surveiller et répondre de lui, il pourra passer ; toutefois, il devra traverser la Lothlórien les yeux bandés.

« Mais cessons de débattre. Vos compagnons ne doivent pas rester en bas. Nous guettons les rivières depuis qu'une grande troupe d'Orques a été aperçue il y a de cela bien des jours, montant vers le nord au pied des montagnes, en direction de la Moria. Des loups hurlent aux confins des bois. S'il est vrai que vous venez de la Moria, le danger ne saurait être bien loin. Vous devrez repartir demain de bonne heure.

« Les quatre Hobbits monteront ici et logeront avec nous : ils ne nous font pas peur ! Il y a un autre *talan* dans l'arbre voisin. Les autres devront s'abriter là. Vous, Legolas, devrez répondre d'eux. Appelez-nous si quelque chose ne va pas ! Et ayez ce Nain à l'œil ! »

Legolas descendit aussitôt porter le message de Haldir ; peu de temps après, Merry et Pippin se hissaient péniblement sur le haut flet. Hors d'haleine, ils semblaient plutôt effrayés.

« Voilà ! dit Merry, pantelant. Nous avons monté vos couvertures en même temps que les nôtres. L'Arpenteur a caché le reste de nos bagages dans un grand tas de feuilles. »

« Vous vous êtes fatigués inutilement, dit Haldir. Il fait froid dans les arbres en hiver, même si le vent est au sud ce soir ; mais nous vous donnerons de quoi manger et boire qui vous garantira de la fraîcheur nocturne, et nous avons ample provision de peaux et de pèlerines. »

Les Hobbits acceptèrent très volontiers ce deuxième (et bien meilleur) souper. Puis ils s'enveloppèrent chaudement, non seulement dans les fourrures des Elfes, mais aussi dans leurs propres couvertures ; et ils essayèrent de dormir. Seul Sam y parvint sans peine, tout fatigués qu'ils étaient. Les Hobbits n'aiment pas les hauteurs et ne dorment jamais à l'étage, si tant est qu'ils en aient un ; et comme chambre à coucher, le flet n'était pas du tout à leur goût. Il n'avait aucun mur, pas même de parapet ; seulement d'un côté y avait-il un léger paravent tressé qui pouvait être fixé à différents endroits selon la direction du vent.

Pippin continua à parler encore un peu. « En tout cas, si j'arrive à m'endormir dans ce pigeonnier, j'espère ne pas débouler », dit-il.

« Quand je réussirai à dormir, dit Sam, je continuerai, que je déboule ou pas. Et moins ça va jacasser, plus vite je vais en écraser, si vous me suivez. »

Frodo resta quelque temps étendu sans dormir. Il regardait les étoiles briller à travers la pâle voûte de feuilles, lesquelles frémissaient au vent. Sam ronflait à ses côtés bien avant que lui-même se décide à fermer les yeux. Il distinguait vaguement les formes grises de deux Elfes assis immobiles, les bras autour des genoux, chuchotant entre eux. L'autre était descendu à son poste de garde sur l'une des branches inférieures. Enfin, bercé par le vent qui jouait dans les branches au-dessus de lui, et par le doux murmure des chutes de la Nimrodel au-dessous, Frodo s'endormit avec la chanson de Legolas en tête.

Il se réveilla tard dans la nuit. Les autres Hobbits dormaient. Les Elfes étaient partis. La pâle faucille de la Lune luisait entre les feuilles. Le vent était tombé.

À quelque distance, il entendit un rire éraillé et le bruit de nombreux pas au sol. Il y eut un tintement de métal. Puis les sons moururent lentement et parurent s'éloigner au sud, vers le cœur de la forêt.

Une tête apparut soudain à travers l'ouverture du flet. Frodo se redressa, pris de peur, et vit qu'il s'agissait d'un Elfe au capuchon gris. Il regardait vers les Hobbits.

« Qu'est-ce que c'est ? » dit Frodo.

« *Yrch !* » dit l'Elfe en un sifflement étouffé, et il jeta sur le flet l'échelle de corde qu'il avait enroulée.

« Des Orques ! dit Frodo. Que font-ils ? » Mais l'Elfe était parti.

Il n'y eut alors plus aucun bruit. Même les feuilles étaient silencieuses, et les chutes elles-mêmes semblaient s'être tues. Frodo s'assit, frissonnant dans ses vêtements chauds. Heureusement qu'ils n'avaient pas été surpris à camper au sol ; mais si les arbres constituaient une bonne cachette, Frodo ne s'y sentait pas vraiment à l'abri. Les Orques avaient un flair de chien de chasse, disait-on, mais ils pouvaient aussi grimper. Il dégaina Dard : sa lame étincelait et brillait comme une flamme bleue ; mais elle s'éteignit peu à peu et perdit tout éclat. Malgré son épée éteinte, le sentiment d'un danger immédiat ne le quitta pas, mais grandit plutôt. Se levant, il se glissa subrepticement jusqu'à l'ouverture et regarda à travers. Il aurait juré entendre des mouvements furtifs au pied de l'arbre, loin en bas.

Pas des Elfes ; car ceux du peuple forestier étaient tout à fait silencieux dans leurs mouvements. Alors, faiblement, il perçut un son semblable à un reniflement. Quelque chose paraissait gratter l'écorce du tronc. Il scruta les ténèbres, retenant son souffle.

Quelque chose grimpait lentement, à présent : le son de sa respiration montait comme un doux sifflement entre des mâchoires serrées. C'est alors que Frodo vit s'approcher, tout près de la tige, deux yeux pâles. Ils s'arrêtèrent et regardèrent vers le haut sans ciller. Soudain ils se détournèrent, et une forme sombre se laissa glisser le long du tronc et disparut.

Haldir arriva tout de suite après, grimpant vivement de branche en branche. « Quelque chose est monté à cet arbre que je n'avais jamais vu avant, dit-il. Ce n'était pas un Orque. Il s'est enfui aussitôt que j'ai touché le tronc. Il semblait sur ses gardes et savait bien grimper ; autrement j'aurais pu croire que c'était l'un de vous autres Hobbits.

« Je n'ai pas tiré, car je ne voulais susciter aucun cri : il faut à tout prix éviter le combat. Une grande compagnie d'Orques vient de passer. Ils ont traversé la Nimrodel – maudits soient leurs pieds putrides dans ses eaux pures ! – et ils ont suivi la vieille route qui longe la rivière. Ils ont semblé flairer une piste quelconque, et ils ont examiné le sol pendant quelque temps, non loin de l'endroit où vous vous êtes arrêtés. Nous ne pouvions en défier une centaine à nous trois, alors nous sommes allés devant eux en feignant de parler entre nous, les attirant ainsi dans la forêt.

« Orophin s'est empressé de regagner nos habitations afin d'avertir nos gens. Aucun des Orques ne ressortira jamais de la Lórien. Et de nombreux Elfes seront embusqués à la lisière septentrionale avant la tombée de la nuit. Mais vous devrez vous diriger au sud aussitôt qu'il fera clair. »

Un jour pâle surgit à l'est. La lumière croissante filtra bientôt à travers les feuilles jaunes du mallorn, et les Hobbits eurent l'impression de voir les premières lueurs d'une fraîche matinée d'été. Un ciel bleu clair leur souriait à travers les branches agitées. Regardant par une trouée du côté sud du flet, Frodo vit s'étendre toute la vallée de l'Argentine, comme une mer d'or fauve ondoyant doucement dans la brise.

Le matin était encore jeune et frais quand la Compagnie se remit en route, maintenant guidée par Haldir et son frère Rúmil. « Adieu, douce Nimrodel ! » s'écria Legolas. Frodo, regardant en arrière, entrevit un reflet d'écume blanche entre les troncs gris des arbres. « Adieu », dit-il. Il avait le sentiment qu'il n'entendrait jamais plus une eau si belle, perlant ses notes innombrables en une musique éternelle et infiniment changeante.

Ils regagnèrent le chemin qui longeait la rive ouest de l'Argentine et le suivirent quelque temps vers le sud. La terre était couverte d'empreintes de pieds d'Orques. Mais bientôt, Haldir s'enfonça parmi les arbres et s'arrêta dans l'ombre de ceux-ci, au bord de la rivière.

« L'un des miens se trouve là-bas, sur l'autre rive du cours d'eau, bien que vous ne puissiez pas le voir. » Il émit un sifflement bas rappelant un cri d'oiseau ; alors, d'un groupe de jeunes arbres serrés, sortit un Elfe vêtu de gris : son capuchon était rejeté en arrière, et ses cheveux brillaient comme de l'or à la lumière du matin. Haldir lança habilement un rouleau de corde grise par-dessus la rivière. Son vis-à-vis l'attrapa et en noua l'extrémité à un arbre près de la berge.

« Ici, la Celebrant est déjà un fort cours d'eau, comme vous pouvez le constater, dit Haldir. Elle est rapide et profonde, mais aussi très froide. Nous n'y mettons pas les pieds aussi loin au nord, à moins d'y être obligés. Mais en ces jours de vigilance, nous ne construisons pas de ponts. Voici comment nous traversons ! Suivez-moi ! » Il fixa son bout de la corde à un autre arbre, puis il courut légèrement le long de celle-ci, traversant la rivière et revenant, comme s'il marchait sur une route.

« Je puis suivre ce chemin, dit Legolas mais les autres n'ont pas cette adresse. Doivent-ils nager ? »

« Non ! dit Haldir. Nous avons encore deux cordes, que nous attacherons au-dessus de l'autre, l'une à hauteur d'épaule, la seconde à mi-hauteur : les étrangers devraient pouvoir traverser en prenant bien soin de s'y accrocher. »

Une fois tendu ce pont précaire, les membres de la Compagnie passèrent un à un, certains avec lenteur et prudence, d'autres plus aisément. Des quatre Hobbits, Pippin se révéla le plus habile, car il avait le pied sûr : il traversa rapidement et en se tenant d'une seule main ; mais il fixait l'autre rive et ne regardait jamais en bas. Sam se traîna maladroitement, les poings crispés sur la corde et les yeux rivés sur l'eau pâle et tourbillonnante comme s'il s'agissait d'un haut précipice.

Parvenu de l'autre côté, sain et sauf, il poussa un soupir de soulagement. « Jamais trop tard pour apprendre ! comme disait mon vieil ancêtre. Quoiqu'il pensait surtout au jardinage, pas à jouer les oiseaux percheurs, ou les araignées dans leurs toiles. Même mon oncle Andy a jamais essayé un truc pareil ! »

Quand toute la Compagnie se trouva rassemblée sur la berge orientale de l'Argentine, les Elfes détachèrent les cordes et roulèrent deux d'entre elles. Rúmil, qui était resté sur l'autre rive, ramena la dernière, la passa sur son épaule et, avec un geste de la main, s'en retourna monter la garde près de la Nimrodel.

« Maintenant, mes amis, dit Haldir, vous voici dans la Naith de Lórien : la Pointe, diriez-vous, car c'est la parcelle de terre qui s'étend tel un fer de lance entre les bras de l'Argentine et d'Anduin le Grand. Aucun étranger n'est autorisé à espionner les secrets de la Naith. Rares sont ceux qui ont même la permission d'y mettre les pieds.

« Comme convenu, je vais bander ici les yeux de Gimli le Nain. Les autres peuvent continuer à marcher librement, jusqu'à ce que nous approchions de nos habitations, à Egladil, dans l'Angle entre les eaux. »

Gimli ne l'entendait pas du tout de cette oreille. « Cet accord a été pris sans mon consentement, dit-il. Je n'irai pas les yeux bandés, comme un mendiant ou un prisonnier. Et je ne suis pas un espion. Les miens n'ont jamais eu commerce avec aucun des serviteurs de l'Ennemi. Et nous n'avons jamais causé de tort aux Elfes. Je ne suis pas plus susceptible de vous trahir que Legolas, ou un quelconque de mes compagnons. »

« Je ne doute pas de vous, dit Haldir. Mais c'est notre loi. Je ne suis pas maître de la loi, et ne puis simplement l'ignorer. J'ai déjà fait beaucoup en vous laissant fouler l'autre rive de la Celebrant. »

Gimli n'en démordit pas. Il se tint fermement sur ses jambes écartées et posa la main sur le manche de sa hache. « Je continuerai librement ma route, ou je ferai demi-tour pour regagner mon pays, où l'on me sait digne de foi, dussé-je périr seul dans les terres sauvages. »

« Vous ne pouvez faire demi-tour, dit Haldir d'un ton sévère. Maintenant que vous êtes ici, il faut vous emmener devant le Seigneur et la Dame. Ce sont eux qui jugeront de vous, de vous détenir ou de vous libérer, comme bon leur semblera. Vous ne pouvez retraverser les rivières, et derrière vous se tiennent maintenant des sentinelles secrètes que vous ne pouvez passer. Vous seriez tué avant de les apercevoir. »

Gimli sortit sa hache de sa ceinture. Haldir et son compagnon bandèrent leur arc. « Peste soit des Nains au cou raide ! » dit Legolas.

« Allons ! dit Aragorn. Si je dois encore vous conduire, vous devez faire ce que je vous demande. Il est difficile pour le Nain d'être ainsi pris à partie. Nous aurons tous les yeux bandés, même Legolas. C'est le meilleur moyen, bien que notre voyage risque d'être long et ennuyeux. »

Gimli eut un rire soudain. « Nous aurons l'air d'une joyeuse bande de fous ! Haldir nous mènera-t-il tous sur une corde, comme des mendiants aveugles derrière un même chien ? Mais je m'estimerai satisfait si seulement Legolas partage ma cécité. »

« Je suis un Elfe, et qui plus est, apparenté aux gens de ce pays », dit Legolas, se mettant en colère à son tour.

« À nous maintenant de nous écrier : *Peste soit du cou raide des Elfes !* dit Aragorn. Mais nous subirons tous le même sort. Allons, bandez-nous les yeux, Haldir ! »

« Je demanderai entière réparation pour toute chute et tout orteil cogné, si vous ne nous conduisez pas bien », dit Gimli, comme on lui plaçait une bande de tissu sur les yeux.

« Je ne vous en donnerai aucun motif, dit Haldir. Je vous conduirai bien, et les chemins sont droits et unis. »

« Voilà bien la folie de notre époque ! dit Legolas. Tous ici sont des ennemis de l'Ennemi suprême, pourtant je dois marcher comme un aveugle, pendant que le Soleil égaie les bois sous un feuillage d'or ! »

« Ce peut sembler folie, dit Haldir. Et il est vrai que la puissance du Seigneur Sombre ne se manifeste nulle part plus clairement que dans la désunion entre tous ceux qui s'opposent encore à lui. Mais la confiance et la loyauté sont devenues si rares au-delà des frontières de la Lothlórien, sauf peut-être à Fendeval, que nous n'osons nous-mêmes, par excès de confiance, mettre notre pays en danger. Nous vivons désormais sur une île cernée de nombreux périls, et nos doigts pincent plus souvent la corde de l'arc que celles de la harpe.

« Les rivières nous ont longtemps sauvegardés, mais d'ores et déjà elles ne sont plus une défense sûre ; car l'Ombre s'est étendue au nord et nous entoure. Certains envisagent de partir, mais il semble déjà trop tard pour cela. Le mal gagne les Montagnes à l'ouest, tandis qu'à l'est, les terres sont désolées et fourmillent des créatures de Sauron ; et l'on raconte qu'il n'est désormais plus possible de gagner le Sud par le Rohan, et que les bouches du Grand Fleuve sont surveillées par l'Ennemi. Même si nous pouvions atteindre les rivages de la Mer, nous n'y trouverions plus aucun refuge. On dit qu'il existe encore des havres des Hauts Elfes, mais ils seraient loin au nord et à l'ouest, par-delà le pays des Demi-Hommes. À quel endroit cela se trouve, bien que le Seigneur et la Dame puissent le savoir, je l'ignore. »

« Vous devriez au moins le deviner, puisque vous nous avez vus, dit Merry. Il y a des havres d'Elfes à l'ouest de mon pays, le Comté, où vivent les Hobbits. »

« Que les Hobbits sont fortunés de vivre près des rivages de la Mer ! dit Haldir. Il y a bien longtemps qu'aucun des miens ne l'a contemplée, mais nos chants en gardent le souvenir. Parlez-moi de ces havres tandis que nous marchons. »

« Je ne peux pas, dit Merry. Je ne les ai jamais vus. C'est la première fois que je quitte mon propre pays. Et si j'avais su à quoi ressemble le monde extérieur, je crois que je n'aurais pas eu le cœur d'en sortir. »

« Pas même pour voir la belle Lothlórien ? dit Haldir. Le monde est certes périlleux et compte bien des endroits sinistres, mais il n'en regorge pas moins de beautés ; et bien que de nos jours, l'amour soit partout mêlé de chagrin, il n'en est peut-être que plus florissant.

« Il en est parmi nous qui chantent que l'Ombre se retirera, que la paix reviendra. Mais pour moi, je crois que le monde qui nous entoure ne sera jamais plus comme au temps jadis, ou la lumière du Soleil comme autrefois. Pour les Elfes ce sera, je le crains, tout au plus une trêve, pendant laquelle ils pourront gagner la Mer sans encombre et quitter pour toujours la Terre du Milieu. Hélas pour la Lothlórien que j'aime ! Comme la vie serait triste dans un pays où ne pousserait aucun mallorn. Mais s'il y a des mellyrn au-delà de la Grande Mer, personne ne l'a jamais mentionné. »

Tandis qu'ils conversaient de la sorte, la Compagnie défilait lentement sur les chemins du bois, conduite par Haldir ; l'autre Elfe fermait la marche. Le sol sous leurs pieds paraissait lisse et moelleux, et au bout d'un moment, ils marchèrent plus librement, sans craindre de tomber ou de se faire mal. Privé de sa vue, Frodo sentit son ouïe et ses autres sens aiguisés. Il percevait l'odeur des arbres et de l'herbe piétinée. Il saisissait une variété de notes dans le bruissement des feuilles au-dessus de lui, dans la rivière qui murmurait quelque part à sa droite, dans la voix claire et ténue des oiseaux, haut dans le ciel. Il sentait le Soleil sur son visage et ses mains, lorsqu'ils traversaient une clairière.

Dès qu'il avait posé le pied sur l'autre rive de l'Argentine, un sentiment étrange s'était emparé de lui, et cette impression s'accentuait à mesure qu'il entrait dans la Naith : il lui semblait avoir franchi un pont de temps jusque dans les Jours Anciens, et marcher dans un monde depuis longtemps révolu. À Fendeval subsistait la mémoire de choses anciennes ; en Lórien, ces choses vivaient encore dans le monde de l'éveil. Le mal y avait été vu et entendu, le chagrin était chose connue ; les Elfes redoutaient le monde extérieur et s'en méfiaient : les loups hurlaient aux confins des bois ; mais nulle ombre ne s'étendait sur le pays de Lórien.

Toute cette journée, la Compagnie poursuivit sa marche, jusqu'à ce qu'elle sente la fraîcheur du soir et les premiers chuchotements du vent nocturne parmi les feuilles innombrables. Alors, tous se reposèrent et dormirent sans crainte sur le sol ; car leurs guides ne les laissèrent pas découvrir leurs yeux, et il leur était impossible de grimper. Au matin, ils se remirent en route, marchant sans se presser. Ils s'arrêtèrent à midi, et Frodo sut qu'ils étaient passés sous les chauds rayons du Soleil. Soudain, la rumeur de nombreuses voix monta tout autour de lui.

Une troupe d'Elfes en marche était arrivée en silence : ils se hâtaient vers la lisière septentrionale afin de contrer toute attaque venant de la Moria ; et ils apportaient des nouvelles, dont quelques-unes leur furent transmises par Haldir. Les Orques intrus avaient été assaillis à l'improviste et presque tous tués ; les survivants avaient fui vers l'ouest, vers les Montagnes, et ils étaient activement pourchassés. Une créature étrange avait aussi été vue, courant le dos courbé et les mains près du sol, comme une bête, sans pourtant en avoir la forme. Toute tentative de l'attraper était restée vaine ; mais ils avaient retenu leurs flèches, ne sachant pas si elle était bonne ou mauvaise, et elle était disparue vers le sud, suivant le cours de l'Argentine.

« Enfin, dit Haldir, ils m'apportent un message du Seigneur et de la Dame des Galadhrim. Nous avons ordre de vous laisser marcher librement, même le Nain Gimli. La Dame semble savoir qui et ce que vous êtes dans votre Compagnie. De nouveaux messages sont peut-être arrivés de Fendeval. »

Il retira le bandeau des yeux de Gimli en premier. « Pardon ! dit-il en s'inclinant profondément. Regardez-nous maintenant d'un œil amical ! Regardez et réjouissez-vous, car vous êtes le premier Nain à contempler les arbres de la Naith de Lórien depuis l'Ère de Durin ! »

Quand ses yeux furent dévoilés à leur tour, Frodo leva la tête et retint son souffle. Ils se tenaient dans un espace découvert. À gauche s'élevait un grand monticule, couvert d'une pelouse aussi verte que le Printemps aux Jours Anciens. Deux cercles d'arbres y poussaient, comme une double couronne : ceux du dehors, dont l'écorce était blanche comme neige, étaient dénués de feuilles, mais gracieux dans leur nudité ; ceux du dedans étaient des mellyrn de grande taille, encore revêtus d'or pâle. Haut dans les branches d'un arbre immense qui poussait au milieu de tous, brillait un flet blanc. Au pied des arbres, et partout sur les flancs verdoyants de la colline, l'herbe était parsemée de petites fleurs dorées en forme d'étoiles. Et parmi celles-ci se trouvaient d'autres fleurs, leurs têtes blanches ou teintées de vert dodelinant sur de frêles tiges : elles chatoyaient comme une brume sur le riche coloris de verdure. Un ciel bleu couronnait le tout, et le Soleil de l'après-midi inondait la colline de lumière et jetait de longues ombres vertes sous les arbres.

« Voyez ! Vous voici au Cerin Amroth, dit Haldir. Car c'est le cœur de l'ancien royaume tel qu'il existait il y a bien longtemps ; et voici le tertre d'Amroth, où s'élevait sa haute maison en des jours plus heureux. Les fleurs d'hiver fleurissent toujours ici dans l'herbe impérissable : l'*elanor* jaune et la pâle *niphredil.* Nous allons rester ici quelque temps, et gagnerons la cité des Galadhrim au crépuscule. »

Les autres se laissèrent choir dans l'herbe odorante, mais Frodo s'émerveilla pendant un temps encore. Il lui semblait être passé à travers une fenêtre haute qui regardait sur un monde disparu. Ce monde était baigné d'une lumière qui n'avait aucun nom dans sa langue. Toutes choses y étaient belles, mais leurs contours paraissaient neufs, comme s'ils avaient été conçus et tracés à l'instant même du dévoilement de ses yeux, et anciens à la fois, comme s'ils subsistaient de toute éternité. Il ne voyait d'autres couleurs que celles qu'il connaissait, or et blanc et vert et bleu, mais elles étaient fraîches et émouvantes, comme s'il les percevait alors pour la première fois, en leur donnant des noms nouveaux et merveilleux. Ici, en hiver, les cœurs ne pleuraient pas l'été ou le printemps. Nulle flétrissure, maladie ou difformité ne paraissait sur les fruits de la terre. Le pays de Lórien ne portait aucune souillure.

Se retournant, il vit que Sam se tenait maintenant à ses côtés et regardait autour de lui d'un air perplexe, se frottant les yeux comme pour s'assurer qu'il ne rêvait pas. « C'est bien le Soleil que je vois, clair comme le jour, dit-il. Je pensais que les Elfes, ils en avaient que pour la Lune et les étoiles ; mais ici, c'est plus elfique que tout ce que j'ai jamais entendu raconter. Je me sens comme si j'étais *dans* une chanson, si vous saisissez. »

Haldir les regardait, et il semblait en effet saisir ce qu'ils exprimaient en pensées et en paroles. Il sourit. « Vous sentez le pouvoir de la Dame des Galadhrim, dit-il. Vous plairait-il de gravir le Cerin Amroth en ma compagnie ? »

Ils le suivirent tandis qu'il s'élançait avec légèreté sur les pentes couvertes d'herbe. S'il marchait et respirait, et si autour de lui toutes fleurs et feuilles vivantes remuaient dans cette brise fraîche qui éventait son visage, Frodo ne se sentait pas moins dans un pays intemporel qui jamais ne se fanait, jamais ne changeait, jamais ne sombrait dans l'oubli. Une fois qu'il aurait regagné le monde extérieur, Frodo le voyageur du lointain Comté marcherait encore là-bas, dans l'herbe semée d'*elanor* et de *niphredil,* en Lothlórien la belle.

Ils entrèrent dans le cercle d'arbres blancs. À ce moment, le Vent du Sud souffla sur le Cerin Amroth, soupirant parmi les branches. Frodo se tint immobile, percevant l'écho de grandes mers se brisant sur des plages de longtemps emportées, et les cris d'oiseaux de mer dont la race avait disparu de la terre.

Haldir ne s'était pas arrêté, et il grimpait maintenant vers le haut flet. Frodo, s'apprêtant à le suivre, posa sa main sur l'arbre près de l'échelle : jamais il n'avait eu un ressenti aussi soudain et vif de la texture d'un arbre, de l'écorce qui l'enveloppe et de la vie qui l'anime. Le bois et son contact le remplirent d'une joie – non celle du forestier ou du charpentier : c'était la joie de l'arbre même.

Lorsqu'il s'avança enfin sur la haute plateforme, Haldir lui prit la main et l'amena face au Sud. « Regardez d'abord de ce côté ! », dit-il.

Frodo regarda et vit, encore à quelque distance, une colline d'arbres majestueux, ou une cité de tours vertes : il n'aurait su dire lequel des deux. Tout le pouvoir et la lumière qui régnaient sur le pays semblaient en irradier. Il se sentit l'envie soudaine de voler comme un oiseau pour aller se reposer dans la cité verte. Puis il regarda vers l'est et vit tout le pays de Lórien descendre doucement jusqu'au pâle miroitement de l'Anduin, le Grand Fleuve. Il porta le regard au-delà du fleuve et toute lumière s'évanouit : il retrouva alors le monde qu'il connaissait. Par-delà le fleuve, le pays semblait plat et vide, informe et vague, mais au loin il se relevait tel un mur, sombre et sinistre. Sur l'ombre de cette hauteur lointaine, le Soleil de la Lothlórien n'avait aucun pouvoir d'illumination.

« Là se trouve la forteresse du sud de Grand'Peur, dit Haldir. Elle est recouverte d'une forêt de sapins sombres, où les arbres luttent les uns contre les autres et où les branches pourrissent et se meurent. Au milieu, sur une hauteur rocheuse se dresse Dol Guldur, où l'Ennemi a déjà eu sa résidence et s'est longtemps tenu caché. Nous craignons qu'elle ne soit de nouveau habitée, et sa puissance septuplée. Un nuage noir plane souvent au-dessus d'elle depuis quelque temps. Ici, en ce haut lieu, il est possible de voir les deux pouvoirs qui s'opposent ; et leurs pensées sont désormais en lutte constante, mais tandis que la lumière perçoit le cœur même des ténèbres, son secret à elle n'a pas été découvert. Pas encore. » Il se détourna et redescendit prestement l'échelle, et ils le suivirent.

Au pied de la colline, Frodo trouva Aragorn droit et silencieux comme un arbre ; mais dans sa main était une petite fleur dorée d'*elanor*, et une lueur paraissait dans ses yeux. Il était enveloppé d'un doux souvenir ; et Frodo sut, en le regardant, qu'il voyait les choses comme elles avaient été il fut un temps en ce même lieu. Car la sévérité des années avait quitté le visage d'Aragorn, et il paraissait vêtu de blanc, tel un jeune seigneur grand et beau ; et en des mots de la langue elfique il parlait à quelqu'un que Frodo ne pouvait voir. *Arwen vanimelda, namárië !* dit-il, puis il respira profondément, et, se détournant de ses pensées, il regarda Frodo et sourit.

« C'est ici le cœur de l'Elfinesse sur terre, dit-il, et mon cœur y demeure à jamais, à moins qu'une lumière n'attende au-delà des sombres chemins qu'il nous reste encore à parcourir, vous et moi. Venez ! » Et, prenant la main de Frodo dans la sienne, il quitta la colline de Cerin Amroth pour ne plus jamais y revenir de son vivant.

7

Le Miroir de Galadriel

Le Soleil sombrait derrière les Montagnes et les ombres s'épaississaient dans les bois quand ils se remirent en route. Leurs chemins passaient à présent dans des bosquets où l'obscurité était déjà installée. La nuit tomba sous les arbres tandis qu'ils marchaient, et les Elfes découvrirent leurs lanternes argentées.

Ils ressortirent soudain en terrain découvert, sous un ciel crépusculaire où perçaient les premières étoiles. Devant eux se trouvait un vaste espace dénué d'arbres qui, décrivant un grand cercle, partait de chaque côté en s'incurvant. Au-delà s'ouvrait un profond fossé, enveloppé d'ombres douces, mais l'herbe sur ses bords était verte, comme si elle luisait encore en mémoire du Soleil disparu. Une muraille verte s'élevait, très haute, de l'autre côté, ceignant une colline verdoyante où des mellyrn s'entassaient, plus grands qu'aucun de ceux qu'ils avaient vus jusque-là dans le pays. Leur hauteur ne se devinait pas, mais ils se dressaient comme de vivantes tours au crépuscule. Dans leurs ramures étagées et parmi leurs feuilles toujours animées, scintillaient des lumières en nombre incalculable, vertes et or et argent. Haldir se tourna vers la Compagnie.

« Bienvenue à Caras Galadhon ! dit-il. C'est ici la cité des Galadhrim où vivent le seigneur Celeborn et Galadriel la dame de Lórien. Mais nous ne pouvons entrer par ici, car les portes ne donnent pas sur le nord. Nous devons faire le tour pour arriver du côté sud, et c'est une longue marche, car la cité est grande. »

Une route pavée de pierres blanches courait le long du fossé. Ils la suivirent du côté ouest, tandis que la cité s'élevait comme un nuage vert sur leur gauche ; et à mesure que la nuit avançait, d'autres lumières s'allumaient, si bien qu'à un moment donné, la colline parut tout enflammée d'étoiles. Ils arrivèrent enfin à un pont blanc, et, le traversant, ils trouvèrent les grandes portes de la cité : elles faisaient face au sud-ouest, érigées entre les deux extrémités de la muraille circulaire qui se chevauchaient à cet endroit. Elles étaient hautes et robustes, et de nombreuses lampes y étaient suspendues.

Haldir frappa et parla, et elles s'ouvrirent sans un seul son ; mais Frodo ne vit pas le moindre garde. Les voyageurs passèrent à l'intérieur et les portes se refermèrent derrière eux. Ils s'avancèrent dans une allée enserrée par les deux hauts murs et débouchèrent bientôt dans la Cité des Arbres. On ne voyait personne, et aucun bruit de pas ne s'entendait dans les chemins ; mais il y avait de nombreuses voix, autour d'eux, et dans le ciel au-dessus. Loin en haut de la colline, le son d'un chant descendait des airs comme une pluie douce sur un lit de feuilles.

Ils suivirent de nombreux chemins et grimpèrent bien des escaliers avant d'arriver sur les hauteurs, où une fontaine chatoyait au milieu d'une vaste pelouse. Elle était éclairée de lampes argentées suspendues aux branches des arbres, et elle retombait dans une vasque d'argent d'où un ruisseau blanc s'échappait. Du côté sud de la pelouse se dressait l'arbre le plus majestueux de tous : son grand fût lisse reluisait comme de la soie grise, et s'élevait à une hauteur impressionnante avant de projeter ses premières branches, tels d'immenses bras sous de sombres nuages de feuilles. À côté se trouvait une large échelle blanche, au pied de laquelle trois Elfes étaient assis. À l'arrivée des voyageurs, ils se levèrent d'un bond, et Frodo vit qu'ils étaient grands et vêtus de cottes de mailles grises, et que de longues capes blanches retombaient derrière leurs épaules.

« C'est ici la demeure de Celeborn et Galadriel, dit Haldir. Ils souhaitent vous voir monter afin de s'entretenir avec vous. »

L'un des gardiens elfes sonna alors une note claire sur un cornet, à laquelle on répondit trois fois, loin en haut. « Je vais monter en premier, dit Haldir. Que vienne ensuite Frodo, suivi de Legolas. Les autres pourront monter comme ils l'entendent. C'est une longue ascension pour qui n'a pas l'habitude de tels escaliers, mais vous pourrez vous reposer en chemin. »

Au cours de sa lente montée, Frodo passa de nombreux flets, bâtis tantôt d'un côté, tantôt de l'autre, parfois même autour du tronc, de sorte que l'échelle passait au travers. Loin au-dessus du sol, il parvint à un vaste *talan*, tel le pont d'un grand navire. Dessus était construite une demeure si grande qu'on aurait presque pu la comparer aux grand-salles des Hommes sur la terre ferme. Il entra derrière Haldir et vit qu'il se trouvait dans une pièce de forme ovale au milieu de laquelle poussait le tronc du grand mallorn, qui allait en s'effilant vers sa cime mais n'en demeurait pas moins un pilier de vaste circonférence.

La pièce était baignée d'une douce lumière : ses murs étaient vert et argent et son plafond était d'or. Une multitude d'Elfes y prenaient place. Sur deux fauteuils adossés contre le tronc et surmontés d'une branche vivante en guise de dais, étaient assis, côte à côte, Celeborn et Galadriel. Ils se levèrent pour accueillir leurs hôtes, à la manière des Elfes, même ceux qui étaient considérés de puissants rois. Ils étaient très grands, la Dame non moins grande que le Seigneur ; et leurs visages étaient graves et beaux. Tous deux étaient vêtus de blanc ; et la chevelure de la Dame était d'or foncé, et celle du seigneur Celeborn était d'argent, longue et brillante ; mais ils n'avaient pas d'âge, sinon dans la profondeur de leurs yeux ; car ceux-ci étaient vifs comme des lances sous les étoiles, mais aussi insondables que les puits d'une longue mémoire.

Haldir amena Frodo devant eux, et le Seigneur lui souhaita la bienvenue dans sa propre langue. La dame Galadriel ne dit mot mais observa longuement son visage.

« Asseyez-vous maintenant près de mon fauteuil,

Frodo du Comté ! dit Celeborn. Nous converserons quand tous seront arrivés. »

Il accueillit gracieusement chacun des compagnons, les appelant par leur nom à mesure qu'ils entraient. « Bienvenue, Aragorn fils d'Arathorn ! dit-il. Trente et huit années ont passé dans le monde extérieur depuis ta venue ici ; et ces années pèsent lourdement sur toi. Mais la fin est proche, pour le meilleur ou pour le pire. Défais-toi ici de ton fardeau pour un temps !

« Bienvenue, fils de Thranduil ! Trop rares sont les visites de mes parents du Nord.

« Bienvenue, Gimli fils de Glóin ! Il y a bien longtemps en vérité qu'aucun des gens de Durin n'a été vu à Caras Galadhon. Mais voilà qu'aujourd'hui, nous faisons entorse à notre loi statuée de longue date. Puisse cela être un présage que, malgré les ténèbres, des jours meilleurs viendront, et qu'alors l'amitié sera renouvelée entre nos deux peuples. » Gimli s'inclina bien bas.

Quand tous les invités se furent assis devant lui, le Seigneur les considéra de nouveau. « Je vois ici huit compagnons, dit-il. Neuf devaient prendre la route, selon les messages. Mais peut-être a-t-on pris quelque nouveau conseil sans que cela vienne à nos oreilles. Elrond est loin, et les ténèbres s'épaississent entre nous ; et tout au long de cette année, les ombres se sont allongées. »

« Non, il n'y a pas eu d'autre conseil », dit la dame Galadriel, parlant pour la première fois. Sa voix était claire et mélodieuse, mais plus profonde qu'elle ne l'est d'ordinaire chez les femmes. « Gandalf le Gris est parti avec la Compagnie, mais il n'a pas passé les frontières de ce pays. Dites-nous maintenant où il se trouve ; car j'avais grand désir de lui reparler. Mais je ne puis le voir de loin, à moins qu'il ne passe les barrières de la Lothlórien : une brume grise l'entoure, et le chemin de ses pas et de sa pensée est caché à ma vue. »

« Hélas ! dit Aragorn. Gandalf le Gris est tombé dans l'ombre. Il est resté en Moria et n'a pu s'échapper. »

À ces mots, tous les Elfes de la salle s'exclamèrent de chagrin et d'étonnement. « Voilà une bien mauvaise nouvelle, dit Celeborn, la pire que j'aie eu à entendre en maintes longues années remplies de terribles drames. » Il se tourna vers Haldir. « Pourquoi ne m'avait-on encore rien dit à ce sujet ? » demanda-t-il dans la langue elfique.

« Nous n'avons pas informé Haldir de nos faits et gestes ou de notre but, dit Legolas. Dans un premier temps, nous étions fatigués et le danger nous suivait de trop près ; puis nous avons presque oublié notre peine, tandis que nous marchions dans la joie sur les beaux sentiers de Lórien. »

« Pourtant, notre peine est grande, et notre perte irrémédiable, dit Frodo. Gandalf était notre guide : il nous a conduits à travers la Moria, et alors que nous n'avions plus espoir d'en réchapper, il nous a sauvés et il est tombé. »

« Racontez-nous toute l'histoire ! » dit Celeborn.

Aragorn leur rapporta alors tout ce qui s'était passé sur le col du Caradhras et dans les jours suivants ; il évoqua Balin et son livre, le combat dans la Chambre de Mazarbul, le feu, le pont étroit, et la venue de la Terreur. « On aurait dit un mal de l'Ancien Monde ;

je n'avais jamais vu rien de semblable, dit Aragorn. Il était flamme et ombre à la fois, fort et redoutable. »

« C'était un Balrog de Morgoth, dit Legolas, de tous les fléaux des Elfes, le plus mortel, sauf Celui qui siège dans la Tour Sombre. »

« Oui, j'ai vu sur le pont ce qui hante nos rêves les plus sombres : j'ai vu le Fléau de Durin », dit Gimli à voix basse, et la peur se lisait dans ses yeux.

« Hélas ! dit Celeborn. Nous redoutions depuis longtemps qu'une terreur dormît sous le Caradhras. Mais si j'avais su que les Nains avaient de nouveau réveillé ce mal en Moria, je vous aurais interdit de passer la lisière septentrionale, à vous et à tous ceux qui vont avec vous. Et l'on pourrait croire, si la chose était possible, que Gandalf a fini par déchoir de la sagesse pour sombrer dans la folie, en se jetant sans raison dans le piège de la Moria. »

« Qui croirait une telle chose serait certes inconsidéré, dit Galadriel d'un ton grave. Jamais de sa vie Gandalf n'a agi sans raison. Ceux qui le suivaient ne connaissaient pas sa pensée et ne peuvent rendre compte de son dessein ultime. Mais quoi qu'il en soit du guide, ses suivants sont irréprochables. Nul besoin de vous repentir de l'accueil réservé au Nain. Si nos gens avaient souffert un long exil à mille lieues de la Lothlórien, qui d'entre les Galadhrim, même Celeborn le Sage, ne voudrait contempler en passant leur ancienne demeure, fût-elle devenue un repaire de dragons ?

« Sombres sont les eaux du Kheled-zâram, et froides sont les sources de la Kibil-nâla, et belles étaient les galeries et colonnades de Khazad-dûm, aux Jours Anciens d'avant la chute de rois puissants dessous la pierre. » Elle posa les yeux sur Gimli, au regard triste et noir, et lui sourit. Et le Nain, entendant les noms donnés dans sa propre langue ancestrale, releva la tête et croisa ses yeux ; et il lui sembla qu'il regardait soudain dans le cœur d'un ennemi et y trouvait amour et compréhension. Son visage, émerveillé, s'illumina, et il sourit à son tour.

Il se releva maladroitement et s'inclina à la manière des Nains, disant : « Mais plus beau encore est le vivant pays de Lórien, et la dame Galadriel surpasse tous les joyaux qui gisent dessous la terre ! »

Il y eut un silence. Enfin, Celeborn parla de nouveau. « Je ne pensais pas que votre sort fût si cruel, dit-il. Que Gimli oublie mes dures paroles : c'est mon cœur qui parlait dans son inquiétude. Je ferai tout en mon pouvoir pour vous aider, chacun selon ses attentes et ses besoins, mais en particulier celui des petites gens qui porte le fardeau. »

« Votre quête nous est connue, dit Galadriel en regardant Frodo. Nous n'en parlerons pas ici plus ouvertement. Mais ce n'est peut-être pas en vain que vous êtes venus chercher de l'aide en ce pays, comme Gandalf lui-même se proposait de le faire, de toute évidence. Car le Seigneur des Galadhrim est réputé le plus sage des Elfes de la Terre du Milieu, et un donneur de présents qui surpassent l'opulence des rois. Il réside dans l'Ouest depuis l'aube des jours, et j'ai vécu avec lui un nombre incalculable d'années ; car j'ai traversé les Montagnes avant la chute de Nargothrond et de Gondolin, et ensemble, à travers les âges du monde, nous avons combattu dans la longue défaite.

« C'est moi qui, en premier, ai réuni le Conseil Blanc. Et si mes desseins n'avaient été déjoués, il eût été dirigé par Gandalf le Gris, et peut-être alors les choses se seraient-elles passées autrement. Mais aujourd'hui encore, l'espoir demeure. Il n'est pas dans mon intention de vous conseiller, vous disant de faire ceci ou cela. Car ce n'est pas dans l'action et le stratagème, ni dans le choix entre telle et telle ligne de conduite que je puis vous être utile ; mais seulement dans la connaissance de ce qui fut et de ce qui est, et aussi en partie de ce qui sera. Et je vous dirai ceci : votre Quête tient sur le fil du rasoir. Le moindre écart la fera échouer, pour la ruine de tous. Mais l'espoir demeure tant que toute la Compagnie reste loyale. »

Et ce disant, de ses yeux elle les retint, et en silence elle les fouilla du regard chacun à son tour. Aucun d'entre eux, sauf Legolas et Aragorn, ne put soutenir son regard longtemps. Sam ne tarda pas à rougir et à baisser la tête.

Enfin, la dame Galadriel les libéra de ses yeux scrutateurs, et elle sourit. « Ne laissez pas vos cœurs se troubler, dit-elle. Cette nuit, vous dormirez en paix. » Alors ils soupirèrent et se sentirent soudain très las, comme s'ils venaient de subir un long et rigoureux interrogatoire, bien qu'aucune parole n'eût été prononcée.

« Allez vous reposer ! dit Celeborn. Vous êtes harassés de chagrin et d'un long labeur. Même si votre Quête ne nous concernait d'aussi près, vous trouveriez asile dans cette Cité, jusqu'à ce que vous soyez guéris et revigorés. Maintenant, délassez-vous, et nous nous garderons entre-temps de parler du chemin qui attend devant vous. »

Cette nuit-là, la Compagnie dormit au sol, à la grande satisfaction des Hobbits. Les Elfes élevèrent pour eux un pavillon parmi les arbres non loin de la fontaine, et ils y installèrent de confortables couchettes ; puis, avec des mots apaisants prononcés de leurs belles voix elfiques, ils les quittèrent. Pendant un court moment, les voyageurs parlèrent de leur nuit au sommet des arbres, de leur marche de la journée et du Seigneur et de la Dame ; car ils n'avaient pas encore le cœur de se reporter plus loin en arrière.

« Pourquoi as-tu rougi, Sam ? dit Pippin. Tu as vite craqué. On aurait juré que tu avais mauvaise conscience. J'espère que ce n'était rien de pire qu'un vilain complot pour me chiper une couverture. »

« J'ai même jamais pensé une chose pareille, répondit Sam, qui n'était pas d'humeur à plaisanter. Si vous voulez le savoir, je me suis senti comme si j'avais plus rien sur le dos, et ça m'a pas plu. On aurait dit qu'elle regardait en dedans de moi, et qu'elle me demandait ce que je ferais si elle me donnait la chance de m'envoler jusque cheu nous dans le Comté, avec un joli petit trou et puis… et puis un petit coin de jardin à moi. »

« C'est drôle, ça, dit Merry. J'ai ressenti presque la même chose ; seulement, seulement… enfin, je pense que je vais m'arrêter là », acheva-t-il piteusement.

Tous semblaient avoir vécu la même chose : chacun s'était senti invité à choisir entre une ombre terrifiante devant lui, et une chose qu'il désirait plus que tout : elle se présentait clairement à son esprit et, pour l'avoir, il n'avait qu'à se détourner de la route, laissant la Quête et la guerre contre Sauron à d'autres.

« Et j'avais également l'impression, dit Gimli, que mon choix demeurerait secret et ne serait connu que de moi. »

« Pour moi, ce fut extrêmement étrange, dit Boromir. Peut-être était-ce seulement une épreuve, et songeait-elle à lire nos pensées dans un dessein tout à fait honorable ; mais j'aurais presque cru qu'elle nous tentait, et nous offrait ce qu'elle prétendait être en mesure de donner. Inutile de dire que je refusai d'écouter. Les Hommes de Minas Tirith sont fidèles à leur parole. » Mais ce qu'il pensait que la Dame lui avait offert, Boromir se garda bien de le dire.

Quant à Frodo, il ne voulut pas parler, même si Boromir le pressait de questions. « Elle vous a longuement tenu sous son regard, Porteur de l'Anneau », dit-il.

« Oui, dit Frodo, mais qu'importe ce qui m'est venu à l'esprit à ce moment-là, je préfère l'y laisser. »

« Eh bien, méfiez-vous ! dit Boromir. Je ne sais trop quoi penser de cette Dame elfique et de ses intentions. »

« Ne dites pas de mal de la dame Galadriel ! dit sévèrement Aragorn. Vous ne savez pas ce que vous dites. Il n'y a en elle aucun mal, ni en ce pays, à moins qu'un homme ne l'y apporte avec lui. Alors, qu'il prenne garde ! Mais cette nuit, je dormirai sans crainte pour la première fois depuis que j'ai quitté Fendeval. Et puissé-je dormir profondément, et oublier un temps ma peine ! Je suis las de corps et de cœur. » Il se laissa choir sur sa couchette et sombra aussitôt dans un long sommeil.

Les autres l'imitèrent bientôt, et aucun son ni rêve

ne vint troubler leur repos. Quand ils se réveillèrent, ils virent que la lumière du jour se déversait à plein sur la pelouse devant le pavillon ; et la fontaine jaillissait et retombait, miroitant au Soleil.

Ils demeurèrent plusieurs jours en Lothlórien, pour autant qu'ils aient pu en juger ou s'en souvenir. Durant tout leur séjour là-bas, le Soleil brilla de tous ses feux, n'était une douce averse qui tombait à l'occasion et qui rendait au monde toute sa fraîcheur et sa pureté. L'air était frais et doux, comme au début du printemps, mais ils sentaient autour d'eux le calme profond et recueilli de l'hiver. Ils avaient l'impression qu'ils ne faisaient guère que manger, boire et se reposer, et marcher parmi les arbres ; et cela leur suffisait.

Ils n'avaient pas revu le Seigneur et la Dame, et ils conversaient rarement avec les Elfes ; car peu d'entre eux connaissaient la langue occidentalienne ou voulaient la parler. Haldir leur avait fait ses adieux et était retourné aux barrières du Nord, où la surveillance était redoublée en raison des nouvelles de la Moria que la Compagnie avait apportées. Legolas allait souvent parmi les Galadhrim, et après le premier soir, il ne revint pas dormir avec les compagnons, même s'il les retrouvait pour manger et pour discuter. Il lui arrivait souvent d'emmener Gimli quand il partait en visite dans le pays, et les autres s'étonnèrent de ce changement.

Or, tandis que les compagnons se promenaient ou s'asseyaient ensemble, ils parlaient de Gandalf, et tout ce qu'ils avaient jamais su et vu du magicien leur revenait clairement à l'esprit. Et à mesure qu'ils se remettaient des blessures et de la fatigue du corps, la douleur de leur deuil se faisait plus vive. Souvent ils entendaient des voix elfiques chanter non loin d'eux, et ils savaient qu'elles pleuraient sa chute, car ils entendaient son nom parmi les mots suaves et tristes qu'ils ne pouvaient comprendre.

Mithrandir, Mithrandir chantaient les Elfes, *ô Gris Pèlerin !* Car ils aimaient à l'appeler ainsi. Mais quand Legolas était auprès de la Compagnie, il refusait d'interpréter pour eux les chansons, disant qu'il n'en avait pas le talent et que, pour lui, la douleur était encore trop proche, pour l'heure un sujet de larmes, et non de chant.

Frodo fut le premier à vouloir traduire son chagrin en des mots hésitants. Il était rarement enclin à composer des chansons ou des vers ; même à Fendeval, il avait écouté sans jamais chanter, même si sa mémoire en recelait de nombreuses que d'autres avaient composées avant lui. Or comme il se tenait assis devant la fontaine en Lórien, entouré par les voix des Elfes, sa pensée prit la forme d'une chanson qui lui paraissait belle ; mais lorsqu'il voulut la répéter à Sam, il n'en restait plus que des bribes, fanées comme une poignée de feuilles flétries.

Au crépuscule gris dans le soir du Comté,
du haut de la Colline on l'entendait monter ;
et dès le point du jour reprenant son bagage,
sans un mot il partait pour un autre voyage.

De la Contrée Sauvage aux berges de la Mer,
du Sud ensoleillé au Nord triste et désert,

par l'antre de dragon et la porte cachée
et les bois ténébreux il allait à son gré.

Mortels et immortels, Hommes et Elfes sages,
le Nain et le Hobbit, il était leur ami ;
de l'oiseau voyageur, de la bête tapie
et de tous autres gens il parlait le langage.

Une épée redoutable, une main guérisseuse,
un dos qui se courbait sous le poids du souci ;
une flamme irascible, une voix chaleureuse ;
sur une longue route, un vieux pèlerin gris.

Un maître de sagesse aux sourcils hérissés,
de la colère au rire, vif et impétueux ;
un vieil homme chenu au chapeau cabossé,
qui toujours se tenait sur un bâton noueux.

Seul sur le pont étroit, brillant de hardiesse,
debout il défia l'Ombre et le Feu unis ;
son bâton se brisa sur la pierre noircie,
mourut à Khazad-dûm sa vivante sagesse.

« Ma foi, vous allez battre M. Bilbo si ça continue ! » dit Sam.

« J'ai bien peur que non, dit Frodo. Mais c'est le mieux que je puis faire pour l'instant. »

« Eh bien, monsieur Frodo, si jamais vous remettez ça, j'espère que vous glisserez un mot sur ses feux d'artifice, dit Sam. Quelque chose comme ça :

Les plus belles fusées que l'on ait vues sur terre :
d'éblouissants éclairs de toutes les couleurs,

ou des averses d'or juste après le tonnerre
soudain tombées du ciel comme une pluie de fleurs.

« Même si c'est loin de leur rendre justice. »

« Non, je te laisse t'en charger, Sam. Ou peut-être Bilbo. Mais… non, je n'ai plus le cœur d'en parler. Je ne supporte pas l'idée de lui annoncer la nouvelle. »

Un soir, Frodo et Sam se promenaient ensemble dans la fraîcheur du crépuscule. Tous deux étaient de nouveau agités. Frodo s'était soudain senti étreint par l'ombre d'une séparation : étrangement, il savait que l'heure était très proche où il devrait quitter la Lothlórien.

« Que penses-tu des Elfes à présent, Sam ? dit-il. Je t'ai déjà posé la même question une fois – cela me semble faire une éternité ; mais tu en as vu souvent depuis. »

« Et comment ! dit Sam. Et je dirais qu'il y a Elfes et Elfes. Tous aussi elfiques les uns que les autres, mais pas tous pareils. Les gens d'ici sont pas des vagabonds et des sans foyer, ils nous ressemblent un peu plus à nous : on dirait qu'ils sont à leur place ici, même plus que nous autres dans le Comté. Difficile de dire si c'est eux qui ont fait le pays ou si c'est le pays qui les a faits – si vous voyez ce que je veux dire. C'est merveilleux comme c'est calme, ici. On dirait qu'il se passe jamais rien, et personne a l'air de s'en plaindre. S'il y a de la magie quelque part, elle est bien cachée, là où j'arrive pas à mettre la main dessus, pour ainsi dire. »

« On peut la voir et la sentir partout », dit Frodo.

« N'empêche, dit Sam, on voit personne en faire. Pas de feux d'artifice, comme ce pauvre vieux Gandalf nous en montrait. Je me demande bien pourquoi qu'on n'a pas vu le Seigneur ni la Dame pendant tout ce temps. J'ai idée qu'elle pourrait faire des choses merveilleuses, elle, si elle voulait. Ce que j'aimerais voir ça, de la magie elfe, monsieur Frodo ! »

« Pas moi, dit Frodo. Je suis satisfait. Et ce ne sont pas les feux d'artifice de Gandalf qui me manquent, mais ses sourcils broussailleux, et ses colères, et sa voix. »

« Vous avez raison, dit Sam. Et c'est pas moi qui trouverais quelque chose à redire, vous le savez bien. J'ai souvent eu envie de voir un peu de magie comme c'est dit dans les vieux contes, mais j'ai jamais entendu parler d'un pays comme ç'ui-là. C'est comme être à la maison et en vacances en même temps, si vous me comprenez. J'ai pas envie de partir. Mais je commence tout de même à me dire que, s'il faut continuer, alors autant en finir tout de suite.

« *C'est l'ouvrage qu'on commence jamais qu'est le plus long à achever*, comme disait mon vieil ancêtre. Et j'ai pas l'impression que ces gens-là peuvent faire grand-chose d'autre pour nous aider, avec ou sans magie. C'est quand qu'on va sortir d'ici que Gandalf va nous manquer le plus, que je me dis. »

« Ce n'est que trop vrai, Sam, j'en ai peur, dit Frodo. Mais j'espère vraiment qu'avant de partir, on pourra revoir la Dame des Elfes. »

Et c'est alors qu'ils virent, comme en réponse à ses paroles, la dame Galadriel s'approcher. Grande, et belle, et blanche elle était, avançant sous les arbres. Elle ne dit mot mais les appela à elle.

Prenant une autre direction, elle les mena vers les pentes sud de Caras Galadhon, après quoi ils passèrent une haute haie verdoyante et entrèrent dans un jardin fermé. Aucun arbre n'y poussait, et il s'étendait à ciel ouvert. L'Étoile du Soir s'était levée, et elle brillait d'un feu blanc au-dessus des bois de l'ouest. Empruntant un long escalier, la Dame descendit dans le profond vallon vert, au fond duquel murmurait le ruisseau argent qui sortait de la fontaine, sur la colline. En bas, sur un court piédestal taillé comme un arbre aux multiples rameaux, était posée une vasque d'argent, large et peu profonde, près de laquelle se trouvait une aiguière argentée.

Ayant puisé de l'eau au ruisseau, Galadriel remplit la vasque jusqu'au bord et souffla dessus ; et quand l'eau fut de nouveau calme, elle parla. « Voici le Miroir de Galadriel, dit-elle. Je vous ai amenés ici pour que vous puissiez y regarder, si le cœur vous en dit. »

L'air était parfaitement immobile, le vallon plongé dans l'ombre ; et à ses côtés, la Dame elfe était grande et pâle. « Que devons-nous chercher, et qu'allons-nous y voir ? » demanda Frodo, plein de révérence.

« Il est bien des choses que je puis commander au Miroir de révéler, répondit-elle, et à certains je puis montrer ce qu'ils désirent voir. Mais le Miroir montre aussi des choses de sa propre initiative, souvent plus étranges et plus profitables que celles que nous souhaitons voir. Je ne puis dire ce que tu verras, si tu laisses le Miroir opérer à sa guise. Car il montre ce qui fut, ce qui est, et ce qui pourrait être. Mais lequel des trois leur est montré, même les plus grands Sages ne peuvent toujours le dire. Désires-tu y regarder ? »

Frodo ne répondit pas.

« Et toi ? dit-elle, se tournant vers Sam. Car c'est, je crois, ce que les tiens appellent de la magie, même si je ne vois pas bien ce qu'ils veulent dire ; et je crois savoir qu'ils usent du même mot pour décrire les artifices de l'Ennemi. Mais ceci, dirons-nous, est la magie de Galadriel. N'as-tu pas dit que tu souhaitais voir de la magie elfe ? »

« Oui, oui, répondit Sam, tremblant un peu, entre la peur et la curiosité. Je vais y jeter un œil, madame, si vous permettez.

« Et je serais pas fâché de voir un peu ce qui se passe cheu nous, dit-il à Frodo en aparté. J'ai l'impression d'être parti depuis bien trop longtemps. Mais si ça se trouve, je verrai rien que les étoiles, ou quelque chose que je comprendrai pas. »

« Si cela se trouve, fit la Dame avec un doux rire. Mais allons, tu regarderas, et tu verras ce que tu pourras bien voir. Ne touche pas à l'eau ! »

Sam monta sur la base du piédestal et se pencha sur la vasque. L'eau paraissait dure et sombre. Des étoiles s'y reflétaient.

« Y a rien que des étoiles, comme je pensais », dit-il. Puis il retint son souffle, car les étoiles s'éteignirent. Comme si un voile sombre venait d'être retiré, le Miroir devint gris, avant de s'éclaircir complètement. Un Soleil brillait, et des branches d'arbres ondoyaient et s'agitaient au vent. Mais avant que Sam ait pu se faire une idée de ce qu'il voyait, la lumière s'évanouit ; et à présent il crut voir Frodo, le visage blême, profondément endormi au pied d'une haute falaise noire. Puis il sembla se voir lui-même avancer dans un passage sombre, et grimper un interminable escalier en colimaçon. Soudain il se rendit compte qu'il cherchait quelque chose de toute urgence, sans savoir toutefois ce que c'était. Comme un rêve, la vision changea, se répétant, et il vit de nouveau les arbres. Mais cette fois, ils n'étaient pas aussi proches, et il pouvait voir ce qui se passait : ils ne se balançaient pas au vent, ils tombaient et s'écrasaient au sol.

« Hé, mais ! cria Sam d'une voix outrée. V'là ce maudit Ted Sablonnier en train de couper des arbres qu'il devrait pas. Fallait pas les abattre : c'est l'avenue derrière le Moulin qui donne de l'ombre à la route de Belleau. Si je pouvais lui mettre la main au collet, je l'abattrais, *lui* ! »

Mais Sam s'aperçut alors que le Vieux Moulin avait disparu, et qu'à sa place, un gros édifice de brique rouge était en voie d'être construit. Beaucoup de gens s'affairaient autour. Il y avait une haute cheminée rouge non loin. Une fumée noire parut voiler la surface du Miroir.

« Y a de ces diableries qui se trament dans le Comté, dit-il. Elrond savait de quoi il parlait en voulant y renvoyer M. Merry. » Puis soudain, Sam lâcha un cri et se recula vivement. « Je peux pas rester ici ! dit-il, affolé. Faut que je rentre à la maison. Ils ont creusé toute la rue du Jette-Sac, et voilà-t-y pas le pauvre vieil Ancêtre qui descend la Colline avec toutes ses bricoles dans une brouette. Faut que je rentre à la maison ! »

« Tu ne peux rentrer seul chez toi, dit la Dame. Tu ne souhaitais pas rentrer sans ton maître avant de regarder dans le Miroir ; pourtant, tu savais que des choses funestes étaient peut-être en train de se passer dans le Comté. Rappelle-toi que le Miroir montre bien des choses, et que toutes ne sont pas encore advenues. Certaines ne se réalisent jamais, à moins que ceux qui en ont la vision ne se détournent de leur chemin pour les empêcher. En matière de décisions, le Miroir est un dangereux conseiller. »

Sam s'assit par terre et enfouit son visage dans ses mains. « J'aurais jamais dû venir ici ; et de la magie, j'en ai assez vu », dit-il, et il se tut. Au bout d'un moment, il reprit d'une voix empâtée, comme s'il luttait contre les larmes. « Non, je vais rentrer par le long chemin avec M. Frodo, ou alors pas du tout, dit-il. Mais j'espère vraiment rentrer un jour. S'il se trouve que ce que j'ai vu est vrai, quelqu'un va avoir affaire à moi ! »

« Désires-tu maintenant regarder, Frodo ? dit la dame Galadriel. Tu ne voulais pas voir de magie elfe et tu te disais satisfait. »

« Me conseillez-vous de regarder ? » s'enquit Frodo.

« Non, dit-elle. Je ne te conseille ni l'un ni l'autre. Je ne suis pas une conseillère. Tu pourrais apprendre quelque chose ; et que ta vision soit belle ou mauvaise, elle pourrait être profitable, mais elle pourrait aussi ne pas l'être. Ce peut être bon de voir, comme ce peut être dangereux. Mais je pense, Frodo, que tu as assez de courage et de sagesse pour t'y hasarder, ou je ne t'aurais pas emmené ici. Fais comme bon te semblera ! »

« Je vais regarder », dit Frodo, montant sur le piédestal et se penchant sur l'eau sombre. Le Miroir s'éclaircit aussitôt et il vit un paysage crépusculaire. Des montagnes noires se dressaient au loin devant un ciel pâle. Une longue route grise serpentait à perte de vue. Au loin, une silhouette marchait lentement sur la route, petite et indistincte au début, mais devenant plus grande et plus claire à mesure qu'elle avançait. Soudain, Frodo s'aperçut qu'elle lui rappelait Gandalf. Il faillit crier son nom, puis il vit que la silhouette n'était pas vêtue de gris, mais de blanc, un blanc qui luisait faiblement dans la pénombre ; et dans sa main se trouvait un bâton blanc. Sa tête était penchée de telle sorte qu'il ne pouvait voir aucun visage ; et alors la silhouette, suivant un tournant de la route, passa en dehors du Miroir. Un doute s'installa dans l'esprit de Frodo : était-ce une vision de Gandalf dans un de ses nombreux voyages en solitaire, longtemps auparavant, ou était-ce plutôt Saruman ?

La vision changea alors, brève, toute petite, mais très vive : un aperçu de Bilbo arpentant nerveusement sa chambre. La table était encombrée de paperasses en désordre ; la pluie battait les fenêtres.

Il y eut ensuite une pause, suivie de plusieurs scènes rapides que Frodo rattacha d'instinct à une même grande histoire, histoire dont il faisait désormais partie. La brume se dissipa, et il se trouva devant un spectacle qu'il n'avait encore jamais vu auparavant mais qu'il reconnut aussitôt : la Mer. Des ténèbres tombèrent. Une grande tempête fit rage sur les flots démontés. Puis, devant le Soleil ensanglanté, près de sombrer dans une épave de nuages, il vit se dessiner le contour noir d'un grand navire à la voilure déchiquetée qui s'avançait depuis l'Ouest. Puis une grande rivière traversant une cité populeuse. Puis une forteresse blanche flanquée de sept tours. Et enfin, un autre navire aux voiles noires ; mais le matin était revenu, la lumière frissonnait sur l'eau, et un étendard portant l'emblème d'un arbre blanc rutilait au Soleil. Une fumée se leva comme dans l'incendie d'un champ de bataille, et le Soleil se recoucha au milieu de flammes rouges qui se fondirent en une brume grise ; et dans cette brume vint se perdre un petit navire, étincelant de lumières. Il disparut, et Frodo soupira, prêt à se retirer.

Mais soudain, le Miroir devint complètement noir, comme si un trou s'était ouvert dans le monde du visible et que Frodo regardait dans le vide absolu. Dans cet abîme de noir apparut un Œil unique, lequel grossit peu à peu, jusqu'à recouvrir presque toute la surface du Miroir. Il était si terrible que Frodo en resta cloué sur place, incapable de crier ou de détourner le regard. L'Œil paraissait cerclé de feu, mais il était lui-même vitreux, jaune comme celui d'un chat, intense et vigilant, et la fente noire de sa pupille s'ouvrait sur un gouffre, une fenêtre sur le néant.

Puis l'Œil se mit à rôder, cherchant de-ci de-là ; et Frodo eut l'horrible certitude que lui-même faisait partie des nombreuses choses qu'il cherchait. Mais il savait aussi que l'Œil ne pouvait le voir – pas encore, pas sans qu'il en manifeste lui-même le désir. L'Anneau, suspendu à la chaîne qu'il avait au cou, devint alors très lourd, plus lourd qu'une grosse pierre, et sa tête fut entraînée vers le bas. Le Miroir semblait devenir chaud : des volutes de fumée montaient à la surface de l'eau. Frodo glissait vers l'avant.

« Ne touche pas à l'eau ! » dit doucement la dame Galadriel. La vision s'évanouit, et Frodo s'aperçut qu'il regardait les froides étoiles scintiller dans la vasque d'argent. Tremblant de tous ses membres, il fit un pas en arrière et regarda la Dame.

« Je sais ce que tu viens de voir, dit-elle, car cela occupe mes pensées aussi. N'aie pas peur ! Mais ne va pas croire que c'est seulement en chantant parmi les arbres, ni même par les fines flèches des arcs elfiques, que ce pays de Lothlórien est préservé et défendu contre son Ennemi. Sache, Frodo, qu'au moment même où je te parle, je perçois le Seigneur Sombre et sa pensée, ou tout ce qui dans sa pensée concerne les Elfes. Et lui tâtonne sans cesse pour me voir et percer mon esprit à jour. Mais la porte demeure fermée ! »

Elle leva ses bras blancs et les tendit, paumes vers l'Est, en signe de refus et de déni. Eärendil, l'Étoile du Soir, la bien-aimée des Elfes, éclairait le ciel. Elle était si brillante que la silhouette de la Dame jetait une ombre pâle au sol. Ses rayons se reflétaient sur un anneau à son doigt : il chatoyait comme de l'or poli, nimbé d'une lumière argentée, et une pierre blanche scintillait là, comme si l'Étoile du Soir était venue se poser sur sa main. Frodo considéra l'anneau avec stupéfaction ; car il eut soudain l'impression de tout comprendre.

« Oui, dit-elle, devinant sa pensée. Il n'est pas permis d'en parler, et Elrond lui-même ne pouvait le faire. Mais on ne peut cacher cela au Porteur de l'Anneau, ni à qui a vu l'Œil. C'est au doigt de Galadriel, dans le pays de Lórien, que demeure en vérité l'un des Trois. Voici Nenya, l'Anneau de Diamant, et j'en suis la détentrice.

« Il le soupçonne, mais il ne le sait pas – pas encore. Ne vois-tu pas dès lors en quoi ta venue est pour nous comme le Destin en marche ? Car si tu échoues, nous serons mis à nus devant l'Ennemi. Mais si tu réussis, notre pouvoir sera diminué et la Lothlórien s'évanouira, emportée par la marée du Temps. Nous devrons alors partir dans l'Ouest, ou devenir un peuple rustique des vallons et des cavernes, voué à oublier lentement et à être oublié. »

Frodo baissa la tête. « Et que souhaitez-vous ? » dit-il enfin.

« Que ce qui devrait être soit, répondit-elle. L'amour des Elfes envers leur pays et leurs œuvres est plus profond que les profondeurs de la Mer, et leur regret est impérissable et ne pourra jamais être entièrement apaisé. Mais ils renonceront à tout plutôt que de se soumettre à Sauron, car ils le connaissent désormais. Tu ne saurais être tenu responsable du sort de la Lothlórien ; ta seule responsabilité est de mener à bien la tâche qui t'incombe. Je pourrais néanmoins souhaiter, si c'était d'une quelconque utilité, que l'Anneau Unique n'ait jamais été forgé, ou qu'il soit resté perdu à tout jamais. »

« Vous êtes sage et belle et sans peur, dame Galadriel, dit Frodo. Je vous donnerai l'Anneau Unique, si vous le demandez. C'est une trop grande affaire pour moi. »

Galadriel rit alors, d'un rire clair et soudain. « La dame Galadriel est peut-être sage, dit-elle, mais elle vient de trouver son égal en fait de courtoisie. Te voilà gentiment vengé de moi pour avoir mis ton cœur à l'épreuve lors de notre première rencontre. Tu commences à voir d'un œil pénétrant. Je ne nie pas que mon cœur ait eu fort envie de demander ce que tu offres. Maintes longues années ai-je médité ce que je ferais, si le Grand Anneau tombait entre mes mains, et le voilà mis à ma portée ! Le mal ourdi il y a longtemps opère encore de diverses façons, que Sauron résiste ou bien qu'il tombe. N'aurait-ce pas été un fait remarquable à mettre au crédit de son Anneau, si je l'avais pris à mon hôte, par la peur ou par la force ?

« Et voici qu'il me vient enfin. Tu me donneras l'Anneau de ton plein gré ! En lieu et place du Seigneur Sombre, tu installeras *une Reine. Et je ne serai pas sombre, mais aussi belle et terrible que le Matin et la Nuit ! Claire comme la Mer et le Soleil et la Neige sur la Montagne ! Aussi redoutable que l'Orage et la Foudre ! Plus forte que les fondations de la terre. Tous m'aimeront et désespéreront !* »

Elle leva la main, et de l'Anneau qu'elle portait surgit une grande lumière qui l'illumina elle seule, laissant tout le reste dans l'ombre. Et telle que Frodo la vit alors, elle semblait incommensurablement grande et terrible, d'une beauté insoutenable, digne d'adoration. Puis elle laissa retomber sa main et la lumière s'évanouit ; et soudain elle rit de nouveau, et voici ! elle parut rapetissée : une Elfe toute délicate, simplement vêtue de blanc ; et une voix bienveillante, au timbre doux et triste.

« Je passe l'épreuve avec succès, dit-elle. Je vais diminuer et m'en aller dans l'Ouest, et je resterai Galadriel. »

Ils demeurèrent un long moment silencieux. Enfin, la Dame parla de nouveau. « Rentrons ! dit-elle. Au matin, tu devras partir, car notre choix est maintenant fait, et la marée du sort est en mouvement. »

« J'aimerais poser une question avant que nous partions, dit Frodo, une question que j'ai souvent voulu poser à Gandalf pendant notre séjour à Fendeval. J'ai la permission de porter l'Anneau Unique : pourquoi ne puis-je, *moi*, voir tous les autres, et connaître les pensées de ceux qui les portent ? »

« Tu n'as pas essayé, dit-elle. Trois fois seulement tu as passé l'Anneau à ton doigt depuis que sa vraie nature t'est connue. N'essaie pas ! Cela te détruirait. Gandalf n'a pu manquer de te dire que les anneaux confèrent un pouvoir à la mesure de leur possesseur ? Avant de pouvoir user de ce pouvoir, il te faudrait devenir bien plus fort, et exercer ta volonté à la domination des autres. Mais même sans cela, comme tu es le Porteur de l'Anneau, comme tu l'as eu au doigt et que tu as vu ce qui est caché, ta vue est devenue plus pénétrante. Tu as perçu ma pensée avec plus d'acuité que bien d'autres qui sont considérés comme sages. Tu as vu l'Œil de celui qui détient les Sept et les Neuf. Et n'as-tu pas vu et reconnu l'anneau à mon doigt ? Toi, as-tu vu mon anneau ? » demanda-t-elle, se tournant de nouveau vers Sam.

« Non, madame, répondit-il. À vrai dire, je me demandais de quoi vous parliez. J'ai vu une étoile à travers vos doigts. Mais si vous permettez que je dise ce que je pense, je pense que mon maître avait raison. J'aimerais bien que vous preniez son Anneau. Vous remettriez les choses d'aplomb. Vous les empêcheriez d'aller déterrer l'Ancêtre et de le jeter hors de son trou. Vous feriez payer leur sale besogne à tout ce monde-là. »

« Oui, dit-elle. C'est ainsi que cela commencerait. Mais cela ne s'arrêterait pas là, hélas ! Nous n'en parlerons pas davantage. Partons ! »

8

L'adieu à la Lórien

Ce soir-là, la Compagnie fut de nouveau conviée à la salle de Celeborn, et le Seigneur et la Dame les y accueillirent avec courtoisie. Enfin, Celeborn évoqua leur départ.

« Le temps est venu, dit-il, pour ceux qui désirent poursuivre la Quête, de s'endurcir afin de quitter ce pays. Ceux qui ne veulent plus continuer peuvent rester ici, pour un temps. Mais qu'il reste ou qu'il parte, nul n'a l'assurance d'être en paix. Car nous sommes à la veille du jour fatidique. Ici, ceux qui le désirent pourront attendre l'heure où, soit les chemins du monde s'ouvriront de nouveau à eux, soit nous les convoquerons en ultime recours pour la Lórien. Ils pourront alors regagner leurs propres terres ou se rendre au long séjour de ceux qui tombent au champ d'honneur. »

Il y eut un silence. « Ils ont tous résolu de continuer », dit Galadriel, scrutant leurs regards.

« En ce qui me concerne, dit Boromir, ma patrie est devant et non derrière moi. »

« Cela est vrai, dit Celeborn, mais toute cette Compagnie va-t-elle avec vous à Minas Tirith ? »

« Nous n'avons pas décidé de notre parcours, dit Aragorn. Après la Lothlórien, je ne sais ce que Gandalf entendait faire. En fait, je pense qu'il n'avait encore lui-même aucune intention claire. »

« Peut-être pas, dit Celeborn, mais quand vous quitterez ce pays, vous ne pourrez plus ignorer les eaux du Grand Fleuve. Comme certains d'entre vous le savent bien, elles ne sauraient être franchies par des voyageurs chargés de bagages entre la Lórien et le Gondor, hormis par bateau. Et les ponts d'Osgiliath ne sont-ils pas détruits, et tous les débarcadères tenus désormais par l'Ennemi ?

« De quel côté voyagerez-vous ? Le chemin de Minas Tirith se trouve de ce côté-ci, sur la rive ouest ; mais pour votre Quête, le chemin le plus court s'étend à l'est du Fleuve, sur la rive la plus sombre. Quelle rive prendrez-vous à présent ? »

« Si l'on tient compte de mon avis, ce sera la rive ouest et le chemin de Minas Tirith, répondit Boromir. Mais je ne suis pas le chef de la Compagnie. » Les autres ne dirent rien, et Aragorn eut l'air hésitant et troublé.

« Je vois que ne savez pas encore que faire, dit Celeborn. Il ne m'appartient pas de décider pour vous ; mais je vais vous aider à ma façon. Certains d'entre vous savent manœuvrer les bateaux : Legolas, dont les gens connaissent l'impétueuse Rivière de la Forêt, Boromir du Gondor, et Aragorn le voyageur. »

« Et un Hobbit ! s'écria Merry. Ce ne sont pas tous nos semblables qui considèrent les bateaux comme des chevaux sauvages. Les gens de ma région habitent sur les rives du Brandivin. »

« Voilà qui est bien, dit Celeborn. Je vais donc pourvoir votre Compagnie de bateaux. Ils devront être petits et légers, car si vous voyagez loin sur l'eau, il y aura des endroits où vous serez forcés de les transporter. Vous parviendrez aux rapides de Sarn Gebir, et peut-être enfin aux grandes chutes du Rauros, où le Fleuve grondant se précipite du haut du Nen Hithoel ; et il y a d'autres dangers. Ces bateaux pourront rendre une partie de votre voyage moins épuisant. Toutefois, ils ne vous porteront pas conseil : au bout du compte, vous devrez leur tourner le dos, ainsi qu'au Fleuve, et partir vers l'ouest – ou vers l'est. »

Aragorn remercia maintes fois Celeborn. Les bateaux offerts le rassuraient beaucoup, notamment, parce qu'ils lui permettaient de différer le choix du parcours pendant encore quelques jours. Les autres parurent reprendre espoir eux aussi. Quels que fussent les périls qui les attendaient, il semblait préférable de flotter à leur rencontre, sur les flots généreux de l'Anduin, que de marcher lourdement en ployant sous le faix. Seul Sam en doutait : lui, du moins, considérait encore les bateaux comme des chevaux sauvages, ou pire ; et tous les dangers auxquels il avait survécu n'avaient rien changé à son opinion.

« Tout sera préparé pour vous et vous attendra au havre avant midi demain, dit Celeborn. J'enverrai mes gens vous trouver dans la matinée, afin de vous aider dans vos préparatifs de voyage. Maintenant, nous allons vous souhaiter à tous une belle nuit et un sommeil paisible. »

« Bonne nuit, mes amis ! dit Galadriel. Dormez en

paix ! Et ce soir, ne vous tracassez pas outre mesure au sujet de la route. Les chemins que chacun de vous empruntera sont peut-être déjà tracés à vos pieds, bien que vous ne les voyiez pas. Bonne nuit ! »

La Compagnie prit alors congé et regagna le pavillon. Legolas également ; car ce devait être leur dernière nuit en Lothlórien, et malgré les paroles de Galadriel, ils désiraient se concerter.

Ils débattirent un long moment de ce qu'ils devraient faire, et de la meilleure façon d'accomplir leurs visées par rapport à l'Anneau ; mais ils ne parvinrent à aucune décision. Il apparut clairement que la majorité souhaitait d'abord se rendre à Minas Tirith, et échapper, du moins pour un temps, à la terreur de l'Ennemi. Néanmoins, ils eussent été prêts à suivre quelqu'un qui les aurait conduits par-delà le Fleuve et dans l'ombre du Mordor ; mais Frodo ne dit mot, et Aragorn avait encore l'esprit déchiré.

Son intention, avant la chute de Gandalf, avait été d'accompagner Boromir et, avec son épée, de concourir à la délivrance du Gondor. Car il considérait que le message des rêves était un appel, que l'heure était enfin venue où l'héritier d'Elendil s'avancerait pour disputer la suprématie à Sauron. Mais en Moria, le fardeau de Gandalf avait été placé sur ses épaules ; et il savait qu'il ne pouvait désormais abandonner l'Anneau, si Frodo refusait en fin de compte d'accompagner Boromir. Mais quelle aide pouvait-il fournir au Porteur, lui ou aucun membre de la Compagnie, autre que de marcher à ses côtés à l'aveuglette, vers les ténèbres ?

« J'irai à Minas Tirith, seul s'il le faut, car c'est là mon devoir », dit Boromir ; sur quoi il demeura silencieux un moment, assis à dévisager Frodo, comme pour lire dans les pensées du Demi-Homme. Enfin il se remit à parler, tout bas, comme en débat avec lui-même. « Si votre seul but est de détruire l'Anneau, dit-il, alors la guerre et les armes ne peuvent servir à grand-chose ; et les Hommes de Minas Tirith ne sont d'aucune aide. Mais si vous souhaitez détruire la puissante armée du Seigneur Sombre, alors c'est folie de pénétrer dans son domaine sans la force ; et c'est folie de gaspiller… » Il s'arrêta brusquement, comme s'il venait de se rendre compte qu'il réfléchissait tout haut. « Ce serait folie de gaspiller des vies, j'entends, conclut-il. Il s'agit de choisir entre défendre une place forte, et se jeter sciemment dans les bras de la mort. Du moins, c'est ainsi que je le conçois. »

Frodo perçut quelque chose de nouveau et d'étrange dans le regard de Boromir, et il l'observa avec attention. À l'évidence, Boromir n'avait pas exprimé le fond de sa pensée. Ce serait folie de gaspiller… quoi ? L'Anneau de Pouvoir ? Il avait dit quelque chose de semblable au Conseil, mais il avait alors accepté la correction d'Elrond. Frodo tourna son regard vers Aragorn, mais celui-ci était plongé dans ses propres réflexions et ne semblait pas avoir entendu les paroles de Boromir. Et sur ce, leur débat prit fin. Merry et Pippin dormaient déjà, et Sam avait la tête qui tombait. La nuit était bien avancée.

Au matin, comme ils commençaient à empaqueter leurs maigres effets, des Elfes qui parlaient leur langue vinrent les trouver, apportant de nombreux présents de nourriture et de vêtements pour le voyage. La nourriture consistait surtout en de très minces gâteaux, faits d'une farine dorée à la cuisson, mais qui à l'intérieur était de couleur crème. Gimli prit l'un des gâteaux et le considéra d'un œil dubitatif.

« Du *cram* », marmonna-t-il, détachant un coin croustillant qu'il grignota du bout des dents. Son visage s'illumina aussitôt, et il mangea tout le reste du gâteau avec délectation.

« Suffit, suffit ! s'écrièrent les Elfes en riant. Vous voilà déjà sustenté pour une longue journée de marche. »

« Je pensais que ce n'était qu'une sorte de *cram*, comme en font les Hommes du Val pour les expéditions en pays sauvage », dit le Nain.

« C'est bien cela, répondirent-ils. Mais nous l'appelons *lembas*, ou pain de route, et c'est une nourriture plus fortifiante que toutes celles qui sont confectionnées par les Hommes, et plus agréable que le *cram*, de l'avis de tous. »

« Ce l'est assurément, dit Gimli. Ma foi, c'est encore meilleur que les biscuits au miel des Béorniens, et ce n'est pas un mince éloge, car les Béorniens sont les meilleurs boulangers que je connaisse ; mais ils ne sont pas très enclins à distribuer leurs gâteaux aux voyageurs par les temps qui courent. Vous êtes de bons hôtes ! »

« Tout de même, nous vous prions d'épargner la nourriture, dirent-ils. Mangez-en peu à la fois, et seulement en cas de besoin. Car ces choses vous sont données pour servir en dernier recours. Les gâteaux conserveront leur saveur pendant des jours et des jours, s'ils demeurent intacts et dans leurs emballages de feuilles, comme nous les avons apportés. Un seul permettra de garder un voyageur sur ses jambes pendant une journée de long labeur, quand bien même il serait l'un des grands Hommes de Minas Tirith. »

Les Elfes déballèrent ensuite les vêtements qu'ils avaient apportés. Ils donnèrent à chacun une cape et un capuchon taillés spécialement pour lui, d'une étoffe de soie légère mais chaude tissée par les Galadhrim. Il n'était pas facile d'en dire la couleur : elle avait cette nuance de gris qui paraît sous les arbres au crépuscule ; mais si on la bougeait ou qu'on la mettait sous un autre éclairage, elle se revêtait de vert, comme les feuilles à l'ombre ; ou de brun, comme les guérets la nuit ; ou encore, d'argent crépusculaire, comme l'eau sous les étoiles. Chacune des capes s'épinglait autour du cou à l'aide d'une broche, semblable à une feuille verte aux nervures d'argent.

« Ces capes sont-elles magiques ? » demanda Pippin, les examinant avec intérêt.

« Je ne sais pas ce que vous entendez par là, répondit le chef du groupe d'Elfes. Ce sont de beaux vêtements, d'un bon tissu, car il a été fait ici. Ce sont certainement des habits elfiques, si c'est ce que vous voulez dire. Feuille et branche, eau et pierre : ils ont la couleur et la beauté de toutes ces choses que nous aimons sous le crépuscule de la Lórien ; car nous mettons la pensée de tout ce que nous aimons dans tout ce que nous fabriquons. Reste que ce sont des habits, pas des armures, et ils ne détourneront aucun trait ou fer. Mais ils devraient vous être d'une grande utilité : ils ne pèsent presque rien, et ils sont assez chauds ou légers selon qu'il est besoin de chaleur ou de fraîcheur.

Et vous constaterez qu'ils sont excellents pour vous abriter des regards ennemis, que vous marchiez parmi les pierres ou sous les arbres. Vous êtes assurément dans les bonnes grâces de la Dame ! Car elle a tissé elle-même cette étoffe avec ses demoiselles ; et c'est la toute première fois que nous vêtons des étrangers de la tenue de nos propres gens. »

Après le repas du matin, la Compagnie dit adieu à la pelouse aux abords de la fontaine. Ils avaient le cœur lourd ; car c'était un bel endroit, et ils s'y sentaient maintenant chez eux, bien qu'ils n'aient pu compter les jours et les nuits qu'ils y avaient passés. Tandis qu'ils s'attardaient devant son eau blanche et étincelante, ils virent s'approcher Haldir sur le gazon vert de la clairière. Frodo le salua avec plaisir.

« Je suis revenu des Barrières du Nord, dit l'Elfe, et voici qu'on m'envoie pour vous servir de guide une seconde fois. Le Val de Ruisselombre est rempli de vapeur et de nuages de fumée, et les Montagnes sont agitées. Des bruits montent des profondeurs de la terre. Si l'un des vôtres avait prévu de regagner son pays par le nord, il n'aurait pu passer par là. Mais allons ! Votre chemin mène à présent au sud. »

Personne ne se voyait sur les chemins verts de Caras Galadhon ; mais des arbres au-dessus d'eux, venait la rumeur de nombreux murmures et chants. Eux-mêmes marchaient en silence. Enfin, Haldir les fit descendre les pentes au sud de la colline, et ils retrouvèrent la grande porte ornée de lampes et le pont blanc ; c'est ainsi qu'ils ressortirent et quittèrent la cité des Elfes. Se détournant de la route pavée, ils prirent un chemin qui s'enfonçait dans un épais bosquet de mellyrn et poursuivait sa course sinueuse dans des bois vallonnés, aux ombres d'argent, menant sans cesse vers le bas, au sud et à l'est, vers les rives du Fleuve.

Ils avaient parcouru une dizaine de milles, et midi approchait, quand ils arrivèrent à une haute muraille verte. La traversant par une ouverture, ils sortirent soudain du couvert des arbres. Devant eux s'étendait une longue pelouse d'herbe éclatante, parsemée d'*elanor* dorée rutilant au Soleil. La pelouse se déroulait comme une mince langue de terre entre des bords lumineux : sur la droite, à l'ouest, l'Argentine s'étalait, scintillante ; à l'est, sur la gauche, le Grand Fleuve remuait ses larges eaux, sombres et profondes. Sur les rives d'en face, vers le sud, les arbres continuaient de s'aligner à perte de vue, mais toutes les berges étaient mornes et dégarnies. Aucun mallorn n'étendait ses rameaux chargés d'or au-delà du pays de Lórien.

Sur la berge de l'Argentine, à quelque distance du confluent des rivières, se trouvait un quai de pierres blanches et de bois blanc, où étaient amarrés de nombreux bateaux et barges. Quelques-uns étaient peints de couleurs vives, d'argent, d'or et de vert étincelants ; mais la plupart étaient blancs ou gris. Trois petits bateaux gris avaient été préparés pour les voyageurs, et les Elfes y déposèrent leurs affaires. Ils y mirent aussi des cordes, trois rouleaux par embarcation. Elles paraissaient minces, mais solides, soyeuses au toucher, du même gris que les capes elfiques.

« Qu'est-ce que c'est ? » demanda Sam, tâtant l'une d'entre elles, restée sur le tapis de verdure.

« Assurément de la corde ! répondit un Elfe qui s'occupait des bateaux. Ne pars jamais loin sans une corde ! Une qui soit solide, et légère et longue. Celles-ci le sont. Elles peuvent servir dans bien des situations. »

« Pas besoin de me le dire ! Je suis parti sans, et ça me turlupine depuis ce temps-là. Mais je me demandais de quoi elles étaient faites, vu que j'en sais un bout sur la corderie : c'est de famille, qu'on pourrait dire. »

« Elles sont faites de *hithlain*, dit l'Elfe, mais c'est maintenant trop tard pour t'instruire dans leur fabrication. Si nous avions su que tu prenais plaisir à cet art, nous aurions pu t'en apprendre beaucoup. Mais là, hélas ! à moins que tu ne reviennes un jour ici, tu devras te contenter de ce cadeau. Puisse-t-il bien te servir ! »

« Venez ! dit Haldir. Les barques vous attendent, maintenant. Montez à bord ! Mais soyez prudents, au début ! »

« Prenez note ! dirent les autres Elfes. Ces embarcations sont de construction légère et astucieuse : elles diffèrent de celles des autres peuples. Chargez-les comme vous voudrez, elles ne couleront pas ; mais elles sont capricieuses quand on s'y prend mal avec elles. Il serait sage de vous habituer à embarquer et à débarquer pendant que vous disposez d'un appontement, avant de descendre sur le fleuve. »

La Compagnie fut répartie de cette manière : Aragorn, Frodo et Sam prirent place dans une première barque, Boromir, Merry et Pippin dans une autre ; la troisième était occupée par Legolas et Gimli, désormais très amis. La plupart des paquets et provisions se trouvaient dans cette dernière. Les embarcations étaient dirigées au moyen de courtes pagaies dont les larges pales avaient la forme de feuilles. Quand tout fut paré, Aragorn leur fit remonter l'Argentine en guise d'essai. Le courant était fort et leur progression, lente. Sam était assis en proue, s'agrippant aux bords et jetant des regards nostalgiques vers la rive. Le miroitement du Soleil sur l'eau les éblouissait. Comme ils dépassaient le tapis verdoyant de la Langue, les arbres s'abaissèrent jusqu'au bord de la rivière. Des feuilles dorées flottaient ici et là, ballotées sur les flots onduleux. L'air était baigné de lumière, parfaitement immobile, et un silence régnait, hormis le chant d'alouettes, distant et aérien.

Ils passèrent un coude, et là, ils virent s'approcher un grand cygne, glissant fièrement sur la rivière. L'eau ondoyait de part et d'autre de sa poitrine, sous son encolure blanche et arrondie. Son bec avait un reflet d'or bruni, et ses yeux luisaient comme du jais enchâssé dans des pierres jaunes ; ses grandes ailes blanches étaient à demi déployées. Une musique descendit sur la rivière à son approche ; et soudain, ils virent que c'était une embarcation, bâtie et sculptée à la ressemblance d'un oiseau par le savoir-faire des Elfes. Deux d'entre eux, vêtus de blanc, la dirigeaient à l'aide de pagaies noires. Au milieu de la nef était assis Celeborn, et derrière lui se tenait Galadriel, grande et blanche : une couronne de fleurs d'or était dans ses cheveux, et elle tenait à la main une harpe, et elle chantait. Le son de sa voix montait, triste et doux, dans le matin clair et frais :

Je vins chanter les feuilles d'or, et des feuilles
poussèrent ;

Et je chantai le vent, qui vint, et souffla sur la terre.
Delà la Lune et le Soleil, l'Océan écumait
Et sur l'estrande d'Ilmarin, un Arbre d'or poussait
Sous les étoiles argentées brillant à Toujoursoir,
Auprès des murs de Tirion des Elfes d'Eldamar.
À Eldamar, ses feuilles d'or longtemps ont bourgeonné
De mille et une feuillaisons aux branches des années.
Mais ici-bas, de ce côté des Mers Séparatrices,
Les arbres pleurent leur hiver comme autant d'Elfes tristes.
Ô Lórien ! L'Hiver s'en vient, la longue Journée morte.
Les feuilles choient dans le courant, le Fleuve les emporte.
Sur ce Rivage, trop longtemps, je me suis attardée
Tissant les gerbes desséchées de l'elanor dorée.
Mais si je chantais un vaisseau, lequel viendrait à moi ?
Lequel pourrait, ô Eldamar, m'emporter jusqu'à toi ?

Tandis que le Navire-Cygne l'abordait, Aragorn arrêta sa barque. La Dame acheva sa chanson et les salua. « Nous sommes venus vous dire un dernier adieu, dit-elle, et vous souhaiter bon voyage en prodiguant les bienfaits de notre pays. »

« Bien que vous ayez été nos hôtes, dit Celeborn, vous n'avez encore jamais mangé en notre compagnie ; ainsi, nous vous convions à un festin d'adieu, ici entre les eaux vives qui vous emporteront loin de la Lórien. »

Le Cygne poursuivit lentement sa descente jusqu'au quai, et ils tournèrent leurs embarcations pour le suivre. Là, sur l'herbe verte, à la toute dernière extrémité d'Egladil, se tint le festin d'adieu ; mais Frodo but et mangea très peu, tout absorbé par la beauté de la Dame, et par sa voix. Elle ne semblait plus désormais périlleuse ou terrible, ni investie d'un pouvoir caché. Déjà, elle lui paraissait telle que les Elfes apparaissent encore parfois aux hommes des jours ultérieurs : présente et lointaine à la fois, une vision animée de ce que le flot continuel du Temps a pourtant laissé loin derrière.

Après qu'ils eurent mangé et bu, assis sur le gazon, Celeborn les entretint à nouveau de leur voyage. Levant la main, il désigna les bois qui s'étendaient au sud de la Langue.

« À mesure que vous descendrez sur l'eau, dit-il, vous verrez les arbres disparaître, et vous arriverez dans une terre inculte. Là-bas, le Fleuve coule dans des vallées rocheuses au milieu de hautes landes, jusqu'à ce qu'enfin, après bien des lieues, il gagne la haute île de l'Aigreroc, que nous appelons Tol Brandir. Là, il passe ses bras autour des rives escarpées de l'île et se jette alors avec grand bruit et vapeur dans les cataractes du Rauros, au pied desquelles s'étend le Nindalf, ou Plain-Palus, comme on l'appelle dans votre langue. Il s'agit d'une vaste région de marais stagnants où le Fleuve devient tortueux et divise beaucoup ses eaux. C'est à cet endroit que se déversent les multiples bouches de l'Entévière, qui trouve sa source à l'ouest, dans la forêt de Fangorn. De part et d'autre de cette rivière, de ce côté-ci du Grand Fleuve, s'étend le Rohan. Sur l'autre rive se trouvent les mornes collines des Emyn Muil. Là-bas, le vent souffle de l'est, car elles donnent vue sur les Marais

Morts et les Terres Désertes jusqu'à Cirith Gorgor et aux portes noires du Mordor.

« Boromir, et tous ceux qui iront avec lui pour gagner Minas Tirith, feraient bien de quitter le Grand Fleuve en amont du Rauros et de franchir l'Entévière avant qu'elle n'atteigne les marécages. Mais ils devraient se garder de trop remonter cette rivière, au risque de s'empêtrer dans la forêt de Fangorn. C'est un étrange pays dont on ne connaît pas grand-chose de nos jours. Mais Boromir et Aragorn n'ont, sans nul doute, aucun besoin de cet avertissement. »

« Assurément, nous avons entendu parler de Fangorn à Minas Tirith, dit Boromir. Mais ce que j'ai entendu dire ressemble bien souvent à des contes de bonne femme, comme on en raconte à nos enfants. Tout ce qui est au nord du Rohan nous paraît désormais si lointain que l'imagination peut s'y mouvoir à sa guise. Jadis, Fangorn se trouvait aux frontières de notre royaume ; mais aucun d'entre nous ne l'a plus visitée de la vie de maints hommes, histoire de prouver ou de réfuter les légendes qui nous sont héritées des années lointaines.

« Moi-même, il m'est arrivé d'aller au Rohan, mais je ne l'ai jamais traversé vers le nord. Quand j'ai été dépêché comme messager, je suis passé par la Brèche au pied des Montagnes Blanches, et j'ai franchi l'Isen et le Grisfleur pour me rendre en Norlande. Un long et pénible voyage. Quatre cents lieues j'ai comptées, et il m'a fallu plusieurs mois pour les parcourir ; car j'ai perdu mon cheval à Tharbad, en passant à gué le Grisfleur. Fort de ce voyage, et du chemin parcouru depuis avec cette Compagnie, je ne doute pas d'être capable de traverser le Rohan, et Fangorn aussi, à la rigueur. »

« Je n'ai donc rien à ajouter, dit Celeborn. Mais ne dédaignez pas la tradition qui nous vient des années lointaines ; car souvent il se trouve que les bonnes femmes gardent en mémoire le récit de choses que les Sages se devaient autrefois de savoir. »

Lors Galadriel se leva de l'herbe moelleuse, et prenant d'une de ses demoiselles une coupe, elle la remplit d'hydromel blanc et la remit à Celeborn.

« Il est maintenant temps de boire la coupe d'adieu, dit-elle. Buvez, Seigneur des Galadhrim ! Et que votre cœur ne soit pas triste, quoique la nuit doive suivre le midi et que déjà, notre soir approche. »

Elle porta alors la coupe à chacun des membres de la Compagnie, les invitant à boire et à faire bonne route. Mais quand ils eurent tous bu, elle leur enjoignit de se rasseoir sur l'herbe, et des chaises furent installées pour elle et pour Celeborn. Ses demoiselles se tinrent en silence auprès d'elle, et elle observa un moment ses invités. Enfin, elle parla de nouveau.

« Nous avons bu la coupe de la séparation, dit-elle, et les ombres s'interposent entre nous. Mais avant que vous nous quittiez, voici des présents que j'ai apportés dans mon navire, et qui vous sont offerts par le Seigneur et la Dame des Galadhrim, en souvenir de la Lothlórien. » Elle les appela alors chacun à tour de rôle.

« Voici le cadeau de Celeborn et de Galadriel au chef de votre Compagnie », dit-elle à Aragorn, et elle lui donna un fourreau spécialement conçu pour épouser la forme de son épée. Il était recouvert d'un motif de fleurs et de feuilles, fait d'or et d'argent ouvrés, et incrusté de gemmes traçant en runes elfiques le nom d'Andúril et le lignage de l'épée.

« L'épée tirée de ce fourreau ne sera jamais souillée ni brisée, même dans la défaite, dit-elle. Mais désires-tu autre chose de moi avant que nous nous séparions ? Car les ténèbres monteront entre nous, et il se peut que nous ne nous revoyions jamais, si ce n'est loin d'ici, sur une route dont on ne revient pas. »

Et Aragorn répondit : « Madame, vous connaissez tout mon désir, et vous avez longtemps gardé le seul trésor auquel j'aspire. Mais il ne vous appartient pas de me le donner, quand même vous le souhaiteriez ; et seule la voie des ténèbres m'y conduira. »

« Ceci pourrait néanmoins soulager ton cœur, dit Galadriel, car il m'a été confié pour que je te le donne, si jamais tu passais par ici. » De son giron, elle souleva alors une grande pierre vert clair, montée sur une broche d'argent ouvré en forme d'aigle aux ailes déployées ; et comme elle l'élevait, la gemme étincela tel le Soleil jouant à travers les feuilles printanières. « Cette pierre, je l'ai donnée à Celebrían, ma fille, qui l'a donnée à la sienne ; et voici qu'elle t'est remise en signe d'espoir. Prends aujourd'hui le nom qui t'est prédestiné, Elessar, la Pierre elfe de la Maison d'Elendil ! »

Aragorn accepta alors la pierre et épingla la broche à sa poitrine, et ceux qui le virent en furent saisis ; car ils n'avaient jamais remarqué combien sa taille et son port étaient majestueux, et ils eurent l'impression que maintes années de labeur étaient tombées de ses épaules. « Pour tous les cadeaux que vous m'avez faits, je vous remercie, dit-il, ô Dame de Lórien dont furent issues Celebrían et Arwen l'Étoile du Soir. Peut-il y avoir plus grand éloge ? »

La Dame inclina la tête, et elle se tourna ensuite vers Boromir, à qui elle remit une ceinture d'or ; et à Merry et Pippin, elle offrit de petites ceintures d'argent munies de boucles dorées en forme de fleur. Legolas reçut un arc des Galadhrim, plus long et plus robuste que ceux dont on se servait à Grand'Peur, et doté d'une corde en cheveux d'Elfe. Il était assorti d'un carquois rempli de flèches.

« Pour toi, petit jardinier et amoureux des arbres, dit-elle à Sam, je n'ai qu'un petit cadeau. » Elle déposa dans sa main un simple écrin de bois gris, sans ornement aucun, sauf une rune d'argent sur le couvercle.

« Ce G est mis pour Galadriel, dit-elle, mais il peut également signifier "germe" dans votre langue. Dans cet écrin se trouve de la terre de mon verger ; et telle, elle porte la bénédiction que Galadriel est encore en mesure d'accorder. Elle ne pourra t'aider à tenir ton chemin, ni te défendre d'aucune menace ; mais si tu la conserves et qu'un jour tu retrouves enfin ton pays, elle pourrait alors te récompenser. Le trouverais-tu entièrement dévasté et sans vie que peu de jardins en Terre du Milieu auront l'éclat de ton jardin, si tu y dissémines cette terre. Alors te viendra peut-être le souvenir de Galadriel, et un lointain aperçu de la Lórien que tu n'auras vue qu'en notre hiver. Car notre Printemps et notre Été sont révolus, et jamais plus on ne les verra sur terre, sauf dans nos mémoires. »

Sam rougit jusqu'aux oreilles et murmura quelque chose d'incompréhensible, refermant sa main sur l'écrin et s'inclinant de son mieux.

« Et quel cadeau un Nain demanderait-il à recevoir des Elfes ? » dit Galadriel, se tournant vers Gimli.

« Aucun, madame, répondit Gimli. Pour moi, il suffit d'avoir vu la Dame des Galadhrim et entendu ses douces paroles. »

« Oyez Elfes, vous tous, oyez ! cria-t-elle à ceux qui l'entouraient. Qu'on ne dise plus jamais des Nains qu'ils sont cupides et désobligeants ! Tout de même, Gimli fils de Glóin, vous désirez sûrement une chose que je puis vous donner ? Nommez-la, je vous prie ! Vous ne serez pas le seul à partir les mains vides. »

« Il n'y a rien, dame Galadriel, dit Gimli, saluant profondément et cherchant ses mots. Rien, si ce n'est – s'il est permis de demander, non, de nommer, une seule mèche de vos cheveux, qui surpassent l'or de la terre comme les étoiles surpassent les gemmes de la mine. Je ne demande pas un tel cadeau. Mais vous m'avez enjoint de nommer mon désir. »

Les Elfes remuèrent, laissant échapper des murmures étonnés, et Celeborn posa sur le Nain des yeux ébahis, mais la Dame sourit. « On dit que les Nains ont les mains habiles mais non la langue, dit-elle, or il n'en va pas de même pour Gimli. Car nul ne m'a jamais adressé une requête aussi hardie, et pourtant aussi courtoise. Et comment pourrais-je refuser, puisque je lui ai enjoint de parler ? Mais dites-moi, que feriez-vous d'un tel cadeau ? »

« Je le chérirais, madame, répondit-il, en souvenir des mots que vous m'avez adressés lors de notre première rencontre. Et si jamais je retrouve les forges de mon pays, il sera enchâssé dans un cristal impérissable pour devenir un héritage de ma maison, et un gage de bonne volonté entre la Montagne et le Bois jusqu'à la fin des jours. »

Alors la Dame, défaisant l'une de ses longues tresses, en coupa trois cheveux dorés, et elle les déposa dans la main de Gimli. « Ces mots accompagneront le cadeau, dit-elle. Je ne prédis rien, car toute prédiction est désormais vaine : d'une part s'étendent les ténèbres, et d'autre part l'espoir seulement. Mais si l'espoir devait vaincre, alors je vous dis, Gimli fils de Glóin, que vos mains regorgeront d'or ; mais sur vous, l'or n'aura aucun empire.

« Et toi, Porteur de l'Anneau, dit-elle, se tournant vers Frodo. Je viens en dernier à toi, qui n'es le dernier dans mes pensées. Pour toi, j'ai préparé ceci. » Elle éleva une petite fiole de cristal qui étincelait tandis qu'elle la bougeait, et des rais de lumière blanche jaillirent de sa main. « Cette fiole, dit-elle, renferme la lumière de l'étoile d'Eärendil, conservée dans les eaux de ma fontaine. Elle sera plus brillante encore quand la nuit t'entourera. Qu'elle soit pour toi une lumière dans les endroits sombres, quand toutes les autres lumières s'éteindront. Souviens-toi de Galadriel et de son Miroir ! »

Frodo prit la fiole, et tandis qu'elle scintillait un moment entre eux, il revit la Dame dans sa splendeur de reine, grande et belle, mais non plus terrible. Il s'inclina, mais ne trouva rien à dire.

Alors la Dame se leva, et Celeborn les raccompagna jusqu'au quai. Sur l'herbe verte de la Langue, un Soleil de midi s'étendait, jaune, et l'eau argentée miroitait. Tout fut enfin prêt. La Compagnie prit place à bord des embarcations, comme auparavant. Parmi les cris d'adieu, les Elfes de Lórien les poussèrent dans le courant avec de longues perches grises, et ils furent lentement emportés par les eaux ondoyantes. Les voyageurs restèrent assis immobiles, sans rien dire. Sur la berge verte, non loin de l'extrême pointe de la Langue, la Dame Galadriel se tenait seule et silencieuse. Parvenus à sa hauteur, ils se retournèrent, et leurs yeux la regardèrent s'éloigner doucement. Car telle était leur impression : la Lórien glissait derrière eux et s'éloignait, comme un éclatant navire mâté d'arbres enchantés qui eût navigué vers des rivages oubliés, tandis qu'eux restaient échoués sur les rives d'un monde gris et dépouillé.

Alors même qu'ils regardaient, l'Argentine joignit ses eaux aux courants du Grand Fleuve, et leurs bateaux virèrent et se mirent à filer vers le sud. Bientôt, la Dame ne fut plus qu'une petite forme blanche et éloignée. Elle brillait comme une fenêtre de verre sur une colline lointaine au couchant, ou comme un lac isolé vu du haut d'une montagne : un cristal tombé dans le giron de la terre. Puis Frodo crut voir qu'elle levait les bras en un dernier adieu ; et sur le vent qui les accompagnait monta le son de sa voix, lointaine mais perçante, et elle chantait. Mais cette fois, le chant était dans la langue ancienne des Elfes d'au-delà de la Mer, et il n'en saisit pas les paroles ; la musique était belle, mais elle ne le consola point.

Et pourtant, comme c'est le propre des mots elfiques, ils restèrent gravés dans sa mémoire, et longtemps après, il les interpréta – du mieux qu'il le put, car la langue était celle des chants elfiques et parlait de choses peu connues en Terre du Milieu.

Ai ! laurië lantar lassi súrinen,
yéni únótimë ve rámar aldaron !
Yéni ve lintë yuldar avánier
mi oromardi lisse-miruvóreva
Andúnë pella, Vardo tellumar
nu luini yassen tintilar i eleni
ómaryo airetári-lírinen.

Sí man i yulma nin enquantuva ?

An sí Tintallë Varda Oiolossëo
ve fanyar máryat Elentári ortanë,
ar ilyë tier undulávë lumbulë ;
ar sindanóriello caita mornië
i falmalinnar imbë met, ar hísië
untúpa Calaciryo míri oialë.
Sí vanwa ná, Rómello vanwa, Valimar !

Namárië ! Nai hiruvalyë Valimar.
Nai elyë hiruva. Namárië !

« Ah ! comme l'or tombent les feuilles au vent, de longues années sans nombre comme les ailes des arbres ! Les années ont passé comme autant de gorgées du doux hydromel en de hautes salles par-delà l'Ouest, sous les voûtes azurées de Varda où les étoiles tremblent au chant de sa voix, sainte et souveraine. Maintenant, qui remplira pour moi la coupe ? Car à présent, l'Illumineuse, Varda, la Reine des Étoiles, du mont de Neige-éternelle a élevé ses mains comme des nuages, et tous les chemins sont noyés profondément dans l'ombre ; et d'un pays gris, les ténèbres s'étendent entre nous sur les vagues écumantes, et la brume couvre à jamais les joyaux de la Calacirya. Maintenant perdue, perdue pour ceux de l'Est est Valimar ! Adieu ! Peut-être trouveras-tu Valimar. Même toi, peut-être la trouvas-tu. Adieu ! » Varda est le nom de la Dame que les Elfes de ces terres d'exil nomment Elbereth.

Soudain, le Fleuve décrivit une grande boucle, et les berges s'élevèrent de chaque côté, masquant la lumière de Lórien. Frodo ne repassa jamais les frontières de ce beau pays.

Ils tournèrent alors leurs visages vers l'avant, vers le voyage : le Soleil brillait devant eux, et tous furent éblouis, car leurs yeux étaient remplis de larmes. Gimli pleurait sans se cacher.

« J'ai vu pour la dernière fois ce qu'il y a de plus beau, dit-il à Legolas, son compagnon. Dorénavant, je ne qualifierai plus rien de tel, sinon le cadeau qu'elle m'a offert. » Il mit la main sur sa poitrine.

« Dis-moi, Legolas, pourquoi me suis-je lancé dans cette Quête ? J'étais loin de savoir où se trouvait le principal danger ! Elrond ne se trompait pas en disant qu'il nous était impossible de prévoir ce que nous rencontrerions sur la route. Je craignais le supplice dans les ténèbres, et pareil danger ne m'a pas retenu. Mais je ne serais pas venu, si j'avais su le péril que recèlent la lumière et la joie. Cette séparation m'a infligé la blessure la plus cruelle qui soit, dussé-je me remettre cette nuit entre les mains du Seigneur Sombre. Hélas pour Gimli fils de Glóin ! »

« Non ! dit Legolas. Hélas pour nous tous ! Et pour tous ceux qui vivent en ces jours ultérieurs. Car ainsi va le monde : trouver pour perdre ensuite, comme il apparaît aux yeux de ceux qui vont au fil de l'eau. Mais je te considère béni, Gimli fils de Gloín : car tu endures cette perte de ton plein gré, alors que tu aurais pu en décider autrement. Mais tu n'as pas abandonné tes compagnons, et la moindre des récompenses que cela te vaudra, c'est que le souvenir de la Lothlórien demeurera toujours clair et pur dans ton cœur, et jamais il ne perdra de son éclat ou de sa fraîcheur. »

« Peut-être, dit Gimli, et je te remercie de tes paroles. Sans doute sont-elles vraies ; mais c'est une maigre consolation. Le souvenir n'est pas ce à quoi le cœur aspire. Ce n'est qu'un miroir, fût-il aussi limpide que le Kheled-zâram. Du moins, c'est ce que dit le cœur de Gimli le Nain. Peut-être les Elfes voient-ils les choses autrement. D'ailleurs, j'ai ouï dire que pour eux, le souvenir ressemble davantage au monde de l'éveil qu'au rêve. Il n'en va pas de même pour les Nains.

« Mais ne parlons plus de cela. Attention à la barque ! Elle cale trop avec tout ce bagage, et le Grand Fleuve est rapide. Je n'ai aucune envie de noyer ma peine dans l'eau froide. » Ramassant une pagaie, il dirigea l'embarcation vers la rive ouest, suivant celle d'Aragorn, qui avait déjà quitté le courant du milieu.

Ainsi, la Compagnie poursuivit sa longue route sur le cours pressé des larges eaux, portée toujours plus au sud. Des bois dénudés s'étalaient le long des deux rives sans jamais donner le moindre aperçu des terres qui se trouvaient en arrière. La brise était tombée et le Fleuve coulait sans un seul bruit. Pas un oiseau ne venait rompre le silence. Le Soleil s'embruma à mesure que la journée avançait, et bientôt il luisit comme une haute perle blanche dans un ciel pâle. Puis il se perdit dans l'Ouest et le crépuscule arriva de bonne heure, suivi d'une nuit grise et sans étoiles. Ils se laissèrent flotter dans les heures sombres et calmes, conduisant leurs bateaux dans l'ombre des bois qui s'élevaient sur leur droite. De grands arbres passaient comme des fantômes à travers la brume, allongeant leurs racines tordues et avides jusqu'à l'eau. Le pays était morne et froid. Frodo écoutait les faibles clapotements et gargouillis du Fleuve parmi les racines et le bois qui flottait près de la rive. Enfin, sa tête tomba sur sa poitrine et il sombra dans un sommeil agité.

9

Le Grand Fleuve

Frodo fut réveillé par Sam. Il constata qu'il était étendu, bien enveloppé, sous de grands arbres à l'écorce grise dans un coin paisible des bois qui occupaient la rive occidentale du Grand Fleuve, l'Anduin. Il avait dormi toute la nuit : la grisaille du matin luisait faiblement à travers les branches dénudées. Gimli s'affairait tout près autour d'un petit feu.

Ils se remirent en route avant le plein jour. Non que la plupart d'entre eux aient été pressés de descendre au sud : ils n'étaient pas fâchés de savoir que leur décision, qu'ils devraient prendre au plus tard en arrivant au Rauros et à l'île de l'Aigreroc, pouvait encore attendre quelques jours ; et ils laissaient le Fleuve les porter à son rythme, n'ayant aucun désir de se hâter vers les périls qui les attendaient, peu importe le chemin qu'ils choisiraient en fin de compte. Aragorn les laissait faire, ménageant leurs forces en vue de la fatigue à venir. Mais il tenait au moins à ce qu'ils partent de bonne heure chaque matin et poursuivent leur route jusque tard le soir ; car il sentait en son cœur que le temps pressait, et il craignait que le Seigneur Sombre ne soit pas resté oisif pendant qu'ils s'attardaient en Lothlórien.

Néanmoins, ils ne virent aucun signe d'un quelconque ennemi ce jour-là, ni le lendemain. Les heures grises et monotones se succédèrent sans incident. Tout au long de la troisième journée, les terres se transformèrent peu à peu : les arbres se raréfièrent et finirent par disparaître complètement. Sur la berge orientale, à main gauche, ils voyaient de longues pentes informes s'étendre au loin et vers le haut : elles avaient un aspect brunâtre et desséché, comme si un incendie les avait balayées sans épargner le moindre brin d'herbe : une terre hostile et ravagée, sans même un arbre mutilé ou une pierre insolite pour atténuer le sentiment de désolation. Ils étaient parvenus aux Terres Brunes qui s'étendaient, vastes et désolées, entre le sud de Grand'Peur et les collines des Emyn Muil. Quel fléau ou guerre ou forfait de l'Ennemi avait ainsi défiguré toute cette région, même Aragorn ne pouvait le dire.

À l'ouest, sur leur droite, le pays était tout aussi dénué d'arbres, mais il était plat et très souvent vert, car traversé de vastes prairies. De ce côté du Fleuve, ils passaient de grandes forêts de roseaux, si hautes qu'elles cachaient toute la vue à l'ouest, tandis que les petits bateaux longeaient leurs bords frémissants avec un doux clapotis. Leurs panaches flétris et sombres se balançaient dans l'air léger et froid avec un friselis mélancolique. De temps en temps, par des trouées, Frodo avait de soudains aperçus de prés onduleux, et plus loin, de collines éclairées par le couchant ; et à l'horizon, une ligne sombre où s'alignaient les premiers rangs des Montagnes de Brume dans leur marche vers le sud.

Il n'y avait pas le moindre signe ou mouvement d'êtres vivants, hormis les oiseaux. Ceux-ci étaient nombreux, petits volatiles sifflant et pépiant dans les roseaux, mais on les voyait rarement. Une ou deux fois, les voyageurs entendirent le froufrou et le gémissement d'ailes de cygne : levant les yeux, ils virent une grande phalange s'étirer sur le ciel.

« Des cygnes ! s'écria Sam. Et pas mal gros, en plus ! »

« Oui, dit Aragorn, et ce sont des cygnes noirs. »

« Tout ce vaste pays semble si vide et triste ! dit Frodo. J'ai toujours pensé que plus on descendait au sud, plus les terres devenaient chaudes et agréables, jusqu'à ce que l'hiver ne soit plus qu'un souvenir. »

« Mais nous ne sommes pas encore descendus loin au sud, répondit Aragorn. L'hiver est toujours là, et nous sommes loin de la Mer. Ici, le monde est froid jusqu'au soudain printemps, et nous pourrions encore avoir de la neige. Loin au midi, dans la baie du Belfalas où se jette l'Anduin, le temps est peut-être agréable, ou il le serait n'était la menace de l'Ennemi. Mais ici, nous ne sommes pas, je suppose, à plus de soixante lieues au-dessous du Quartier Sud de votre Comté, à de longues centaines de milles d'ici. Vous regardez en ce moment au sud-ouest, vers les plaines nord du Riddermark, le Rohan, où vivent les Seigneurs des Chevaux. Nous arriverons avant peu à l'embouchure de la Limeclaire, qui descend de Fangorn pour rejoindre le Grand Fleuve. Elle marque la frontière nord du Rohan ; et jadis, tout ce qui se trouvait entre la Limeclaire et les Montagnes Blanches appartenait aux Rohirrim. C'est une terre généreuse et attrayante, et l'herbe là-bas n'a pas son pareil ; mais en ces jours funestes, les gens ne vivent pas en bordure du Fleuve et n'y viennent pas souvent à cheval. L'Anduin est large, mais les Orques peuvent tirer leurs flèches à bonne distance sur la rive opposée ; et dernièrement, à ce que l'on dit, ils ont osé traverser l'eau et piller les troupeaux et les haras du Rohan. »

Sam promenait les yeux d'une rive à l'autre, l'air inquiet. Plus tôt, les arbres lui avaient paru hostiles, abritant peut-être des regards secrets ou des dangers embusqués ; maintenant, il aurait voulu que les arbres reviennent. Il avait le sentiment que la Compagnie était nue, flottant sur de petits bateaux à découvert au milieu de terres sans asile, sur un fleuve qui se trouvait être une frontière de guerre.

Dans les jours qui suivirent, à mesure qu'ils progressaient vers le sud, ce sentiment d'insécurité gagna toute la Compagnie. Pendant une journée entière, ils saisirent leurs pagaies et se dépêchèrent d'aller de l'avant. Les berges défilèrent. Bientôt, le Fleuve s'élargit et se fit moins profond : de longues plages pierreuses s'étendaient à l'est, et des bancs de cailloux apparaissaient sous l'eau qu'ils devaient soigneusement éviter. Les Terres Brunes s'élevèrent en de hautes plaines désertiques où soufflait un froid vent d'est. De l'autre côté, les prés s'étaient changés en coteaux vallonnés et secs, au milieu d'un pays de fagnes et d'herbe drue. Frodo frissonna, songeant aux pelouses et aux fontaines, au Soleil clair et aux douces averses de la Lothlórien. Peu de paroles et aucun rire ne montaient des bateaux. Chaque membre de la Compagnie était absorbé dans ses propres réflexions.

Le cœur de Legolas courait sous les étoiles d'une nuit d'été dans quelque clairière du Nord, parmi les bois de hêtres ; Gimli tâtait de l'or en pensée, se demandant si le minerai était assez noble pour garnir la monture du présent de la Dame. Merry et Pippin étaient mal à l'aise dans la barque du milieu, car Boromir murmurait entre ses dents, parfois en se rongeant les ongles, comme si un doute ou une inquiétude le dévorait, saisissant parfois une pagaie et approchant sa barque de celle d'Aragorn. Alors Pippin, assis en proue face vers l'arrière, voyait s'allumer une étrange lueur dans son regard, au moment où il dévisageait Frodo dans l'embarcation devant lui. Sam avait conclu depuis longtemps que, si les bateaux n'étaient peut-être pas aussi dangereux que ses aînés le lui avaient inculqué, ils étaient autrement plus inconfortables que ce qu'il avait lui-même imaginé. Il se sentait à l'étroit et malheureux, n'ayant rien d'autre à faire que de regarder le paysage hivernal avancer à pas de tortue, ainsi que l'eau grise de chaque côté. Même quand ils se servaient des pagaies, ils n'en confiaient jamais à Sam.

Le quatrième jour, à la nuit tombante, Sam regardait en arrière, par-dessus les têtes inclinées de Frodo et d'Aragorn et les embarcations qui les suivaient ; il somnolait et ne songeait plus qu'au prochain campement où il pourrait enfin sentir le sol sous ses pieds. Soudain, quelque chose attira son regard : il s'y arrêta, d'un œil indifférent au début, puis se redressa et se frotta les yeux ; mais lorsqu'il y regarda une deuxième fois, il ne vit plus rien.

Cette nuit-là, ils campèrent sur un petit îlot près de la rive occidentale. Sam était enroulé dans des couvertures au côté de Frodo. « J'ai fait un drôle de rêve une heure ou deux avant qu'on s'arrête, monsieur Frodo, dit-il. Mais p't-être bien que c'était pas un rêve. C'était drôle, en tout cas. »

« Oui, alors c'était quoi ? » demanda Frodo, sachant que Sam ne fermerait pas l'œil avant d'avoir raconté son histoire, qu'importe ce que c'était. « Rien n'a pu m'arracher un sourire depuis que nous avons quitté la Lothlórien. »

« C'était pas drôle de cette façon-là, monsieur Frodo. C'était bizarre. Vraiment pas normal, si je rêvais pas. Et vous feriez mieux de l'entendre. Eh bien, voilà : j'ai vu une bûche avec des yeux ! »

« D'accord pour la bûche, dit Frodo. Il y en a beaucoup sur le Fleuve. Mais laisse tomber les yeux ! »

« Ah ! ça non, dit Sam. C'est les yeux qui m'ont fait bondir, comme qui dirait. J'ai vu ce qui m'avait l'air d'une bûche flotter dans le demi-jour derrière la barque de Gimli ; mais je lui ai pas fait tellement attention. Puis on aurait dit que la bûche nous rejoignait petit à petit. Et j'ai trouvé ça particulier, comme on dit, vu que tout le monde flottait sur le Fleuve ensemble. C'est à ce moment-là que j'ai vu les yeux : deux espèces de points clairs, comme luisants, sur une bosse de ce côté-ci de la bûche. Et c'était pas une bûche, qui plus est, parce qu'elle avait des pieds palmés, presque comme un cygne, seulement ils avaient l'air plus gros, et ils arrêtaient pas de rentrer et de sortir de l'eau.

« C'est là que je me suis rassis tout d'un coup pour me frotter les yeux, prêt à crier si elle était encore là, une fois que je me serais eu désengourdi. Parce que le je-sais-pas-quoi, il arrivait vite derrière Gimli. Je sais pas si les deux lampes m'ont vu bouger et loucher dessus, ou bien si j'ai seulement repris mes sens. Mais quand j'ai regardé la deuxième fois, elles étaient plus là. N'empêche que j'ai cru voir du coin de l'œil, comme on dit, quelque chose de sombre se sauver dans l'ombre de la berge. Sauf que j'ai pas revu d'autres yeux par après.

« "Tu rêves encore, Sam Gamgie", que je me suis dit ; et j'ai rien dit d'autre sur le moment. Mais plus j'y pense, plus j'ai des doutes. Qu'est-ce que vous pensez de ça, monsieur Frodo ? »

« Je n'y verrais qu'une bûche dans la nuit tombante et le sommeil dans tes yeux, Sam, dit Frodo, si ces lampes n'avaient pas été vues avant. Mais elles l'ont été. Je les ai vues là-bas au nord, avant que nous arrivions dans la Lórien. Et j'ai vu une créature étrange grimper vers notre flet cette nuit-là, avec les mêmes yeux. Haldir l'a vue aussi. Et te souviens-tu des nouvelles rapportées par les Elfes qui ont poursuivi la bande d'Orques ? »

« Oh ! dit Sam, que oui ; et je me souviens aussi d'autre chose. J'aime pas trop l'idée qui me vient ; mais en pensant à ci et à ça, aux histoires de M. Bilbo et tout, je pense pouvoir mettre un nom sur cette créature-là, rien qu'en devinant. Un vilain nom. Gollum, peut-être ? »

« Oui, c'est ce que je crains depuis un bon moment, dit Frodo. Depuis cette nuit-là sur le flet. Je suppose qu'il était terré en Moria et qu'il a flairé notre piste là-bas ; mais j'espérais que notre séjour en Lórien l'aurait semé. Cette misérable créature devait être tapie dans les bois près de l'Argentine, surveillant notre départ ! »

« C'est à peu près ça, dit Sam. Et on ferait bien de se surveiller un peu mieux nous-mêmes, sinon, on se réveillera une de ces nuits avec de vilains doigts autour du cou, à supposer qu'on se réveille pour sentir quelque chose. Et c'est là que je voulais en venir. Pas la peine d'inquiéter l'Arpenteur ou les autres cette nuit. Je vais faire le guet. Je pourrai dormir demain, vu que je suis qu'un poids mort dans votre bateau, me direz-vous. »

« Oui, dit Frodo, et je dirais même : un poids mort avec des yeux. Tu pourras faire le guet ; mais seulement si tu promets de me réveiller à mi-chemin, si rien ne se produit avant cela. »

Au beau milieu de la nuit, Frodo fut tiré d'un sommeil profond et noir, trouvant Sam en train de le secouer. « C'est dommage de vous réveiller, chuchota Sam, mais c'est ce que vous avez dit. Y a rien à signaler, ou pas grand-chose. J'ai cru entendre des petits clapotis et une sorte de reniflement, y a un moment de ça ; mais on entend beaucoup de bruits bizarres la nuit au bord de l'eau. »

Il s'allongea, et Frodo se redressa, enveloppé dans ses couvertures, luttant contre le sommeil. Des minutes ou des heures passèrent lentement, mais rien ne se produisit. Frodo était sur le point de céder à la tentation de se recoucher lorsqu'une forme sombre, à peine visible, flotta jusqu'à l'un des bateaux amarrés. Une longue main blanchâtre se laissa faiblement distinguer, sortant de l'eau et agrippant le plat-bord :

deux yeux semblables à de pâles lanternes regardèrent à l'intérieur, jetant une froide lueur, puis ils se tournèrent vers Frodo assis sur l'îlot. Ils ne devaient pas être à plus de quelques pieds, et Frodo entendit le doux sifflement d'une inspiration. Il se leva, tirant Dard du fourreau, et se tint face aux yeux. Aussitôt, leur lumière s'éteignit. Il y eut un autre sifflement, suivi d'un plouf, et la bûche sombre s'élança dans le courant et disparut dans la nuit. Aragorn remua dans son sommeil, se tourna et se redressa.

« Qu'est-ce que c'est ? murmura-t-il, se levant d'un bond et allant trouver Frodo. J'ai senti quelque chose dans mon sommeil. Pourquoi avez-vous tiré votre épée ? »

« Gollum, répondit Frodo. Ou du moins, je le suppose. »

« Ah ! dit Aragorn. Vous avez donc repéré notre petit galopin ? Voilà depuis l'entrée de la Moria qu'il galope après nous, et il ne nous a pas lâchés d'une semelle jusqu'à la Nimrodel. Depuis que nous allons sur l'eau, il se couche sur une bûche et il rame en s'aidant des pieds et des mains. J'ai essayé de l'attraper une ou deux fois, la nuit ; mais il est plus rusé qu'un renard et aussi visqueux qu'un poisson. J'espérais que le voyage sur le Fleuve viendrait à bout de lui, mais il est trop bon nageur.

« Nous devrons essayer d'aller plus vite demain. Allongez-vous, maintenant ; je vais monter la garde pour le restant de la nuit. J'aimerais bien mettre la main sur ce scélérat. Il pourrait nous être utile. Mais si je ne réussis pas, il faudra essayer de le semer. Il est très dangereux. Sans parler d'un meurtre de nuit pour son propre compte, il pourrait alerter tout ennemi rôdant dans les parages et le mettre sur nos traces. »

La nuit passa sans qu'on revît même l'ombre de Gollum. Dès lors, la Compagnie resta sur ses gardes, mais personne ne l'aperçut de tout le restant du voyage. Si Gollum les suivait encore, il faisait preuve de beaucoup de prudence et de ruse. À la demande d'Aragorn, ils pagayaient maintenant sur de longues périodes, et les berges défilaient rapidement. Mais ils ne voyaient pas beaucoup le pays, car ils voyageaient surtout de nuit ou au crépuscule, se reposant dans la journée, et à l'abri des regards, dans la mesure où le terrain le permettait. Les jours passèrent ainsi sans incident jusqu'à la septième journée.

Le temps demeurait gris et couvert, avec un vent d'est, mais tandis que le soir se changeait en nuit, le ciel s'éclaircit loin au couchant, et des étangs baignés de faible lumière, jaunes et vert pâle, s'ouvrirent sous la rive nuageuse. Le mince croissant de la nouvelle Lune miroitait dans ces mares lointaines. Sam la regarda et fronça les sourcils.

Le lendemain, le pays de part et d'autre se mit à changer rapidement. Les berges s'élevèrent et devinrent rocailleuses. Bientôt, ils traversaient un pays de collines et de rochers, et les deux rives, très pentues, étaient ensevelies sous de profonds fourrés d'aubépines et de prunelliers, eux-mêmes envahis de ronces et de plantes rampantes. Derrière se dressaient des falaises basses et éboulées, ainsi que des cheminées de pierre grise et érodée, noires de lierre ; et derrière encore, de hautes crêtes couronnées de sapins tourmentés par le vent. Ils approchaient d'un pays de grises collines, les Emyn Muil, frontière méridionale de la Contrée Sauvage.

De nombreux oiseaux nichaient sur les falaises et les cheminées rocheuses, et haut dans les airs, des nuées ne cessèrent de tournoyer toute cette journée-là, noires sur le ciel pâle. Tandis que les voyageurs se reposaient au campement, Aragorn observait les volées d'un œil méfiant, se demandant si Gollum n'avait pas fait un mauvais coup, et si la nouvelle de leur voyage n'était pas en train de se répandre dans les terres sauvages. Plus tard, alors que le Soleil se couchait et que la Compagnie se dégourdissait et s'apprêtait à repartir, il discerna une tache noire dans le jour faiblissant : un grand oiseau, lointain et haut, qui tantôt tourbillonnait, tantôt volait lentement vers le sud.

« Voyez-vous cela, Legolas ? demanda-t-il, désignant le ciel au nord. S'agit-il, comme je le pense, d'un aigle ? »

« Oui, dit Legolas. C'est un aigle, un aigle qui chasse. Je me demande ce que cela présage. Il est loin des montagnes. »

« Nous ne partirons pas avant qu'il fasse complètement noir », dit Aragorn.

La huitième nuit de leur voyage arriva. Elle était silencieuse et sans vent ; le triste vent d'est était tombé. Le frêle croissant de Lune avait vite sombré dans un pâle coucher de Soleil, mais au-dessus d'eux, le ciel était dégagé. Dans le Sud, de vastes bancs de nuages luisaient encore faiblement, mais dans l'Ouest, les étoiles brillaient d'un vif éclat.

« Bon ! dit Aragorn. Nous allons hasarder un autre voyage de nuit. Nous arrivons à une partie du Fleuve que je ne connais pas très bien ; car je n'ai jamais voyagé sur l'eau dans cette région, d'ici aux rapides de Sarn Gebir. Mais si mes calculs sont exacts, les rapides se trouvent encore à bien des milles. Il y a tout de même des endroits dangereux d'ici là : des pierres et des îlots rocheux au milieu du cours d'eau. Il faudra être vigilants et ne pas nous presser. »

Sam, dans le bateau de tête, se vit confier la tâche de surveiller les eaux : penché en avant, il scrutait l'obscurité. La nuit s'épaississait, mais les étoiles du ciel semblaient étrangement claires et l'eau miroitait à la surface du Fleuve. Il était près de minuit, et ils allaient à la dérive depuis un certain temps, sans presque se servir des pagaies, quand Sam poussa un cri. À seulement quelques dizaines de pieds en avant, des formes sombres étaient soudain apparues au milieu des eaux, et il entendait les remous de l'eau vive. Un fort courant les entraînait à gauche, vers la rive orientale où le lit était dégagé. Emportés sur le côté, les voyageurs purent voir, maintenant très près d'eux, la pâle écume du Fleuve fouettant les rochers anguleux qui s'avançaient loin dans le cours d'eau comme une rangée de dents. Les embarcations étaient serrées les unes contre les autres.

« Holà, Aragorn ! s'écria Boromir, tandis que sa barque se heurtait à celle de leur chef. C'est de la folie ! On ne peut s'aventurer sur les Rapides en pleine nuit ! Mais aucun bateau ne peut survivre au Sarn Gebir, de jour ou de nuit. »

« Demi-tour, demi-tour ! cria Aragorn. Virez ! Virez si vous le pouvez ! » Il enfonça sa pagaie dans l'eau pour retenir l'embarcation et la faire tourner tête à queue.

« Je me suis trompé dans mes calculs, dit-il à Frodo. Je n'avais pas idée que nous étions parvenus si loin : l'Anduin coule plus vite que je ne le croyais. Le Sarn Gebir doit être déjà tout près. »

Au prix de maints efforts, ils stoppèrent les bateaux et les firent lentement virer de bord ; mais au début, ils ne purent beaucoup avancer contre le courant, qui les entraînait toujours plus près de la rive orientale. Elle s'élevait de plus en plus haut dans la nuit, sombre et menaçante.

« Tous ensemble, pagayez ! cria Boromir. Pagayez ! Ou nous irons nous fracasser sur les écueils. » À ce moment même, Frodo sentit sous lui la quille racler la pierre.

Des cordes d'arc vibrèrent alors : plusieurs flèches sifflèrent au-dessus de leurs têtes, et quelques-unes tombèrent parmi eux. L'une d'elles atteignit Frodo entre les omoplates, et il plongea en avant avec un cri, lâchant sa pagaie ; mais la flèche retomba, déjouée par sa cotte de mailles invisible. Une autre traversa le capuchon d'Aragorn ; et une troisième se ficha dans le plat-bord de la seconde barque, près de la main de Merry. Sam crut discerner des formes sombres courant çà et là sur les plages de galets qui s'étendaient sous la berge orientale. Elles semblaient très proches.

« *Yrch !* » fit Legolas, s'exclamant dans sa propre langue.

« Des Orques ! » cria Gimli.

« Y a du Gollum là-dessous, je parie, dit Sam à

Frodo. Et ils ont choisi un bon endroit, en plus. On dirait que le Fleuve nous entraîne tout droit dans leurs bras ! »

Tous se penchèrent en avant, faisant force de rames : même Sam y mit du sien. À tout moment, ils s'attendaient à sentir la morsure de flèches empennées de noir. Elles piaulaient au-dessus d'eux en grand nombre, ou pleuvaient sur l'eau alentour ; mais aucune autre ne fit mouche. Il faisait noir, mais pas assez pour faire échec à la vision nocturne des Orques ; et à la lueur des étoiles, la Compagnie devait offrir une assez bonne cible à ces tireurs experts – à moins que les capes grises de la Lórien et le bois gris des bateaux elfiques n'aient déjoué la malveillance des archers du Mordor.

Ils pagayèrent sans relâche. Dans les ténèbres, ils n'étaient jamais vraiment sûrs d'avancer réellement ; mais peu à peu, les remous diminuèrent et l'ombre de la rive orientale se fondit de nouveau dans la nuit. Enfin, pour autant qu'ils aient pu en juger, ils avaient regagné le milieu du cours d'eau et ramené leurs embarcations à quelque distance en amont de la saillie rocheuse. Puis, virant à demi, ils les poussèrent de toutes leurs forces vers la rive occidentale. Ils s'arrêtèrent dans l'ombre de buissons penchés au-dessus de l'eau et reprirent leur souffle.

Legolas déposa sa pagaie et se saisit de l'arc qu'il avait reçu en Lórien. Il bondit alors sur la terre ferme et remonta la berge de quelques pas. Il banda son arc et mit la corde en place, puis encocha une flèche et se retourna, scrutant les ténèbres sur le Fleuve. Des cris stridents montaient de l'autre côté, mais rien ne se voyait.

Frodo leva les yeux vers l'Elfe au-dessus de lui, dressé de toute sa hauteur et sondant la nuit en quête d'une cible. Sa tête était sombre, couronnée d'étoiles blanches et perçantes qui scintillaient derrière lui dans les étangs noirs du ciel. Mais les grands nuages déployèrent leurs voiles et montèrent alors du sud, dépêchant de sombres avant-coureurs dans les champs étoilés. Une peur soudaine s'empara de la Compagnie.

« *Elbereth Gilthoniel !* » soupira Legolas, levant la tête. Et à ce moment même, une forme noire – tel un nuage, mais non un vrai nuage, car elle allait beaucoup plus vite – se détacha de la noirceur du sud et vola vers la Compagnie, avalant toute lumière à son approche. Bientôt, elle prit l'aspect d'une grande créature ailée, plus noire que les puits du ciel. Sur l'autre rive, des voix féroces s'élevèrent pour l'accueillir. Frodo se sentit parcouru d'un soudain frisson qui l'agrippa au cœur ; et un froid mortel, comme le souvenir d'une vieille blessure, lui glaça l'épaule. Il s'accroupit comme pour se cacher.

Soudain, le grand arc de Lórien chanta. La flèche siffla, quittant la corde elfique. Presque au-dessus de l'Elfe, la forme ailée plongea brusquement. Il y eut un cri éraillé, semblable à un croassement, tandis qu'elle s'écrasait du haut des airs et disparaissait dans les ténèbres de la rive opposée. Le ciel retrouva sa pureté. Un tumulte s'éleva, comme de nombreuses voix jurant et gémissant dans l'obscurité, puis ce fut le silence. Plus une flèche, plus un cri ne vint de l'est cette nuit-là.

Au bout d'un moment, Aragorn les fit remonter le courant. Ils longèrent la rive sombre sur quelque distance, jusqu'à une anse peu profonde. Là, quelques arbres bas poussaient au bord de l'eau, sous une berge rocheuse et escarpée. La Compagnie décida de s'y arrêter pour attendre l'aube : il était inutile de tenter d'aller plus loin cette nuit-là. Ils ne firent aucun campement et n'allumèrent aucun feu, mais se blottirent au fond des embarcations amarrées les unes auprès des autres.

« Loués soient l'arc de Galadriel, et la main et l'œil de Legolas ! dit Gimli, tout en mastiquant une gaufrette de *lembas.* C'était un formidable tir à l'aveugle, ça, mon ami ! »

« Mais qui saurait dire ce qu'il a touché ? » dit Legolas.

« Pas moi, dit Gimli. Mais je suis content que l'ombre n'ait pu s'approcher davantage. Je ne l'aimais point du tout. Elle me rappelait trop l'ombre que j'ai vue en Moria – l'ombre du Balrog », acheva-t-il en un murmure.

« Ce n'était pas un Balrog, dit Frodo, encore frissonnant. C'était quelque chose de plus froid. Je crois que c'était… » Puis il s'arrêta et demeura silencieux.

« Que croyez-vous ? » demanda Boromir avec avidité, se penchant hors de sa barque, comme s'il voulait entrevoir le visage de Frodo.

« Je crois… Non, je ne veux pas le dire, répondit Frodo. Mais qu'importe ce que c'était, sa chute a semé le désarroi chez nos ennemis. »

« Il semblerait que oui, dit Aragorn. Mais où ils sont, et combien, et ce qu'ils feront ensuite, nous n'en avons pas la moindre idée. Cette nuit, nous serons tous privés de sommeil ! L'obscurité nous enveloppe, pour l'instant. Mais qui sait ce que le jour révélera ? Gardez vos armes à portée de main ! »

Sam contemplait le ciel en tapotant la poignée de son épée, comme s'il comptait sur ses doigts. « C'est très étrange, murmura-t-il. La Lune est la même dans le Comté et la Contrée Sauvage, ou en tout cas elle le devrait. Mais soit elle a changé sa course, soit je me fourre le doigt dans l'œil jusqu'au coude. Vous vous rappelez, monsieur Frodo, la Lune décroissait quand on a passé la nuit sur le flet en haut de l'arbre : à vue de nez, elle devait avoir été pleine une semaine avant. Hier, il y avait à peine une semaine qu'on était repartis, et v'là qu'une nouvelle Lune apparaît, mince comme une rognure d'ongle, comme si on n'était jamais restés dans le pays des Elfes.

« Eh bien, moi, je me rappelle au moins trois nuits là-bas, et j'ai comme l'impression qu'il y en a eu bien d'autres, mais je mettrais ma main au feu que c'était pas un mois complet. C'est comme si le temps avait pas compté, dans le pays des Elfes ! »

« C'est bien possible, dit Frodo. Là-bas, nous vivions peut-être en un temps qui, partout ailleurs, est révolu depuis longtemps. C'est quand l'Argentine nous a ramenés sur les eaux de l'Anduin, je pense, que nous avons retrouvé le temps qui s'écoule dans les terres mortelles, jusqu'à la Grande Mer. Et je n'ai vu aucune Lune, nouvelle ou autre, à Caras Galadhon : rien que les étoiles de nuit et le Soleil de jour. »

Legolas remua dans sa barque. « Non, jamais le temps ne s'arrête, dit-il, mais la croissance et le changement ne sont pas les mêmes en toutes choses et en tous lieux. Pour les Elfes, le monde se meut, et il se meut à la fois très vite et très lentement. Vite, parce qu'eux-mêmes changent peu et que tout le reste est fugitif : c'est pour eux un chagrin. Lentement, parce qu'il n'est point besoin de compter les années qui défilent, pas pour eux. La ronde des saisons n'est qu'une suite d'ondulations infiniment répétées sur le long, long cours d'eau. Pourtant, sous la Soleil, toutes choses doivent s'user et disparaître enfin. »

« Mais l'usure est lente en Lórien, dit Frodo. Le pouvoir de la Dame y réside. Riches sont les heures, aussi éphémères puissent-elles sembler, à Caras Galadhon où Galadriel détient l'Anneau elfique. »

« Ce n'aurait pas dû être dit en dehors de la Lórien, pas même à moi, dit Aragorn. N'en parlez pas davantage ! Mais c'est ainsi, Sam : dans ce pays, vous avez perdu le compte. Le temps a fui sous nos yeux, comme pour les Elfes. La vieille Lune est passée, et une nouvelle Lune a pu croître et décroître pendant notre séjour là-bas. Et hier soir, une nouvelle Lune s'est encore levée. L'hiver touche à sa fin. Le temps se hâte vers un printemps sans grand espoir. »

La nuit passa en silence. Aucune voix, aucun appel ne fut plus entendu sur la rive opposée. Les voyageurs blottis dans leurs embarcations sentirent le temps changer. L'air devint chaud et complètement immobile sous les grands nuages d'humidité voguant depuis le Sud et les mers lointaines. La rumeur du Fleuve sur les rochers des rapides parut s'intensifier et se rapprocher. Les menues branches au-dessus d'eux se mirent à dégoutter.

Au lever du jour, le monde avait pris une humeur

douce et triste. L'aube grandit lentement, donnant une pâle lumière, diffuse et sans ombre. Le Fleuve était brumeux, et un brouillard blanc enveloppait la rive ; celle d'en face était cachée.

« J'ai horreur du brouillard, dit Sam, mais celui-là me paraît chanceux. Maintenant, on pourra peut-être se sauver sans que ces maudits gobelins nous voient. »

« Peut-être, dit Aragorn. Mais nous aurons du mal à trouver notre chemin, à moins que le brouillard ne se lève bientôt. Et il nous faut le trouver, si nous devons passer le Sarn Gebir et atteindre les Emyn Muil. »

« Je ne vois par pourquoi nous devrions passer les Rapides ou suivre le Fleuve plus longtemps, dit Boromir. Si les Emyn Muil sont devant nous, nous n'avons qu'à laisser ces coquilles de noix pour prendre à l'ouest et au sud, et ainsi franchir l'Entévière pour arriver dans mon pays. »

« Certes, si nous allions à Minas Tirith, dit Aragorn, mais nous n'avons encore rien décidé. Et un tel trajet peut être plus dangereux qu'il n'y paraît. Le bassin de l'Entévière est plat et marécageux, et le brouillard est un péril mortel pour ceux qui s'y déplacent à pied avec un chargement sur le dos. Je n'abandonnerai pas nos bateaux avant d'y être obligé. Au moins, le Fleuve est un chemin impossible à manquer. »

« Mais l'Ennemi tient la rive orientale, objecta Boromir. Et même si vous passez le Portail des Argonath et parvenez sans encombre à l'Aigreroc, qu'allez-vous faire ensuite ? Sauter du haut des Chutes et vous jeter dans les marais ? »

« Non ! répondit Aragorn. Dites plutôt que nous porterons nos embarcations par l'ancien chemin qui mène au Pied-du-Rauros, où nous pourrons les remettre à l'eau. Ignorez-vous, Boromir, ou faites-vous mine d'oublier l'Escalier du Nord, et le haut siège sur l'Amon Hen, construits au temps des grands rois ? Moi, en tout cas, j'ai l'intention de me tenir en ce haut lieu une nouvelle fois, avant de décider du chemin que je prendrai. Peut-être y verrons-nous quelque signe pour nous guider. »

Boromir résista longuement à cette idée ; mais lorsqu'il apparut que Frodo suivrait Aragorn où qu'il choisît d'aller, il dut s'avouer vaincu. « Ce n'est pas dans la manière des Hommes de Minas Tirith de déserter leurs amis quand le besoin les presse, dit-il, et vous aurez besoin de ma force, si jamais vous atteignez l'Aigreroc. J'irai jusqu'à cette haute île, mais pas plus loin. Là, je me tournerai vers mon pays, seul, si mon aide ne m'a pas valu la récompense de quelque compagnie. »

Le jour grandissait, et le brouillard s'était un peu levé. Il fut décidé qu'Aragorn et Legolas descendraient aussitôt le long de la rive, pendant que les autres resteraient près des bateaux. Aragorn espérait trouver un moyen de porter leurs embarcations et leurs bagages aux eaux plus calmes, en aval des Rapides.

« Sur le Sarn Gebir, les bateaux des Elfes ne couleraient peut-être pas, dit-il, mais cela ne veut pas dire que nous en ressortirions vivants. Personne ne l'a encore fait. Jamais les Hommes du Gondor n'ont tracé de route dans la région, car même au faîte de leur grandeur, leur souveraineté sur l'Anduin ne s'étendait pas au-delà des Emyn Muil ; mais il y a un sentier de portage quelque part sur la rive occidentale, si j'arrive à le trouver. Il ne peut pas avoir déjà disparu ; car des embarcations descendaient autrefois de la Contrée Sauvage jusqu'à Osgiliath, et elles le faisaient encore il y a quelques années à peine, avant que les Orques du Mordor commencent à proliférer. »

« J'ai rarement vu des bateaux arriver du Nord, dit Boromir ; et les Orques rôdent sur la rive orientale. Si vous persévérez, le danger croîtra à chaque mille, même si vous trouvez un sentier. »

« Le danger nous guette sur toutes les routes du Sud, répondit Aragorn. Attendez-nous une journée. Si nous ne revenons pas d'ici là, vous saurez hors de tout doute qu'il nous est arrivé malheur. Alors il vous faudra choisir un nouveau chef et le suivre de votre mieux. »

C'est avec le cœur lourd que Frodo vit Aragorn et Legolas gravir la berge escarpée et disparaître dans les brumes ; mais ses craintes étaient infondées. Seulement deux ou trois heures s'étaient écoulées, et il était à peine midi, quand les formes indécises des explorateurs furent de nouveau aperçues.

« Tout va bien, dit Aragorn, redescendant la berge avec difficulté. Il y a une piste, et elle mène à un bon embarcadère encore utilisable. Ce n'est pas loin : le commencement des Rapides n'est qu'à un demi-mille en aval, et ils font moins d'un mille de long. Peu après, le cours d'eau se libère et redevient calme, même si le courant est fort. Le plus difficile sera d'amener nos bateaux et bagages au vieux sentier de portage. Nous l'avons trouvé, mais ici, il se tient assez loin du bord, s'abritant sous une paroi rocheuse, à un furlong ou plus de la rive. Nous n'avons pas trouvé l'autre débarcadère au nord. S'il existe encore, nous avons dû le dépasser hier soir. Nous pourrions ramer longtemps à contre-courant et le rater dans le brouillard. Il faudra, j'en ai peur, quitter le Fleuve ici même et nous rendre au sentier de portage du mieux que nous le pourrons. »

« Serions-nous tous des Hommes que la tâche serait ardue », dit Boromir.

« Nous la tenterons pourtant, tels que nous sommes », dit Aragorn.

« Et comment, dit Gimli. Les jambes des Hommes traînent en chemin cahoteux, alors qu'un Nain s'acharne, le fardeau serait-il deux fois plus lourd que lui, maître Boromir ! »

La tâche fut en effet ardue, mais elle finit par être menée à bien. On sortit les paquets des embarcations et on les déposa en haut de la berge, où se trouvait un espace plat. Les barques furent ensuite tirées hors de l'eau et transportées par le même chemin. Elles étaient beaucoup moins lourdes que l'on ne s'y attendait. Legolas lui-même ne savait de quel arbre du pays elfique elles étaient faites : son bois était résistant, bien qu'étrangement léger. Merry et Pippin, à eux seuls, pouvaient aisément porter leur barque en terrain plat. Il fallut néanmoins la force de deux Hommes pour les acheminer à travers le pays que la Compagnie devait maintenant traverser. En s'éloignant du Fleuve, il ne cessait de monter, gris et désertique, jonché de grosses pierres calcaires et parsemé de trous dissimulés sous les mauvaises herbes et les buissons ; il y avait des fourrés de ronces et des fossés abrupts, ainsi que des mares fangeuses alimentées par les eaux qui ruisselaient du haut des terrasses de l'arrière-pays.

Boromir et Aragorn transportèrent les bateaux un à un, tandis que les autres les suivaient à grand-peine avec les bagages. Enfin, tous leurs effets furent déposés sur le sentier de portage. Alors, sans plus rencontrer d'obstacles, hormis les ronciers exubérants et les nombreuses pierres éboulées, ils poursuivirent leur route tous ensemble. Des nappes de brouillard s'accrochaient encore à la paroi rocheuse, très effritée ; tandis que sur leur gauche, le Fleuve était voilé de brume : ils entendaient ses eaux écumeuses se précipiter sur les écueils et les dents pointues du Sarn Gebir, mais ils ne pouvaient les voir. Ils durent refaire le voyage une fois afin d'apporter toutes leurs affaires à l'embarcadère du sud.

Là, le sentier de portage redescendait doucement jusqu'à l'eau, menant au bord peu profond d'une petite crique. Elle semblait avoir été creusée dans le rivage, non de main d'homme, mais par le remous des eaux qui affluaient du Sarn Gebir et qui rencontraient une jetée de pierres basses que l'on voyait s'avancer assez loin dans le cours d'eau. Au-delà, la rive s'élevait à pic en une falaise grise, et il n'était plus possible de continuer à pied.

Le court après-midi avait fui et un crépuscule sombre et nuageux s'installait. Assis au bord de l'eau, ils prêtaient l'oreille au grondement confus des Rapides cachés dans la brume ; ils étaient las et somnolents, et ils avaient le cœur aussi sombre que le jour moribond.

« Eh bien, nous y voilà, mais il faudra passer une autre nuit ici, dit Boromir. Nous avons besoin de sommeil, et même si Aragorn voulait passer le Portail des

Argonath à la faveur de la nuit, nous sommes tous trop épuisés – sauf, bien sûr, notre infatigable Nain. »

Gimli ne répondit pas : il somnolait sur place.

« Reposons-nous ce soir autant que nous le pourrons, dit Aragorn. Demain, il faudra recommencer à voyager de jour. À moins que le temps ne nous trahisse et ne change encore une fois, nous aurons de bonnes chances de nous esquiver sans être aperçus des yeux qui guettent sur l'autre rive. Mais ce soir, nous devrons monter la garde par paires, à tour de rôle : trois heures de repos et une heure de guet. »

Cette nuit-là, il n'arriva rien de pire qu'une bruine de courte durée, une heure avant l'aube. Ils se mirent en route aussitôt qu'il fit clair. Déjà, le brouillard s'amincissait. Serrant la rive occidentale le plus possible, ils voyaient les formes indistinctes des falaises basses s'élever toujours plus haut, parois ombreuses baignant leurs pieds dans le courant. En milieu de matinée, les nuages s'abaissèrent et une pluie forte se mit à tomber. Tirant les couvertures de peau sur leurs barques afin d'éviter qu'elles soient inondées, ils se laissèrent glisser sur l'eau ; ils ne voyaient pas grand-chose, devant eux ou alentour, à travers les rideaux de pluie grise.

Toutefois, l'averse ne dura pas. Peu à peu, le ciel s'éclaircit, puis les nuages se rompirent soudain et traînèrent leurs franges souillées vers le nord, remontant le Fleuve. Brumes et brouillards avaient disparu. Les voyageurs se trouvèrent face à un large ravin, bordé de hauts escarpements rocheux auxquels s'accrochaient ici et là, sur des corniches ou dans d'étroites fissures, des arbres tortillards. Le chenal se resserra et le Fleuve se hâta. Ils allaient à présent à vive allure, sans grand espoir de s'arrêter ou de virer, peu importe ce qu'ils trouveraient sur leur passage. Au-dessus d'eux se déroulait un sentier de ciel bleu pâle, tandis qu'autour d'eux s'étendait le Fleuve, ombreux et encaissé, et devant eux, noires, bloquant les rayons du Soleil, les collines des Emyn Muil, qui ne laissaient voir aucune brèche.

Frodo, scrutant le lointain, vit s'avancer deux grands rochers, comme de hauts pics ou d'immenses colonnes de pierre. Ils se dressaient, grands et sinistres, de part et d'autre du cours d'eau. Une ouverture étroite apparut entre eux : le Fleuve les emportait vers celle-ci.

« Voyez les Argonath, les Piliers des Rois ! s'écria Aragorn. Nous y serons bientôt. Restez en file, et ne vous suivez pas de trop près ! Tenez le milieu du cours d'eau ! »

Tandis que Frodo était entraîné vers eux, les grands piliers s'élevèrent comme des tours pour l'accueillir. On aurait dit deux géants, vastes formes grises aussi silencieuses que menaçantes. Puis il vit qu'elles étaient en fait ouvrées et façonnées : le savoir-faire et la puissance d'autrefois les avaient taillées à la ressemblance de figures majestueuses, que les Soleils et les pluies des années oubliées n'avaient toujours pas effacées. Sur de grands socles fondés dans les eaux profondes se tenaient deux grands rois de pierre ; et toujours les yeux voilés et les sourcils crevassés, ils fixaient le nord avec sévérité. Chacun levait la main gauche, paume vers l'extérieur, en signe d'avertissement ; dans leur main droite se voyait une hache ; sur leur tête étaient un casque et une couronne effrités.

Ils respiraient toujours la puissance et la majesté, gardiens silencieux d'un royaume de longtemps disparu. Frodo, intimidé, fut pris de peur et se recroquevilla au fond de la barque, fermant les yeux et n'osant relever la tête. Même Boromir courba le chef tandis que les bateaux étaient emportés, telles de petites feuilles frêles et fugitives, dans l'ombre pérenne des sentinelles de Númenor. Ainsi, ils passèrent dans la gorge sombre du Portail.

De redoutables à-pics s'élevèrent de chaque côté à des hauteurs indevinables. Le ciel pâle semblait lointain. Les eaux noires grondaient, parcourues d'échos, et un vent hurlait sur les flots. Frodo, ramassé sur ses genoux, entendit Sam à l'avant marmonner et grogner : « Quel endroit ! Quel horrible endroit ! Attendez que je sorte de ce bateau, et vous me reverrez plus jamais patauger dans les flaques, encore moins dans une rivière ! »

« N'ayez crainte ! » dit une voix étrange derrière lui. Frodo se retourna et vit l'Arpenteur – mais ce n'était pas l'Arpenteur, car le Coureur buriné par les intempéries avait disparu. À la poupe était assis Aragorn fils d'Arathorn, fier et droit, donnant d'habiles coups de rame pour diriger l'esquif ; son capuchon était rejeté en arrière et ses cheveux sombres flottaient au vent ; une lueur était dans ses yeux : un roi rentrant d'exil dans son pays.

« N'ayez crainte ! dit-il. J'ai longtemps souhaité contempler les images de mes ancêtres d'autrefois, Isildur et Anárion. Sous leur ombre, Elessar, la Pierre elfe, fils d'Arathorn de la Maison de Valandil fils d'Isildur, héritier d'Elendil, n'a rien à redouter ! »

Puis la lueur dans ses yeux s'éteignit, et il parla

pour lui-même : « Si seulement Gandalf était ici ! Comme mon cœur languit de retrouver Minas Anor et les murs de ma propre cité ! Mais par où irai-je désormais ? »

La gorge était longue et sombre ; l'écho de la pierre l'emplissait tout entière, et le bruit du vent et de l'eau vive. Elle déviait quelque peu vers l'ouest, de sorte qu'au début, tout était sombre devant eux ; mais Frodo vit bientôt apparaître une haute brèche de lumière, laquelle allait toujours en s'élargissant. Elle venait à vive allure, et soudain les bateaux la passèrent, débouchant dans une vaste clarté.

Le Soleil, depuis longtemps sur son déclin, brillait dans un ciel venteux. Les eaux emprisonnées s'épanchaient dans un long lac ovale, le pâle Nen Hithoel, entouré de collines grises et escarpées, aux flancs recouverts d'arbres, mais dont les têtes dénudées luisaient froidement au Soleil. À l'extrémité sud du plan d'eau, s'élevaient trois cimes. Celle du milieu se tenait un peu devant les autres et à l'écart, formant une île autour de laquelle le long Fleuve jetait de pâles bras miroitants. Le vent portait un grondement, distant mais profond, comme un roulement de tonnerre entendu au loin.

« Voilà Tol Brandir ! dit Aragorn, pointant l'index au sud, vers le haut sommet. Sur la gauche se trouve l'Amon Lhaw, et à droite se dresse l'Amon Hen, les Collines de l'Ouïe et de la Vue. À l'époque des grands rois, il y avait là de hauts sièges où l'on exerçait une surveillance. Mais nul homme ni bête, dit-on, n'a jamais foulé Tol Brandir. Nous gagnerons ces collines avant la nuit tombée. J'entends la voix infinie du Rauros qui appelle. »

La Compagnie se reposa alors quelque temps, portée au sud par le courant qui traversait le lac en son milieu. Ils mangèrent un peu, puis ils se servirent des pagaies afin de hâter leur progression. À l'ouest, les flancs des collines se couvrirent d'ombre et le Soleil se fit rond et rouge. On vit poindre çà et là une étoile brumeuse. Les trois cimes s'élevèrent devant eux et s'enténébrèrent. Le Rauros rugissait d'une voix forte. Quand les voyageurs parvinrent enfin dans l'ombre des collines, la nuit s'étendait déjà sur les eaux.

Le dixième jour de leur voyage touchait à sa fin. La Contrée Sauvage était derrière eux. Ils ne pouvaient aller plus loin sans choisir entre la voie de l'est et celle de l'ouest. La dernière étape de la Quête les attendait.

10

L'éclatement de la Fraternité

Aragorn les mena vers le bras droit du Fleuve. Là, sur sa rive ouest, dans l'ombre de Tol Brandir, une pelouse verte descendait jusqu'à l'eau depuis la base de l'Amon Hen. Derrière s'élevaient les premières pentes douces de la colline boisée, et des arbres couraient aussi vers l'ouest, sur les rives arrondies du lac. Une petite source descendait en cascade et venait arroser l'herbe.

« Nous allons nous reposer ici ce soir, dit Aragorn. C'est la pelouse de Parth Galen : un bel endroit les jours d'été au temps jadis. Espérons qu'aucun mal n'est encore venu ici. »

Ils remontèrent leurs barques sur les rives vertes et établirent leur campement non loin. Ils montèrent la garde à tour de rôle, mais ils ne virent ou n'entendirent aucun signe de leurs ennemis. Si Gollum avait trouvé moyen de les suivre, il demeurait invisible et silencieux. Toutefois, à mesure que la nuit avançait, Aragorn devint de plus en plus agité : souvent il remuait dans son sommeil et se réveillait.

Aux premières heures, il se leva et alla trouver Frodo, qui effectuait son tour de garde.

« Pourquoi vous levez-vous ? dit Frodo. Ce n'est pas votre tour. »

« Je ne sais pas, répondit Aragorn, mais j'ai senti dans mon sommeil une ombre et une menace grandissantes. Il serait bon de tirer votre épée. »

« Pourquoi ? demanda Frodo. Y a-t-il des ennemis à proximité ? »

« Voyons ce que Dard pourra nous montrer », répondit Aragorn.

Frodo tira alors la lame elfe de son fourreau. À son grand désarroi, ses bords luisaient faiblement dans la nuit. « Des Orques ! dit-il. Pas très proches, mais tout de même trop proches, on dirait. »

« C'est bien ce que je craignais, dit Aragorn. Mais peut-être ne sont-ils pas de ce côté du Fleuve. L'éclat de Dard est faible, et il peut ne s'agir que d'espions du Mordor rôdant sur les pentes de l'Amon Lhaw. Je n'ai jamais entendu dire que des Orques se soient trouvés sur l'Amon Hen. Mais qui sait ce que ces jours sinistres peuvent amener, alors que Minas Tirith ne défend plus les passages de l'Anduin. Il nous faudra être vigilants demain. »

Le jour se leva comme un brasier fumant. À l'est, des bancs de nuages noirs s'étendaient à l'horizon comme les effluves d'un grand incendie. Le Soleil levant les enflammait par en dessous, leur donnant un éclat rouge sombre ; mais il ne tarda pas à s'élever au-dessus d'eux dans un ciel clair. Le sommet de Tol Brandir était couronné d'or. Frodo leva les yeux vers l'est et contempla la haute île. Ses flancs surgissaient à pic des eaux courantes. Loin au-dessus des hautes falaises, des arbres escaladaient les pentes abruptes, cime après cime ; et plus haut encore, des rochers inaccessibles présentaient leur face grise, coiffés d'une grande aiguille de pierre. De nombreux oiseaux tournoyaient autour d'elle, mais il n'y avait pas le moindre signe d'autres êtres vivants.

Quand ils eurent mangé, Aragorn appela la Compagnie à s'assembler. « Le jour est enfin venu, dit-il : le jour du choix longtemps différé. Qu'adviendra-t-il de notre Compagnie, elle qui a voyagé si loin dans la fraternité ? Irons-nous vers l'ouest avec Boromir aux guerres du Gondor ; ou marcherons-nous vers l'est, vers la Peur et l'Ombre ; ou briserons-nous notre fraternité, laissant chacun libre d'aller où il voudra ? Quoi que nous fassions, il faut faire vite. Nous ne pouvons nous arrêter longtemps ici. L'Ennemi est sur la rive orientale, nous le savons ; mais je crains que les Orques n'aient déjà traversé de ce côté-ci de l'eau. »

Il y eut un long silence. Personne ne bougea ni ne parla.

« Eh bien, Frodo, dit enfin Aragorn. Je crains que le fardeau ne repose sur vous. Vous êtes le Porteur désigné par le Conseil. Vous seul pouvez décider du chemin que vous emprunterez. En cela, je ne puis vous conseiller. Je ne suis pas Gandalf, et si j'ai tenté d'assumer son rôle, je ne sais quel dessein ou espoir il entrevoyait pour aujourd'hui, si même il en avait un. Et il est probable que s'il était ici, le choix vous reviendrait tout de même. Tel est votre destin. »

Frodo ne répondit pas tout de suite. Puis il parla lentement. « Je sais qu'il faut faire vite, mais je n'arrive pas à choisir. C'est un lourd fardeau. Donnez-moi une heure encore et je parlerai. Laissez-moi seul ! »

Aragorn le considéra avec compassion. « Très bien, Frodo fils de Drogo, dit-il. Vous aurez une heure, et vous serez seul. Nous resterons quelque temps ici. Mais ne vous éloignez pas trop, et restez à portée de voix. »

Frodo resta assis un moment la tête basse. Sam, qui observait son maître avec beaucoup d'inquiétude, secoua la tête et marmonna : « Clair comme de l'eau de roche ; mais c'est pas Sam Gamgie qui irait s'en mêler pour le moment. »

Frodo se leva alors et s'éloigna ; mais Sam remarqua que, tandis que les autres s'abstenaient de le dévisager, Boromir le suivit d'un regard attentif, jusqu'à ce qu'il disparaisse parmi les arbres au pied de l'Amon Hen.

Après avoir erré sans but à travers le bois, Frodo sentit que ses pas le conduisaient vers les pentes de la colline. Il parvint à un sentier, restes à demi effacés d'une route de l'ancien temps. Aux endroits abrupts, des escaliers de pierre avaient été taillés, mais ils étaient beaucoup érodés et fendus, partout malmenés par les racines des arbres. Frodo grimpait depuis un certain temps, sans se soucier d'où il allait, lorsqu'il parvint à un endroit herbeux. Des sorbiers poussaient alentour, et une grande pierre plate se trouvait au milieu. Cette petite pelouse surélevée était ouverte sur l'est, et elle était à présent inondée de Soleil matinal. Frodo s'arrêta et regarda par-dessus les eaux du Fleuve, vers Tol Brandir et les oiseaux qui tournoyaient dans l'immense gouffre d'air qui le séparait de l'île vierge. La voix du Rauros montait comme un formidable rugissement, mêlée d'un grondement profond et vibrant.

Il s'assit sur la pierre et posa le menton dans ses mains, tourné vers l'est, les yeux dans le vague. Tout ce qui s'était produit depuis que Bilbo avait quitté le Comté défilait dans sa tête, et il se rappela toutes les paroles de Gandalf dont il put se souvenir et les médita longuement. Le temps passait, mais Frodo n'était pas plus près d'en arriver à un choix.

Soudain, il sortit de sa réflexion : il avait l'étrange sensation que quelqu'un était derrière lui, que des yeux hostiles le guettaient. Se levant d'un bond, il se retourna ; mais à sa grande surprise il ne vit que Boromir, et son visage était aimable et souriant.

« J'avais peur pour vous, Frodo, dit-il en s'avançant. Si Aragorn a raison et qu'il y a des Orques aux alentours, aucun de nous ne devrait errer seul, vous encore moins : tant de choses dépendent de vous. Et j'ai le cœur trop lourd. Puis-je rester et vous parler un peu, maintenant que je vous ai trouvé ? Ce serait pour moi un réconfort. Quand les voix sont nombreuses, tout propos devient un débat sans fin. Mais à deux, peut-être est-ce possible de trouver la sagesse. »

« C'est gentil à vous, répondit Frodo. Mais je ne vois pas quels propos pourraient m'aider. Car je sais ce que je dois faire, mais j'ai peur de le faire, Boromir : peur. »

Boromir resta silencieux. Le Rauros rugissait sans fin. Le vent murmurait aux branches des arbres. Frodo frissonna.

Soudain, Boromir vint s'asseoir à côté de lui. « Êtes-vous sûr de ne pas souffrir inutilement ? dit-il. Je souhaite vous aider. Votre choix est difficile : il faut vous donner conseil. N'accepterez-vous pas le mien ? »

« Je crois savoir quel conseil vous me donneriez, Boromir, dit Frodo. Et cela paraîtrait sage, n'était la mise en garde de mon cœur. »

« La mise en garde ? Contre quoi ? » dit brusquement Boromir.

« Contre les faux-fuyants. Contre la voie de la facilité. Contre le refus du fardeau qui m'est échu. Contre… eh bien, puisqu'il faut le dire, contre le fait de s'en remettre à la force et à la loyauté des Hommes. »

« Pourtant, cette force vous a longtemps protégé à votre insu, là-bas dans votre petit pays. »

« Je ne doute pas de la valeur de votre peuple. Mais le monde change. Les murs de Minas Tirith sont peut-être forts, mais ils ne le sont pas assez. S'ils cèdent, qu'arrivera-t-il alors ? »

« Nous tomberons vaillamment au combat. Mais on peut encore espérer qu'ils tiendront. »

« Pas tant que l'Anneau subsiste », dit Frodo.

« Ah ! L'Anneau ! » dit Boromir, et ses yeux s'allumèrent. « L'Anneau ! N'est-il pas ironique que nous éprouvions tant de peur et de doute pour une si petite chose ? Une si petite chose ! Et je ne l'ai vue qu'un instant dans la maison d'Elrond. Serait-ce trop vous demander de me la montrer encore une fois ? »

Frodo leva les yeux. Son cœur se glaça soudain. Il aperçut l'étrange lueur dans le regard de Boromir, alors que son visage demeurait amical et bienveillant. « Il vaut mieux qu'elle reste cachée », répondit-il.

« Comme vous voudrez. Je n'en ai cure, dit Boromir. Mais ne puis-je même pas en parler ? Car vous ne faites jamais qu'imaginer son pouvoir entre les mains de l'Ennemi – ses mauvais usages et non son bon emploi. Le monde change, dites-vous. Minas Tirith tombera si l'Anneau subsiste. Mais pourquoi ? Si l'Anneau était chez l'Ennemi, certes. Mais pourquoi, s'il était avec nous ? »

« N'avez-vous pas assisté au Conseil ? répondit Frodo. Parce que nous ne pouvons nous en servir, et que tout ce que l'on en fait aboutit au mal. »

Boromir se leva et se mit à arpenter la pelouse avec impatience. « Ainsi vous continuez, s'écria-t-il. Gandalf, Elrond – tous ces gens vous ont appris à dire cela. En ce qui les concerne, il se peut qu'ils aient raison. Ces Elfes, ces semi-Elfes et ces magiciens, il finirait par leur arriver malheur, peut-être. Pourtant, il m'arrive souvent de me demander s'ils sont sages ou simplement timorés. Mais à chacun sa manière. Les Hommes au cœur fidèle, eux, ne seront pas corrompus. Nous autres de Minas Tirith sommes restés loyaux durant de longues années d'épreuves. Nous ne désirons pas la puissance des seigneurs-magiciens, seulement la force de nous défendre, pour une juste cause. Et voici qu'au moment critique, le hasard met au jour l'Anneau de Pouvoir ! C'est un cadeau, dis-je : un cadeau aux ennemis du Mordor. C'est folie de ne pas s'en servir, se servir du pouvoir de l'Ennemi contre lui-même. Les intrépides, les sans pitié, eux seuls remporteront la victoire. Que ne pourrait un guerrier en cette occasion, un meneur d'hommes ? Que ne pourrait Aragorn ? Ou s'il refuse, pourquoi pas Boromir ? L'Anneau me donnerait un pouvoir de Commandement. Comme je repousserais les armées du Mordor, et tous les hommes afflueraient sous mon drapeau ! »

Boromir allait et venait, parlant de plus en plus fort. Il semblait presque avoir oublié Frodo, discourant sur les murailles et l'armement, et sur le rassemblement des hommes ; il envisageait de grandes alliances et de glorieuses victoires à venir ; et il renversait le Mordor et devenait lui-même un puissant roi, sage et bienveillant. Soudain il s'arrêta et agita les bras.

« Et ils nous disent de le jeter ! s'exclama-t-il. Je n'ai pas dit *de le détruire.* Ce pourrait être bon, si la raison laissait aucun espoir d'y parvenir. Ce n'est pas le cas. La seule idée qu'on nous propose est d'envoyer un demi-homme au Mordor, marchant à l'aveuglette et offrant à l'Ennemi toutes les chances de le reprendre pour lui-même. De la folie !

« Vous le voyez bien, n'est-ce pas, mon ami ? dit-il, se retournant tout à coup vers Frodo. Vous dites que vous avez peur. Et cela, même les plus braves vous le pardonneraient. Mais n'est-ce pas plutôt votre bon sens qui s'indigne ? »

« Non, j'ai peur, dit Frodo. Simplement peur. Mais je suis content de vous avoir entendu parler franchement. J'ai l'esprit plus clair, à présent. »

« Vous viendrez donc à Minas Tirith ? » s'écria Boromir. Il avait les yeux brillants et les traits avides.

« Vous vous méprenez », dit Frodo.

« Mais vous viendrez, au moins pour quelque temps ? insista Boromir. Ma cité est maintenant toute proche ; et se rendre de là au Mordor n'est pas beaucoup plus long que d'ici. Il y a longtemps que nous sommes en pays sauvage, et il vous faut savoir ce que fait l'Ennemi avant de vous-même passer à l'action. Venez avec moi, Frodo, dit-il. Il faut vous reposer avant d'entreprendre ce voyage, s'il doit être entrepris. » Il posa sa main sur l'épaule du Hobbit en un geste amical ; mais Frodo la sentit trembler d'une excitation contenue. Il s'éloigna vivement et le regarda avec affolement : sa taille d'Homme était presque le double de la sienne, et sa force maintes fois supérieure.

« Pourquoi êtes-vous si hostile ? dit Boromir. Je suis un homme loyal, non un voleur ou un prédateur. J'ai besoin de votre Anneau : vous le savez, maintenant ; mais je vous donne ma parole que je ne désire pas le garder. Me permettrez-vous au moins de mettre mon plan à l'essai ? Prêtez-moi l'Anneau ! »

« Non ! non ! s'écria Frodo. Le Conseil m'a confié la charge de le porter. »

« C'est par votre propre folie que l'Ennemi nous vaincra ! cria Boromir. J'enrage rien que d'y penser ! Vous êtes fou ! Fou et entêté ! Courant ainsi à votre perte et ruinant notre cause à tous. Si des mortels peuvent prétendre à l'Anneau, ce sont les Hommes de Númenor, non les Demi-Hommes. Il n'est pas à vous, sinon par un malheureux hasard. Il aurait pu être à moi. Il devrait être à moi. Donnez-le-moi ! »

Frodo ne répondit pas, mais il s'écarta vivement, de façon à mettre la grande pierre plate entre eux. « Allons, allons, mon ami ! dit Boromir d'une voix adoucie. Pourquoi ne pas vous en débarrasser ? Pourquoi ne pas vous libérer du doute et de la peur ? Vous n'avez qu'à mettre la faute sur moi, si vous voulez. Vous n'avez qu'à dire que j'étais trop fort, que je vous l'ai pris par la force. Car je suis trop fort pour vous, Demi-Homme », cria-t-il ; et il sauta tout à coup par-dessus la pierre et se jeta sur Frodo. Son beau et aimable visage était hideusement déformé ; un feu étincelait dans ses yeux.

Frodo fit un bond de côté et remit la pierre entre eux. Il n'y avait qu'une seule chose à faire : tremblant, il sortit l'Anneau attaché à sa chaîne et le glissa rapidement à son doigt, alors même que Boromir se précipitait de nouveau sur lui. L'Homme étouffa un cri, écarquilla un moment des yeux stupéfaits, puis il se mit à courir dans tous les sens, cherchant ici et là parmi les arbres et les rochers.

« Misérable tricheur ! cria-t-il. Laisse-moi te mettre la main dessus ! Maintenant, je vois le fond de ta pensée. Tu vas remettre l'Anneau à Sauron pour nous livrer à lui. Tu n'attendais que l'occasion de nous laisser dans le pétrin. Soyez maudits, toi et tous les demi-hommes, voués à la mort et aux ténèbres ! » Puis, trébuchant sur une pierre, il tomba de tout son long, face contre terre. Pendant un instant, il demeura immobile, comme foudroyé par sa propre malédiction ; puis il se mit soudain à pleurer.

Se relevant, il se passa la main sur les yeux, balayant ses larmes. « Qu'ai-je dit ? s'écria-t-il. Qu'ai-je fait ? Frodo, Frodo ! appela-t-il. Revenez ! Une folie m'a pris, mais elle est passée. Revenez ! »

Il n'y eut aucune réponse. Frodo n'entendit même pas ses cris. Il était déjà loin, fonçant à l'aveugle dans le sentier vers le haut de la colline. La terreur et le chagrin le déchiraient ; il revoyait en pensée la figure démente de Boromir, ses yeux ardents et féroces.

Bientôt, il arriva seul au sommet de l'Amon Hen et s'arrêta, cherchant son souffle. Il aperçut, comme à travers une brume, un vaste cercle plat, recouvert de grandes dalles et entouré d'un rempart en ruine ; et au milieu, juché sur quatre colonnes sculptées, se trouvait un haut siège, auquel on accédait par un escalier aux multiples marches. Il monta et prit place dans l'ancien fauteuil, comme un enfant perdu qui se serait hissé sur le trône d'un roi des montagnes.

Il ne vit pas grand-chose au début. Il semblait se trouver dans un monde de brume, dans lequel il n'y avait que des ombres : l'Anneau était sur lui. Puis, ici et là, la brume se retira et il eut de nombreuses visions : petites et claires, comme si elles étaient sous ses yeux, sur une table, et pourtant lointaines. Il n'y avait aucun son, seulement des images, vivantes et éclatantes. Le monde semblait avoir rétréci et s'être tu. Il était assis sur le Siège de la Vue, sur l'Amon Hen, la Colline de l'Œil des Hommes de Númenor. Il regarda à l'est et contempla de vastes terres inconnues, des plaines sans nom et des forêts inexplorées. Il regarda au nord, et le Grand Fleuve se déroula sous lui comme un ruban, et les Montagnes de Brume pointèrent comme des dents brisées, petites et dures. Il regarda à l'ouest et vit les généreux pâturages du Rohan ; et Orthanc, le pic d'Isengard, comme une aiguille noire. Il regarda au sud, et tout juste à ses pieds le Grand Fleuve roulait comme une vague déferlante et plongeait aux chutes du Rauros dans un gouffre écumant ; un lumineux arc-en-ciel jouait sur les vapeurs. Et il vit l'Ethir Anduin, le majestueux delta du Fleuve, et des myriades d'oiseaux marins qui tournoyaient telle une poussière blanche au Soleil, et sous eux, une mer d'argent et de vert, parcourue de rides infinies.

Mais partout où il regardait, il voyait des signes de guerre. Les Montagnes de Brume étaient de grouillantes fourmilières : des Orques sortaient de mille trous. Sous les rameaux de Grand'Peur, Elfes et Hommes et bêtes féroces livraient une lutte mortelle. Le pays des Béorniens était en flammes ; un nuage flottait sur la Moria ; de la fumée s'élevait aux frontières de la Lórien.

Des cavaliers galopaient sur l'herbe du Rohan ; des loups se déversaient d'Isengard. Des havres du Harad, des navires de guerre prenaient la mer ; et des Hommes venaient de l'Est en nombre incalculable : hommes d'épée, lanciers et archers montés, chefs sur des chars et lourds fardiers. Toute la puissance du Seigneur Sombre était en mouvement. Alors, se tournant de nouveau vers le sud, Frodo contempla Minas Tirith. Elle semblait lointaine, et somptueuse, avec ses murs blancs, ses multiples tours, fière et belle sur son siège montagneux ; l'acier rutilait sur ses créneaux ; maintes bannières éclairaient ses tourelles. L'espoir se souleva dans son cœur. Mais contre Minas Tirith se dressait une autre forteresse, plus grande et plus forte. Son œil fut attiré malgré lui, là, vers l'est. Il passa les ponts ruinés d'Osgiliath, les portes grimaçantes de Minas Morgul et les Montagnes hantées, et il contempla le Gorgoroth, le val de la terreur au Pays de Mordor. Des ténèbres s'étendaient là sous le Soleil. Un feu rougeoyait parmi la fumée. Le Mont Destin brûlait, surmonté d'un grand panache noir. Puis, enfin, elle retint son regard : mur contre mur, rempart contre rempart, noire, infiniment puissante, montagne de fer, porte d'acier, tour de diamant, il la vit : Barad-dûr, Forteresse de Sauron. Tout espoir le quitta.

Et soudain il sentit l'Œil. Il y avait un œil dans la Tour Sombre qui ne dormait pas. Il savait que cet œil s'était avisé de son regard. Une volonté avide et implacable se trouvait là. L'Œil fondit sur lui, presque comme un doigt, tâtonnant à sa recherche. Très bientôt, il le trouverait et le cernerait. Il toucha l'Amon Lhaw. Il effleura Tol Brandir – Frodo se jeta en bas de son siège, tombant accroupi et se couvrant la tête de son capuchon gris.

Il s'entendit crier : *Jamais, jamais !* Ou était-ce : *Je viens, en vérité je viens à vous* ? Il n'aurait su le dire. Puis, comme un éclair venu d'un autre foyer de puissance, une pensée contraire vint à son esprit : *Retire-le ! Retire-le ! Retire-le, pauvre fou ! Retire l'Anneau !*

Les deux pouvoirs luttaient en lui. En parfait équilibre entre leurs deux pointes perçantes, pendant un moment il se tordit, comme au supplice. Soudain, il reprit conscience de lui-même, Frodo, ni Voix, ni Œil, libre de choisir : un dernier instant lui restait pour le faire. Il retira l'Anneau de son doigt. Il était agenouillé devant le haut siège sous un Soleil clair. Une ombre noire sembla passer au-dessus de lui, tendue comme un bras ; elle manqua l'Amon Hen, tâtonna vers l'ouest et s'évanouit. Puis tout le ciel fut d'un bleu immaculé ; des oiseaux chantaient dans tous les arbres.

Frodo se releva. Une grande fatigue l'accablait, mais sa volonté était ferme et son cœur plus léger. Il se parla à haute voix. « Je vais maintenant faire ce que j'ai à faire, dit-il. Ceci au moins est clair : le maléfice de l'Anneau est déjà à l'œuvre au sein même de la Compagnie, et l'Anneau doit partir avant de causer un plus grand tort. Je vais partir seul. Il y en a certains en qui je ne peux avoir confiance, tandis que ceux qui ont ma confiance sont trop chers à mes yeux : ce pauvre vieux Sam, et Merry et Pippin. L'Arpenteur aussi : son cœur languit de retrouver Minas Tirith, et ils auront besoin de lui là-bas ; Boromir a succombé au mal. Je partirai seul. Sans attendre. »

Redescendant le sentier à vive allure, il arriva à la pelouse où Boromir l'avait trouvé. Puis il s'arrêta et tendit l'oreille. Il crut entendre des cris et des appels montant des bois près de la rive en contrebas.

« Ils sont assurément à ma recherche, dit-il. Je me demande combien de temps j'ai été absent. Des heures, probablement. » Il hésita. « Que puis-je faire ? marmonna-t-il. Je dois partir tout de suite ou je ne m'en irai jamais. Cette chance ne se représentera pas. Cela me fait mal au cœur de les abandonner, et comme ça, sans explication. Mais je suis sûr qu'ils vont comprendre. Sam comprendra. Et que puis-je faire d'autre ? »

Il sortit lentement l'Anneau et le remit à son doigt. Il disparut et s'en fut au bas de la colline, plus doux qu'un bruissement du vent.

Les autres étaient longtemps demeurés près de la rive. Ils étaient restés silencieux quelque temps, faisant les cent pas ; mais à présent, ils étaient assis en cercle et discutaient. De temps à autre, ils s'efforçaient de parler d'autre chose, de leur longue route et de leurs nombreuses aventures ; ils questionnèrent Aragorn au sujet du royaume de Gondor et de son histoire ancienne, des vestiges de ses grandes œuvres que l'on apercevait encore dans cette étrange région limitrophe, pays des Emyn Muil : les rois de pierre, les sièges de Lhaw et de Hen, et le grand Escalier en bordure des chutes du Rauros. Mais leurs pensées et leur conversation finissaient toujours par revenir à Frodo et à l'Anneau. Quel serait le choix de Frodo ? Pourquoi hésitait-il ?

« Il se demande quelle est la voie la plus désespérée, je pense, dit Aragorn. Et qui ne le ferait pas ? Du côté est, l'espoir n'a jamais été aussi mince pour la Compagnie, puisque Gollum nous a suivis : il y a fort à craindre que le secret de notre voyage ait déjà été trahi. Mais Minas Tirith ne nous rapproche pas du Feu et de la destruction du Fardeau.

« Nous pourrions y demeurer un temps et livrer une courageuse résistance ; mais le seigneur Denethor et tous ses hommes ne peuvent espérer faire ce qu'Elrond lui-même jugeait au-delà de son pouvoir : soit préserver le secret du Fardeau, soit tenir à distance la pleine puissance de l'Ennemi quand celui-ci viendra pour le prendre. Quelle voie choisirions-nous à la place de Frodo ? Je ne le sais pas. C'est ici, à n'en pas douter, que Gandalf nous manque le plus. »

« Cruelle est notre perte, dit Legolas. Il faudra pourtant arrêter notre choix sans son concours. Pourquoi ne pas décider nous-mêmes, et ainsi aider Frodo ? Rappelons-le ici et votons ! Je voterai pour Minas Tirith. »

« Et moi aussi, dit Gimli. Bien sûr, nous avons été envoyés à seule fin d'aider le Porteur sur sa route, sans obligation d'aller plus loin que nous ne le désirions ; et aucun de nous n'est sous serment ou injonction de se rendre au Mont Destin. Vous savez combien quitter la Lothlórien me fut difficile. Je n'en suis pas moins venu jusqu'ici, et je vous le dis : à l'heure du dernier choix, je vois qu'il m'est impossible d'abandonner Frodo. Je choisirai Minas Tirith, mais s'il ne le fait pas, je vais le suivre. »

« Et j'irai moi aussi avec lui, dit Legolas. Tirer ici sa révérence serait manquer de loyauté. »

« Ce serait en effet une trahison, si tout le monde le quittait, dit Aragorn. Mais s'il va vers l'est, tous ne sont pas obligés de le suivre ; et je ne pense pas qu'il le faille non plus. C'est une entreprise désespérée, autant pour huit que pour trois, ou deux, ou même un seul. Si vous me laissiez choisir, je nommerais trois compagnons : Sam, qui autrement ne le supporterait pas, et Gimli et moi-même. Boromir retournera dans sa propre cité, où son père et son peuple ont besoin de lui ; et les autres devraient l'accompagner, Meriadoc et Peregrin tout au moins, si Legolas n'est pas disposé à nous quitter. »

« Ça n'irait pas du tout ! s'écria Merry. On ne peut pas abandonner Frodo ! Pippin et moi avons toujours eu l'intention de le suivre où qu'il aille, et nous n'avons pas changé d'idée. Mais nous ne comprenions pas ce que cela signifierait. Nous ne voyions pas les choses de la même manière, si loin d'ici, dans le Comté ou à Fendeval. Quelle folie, quelle cruauté ce serait de le laisser partir au Mordor ! Pourquoi ne pas l'en empêcher ? »

« Il faut l'en empêcher, dit Pippin. Et c'est bien ce qui l'inquiète, j'en suis sûr. Il sait qu'on ne lui permettra pas d'y aller. Et il n'ose demander à personne de l'accompagner, le pauvre vieux. Imaginez : partir seul pour le Mordor ! » Pippin frissonna. « Mais ce cher vieux nigaud de Hobbit, il devrait pourtant savoir qu'il n'a pas à demander. Il devrait savoir que si on ne peut pas l'arrêter, on ne va pas l'abandonner. »

« Vous m'excuserez, dit Sam. Je crois que vous comprenez pas mon maître du tout. C'est pas qu'il hésite entre un choix ou un autre. Évidemment pas ! Minas Tirith, qu'est-ce que ça vaut de toute façon ? Pour lui, je veux dire – vous m'excuserez, maître Boromir », ajouta-t-il en se retournant. C'est alors qu'ils s'aperçurent que Boromir, qui d'abord était resté assis sans mot dire à l'extérieur du cercle, n'y était plus.

« Bon, où est-ce qu'il est passé ? s'écria Sam, l'air inquiet. Il est un peu bizarre depuis quelque temps, m'est avis. Mais de toute façon, c'est pas son affaire. Il rentre chez lui comme il l'a toujours dit ; pas de quoi lui en vouloir. Mais M. Frodo, il sait qu'il doit trouver les Failles du Destin, s'il en est capable. Mais il a *peur*. Maintenant qu'on y est, il est tout bonnement épouvanté. C'est ça, son problème. Naturellement, il en a pris de la graine, si on peut dire – comme nous tous – depuis qu'on a quitté la maison ; autrement, il aurait si peur qu'il se contenterait de jeter l'Anneau dans le Fleuve et de partir en courant. Mais il est encore trop effrayé pour se mettre en route. Et il se soucie pas de nous non plus : savoir si on l'accompagnera ou pas. Il sait qu'on en a l'intention. V'là une autre chose qui l'agace. S'il se met dans la tête de partir, il va vouloir partir seul. Vous pouvez me croire ! On va avoir des ennuis quand il va revenir. Parce qu'il va se mettre ça dans la tête, aussi vrai qu'il s'appelle Bessac. »

« Je pense que vous parlez plus sagement qu'aucun d'entre nous, Sam, dit Aragorn. Et qu'allons-nous faire, s'il s'avère que vous avez raison ? »

« L'arrêter ! Ne pas le laisser partir ! » s'écria Pippin.

« Je ne suis pas sûr, dit Aragorn. C'est lui le Porteur, et le sort du Fardeau est sur ses épaules. Je ne crois pas que ce soit notre rôle de le diriger d'un côté ou de l'autre. Et je ne crois pas non plus que nous réussirions, si nous essayions. Il y a d'autres pouvoirs à l'œuvre, beaucoup plus puissants. »

« Eh bien, si Frodo pouvait se mettre dans la tête de revenir, qu'on en finisse, dit Pippin. Cette attente est horrible ! Le temps est sûrement écoulé ? »

« Oui, dit Aragorn. L'heure est passée depuis longtemps. La matinée touche à sa fin. Il va falloir l'appeler. »

À ce moment-là, Boromir reparut. Il sortit d'entre les arbres et marcha vers eux sans rien dire. Son visage était sombre et triste. Il s'arrêta comme pour compter les personnes présentes, puis il s'assit à l'écart, les yeux rivés au sol.

« Où étiez-vous, Boromir ? demanda Aragorn. Avez-vous vu Frodo ? »

Boromir hésita une seconde. « Oui, et non, répondit-il lentement. Oui : je l'ai trouvé un peu plus haut sur la colline, et je lui ai parlé. J'ai voulu le convaincre de venir avec moi à Minas Tirith et de ne pas partir vers l'est. Je me suis fâché et il m'a quitté. Il a disparu. C'est la première fois que je voyais une telle chose, quoique je l'aie entendu dire dans les contes. Il a dû mettre l'Anneau. Je n'ai pas pu le retrouver. Je croyais qu'il viendrait à vous. »

« Est-ce là tout ce que vous avez à dire ? » fit Aragorn, posant sur Boromir un regard insistant et plutôt sévère.

« Oui, répondit-il. Je n'en dirai pas plus pour l'instant. »

« C'est grave ! s'écria Sam, sautant sur pied. Je ne sais pas ce que cet Homme a pu fabriquer. Qu'est-ce qui a poussé M. Frodo à le mettre ? Il aurait pas dû ; et s'il l'a fait, qui sait ce qui a pu se passer ! »

« Mais il ne le laisserait pas à son doigt, dit Merry. Pas après avoir échappé au visiteur indésirable, comme Bilbo dans le temps. »

« Mais par où est-il allé ? Où est-il passé ? s'écria Pippin. Ça fait une éternité qu'il est parti. »

« Quand avez-vous vu Frodo pour la dernière fois, Boromir ? Il y a combien de temps ? » demanda Aragorn.

« Environ une demi-heure, répondit-il. Ou peut-être une heure. J'ai marché quelque temps depuis. Je ne sais pas ! Je ne sais pas ! » Il enfouit son visage dans ses mains et courba l'échine, comme terrassé par le chagrin.

« Une heure qu'il a disparu ! s'exclama Sam. Il faut le retrouver tout de suite ! Venez ! »

« Attendez une minute ! cria Aragorn. Il faut nous répartir par paires et nous donner – hé, un moment ! Attendez ! »

C'était inutile. Ils ne l'écoutaient pas. Sam s'était élancé en premier. Merry et Pippin l'avaient imité et disparaissaient déjà vers l'ouest, dans les arbres près de la rive, criant : *Frodo ! Frodo !* de leurs voix de Hobbits, claires et haut perchées. Legolas et Gimli couraient. Une sorte de panique ou de folie soudaine semblait s'être emparée de la Compagnie.

« Nous allons tous nous disperser et nous perdre, grogna Aragorn. Boromir ! Je ne sais quel rôle vous avez joué dans ce fâcheux incident, mais aidez-moi, maintenant ! Suivez ces deux jeunes Hobbits et protégez-les au moins, même si vous ne trouvez pas Frodo. Revenez ici même si vous le trouvez, lui ou le moindre signe de lui. Je serai de retour bientôt. »

Aragorn s'élança d'un bond à la poursuite de Sam. Comme il arrivait à la petite pelouse plantée de sorbiers, il le vit, montant avec peine, pantelant et criant : *Frodo !*

« Venez avec moi, Sam ! dit-il. Aucun de nous ne doit rester seul. Il se prépare quelque chose de fâcheux. Je le sens. Je monte au sommet, au Siège de l'Amon Hen, pour voir ce qu'il y a à voir. Et là, regardez ! C'est comme me le disait mon cœur, Frodo est venu par ici. Suivez-moi et tâchez d'ouvrir l'œil ! » Il fonça dans le sentier.

Sam fit de son mieux, mais il n'avait pas les jambes d'un Coureur, encore moins celles de l'Arpenteur, et il fut bientôt distancé. À peine venait-il de se remettre en branle qu'Aragorn disparaissait devant lui. Sam s'arrêta et souffla. Soudain il se tapa le front.

« Holà, Sam Gamgie ! dit-il tout haut. Tes jambes sont trop courtes, alors sers-toi de ta tête ! Voyons voir ! Boromir ment pas, c'est pas son genre ; mais il nous a pas tout dit. M. Frodo a eu vraiment peur de quelque chose. Il s'est mis une idée dans la tête aussi soudain que ça. Il s'est enfin décidé – oui, à partir. Où ? Vers l'est. Pas sans son Sam ? Si, même sans lui. C'est dur, ça, trop dur. »

Sam se passa la main sur les yeux, essuyant ses larmes. « Du calme, Gamgie ! dit-il. Réfléchis, si t'en as les moyens ! Il peut pas voler au-dessus de l'eau, ni sauter par-dessus des chutes. Il a pas d'équipement. Alors il doit retourner aux bateaux. Aux bateaux ! Aux bateaux, Sam, comme l'éclair ! »

Sam tourna les talons et descendit le sentier à toutes jambes. Il tomba et s'ouvrit les genoux sur une pierre. Se relevant, il courut de plus belle. Il arriva au bord de la pelouse de Parth Galen, près de la rive, où les bateaux avaient été remontés. Personne ne s'y trouvait. Des cris semblaient monter des bois derrière lui, mais il n'y fit pas attention. Il resta un moment planté là, les yeux écarquillés, la bouche béante. Une barque descendait toute seule sur la rive. Avec un cri, Sam traversa la pelouse en courant. La barque glissa dans l'eau.

« J'arrive, monsieur Frodo ! J'arrive ! » cria Sam, et il sauta de la berge pour attraper la barque qui partait. Il la rata d'au moins trois pieds. Avec un cri et un *plouf*, il tomba la tête la première dans l'eau vive et profonde. Dans un gargouillis, il coula, et le Fleuve se referma sur sa tête frisée.

Un cri de détresse monta de la barque vide. Une pagaie tourbillonna et la barque vira de bord. Frodo arriva juste à temps pour agripper Sam par les cheveux alors qu'il remontait, glougloutant et se débattant. La peur se mirait dans ses yeux ronds et bruns.

« Allez, hop, Sam ! dit Frodo. Là, prends ma main, mon gars ! »

« Sauvez-moi, monsieur Frodo ! cria Sam d'une voix étranglée. Je suis néyé. Je vois pas votre main. »

« Ici, elle est ici. Ne serre pas si fort, mon gars ! Je ne vais pas te lâcher. Bats des pieds sans t'affoler, sinon la barque va chavirer. Voilà, accroche-toi au bord et laisse-moi pagayer un peu ! »

En quelques coups de pagaie, Frodo ramena l'embarcation près de la berge, ce qui permit à Sam de se hisser hors de l'eau, trempé comme un rat. Frodo retira l'Anneau et mit pied à terre.

« De tous les fichus enquiquineurs, Sam, tu es le pire ! » dit-il.

« Oh, monsieur Frodo, c'est dur de me dire ça ! dit Sam, frissonnant. C'est dur d'essayer de partir sans moi comme ça. Si j'avais pas bien deviné, où est-ce que vous seriez maintenant ? »

« En route, tranquillement. »

« Tranquillement ! dit Sam. Tout seul, sans que je puisse vous aider ? J'aurais pas pu l'supporter, ç'aurait été ma mort. »

« Ce serait ta mort à coup sûr si tu m'accompagnais, dit Frodo, et je n'aurais pu supporter cela. »

« Pas aussi sûr que si j'étais laissé ici », dit Sam.

« Mais je vais au Mordor. »

« Ça je le sais bien, monsieur Frodo. C'est bien sûr. Et je viens avec vous. »

« Allons, Sam, dit Frodo, ne me retarde pas ! Les autres vont revenir d'une minute à l'autre. S'ils m'attrapent ici, je vais devoir argumenter et me justifier, et je n'aurai jamais le cœur ou la chance de m'en aller. Mais je dois partir tout de suite. C'est le seul moyen. »

« C'est bien sûr, répondit Sam. Mais pas tout seul. Je viens avec vous, ou alors on n'ira pas ni l'un ni l'autre. Je vais défoncer tous les bateaux avant. »

Frodo retrouva le rire. Une joie soudaine lui réchauffait le cœur. « Laisses-en un ! dit-il. Nous en aurons besoin. Mais tu ne peux pas venir ainsi sans vivres ni équipement ni rien. »

« Y a qu'à m'attendre un brin, le temps que j'aille prendre mes choses ! cria Sam avec empressement. Tout est déjà prêt. Je me disais bien qu'on partirait aujourd'hui. » Il retourna au campement en hâte, extirpa son bagage de la pile où Frodo l'avait mis en vidant l'embarcation des affaires de ses compagnons ; il saisit une couverture de rechange et quelques paquets de nourriture de plus, et revint en courant.

« Alors tout mon plan est à l'eau ! dit Frodo. Il n'y a pas moyen de t'échapper. Mais je suis content, Sam. Je ne peux te dire à quel point. Allons, viens ! De toute évidence, nous étions destinés à partir ensemble. Nous irons, et puissent les autres trouver un chemin sûr ! L'Arpenteur veillera sur eux. Nous ne les reverrons pas, j'imagine. »

« Peut-être que si, monsieur Frodo. Peut-être », dit Sam.

Ainsi, Frodo et Sam entreprirent ensemble la dernière étape de la Quête. Frodo les éloigna de la rive en quelques coups de pagaie, puis le Fleuve les emporta rapidement sur le bras occidental, passé les falaises renfrognées de Tol Brandir. Le grondement des hautes chutes approcha. Même avec l'aide que Sam fut en mesure d'apporter, ils eurent peine à traverser le courant au sud de l'île pour amener leur embarcation vers l'est, jusqu'à la rive opposée.

Ils finirent par regagner la terre ferme sur les pentes sud de l'Amon Lhaw. Là, ils trouvèrent un rivage en pente douce où ils purent remonter leur barque assez loin de l'eau, et ils la cachèrent de leur mieux derrière un gros rocher. Alors, hissant leur fardeau sur leurs épaules, ils partirent à la recherche d'un chemin qui les mènerait au-delà des collines grises des Emyn Muil pour descendre dans le Pays de l'Ombre.

Ici s'achève la première partie de l'histoire de la Guerre de l'Anneau.

La deuxième partie s'intitule LES DEUX TOURS, *puisque les événements qu'elle rapporte sont dominés par* ORTHANC, *la citadelle de Saruman, et la forteresse de* MINAS MORGUL *qui garde l'entrée secrète du Mordor ; elle relate les exploits et les périls de la Fraternité à présent divisée, jusqu'à la venue de la Grande Obscurité.*

La troisième partie raconte la dernière résistance contre l'Ombre et la fin de la mission du Porteur de l'Anneau dans LE RETOUR DU ROI.

Index 1

Liste des poèmes et chansons

Ah ! Le monde était jeune
et les montagnes vertes 596
Assis au coin du feu, je songe 527
Au crépuscule gris dans le soir du Comté 673
Chantons, ohé ! chantons !
pour le bon bain du soir 205
Cherche l'Épée qui fut brisée 467
Déjà le feu rougeoie au fond de l'âtre gris 162
Disons adieu au coin du feu ! 214
Eärendil le marinier 444
Gambadez, mes amis, suivez l'Oserondule ! 241
Hé dol ! gai dol ! dire-lure-leau ! 238
Hé ! là ! Venez, ohé !
Où vaguez-vous, mes gars ? 283
Ho ! Ho ! Ho ! C'est à boire qu'il me faut 185
Holà ! Tom Bombadil ! Ho !
Tom Bombadilo ! 265, 279
Il est une joyeuse auberge 310
Il était un roi elfe appelé Gil-galad 361
J'avais là une affaire :
ramasser des lis d'eau 251
Je vins chanter les feuilles d'or,
et des feuilles poussèrent 697

La Route se poursuit sans fin 83, 155
Le pays de Tom finit ici : il ne passe pas
les frontières 290
Le Troll de pierre, assis sur son derrière 399
Le vieux Tom Bombadil
est un joyeux bonhomme 247, 280
L'herbe était longue et le bois vert 373
Ô Blanche-neige ! Ô dame claire ! 165
Ohé ! Viens gai dol ! hé ! joli dol !
Ma chérie ! 238
Ohé ! Viens joli dol ! Gambadez,
mes lurons ! 243
Ô mince comme l'osier !
Ô plus claire que l'eau claire ! 247
Ô voyageurs des sombres bois 226
Quand au soir de l'année l'hiver
commence à mordre 517
Que la chanson commence !
Tous ensemble,
chantons 243
Que soient transis la main
et le cœur et les os 278
Réveillez-vous, mes joyeux gaillards !
Entendez mon appel ! 281
Sors d'ici, vieil Esprit !
Disparais au soleil ! 280
Tout ce qui est or ne brille pas 332, 469
Trois Anneaux pour les rois des Elfes
sous le ciel 7, 112
Une jeune Elfe était jadis 637

Index 2

Poèmes et phrases dans des langues autres que le parler commun

A Elbereth Gilthoniel 451, 725

Ai ! laurië lantar lassi súrinen 707

Ai na vedui Dúnadan ! Mae govannen ! 404

Annon edhellen, edro hi ammen ! 579

Arwen vanimelda, namárië ! 660

Ash nazg durbatulûk... 482

Elen síla lúmenn' omentielvo 168

Ennyn Durin Aran Moria 576

Naur an edraith ammen ! 550, 565

Naur dan i ngaurhoth ! 565

Noro lim, noro lim, Asfaloth ! 411

Remerciements du traducteur

Je remercie les participants des forums de discussion des sites francophones consacrés à Tolkien (notamment JRRVF.com), dont les essais et les propositions m'ont souvent aidé et inspiré, en particulier : Damien Bador, Bertrand Bellet, Max De Wilde, Philippe Garnier, Thibaud Mercier, Vivien Stocker et Jean-Rodolphe Turlin.

Je remercie Josianne, pour sa patience, et pour le soutien indispensable qu'elle n'a jamais cessé de m'apporter.

À David Riggs, j'exprime toute mon amitié et ma gratitude, pour sa contribution irremplaçable dispersée tout au long de ce livre.

Enfin, à Vincent Ferré, sans qui elle n'aurait jamais vu le jour, je dédie cette traduction.

D. L.

Table des matières

Avant-propos à la deuxième édition 9

Prologue 21
1. À propos des Hobbits 21
2. À propos de l'herbe à pipe 34
3. De l'ordonnancement du Comté 37
4. De la découverte de l'Anneau 40
NOTE SUR LES ARCHIVES DU COMTÉ 46

LA FRATERNITÉ DE L'ANNEAU

Livre I

1. Une fête très attendue 55
2. L'Ombre du passé 95
3. Les trois font la paire 139
4. Raccourci aux champignons 177
5. Une conspiration démasquée 199
6. La Vieille Forêt 219
7. Dans la maison de Tom Bombadil 245
8. Brouillard sur les Coteaux des Tertres 267
9. À l'enseigne du Poney Fringant 293
10. L'Arpenteur 319

11. Une lame dans le noir 343
12. Fuite vers le Gué 381

Livre II

1. Nombreuses rencontres 417
2. Le Conseil d'Elrond 453
3. L'Anneau part vers le sud................................ 515
4. Un voyage dans le noir 557
5. Le Pont de Khazad-dûm.................................. 603
6. En Lothlórien 625
7. Le Miroir de Galadriel 661
8. L'adieu à la Lórien... 687
9. Le Grand Fleuve 711
10. L'éclatement de la Fraternité 739

Index 1. Poèmes et chansons 763
Index 2. Poèmes et phrases dans des langues autres que le parler commun 765

Composition et mise en pages
Nord Compo à Villeneuve-d'Ascq

Imprimé en Espagne par Liberdúplex
à St. Llorenç d'Hortons (Barcelone) en août 2023
N° d'impression : 110753

POCKET – 92, avenue de France – 75013 Paris

Dépôt légal : septembre 2017
S28239/08